Jan Guillou

Die Schwestern

Jan Guillou

DIE SCHWESTERN

Roman

Aus dem Schwedischen von Lotta Rüegger
und Holger Wolandt

HEYNE

Die Originalausgabe erschien unter dem Titel
Blå Stjärnan bei Piratförlaget, Stockholm

Der Verlag weist ausdrücklich darauf hin, dass im Text enthaltene externe Links vom Verlag nur bis zum Zeitpunkt der Buchveröffentlichung eingesehen werden konnten. Auf spätere Veränderungen hat der Verlag keinerlei Einfluss. Eine Haftung des Verlags ist daher ausgeschlossen.

MIX
Papier aus verantwortungsvollen Quellen
FSC® C014496

Verlagsgruppe Random House FSC®N001967

in der Verlagsgruppe Random House GmbH,
Neumarkter Straße 28, 81673 München
Published by agreement with Salomonsson Agency
Das Gedicht von Gunnar Ekelöf (S. 454) wird zitiert nach:
Gunnar Ekelöf: *Spät auf Erden …*
Übersetzt von Klaus-Jürgen Liedtke. Kleinheinrich, Münster, 2003.
Das Zitat von Alfred Döblin (S. 479–480) stammt aus: Schriften zu Ästhetik,
Poetik und Literatur. Walter, Olten und Freiburg i.Br., 1989
Umschlaggestaltung: Johannes Wiebel/punchdesign, München
Umschlagabbildung: © Johannes Wiebel unter Verwendung
von Motiven von shutterstock.com
Redaktion: Maike Dörries
Satz: Christine Roithner Verlagsservice, Breitenaich
Druck und Bindung: GGP Media GmbH, Pößneck
Printed in Germany

ISBN 978-3-453-27030-5

www.heyne.de

1941

I

GEBRANNTES KIND

Eine der gefalteten Decken wies das für Westnorwegen so typische rot-weiße Muster auf. Verschwommene Bilder vom Operationstisch, der autoritäre Blick der Ärztin über dem weißen Mundschutz.

Es war kein normaler OP-Tisch, sondern der große Esstisch. Die Ärztin: ihre Mutter. Vollkommen ungeordnet vereinten sich die Bilder zu Unbegreiflichem, zu nichts oder manchmal zu Träumen mit einer diffusen Handlung, wie Wochenschauen, aber ruhiger und ohne die schmetternde Musik.

Der warme Sand unten am Steg, die glitzernde Sonne, weiße Segel, die am Startkobben oder Telegrafholmen vorbeiglitten.

Achtung! Ausweise!

Die deutschen Kontrolleure rissen die Abteiltür mit großem Getöse auf. Aber lieber noch die Deutschen als die Schläger der *Nasjonal Samling* in ihren lächerlichen Uniformen.

Die SS-Männer waren ganz unerwartet in Hønefoss zugestiegen. Wobei diese Leute die geringsten Schwierigkeiten bereiteten. Wer sie in ihrer eigenen Sprache ansprach und sich mit ihren Diensträngen auskannte, konnte sie normalerweise mühelos entwaffnen.

Im Koffer oben im Gepäcknetz lagen etwa 20 000 norwegische Kronen, glatt gebügelte, dicht gebündelte, im Futter des Deckels versteckte Scheine. Die Kurierpost trug sie auf der Haut. An ihren Reisedokumenten war nichts auszusetzen, sie waren nicht einmal gefälscht. Die Angst darum hatte sie sich abgewöhnt, denn ihre Deutschkenntnisse schützten sie wie ein Panzer.

Der SS-Obersturmführer, ein ansehnlicher junger Mann, schien einem deutschen Propagandaplakat entsprungen. Er teilte ihr mit, wie gern er sie bis nach Bergen begleiten würde, aber leider müsse er bereits in Geilo aussteigen. Vermutlich war seine Vertraulichkeit auf ihr gefälliges Deutsch zurückzuführen. Das Gepäck der drei norwegischen Fahrgäste wurde auf seine Anweisung hin gründlich durchsucht, ihres jedoch nicht. Zum Abschied verzichtete er auf den Deutschen Gruß und salutierte stattdessen.

Eine Explosion! Es konnte nur eine Explosion gewesen sein. Das eine Knie schmerzte, nachdem die Hand eines Riesen sie mehrere Meter durch die Luft geschleudert hatte. Brandgeruch in der Nase, eine Wange auf den Schotter des Bahnwalls gepresst. Sie war blind und hörte nichts außer einem schrillen Ton. Nur Gerüche nahm sie wahr.

»Und die Beerdigung ging vorüber wie ein Traum in Schwarz.«

Diese Worte hatten irgendwie mit Karin zu tun. Karin hatte sich das Leben genommen. Fast zur gleichen Zeit wie Virginia. Astarte, ein schlechter Titel. Der Roman müsste, wie ursprünglich geplant, »Die Schaufensterpuppe« heißen. Das war sachlicher. Schließlich sollte damals alles so sachlich sein.

Jemand kümmerte sich um ihre Wunden. Kaltes Wasser, verdünnter Wundalkohol linderte die brennende Hitze. Jemand hob liebevoll ihren Kopf und schob ihr ein paar Tabletten in den Mund, hielt ihr ein Glas Wasser an die Lippen. Dann wurde wieder alles traumlos schwarz. Die Zeit existierte nicht.

Drei Tage kämpfte sie mit dem Fieber. So hieß es zumindest. Es hätte genauso gut eine Woche oder eine Ewigkeit sein können. Ihr Kopf war vollkommen klar, obwohl ihre Erinnerung die eine oder andere Lücke aufwies.

Sie lag alleine im Seglerhäuschen, das in eine private Krankenstube umfunktioniert worden war. Alles mit Ausnahme ihres Bettes war aus dem Raum entfernt worden. Der durchdringende Geruch nach Schmierseife lag in der Luft, die Fenster standen offen, und die weißen Gardinen bewegten sich im Sonnenlicht. Die Möwen kreischten, als wäre es ein ganz normaler Sommertag in den Schären. Neben dem Bett stand ein improvisiertes Infusionsgestell, Brandopfer brauchten viel Flüssigkeit.

Zug Nr. 4352, Waggon NSB 40256, von der Lokomotive aus gerechnet der 38. Die folgenden 21 Waggons waren mit Munition beladen.

Der Plan hatte verführerisch perfekt gewirkt. Die Dokumentation des Nachrichtendienstes ebenfalls, nichts hätte schiefgehen dürfen.

Frachter mit Munition, Pulver und Artilleriegranaten trafen aus Deutschland in Arendal ein. Dort wurde alles für den Weitertransport nach Finnland auf die Bahn umgeladen. Auf den deutschen Frachtzetteln wurde der Inhalt vage als Verbandsmaterial angegeben. Diese Information stammte ursprünglich von der Milorg, dem militärischen Zweig der Heimatfront, aber die Engländer hatten Wind von der Sache bekommen und der SOE die Verantwortung übertragen.

Ein schwedischer Milorg-Informant am Grenzbahnhof Charlottenberg berichtete, das Schmieröl norwegischer Züge sei so lausig, dass die Radlager bis zur Entflammbarkeit heiß liefen. Daher inspizierten die Schweden in Charlottenberg die Radlager aller norwegischen Waggons und erneuerten gemäß Regierungsverfügung das Schmieröl. Schließlich fuhren die Züge durch Schweden, und es oblag den Schweden, dafür zu sorgen, dass die Züge kein Feuer fingen, zumindest nicht auf schwedischem Territorium.

Dieser augenscheinlich so triviale Bericht aus Charlottenberg bildete die Grundlage des gesamten Planes. Über Malcolm ließ sich einiges sagen. In vielerlei Hinsicht entsprach er voll und ganz Vaters als auch Onkel Oscars Vorstellung eines typischen Engländers. Aber trotzdem besaß er Fantasie.

Die Idee, die er vorstellte, wirkte ebenso einfach wie genial. Die Radlager des Zuges Nr. 4352 wurden in Charlottenberg kontrolliert und bei Bedarf geölt, und zwar am helllichten Tag und im Beisein von Eisenbahninspektoren und Wachmannschaften des Militärs.

Von Charlottenberg ging die Fracht nach Hallsberg

weiter und wurde dort an einen Zug Richtung Norden mit der Abfahrtszeit 1.45 Uhr angehängt. Der Aufenthalt in Hallsberg betrug knappe zwei Stunden.

Dort, während der einzigen halbwegs dunklen Stunden der Sommernacht, bot sich die Gelegenheit. Der Auftrag vom Team Alpha lautete, sich im Schutz der Dunkelheit an den Waggon NSB 40256 anzuschleichen und das Schmieröl der Radlager durch Sand zu ersetzen. Danach mussten nur noch Zündschnüre, notfalls mithilfe einiger rasch gebohrter Löcher, durch die hölzernen Waggonböden verlegt werden, damit die Plomben an den Waggontüren intakt blieben.

Die Erwärmung der Radlager reichte völlig, um die Zündschnüre zur Pulver- und Munitionsladung in Brand zu setzen. Anschließend gab es nur eine Erklärung für die Katastrophe: Die Radlager hatten sich überhitzt. Irgendwo zwischen Hallsberg und Krylbo musste die Fracht explodieren, mitten auf dem Land, damit keine Menschenleben gefährdet waren.

Der Plan schien perfekt. Die deutschen Truppen in Finnland würden einundzwanzig Munitionswaggons verlieren. Nichts könne schiefgehen, versicherte Malcolm. Alle glaubten ihm.

Der Auftrag des Teams Beta bestand darin, das Gelingen der Aktion unter dem üblichen Deckmantel, nämlich in einem Lastwagen mit einem Blauen Stern, eventuell mit einem Pferd im einsehbaren Teil des Laderaums, zu kontrollieren. Vermutlich beschränkte sich ihr Einsatz darauf festzustellen, dass der Zug 4352 Krylbo aufgrund einer unerklärlichen Explosion nicht erreicht hatte. Dementsprechende Berichte würden umgehend per Telefon in

Krylbo eintreffen. Des Weiteren musste sich Team Beta unter irgendeinem Vorwand Zutritt zum Bahnhofsgebäude verschaffen, um in Erfahrung zu bringen, was genau vorgefallen war.

Schlimmstenfalls, falls dennoch etwas schiefging, musste Team Beta die geplante Aktion auf dem Krylboer Bahnhof zu Ende führen, da die Methode der Radlagermanipulation nicht auffliegen durfte, damit weitere Munitionszüge diese Strecke benutzten.

So weit war ihr Gedächtnis kristallklar. Malcolm verabschiedete sich mit einem Scherz von ihr, und die beiden Gruppen gaben sich mit den üblichen Floskeln die Hände, als sie sich an diesem sonnigen und heißen Nachmittag trennten.

Danach wurde ihre Erinnerung verschwommener. Als sich der mit einer Plane abgedeckte Lastwagen Krylbo näherte, war bereits der helle, frühe Morgen angebrochen. Sie parkten jenseits der Gleise gegenüber vom Bahnhof. Es kam keine Nervosität auf, als sich herausstellte, dass der Zug 4352 mit Verspätung eintreffen würde, im Gegenteil. Nach einer Viertelstunde herrschte vollkommene Gelassenheit. Die Anweisung lautete, eine Stunde abzuwarten, ehe sie im Bahnhofsgebäude Nachforschungen anstellten.

Ungefähr von diesem Zeitpunkt an setzte Johannes Erinnerung aus und ging in unzusammenhängende Bilder über. Leere Gleise, eine Rangierlok, die Waggons zusammenschob, um sie mit dem einfahrenden Schnellzug von Jämtland nach Stockholm zusammenzukoppeln. Ein friedlicher, früher Morgen und trotz Hitzewelle noch recht kühl.

Danach nichts mehr. Doch, eine Sache. Das schiere Entsetzen, mit dem sie den Zug 4352 mit 23 Minuten Verspätung langsam in den Bahnhof einfahren sahen. Dort prallte ihre Erinnerung gegen eine Wand. Bis dahin Klarheit, dann nichts mehr.

Sie war offenbar eingeschlafen, als wollte sie auf diese Weise die verlorene Erinnerung im Traum zurückholen.

Schnee auf dem Høyefjell, und das Ende Juni. Zum ersten Mal verspürte sie beim Anlegen der Ole Bull in Tyssebotn Angst. Vier uniformierte Mitglieder der Nasjonal Samling hatten sie während der Überfahrt angestarrt, getuschelt und auf sie gezeigt. Sie war die Tasche mit dem Geld nicht losgeworden. Und NS-Mitglieder besaßen das Recht oder nahmen es sich heraus, jede beliebige Person, jederzeit, mit oder ohne Grund zu durchsuchen oder festzunehmen.

Der Mann, der sie am Hauptbahnhof Bergen ansprach, verwendete nicht die korrekte Losung:

»Ich soll von Ola Nordmann aus Finse grüßen«, hätte er sagen müssen.

Worauf sie geantwortet hätte: »Danke, ich kenne ihn sehr gut.« Daraufhin hätte der Mann seine Tasche neben ihr abgestellt, etwas über das Wetter gesagt, sich eine Zigarette angezündet und wäre anschließend mit ihrer Tasche weggegangen.

Er hatte jedoch nur gesagt: »Ich soll von Ola Nordmann grüßen.«

Sie hatte ihn vermutlich verblüfft angesehen, selbst die kleinste Abweichung in einer vereinbarten Parole stellte eine Todsünde dar.

»Das ist eine seltsame Begrüßung«, erwiderte sie.

»Darf ich Ihnen wenigstens eine Zigarette anbieten?«, versuchte der Mann seinen Fehler auszubügeln.

»Keinesfalls!«, erwiderte Johanne verächtlich und eilte mit klappernden Absätzen davon.

Vor dem westlichen Ausgang der Haupthalle verlangsamte sie ihre Schritte und sah sich rasch um. Der Gestapomann, oder vielleicht war es auch ein Mitarbeiter der Staatspolizei, trat auf eine andere junge Frau zu, die ebenso erstaunt auf seine Botschaft reagierte.

Ihr blieb nur eines übrig: ruhig den Bahnhof zu verlassen, keinesfalls zu rennen, sich nicht umzusehen. Und die Fähre nach Tyssebotn zu nehmen.

Folter. Kaum jemand widerstand der Folter länger als 48 Stunden. Diese 48 Stunden musste man durchhalten, um den Kameraden einen Vorsprung zu ermöglichen. Das hatten sie in der Grundausbildung gelernt. Wie auch Abweichungen in die Losung einzubauen, um die Kameraden zu warnen. Jemand war gefoltert worden, jemand hatte preisgegeben, dass von Ola Nordmann gegrüßt werden sollte, das Detail »aus Finse« jedoch ausgelassen und das Detail mit der Zigarette hinzugefügt.

So musste es sein. Und wenn nicht, hatte sie sich doch nur strikt an die Vorschriften gehalten, an das, was man ihr beigebracht hatte. Ihre Tasche kam ihr auf dem Weg zur Anlegestelle bleischwer vor. Ob sie immer noch Deutscher Steg hieß? Eigentlich bestand für die Besatzer kein Grund, den Namen zu ändern.

Und dann an Bord der Ole Bull dieser unbehagliche Abschaum in NS-Uniform. Vier »Hirdmänner« oder »Hilfspolizisten«. Sie blieben an Bord, eine Landungsbrücke nach der anderen, während sich die Fähre zusehends leerte. In Tyssebotn waren es mit ihr nur noch vier Passagiere. Und die Hirdmänner.

Johanne erwog, an Bord zu bleiben, abzuwarten, bis diese von Bord gingen, und notfalls nach Bergen zurückzufahren. Nein, das wäre dumm. Nach Tyssebotn führte sie immerhin ein triftiger Grund. Als sich die vier Männer nach ihr erhoben und näher kamen, erstarrte sie vor Schreck. Hinter der Gangway zischte einer von ihnen ihr ins Ohr, er wisse, was junge Damen wie sie wirklich bräuchten. Seine Kameraden grinsten. Johanne fiel ein Stein vom Herzen. Sie hatte kein Misstrauen erweckt, sondern war in ihren Augen einfach nur ein Stück Fleisch. Was für Idioten!

Am Fähranleger unterhielten sie überdies eine kleine »Station« mit einer Sonnenkreuzfahne. Offenbar waren sie die einzigen Vertreter der Besatzungsmacht auf der Osterøya und mussten vier ungeduldig wartende Kameraden ablösen.

Großmutter hatte immer noch sehr schönes, aber ergrautes Haar, immerhin war sie bereits über achtzig. Von dem Kupferrot war nichts mehr zu sehen. Straff über die Schläfen gekämmt, fiel es in einem kräftigen Zopf bis auf die Hüfte herab. Im Gegensatz zu den meisten älteren Inselbewohnerinnen trug Großmutter keine Kopfbedeckung, was möglicherweise ihrer ganz eigenen Ästhetik zuzuschreiben war. Sie hatte einen ihrer selbst entworfenen Pullover an, dessen verschiedene Blautöne ihr Haar und ihren klaren eisblauen Blick bewusst untermalten.

Auf Frøynes wurde die Großmutter mit einem Knicks und einer festen, wortlosen Umarmung begrüßt.

Sie wohnte nach wie vor in dem Langhaus, das Vater im

Wikingerstil hatte errichten lassen. Der Drachenkopf am westlichen Ende des Dachfirstes wirkte von Wind und Wetter recht mitgenommen.

Johanne musste ihrer Großmutter reinen Wein einschenken. Wie immer hatten sie schweigend gegessen. Dann nahmen sie vor dem großen offenen Kamin Platz. Pflichtschuldig berichtete Johanne von der Familie in Saltsjöbaden. Es gab nicht viel Neues, da ihr letzter Besuch nur vierzehn Tage zurücklag. Johanne richtete von allen Grüße aus und lobte den Klippfisch und die Hammelkeule. Das Kaminfeuer knisterte und knallte ab und zu, da vor allem Tannenholz aus Frøynes verheizt wurde. Großmutter Maren Kristine schwieg wie immer. Nie kam ihr ein unnötiges Wort über die Lippen. Vater hatte manches Mal, unbewusst oder auch bewusst, versucht, ihre Erzählweise im Stile einer Wikingersage nachzuahmen.

»Liebste Großmutter, ich habe eine sehr ernste Bitte«, begann Johanne, verlor dann aber den Faden.

Lange Stille.

»Schwere Zeiten sind angebrochen. Schwer für das Land, schwer für die Norweger. Eine bessere Gelegenheit für ein ernstes Gespräch ist kaum vorstellbar«, sagte die Großmutter schließlich gewohnt lakonisch.

Und wieder langes Schweigen. Der richtige Zeitpunkt, zur Sache zu kommen.

»Ich muss etwas gestehen … nein, ich muss Euch, liebe Großmutter, um einen Gefallen bitten. Und zwar keinen beliebigen Gefallen, sondern um einen lebensgefährlichen.«

Nochmals verlor Johanne den Faden. Sie hatte sich verheddert und wünschte, sie hätte sich etwas behutsamer ausgedrückt. Außerdem wusste man nie so recht, welche Ansichten Großmutters strenger Gott in moralischen Fragen vertrat. Ob Nasjonal Samling oder Heimatfront, wem Seine Sympathien gehörten, erschloss sich Nichtgläubigen nicht so ohne Weiteres.

Stille, das Feuer knisterte. Die Miene der Großmutter war unergründlich. Ein Außenstehender hätte ihr Schweigen für Zögern oder Missbilligung halten können, vermutlich aber sann sie über eine kurze, prägnante Formulierung nach.

»Ich wandere bereits im Tal der Todesschatten. Ich hatte ein gutes Leben. Es würde mich schmerzen, wenn unser Beisammensein nicht einer guten Sache gälte.«

Johanne ließ sich mit ihrer Erklärung Zeit, was durchaus gestattet war. Ihre Großmutter erwartete durchdachte Erläuterungen.

»Dort drüben neben der Tür, liebste Großmutter«, begann Johanne und holte anschließend tief Luft, um ohne Pause weitersprechen zu können, »befindet sich ein loses Bodenbrett. Darunter möchte ich Geld und Dokumente verstecken. Ein Mann oder eine Frau von der Heimatfront wird in einer, spätestens aber zwei Wochen nach Frøynes kommen und folgende Worte sagen: ›Ich soll von jemandem grüßen, der nie auf der Ran, aber auf der Beduin gesegelt ist.‹ Genau diese Worte und keine anderen und genau in dieser Reihenfolge. Darauf sollt Ihr antworten: ›Ich bin auf der Ran gesegelt, aber nie auf der Beduin.‹ Der Kurier sagt daraufhin: ›Es ist gut, mit Freunden Norwegens zu segeln.‹ Das ist alles. Diese Person wird das Geld und die Dokumente unter dem Brett abholen. Ich kann es Euch aufschreiben, Großmutter, denn ein Zettel verschwindet schnell im offenen Kamin, falls die falschen Männer an die Tür klopfen.«

Nach dieser Erläuterung war ihr schwindelig. Jetzt hatte sie ihre eigene Großmutter, eine über Achtzigjährige, in die verbotenen Tätigkeiten der Heimatfront hineingezogen.

Dass die Antwort auf sich warten ließ, brauchte sie nicht zu beunruhigen. Großmutters Miene war wie immer unergründlich, als sie in das verglimmende Feuer starrte.

Als sie schließlich zu sprechen begann, lächelte sie, was nur sehr selten geschah.

»Dein Vertrauen ehrt mich. Ich bin stolz auf dich. Für Worte, die über Leben oder Tod entscheiden, benötigt das Gedächtnis keinen Zettel.«

Noch ungewöhnlicher war, dass sie sich vorbeugte und Johanne wortlos mit ihrer schmalen, knochigen Hand über den Arm strich. Ihren nackten Unterarm rauf und runter, zweifellos eine erotische Annäherung, vollkommen ungewohnt: Das konnte nur ein Albtraum sein.

Tante Christa strich ihr über den Arm, um sie zu wecken, und Johanne erwachte von ihrem eigenen Schrei.

»Ruhig, ruhig, ich bin's doch bloß, hab keine Angst, du bist in Sandhamn, du bist zu Hause«, tröstete Tante Christa sie. »Ingeborg meinte, es würde dir guttun, ein wenig draußen zu sitzen. Ich könnte dir bei dieser Gelegenheit, wenn es dich nicht zu sehr anstrengt, auch gleich die Haare schneiden.«

»Entschuldige, der Traum war so realistisch.«

»Und wo warst du? Nein … warte! Vergiss meine Frage!«

»Es war weiter nichts dabei, ich war bei Großmutter auf Osterøya. Aber dann hat sie meinen Arm gestreichelt, so vertraulich, dass ich es mit der Angst bekommen habe. Und dabei warst es nur du, Tante Christa. Ich habe auf Norwegisch geträumt, aber nun ist alles in Ordnung!«

Sie lachten erleichtert. Tante Christa hatte bislang weder Schwedisch noch Norwegisch gelernt.

Die Infusionsflasche war verschwunden, und auf dem Nachttisch stand eine Wasserkaraffe. Vorsichtig schwang Johanne die Beine über die Bettkante und stellte sich hin. Erst schwankte sie leicht, dann aber verflog der Schwindel rasch.

Tante Christa platzierte sie resolut auf einem Gartenstuhl hinter dem Langhaus und legte Kämme und zwei Scheren auf den Tisch. Sie erklärte, es sei ihr ein Vergnügen, wieder einmal jemandem einen anständigen Haarschnitt im Stil der fidelen Zwanzigerjahre zu verpassen.

Johanne protestierte halbherzig. Sie hatte Fotos aus dieser Zeit gesehen. Damals hatten die Frauen wie flachbrüstige »Garçonnes« ausgesehen, die ihr zurechtgestutztes Haar kokett wie einen kleinen Helm auf dem Kopf trugen.

Aber sie hatte ohnehin keine Wahl. Auf der linken Seite waren ihre Haare vollkommen versengt, und zwischen dem Schorf schaute nur hier und da etwas roter Flaum hervor. Bis alles verheilt war, würden noch mehrere Wochen vergehen, und bis das Haar nachgewachsen war, mehrere Monate. Es blieb ihr nichts anderes übrig, als wieder von vorne zu beginnen. Beidseitig gleich lang, das hatte die Frau Doktor verschrieben, und dazu in der nächsten Zeit noch viele Bäder im Salzwasser der Ostsee, und zwar ohne Bademütze.

»Wo ist Mutti? Ich habe sie seit meiner Ankunft nicht

mehr gesehen. Wie bin ich denn überhaupt hierhergekommen?«

Tante Christa ließ die Schere sinken und sah aufrichtig erstaunt aus.

»Erinnerst du dich nicht?«

»Nein. Mit meinem Gedächtnis stimmt was nicht. Außerdem höre ich nur noch auf dem rechten Ohr.«

»Dein Trommelfell ist geplatzt, und es wird einige Wochen dauern, bis es verheilt. Erinnerst du dich denn überhaupt nicht daran, was geschehen ist?«

»Nur bruchstückhaft. Ich erinnere mich beispielsweise an den Vortag. Zumindest vermute ich, dass es der Vortag war. Wann bin ich überhaupt hier eingetroffen?«

»Am 20. Juli.«

»All right. Dann war es der Vortag, an den ich mich bis zu einem gewissen Punkt erinnere. Aber wie kam ich hierher?«

Tante Christa schnippelte eine Weile weiter, ehe sie antwortete.

»Fast ohnmächtig bist du am Ufer in Skärkarlshamn herumgewankt. Hans Olaf und Carl Lauritz sind dir entgegengerannt und haben dir nach Hause geholfen.«

»War ich ganz alleine zu Fuß unterwegs?«

»Ja, mit dunkler Sonnenbrille, einer Künstlerbaskenmütze und einem Halstuch.«

»Und dann?«

»Deine Mutti hat sich in Sekundenschnelle in eine Chirurgin mit magischen Fähigkeiten verwandelt und hat dich stundenlang auf dem Esstisch operiert.«

»Ja! An die rot-weiß gemusterten Decken erinnere ich mich.«

»Genau, wir haben dich auf ein paar gefaltete Decken gelegt.«

»Und dann? Ich war bewusstlos, lag im Fieber, hatte seltsame Träume. Aber wo war Mutti? Warum habe ich sie nicht gesehen?«

»Wir haben abwechselnd an deinem Bett gewacht. Du hast in deinen Kursen vermutlich einiges über Brandverletzungen gelernt.«

»Und wo ist Mutti jetzt?«

»Im Augenblick schläft sie. Bei dieser Hitze schläft sie viel.«

Die Unterhaltung kam zum Erliegen. Tante Christa konzentrierte sich auf den Haarschnitt und gab sich zumindest den Anschein, als wüsste sie, was sie tat.

Johanne war sich nicht sicher, ob sie das Gespräch fortsetzen sollte.

»Habe ich im Fieber gesprochen?«, fragte sie schließlich. »Habe ich Unsinn geredet?«

»Durchaus. Allerdings auf Englisch.«

Tante Christas Tonfall war nicht misszuverstehen. Sie betonte Englisch wie ihr Mann, Onkel Oscar, der alles Englische und alle Engländer hasste.

Tante Christa schnippelte und kämmte, und sie schwiegen ein Weilchen. Immer noch hingen viele Fragen in der Luft. Keine einfachen Fragen.

Nur das Klappern der Schere war zu hören. Rote Haarbüschel fielen in den Sand.

»Bericht wie folgt«, sagte Tante Christa schließlich mit dem manchmal recht übertrieben militärischen Tonfall ihres Mannes, den sie des Öfteren nachahmte.

Der sachliche Bericht lieferte auch unausgesprochene

Informationen. Die Zeitungen hatten sich während der letzten Tage eingehend mit dem sogenannten Krylboer Knall beschäftigt, gingen aber davon aus, dass es sich um ein Unglück handelte. Von Sabotage war nicht die Rede. Es wurde über heiß gelaufene Räder und übermäßige Radlagerreibung als Brandursache gemutmaßt.

Aber man konnte schließlich nicht wissen, welche Ansichten der Zensur zum Opfer fielen. Oscar analysierte die Situation wie immer ohne den geringsten Zweifel. Eine Person, die sich am Tag nach der Krylboer Explosion halb ohnmächtig und mit schweren Brandverletzungen in Skärkarlshamn dahinschleppte, setzte lieber das eigene Leben aufs Spiel, als ein normales Krankenhaus aufzusuchen. Ergo hatte sich seine geliebte Nichte die Verletzungen bei einem Vorfall zugezogen, den die Behörden mit größter Strenge ahndeten. Am Tag nach der Krylboer Explosion, wie gesagt. Zu diesem Zeitpunkt hatte es keine andere Explosion gegeben. Die liebe Johanne riskierte also die Todesstrafe für sich selbst und lange Gefängnisstrafen wegen Beihilfe für die übrigen Familienmitglieder. Die Familie würde natürlich zusammenhalten. Aus der Denunziantengesellschaft war man 1935 ausgestiegen. So sah die Lage aus.

»Und Papi«, fragte sie, »was meinte der?«

»Das Übliche. Schwamm drüber. Du weißt schon.«

Die unausweichliche Frage hing weiterhin in der Luft.

Sollte sie sie einfach beantworten oder Tante Christa dazu zwingen, sie offen und direkt zu stellen?

Nur das Geräusch der Schere. Der Kopf fühlte sich allmählich kühl an. Eine kreischende Möwe segelte ganz dicht über das Grassodendach des Langhauses.

»Ja«, meinte Johanne schließlich. »Krylbo war beabsichtigt. Ich gehöre einer Abteilung der Heimatfront an, die mit der SOE, der Special Operations Executive, zusammenarbeitet. Nach dem 9. April war ich als Kurierin in Norwegen tätig, wurde aber vor einigen Monaten enttarnt. Daraufhin haben sie mich für andere, neue Aufgaben ausgebildet. Dann kam die Aktion in Krylbo. Eigentlich darf ich nichts erzählen, das verstößt gegen sämtliche Regeln, denn Mitwisser machen sich mitschuldig.«

Die Schere schnippte noch dreimal, dann wurde sie langsam und beherrscht beiseitegelegt, ehe Christa vollkommen die Beherrschung verlor. Laut schluchzend warf sie sich Johanne um den Hals und versicherte, dass nichts sie mit größerem Stolz erfüllen und nichts auf der Welt wichtiger sein könne, als Deutschland zu besiegen, nein, nicht ihr Deutschland, sondern das Deutschland der Nazis. Das könne Johanne sicherlich nachvollziehen, nicht wahr?

Diese Reaktion der sonst so beherrschten und kühl analysierenden Tante Christa, einer laut Mutti »alten unverbesserlichen Bolschewistin«, wirkte übertrieben. Ihr ständiger Streit über Sozialdemokratie versus Bolschewismus dauerte jetzt schon über dreißig Jahre an. Johanne konnte sich nicht daran erinnern, Tante Christa je weinen gesehen zu haben, höchstens einmal vor Rührung. Und jetzt dieser Ausbruch! Wie sollte sie darauf reagieren?

»Ruhig, ruhig, Tante, *noch ist Polen nicht verloren*«, versuchte sie sie zu trösten und strich der schluchzenden Frau tröstend über den Rücken. Im gleichen Moment erkannte sie, wie unangemessen diese alte deutsche Redensart in diesem Zusammenhang war. Wenn etwas wirklich und wahrhaftig verloren war, dann Polen.

»Ich wollte nur sagen«, lenkte sie ab, »dass wir die Hoffnung nicht aufgeben dürfen und weiterhin Widerstand leisten müssen.«

Tante Christa befreite sich behutsam aus der Umarmung, zog ein Spitzentaschentuch aus der Tasche, trocknete ihre Tränen und lächelte verlegen.

»Offenbar weißt du über einige Dinge nicht Bescheid«, sagte sie und packte Kämme und Scheren weg. »Morgen machen wir beide einen langen Spaziergang, dann erzähle ich dir alles.«

Sie reckte sich, wie um ihre Fassung zurückzugewinnen, und machte sich dann auf den Weg zur Dalstugan. Dort hatte sie sich wie immer mit Onkel Oscar für den Sommer häuslich eingerichtet einschließlich Reisebibliothek. Nach wenigen Schritten hielt sie jedoch inne und kehrte um.

»Marsch ins Wasser, mein Mädel, strenge Anweisung der Frau Doktor. Und zwar ohne Bademütze!«, befahl sie scherzend und entfernte sich wieder.

Nachdenklich blieb Johanne alleine zurück. Was hatte die Tante gemeint? Dinge, die sie nicht wusste? Um Kriegsgeheimnisse konnte es sich wohl kaum handeln, denn über diese wusste sie besser als alle anderen Familienmitglieder Bescheid. Mit Ausnahme ihrer kleinen Schwester Rosa vielleicht, die an unbekannter Adresse in unbekannter Stellung für den schwedischen Nachrichtendienst arbeitete, worüber sie aber nie ein Wort verlor.

Schweiß lief ihr den Rücken hinunter, durchnässte ihr Nachthemd und lenkte ihre Gedanken in eine andere Richtung. Dafür war nicht mehr das Fieber verantwortlich, sondern der heißeste Sommer seit hundert Jahren. Vor einer

Woche waren auf der Leeseite des Langhauses 38 Grad im Schatten gemessen worden.

Auf dem Steg legte sie ihren Bademantel ab und sprang, da sie nackt war, schnell ins Wasser, da zwischen ihr und den Badegästen am Sandstrand in Skärkarlshamn nur knappe Hundert Meter lagen.

Mit entspannten Zügen schwamm sie im Schatten der Beduin. Als sie den Bootsrumpf passierte, erblickte sie im Sonnenlicht viele kleine Flundern, die in alle Richtungen davonglitten, um dem bedrohlichen Schatten des weißen Wales über ihnen zu entkommen.

Ihr Kopf fühlte sich ohne das lange Haar ungewohnt kühl an.

Sie tauchte erneut im Schatten der Beduin und schwamm auf die neue Leiter am äußeren Senkkasten des Badestegs zu, die offenbar angebracht worden war, weil die Frauen nicht so gern ins Wasser sprangen.

Sie stützte sich eine Weile mit den Unterarmen auf eine Sprosse der Leiter und keuchte dabei vor Anstrengung. Ganz wiederhergestellt war sie noch nicht. Das kühle Wasser schien aber nicht nur ihren Körper, sondern auch ihre Erinnerung zu erfrischen.

Der Zug 4352 fuhr langsam in den Bahnhof ein. Entsetzt starrten die drei auf den Waggon NSB 40256 hinunter. Heller Rauch drang sowohl aus den Lüftungen im Dach als auch aus den Lattenwänden. Das Feuer war verzögert ausgebrochen. Eine Sprengladung mit Zeitzünder wurde als Maßnahme erwogen. Nein, die würde man finden. Haugli, falls er wirklich so hieß, reichte ihr eine mit Benzin gefüllte Gummipumpe und stieß sie aus dem Lastwagen, schließlich trug sie als Einzige eine Uniform. Sie überquerte zielstrebig und mit ruhigen Schritten die Gleise. Sobald sie vom Bahnhofsgebäude aus nicht mehr zu sehen war, rannte sie. Der Zug befand sich noch in Bewegung, als sie die Pumpenspitze in einen Spalt des Waggons drückte und das Benzin ins Innere spritzte. Dann warf sie die rote Einlaufpumpe weg, entfernte sich eilends einige Meter und kehrte langsam zum Lastwagen zurück, während sie einen Blick auf ihre Kartentasche warf und ihre Uniformmütze zurechtrückte.

Danach beging sie einen gravierenden Fehler, an den sie sich in diesem Moment wieder ganz deutlich erinnerte. Um sich zu überzeugen, dass alles geklappt hatte, drehte sie sich um. Flammen schossen aus dem Waggon. Dann wurde alles schwarz.

Das eine Knie schmerzte, und bis auf einen schrillen hohen Ton hörte sie nichts mehr. Blind. Aber keine Schmerzen im Gesicht. Der Geruch verbrannter Haare.

An alles Weitere erinnerte sie sich nicht mehr, sie konnte nur versuchen, das Geschehene zu rekonstruieren. Auf die erste große Explosion des Waggons NSB 40256 folgte eine Serie kleinerer Explosionen sowie eine weitere sehr kräftige Explosion. Panik brach aus, Menschen rannten hin und her. Offenbar war sie nur eine von vielen gewesen, die von den Druckwellen der ersten oder der zweiten großen Explosion zu Boden geworfen worden waren. Haugli und M. waren in der Menge der Hilfeleistenden kaum aufgefallen.

Sie hatte im Laderaum unter der Pferdebox gelegen, bewusstlos. So musste es gewesen sein.

Weiter wollte sie sich nicht erinnern, zumindest nicht jetzt. Sie tauchte erneut in das kühle, heilende Wasser ab.

Als sie zum Haus zurückkehrte, schimpfte Mutti, weil

sie nackt gebadet hatte. Schließlich sei der nahe gelegene öffentliche Badestrand gut besucht.

Natürlich war diese Zurechtweisung nur ein unbeholfener Versuch, ihrer Gefühle Herr zu werden. Dann hielten sie sich lange in den Armen.

»Mein tapferes kleines Mädchen«, flüsterte Mutti auf Norwegisch.

»Meine kluge Mutter, meine erstklassige Chirurgin und Lebensretterin«, erwiderte Johanne flüsternd auf Deutsch. Damit war alles gesagt.

Beim Abendessen war alles wieder wie immer. Es herrschte eine fast schon absurde Normalität, als sei weiter nichts vorgefallen.

Den ersten Toast verwendete Vater allerdings darauf, die »Kranke« an der Tafel willkommen zu heißen und ihr ein Kompliment für ihre neue, praktische Frisur zu machen.

Auf der Veranda wurde ein sommerliches Essen serviert, kalter gedünsteter Dorsch mit neuen Kartoffeln, Mayonnaise und Salat, dazu ein trockener Riesling, anschließend Dosenpfirsiche, Schlagsahne und Eiswein. Mutti ermahnte Johanne, nach drei Tagen mit Brühe nicht zu viel zu essen. Wie immer sprachen sie vom Segeln, da die Regatta bevorstand und Carl Lauritz auf einen Sieg hoffte. Wie immer analysierte Onkel Oscar die strategische Lage. Helene bat prompt darum, wieder ins Seglerhäuschen ziehen zu dürfen. Johanne hatte nichts dagegen, zurück ins Haupthaus in eine der Gästekojen zu ziehen.

Selbst nach der Dämmerung war es noch sehr heiß.

Wenig später saßen Vater und Onkel Oscar mit Zigarren und Whiskysoda allein in der Sommernacht. Alles war wie immer.

In dieser Nacht schwitzte Johanne in ihrer stickigen Koje. Sie schlief schlecht und hatte Albträume von einer nächtlichen Fahrt von Sala nach Stockholm. Sie durfte nicht zu spät, aber auch nicht zu früh eintreffen, musste sich pünktlich zur Abfahrt der Waxholm I um acht Uhr einfinden. Mit diesem Dampfer fuhren am Montagmorgen immer nur ganz wenige Passagiere. Gegen die Schmerzen hatten sie Morphium. Und zum Sterben angeblich Blausäurekapseln, wenn es sich nicht um reines Geprahle der Männer handelte.

Nach dem Morgenbad und Frühstück erschien Tante Christa in altmodischer Spazierkleidung, um Johanne abzuholen. Schließlich seien sie verabredet, wie sie vielsagend mitteilte.

Sie begaben sich auf dem Plankenweg am Strand Richtung Trovill, da es auf den Waldwegen im Innern der Insel unerträglich heiß war. Tante Christa hatte einen Sonnenschirm aus rosa Seide mit weißen und pistazienfarbenen Fransen dabei. Jede andere Person hätte in dieser Aufmachung lächerlich gewirkt.

Anfangs schien sie sich nur über Literatur unterhalten zu wollen. Sie hatte einige Bücher von Johanne geliehen, die die »Selbstmörderinnen dieses Jahres« verfasst hatten.

»Zu meinem Erstaunen muss ich zugeben, dass mir deine englische Freundin imponiert. Sie formuliert ihre Gedanken wirklich sehr treffsicher, insbesondere …«

»Als Freundin würde ich sie nicht unbedingt bezeichnen, aber sie war mit Onkel Sverre während seines englischen Exils gut befreundet.«

»Sie hat dir aber eine sehr freundliche Widmung in das

Buch geschrieben und dir viel Erfolg für dein Literaturstudium gewünscht.«

»Was nicht so merkwürdig ist, wie man meinen könnte. Onkel Sverre hat mich und eine Freundin nach dem Abitur auf eine Reise mitgenommen, eine Peregrination, erst nach Paris und dann nach London. Einen besseren Führer hätten wir nicht finden können, ihm standen wirklich alle Türen offen.«

»Ja, daran erinnere ich mich. Unbegreiflich, dass Lauritz zwei junge Studentinnen einfach fahren ließ und noch dazu mit Sverre. Ich weiß ja, wie er in Berlin gelebt hat.«

»Ja, aber der liebe Papi hätte sich so etwas nie vorstellen können.«

»Nein, natürlich nicht, darüber spricht man nicht, man stellt es sich nicht einmal vor. Seid ihr auf dieser Reise übrigens eure Unschuld losgeworden?«

»Findest du diese Frage nicht etwas indiskret, Tante Christa?«

»Doch nicht unter uns progressiven Frauen. Wie auch immer, zurück zu dieser englischen Autorin, also Sverres Freundin. Mein Englisch ist auch nicht mehr das, was es einmal war, aber schließlich haben wir ja ein Wörterbuch in unserem Haus. Folgende Formulierung gefiel mir übrigens am besten. Damit hat sie den Nagel auf den Kopf getroffen. ›A woman must have money and a room of her own if she is to write fiction.‹ Du hast übrigens beides.«

»Ja, aber ich bin Literaturwissenschaftlerin und nicht Schriftstellerin.«

»Schon möglich. Aber ich glaube durchaus, dass ein eigenes Zimmer und Geld für jede Frau von Vorteil wäre, egal ob sie Hutmacherin oder Saboteurin ist. Mir hat auch dieses Spiel mit männlicher und weiblicher Identität in dem zweiten Buch gefallen. Darin fand sich ebenfalls eine Widmung für dich.«

»Ja, aber da war wirklich nichts dabei. Als wir ihr in einem chaotischen Haus auf dem Land vorgestellt wurden, nahm sie einfach einige der überall herumliegenden unverkauften Exemplare zur Hand. Birgitta von Vegesack hat diese Bücher ebenfalls erhalten.«

»Ach, so war das. Aber sag, war diese Virginia eigentlich Sozialistin?«

»Ehrlich gesagt weiß ich das nicht. Beinahe hätte ich gesagt, das sind doch wohl alle vernünftigen Menschen, aber ich weiß es wirklich nicht. Da musst du schon Onkel Sverre fragen, wenn er nächste Woche kommt.«

»Eigentlich spielt es keine Rolle. Nehmen wir mal an, dass sie intuitive Sozialistin war, denn eine überzeugte Marxistin würde nicht zwischen männlich und weiblich unterscheiden. Nicht einmal ich. Meine fast selbstverständliche Reaktion wäre, dass die Klassenfrage immer an erster Stelle kommt.«

Tante Christa hielt inne, schaute auf das Meer und nach Korsö hinüber, wo die schwedische Kriegsflagge auf dem alten Leuchtturm schlaff nach unten hing. Ihr war deutlich anzusehen, dass sie scharf nachdachte. Johanne befürchtete, dass jetzt eine Vorlesung über marxistische Theorie folgte.

So kam es auch. Sie handelte das Verhältnis von Klassenkampf und Geschlechterkampf ab, ausgehend von Virginia Woolfs Gedankenspiel, dass Shakespeares Vorname nicht William, sondern Judith gewesen ist. In diesem Falle hätten nicht nur fehlende Mittel und Räumlichkeiten die Weltliteratur eines Shakespeares beraubt.

Zehn Minuten lang dauerte Tante Christas Vortrag. Vieles war wie immer scharfsinnig, und es fehlte ihr wahrhaftig nicht an eigenen Erfahrungen. Angefangen mit ihrer Entführung von ihrem Liebhaber 1907 in Kiel bis hin zur Revolution von 1919. Das zwölf Jahre währende revolutionäre Abenteuer endete damit, dass Mutti sie aus dem Gefängnis Moabit befreite, indem sie erklärte, die Gefangene Nummer 2213, die als »Christa Künstler« auf der Liste geführt werde, sei eigentlich die Freiherrin Christa von Moltke.

Das war natürlich alles interessant. Tante Christas abenteuerliches Leben setzte sich aus unzähligen spannenden Anekdoten zusammen, und ihre Fähigkeit zur politischen Analyse imponierte Johanne.

Das war es also nicht, was Johanne störte, sondern dass es sich kaum um wichtige und ihrer Nichte bislang unbekannte Dinge handelte, sondern um ganz gewöhnliche Konversation. Vielleicht bereute Tante Christa ihr Versprechen mittlerweile und mied das eigentliche Thema.

Sie erreichten die Landzunge Kniphalsen und gingen bis zur Spitze hinaus, wo sie sich ein Weilchen hinsetzten und von der Brise abkühlen ließen. Tante Christa schaute aufs Meer. Es hatte den Anschein, als müsste sie sich sammeln. Johanne bemühte sich, ihre Ungeduld zu zügeln.

»Jetzt zu dem, was du offenbar nicht weißt«, begann Tante Christa schließlich. »Oscar und ich lebten in größtem Wohlstand im Garten des Bösen, wie man das nennen könnte. Berlin war im Jahr 1934 nicht mehr, was es einige Jahre zuvor gewesen war. Alle Freunde waren verschwunden, und niemand besuchte noch meinen ›Roten Salon‹. Meine Arbeit bei der Roten Hilfe war verboten worden, aber trotzdem fühlten Oscar und ich uns sicher. Eines Abends schlug jedoch der Blitz ein. Zwei unserer Angestellten hatten uns bei der Gestapo angezeigt, weil die Firma Lauritzen im Unterschied zu allen anderen Firmen in Berlin den Tag nicht mit einem einstimmigen ›Heil Hitler‹ begann! Das hatte Oscar streng untersagt. Er wurde von der Gestapo vorgeladen, noch dazu von ihrem höchsten Chef. Und am späten Abend. Hast du diese Geschichte noch nie gehört?«

»Nein, daran würde ich mich erinnern. Und daraufhin seid ihr also nach Schweden gezogen?«

»Nein. Das hier ereignete sich 1934. Oscar fand sich sicherheitshalber in vollem Ornat bei dem Gestapochef ein, schließlich war er im Großen Krieg der Offizier mit den höchsten Auszeichnungen gewesen. Es wäre aber nicht nötig gewesen, alle Orden anzulegen, wie sich herausstellte. Die Angelegenheit wurde im Adlon beigelegt, wo die beiden Herren zu Abend aßen und sich bestens amüsierten. Ja, und am darauffolgenden Morgen wurden die beiden Denunziantinnen im Beisein der übrigen Belegschaft entlassen. Dieser Vorfall verstärkte die Illusion, dass wir unangreifbar waren und weiterhin unseren Geschäften in Berlin und Dresden nachgehen konnten. Uns würde schon nichts Böses zustoßen.«

Tante Christa verstummte und ließ ihren Blick erneut übers Meer nach Korsö schweifen, wo sich die schwedische Kriegsflagge mit ihren drei Spitzen jetzt in der Brise bewegte.

Johanne betrachtete sie verblüfft. Gewiss war dies eine von tausend »guten Geschichten« aus der frühen Zeit des bösen Reiches. Mit größtem Vergnügen würde sie Onkel

Oscar bei Gelegenheit fragen, wie es sich mit dem höchsten Gestapochef zu Abend aß. Eine solche Anekdote eignete sich durchaus als Erzählstoff bei Tisch, zumindest wenn Vater auf seiner Baustelle weilte. In seiner Anwesenheit durfte beim Essen weder von Politik, Geld oder Krankheiten gesprochen werden. Warum ihr diese Geschichte unter vier Augen und im Vertrauen erzählt wurde, war Johanne schleierhaft.

»Aber davon wollte ich jetzt eigentlich gar nicht sprechen«, fuhr Tante Christa fort, nachdem sie einige Minuten geschwiegen hatten.

Sie schien sich einen Ruck geben zu müssen, um zum »Eigentlichen« zu kommen.

»Ich habe mich Karls Verlobter Louise gegenüber unverzeihlich taktlos verhalten«, sagte sie schließlich, »und schäme mich jetzt meiner Gemeinheiten über die Notwendigkeit von Dachreparaturen.«

Johanne schwieg mit zunehmender Verwunderung, während Tante Christa für ein Geständnis Anlauf zu nehmen schien, das eher den Charakter einer Bagatelle hatte.

»Es war das übliche Arrangement«, fuhr Tante Christa energisch fort. »Die Familie meiner Mutter war vermögend, Familie von Moltke vornehm, um nicht zu sagen, äußerst vornehm. So gehörten die von Moltkes zu den sogenannten Seglerfamilien bei der Kieler Woche und saßen immer an der Tafel des Kaisers. Das war wichtig für sie. Aber das weißt du natürlich alles bereits?«

»Offen gestanden, ja, Genossin Christa. Und worauf willst du hinaus?«

»Als Geschäft im kapitalistischen Überbau war die Transaktion ebenso logisch wie banal«, fuhr Christa fort.

»Vulgäres Geld wurde geadelt, und der zahlungsunfähige Adel bereicherte sich. Die Sommerresidenz südlich von Dresden konnte renoviert werden und war anschließend auch im Winter bewohnbar. Dabei spielte übrigens die Dachreparatur eine entscheidende Rolle. Das ist die Pointe. In Zukunft werde ich mich aller Kommentare enthalten, was Louise und ihre Familie betrifft.«

Um zu unterstreichen, dass sie ihr Bekenntnis abgeschlossen hatte, erhob sich Tante Christa, um den Heimweg anzutreten.

Unterwegs versuchten sie, ihre Diskussion über Literatur wieder aufzunehmen, waren aber beide nicht ganz bei der Sache. Johanne hatte den Eindruck, dass Tante Christa immer noch über »das Eigentliche« nachsann, das sie nicht auszusprechen wagte, wovon sie nur notdürftig mithilfe der sinnlosen Geschichte über Dachreparaturen abgelenkt hatte.

*

Vater und Onkel Oscar saßen tagelang mit Bergen vom Kiosk neben dem Dampfschiffanleger erstandenen Zeitungen unten am Ufer und leerten das eine oder andere Glas. Um kein Misstrauen zu erregen, beauftragten sie Carl Lauritz, Hans Olof und die Dienstmädchen, die Zeitungen nacheinander zu kaufen. Zweifellos hatte Onkel Oscar die »Operation« geplant.

Natürlich analysierten sie alles, was über den »Knall in Krylbo« geschrieben wurde. Jede Nuance in den offiziellen Verlautbarungen über die Katastrophe war ihnen wichtig.

Die Erkenntnisse, die sie auf diese Weise möglicherweise

gewannen, behielten sie jedoch für sich, als wären nur sie in der Lage, diese Texte zu deuten. Während der gemeinsamen Mahlzeiten wurde nicht darüber gesprochen.

Johanne fühlte sich mit gutem Grund und in zweifacher Hinsicht wie eine Gefangene. Sie konnte sich, ehe ihre Verletzungen nicht verheilt waren und ihr Haar notdürftig nachgewachsen war, nicht unter die Leute begeben und in den nächsten Wochen deswegen nur lesen und baden. Glücklicherweise hielt das schöne Wetter an. Sie erfuhr nicht, was in den Zeitungen stand, als wäre sie immer noch ein Kind, obwohl sie die Berichte über Krylbo mit Sicherheit besser als die übrigen Familienmitglieder verstanden hätte. Es blieb ihr nichts anderes übrig, als weiter zu baden, gute Miene zum bösen Spiel zu machen und den männlichen Familienoberhäuptern zuzuwinken, wenn sie auf dem Weg zum Steg an ihnen vorbeiging.

Eines Morgens unternahmen Vater und Mutti einen großen Ausflug mit dem neuen Ruderboot. Segeln war aufgrund der Flaute nicht möglich, und das Benzin im Tank des Motorbootes reichte gerade noch für die Heimfahrt nach Saltsjöbaden am Ende der Sommerferien. Mutti hatte für die Fahrt zum Kurhotel nach Saltsjöbaden fast das ganze Benzin aufgebraucht, um Medikamente zu kaufen. Zu diesem Zeitpunkt hatte die bewusstlose Johanne heftig gefiebert, und Kompromisse waren nicht möglich gewesen.

Deswegen hatte Vater sich anschließend zur Werft am Fläskberget begeben und einen schweren, altmodischen Kahn mit vier Riemen gekauft. Waren die Hästholmarna weder mit Segel- noch Motorboot zu erreichen, müsse eben gerudert werden. Diese Kunst hatten einige Familienmitglieder bereits im Vorschulalter erlernt, erklärte er.

An jenem frühen Morgen, als Vater mit Mutti zu einem ganztägigen Ruderbootausflug mit Picknickkorb aufbrach, verlor Onkel Oscar jegliches Interesse an weiterer Zeitungslektüre und wandte sich wieder seinen Romanen und Biografien zu. Tante Christa und ihm war es gelungen, den größten Teil ihrer Berliner Bibliothek trotz der bereits existierenden Liste verbotener Bücher zu retten.

Jetzt lagen die alten Zeitungen auf dem Stapel mit brennbarem Müll hinter dem Geräteschuppen. Daneben der Abfall, der im Meer versenkt werden sollte: Dosen, Flaschen, zerbrochenes Porzellan und alles andere, was nicht brannte. Um die Abfälle kümmerten sich Carl Lauritz und Hans Olaf, die aber in letzter Zeit offenbar andere Dinge im Kopf hatten. Die Regatta rückte näher und war natürlich unendlich viel wichtiger als die Müllentsorgung, eine Ausrede, für die Vater immerhin vollstes Verständnis hatte.

Johanne fluchte, als sie den rekordverdächtig hohen Müllberg nach Zeitungen durchsuchte. Es gelang ihr, die wichtigsten Tageszeitungen, Svenska Dagbladet und Stockholms-Tidningen, auszugraben. Diese beiden Blätter sympathisierten mit den Deutschen und widmeten sich mutmaßlichen Anschlägen mit besonderem Interesse.

Sie legte die Zeitungen in den Leiterwagen und begab sich dann in den Wald, um in aller Ruhe lesen zu können. Die Hitze musste sie in Kauf nehmen.

Noch ehe sie die Krummholzkiefer erreichte, unter der Rosa und sie sich als Kinder immer versteckt hatten, lief ihr der Schweiß den Rücken herunter. Der niedrigste Ast der Kiefer bildete eine perfekte Rückenlehne. Kein Mensch war in der Nähe.

»Todesbataillon rettet Pulverzug in Krylbo aus dem Granatenhagel«, lautete die erste große Schlagzeile der Stockholms-Tidningen. Der folgende Bericht war sehr anschaulich: »Zwei grauenvolle Stunden lang peitschte ein Hagel aus Granatsplittern unablässig auf das Wasser des Dalälven, während die 2 000 Einwohner Krylbos am Flussufer, in Luftschutzkellern und in den Wäldern Schutz suchten.«

Sie blätterte und überflog die Überschriften. Zweiundzwanzig Verletzte hatte es gegeben, und der Jämtlandsexpress war ausgebrannt. In Nachthemden und Schlafanzügen hatten die Fahrgäste aus den brennenden Schlafwagen fliehen müssen. »Halb nackt mussten sich die Passagiere aus dem Zug retten und durch den Granatsplitterhagel rennen, um sich in Sicherheit zu bringen.« Schaufenster waren zu Bruch gegangen, und das Bahnhofsgebäude war schwer beschädigt worden.

Immer rascher und mit zunehmender Verärgerung blätterte sie weiter, bis sie schließlich fand, was sie suchte. Einem Bauern in Hökmora, einige Kilometer von Krylbo entfernt, sei beim Mähen das glühende, qualmende Radlager eines Zuges Richtung Krylbo aufgefallen. Damit, meinte der Reporter, habe sich die Theorie eines überhitzten Radlagers endgültig bestätigt. Die schlechte Qualität norwegischen Schmieröls wurde ebenfalls als mögliche Ursache erwähnt.

Dagens Nyheter gelangte zu denselben Schlussfolgerungen. Die Behörden und Inspektoren des deutschen Militärs, die an der Ermittlung teilnahmen, ebenfalls.

Nirgends wurde auch nur angedeutet, dass es sich um etwas anderes als einen Unfall handeln könnte. In diesem

Punkte waren sich Zeitungen und Behörden vollkommen einig.

Zwei Helden gab es auch: die Bahnhofsarbeiter Folke Lindblom und Gustav Åkerlund, die unter Einsatz ihres Lebens mehrere Waggons von dem brennenden Munitionszug abgekoppelt und mithilfe einer Dampflok, die sie in einem angrenzenden Lokschuppen holten, da die Elektrizität und damit die normale Lok ausgefallen war, in Sicherheit gebracht hatten. Ohne das beherzte Eingreifen der beiden Bahnangestellten, die bald einen Orden erhalten würden, hätte es vielleicht sogar Tote gegeben.

Johanne fand die Orden in diesem Falle durchaus angebracht und blätterte weiter. Sie selbst und ihre Kollegen von der SOE-Sabotagetruppe hingegen hatten sich nicht sonderlich mit Ruhm bekleckert. Ohne den Einsatz der beiden Bahnhofsangestellten hätte die Operation höchstwahrscheinlich einige Menschenleben gefordert. So viel also zu dem idiotensicheren Plan.

Johanne legte die Zeitungen wieder in den Leiterwagen, kehrte schwitzend zu dem überquellenden Abfallhaufen zurück und warf die Zeitungen darauf.

Die Bretter des Stegs waren glühend heiß. Sie rannte das letzte Stück, sprang in das kühle Nass und tauchte bis zur Ankerboje der Beduin. Dann kam sie wieder an die Oberfläche, um Luft zu holen. Eine Weile ließ sie sich mit geschlossenen Augen auf dem Rücken treiben. Mit zunehmender Abkühlung klärten sich ihre Gedanken.

Egal, was ihre Kameraden davon hielten, Aktionen dieser Art würde es für sie nicht mehr geben. Allein die Vorsehung hatte sie vor einer noch größeren Katastrophe und einer Festnahme durch die Hestapo, die Heimliche Staatspolizei, die eng mit den Deutschen zusammenarbeitete und eine intensive Jagd auf englische Spione und norwegische Widerstandskämpfer betrieb, bewahrt.

Ihr Leben aufs Spiel zu setzen stellte kein Problem für sie dar. Das gehörte zum Widerstand, und jeder Kurier, Saboteur, Grenzlotse, Funker, Waffenschmuggler oder Flüchtlingshelfer tat dies ebenfalls.

Während ihrer Ausbildung in der konspirativen Wohnung der SOE in der Brantingsgatan 29 hatte sie sich keine Gedanken darüber gemacht. Erst nachdem ihre Kuriertätigkeit in Norwegen aufgeflogen war und sie von der Gestapo gesucht wurde, hatte sie sich entscheiden müssen, ganz aufzuhören oder sich für neue Aufgaben ausbilden zu lassen. Der Umgang mit Codes, unsichtbarer Tinte, Sprengstoff, elektrischen Zündern, Pistolen und automatischen Waffen war aufregend gewesen und hatte ihr sogar Spaß gemacht. Pistolenschießen würde sie vielleicht auch nach dem Krieg als Sport weiterbetreiben.

Aber während der Ausbildung hatte sie immer nur Deutsche oder Quislinge vor sich gesehen, aber keinesfalls Zivilisten auf einem schwedischen oder norwegischen Bahnhof. Nie wieder würde sie zu den Sabotagetrupps der SOE zurückkehren.

Vermutlich würden sie ihr Vorhaltungen machen, weil ihre Ausbildung damit für die Katz war und weil es die Schuldigkeit eines jeden sei, den Fähigkeiten entsprechend zum Kampf gegen den Nazismus beizutragen. So etwas war leicht dahergesagt.

Aber sie würde nicht nachgeben. Tote Zivilisten waren ein zu hoher Preis. Vielleicht waren den Engländern skandinavische Verluste auch einfach gleichgültig. Ein fürchterlicher, aber vollkommen logischer Gedanke.

*

»Ich werde dir jetzt etwas Grauenvolles vorlesen, nur dass du's weißt«, begrüßte Tante Christa sie, als sie sich energischen Schrittes dem Gartentisch am Strand näherte.

»Wirklich? Dieser Roman ist doch in politischer Hinsicht so zurückhaltend, dass sich bei Erscheinen nicht einmal die Männer aufgeregt haben«, erwiderte Johanne.

Während Tante Christa blätterte, um das trotzdem so unerhört schockierende Zitat zu finden, winkte Johanne dem Kahn ein letztes Mal hinterher. In tadellosem Gleichtakt, wie hätte es auch anders sein können, ruderten Vater und Onkel Oscar zügig davon. Mutti in Umschlagtuch, Sonnenbrille und breitkrempigem Hut winkte zurück. Helene schien schlechte Laune zu haben und winkte deswegen nicht.

»Hör dir das an!«, fuhr Tante Christa fort, als sie das Zitat gefunden hatte: »Saxofon: heiße geschmeidige Glieder, nagender Hunger, Urgesang des Begehrens in tropischem Dschungel, wo der Mondschein betört und die Fasane in lauem Nebel schreien.«

»Ja, daran erinnere ich mich. Und?«

»Mal ganz abgesehen davon, was ich als Frau eines Jägers von schreienden Fasanen im Dschungel halte, so ist dieser Text einfach nur ein hochtrabendes Machwerk. Von unserer Selbstmörderin hatte ich mehr erwartet.«

»Man könnte sagen, dass dieses Zitat nur ein prosapoetischer Ausdruck des ›Bewusstseinsstroms‹ ist, ungehemmt aus dem Unterbewusstsein niedergeschrieben. Das war damals sehr beliebt.«

»So lautet also das großzügige Urteil der Literaturwissenschaftlerin? Aber nur ein paar Seiten weiter kommt dieses verdammte Saxofon zurück, dann allerdings ohne Fasane.«

Sie blätterte zum nächsten Zitat weiter, das sie mit einem Zettel zwischen den Seiten markiert hatte.

»Hör dir das an: ›Saxofon: das Blut singt seine dunkle Klage, es fließt und wogt gegen Mauern aus Stein.‹«

»Ja, das ist sehr ähnlich. Aber ich dachte, wir wollten über den Inhalt des Romans und über Politik sprechen und nicht über künstlerische Girlanden. Im Übrigen trage ich eine gewisse Mitschuld, so seltsam das klingen mag.«

»Wie interessant! Erzähl mir erst einmal diese Geschichte, um die politische Analyse kümmern wir uns anschließend.«

Johanne seufzte und blickte dem Kahn hinterher, der ganz weit draußen Richtung Gumman unterwegs war. Sie selbst war nicht mit von der Partie, weil sie immer noch zum Fürchten aussah. Da auch viele andere Sandhamner Sommergäste wegen Benzinmangels mit ihren Ruderbooten unterwegs waren, ließen sich Begegnungen mit Bekannten nicht ausschließen.

Der Schorf war inzwischen getrocknet und fiel ab, aber manchmal verspürte sie einen wahnsinnigen Juckreiz, dem sie, gemäß allerstrengster ärztlicher Anweisung, nicht nachgeben durfte. Tante Christa, die Ruderpartien verabscheute, hatte großzügig angeboten, an Land zu bleiben und ihrer Nichte Gesellschaft zu leisten.

»Du bist plötzlich so nachdenklich?«

»Entschuldige, Tante Christa. Wo waren wir stehen geblieben?«

»Du wolltest mir erzählen, wie du zur Entstehung eines solchen Machwerkes beigetragen hast.«

»Richtig, aber das ist eine lange Geschichte.«

»Du kannst sie ja ein wenig straffen.«

Aber war es auch eine gute Geschichte? Ja, vermutlich. Die junge Studentin, die gerade Mitglied des Clarté-Bundes geworden war und sich auf das erste Semester in Literaturgeschichte freute, war auf ein Fest geraten, das im Kreise hochstehender Literaten stattfand. Dort war sie Karin zum ersten Mal begegnet, die ihren bürgerlichen Hintergrund, ihre Kleidung, Sprache, Körperhaltung, alles, natürlich sofort durchschaute. Ein solcher »Hintergrund« war damals wie jetzt eigentlich auch in literarischen Kreisen nicht immer comme il faut, nicht einmal bei den ganz Etablierten.

Karin arbeitete an einem Roman, ihrem ersten. Sie wollte die Zwänge schildern, die sie in ihrem Konsumverhalten, Kleidungsfragen und Vergnügungen eingrenzten und sie so zu einem männlichen Besitz wie beispielsweise Autos und Geld machten.

Das Problem war nur, dass Karin zu wenig über die Leute wusste, die sie verurteilen wollte. Ob Fräulein Johanne sie nicht, äußerst diskret natürlich, im Hinblick auf exklusive Gewohnheiten beraten und sie vielleicht sogar in Tanzrestaurants begleiten könne?

Dieser Vorschlag war vielleicht nicht ganz so schmeichelhaft wie beabsichtigt, aber natürlich unwiderstehlich. Sie suchten Pelzgeschäfte auf, und während Johanne Preise und Unterschiede in Stil und Geschmack erläuterte, trug

Karin alles in ein kleines schwarzes Notizbuch ein. Sie besuchten Modenschauen im NK und im Sidenhuset und sogar ein paar Jazz-Clubs. Und so war das Saxofon vermutlich mit etwas zu feierlichen Worten in das Notizbuch geraten.

Die Rolle der Wegweiserin in die höheren Sphären der Konsumgesellschaft war nicht weiter beschwerlich und nach einigen Wochen erfüllt. In dieser Zeit nahm Karins Bewunderung für ihre zehn Jahre jüngere Begleiterin stetig zu. Zu Beginn schienen die einzigen notwendigen Qualifikationen ein sogenannter bürgerlicher Hintergrund und die Fähigkeit, sich in der verachteten Welt der Konsumwaren zurechtzufinden, zu sein. Zumindest war es Johanne so vorgekommen. Ja, so war es gewesen. Im Jahr darauf hatten sie sich dann auch in Berlin etliche Male gesehen.

Am Ende hatte Karin sie gebeten, ihr ein Geschenk zu beschreiben, mit dem ein Mann aus der Mittelschicht versuchen würde, eine junge Frau aus der Arbeiterklasse zu verführen. Vorzugsweise ein Schmuckstück, das Damen der feineren Gesellschaft erschauern ließ.

Tante Christas Gelächter unterbrach die Erzählung.

»Ach, ich weiß! In dem Buch kommt ganz richtig ein geschmackloses kleines Schmuckstück des unsympathischen Verführers vor. Warte, ich habe es sogar unterstrichen, hier muss es irgendwo stehen.«

Sie blätterte eine Weile, bis sie die Stelle gefunden hatte.

»Aus einem kleinen Etui nahm er eine dünne Silberkette mit einem Anhänger aus kleinen Perlen mit einem Aquamarin zuunterst«, zitierte sie.

»Ja«, gestand Johanne. »Das war mein Vorschlag.«

»In der Verdinglichung der Frau ist der Kapitalismus demnach nicht nur verführerisch, sondern auch verlogen«, schloss Tante Christa. »Mir lief tatsächlich der der Autorin so wichtige Schauer über den Rücken, als ich dieses Schmuckstück vor mir sah. Neusilber, maschinell gefertigte Perlen und ein hellblauer Glassplitter, der einen Aquamarin darstellen soll und in den Läden am Odenplan fünfzehn Kronen kostet. Der Mann erwirbt wissentlich Tand und täuscht die Frau. Dein metaphorischer Beitrag zu diesem Roman hatte also offenbar seine Vorzüge. Das mit dem Skunk habe ich aber nicht ganz begriffen.«

»Skunk?«

»Ja. Warte hier … Seite 110 meiner deutschen Ausgabe. Hier ist von ›weiches und samtenes Rauchwerk, Bisam, Skunk und Silberfuchs‹ die Rede. Stammte dieser kleine Tipp ebenfalls von dir?«

»Da hätte natürlich Schupp und nicht Skunk stehen sollen.«

Sie lachten beide.

»Aber ganz im Ernst, Tante Christa …«

»Es wäre mir lieber, wenn du mich ab jetzt nur noch Christa nennen würdest, nicht nur, weil das freundschaftlicher klingt, sondern auch, weil ich mich sonst unnötig alt fühle.«

»Gerne, aber nicht, wenn Vater dabei ist.«

»Nein, natürlich nicht.«

Sie legten eine Pause ein. Wie im Kino, wenn die Spulen gewechselt und die Räumlichkeiten gelüftet werden und das Publikum im Foyer Erfrischungen zu sich nimmt. Johanne ging ins Haus hinauf und bat um möglichst kalte Limonade mit einem Schuss Weißwein.

Vermutlich wäre es besser gewesen, wenn der Roman seinen ursprünglichen Namen, »Die Schaufensterpuppe«, behalten hätte, darin waren sie sich rasch einig. »Astarte« klang zu geschraubt und weckte falsche Assoziationen. Als wäre die Frau eine Art Göttin, die mehr oder weniger im Scherz verehrt werden musste, wie bei den »Reden an die Frau« der Studentenabende.

Die ironische Auseinandersetzung mit der Traumfabrik der Wochenzeitungen und anderen Dingen, die der weiblichen Leserschaft sehr einleuchtete, entging den männlichen Kritikern vollständig. Johanne konnte sich an einige Rezensionen immer noch sehr gut erinnern. Sie hatte sie eingehend studiert, da sie sich insgeheim beteiligt fühlte, wenn auch nur an der Einführung in die kapitalistische Verführung.

Der Roman glich laut einer Stockholmer Zeitung »einer Ranunkel an der Wange eines schlummernden Kindes« oder, wie der Social-Demokraten behauptete, »einer unterhaltsamen poetischen Plauderei«. Am amüsantesten formulierte es der bekannte Dichter Gunnar Mascoll-Silverstolpe, der in der Stockholms-Tidningen die Betrachtung anstellte, dass sich »die weibliche Verliebtheit zu reiner Vergeistigung sublimieren« ließe. Damit war wohl die Episode mit dem Aquamarin gemeint.

So also äußerten sich die Kritiker über den zornigen Angriff auf den von den Männern konstruierten Unterdrückerkapitalismus!

Das lächerliche Saxofon und ähnliche Ausbrüche lenkten die Gedanken in eine falsche Richtung, meinte Christa. Stilistische Mittel wie das Schreiben im »Bewusstseinsstrom« hätten ja damals, im Sommer 1932, diesen schrecklichen Streit ausgelöst. Johanne hatte die ältere Schriftstellerfreundin einige Male eingeladen. Alles war ausgezeichnet verlaufen, schließlich sprach Karin ein sehr brauchbares Deutsch. Aber dann kam die Auseinandersetzung mit Bert, der sich wahnsinnig über das »unterbewusste Schreiben« aufregte und herumschrie, man solle für wache und nicht für schlafende Köpfe schreiben. Zu diesem Zwecke müsse man selber wach sein und dürfe auf gar keinen Fall schlafen, am allerwenigsten auf der Couch eines Analytikers und Quacksalbers! Welch ein Aufstand. Karin war nach dieser Standpauke nie wieder im Salon erschienen.

»So war das damals nun mal«, meinte Christa nachdenklich. »Der Körper sollte durch Sozialismus und Planwirtschaft befreit werden, die Seele durch Psychoanalyse.«

»Ja, leider. Oder auch nicht. Man sollte neuen Ideen gegenüber offen sein, also fragte ich Karin tatsächlich um Rat.«

»Und wie lief das?«

»Ich kann nicht behaupten, dass es sonderlich gut lief. Erst versuchte ich es bei dem Analytiker, den Karin selbst konsultierte, ein Dr. Schindler. Seine Analyse lief darauf hinaus, dass sich sexuelle Hemmungen junger Frauen durch ausgiebigen Geschlechtsverkehr mit älteren Herren wie ihm selbst beseitigen ließen. Ich hatte ja schon immer eine Schwäche für ältere Männer, das hätte also auf ein Ende mit Schrecken hinauslaufen können. Aber Karin gefiel die Sache gar nicht, darum wechselten wir zu einer Frau, Dr. Lene Lampl, die Verdrängung und sexuelle Hemmungen mittels lesbischer Liebe beheben wollte, was bei Karin besser funktionierte als bei mir. Das war nie so mein Ding.«

»Und jetzt ist sie tot«, stellte Christa fest.

Dieser Stimmungsumschwung wirkte angesichts der jüngsten Ausgelassenheit irgendwie verrückt.

»Ja«, räumte Johanne mit leiser Stimme ein. »Jetzt ist sie tot.«

»Warum hat sie sich eigentlich umgebracht?«

»Was weiß man schon? Weil letzten Frühling alles so betrüblich wirkte und es aussah, als würden wir alle in das Tausendjährige Reich einverleibt? So wie in ihrem dystopischen letzten Roman. Jetzt, wo Hitler auf dem Weg nach Moskau ist, sieht es noch düsterer aus. Da denken doch fast alle an Selbstmord!«

»Aber du doch nicht?«

»Nein. Wenn ich sterbe, dann im Kampf gegen den Nazismus. Das erscheint mir als ein viel sinnvollerer und anständigerer Tod.«

Christa brach in Tränen aus, was Johanne dieses Mal nicht erstaunte. Zum ersten Mal streifte sie der Gedanke, ihre Tante könnte tatsächlich verrückt sein. Und sie angesteckt haben, hatte sie doch selbst gerade etwas ziemlich Verrücktes gesagt. Vielleicht war es aber auch ganz einfach nur der Krieg.

Es dauerte eine Weile, bis sich Tante Christa wieder gefangen hatte, danach verbrachten sie den Rest des Nachmittags gut gelaunt damit, Karin Boye und Virgina Woolf zu vergleichen.

*

Als Rosa endlich auf Stippvisite in Sandhamn erschien, begab sie sich unverzüglich mit Johanne zu ihrem Lieblingsplatz unter der Krummholzkiefer.

Es war wie damals in ihrer Jugend, wenn die Schwestern das Bedürfnis verspürten, unter sich zu sein, und nicht auf ihre kleinen Cousins aufpassen und ihren lärmenden Brüdern entrinnen wollten, um Dinge zu besprechen, die nur sie beide etwas angingen.

Jetzt saßen sie wieder so da, barfuß, in Shorts und weißer Bluse. Rosa hatte sich nach ihrer Ankunft sofort umgezogen und sich von einer berufstätigen jungen Dame wieder in einen Teenager verwandelt.

Es war wie früher und auch wieder nicht. Der unterste Ast der Kiefer reichte nicht mehr als Rückenlehne für beide. Johanne hatte gewöhnlich links neben ihrer kleinen Schwester gesessen und hatte ihr meist tröstend einen Arm um die Schultern gelegt. Jetzt waren die Rollen vertauscht.

Rosa war die hässliche kleine Schwester gewesen. Mit karottenrotem Haar, Zahnspange, Brille und schielbedingter Augenklappe. Johanne wurde bei den Tanztees im Clubhaus umschwärmt, während sich Rosa, das ewige Mauerblümchen, ständig aufs Neue unglücklich verliebte.

Vielleicht war es eine Übertreibung zu behaupten, dass aus dem hässlichen Entlein ein Schwan geworden war, denn hässlich war Rosa ohnehin nur in ihren eigenen Augen gewesen. Nachdem sie die fatalen Jahre mit Zahnspange und Augenklappe hinter sich gelassen hatte, kleidete sie sich nun modisch. Mühelos hätte sie sich als Model für Unterwäsche-Anzeigen geeignet, die die Männer neben dem Sport mit Vorliebe lasen.

Die Rollen waren in vielerlei Hinsicht vertauscht. Johanne mied seit Beginn ihrer Sandhamn-Gefangenschaft alle Spiegel. Sie vermutete, dass sie mit ihrem verfilzten, kurz geschnittenen Haar und ihrer wie von Läusen und Räude verschorften Kopfhaut wie eine russische Strafgefangene aussah. Rosa sah, wenn man bei den gängigen Klischees bleiben wollte, aus wie eine gepflegte, intelligente Literaturwissenschaftlerin, Johanne hingegen wie die Spionin in einem deutschen Film. Sie hatten die Rollen also vertauscht, sowohl die äußeren als auch die inneren.

Auf dem Weg zu ihrem alten Versteck sprachen sie über nichts Spezielles, also über das Wetter, über die gesunde, aber einseitige Kost, nur Fisch, und über die Begeisterung ihres Cousins für das Segeln.

Nun endlich ganz für sich und weit von unerwünschten Zuhörern entfernt, war der richtige Zeitpunkt gekommen. Johanne überließ die Initiative ihrer kleinen Schwester, auch hier also vertauschte Rollen. Sie wusste nicht, wie weit Rosa im Bilde war und ob sie nur als ihre kleine Schwester oder auch in ihrer Rolle als Vertreterin einer Behörde neben ihr saß. Rosa, die mit der Situation keinerlei Probleme zu haben schien, wirkte unbekümmert und gelassen und kam ohne Umschweife zur Sache.

»Wie du vielleicht weißt, haben wir Malcolm Munthe bereits einen Tag nach dem Ereignis in Krylbo ausgewiesen. Alles deutete auf einen Anschlag der SOE hin. Die Deutschen konnten aus nachvollziehbaren Gründen nicht dahinterstecken, und die Kommunisten verfügen nicht über die nötigen Mittel, außerdem werden sie gut überwacht. Also kamen nur die Engländer infrage, und zwar mit oder ohne norwegische Helfer. Später wirkten diese Schlussfolgerungen allerdings etwas übereilt, denn für einen Anschlag fehlten jegliche Beweise. So ist die Lage.«

Johanne wusste nicht recht, wie sie antworten sollte. Wurde sie etwa von ihrer eigenen Schwester verhört?

»Wir?«, erwiderte sie vorsichtig. »Wer sind wir? Wer hat Malcolm ausgewiesen?«

»Wir. Schweden, wenn du so willst.«

Wir, dachte Johanne. Wir Schweden, das schloss die Heimatfront vermutlich nicht mit ein.

»Sag mal … befinden wir uns in diesem Krieg auf verschiedenen Seiten?«, fragte sie so ruhig und gefasst wie möglich. »Oder bin auch ich Teil deines Wir?«

»Formal natürlich nicht. Die Leute von der Heimatfront sind Norweger. Ich arbeite für Schweden.«

»Aber doch wohl nicht für die Polizei?«

Rosa lachte, wurde aber sofort wieder ernst.

»Die Polizei? Die Hestapo? Nein, Gott bewahre. Die Polizei macht uns nur Ärger.«

»Jetzt sagst du wieder uns. Hat Schweden Ärger mit seiner eigenen Polizei?«

»Schlaue Frage. All right. Wie du weißt, arbeitete ich zuerst fürs Außenministerium, das mich inzwischen an den Generalstab ausgeliehen hat. Mehr wirst du darüber nicht erfahren, der Unterschied zwischen dir und mir besteht darin, dass ich gesetzlich zum Schweigen verpflichtet bin. Du darfst mir so viel erzählen, wie du willst, aber ich genieße nicht dieselbe Freiheit.«

»Dann haben wir uns also nicht sonderlich viel zu sagen.«

Nach dieser niederschmetternden und unausweichlichen Schlussfolgerung schwiegen sie ein Weilchen. Rosa bohrte ihren nackten Fuß in die sandige Erde und grub mit gespreizten Zehen eine kleine Grube. Wie früher, in einer anderen Zeit, als sie sich noch alles erzählten, was sie niemandem anderem erzählen konnten.

»Du hast recht, das ist vollkommen absurd«, meinte Rosa schließlich. »Schließlich sind wir immer noch wir, ich meine, wir sind Schwestern, die sich bislang in allen Lebenslagen aufeinander verlassen konnten. Aber alles, was ich dir jetzt sage, muss genauso geheim bleiben wie die Dinge, die wir uns früher über die Jungs erzählt haben. Wir umgehen die Gesetze nur ein wenig und betreiben politische Analyse, wie Mutti das genannt hätte.«

»Ist das denn in Schweden noch erlaubt?«

»Sicher nicht, wenn man damit an die Öffentlichkeit geht, aber ganz bestimmt unter Schwestern in den Schären weit weg von der Hestapo.«

Rosa begann, eine Art Märchen von dem neutralen Land im Norden zu erzählen, dem es bislang geglückt war, sich aus dem großen Krieg herauszuhalten. Zu einem hohen Preis, denn Neutralität war nicht umsonst. Daher neigte sich die Neutralität momentan dem stärkeren Part Deutschland zu und erlaubte beispielsweise Transporte deutscher Truppen durch das Land.

Diese Politik wurde von der Regierung gemacht. Die Behörden des kleinen neutralen Landes im Norden waren natürlich verpflichtet, die Politik der Regierung umzusetzen oder sich zumindest den Anschein zu geben.

Aber die Neutralität war nicht so selbstverständlich, wie die Reden des Ministerpräsidenten vermuten ließen. Der König und sein Oberbefehlshaber wollten aufseiten Deutschlands kämpfen, weil sie an den Sieg Deutschlands glaubten. Viele andere, insbesondere die liberalen Journalisten, wollten lieber *gegen* Deutschland in den Krieg ziehen und bis zum letzten schwedischen Soldaten für abgehobene Prinzipien kämpfen. Außerdem gab es eine kleine Gruppe von Menschen, die überhaupt nicht am Krieg teilnehmen wollten, weil sich nicht vorhersagen ließ, welche Seite siegen würde.

Es herrschte also ein ziemliches politisches Durcheinander in dem neutralen Land im Norden. Natürlich behielten alle die Lage im Auge, und nur eines war sicher: Verändertes Kriegsglück bedeutete veränderte Neutralität.

Die bereits besetzten Nachbarländer, die es ungerecht oder geradezu feige fanden, dass sich das neutrale Land nicht besetzen ließ, konnten von dieser Situation profitieren, waren sich dessen aber noch nicht so recht bewusst. In dem neutralen Land gab es große Gebiete ohne deutsche Soldaten. Dort konnten Stützpunkte und Trainingslager für die Ausbildung von Widerstandskämpfern und -kämpferinnen errichtet werden.

Denn noch war nichts entschieden, was auch immer die deutschfreundliche Presse schrieb und glaubte. Gewisse kleine, aber wichtige Behörden in dem neutralen Land wussten nämlich, dass sich nicht einmal die Deutschen des Sieges sicher waren. Ihre Invasionsarmee im Osten besaß nämlich keine Winterkleidung, und ihre Panzer und König Winter lieferten sich ein Wettrennen, und jetzt war die Frage, wer zuerst in Moskau eintraf. Das erste Kapitel endete also unentschieden.

So weit Rosas Märchen mit verschlüsselten Informationen zwischen den Zeilen. Als sie barfuß heimwärts schlenderten, wurde nicht mehr viel gesprochen. Johanne musste sich beherrschen, keine weiteren Fragen zu stellen, denn sie ahnte, dass ihre kleine Schwester sie mehr denn je ins Vertrauen gezogen hatte.

Sie hielten sich an den Händen, als wären sie der schwesterlichen Gemeinschaft aus Kindertagen nicht längst entwachsen, als wäre die eine nicht Spionin und die andere Attentäterin.

Johanne sah ein, dass sie den vollen Umfang der verschlüsselten Botschaft wohl erst nach längerem Nachdenken erfassen würde. Aber Zeit hatte sie ja genug in ihrer mehrwöchigen Gefangenschaft, bis die Verletzungen so weit verheilt waren, dass sie sich wieder unter Leute wagen konnte.

II

DAS LEBEN MUSS WEITERGEHEN – DER KRIEG TUT ES JA AUCH

Die Luft in der verstaubten Wohnung am Sveavägen war stickig. Selbst die Kakteen hatten unter der sieben Wochen anhaltenden Sommerhitze gelitten. Diese Zeit war jetzt vorüber, und etwas Durchzug würde an diesem kühlen Septembertag Wunder wirken.

Irgendetwas stimmte nicht. Beim Betreten der Wohnung war ihr als Erstes die zu manierlich gestapelte Post unter dem Briefkastenschlitz aufgefallen. Sie ließ sie jedoch liegen und öffnete alle Fenster in der Küche und in den beiden kleinen Zimmern.

Sie begann in der Küche. Sie stellte sich vor den Gasherd und sah sich um. Der Spüllappen hing ausgetrocknet über dem Kaltwasserhahn der Zinkblechspüle. Der Herd glänzte blitzsauber, alle Schränke waren geschlossen, und die beiden Stühle am Esstisch standen auf ihren üblichen Plätzen.

Sie öffnete einen Küchenschrank nach dem anderen. Alles schien in Ordnung zu sein. Sie war gespannt, wo sie Spuren von Eindringlingen finden würde. Oder umgekehrt, wo hätte sie in ihrer Küche nach Dokumenten oder Waffen gesucht, wenn sie selbst eine solche »extraordinäre

Haussuchung«, wie ihre englischen Lehrer das nannten, durchgeführt hätte?

Zuerst einmal auf den Küchenschränken. Kurzerhand holte sie die unhandliche Leiter aus der Abstellkammer im Schlafzimmer und stellte sie leise fluchend auf. Ihre Befürchtungen bestätigten sich. Eine kreisende Hand hatte im Staub Spuren hinterlassen. Ihre Wohnung war also durchsucht worden.

Die SOE hatte ihr in den Schulungsräumen der Brantingsgatan viele mehr oder weniger abwegige Dinge beigebracht. Sie hatte sich eifrig alles zum Thema Einbrüche und Schlösser gemerkt, unter anderem eben auch, dass man die eigene Wohnung nach Spuren unwillkommener Besucher absuchen sollte, obwohl ihr das damals eher unsinnig vorgekommen war.

Sie wuchtete die Leiter in die Abstellkammer zurück, ging in die Diele, holte die Post und setzte sich an ihren Schreibtisch im Arbeitszimmer. Die Sendungen waren weitgehend uninteressant, Rundbriefe des Blauen Sterns, Briefe der Fakultät anlässlich ihrer weiteren Beurlaubung, Ansichtskarten von Kollegen, ein Brief von Großmutter Maren Kristine aus Norwegen mit Stempeln der Zensurbehörde, nichts Außergewöhnliches, nichts, was Misstrauen erwecken konnte.

Wer immer die Briefe möglicherweise an ihrem Schreibtisch gesichtet hatte, hatte anschließend alles fein säuberlich mit dem ältesten Poststempel zuunterst wieder zurückgelegt. So weit, so gut. Warum aber war der Stapel so ordentlich unter dem Briefschlitz deponiert und nicht einfach hingeworfen worden, um eine natürliche Unordnung vorzutäuschen?

Schwer zu sagen. Vielleicht war jemand im Treppenhaus vorbeigegangen, und der ungebetene Gast hatte keinen Lärm machen wollen?

Egal. Ihre Küchenschränke und Briefe waren untersucht worden.

Die Post konnte warten. Ihre Bücherregale, die bis an die Stuckatur reichten, überzogen eine ganze Wand in dem kombinierten Wohn- und Arbeitszimmer.

Daran hätte sie natürlich denken müssen. Seufzend kehrte sie zur Abstellkammer im Schlafzimmer zurück und wuchtete nochmals die Klappleiter hervor.

Rasch fand sie, womit sie gerechnet hatte. Die Bücher in der obersten Reihe, die sie nur selten aus dem Regal nahm und auf denen sich daher Staub angesammelt hatte, waren untersucht worden. Die Spuren waren eindeutig.

Ganz offensichtlich hatten die Besucher irgendwann aufgegeben, was wenig verwunderte, waren Bücherregale doch der Albtraum jeder Haussuchung. Mitteilungen und Dokumente ließen sich überall zwischen den Seiten verstecken, darum musste jedes Buch aus dem Regal genommen, durchgeblättert und hinterher so exakt wie möglich zurückgestellt werden. Einige tausend Bücher durchzusehen kostete nicht nur sehr viel Zeit, es ließ sich auch kaum durchführen, ohne Spuren zu hinterlassen. Da gaben viele auf.

Sie ließ die Leiter stehen, setzte sich an den Schreibtisch, warf die unwichtige Post weg und beantwortete alle Briefe, außer den ihrer Großmutter, in dem stand, dass sie netten Besuch von einem alten Fischer, einem Bekannten ihres Mannes, gehabt habe.

Großmutter hätte sich bestens als Mitarbeiterin für die

Heimatfront geeignet! Sie teilte verschlüsselt mit, Geld und Dokumente seien abgeholt worden, allerdings viel später als erwartet. Jetzt war sie diese Sorge endlich los. Wie schön!

Als sie ihre Korrespondenz beendet und die drei Umschläge zugeklebt hatte, beschloss sie, diese sofort auf die Post zu bringen, um herauszufinden, ob sie beschattet wurde.

Sie konnte nichts Auffälliges feststellen. Zweimal machte sie auf dem Absatz kehrt und schlug, als hätte sie etwas vergessen, die entgegengesetzte Richtung ein. Sie fühlte sich an ihre ersten leichteren Übungen im Stadtteil Gärdet und an die schwierigeren im Zentrum erinnert.

Als sie in die Wohnung zurückkehrte, war neue Post eingetroffen.

Eine Ansichtskarte von einem unbekannten Verehrer, der mit »Ihr Freund Nusse« unterschrieben hatte. Der Text war mit Ausnahme der Telefonnummer 12 16 34, die seitlich mit Bleistift ergänzt worden war, uninteressant.

12 geteilt durch 2 bedeutete Treffpunkt 6.

16 34 bedeutete 16.30 Uhr, da die letzte Ziffer immer als Null galt.

16.30 Uhr minus 2 bedeutete 14.30 Uhr.

Die SOE hatte eine wichtige Besprechung am Treffpunkt 6 anberaumt, einer Wohnung in der Scheelegatan im Stadtteil Kungsholmen, zwei Tage nach dem Datum des Poststempels. Die SOE ließ nichts anbrennen, vermutlich würde sie dort den Nachfolger Malcolms, der ja offenbar ausgewiesen worden war, kennenlernen.

Am besten brachte sie es so rasch wie möglich hinter sich, damit es geklärt war. In einem Punkt würde sie keine

Kompromisse eingehen. Sie würde keine Bombenanschläge auf schwedischem Territorium mehr verüben.

*

Sie ergriff die üblichen Vorsichtsmaßnahmen, stieg in die Straßenbahn Linie 4 Richtung Valhallavägen und wählte wie immer einen Stehplatz im Freien. Als die Straßenbahn wegen eines Bierkutschers mit wütendem Klingeln bremste, sprang sie ab, überquerte rasch die Straße und stieg in die Straßenbahn in die entgegengesetzte Richtung ein. Auf dem Odenplan stieg sie in die Eins um, fuhr Richtung Kungsholmen, stieg zwei Haltestellen vor Tegelbacken aus und fuhr in die Gegenrichtung. Nachdem sie ein weiteres Mal abgesprungen war, begab sie sich auf einer Seitenstraße der Sankt Eriksgatan zum Kungsholmsstrand. Dort wartete sie eine halbe Stunde auf einer Bank. Zu früh zu kommen hatte keinen Sinn, man hatte immer auf die Minute genau am vereinbarten Treffpunkt zu erscheinen. Der Führungsoffizier kam immer exakt fünf Minuten später. Konspirative Wohnungen verfügten über mindestens zwei Eingänge, und sie nahm den Haupteingang. Falls das Haus von der Hestapo überwacht wurde, war es besser, wenn sie und nicht der Führungsoffizier gefasst wurde. Dieser wählte stets einen anderen Weg, etwa durch das Nachbarhaus oder durch den Keller.

Sie hatten darüber gescherzt, wie praktisch es doch wäre, Deutsche zu sein, da diese von den Nachforschungen der neutralen Hestapo verschont blieben.

Sie klopfte, das vereinbarte Zeichen. Eine Frau in ihrem Alter, die sie nicht kannte und auch gar nicht kennen sollte, öffnete wortlos. Sie sagte: »Sunshine«, worauf die Frau ihr einen Schlüssel in die Hand drückte, nickte und rasch die Treppe hinunter verschwand.

Wie gewohnt war es eine trostlose Wohnung. Dicke Luft, überquellende Aschenbecher.

Die fünf Minuten kamen ihr wie eine Ewigkeit vor. Sie bereute ein wenig, seit fünf Jahren nicht mehr zu rauchen, schließlich rauchten alle, sogar ihre sportlichen Cousins. Aber es schmeckte ihr ganz einfach nicht.

Überpünktlich klingelte es an der Tür, dreimal kurz und einmal lang. Eine beinahe beleidigend banale Begrüßung. Die Erkennungsmelodie der BBC, der Anfang der Schicksalssinfonie.

Als sie öffnete, konnte sie sich ein Lachen nicht verkneifen. Der Mann, der ihr gegenüberstand, war perfekt als Schwede verkleidet: grauer Trenchcoat mit braunem Militärgürtel, brauner Hut und klobige Schuhe, alles offenbar von MEA.

»Hello, dear«, grüßte er, nachdem sie die Tür geschlossen hatte. »I'm Peter. Peter Rennant, Malcolm's successor, very nice indeed to meet you, Blue Star. You don't mind if we speak English, do you? I'm afraid my Swedish is a bit rusty.«

Er sprach ohne Punkt und Komma und mit derselben Selbstverständlichkeit, mit der er sich seines Mantels entledigte, ihn auf einen Sessel warf und sich auf das einzige Sofa im Zimmer fallen ließ.

»So is my English, I mean rusty«, sagte Johanne und nahm vorsichtig ihm gegenüber auf dem Sessel Platz.

»Nun, das scheint kein größeres Problem zu sein«, fuhr er in seinem perfekten Englisch fort, das sie als »Oxford«

einstufte. »Es gibt ja einiges zu besprechen. Aber darf ich Ihnen zuerst einmal sagen, dass Sie strahlend aussehen. Der Aufenthalt in den Schären scheint Ihnen bekommen zu sein.«

»Vielen Dank. Solange ich die Baskenmütze schräg aufsetze, ist tatsächlich nichts mehr zu sehen.«

»Excellent! Wie gesagt, es gibt noch einige ungeklärte Dinge. Sie haben eine hervorragende Operation durchgeführt, insbesondere Ihr persönlicher Einsatz, die blitzschnelle Improvisation, hat die Situation gerettet. Gut gemacht! Ich hätte allerdings noch einige Fragen. Sie haben doch hoffentlich nichts dagegen?«

»Nein, natürlich nicht.«

Er nahm seine sehr schwedische Aktentasche aus hässlichem Kunstleder mit einem plumpen Griff vom Tisch, zog eine Mappe heraus und begann zu blättern.

Einen Augenblick lang wähnte sich Johanne in einem Film mit Leslie Howard. Malcolms Nachfolger klang ähnlich, war aber viel viriler und sah besser aus als der Schauspieler. Vermutlich waren sie ungefähr gleich alt.

»Da sind Sie, zumindest Ihre Akte. Ich hoffe, Sie haben Geduld?«

»Das hoffe ich auch.«

»Gut! Dann wollen wir mal. Sie haben sich bereits 1938 der freiwilligen Verteidigungsorganisation Blauer Stern angeschlossen. Aus welchem Grund?«

»Weil ich befürchtete, der Krieg würde ausbrechen.«

»1938? Damals glaubte doch niemand wirklich an diese Möglichkeit?«

»Nein, die Engländer nicht, auch nicht Chamberlain, aber ich. Mein Onkel, der im letzten Augenblick aus Nazideutschland entkommen ist, war davon überzeugt und hat mich dann ebenfalls überzeugt. Alles, was Hitler sagte und tat, ließ nur einen Schluss zu, und die Engländer mit ihrer Parole ›Frieden in unserer Zeit‹ hielten wir für Idioten.«

Sie drückte sich drastischer aus als eigentlich beabsichtigt. Es gab keinen Grund, die Engländer in Bausch und Bogen zu verunglimpfen, wenn nur der eigene, sehr britische Führungsoffizier zuhörte. Aber die Selbstverständlichkeit, mit der er sich das Recht herausnahm, sie zu verhören, irritierte sie doch sehr.

»Ausgezeichnet. Aber warum haben Sie ausgerechnet den Blauen Stern gewählt?«, fuhr er unbeeindruckt fort.

Johanne beschloss, sich nicht weiter provozieren zu lassen, sondern gelassen auf alle Fragen zu antworten. Schließlich hatte sie es nicht eilig.

Die Geduldsprobe fiel anstrengender als erwartet aus. Allein dem Blauen Stern widmete Peter Rennant mehr als zwanzig Minuten. Johanne versuchte, alles wahrheitsgemäß zu beantworten, ohne ihm irgendwelche Absichten zu unterstellen.

Junge Frauen, die sich in der Landesverteidigung engagieren wollten, konnten zwischen verschiedenen Organisationen wählen. Für die Luftverteidigung gab es den Verband der »Turmschwalben«, für die unterschiedlichen Waffengattungen unterschiedliche Abteilungen weiblicher Freiwilliger. Dann gab es noch das Kraftfahrerinnenkorps und schließlich den Blauen Stern, der sich um das Wohlergehen von Tieren, primär Pferden und Kühen, kümmerte, solange die Männer eingezogen waren. Hätte sich die Tätigkeit auf die Pflege der Tiere beschränkt, wäre die Sache nicht so interessant gewesen, aber der Blaue Stern unterrichtete die Frauen auch im Gebrauch von Schusswaffen sowie im Führen von Lkws und natürlich normalen Kraftfahrzeugen.

Während des Winterkrieges war Johanne in Finnland gewesen. Damals hatte die Organisation noch Roter Stern geheißen, ein nicht so glücklicher Name. Die Finnen hatten nämlich nicht geglaubt, dass es sich um eine Unterabteilung des Roten Kreuzes handelte, sondern um etwas ganz anderes. Nach der ersten Beschießung war klar gewesen, dass auf die Farbe Rot verzichtet werden musste, und so wurden die Sterne blau.

Trotz dieser beabsichtigt ausgedehnten Darlegung zeigte Peter Rennant nicht die geringste Ungeduld. Sein Interesse ließ keine Sekunde lang nach, er schrieb eifrig mit, erkundigte sich, ob sie an Kämpfen beteiligt gewesen sei – die Antwort lautete ja –, und wollte wissen, ob sie jemanden getötet habe. Hier lautete die Antwort nein.

»Das ist außerordentlich interessant«, fasste er zusammen, nachdem er seine Notizen beendet hatte. »Lassen Sie uns jetzt noch einmal in das Jahr 1938 zurückkehren.«

Nein, dachte Johanne. Warum? Schließlich waren sie endlich im Vorjahr angekommen.

»Und was hat es mit 1938 und dem ›Frieden in unserer Zeit‹ für eine Bewandtnis?«, fragte sie demonstrativ gelangweilt.

»Ich sehe hier, dass es das Jahr war, in dem Sie eine Doktorarbeit eingereicht haben, über … Ich fürchte, ich kann das nicht verständlich vorlesen.«

»Der Einfluss radikaler Strömungen im frühen 19. Jahrhundert auf den jungen Carl Jonas Love Almqvist und deren Ausdruck in seiner programmatischen Romankunst«, leierte Johanne herunter.

»Alle Achtung! Ich habe mir sagen lassen, dass Sie sehr gut Deutsch sprechen und sogar Ihre Doktorarbeit in dieser Sprache verfasst haben. Aus welchem Grund?«

»Ich *bin* Deutsche!«

Ihr harter Tonfall brachte Peter Rennant kurz aus dem Konzept, er fing sich aber rasch wieder.

»Natürlich. Aber Sie sind doch auch Norwegerin?«

»Ja, und zwar in gleichem Maße.«

Dieses Mal bestand die Abschweifung, falls es denn eine war, in einer langen Diskussion darüber, wie perfekt sie die beiden Sprachen in den Ohren von Muttersprachlern dieser Länder beherrschte.

Sie begann mit einer Beschreibung des Klangbildes der deutschen Sprache, hatte sie sich anlässlich ihrer Begegnungen mit deutschen Kontrolleuren während ihrer Kuriertätigkeit in Norwegen doch einige Gedanken darüber gemacht.

Ein deutscher SS-Offizier hörte sofort, dass sie zur gebildeten Oberschicht gehörte. Er hörte auch, dass sie keinesfalls aus Berlin stammte, möglicherweise erkannte er ihren sächsischen Dialekt. Ihre Aussprache in Kombination mit einer leicht herablassenden Höflichkeit hatte zum Zweck, dem Kontrolleur zu suggerieren, er habe eine Generalstochter oder Ähnliches vor sich. Das hatte so gut funktioniert, dass ihr Gepäck auf keiner der sechzehn Kurierfahrten kontrolliert worden war.

Daneben beherrschte sie zwei Formen des Norwegischen, die eine sogar perfekt. Den westnorwegischen Dialekt erkannten fast alle Norweger als solchen wieder. Die andere Variante hatte ihr ein norwegischer Schauspieler beigebracht, der in Stockholm für die Heimatfront und die SOE arbeitete, die Sprache einer Dame aus der Osloer Oberschicht.

Mit dem Schwedischen war es einfacher. Stockholmer ordneten sie sprachlich den vornehmen Vororten Djursholm oder Saltsjöbaden zu. Alle anderen Schweden hielten sie für eine hochnäsige Stockholmerin.

»Brillant!«, rief Peter Rennant und schrieb eifrig mit. »Mal sehen … ob ich was übersehen habe.«

Er blätterte in der erstaunlich dicken Mappe, und Johanne fragte sich, worauf dieses Verhör, denn darum handelte es sich, eigentlich abzielte.

»Vielleicht ist es ja belanglos, ein reiner Zufall, aber noch einmal zurück ins Jahr 1938. Sie haben also im selben Jahr promoviert, in dem sie sich dem Blauen Stern anschlossen. Das sind zwei sehr unterschiedliche Tätigkeiten.«

Nicht schon wieder 1938, dachte sie. Nimmt das denn nie ein Ende? Worauf will er bloß hinaus?

Sie nahm sich zusammen und versuchte, weiter wahrheitsgetreu zu antworten. Im Nachhinein konnte man sagen, dass es ein Fehler gewesen war, die hastig zusammengeschriebene Doktorarbeit so früh einzureichen. Aber sie hatte ihr Lizenziat mit Bestnote abgeschlossen, und nun erwarteten hinsichtlich der Doktorarbeit alle dasselbe Resultat, nur nicht so schnell.

Aber angesichts des drohenden Krieges hatte sie es eilig gehabt. Falls sie in ein anderes Land, vermutlich Norwegen, fliehen musste, schwanden die akademischen Möglichkeiten.

Rückblickend war das wenig vorausschauend gewesen.

Aber ehrlich gesagt hatte ihre Eile auch einen anderen Grund gehabt. Ein Kollege hatte an einer Arbeit über ein sehr ähnliches Thema geschrieben. Wenn er ihr mit der Abgabe zuvorkäme, würde er die Dozentenstelle bekommen, auf die sie es abgesehen hatte. Ihre Rechnung war nicht aufgegangen. Er war inzwischen Professor, und sie unterrichtete vertretungsweise Erstsemester. Sie hatte sich also ihre akademische Karriere verbaut, konnte es aber auf den Krieg schieben. Wie viele andere auch.

Zum ersten Mal hing er schweigend seinen Gedanken nach.

»Entschuldigen Sie, ich bin arg abgeschweift«, sagte sie. »Kennen Sie sich in der akademischen Welt aus?«

»Ein wenig. Ich habe in Cambridge studiert. Mein Hauptfach war Geschichte, aber eine Abhandlung habe ich nicht geschrieben. Der Krieg kam dazwischen.«

»Cambridge? Ich hätte auf Oxford getippt. Das könnten Sie aber immer noch nachholen, wenn der Krieg vorbei ist.«

»Stimmt. Aber erst einmal müssen wir ihn gewinnen. Und damit komme ich zur nächsten Frage. Sie haben sechzehnmal Geld und wichtige Dokumente nach Norwegen geschafft, ohne festgenommen zu werden. Das ist rekordverdächtig. Besonders wenn man an die erste Zeit denkt, als alle noch Anfänger waren. Aber dann wurden Sie also enttarnt?«

»Ja.«

»Wissen Sie, warum?«

»Ich denke schon. Sechzehn Besuche in rascher Folge bei meiner Großmutter auf einer kleinen Insel bei Bergen waren vielleicht … wie soll ich sagen …?«

»Auffällig.«

»Genau, vielen Dank. Sehr auffällig sogar. Jedenfalls für alle, die bis sechzehn zählen können. Und die Gestapo kann noch mehr.«

»Handelt es sich um einen begründeten Verdacht, oder wissen Sie es?«

»Ich weiß es.«

»Und woher beziehen Sie diese Information?«

»Aus der denkbar verlässlichsten Quelle.«

»Ja. Das haben Sie der Milorg auch erklärt, als Sie um neue Aufgaben baten.«

»Und es stimmt. Die denkbar verlässlichste Quelle, tut mir leid.«

»Und diese Quelle wäre?«

»Bin ich wirklich gezwungen, sie zu nennen? Steht es mir nicht eigentlich frei, diese Vernehmung jederzeit zu verlassen?«

»Zweifellos. Das können Sie. Damit würden Sie allerdings jegliche Verbindung zu uns und der Milorg kappen. Solche ungeklärten Fragen sind uns ein Dorn im Auge.«

Sie zögerte. Ein Schweißtropfen lief aufreizend kitzelnd ihren Rücken herunter. Sie unterdrückte den Impuls, sich zu kratzen.

Beharrliches Schweigen würde sie jeder Möglichkeit berauben, weiterhin für Norwegen zu arbeiten.

Wenn sie aber antwortete, verriet sie ihren Bruder, der zwar selber ein Verräter war, ihr aber trotzdem das Leben gerettet hatte.

Der SOE-Chef betrachtete sie unverwandt freundlich, als sei er einfach nur neugierig. An seinem Hinterkopf standen ein paar widerspenstige Haare ab, was seinem Gesicht einen jungenhaft-unschuldigen Ausdruck verlieh, der aber ganz sicher nur eine Illusion war. Schließlich gehörte er der SOE an und sah rein zufällig wie ein Engländer und nicht wie ein Gestapomann aus.

»Wie gesagt, ich erhielt die Information aus erster Hand.«

»Uns interessiert natürlich, um wessen Hand es sich dabei handelt.«

»Die meines älteren Bruders.«

»Erstaunlich. Und was wusste er über Ihre Kuriertätigket in Norwegen?«

»Einiges. Er war damals in Oslo stationierter SS-Hauptsturmführer. Inzwischen ist er zum Sturmbannführer befördert, aber in den Osten versetzt worden.«

Zum ersten Mal während dieses Verhörs geriet Peter Rennant aus dem Konzept. Er trommelte mit seinem Bleistift auf die abgegriffene Pappmappe auf dem Eichentisch und dachte nach.

»Verstehe«, sagte er schließlich. »Sie haben einen Bruder, der Major ist – Sturmbannführer entspricht doch dem Rang eines Majors, sehe ich das richtig?«

»Genau.«

»Und er teilte Ihnen also mit, Sie seien enttarnt worden?«

»Genau.«

»Aber er war doch in Oslo stationiert? Wie hat er das bewerkstelligt?«

»Er hat es mir bei einem Mittagessen in Saltsjöbaden im Beisein meiner Eltern erzählt. Er formulierte seine Botschaft sehr konkret: ›Wenn du noch einmal fährst, wirst du in einem Keller gefoltert und anschließend erschossen. Wenn du erzählst, dass ich dich gewarnt habe, werde ich ebenfalls in einem Keller erschossen.‹ Ich hatte keinen Grund, daran zu zweifeln.«

»Stimmt! Und Sie haben also verschwiegen, dass Sie einen Bruder haben, der SS-Offizier ist?«

»Ja.«

»Warum?«

Seine plötzliche Aggressivität löste eher Wut als Angst in ihr aus. Mit einem Mal war ihr dieser englische Laffe, der nur seine eigene Sprache beherrschte, wodurch er seine Gesprächspartner in eine benachteiligte Position zwang, und der zivile Verluste bei Einsätzen in Schweden für bedeutungslos hielt, schrecklich unsympathisch.

Johanne machte Anstalten, sich zu erheben.

»Entschuldigen Sie«, sagte er daraufhin. »Ich wollte keinesfalls unverschämt sein, Ihre Antwort interessiert mich wirklich. Warum haben Sie die SS-Mitgliedschaft Ihres Bruders verschwiegen?«

Johanne dachte nach. Lag das nicht auf der Hand?

»Heißen Sie wirklich Peter Rennant?«, fragte sie inquisitorisch.

»Ja, natürlich.«

»Und welchen Rang bekleiden Sie?«

»Hauptmann, aber ich werde demnächst befördert.«

»Und im Augenblick sind Sie Chef der SOE in Stockholm und einer der loyalsten Soldaten in der Armee Seiner Majestät?«

»Ich gehöre der Marine an, aber das Übrige stimmt. Worauf wollen Sie hinaus?«

»Wie würden Sie sich verhalten, wenn Sie einen Bruder in der SS hätten? Wie groß wäre Ihr Bedürfnis, davon zu erzählen?«

Er schloss die Augen, als hätte sie ihm eine Ohrfeige gegeben. Dann holte er tief Luft und sammelte sich.

»Ich verstehe, was Sie meinen, sehr gut sogar. Können wir jetzt weitermachen? Wir sind beinahe fertig.«

Er stellte ihr noch einige Kontrollfragen über den Einsatz in Krylbo, die das eventuelle Risiko beleuchten sollten, dass geheime Informationen durchsickerten. Bislang deutete nichts darauf hin. Johanne gab zu, dass ihre Familie die Zusammenhänge ahnte, ohne offen darüber gesprochen zu haben. Dass ihre Angehörigen aber etwas ausplauderten, hielt sie für ausgeschlossen. Teils aus Gründen der Loyalität, teils weil nicht nur Johannes Haut auf dem Spiel stand, sondern die aller Familienmitglieder.

Damit schien diese Frage geklärt. Die Nachmittagssonne leuchtete Johanne direkt in die Augen, und sie erhob sich, um den Vorhang zuzuziehen.

»Das lief doch bis hierher ganz ausgezeichnet. Bleibt nur noch die große Frage«, sagte Peter Rennant und schob ihre Akte in seine lächerlich schwedische Tasche, um deutlich zu machen, dass das Verhör beendet war.

»Und die lautet?«, stellte Johanne gehorsam die Gegenfrage.

»Wie machen wir jetzt weiter, Sie, ich, die SOE und Milorg?«

»Ich für meinen Teil werde nie wieder an einem Anschlag auf schwedischem Territorium teilnehmen. Das ist eine *conditio sine qua non*. Sie haben doch sicher Latein gelernt?«

»Auf dem Internat leider viel zu viel. Eine unumstößliche Bedingung also. Hat diese Entscheidung emotionale Gründe?«

»Zum Teil. Sie beruht aber auch auf operativen oder sagen wir politischen Erwägungen. Tote Schweden schaden der Sache, besonders der norwegischen.«

»Ausgezeichnet formuliert. Ich will ganz aufrichtig sein. Sie sind die perfekte Agentin. Zudem noch eine äußerst attraktive Frau, wenn ich mir diese strikt militärische Beobachtung erlauben darf. Sie beherrschen drei Sprachen und können sich mühelos in ganz Skandinavien bewegen. Kurz gesagt sind Sie für jeden Geheimdienst eine Traumkandidatin.«

»Zu freundlich, aber mit Schmeichelei erreichen Sie bei mir nichts. Ich werde nie mehr an einem Anschlag teilnehmen, der das Leben von Schweden gefährden könnte.«

»Das haben Sie sehr eloquent und unmissverständlich zum Ausdruck gebracht. Aber Sie möchten den Kampf für ein freies Norwegen fortsetzen?«

»Selbstverständlich!«

»Sehr gut. Es bieten sich unzählige Möglichkeiten.«

Er begann, ihr diese Möglichkeiten – Anschläge ausgenommen – ausführlich zu erläutern. Das reichte vom bewussten Einsatz weiblicher Schönheit über Flüchtlingshilfe, Waffenschmuggel bis zu Chauffeurdiensten für Saboteure und Funker und viele andere Dinge mit den Lastwagen des Blauen Sterns. Er schien bester Laune zu sein, woraus Johanne folgerte, dass sie ihre Prüfung bestanden hatte. Als er seine Ausführungen beendet hatte, erhob er sich, streckte sich nach seinem hässlichen Trenchcoat aus und verbeugte sich. Dann schien ihm noch etwas einzufallen.

»Entschuldigen Sie meine Unhöflichkeit«, sagte er. »Haben Sie noch Fragen?«

»Ja, zwei. Die erste ist wichtig, die zweite nur amüsant. Während ich mich in den Schären erholt habe, wurde meine Wohnung durchsucht. Waren das Ihre Leute?«

»Nein«, erwiderte er und ließ sich wieder auf das Sofa sinken. »Sind Sie sicher?«

»Ja, vollkommen. Meine Wohnung wurde durchsucht, mir ist aber nicht ganz klar, wonach. Natürlich haben sie nichts gefunden, bei mir gibt es nicht einmal einen Dechiffrierschlüssel.«

»Unsere Leute waren das jedenfalls nicht«, sagte er, verstummte und dachte eine Weile nach. »Keiner unserer Agenten hatte in letzter Zeit Besuch, zumindest nicht so weit uns bekannt.«

Dann dachte er laut nach. Die Deutschen konnten es auch nicht gewesen sein, da die Abwehr nur über eine begrenzte Anzahl Mitarbeiter in Stockholm verfügte, die solche Risiken gar nicht eingehen mussten, da die geheime Staatspolizei ihr verlängerter Arm in Schweden war. Die Polizei lieferte zwar keine verdächtigen Norweger mehr an die Gestapo aus und besaß auch nicht die Befugnis, Schweden zu internieren und zu foltern. Ebenso wenig durfte sie Wohnungen ohne Beschluss der Staatsanwaltschaft durchsuchen. Aber jemand anderes kam eigentlich nicht infrage.

Aber wenn nun die Gestapo und die SS in Oslo sie verdächtigten? Ja, so musste es sein. Dann hatte die schwedische Polizei der Gestapo einen Gefallen getan. Das war eine wichtige Information, aber kein Grund zur Besorgnis. Zumindest, solange Deutschland Schweden nicht in sein Großgermanien einverleibte, wovor sie Gott bewahren möge. Also kein akutes Problem. Und wie lautete die amüsante Frage?

»Sie haben mich Blue Star genannt, als Sie gekommen sind. Warum?«

»Ach, das. Das ist Ihr Deckname, mehr nicht. Recht passend, finde ich. Roter Stern wäre allerdings noch amüsanter gewesen. Fünf Minuten wie immer?«

Er verbeugte sich und verschwand.

Johanne schaute auf die Uhr und überlegte, dass dies eine entscheidende Begegnung mit eher unerwartetem Ende gewesen war. Je länger der Krieg andauerte, desto wichtiger war es, den Flüchtlingen über die Grenze zu helfen. Was hatte sie sonst für eine Alternative?

Nach fünf Minuten erhob sie sich, schloss die Tür hinter sich ab und warf den Schlüssel in den Briefkasten. Vermutlich wurden diese Wohnungen nie geputzt, weil auch den Agentinnen nie mehr als fünf Minuten blieben, bis sie aufbrechen mussten. Der technische Dienst der SOE bestand aus unrasierten Männern, die Players rauchten und sich nicht mit solchem Weiberkram abgaben. Wenn sie überhaupt etwas wegräumten, dann nur Leichen.

*

Peter Rennant hatte gesagt, Sissel Eiken sei erst siebzehn Jahre alt. Trotzdem stellte sie eine »Speziallieferung« dar, und sowohl die Milorg in Norwegen als auch die SOE in Schweden scheuten keine Kosten, um sie wohlbehalten über die Grenze zu bringen.

Das war ungewöhnlich. Normalerweise bestanden »Speziallieferungen« aus Männergruppen, denen die Gestapo auf den Fersen war und die keinesfalls in die Fänge der schwedischen Grenzpolizei geraten durften. Schlimmstenfalls wurden sie ansonsten zurückgeschickt und der Gestapo geradewegs in die Arme getrieben, bestenfalls gab es eine einfache Fahrkarte nach Öreryd in Småland, zum Sammellager für norwegische Flüchtlinge.

Aber dieses einsame Mädchen sollte also nicht von der schwedischen Polizei verhört und auch nicht zur Identifikation nach Småland gebracht werden, um dort ein weiteres Mal verhört und vom Geheimdienst durch die Mangel gedreht zu werden. Sie sollte an allen Kontrollen vorbei sofort nach Stockholm und zur Ausbildungseinheit in Gärdet gebracht werden. Dieser Einsatz hatte höchste Priorität.

Dafür musste es gute Gründe geben, überlegte Johanne im Zug von Uppsala nach Sala. Ein Team befand sich bereits in einem Automobil auf dem Weg nach Sala, um das notwendige Benzin für die Strecke Sala-Strömstad und retour anzuliefern.

Peter Rennant hatte bedrückt und gehetzt gewirkt, als sie sich am Treffpunkt 3, einer kleinen, unordentlichen Wohnung in der Jungfrugatan, getroffen hatten. Er entschuldigte sich für die riskante Kontaktaufnahme per Telefon. Aber selbst, wenn die Hestapo mitgehört hatte, konnte sie nichts begriffen haben von dem Anruf, den er aus einem öffentlichen Automaten getätigt hatte. Beim ersten Anruf hatte er es einmal klingeln lassen und dann sofort wieder aufgelegt. Danach hatte er das Ganze wiederholt. Die Mitteilung bestand aus der Anzahl Sekunden, die zwischen den beiden Anrufen verstrichen war. Außenstehende konnten also nichts verstehen.

Ganz gegen seine Art blätterte er zerstreut in Karten und Unterlagen und entschuldigte sich mehrmals, dass

Johanne bis zum Aufbruch nur eine Stunde Zeit blieb. Solche kurzfristigen Aufträge konnten sehr ungelegen kommen, dessen war er sich durchaus bewusst. Aber er hatte Glück. Johanne würde demnächst als Opponentin bei einer Disputation auftreten und hätte sich nicht Hals über Kopf an die norwegische Grenze begeben können.

Wenn es jetzt so wichtig sei, dieses Mädchen zu retten, stehe sie gerne zur Verfügung.

Peter Rennant beruhigte sich, atmete tief durch, ordnete seine Papiere und klang wieder ganz wie der Alte, als er ihr die Einzelheiten des Einsatzes vortrug. Weniger als fünfzig Minuten später saß Johanne im Zug nach Uppsala.

Als sie einige Stunden später in Sala aus dem Zug stieg, war es bereits dunkel, was ihr sehr zusagte. Im Dunkeln Fußgänger auf dem Land zu verfolgen war unmöglich. Eine Verfolgung zu Fuß war fast noch schwieriger, da ein so großer Abstand eingehalten werden musste, dass man das Objekt früher oder später aus den Augen zu verlieren drohte.

Nachdem sie scherzhaft das BBC-Signal geklopft hatte, trat sie in die Küche des kleinen Bauernhofs. Sie wurde erwartet, das Essen stand auf dem Herd. Alles war vorbereitet. Ihre Uniform und eine weitere Uniform, ein Paar zusätzliche Schuhe, Proviant, eine schwedische Armeepistole mit Holster und Reservemagazin und Taschenlampen. Das Team, das das Benzin geliefert hatte, befand sich bereits auf dem Rückweg nach Stockholm.

Johanne aß rasch, nahm einen Wecker mit ins Obergeschoss und suchte sich eine freie Koje. Mit den beiden anderen Anwesenden, einem Engländer und einem Norweger, hatte sie nur wenige Worte gewechselt. Alle wussten, dass ihr Einsatz höchste Priorität hatte und dass Fragen unerwünscht waren. Auch die Ereignisse nach ihrer letzten Begegnung in Krylbo wurden mit keiner Silbe erwähnt.

Sehr früh am nächsten Morgen fuhr Johanne den Lastwagen aus der Scheune. Ihre Uniform war gewaschen und geflickt und die Bluse ordentlich gebügelt. Die Krawatte war perfekt gebunden, das Schiffchen saß vielleicht etwas zu keck. Wer genau hinschaute, konnte durchaus ihre unbeabsichtigt asymmetrische Frisur erkennen.

Ohne große Eile bog sie auf die Hauptstraße Richtung Västerås ein. Es herrschte kaum Verkehr.

Die Milorg würde Sissel Eiken auf einem Krabbenkutter in schwedische Gewässer bringen, wo sie auf einen schwedischen Fischkutter mit Heimathafen Strömstad umsteigen sollte. Dort wäre der riskanteste Teil überstanden, und sie musste nur noch der schwedischen Grenzpolizei und dem Zoll in Strömstad ausweichen.

Wenn alles nach Plan lief, dauerte die Übergabe in Strömstad nur wenige Minuten. Anschließend würden zwei uniformierte Blaue Sterne in unklarer Mission Strömstad verlassen. Aber da ständig Militärfahrzeuge in alle Richtungen unterwegs waren, würde niemand auf die Idee kommen, einen Lastwagen mit Blauem Stern anzuhalten. Falls sie wider Erwarten doch einem übereifrigen Polizisten begegneten, waren ihre Papiere in Ordnung. Jedenfalls soweit das durchschnittliche schwedische Polizistenauge es zu beurteilen vermochte.

Es bestand also kein Grund zur Besorgnis. Der Kutter würde gegen Mitternacht eintreffen, viermal blinken, zweimal kurz, zweimal lang. Sie würde mit den Scheinwerfern des Lkws antworten. Wenige Minuten später wäre alles vorüber. Die Übergabe bereitete ihr kein Kopfzerbrechen. Allerdings musste sie vorher irgendwo anhalten, wo der Lastwagen nicht auffiel, um zu schlafen. Aber nur so lange, dass sie Punkt fünf vor zwölf in Strömstad eintraf. Eigentlich konnte nichts schiefgehen.

Und es ging auch nichts schief. Der Hafen von Strömstad lag um Mitternacht völlig ausgestorben da. Kein Polizist weit und breit. Auf den Fischkuttern rührte sich nichts, und kein Mensch befand sich auf dem Kai, als der Kutter anlegte. Unbekümmert umarmten die schwedischen Fischer das Mädchen und deuteten auf den wartenden Lastwagen.

Fünf Minuten später hatte sich Sissel Eiken auf der Ladefläche umgezogen und als glaubwürdige Blauer-Stern-Aspirantin auf dem Beifahrersitz Platz genommen. In gemächlichem Tempo fuhren sie aufs Land hinaus und hielten auf einem Forstweg, um ein paar Stunden zu schlafen. Mit den halb abgedeckten Scheinwerfern wäre es ohnehin gefährlich gewesen, bei Dunkelheit zu fahren. In der Morgendämmerung setzten sie ihre Fahrt fort, und die einzige Gefahr, die ihnen jetzt noch drohte, war, dass Johanne am Lenkrad einschlief.

Bislang hatten sie nur das Notwendigste gesprochen, da Johanne davon ausging, dass die Mission strengster Geheimhaltung unterlag. Sissel teilte diese Auffassung nicht, sie hatte das dringende Bedürfnis, endlich ihr Herz auszuschütten.

Sie war auf der Flucht gewesen, mit Leuten von Milorg, die ihr Geschäft beherrschten. Aber gerade diese strikte Gründlichkeit in allen Lagen war nicht sonderlich beruhigend. Im Gegenteil, unterstrich sie doch bei jedem noch so kleinen Ortswechsel die Gefahr, in der sie schwebten. Aber diese Zeit war nun glücklicherweise vorüber. Als Johanne sich ganz allgemein nach ihrem Befinden erkundigte, brach die ganze fürchterliche Geschichte aus Sissel hervor.

Sie hatte im Süden Østfolds als Grenzlotsin gearbeitet. Trotz der Nähe zu Ørje, wo die Grenzpolizei im Hotel Lies ihr regionales Hauptquartier aufgeschlagen hatte, war ein Jahr lang alles gut gegangen. Der Hof ihrer Familie lag neun Kilometer von der Grenze entfernt, alle Einwohner kannten die Gegend wie ihre Westentasche. Die Familie besaß direkt an der Grenze Wald, in dem die Forstwege für Außenstehende kreuz und quer wie ein Labyrinth verliefen. Im Winter wurden sie von Familienmitgliedern regelmäßig mit schweren Pferdeschlitten befahren, um das Spurennetz zu erhalten.

Ein Jahr lang lief alles wie am Schnürchen, und Milorg betrachtete diesen Fluchtweg, der praktisch unter der Nase der Grenzpolizei in Ørje verlief, als einen der sichersten.

Wahrscheinlich beschloss Milorg aus diesem Grund auch, ihn für den Waffentransport nach Norwegen zu nutzen. Die erste Lieferung verlief ohne Vorkommnisse. Vor einem Monat hatte dann die zweite stattgefunden. Alles schien glattzugehen. Kurz nach Einbruch der Dunkelheit sollte Sissel zwei Norweger, die zwei schwere grüne Holzkisten mit englischer Aufschrift über die Grenze geschafft hatten, abholen. Weil sie sich beim Tragen so verausgabt hatten, waren sie eingeschlafen, weshalb es eine Weile dauerte, bis Sissel sie fand.

Sie brachte die beiden Norweger mit dem Fuhrwerk zum Hof, wo die Kisten rasch abgeladen und von ihrem

Vater und ihren Brüdern in den Keller getragen wurden. Danach nahm man recht spät das Abendessen aus geräuchertem Speck und Kartoffeln zu sich. Danach war es für die beiden anonymen Landsleute mit dem Osloer Dialekt Zeit, zur Grenze zurückzukehren, weil sie diese noch bei Dunkelheit passieren mussten, aber ein gebrochenes Wagenrad verzögerte den Zeitplan. Die beiden Burschen aus Oslo waren von der Situation restlos überfordert, und Sissel musste sie anweisen, wie sie ihr helfen konnten.

Danach ging alles reibungslos. In der Morgendämmerung war sie wieder auf dem Heimweg und nickte sogar ein, was nicht schlimm war, da das Pferd den Weg auch ohne sie fand.

Sie wurde von Maschinengewehrsalven aus dem Schlaf gerissen, Brandgeruch stieg ihr in die Nase. Hinter der nächsten Wegbiegung, an der es steil zum Hof hinunterging, sah sie, dass dieser in Flammen stand. Eine erneute Gewehrsalve und das Aufheulen der Motoren schwerer deutscher Lastwagen zerrissen die Stille.

Bis hierher hatte Sissel mit der monotonen Stimme einer Schlafwandlerin gesprochen, als läse sie aus einem nur mäßig interessanten Buch vor.

Aber jetzt verlor sie die Beherrschung, beugte sich vor und trommelte schluchzend mit den Fäusten auf das Armaturenbrett. Johanne fuhr an den Straßenrand und hielt an.

Dann nahm sie das Mädchen, das von Schluchzern geschüttelt wurde, fest in den Arm.

Trösten konnte sie sie nicht, nur versuchen, sie zu beruhigen.

Die Fortsetzung der Geschichte lag auf der Hand. Der Hof niedergebrannt, der gesamte Besitz beschlagnahmt,

Vater und Brüder an Ort und Stelle hingerichtet, vielleicht sogar die ganze Familie. Es gab nichts zu sagen, nichts zu fragen, Johanne hielt Sissel nur im Arm.

Nach einiger Zeit ließ das Schluchzen nach, Sissel befreite sich aus der Umarmung und wischte sich mit dem Handrücken die Tränen ab. Johanne reichte ihr ein Taschentuch. Sissel hätte gerne weitererzählt, um das Unfassbare in Worte zu fassen, zu begreifen, dass es nicht nur ein böser Traum war. Diese Erklärung klang seltsam, aber wer konnte sich schon in Sissels Situation hineinversetzen?

»Das Schlimmste ist, dass wir von einem verdammten Quisling verraten wurden!«, rief sie hasserfüllt und traurig und verzweifelt.

»Wisst ihr denn, von wem?«, fragte Johanne, als sie weiterfuhren.

»Nein. Die Leute von Milorg gehen davon aus, dass es jemand aus der Gegend war. Sie suchen nach ihm.«

»Oder nach ihr.«

Johanne schwieg. Wenn Sissel weitererzählen wollte, musste sie das aus freien Stücken tun. Sie wollte das Mädchen nicht aushorchen, vermutlich hatte sie diese entsetzliche Geschichte schon viel zu oft durchgekaut.

Es kam ihr merkwürdig vor, dass die beiden norwegischen Widerstandskämpfer nur zum Abladen mitgefahren und dann nach Schweden zurückgekehrt waren. Es wäre natürlicher gewesen, wenn sie selbst Teil der Lieferung gewesen wären, um sich Milorg anzuschließen. Diese beiden Männer ausfindig zu machen konnte doch nicht allzu schwierig sein.

Andererseits war es auch seltsam, zwei Kisten mit Waffen zu opfern, um eine Familie zu überführen, die Flüchtlingen über die Grenze half. Waren auch wirklich Waffen in den Kisten gewesen? Johanne konnte sich die Frage nicht verkneifen.

»Weißt du, ob in den grünen Kisten wirklich Waffen waren?«

»Ja. Mein Bruder Even hat eine davon aufgebrochen und uns den Inhalt gezeigt. Es waren englische Maschinenpistolen.«

»Und diese beiden Burschen waren auch bewaffnet?«

»Ja. Sie hatten die gleichen Waffen wie in den Kisten.«

Damit war Johanne mit ihrem Latein am Ende. Außerdem plagten sie Gewissensbisse, weil sie Sissel, die sicher schon wochenlang Fragen beantwortet hatte, einem solchen Verhör unterzog. Johanne beschloss, nicht weiter in sie zu dringen, Vernehmungen waren ohnehin nicht Teil ihrer Ausbildung gewesen. Sie hatte nur gelernt, als gefangen genommene Agentin achtundvierzig Stunden durchzuhalten, ohne etwas zu verraten.

Sie fuhren an einem hübschen Strand mit menschenleeren Badeplätzen vorbei. Auf einem Ortsschild stand Ed. Also befanden sie sich noch in Dalsland, einer Provinz, in der sich norwegische Flüchtlinge nicht aufhalten durften. Eine Stunde noch, dann lag auch diese Sorge hinter ihnen.

»Ich muss das noch ein letztes Mal erzählen, ein allerletztes Mal, was dann geschah!«

»Natürlich«, sagte Johanne und nahm sich vor, keine skeptischen Fragen zu stellen.

Sissel hatte Mühe gehabt, das schnaubende Pferd, das sonst die Ruhe selbst war, im Zaum zu halten. Die Flammen des brennenden Hofes, der wie ein riesiges Leuchtfeuer strahlte, schlugen über die Baumwipfel. Einige Lastwagen verließen gerade das Gelände, ebenso ein paar Motorräder und Geländewagen. Es handelte sich zweifellos um deutsche Soldaten und nicht um die norwegische Grenzpolizei.

Sie hatte für Momente wie diesen einen Katalog an Verhaltensregeln erhalten, aber nie so recht hingehört.

Nach Hause konnte sie nun also nicht. Von einem Reservetreffpunkt im Wald war die Rede gewesen. Aber wo lag der?

Es dauerte zwei Tage, bis die Milorg-Leute die vom Regen durchnässte, ausgehungerte und zitternde Sissel fanden.

Man brachte sie in eine kleine Blockhütte im Wald, gab ihr etwas zu essen und trockene Kleider und ließ sie ausschlafen.

Anschließend wurde sie fast wie eine Mittäterin immer wieder aufs Neue verhört. Selbst interessierte sie einzig und allein, was aus ihren Eltern und Geschwistern geworden war, aber sie erhielt keine Antwort auf ihre Fragen. Zuletzt hielt sie es nicht mehr aus und schrie, man solle ihr endlich die Wahrheit sagen.

Ihren Vater und die Brüder Even und Torgeir hatten die Deutschen an Ort und Stelle hingerichtet. Ihre Mutter und ihre Schwestern waren festgenommen worden und würden vermutlich in einem deutschen KZ landen. Das Gut war beschlagnahmt und würde vermutlich irgendwann in den Besitz eines Quisling übergehen.

Auf diese Nachricht hin war sie vollkommen hysterisch geworden. Zumindest hatten es die Männer so ausgedrückt. Sie wurde von Weinkrämpfen geschüttelt und konnte vierundzwanzig Stunden lang nicht verhört werden. In dieser

Zeit wechselte man zweimal das Versteck und brachte sie immer näher an die Küste.

Zu guter Letzt wurde sie einem älteren Herrn vorgeführt, offenbar ein hohes Tier, da die anderen salutierten und ihm sofort das Wort überließen. Er hatte freundliche Augen, und statt sie zu verhören, teilte er ihr mit, dass die Heimatfront ihr weiterhelfen würde.

Sie hatte keine Ahnung, wovon er sprach. Wer sollte ihr noch helfen können? In ihrer desolaten Lage?

Daraufhin erklärte er ihr, dass sich viele Norweger in ähnlich schrecklichen Situationen befänden, es aber wichtig sei, nicht aufzugeben, nicht zu verzweifeln und weiterhin Widerstand zu leisten. Das wolle sie doch auch?

Diese Frage führte vermutlich dazu, dass sie sich endlich zusammenriss. Ja, das wollte sie! Solange Deutsche dabei zu Tode kamen.

Er lachte, aber keinesfalls verächtlich, und meinte, das sei die richtige Einstellung. Die Heimatfront habe eine sehr wichtige Aufgabe für sie, Detaillierteres könne er ihr noch nicht sagen. Zu diesem Zwecke würde man sie schnellstmöglich nach Schweden bringen. In ihren Ohren klang das eher nach Flucht als nach wichtiger Aufgabe.

Ehe sie auf Grimsøya vor Halden den Krabbenkutter bestieg, erschien der Mann mit den freundlichen Augen ein weiteres Mal und unterhielt sich ein paar Minuten lang mit ihr. Er hatte eine Pfeife mit wohlriechendem Tabak geraucht, wie ihr jetzt plötzlich wieder einfiel. Es dürfe keine Zeit verschwendet werden. Im schwedischen Strömstad werde sie eine Agentin erwarten und nach Stockholm bringen. Dort werde man sie zur Funkerin ausbilden.

Die Fischer auf dem Krabbenkutter waren sehr nett. Sie trösteten sie und scherzten, sie brauche sich keine Sorgen zu machen. Das Schlimmste, was jetzt noch geschehen könne, sei, dass sie sich ein Weilchen unter ein paar Fischen verstecken müsse. Das Erfreuliche an solchen Fahrten sei, dass ihnen das die Gelegenheit gebe, unerlaubt in schwedischen Gewässern zu fischen. Eventuelle Begegnungen mit schwedischen Kuttern blieben folgenlos, da alle mitspielten. Anschließend könne man nach Halden zurückkehren und den Krabbenfang mit Gewinn verkaufen.

Und jetzt saß sie hier, auf dem Weg nach Stockholm.

Johanne hörte mit Besorgnis, was der Mann mit den freundlichen Augen für Sissel geplant hatte. Die Arbeit der Funker war äußerst gefährlich, und ihre Überlebenschancen betrugen höchstens fünfzig Prozent.

»Deine Ausbildung dauert etwa vier Monate. Vielleicht geht es auch schneller, je nachdem, wie rasch du morsen lernst«, meinte Johanne. »Ich hoffe, dass ich den Auftrag erhalte, dich wieder nach Norwegen zurückzuschmuggeln.«

»Das hoffe ich auch. Und was geschieht jetzt?«

»Wir fahren nach Sala, dort verstecken wir den Lastwagen, ziehen normale Kleider an und nehmen den Zug nach Stockholm.«

»Die Bahn?!«

»Ja, aber mach dir keine Sorgen, jetzt besteht keine Gefahr mehr. Falls überhaupt Polizisten in einem schwedischen Zug auftauchen, suchen sie nach illegalen Zeitungen und nicht nach uns.«

*

Johannes Gedanken kreisten unablässig um Sissel Eiken. Das Mädchen erinnerte sie an ihre Cousinen auf der Osterøya. Blond und blauäugig wie die in Trachten gekleideten norwegischen Frauen auf den Fremdenverkehrsplakaten vor dem Krieg, der Inbegriff von Idylle und berauschender Natur fern alles Bösen.

Und ausgerechnet sie war mit unfassbarer Brutalität von dem Bösen heimgesucht worden. Trotzdem hielt sie sich aufrecht, sprach mit normaler Stimme, betrachtete die vorbeifliegende Landschaft, hörte erstaunt zu, als ihre Begleiterin mit dem Schaffner plötzlich Schwedisch redete, und sprach dem Proviant mit Appetit zu.

Wie war es möglich, angesichts einer solchen Katastrophe, die den Vater und die Brüder das Leben gekostet und der Mutter und den Schwestern, wenn nicht den sofortigen Tod so doch die Aussicht auf unaussprechliches Leid eingebracht hatte, Haltung zu bewahren?

Johanne nahm an, dass sie an Sissels Stelle, vor Trauer gelähmt, außerstande gewesen wäre, sich für die vorbeiziehende Landschaft, geschweige denn den Proviant, zu interessieren.

War Sissel einer der wenigen Menschen mit einem außergewöhnlichen Willen, Selbsterhaltungstrieb und Überlebensinstinkt?

Schon möglich. Wahrscheinlich hatten die Männer von der Heimatfront diese Eigenschaften erkannt und sie umgehend für die gefährlichste Aufgabe im Widerstandskampf auserkoren. Ein Attentäter hielt sich, wenn es knallte, dank Zeitzünder in sicherer Entfernung auf und konnte nach erledigtem Einsatz fliehen. Er behielt die Lage im Auge und schlug im günstigen Moment zu. Die Funker betätigten die

Morsetaste, ohne zu wissen, wie lange die Deutschen brauchten, um ihren Sender zu orten.

In einem halben Jahr würde Sissel in einer Hütte im Wald oder riskanter auf einem Speicher in der Stadt sitzen und jedes Mal, wenn sie den Strom einschaltete, Herzklopfen bekommen.

Konnte sie auf diese Weise die Trauer um ihre eigene ausgelöschte Familie und ihr niedergebranntes Zuhause bewältigen? War sie von rasenden Rachegedanken angetrieben, oder veränderte der Krieg alle Menschen? Diese Fragen ließen sich nicht beantworten.

Als sie sich auf der Vasagatan vor dem Stockholmer Hauptbahnhof voneinander verabschiedeten, umarmten sie sich wie nach einem ganz normalen Ausflug. Sissels Lächeln wirkte sogar echt, als sie in das Auto stieg, das sie zu ihrem neuen Leben bei der Heimatfront bringen würde.

Johannes Auftrag war beendet, die Übergabe hatte stattgefunden.

Sie überquerte die Straße, um zum Norra Bantorget zu gelangen. Eigentlich hätte der erfolgreich ausgeführte Auftrag sie mit Zufriedenheit erfüllen müssen, aber Sissels Erlebnisse gingen ihr unter die Haut.

Das benzinbetriebene Auto mit Diplomatenkennzeichen war auf die Sekunde pünktlich und hielt mit halb geöffneter Hintertür neben ihr. Johanne knallte voller Wut die Tür hinter sich zu, als sie sich auf die Rückbank des anfahrenden Autos fallen ließ.

»Ist das Ihre Vorstellung von einem diskreten Rendezvous?«, fauchte sie.

»Meine liebe Blue Star, niemand hat uns beachtet«, antwortete Peter Rennant. »Bleiben Sie entspannt. Eine junge Dame mit Sonnenbrille und Baskenmütze steigt in das Auto eines Diplomaten, dabei kann es sich doch höchstens um Unmoral handeln. Die Reise lief also glatt?«

Johannes Wut ließ nicht nach.

»Sie gehen auf meine Kosten Risiken ein, Hauptmann Rennant«, sagte sie erbost. »Wenn man uns anhält, werden Sie ausgewiesen und machen irgendwo anders weiter, so als wäre nichts passiert. Ich hingegen riskiere eine Gefängnisstrafe, schlimmstenfalls eine sehr lange. Das ist ein Unterschied!«

Sein verfluchtes Charmeurlächeln verschwand. Er schwieg, bis die Ampel am Tegelbacken auf Rot umsprang und der Wagen hielt.

»All right«, sagte er und holte tief Luft. »Das ist ein ernster Vorwurf. Mein Fehlverhalten muss korrigiert werden, im Interesse unserer beider Sicherheit. Sagen Sie mir also bitte, was Sie meinen?«

»Gerne. Erinnern Sie sich an unser erstes Treffen?«

»Und?«

»Sie hatten eine Aktentasche dabei, in der sich nicht nur meine Lebensgeschichte, sondern auch Informationen über die Krylbo-Aktion befanden. Hätte uns die Hestapo mit dieser Tasche erwischt, hätten sie nicht nur die Wahrheit über Krylbo erfahren, ich wäre auch lebenslänglich im Zuchthaus gelandet. Sie hingegen wären höflich nach Bromma eskortiert und dann mit einer Dakota nach Aberdeen ausgeflogen worden.«

Das Auto fuhr wieder an, umrundete den Tegelbacken und setzte seine Fahrt an der Oper vorbei Richtung Östermalm fort.

»Aha?«, sagte Peter Rennant. »Was noch?«

»Und jetzt dieses Treffen. Die Autos der Hestapo hängen doch wie die Kletten an Ihnen. Und deren Leute sind jetzt vermutlich fieberhaft damit beschäftigt, die Identität der Frau in Baskenmütze, einer typischen englischen Agentin, ausfindig zu machen.«

»Oder die einer Prostituierten.«

»Diese unnötige Beleidigung können Sie sich sparen.«

»Stimmt. Entschuldigen Sie. War das alles?«

»Ja.«

»Nun, die Polizei darf weder mich noch meine Aktentasche anfassen, wir genießen sozusagen beide diplomatische Immunität.«

»Das ist denen doch scheißegal, sie begehen einen bedauerlichen Fehler, kopieren sämtliche Papiere und geben die Aktentasche dann mit dem größten Bedauern zurück. Für mich würde das lebenslänglich bedeuten.«

»Keinesfalls. Diese Akte enthielt zwar viele Informationen über Sie, Blue Star. Doktorarbeit, Sprachkenntnisse, alles Mögliche. Aber Krylbo wurde mit keinem Wort erwähnt. Ungeachtet Ihrer Meinung, sind wir keine kompletten Idioten. Die Krylbo-Geschichte kann ich auswendig. Die entsprechenden Unterlagen wurden schon vor langer Zeit mit Diplomatenpost in die Baker Street geschickt. In Schweden existiert kein einziges Papier mehr darüber.«

»An Sherlock Holmes persönlich?«

»Bitte? Nein, nicht in die Baker Street 221 B, sondern ins SOE-Headquarter am anderen Ende der Straße. Dieses ist allerdings nicht sonderlich geheim, da etwa hundert Skandinavier und an die dreihundert Franzosen dort ein und aus gehen. Wie auch immer, sollten die Deutschen Schweden überraschend überfallen, brauchen wir nicht mehr als eine halbe Stunde, um alle brisanten Papiere in der Legation zu verbrennen.«

»Smart.«

»Nicht sonderlich. Und jetzt zu dieser Limousine. Normalerweise fahre ich einen roten Austin, damit er auch allen auffällt. Genau wie Sie vermuten oder wie man es Ihnen beigebracht hat, werden ich und alle anderen von den schwarzen Volvos der Hestapo verfolgt, sobald wir uns irgendwohin auf den Weg machen.«

»Wieso sind Sie dann mit dieser Diplomatenlimousine zu unserem Treffpunkt gekommen?«

»Elementar, mein lieber Watson. Ich bin anderthalb Stunden mit einem Volvo hinter mir durch die Gegend gefahren, habe zu einem vereinbarten Zeitpunkt vor einem bestimmten Tabakladen gehalten, den ich von vorne betreten und durch den Hinterausgang wieder verlassen habe. Mein Kollege, genauso gekleidet wie ich, hat dann den Tabakladen mit einer Zeitung vor dem Gesicht verlassen, sich in meinen Austin gesetzt und ist mit dem schwarzen Volvo hinter sich nach Tjotaheiti gefahren. Da saß ich bereits in diesem Wagen auf dem Weg zu einer ganz anderen Adresse, zu Ihnen.«

»Nach Tjotaheiti?«

»Genau.«

»Das haben Sie ja sogar fast perfekt ausgesprochen. Ein ungewöhnlicher schwedischer Ausdruck. Sprechen Sie Schwedisch?«

»Ja. Ich war mit einer Schwedin aus Södertälje verheiratet und bin ein großer Bewunderer Strindbergs. Aber Ihr

Englisch ist besser als mein Schwedisch. Wie auch immer, Sie weichen dem Thema aus.«

»Ja«, gab sie beschämt zu. »Ich habe es zumindest versucht. Entschuldigen Sie, ich habe Sie unterschätzt. Das tut mir sehr leid.«

»Wissen Sie, was Ihr Fehler ist?«

»Ich kann mir viele vorstellen. Meinen Sie als Agentin?«

»Genau. Ihr Fehler ist, dass Sie es immer zu eilig haben, wie damals bei Ihrer Doktorarbeit. Sie sind es gewohnt, immer die Beste zu sein. Wenn Sie mir in Zukunft nicht mehr in meine Arbeit reinreden, kommen wir sicher besser miteinander aus. Könnten wir jetzt zum Bericht übergehen?«

Inzwischen hatten sie Djurgården erreicht und fuhren ziellos durch die Gegend. Der Fahrer blieb stumm, als würde er nichts von dem, was auf dem Rücksitz gesprochen wurde, mitbekommen.

Johannes Berichterstattung fiel kurz aus, da es keine Komplikationen gegeben hatte. Die wichtigste Erkenntnis war, dass der »Krabbenexpress« nach Strömstad für wichtige Lieferungen immer noch funktionierte.

Peter Rennant teilte ihr mit, dass ohne sein Zutun, wie er betonte, entschieden worden sei, Blue Star bis auf Weiteres mit besonders wichtigen Transportaufgaben und nichts anderem zu betrauen. Somit waren Anschläge auf schwedischem Boden ausgeklammert. Sie hatte ihren Willen also durchgesetzt.

Wenig später setzte er sie auf der Saltmätargatan, einer schmalen Straße, ab, auf der sie kein Auto verfolgen konnte. Von hier aus gelangte sie über einen Innenhof auf den Sveavägen und weiter zu ihrer eigenen Haustüre.

Ihre Wohnung roch trotz ihrer kurzen Abwesenheit stickig und einsam.

Johanne war schlecht gelaunt und hatte das Gefühl, versagt zu haben, weil sie sich mit ihrer Besserwisserei bei Peter Rennant blamiert hatte. So ein Auftreten dem Führungsoffizier gegenüber war nicht sonderlich klug. Leider hatte er vollkommen recht. Sie hatte immer noch viel zu viel von einer Streberin.

In der Post lag die Benachrichtigung ihrer Buchhandlung, dass sie die neu erschienenen Romane jetzt abholen könne. Das war sicher eine gute Idee, dann hatte sie eine Beschäftigung bis zum nächsten Einsatz. Auf eigenen Wunsch arbeitete sie ja sozusagen auf Abruf und hatte zwischenzeitlich nichts zu tun. Aber nur rumsitzen, sich dem einsamen Gefühl hingeben, versagt zu haben, und irgendwann wieder Lastwagen fahren, wollte sie auch nicht.

Sie musste die Angelegenheit mit Peter Rennant besprechen, es gab bestimmt auch noch andere sinnvolle Aufgaben für sie.

Johanne zuckte zusammen, als das Telefon klingelte. Nach dem unfreiwillig langen Sommeraufenthalt in Sandhamn war sie das schrille Geräusch nicht mehr gewohnt.

Rosas Stimme am anderen Ende klang wütend.

»Wo warst du? Ich habe wie eine Irre anderthalb Tage lang immer wieder bei dir und auch in der Universität angerufen, aber dort sagen sie, du seist beurlaubt …«

»Rosa, das besprechen wir später«, unterbrach Johanne ihre Schwester abrupt.

Verlegen entschuldigte sich Rosa. Sie hatte verstanden. Ihr eigenes Telefon wurde nicht abgehört. Ihre große Schwester, die Attentäterin, lebte jedoch in einer anderen

Welt. Rosa berichtete kurz, dass Dr. Appelqvist Mutti bereits am nächsten Tag im Kurhotel operieren würde. Die Familie habe sich in der Villa Bellevue versammelt. Sie solle ihre Sachen packen. Dann legte Rosa ohne weitere Erklärungen auf.

Auf dem Weg nach Saltsjöbaden nahm Johannes Besorgnis mit jeder Haltestelle zu. Warum musste Mutti operiert werden? Warum hatte ihr niemand etwas gesagt? Worum ging es überhaupt? Es konnte sich kaum um so etwas Triviales wie den Blinddarm handeln, das hätte Rosa gesagt.

Diesen Sommer hatte sie nur wenig mit Mutti gesprochen, die, wie Johanne erst jetzt auffiel, sehr zurückhaltend gewesen war. Außerdem hatte sie sehr abgenommen. Was Johanne als Diäthysterie einer Frau Anfang sechzig abgetan hatte, deren jugendliche Anziehungskraft seit Langem verschwunden war. Aber Mutti war auch sehr müde gewesen und hatte morgens immer lange geschlafen, was sie sich in den Sommerferien natürlich erlauben konnte, weil sie ja in der Praxis und beim Roten Kreuz hart gearbeitet hatte.

Sie war auch nicht mehr so viel geschwommen wie früher. Trotz der ungewöhnlichen Hitze hatte sie in normaler Kleidung unter einem Sonnenschirm am unteren Gartentisch gesessen, während alle anderen Badekleidung getragen und sich fast stündlich im Meer abgekühlt hatten. Sie hatte sich damit entschuldigt, ein frühes Bad in dem noch kühlen Wasser zu bevorzugen. Aber morgens früh schlief sie doch wohl noch? Was hatte ihr ihre geliebte Mutti verheimlicht?

Trotzdem hatte sie eine vierstündige Operation durchgeführt und ihre komplizierten Brandverletzungen gepflegt.

Unbewusst strich Johanne mit der Hand über die Narbe auf Wange und Hals. Die Operation war unerwartet glimpflich verlaufen, nichts hatte sich entzündet, sie würde vollkommen genesen, und ihr langes Haar würde nachwachsen.

Als sie den Salon betrat, in dem immer noch der Weihnachtsbaum stand und in dem alle wie an Weihnachten, allerdings weniger festlich gekleidet, versammelt waren, schlug ihr eine seltsame Stimmung entgegen. Onkel Oscar erklärte mit übertriebener Munterkeit, er habe bereits den Champagner für den nächsten Tag kalt gestellt. Tante Christa führte die Blumen vor, die sie gekauft hatte und die in einer Vase auf dem Esstisch standen. Sie würde sie ins Kurhotel bringen, sobald Ingeborg aus der Narkose erwachte. Vater ließ sich seine Besorgnis nicht anmerken und erzählte vom Bau der Sandö-Brücke. Johannes jüngerer Bruder Karl trug wie zum Fest Uniform, die Cousins waren wie immer ungeduldig, und Rosa wirkte sehr ernst.

Alle im Salon wussten mehr als sie, das war vollkommen klar. Also musste sie nachfragen. Sie nahm ihren ganzen Mut zusammen.

»Will mir niemand erklären, was los ist? Warum muss Mutti so plötzlich operiert werden?«

Diese Frage hing eine Weile in der Luft, als wolle sie niemand beantworten. Unmerklich richteten sich alle Blicke auf Vater, der zu Boden schaute, bis er einsah, dass er etwas sagen musste.

»Nun, ganz so plötzlich ist es nicht«, begann er und schien mit den Worten zu ringen. »Ingeborg ist schließlich selbst Ärztin. Ich meine … Dr. Appelqvist und Mutti hatten die OP für nach den Sommerferien geplant.«

Er verstummte. Alle wandten ihre Blicke ab, als wollten sie Johanne nicht in die Augen sehen. Sie musste also nachhaken.

»Nun gut, aber was soll denn nun eigentlich operiert werden?«

Erneut richteten sich die Blicke aller auf Vater.

»Es handelt sich … eigentlich um eine Bagatelle, aber trotzdem etwas, das man ernst nehmen muss … Aus Muttis einer Brust muss eine Zyste entfernt werden. Eine recht große Zyste … Das kann bedeuten, ich betone, *kann* bedeuten, dass Mutter möglicherweise die eine Brust verliert.«

»Also ist es Krebs!«, rief Johanne, die sich nicht beherrschen konnte und das verbotene, schreckliche Wort in den Mund nahm.

Niemand widersprach ihr. Die Stille war ohrenbetäubend, und selbst die ständig herumalbernden Cousins waren ernst.

Schweigend ging Johanne zu dem Tisch mit den Karaffen, goss sich einen Drink ein und nahm wieder Platz. Im Salon war nur noch das Rascheln von Kleidern zu hören, als sich die anderen aus ihrer Erstarrung lösten und zurechtsetzten, eine Zigarette anzündeten oder ebenfalls an den Tisch mit den Karaffen traten.

»Mutti wird morgen um acht Uhr operiert«, sagte Vater mit lauter Stimme. »Als ich sie zum Kurhotel begleitete, war sie zuversichtlich. Sie war also nicht zu krank, um zu Fuß ins Krankenhaus zu gehen. Mit Gottes Hilfe wird alles gut gehen. Morgen essen wir gemeinsam zu Mittag und freuen uns über den erfolgreichen Eingriff.«

Alle Anwesenden versuchten angestrengt, eine Unterhaltung in Gang zu bringen. Johanne gesellte sich zu ihrem kleinen Bruder Karl, umarmte ihn und machte eine Bemerkung über die Vorzüge des Seemannslebens während des Sommerhalbjahres. Und er erklärte ihr, sie sei ebenso schön wie vor dem Unglück. Es sei fast nichts zu sehen. Mit dem Glas in der Hand ging Johanne zu der etwas abseits stehenden Rosa weiter.

»Okay, Spionschwester, es ist folgendermaßen«, sagte sie und lächelte, als sprächen sie über Belanglosigkeiten. »Ich habe mich von der Universität für meine Arbeit beim Blauen Stern beurlauben lassen. Und beim Blauen Stern bin ich beurlaubt …«

»Weil du an der Universität arbeitest«, ergänzte Rosa mit einem ähnlich gekünstelten Lächeln. »Entschuldige, ich hatte nicht bedacht, dass dein Telefon abgehört werden könnte.«

»Ein Mal ist kein Mal. Ich war an der Grenze, um einen besonders wichtigen norwegischen Flüchtling abzuholen. Jetzt habe ich dir ein Geheimnis verraten, dafür musst du mir auch eins erzählen.«

»Die Deutschen suchen in norwegischen Depots verzweifelt nach Winterausrüstung. Sie sitzen fest und werden Moskau vermutlich nicht mehr vor Weihnachten erreichen. Aber verrate niemandem, dass ich dir das erzählt habe. Die Spione schlafen nicht.«

Sie brachen in Gelächter aus, nahmen sich dann aber sofort zusammen und wechselten das Thema.

Onkel Sverre traf kurz vor dem Mittagessen ein. Diskret nahm Johanne ihn beiseite und erläuterte ihm flüsternd die Lage, um ihm die Verlegenheit zu ersparen, wie sie die

Frage stellen und schlimmstenfalls sogar das Tabuwort Krebs aussprechen zu müssen.

Gespensterdiner, dachte Johanne, als sie an der Tafel saß. Sie saßen in gewohnter Sitzordnung im großen Esszimmer. Anne und Jorunn servierten wie gewohnt, und alle gaben sich größte Mühe, Konversation zu betreiben. Onkel Oscar erläuterte kurz die militärische Lage, auch das wie gewohnt. Ungewöhnlich hingegen waren seine Zweifel an der Eroberung Moskaus vor Weihnachten. Mit dem russischen Winter sei nicht zu spaßen. Rosa und Johanne warfen sich einen kurzen Blick zu.

Nach dem Essen setzten sich alle pflichtschuldig mit einem Drink oder einem Glas Wein an den Kamin, der jetzt zum ersten Mal nach dem Sommer wieder brannte. Recht bald brach einer nach dem anderen mit einer vorgeschobenen Entschuldigung auf. Rosa und Johanne begaben sich in Haralds verlassenes Zimmer im Obergeschoss am Ende des Korridors, um sich ungestört zu unterhalten.

Muttis Krankheit war bedeutend schlimmer als eine Zyste, sie hatte Brustkrebs. Alle modernen Frauen wussten, dass diese Diagnose einem Todesurteil gleichkam. Entweder ignorierten Vater und die anderen diesen Umstand geflissentlich, oder sie wussten es tatsächlich nicht besser.

Es war vermutlich das Beste, sich auf das Schlimmste gefasst zu machen.

Also stellte sich die Frage, wie sich eine solche Nacht überstehen ließ. Ob Mutti schlafen konnte? Lag sie weniger als einen halben Kilometer von ihrer Familie entfernt allein in einem dunklen Zimmer und ... Dieser Gedanke war unerträglich. Hoffentlich hatte man ihr eines dieser Schlafmittel verabreicht, die sie ihrer Familie stets vorenthielt. Das hätten sie jetzt gut gebrauchen können.

Dass nicht nur Johanne und Rosa eine unruhige Nacht verbrachten, zeigte sich am nächsten Morgen, als alle mit geröteten Augen zum Frühstück erschienen.

Gegen Mittag spazierte Vater mit gespielt guter Laune zum Kurhotel. Er hatte sich fein gemacht und einen Spazierstock mit Silberkrücke in der Hand.

Das Warten war unerträglich.

Kurz vor eins kamen Tante Christa und Onkel Oscar aus der Villa Aquarium herüber. Sie gaben sich anfangs aufgeräumt, ließen sich aber bald von der Stimmung nervösen, schweigenden Wartens anstecken.

Ab und zu trat Johanne in den Erker des Esszimmers und schaute zur Strandpromenade hinunter. Als sie Vater endlich erblickte, brach sie in Tränen aus. Rosa war als Erste neben ihr. Vater kam den Källvägen herauf, statt die Treppen hoch zum Entree zu nehmen.

Er sah aus wie ein alter, gebrochener Mann. So hatten sie ihn noch nie erlebt. Er ging gebeugt, als hätte er Schmerzen, und stützte sich auf seinen Stock, als habe er ihn wirklich nötig. Rosa begann ebenfalls zu weinen. Die anderen hatten noch nicht begriffen, was geschehen war.

*

Am Montagabend in der Woche vor Muttis Beerdigung saßen die Schwestern aneinandergekuschelt in einem Meer aus Kissen und norwegischen Daunendecken in Johannes breitem Himmelbett. Bis Ende September herrschte in

Stockholm Heizverbot, und in der Wohnung war es zwar nicht sonderlich kalt, obwohl es ihnen, vermutlich des regnerischen Wetters wegen, so vorkam. Zwischendurch prasselte der Regen ans Fenster.

Sie dachten an die Zeit in Bergen, als Mutti Medizin in Kristiania, wie Oslo damals noch hieß, studiert hatte. Sonntagabends war sie in die Bergenbahn gestiegen, um am darauffolgenden Freitag wieder zurückzukehren. Rosa und Johanne waren damals noch zu klein gewesen, um zu verstehen, welche Leistung es darstellte, so rasch Norwegisch zu lernen und als einzige Frau an der medizinischen Fakultät in Kristiania zu studieren. Vater hatte das Dekanat bestechen müssen, um ihre Zulassung zu erwirken.

Johanne konnte sich nur noch vage an den Abend erinnern, als ihr großer Bruder schwer misshandelt auf einem Ruinengrundstück gefunden worden war. Es war das Jahr 1917, die Deutschen torpedierten norwegische Frachter, und sie und ihre Geschwister waren zu deutschen Bälgern geworden, ohne zu begreifen, was damit gemeint war.

Mutti und ein Kollege operierten Harald die ganze Nacht, die er mit Sicherheit ohne sie nicht überlebt hätte. Die Sehkraft auf seinem linken Auge blieb allerdings stark eingeschränkt.

Kriege und Deutschland hatten Mutti gezwungen, ihr Kind zu retten (Johanne malte eine Zwei in die Luft und deutete auf sich selbst), und zwar mithilfe des medizinischen Wissens, das sie sich hart erkämpfen musste, obwohl der größte Teil der Lehrbücher auf Deutsch war.

Aus Furcht, möglicherweise auch hier von der Hestapo belauscht zu werden, sprach sie nicht aus, dass Mutti sowohl einem Sohn als auch einer Tochter das Leben gerettet hatte. Das Risiko war nicht sonderlich groß, aber sie wollten keine unnötigen Wagnisse eingehen.

Ihre Vereinbarung war im Übrigen recht einfach. Gespräche über den Krieg, die Geheimdienste oder die Heimatfront durften nur im Freien stattfinden, vorzugsweise während eines Spazierganges am Wasser und bei Wind.

Rosa teilte Peter Rennants Ansicht. Johannes Wohnung konnte nur von der schwedischen Hestapo durchsucht worden sein, möglicherweise auf einen Tipp der Deutschen hin. Falls sie nur ganz allgemein der Arbeit für die Heimatfront verdächtigt wurde, würde die Hestapo sie routinemäßig im Auge behalten wie Hunderte anderer lästiger Norweger, die Stockholm als Stützpunkt nutzten, um ihre teuflischen Pläne zu schmieden. Bestand aber auch nur der geringste Verdacht, dass Johanne an dem Krylboereignis beteiligt war, das demnach trotz entgegengesetzter Zeitungsmeldungen als Anschlag eingestuft wurde, wurde ihre Wohnung mit Sicherheit abgehört. Vermutlich schärfte nichts ihre polizeiliche Wachsamkeit so sehr wie die Witterung einer englischen Agentin, schließlich kollaborierte die gesamte Polizei mit den Deutschen.

Aus diesem Grund unterhielten sich die Schwestern in Johannes Wohnung nur über die Familie und über Alltägliches.

Sie schwiegen eine Weile, ehe sie ihr Gespräch fortsetzten.

Welch ein Schlag es für Mutti gewesen sein musste, dass sich Harald, dem sie so tapfer und energisch das Leben gerettet hatte, so entwickelte, wie er es tat. Ironie des Schicksals, anders konnte man es kaum nennen.

Wären sich Onkel Oscar und dieser Deutsche – Rosa

deutete mit Lippenbewegungen den Namen HERMANN GÖRING an – während der Kieler Woche 1927 nicht zufällig auf einem Bootssteg begegnet, hätte sich Harald mit seinem Dienst in der deutschen Marine begnügt und wäre schlimmstenfalls mit der Bismarck im Mai von den Engländern versenkt worden. Wäre das besser gewesen? Durfte man so überhaupt über den eigenen Bruder denken?

Ja vielleicht, da nichts schlimmer sein konnte als … Johanne zeichnete SS-Runen in die Luft.

Hätte sich Harald als Offizier an Bord der Bismarck befunden oder wäre er mit Onkel Oscar 1927 fünf Minuten früher oder später über diesen Bootssteg in Kiel spaziert, hätte er diesen … nicht getroffen. Dann wäre Mutti eine von Hunderttausenden Müttern in Europa gewesen, die um einen gefallenen Sohn trauerten. Wäre das nicht besser gewesen?

Durchaus. Denn Mutti hatte mehr getrauert, als sonst der Fall gewesen wäre. Ihr ganzes Leben lang hatte sie sich für eine bessere Welt eingesetzt, angefangen mit dem heroischen Kampf für das Frauenwahlrecht, und auch später, als ihr ältester Sohn in die … geraten war. Vielleicht hatte sie sich nach Frauenart in der Zeit vor ihrem Tod Vorwürfe gemacht und sich gefragt, was sie hätte anders machen können. War es beispielsweise ein Fehler gewesen, Harald zu erlauben, das Abitur in Deutschland abzulegen? Rückblickend drängte sich einem diese Erkenntnis auf. Man hätte ihn zwingen müssen, wie seine Geschwister und Cousins das Gymnasium in Saltsjöbaden zu besuchen.

Andererseits war er psychotisch gewesen und hatte beharrlich nur Deutsch gesprochen. Die Mahlzeiten zu Hause waren grotesk gewesen. Sobald man ihn auf Norwegisch ansprach, hatte er eine »Übersetzung« gefordert. Es war unbegreiflich, dass die Lehrer das geduldet hatten, aber schließlich beherrschten fast alle Deutsch. Zu dem sprachlichen Unsinn hatte sich auch noch die fixe Idee gesellt, kein Norweger zu sein. Was hatten Mutti und Pappsen dagegen schon ausrichten können?

Rosa nannte Vater Pappsen. Johanne zuckte jedes Mal bei dieser bewussten Provokation zusammen. Vater war der Paterfamilias, das selbstverständliche Oberhaupt der Familie, als Ältester der Chef seiner Brüder, ganz im Einklang mit den Naturgesetzen, mit denen sie alle aufgewachsen waren. Es war interessant, dass eine moderne, gebildete und selbstständige Frau wie sie durch das umgangssprachliche »Pappsen« so peinlich berührt war. Ihre Ehrfurcht vor Vater hatte fast schon etwas Komisches. Denkwürdig.

An der von seinem Über-Ich bestimmten Rolle im Leben konnte und wollte er nichts ändern, vermutete Johanne. Seinen norwegischen Traditionen verhaftet und von Natur aus urkonservativ, war er trotzdem äußerst ehrenwert. Aus dieser seiner Lebensrolle würde er sich niemals lösen.

Wie an jenem Tag, als er mit der Todesnachricht heimgekehrt war. Nicht ahnend, dass sie ihn unten auf dem Källvägen gesehen hatten, einen vom größten Verlust seines Lebens gebrochenen, zerstörten Mann.

Muttis und seine märchenhafte Liebesgeschichte war einzigartig gewesen. Vom literarischen Gesichtspunkt her erfüllte sie alle klassischen Kriterien. Der Schweinehirte bekam die Prinzessin und das halbe Königreich, weil er alle anderen Freier an Intelligenz und Einfällen übertraf.

Bevor Vater in den Salon trat, dürfte er tief durchgeatmet, sich ausgiebig gesammelt und vielleicht sogar eine Träne aus dem Augenwinkel gewischt haben, obwohl er behauptete, dass ein Lauritzen nie weine. Jetzt stand er vor seiner erstarrten Familie.

»Mutti Ingeborg hat uns verlassen. Für immer. Darüber müssen wir alle in Stille nachdenken. Ich werde das in Einsamkeit und im Gebet tun.«

Damit war er auf sein Zimmer gegangen und nicht mehr zurückgekehrt.

Am Tag darauf fuhr er mit der knappen Erklärung ab, Mutti habe ihn darum gebeten, die Brücke in jedem Fall zu Ende zu bauen.

Das konnte durchaus stimmen, dass sie ihm das als Ärztin, Ehefrau und Psychologin geraten hatte. Achtzehn Menschen hatten den Tod gefunden, als die Brücke 1939 zu Kriegsbeginn eingestürzt war. Er war von dem Gedanken, die Brücke wieder aufzubauen, wie besessen. Armer Pappsen! Wie sollte er nur ohne seine Ingeborg leben?

Diese Frage konnte man sich hinsichtlich Millionen und Abermillionen von Menschen in der Geschichte der Menschheit stellen. Alle hatten weitergelebt.

Wie würde er reagieren, falls Deutschland den Krieg verlor? Er durchschaute den Nazismus nicht und hielt ihn für ein vorübergehendes Ärgernis, eine Art politischen Schnupfen, der Deutschland nicht zerstören und noch viel weniger töten konnte. Oder noch schlimmer, was geschah, wenn Deutschland wider Erwarten siegte und er wirklich erkannte, wie die Dinge lagen?

Wie hilflos er doch ohne Mutti war! Wie würde er die praktischen Fragen des Lebens ohne sie bewältigen?

In einer Woche war die Beerdigung. Das Beerdigungsinstitut Saltsjöbaden hatte alles organisiert. Erst eine Trauerfeier in der Offenbarungskirche, dann der Trauerzug zum Familiengrab auf Skogsö.

Dass sie ein Familiengrab besaßen, war eine erstaunliche Neuigkeit. Mutti musste gewusst haben, wie schlecht es um sie stand, und Vater zumindest indirekt davon in Kenntnis gesetzt haben. Er konnte doch nicht einfach ignorieren, dass es ihr plötzlich so ein Anliegen war, eine Grabstätte auszusuchen, auch wenn er ein Meister der Verdrängung alles Unangenehmen war.

Hatten sie in aller Heimlichkeit Abschied voneinander genommen, um die Kinder zu schonen? Mutti hatte sich den ganzen Sommer über nichts anmerken lassen und lieber vollständig bekleidet unter einem Sonnenschirm gesessen und behauptet, sie ziehe das frühe Morgenbad vor. Ab und zu hatte sie sich zum Ausruhen davongeschlichen.

Wie sollte Vater, Pappsen, nur ohne sie zurechtkommen? Kochen konnte er, zumindest für sich allein, er konnte Speck und Kartoffeln braten, wie es sich für einen richtigen Segler auf einem Törn gehörte. Außerdem beherrschte er alles, was mit Werkzeugen und Motoren zu tun hatte.

Aber ein Essen für die gesamte Familie planen, die Wäsche organisieren oder Gästen das richtige Gästezimmer zuweisen, von der Tischordnung bei Galadiners, Großeinkäufen und dem Umgang mit Bezugsscheinen ganz zu schweigen – unmöglich.

Er benötigte Hilfe, den Haushalt neu zu organisieren. Anne, die am längsten bei ihnen arbeitete, war zweifellos das klügste der drei Dienstmädchen. Mit ihr hatte Mutti immer alle Einkäufe geplant. Anne musste zur Wirtschafterin und zu Jorunns und Signys Chefin ernannt werden. Dann war immer noch mindestens ein Dienstmädchen überzählig. Solange jedoch der Krieg noch andauerte, konnte keine von ihnen nach Norwegen zurückgeschickt werden. Man würde ihnen mehr Freizeit gewähren, um nach Stockholm zu fahren und einen ordentlichen Mann kennenzulernen. Solche Dinge verstand Vater nicht. Ihn wunderte es ja noch nicht einmal, wenn ihn alle drei Angestellten aufgereiht in weißen Schürzen und weißen Häubchen an Heiligabend begrüßten, statt mit ihren siebenhundert Kilometer entfernten Familien zu feiern.

Vieles würde jetzt anders werden, allerdings behutsam und peu à peu, damit Vater gar nicht auffiel, dass er nicht mehr alles selber bestimmte. Das Leben durfte nicht einfach nur weitergehen, es musste modernisiert werden. Nach Muttis Tod war das die Angelegenheit der Töchter, denn in der Hinsicht glich Karl zu sehr seinem Vater. Jenseits der Reling war mit ihm nichts anzufangen.

*

Mit einem waschechten Kater erwachte sie nur äußerst selten. Als sie aufstand, um Kopfschmerzpulver zu suchen, redete sie sich ein, dass es sich um eine Ausnahme handelte. Da sich weder im Badezimmerschrank noch in der Küche das Benötigte fand, trank sie ein Glas Wasser.

Als zweite Opponentin bei der Disputation hatte sie an der Tafel des anschließenden endlos langen Festmahles im Restaurant Hasselbacken einen zentralen Platz inne und musste infolgedessen bis zum bitteren Ende ausharren. Ihrem Tischherrn, einem Dozenten aus Uppsala, war im Verlauf des Abends jede Wohlerzogenheit abhandengekommen. Während der letzten Stunde bei Tisch, in der sich unermüdlich eine unbedarfte Rede an die andere reihte, was zweifelsohne auf das Thema der Doktorarbeit zurückzuführen war, legte ihr der Herr Dozent abwechselnd eine Hand aufs Knie und erklärte ihr, welch einzigartige Frau sie sei und dass ihn seine Frau nicht verstehe. Das typische Verhalten eines betrunkenen Akademikers.

Der Titel der Doktorarbeit lautete »Der Manhem-Bund in Bezug auf den Gotischen Bund und die Geschichte der jüngeren Romantik«. Ein fatales Gemisch mindestens dreier Themen. Dass sie, die Almqvist-Spezialistin, den ehrenvollen Opponenten-Auftrag erhalten hatte, lag vermutlich daran, dass C. J. L. Almqvist einige Jahre lang Vorsitzender des Manhem-Bundes gewesen war, ehe er sich wie gewohnt mit allen überworfen hatte und zurückgetreten war. Außerdem legte ausnahmsweise einmal eine Frau die Doktorprüfung ab, und man hielt es offenbar für einen Akt der Höflichkeit, als Opponentin eine der wenigen Frauen mit Doktortitel zu verpflichten.

Der Gotische Bund und die jüngere Romantik, um Himmels willen, die ältere wäre zweifelsohne kurzweiliger gewesen. Atlantis lag in Schweden, Theben war eigentlich Täby bei Stockholm, und der Herkules der Antike war ein berühmter Raufbold vom Mälaren, der in Wirklichkeit Här-Kolle hieß. Dieser Schwachsinn war im Gotischen Bund, der parallel zu dem kurzlebigen Manhem-Bund existierte, zumindest etwas aktualisiert worden. Erik Gustaf Geijer war mit seinem Gotischen Bund um einiges erfolgreicher als Almqvist. Er erfand den »Wikinger« als unser aller gotischen Ursprung und verzichtete auf den Unsinn, Schweden sei Atlantis.

Der Umstand, dass der Manhem-Bund, das Kernthema der Doktorarbeit, eine eher kurzlebige Erscheinung war, verwirrte etwas. Außerdem war das Thema politisch brisant, denn die Erben des Manhem-Bundes, die Manhem-Gesellschaft, hatten sich zu einem nazistischen Club inklusive Wikinger und allem Drum und Dran entwickelt.

Bereits zu einem frühen Zeitpunkt beschloss Johanne, behutsam vorzugehen. Wäre die Verfasserin ein Mann gewesen, hätte sie kein gutes Haar an der Doktorarbeit gelassen. In diesem Falle aber wäre es ihrer bereits angekratzten akademischen Karriere abträglich gewesen, da die frischgebackene Frau Doktor mit dem Rektor der Universität Uppsala verwandt war, und solche Leute machte man sich lieber nicht zu Feinden.

Ein wenig bereute sie schon, nicht vereinzelte ironische Bemerkungen zu diesem unsäglichen Schwachsinn eingeflochten zu haben. Aber in Kriegszeiten gab es so viel Dringlicheres als bizarre Doktorarbeiten. Ab jetzt und bis zur Beerdigung in einigen Tagen hatte sie Bereitschaft. Das Telefon konnte jederzeit klingeln.

Und genau so kam es auch.

Sie räusperte sich, um nicht allzu heiser zu klingen, falls sie etwas erwidern musste. Sie bereitete sich darauf vor, die Sekunden zwischen Auflegen und zweitem Anruf zu zählen. Auf die Sekunden zwischen den beiden Klicktönen kam es an.

Aber die Anruferin war Rosa und ihre Mitteilung sehr kurz.

»Komm in einer halben Stunde in die Ringbar neben dem Spegeln. Geh auf dem Weg beim Depeschenbüro vorbei.« Mehr nicht, dann legte sie auf. Seltsam, aber vielleicht wollte sie nur jedweden Diskussionen und Ausflüchten vorbeugen.

In einer halben Stunde. Das bedeutete, dass ihr zehn Minuten zum Anziehen und Schminken blieben.

Trotz Mittagszeit mitten in der Woche herrschte auf dem Sveavägen Stau. Als Johanne auf die Kungsgatan abbog, veränderte sich die Stimmung. Gestikulierende und mit Zeitungen fuchtelnde Menschen standen in Gruppen herum. Offenbar war etwas vorgefallen.

Vor den Schaukästen mit den handgeschriebenen, aktuellen Nachrichten des Depeschenbüros am Stureplan herrschte großes Gedränge, das Johannes Durchkommen erschwerte. Ihr wurde eiskalt, als sie schließlich die Nachrichten las. Ein Albtraum.

Drei schwedische Zerstörer, die HMS Klas Horn, die HMS Klas Uggla und die HMS Göteborg, waren am Flottenstützpunkt Hårsfjärden in die Luft gesprengt worden. Mindestens dreißig Tote, Offiziere wie übrige Besatzung. Mindestens ebenso viele Verletzte. Mehrere hundert Meter hohe Flammen und das Risiko weiterer Explosionen. Sabotage, lautete der kurze, aber eindeutige Bescheid des Militärs.

Der größte Verlust, den die schwedische Marine in modernen Zeiten erlitten hatte. Vergleiche mit dem 17. Jahrhundert wurden angestellt.

Rosa saß alleine an einem Tisch ganz hinten im Lokal. Sie trug einen Hut, ein Jackett mit Schulterpolstern und einen grauen Rock. Dass Rosa sich in diese Büromausuniform kleidete, war sicherlich dem Grund geschuldet, nicht auffallen zu wollen.

»Hallo«, begrüßte Johanne sie, nachdem sie sich gesetzt hatte. »Trinkst du etwa Ersatzkaffee?«

»Ja. Das habe ich mir im Büro angewöhnt. Ich habe dir auch schon einen bestellt.«

Johanne sah sich um. Das Lokal war spärlich besucht, und niemand befand sich in Hörweite. Fast alle Gäste waren in ihre Zeitungen vertieft.

»Du musst unseren Kollegen von der SOE so schnell und diskret wie möglich eine Nachricht des schwedischen militärischen Nachrichtendienstes überbringen«, flüsterte Rosa rasch, eintönig, unpersönlich und fast im Befehlston.

»Warum ziehst du mich in diese Sache rein? Ich habe den ganzen verdammten Tag gestern einer Disputation mit anschließendem Diner, das ewig dauerte, geopfert. Was kümmert mich der schwedische Nachrichtendienst?«

Rosa legte ihre Hand auf Johannes.

»Immer mit der Ruhe«, flüsterte sie. »Wir haben keine offiziellen Kontakte zur SOE, und ich habe den Auftrag erhalten, informell vorzugehen. Niemand weiß, dass ich mit dir spreche. Setz dich unmittelbar mit dem sogenannten Presseattaché Rennant in Verbindung und …«

Sie hielt inne, als eine Kellnerin Johannes Kaffee in einer Edelstahlkanne und den Surrogatzucker brachte und zwei Männer demonstrativ am Nachbartisch Platz nahmen. Rosa bat die Kellnerin um die Rechnung, reichte ihr rasch einige Kronenmünzen und forderte Johanne zum Aufbruch auf.

»So ein Pech«, lallte einer der beiden Männer besoffen

im Södermalm-Dialekt. »Kaum hat man Platz genommen, machen sich die beiden roten Zuckerpüppchen auch schon dünne.«

Rosa und Johanne warfen sich auf dem Weg nach draußen vielsagende Blicke zu. Das hatte sich nicht nach der Hestapo, oder korrekter ausgedrückt dem zweiten Dezernat der Kriminalpolizei, angehört.

Sie gingen am Luxusrestaurant Riche vorbei zur Straßenbahnhaltestelle auf dem Nybroplan, wo sie garantiert nicht belauscht wurden, weil das Kreischen der Schienen und das Gebimmel der Straßenbahnen alles übertönten.

»Und?«, fragte Johanne. »Was soll ich auf ›inoffiziellem‹ Wege möglichst rasch weiterleiten?«

»Dass kein Grund zur Panik besteht, da wir wissen, wer hinter dem Sabotageakt am Hårsfjärden steckt. Es handelt sich nicht, ich wiederhole, nicht, um die SOE. Demnach wird kein englischer Diplomat ausgewiesen, unsere diplomatischen Verbindungen werden nicht beeinträchtigt. Wie schnell kannst du diese Mitteilung an den Mann bringen?«

»In etwa zwei Stunden und zwanzig Minuten.«

»Geht es nicht schneller? Es brennt.«

»Nein, damit würd ich riskieren, die Hestapo auf mich aufmerksam zu machen.«

»Verstehe. Na gut, bedeutend schneller als über das Außenministerium ist es immerhin. Brauchst du Zehn-Öre-Münzen?«

»Nein, ich habe welche. Warte hier, wir müssen noch etwas anderes besprechen.«

Johanne ging raschen Schrittes auf eine Telefonzelle zu und drängte sich mit einem blendenden Lächeln an einem älteren Mann vorbei, der diese gerade betreten wollte. Im Stillen rekapitulierte sie, wie viele Sekunden sie warten musste, tätigte dann den ersten Anruf, legte auf und betrachtete aufmerksam den Sekundenzeiger ihrer Armbanduhr.

Wieder zu Rosa zurückgekehrt, setzten sie ihre unbekümmerte Spaziermiene auf und gingen untergehakt zum Strandvägskai mit den riesigen Brennholzstapeln.

»Wie geht es Karl? Er ist doch wohl nicht am Hårsfjärden stationiert?«, fragte Johanne.

»Nein, er ist in Karlskrona und hat bis zur Beerdigung in vier Tagen Urlaub. Dann kommt er nach Stockholm. Das habe ich bereits überprüft.«

»Wie schön. Dann kannst du mir vielleicht auch sagen, wer die drei Zerstörer im Hårsfjärden gesprengt hat?«

»Keinesfalls!«

»Warum nicht? Schließlich hat der schwedische Geheimdienst soeben meine Dienste in Anspruch genommen.«

Rosa lachte kurz auf, schüttelte wie über eine ungewöhnlich dumme Bemerkung den Kopf und hielt dann einen schulmeisterlichen Vortrag. Wenn alle Mitarbeiter einer Geheimdienstorganisation über alles Bescheid wüssten, würde sie nicht lange überleben, das hätten die englischen Lehrer ihrer großen Schwester schon vor langer Zeit einschärfen müssen. Tatsache sei außerdem, dass sie selbst nicht mehr wisse, als dass es keinesfalls die Engländer gewesen seien.

Also stehe es ihnen wie allen anderen Schweden frei, sich wilde Theorien einfallen zu lassen, erwiderte Johanne.

Wohl wahr, logisches Denken unterlag in der schwedischen Staatsverwaltung weder der Geheimhaltung, noch war es untersagt, obwohl sich einem dieser Eindruck gelegentlich aufdrängte. Im Rahmen des Erlaubten nachdenken war erlaubt.

Die Engländer waren es nicht.

Wer aber fürchtete die schwedische Flotte? Die Royal Navy jedenfalls nicht.

Wen beunruhigte die Möglichkeit, dass die Schweden ihre deutschfreundliche Neutralität definitiv aufgeben und in den Krieg ziehen könnten, am meisten? Als Verbündete Finnlands gegen die Sowjetunion, so wie der König es wollte, so wie der Oberbefehlshaber es wollte, und so wie die klägliche Schar Nazis im Lande es ebenfalls wollte.

Die Antwort war einfach. Die Sowjetunion. Ihre Ostseeflotte war umzingelt und der deutschen Flotte stark unterlegen. So stellte die schwedische Flotte höchstens für die sowjetische eine Bedrohung dar, aber nicht für die deutsche Kriegsmarine oder die Royal Navy. Wer die Bismarck versenkt hatte, brauchte wohl kaum die HMS Klas Horn, die HMS Klas Uggla oder die HMS Göteborg zu fürchten. Zu diesem Schluss musste selbst die Hestapo gelangen, sofern sie nicht wie so oft vollauf damit beschäftigt war, Engländer zu jagen.

Johanne hatte dem nur hinzuzufügen, dass Rosa vielleicht einmal mit der Faust auf den Tisch hauen und Onkel Oscar widersprechen sollte, wenn dieser wieder die militärische Lage erläuterte.

»Das habe ich tatsächlich einmal gemacht«, erwiderte Rosa. »Eine Dummheit. Wir saßen in Sandhamn beim Essen, als die Nachricht über Krylbo eintraf. Onkel Oscar schwang wie üblich seine Reden, und da riss mir der Geduldsfaden. Ich widersprach ihm, sagte viel zu viel und begann dann auch noch zu heulen. So etwas passiert mir nicht noch einmal.«

»Und am nächsten Tag kam ich schwer verletzt nach Hause.«

»Aber da war ich bereits zurück in der Stadt.«

»Und wann hast du davon erfahren?«

»In der Woche darauf, aber damals habe ich keinen Verdacht geschöpft. Die Sabotagetheorie im Fall Krylbo war ja bereits verworfen worden. Irgendwann nach dem Krieg musst du mir genau erzählen, wie ihr das angestellt habt.«

Sie waren stehen geblieben und betrachteten schweigend die Brennholzkähne, die gerade entladen wurden. Es bot sich kein neues Gesprächsthema an, und beide vermieden es, über die Beerdigung zu sprechen.

»Ich vermute, dass du weitermusst«, meinte Rosa.

»Ja, aber wir können noch ein Stück zusammen gehen, bis zur Hedvig Eleonora Kirche. Von dort aus gehst du zum Karlaplan und ich in eine andere Richtung.«

Peter Rennant kam eine Minute zu spät. Das war ungewöhnlich. Er war gehetzt und verärgert, als er seinen schwedischen Trenchcoat beiseitewarf und sich auf einen Sessel fallen ließ.

»Sie haben das Notsignal verwendet«, sagte er eher vorwurfsvoll als neugierig.

»Allerdings.«

»Dann hoffe ich nur, dass die Angelegenheit wichtig ist, denn heute ist ein außerordentlich beschwerlicher Tag.«

»Durchaus.«

»Und? Lassen Sie hören.«

»Ich habe den inoffiziellen Auftrag erhalten, Ihnen,

Herr Presseattaché, eine Botschaft vom schwedischen militärischen Geheimdienst zu übermitteln.«

Ihm fehlten einen Augenblick lang die Worte, aber er fing sich rasch wieder.

»Unglaublich! Und wie lautet diese Botschaft?«

»Kurz und prägnant: Der schwedische Geheimdienst weiß, dass die SOE nicht hinter dem Angriff im Hårsfjärden steckt. Deswegen wird auch kein englischer Diplomat ausgewiesen, und unsere diplomatischen Verbindungen bleiben unverändert. Zu gegebener Zeit werden Sie dieselbe Botschaft vom Außenministerium erhalten.«

Rennants unmittelbare Reaktion war schwer zu deuten, eine Mischung aus unendlicher Erleichterung und Erstaunen. Johanne erfüllte ein fast unanständiges Gefühl der Befriedigung. Zum ersten Mal war sie diesem unerträglich selbstsicheren Internatsknaben mit seinem perfekten King's English überlegen.

»Das ist wirklich höchst erstaunlich«, sagte er schließlich und atmete demonstrativ aus. »Sie wissen also, dass es die Russen waren?«

»Das wage ich nicht zu behaupten. Sie wissen nur, dass weder wir noch Sie es waren.«

»Im Grunde genommen eine großartige Operation, für die wir weder die Mittel haben noch die nötigen Verbindungen zu den Mannschaften auf dem Flottenstützpunkt. Die aber haben die Russen zu ihren kommunistischen Seeleuten. Wie auch immer wirft dies eine sekundäre, aber höchst interessante Frage auf: Arbeiten Sie, Miss Blue Star, für den schwedischen militärischen Geheimdienst?«

»Nein, keineswegs. Ich arbeite für die Heimatfront und die SOE und sonst niemanden.«

»Ausgezeichnet. Aber warum wurden dann ausgerechnet Sie für diese inoffizielle Kontaktaufnahme bemüht?«

Diese selbstverständliche Frage hatte sie dummerweise nicht vorhergesehen. Sie musste nachdenken, ehe sie antwortete. Er breitete die Arme aus, was sie als großzügige Geste deutete, sich Zeit zu lassen.

»Es bestehen keine offiziellen Kontakte zu Ihnen, wie dies bei den Deutschen der Fall ist, offenbar musste improvisiert werden«, begann Johanne, während sie noch nachdachte.

»Richtig! Da die verehrten schwedischen Kollegen also Zeit gewinnen wollten, was der Geheimdienst Seiner Majestät sehr zu schätzen weiß, setzte man sich auf inoffizielle Weise mit mir in Verbindung?«

»Ja. So verstehe ich das zumindest.«

»Und woher wussten diese Leute, dass ich innerhalb von zwei Stunden zu erreichen sein würde?«

»Das wussten diese Leute nicht.«

»Und wer wusste es?«

Die klassische Situation. Ein Ehrenwort genügte nicht, alles musste verifiziert werden, keine Frage durfte offen bleiben, alle spionierten allen hinterher, jeder Hintergrund wurde genauestens überprüft. Vereinzelte Quisling-Agenten waren unter den norwegischen Flüchtlingen mithilfe gründlicher Sicherheitsarbeit enttarnt worden, alles hing irgendwie zusammen, alles war logisch.

»Ich habe eine Frage«, sagte Johanne ergeben.

»Lassen Sie hören.«

»Warum vertrauen Sie mir nicht einfach?«

»Natürlich vertraue ich Ihnen. Ich bin sehr froh, dass wir Sie angeworben haben. Ich verlasse mich voll und ganz auf Sie, Blue Star. Sofern keine Fragen offenbleiben. Möglicherweise sind wir in diesem Gewerbe übertrieben paranoid, aber so ist es nun einmal, fürchte ich.«

Zurück in die Sackgasse. Sie beschloss, es noch einmal zu versuchen.

»Meine Familie weiß, dass ich an der Krylbo-Aktion beteiligt war. Meine Mutter hat mich operiert und mir damit das Leben gerettet. Auch wenn nicht offen darüber gesprochen wird, wissen doch alle, wie es sich verhält. Wie bereits in einem früheren Gespräch erwähnt: Das Risiko, dass mich ein Mitglied meiner Familie verrät, ist gleich null.«

»Das klingt sehr plausibel. Mehr als das, es überzeugt mich. Dennoch stellt sich die Frage, warum der schwedische Geheimdienst ausgerechnet Sie als Überbringerin der Nachricht gewählt hat.«

Es gab kein Entkommen. Sie musste ihren Mut zusammennehmen.

»Weil meine jüngere Schwester in führender Position für den schwedischen militärischen Geheimdienst arbeitet. Sie erbot sich, einen direkten Kontakt zu Ihnen herzustellen.«

Erst starrte er sie nur verblüfft an, dann musste er laut lachen. Er schüttelte den Kopf, versuchte, sich zu sammeln, und lachte erneut.

»Allerhand«, sagte er schließlich. »Ihr Bruder ist SS-Sturmbannführer, und Ihre Schwester arbeitet für den schwedischen Geheimdienst. Und Sie selbst sind Agentin bei der Heimatfront und bei uns.«

»Ja, so ist es.«

»Ihre Familientreffen müssen äußerst interessant sein.«

»Oder auch nicht. Mein älterer Bruder nimmt nicht mehr daran teil, vermutlich aus politischen Gründen. Meine jüngere Schwester und ich sind sehr diskret. Außerdem habe ich auch noch einen jüngeren Bruder, der Kapitänleutnant in der königlich-schwedischen Marine ist. Aber das bleibt doch unter uns, nicht wahr?«

»Ja«, erwiderte Peter Rennant ruhig. »Das bleibt unter uns und ändert an meinem Vertrauen zu Ihnen nichts. Vielleicht könnten wir uns dieses inoffiziellen Kontakts zu Ihrer Schwester bei Gelegenheit auch in der Gegenrichtung bedienen? Ehe es zu einer Wende im Krieg kommt, damit sich das Verhältnis zwischen Schweden und uns etwas entspannt.«

»Vielleicht.«

»Ausgezeichnet. Dann können wir auf den nächsten Einsatz zu sprechen kommen, der wegen dieser üblen Sache am Hårsfjärden eigentlich abgeblasen war. Haben Sie drei Tage Zeit? Es geht um eine Spaziallieferung an der Grenze im Norden Värmlands.«

»Drei Tage geht. Am nächsten Tag ist die Beerdigung meiner Mutter.«

Das brachte Peter Rennant vollkommen aus dem Konzept. Er beteuerte Johanne sein aufrichtiges Beileid. In Kenntnis dieser traurigen Umstände hätte er seine beste Agentin niemals für eine Speziallieferung eingeteilt.

Nachdem er das klargestellt hatte, nahm er ein paar Landkarten und Notizen hervor und erläuterte Johanne die Details zu dem Einsatz.

*

Nichts Schlechtes, das nicht auch Gutes mit sich brachte, dachte Johanne, als sie Sala mit großer Verspätung verließ und Richtung Fagersta fuhr. Seit die deutschen Besatzungstruppen Fluchtversuche aus Norwegen mit dem Tode bestraften, schickte die schwedische Grenzpolizei weniger Flüchtlinge dorthin zurück. Es gab sogar Hinweise, dass sie entsprechende Anweisungen von oben erhalten hatte.

Andererseits hatten die norwegische Grenzpolizei und die Deutschen die Bewachung auf norwegischer Seite verstärkt. Nichts Gutes, das nicht auch Schlechtes mit sich brachte.

Dieses Mal befand sich ein Pferd im Laderaum. Es hörte auf den unromantischen Namen Bertil, und seine einzige Aufgabe bei diesem Einsatz bestand darin, Pferd zu sein.

Auf dem Hin- und Rückweg würde sie Torsby, das regionale Zentrum der schwedischen Grenzpolizei, passieren. Hier wurden die eingefangenen norwegischen Flüchtlinge aufgeteilt, begutachtet und verhört.

Einen zweifachen Pferdetransport durch Torsby ohne Pferd im Laderaum hatten sie für zu riskant gehalten. Bertils Anwesenheit kostete sie jedoch Zeit, da sie die Geschwindigkeit sechzig Stundenkilometer nicht überschreiten durfte. Außerdem brauchte er regelmäßige, zeitverzögernde Pausen. Die Futterballen wiederum waren sehr praktisch, weil sich die »Speziallieferung« dahinter verstecken ließ.

Über die drei Milorg-Männer, die sie abholen sollte, wusste Johanne nicht sehr viel mehr, als dass sie aus dem nördlichen Heimatfront-Kriegsdistrikt Trondheim geflohen waren. Man hatte sie von Røros nach Kongsvinger geschafft und dann auf der erprobten Route via Hamar eingeschleust.

Der Distrikt D25 Hamar befand sich offenbar in Auflösung, denn der Gestapo war es durch Folterungen und Geiselerschießungen gelungen, die gesamte Widerstandsorganisation mit ihrem militärischen wie zivilen Zweig Sivorg aufzudecken. Die Mitglieder flohen jetzt panisch in alle Richtungen. Ihren drei Schutzbefohlenen wurde offenbar eine Sonderbehandlung zuteil. Alle übrigen D25-Flüchtlinge mussten sich bei der schwedischen Polizei melden, um in einem Auffanglager registriert und verhört zu werden. Diese drei Männer jedoch sollten an sämtlichen Kontrollen vorbei geradewegs in die Stockholmer SOE-Ausbildungseinheit in Gärdet gebracht werden. Vermutlich handelte es sich um irgendwelche hohen Tiere.

Johanne schaute auf die Uhr und versuchte, ihre Ankunftszeit zu berechnen. Bis Filipstad waren es dreihundert Kilometer, dann noch einmal hundertzwanzig an Torsby vorbei zum Treffpunkt bei der Kirche in Lekvattnet. Im Herbst waren noch eine Menge Wanderer im Gebirge unterwegs, außerdem hatte die Jagdsaison begonnen. Da würden drei Männer mit Rucksäcken in der Wildnis nicht weiter auffallen.

Falls sie sich zur vereinbarten Zeit nicht am Treffpunkt einfanden, verschob sich das Treffen um zwei Stunden, dann um weitere zwei Stunden und immer so fort. In diesem Detail bestand die einzige Gefährdung der Operation. Lekvattnet war kein sehr großes Dorf. Dort länger mit einem Lastwagen mit blauen Sternen herumzukurven würde in jedem Fall auffallen.

Lief alles nach Plan, wäre sie am Tag vor der Beerdigung

wieder in Stockholm. Unbewusst gab sie Gas und stellte sich vor, sie unternähme einen Herbstausflug in einer schönen Herbstlandschaft. Bei Steigungen meuterte der Motor etwas, wenn sie nicht schnell genug runterschaltete, was vermutlich an dem minderwertigen Kriegsbenzin und nicht an einem mechanischen Defekt lag.

Die schwedische Waldlandschaft war eintönig und gab ihr Raum, ihre Gedanken frei schweifen zu lassen. In ihre Kindheit und die alles andere als unschuldige Zeit als Verehrerin der intellektuellen Größen im Kreise Karins und ihrer Avantgardegruppe, den angeblichen Erneuerern der Literatur. Rotwein und ältere Männer, die ihre Väter hätten sein können, alle mit ihr schlafen wollten und dafür gerne auf psychoanalytische, häufig aber auch konkretere Argumente zurückgriffen. Entweder wollten sie ihr dabei behilflich sein, sich von sexuellen Hemmungen zu befreien, oder sie liebten sie über alle Maßen, weil sie ein so außerordentlicher Quell der Inspiration und eine gute Zuhörerin war. Aber sie hatte schon auch ihren Spaß und nichts dagegen einzuwenden, sich durch Geplauder verführen zu lassen.

Der Motor begann zu husten, der Auspuff knallte. Mitten auf der graden Hauptstraße durch Torsby ließ der Motor sie im Stich. Sie schaute auf die Uhr und überschlug, wie viel Zeit ihr noch blieb. War das Problem nicht innerhalb von zwanzig bis dreißig Minuten zu lösen, verpasste sie den ersten Termin. Leise fluchend stieg sie aus und öffnete die Motorhaube. Viel Ruß, also entweder ein defekter Vergaser oder ein verstopfter Filter.

Sie stand mit der Werkzeugtasche vor dem Kühler, als ein Auto mit der weißen Aufschrift GRENZPOLIZEI neben ihr hielt. Langsam und bedächtig stiegen zwei Beamte aus, traten auf sie zu, betrachteten amüsiert ihre Uniform, salutierten und erkundigten sich, was geschehen sei und ob sie eventuell behilflich sein könnten.

Mit aufrichtiger Dankbarkeit in der Stimme erklärte sie das Problem mit Mist im Vergaser oder Ölfilter. Sie lächelte und zwinkerte den beiden Polizisten zu, wohl wissend, dass die Art, wie sie »Mist« sagte, auf Männer immer sehr charmant wirkte. Dann fügte sie noch mit besorgter Miene hinzu, dass sie Bertil zu einem vereinbarten Zeitpunkt etwas weiter nördlich abliefern müsste.

Natürlich wollten die beiden daraufhin wissen, wer Bertil sei, und sie öffnete die Türen und stellte Bertil vor. Vielleicht sollte sie ihn bei dieser Gelegenheit auch tränken und den »Mist« beseitigen.

Die Situation war ein Paradebeispiel dafür, wie eine Agentin in einer Krisensituation improvisieren musste, um den Gegner abzulenken. Eine Minute später standen die beiden Polizisten über den Motor gebeugt, und sie versorgte Bertil.

Als ihr Motor wieder funktionierte und sie weiterfahren konnte, salutierte sie fröhlich. Die beiden Helfer erwiderten ihren Gruß mit zurückhaltender Geste wegen ihrer ölverschmierten Hände.

Bertil hatte seine Aufgabe besser erfüllt, als er ahnen konnte.

Sie war sehr zufrieden mit sich.

Nach ein paar Kilometern malte sie sich aus, was hätte passieren können, wenn der Motor auf dem Rückweg mit nicht nur Bertil im Laderaum versagt hätte. Wie auch immer, nun würde sie doch noch pünktlich am verabredeten

Treffpunkt ankommen. Als sie sich der Kirche näherte, drosselte sie das Tempo und versuchte, eine Entscheidung zu treffen. Natürlich würden die drei Norweger mit ihren Rucksäcken nicht am Straßenrand warten. Sie hatten sich sicher irgendwo versteckt, aber der Lastwagen mit dem blauen Stern auf der Seite, den sie jetzt auf einem kleinen Weg neben der Kirche parkte, war nicht zu übersehen.

Sie stieg aus, öffnete die Türen, kletterte zu Bertil auf die Ladefläche und stapelte die Futterballen so auf, dass ein Versteck zwischen der Wand zur Fahrerkabine und Bertil entstand.

Als sie fast fertig war, packte sie jemand von hinten und legte ihr eine Hand auf den Mund.

»Ich komme zu einem Stern«, zischte er ihr auf Norwegisch ins Ohr und ließ sie dann los.

Ein weiterer Mann stieg grinsend mit Rucksack und allem Drum und Dran auf die Ladefläche.

»Und dies ist der Weg zum Orion«, antwortete Johanne mechanisch.

Im ersten Moment war sie erschrocken, jetzt nur noch wütend.

»Hier ist Ihr Versteck!«, sagte sie. »Kriechen Sie da rein, dann lege ich was auf Sie drauf. Wo ist der dritte Mann?«

Sofort verschwand das zufriedene Grinsen aus den Gesichtern der Männer.

»Die Grenzpolizei hat uns beschossen, wir mussten unseren Kameraden zurücklassen«, erklärte der Mann, der sie aus Jux überfallen hatte, und zuckte mit den Achseln.

Johanne nickte und deutete auf das Versteck.

Als sie sich zwischen ihr und Bertil hindurchzwängten, beklagte sich der andere Mann, mit einem Viehtransporter vorliebnehmen zu müssen. Erst jetzt bemerkte Johanne, dass an ihren Rucksäcken englische Maschinenpistolen hingen.

»Waffen sind nicht erlaubt«, sagte Johanne.

Beide drehten sich erstaunt um.

»Unbewaffnet festgenommen zu werden ist schon riskant genug. Wenn ich mit Waffen erwischt werde, lande ich im Gefängnis. Ich muss Sie bitten, noch einmal auszusteigen und Ihre Waffen irgendwo zu verstecken.«

Die beiden schienen eher erstaunt als gekränkt.

»Hören Sie, junge Dame, Sie haben uns keine Befehle zu erteilen. Wir gehören zur SOE, und die Waffen führen wir mit, um nicht festgenommen zu werden.«

Fast hätte sie den Mann geohrfeigt. Sie schloss die Augen und zählte bis drei, dann nickte sie und deutete auf den vorbereiteten Hohlraum hinter den Futterballen. Gehorsam krochen sie hinein, und Johanne schloss die Öffnung mit Heuballen, tätschelte Bertil und sprang von der Ladefläche.

»Verdammt noch mal, wie lange müssen wir hier kauern?«, rief der eine aus dem Versteck.

Johanne schaute sich vorsichtig um, kein Mensch in Sichtweite.

»Bis wir am Ziel sind!«, rief sie zurück, knallte die Türen des Laderaums zu und verriegelte sie.

Idioten, dachte Johanne, ließ den Motor an und legte den Rückwärtsgang ein. Gleich darauf drosselte sie das Tempo, als sie merkte, dass sie vor Wut viel zu schnell fuhr.

Nachdem sie sich wieder beruhigt hatte, versuchte sie nachzudenken. Gute Erziehung war keine Vorbedingung für die Mitarbeit bei der Heimatfront oder der SOE, der die beiden Nicht-Gentlemen im Laderaum angehörten. Natürlich nicht. Diese beiden Typen wurden bevorzugt behandelt, weil man bereits eine SOE-Ausbildung in sie investiert hatte. Vermutlich waren sie Anfang des vergangenen Jahres auf die Shetlandinseln gefahren, in Schottland ausgebildet und dann zurückgeschickt worden. Aus ihrer Sicht gehörten sie zur Elite des bewaffneten Zweiges der Widerstandsbewegung, obwohl sie gerade noch wie die Kaninchen von den Deutschen gejagt worden und offenbar nur mit knapper Not entkommen waren.

Das hatte sie nicht zu interessieren. Ihre Aufgabe bestand darin, sie nach Sala zu bringen, dort würden andere übernehmen.

Es war ihr aber nicht egal! Was hatten diese Idioten damit gemeint, dass sie mithilfe ihrer Waffen einer Festnahme entgehen wollten? Würden sie, wenn nötig, die Polizisten in Torsby erschießen?

Als sie die lange Torsbyer Hauptstraße entlangfuhr, war es bereits dunkel. Bei dem wenigen Verkehr fiel ihr Lastwagen mit den großen blauen Sternen besonders auf. Kaum hatte sie diesen Gedanken gefasst, da sah sie im Rückspiegel einen Polizeiwagen mit blinkenden Lichtern rasch näher kommen.

Fieberhaft versuchte sie, sich eine Erklärung einfallen zu lassen, warum sie Bertil noch immer im Laderaum hatte. Etwas war schiefgegangen, eine Verletzung nicht verheilt, er hinkte, und der Besitzer wollte ihn noch einmal zum Tierarzt schicken. Oder sollte sie einfach so tun, als sei nichts? Sollte sie die Türen öffnen und Bertil ein weiteres Mal vorführen? Immerhin waren seine Papiere in Ordnung. Aber hinter ihm im Futter lagen die beiden Idioten mit schussbereiten Maschinenpistolen.

Sie fuhr an den Straßenrand und hielt. Im Rückspiegel sah sie zwei Polizisten näher kommen.

Es waren ihre beiden Retter.

»Hallo«, sagten sie und salutierten. »Ist alles glattgegangen?«

»Ja«, erwiderte sie und lächelte. »Hatten Sie noch nicht Schichtwechsel?«

»Für eine Tasse Kaffee werden Sie doch Zeit haben? Die Wache liegt ganz in der Nähe. Wie wär's?«, erwiderte der Polizist mit der viel zu großen Mütze.

Ihr erster Impuls war einzuwilligen, um jeglichen Verdacht auszuräumen, außerdem hätte sie vor der langen Fahrt durch die Dunkelheit einen Kaffee gut gebrauchen können, aber leider hatte sie ja außer Bertil noch zwei schießwütige Männer im Laderaum.

»Das ist wirklich ganz reizend«, antwortete sie lächelnd. »Aber ich habe noch einen weiten Weg vor mir, nach Västerås, und habe gerade einen Kaffee getrunken. Vielleicht beim nächsten Mal, aber nur, wenn Sie echten Bohnenkaffee haben!«

Sie lachten, salutierten, und Johanne legte den ersten Gang ein.

Nach zehn Kilometern durch die Dämmerung beschlich sie die Angst, von der sie erstaunlicherweise nichts gemerkt hatte, als sie von den Polizisten angehalten wurde. In dem Moment ging es, im übertragenen Sinne, rein ums Überleben. Ein Schusswechsel zwischen schwedischen Polizisten und zwei adrenalingesteuerten Norwegern wäre mit Sicherheit eins zu null für die Norweger ausgegangen.

Die Flucht zu Fuß, mit der gesamten värmländischen Polizei auf den Fersen, hätten sie möglicherweise nicht überlebt. Eventuell hätte man auch das Militär auf sie gehetzt.

Sie hatte zum zweiten Mal innerhalb kurzer Zeit lebenslange Haft riskiert, wegen Beihilfe und weil sie außer Dienst Uniform trug. Und wegen Waffenbesitzes, obwohl die Pistole zur Uniform gehörte. Sicherlich wäre ihnen auch sonst noch einiges eingefallen. Lebenslänglich für den Versuch, zwei Idioten zu retten, heldenhaft hin oder her.

Im kritischen Augenblick hatte sie keine Angst empfunden, was vermutlich dem reinen Selbsterhaltungstrieb zuzuschreiben war.

Helle Streifen am Horizont, noch war es nicht stockdunkel, und sie kam gut mit abgeblendeten Scheinwerfern voran. Die Angst verpuffte, und langsam kehrte ihre Wut zurück.

Für zukünftige Spezziallieferungen wollte sie eine Garantie, dass die Helden auf der Flucht ihre Anweisungen befolgten. Das war mehr als nur eine Frage der Sicherheit. Sie würde dieses Problem mit Hauptmann Rennant besprechen müssen.

Irgendwo hinter Filipstad wurde es mitten im Wald stockdunkel. Einer der Männer hämmerte an die Wand der Fahrerkabine, und sie hörte die gedämpfte Aufforderung, eine Pinkelpause einzulegen.

Sie bog in einen Waldweg ab, schaltete den Motor aus, kletterte aus dem Lastwagen und öffnete die Türen. Benommen traten die beiden Männer ins Freie, gingen ein paar Schritte abseits und pinkelten anhaltend. Johanne hatte das Gefühl, dass sie hinten im Laderaum getrunken hatten.

Sie sagte nichts, forderte sie nur auf, wieder in den Laderaum zu klettern, knallte die Türen demonstrativ laut zu und verriegelte sie. Es tat ihr leid, dass sie mit ihrer impulsiven Handlung Bertil erschreckte, der nervös herumtrampelte.

Spätnachts und fürchterlich übermüdet traf sie in Sala ein. Die letzten Kilometer hatte sie kaum noch die Augen aufhalten können. Sie ließ die beiden Helden aus dem Laderaum klettern, deutete auf die Küchentür und wandte sich von ihnen ab.

Anschließend rollte sie die Rampe heran, die es brauchte, um den benommenen Bertil wieder auf festen Boden zu bekommen. Im Stall gab sie ihm Wasser, streichelte ihn und küsste ihn leicht auf sein weiches rosa Maul. Dann band sie ihm zur Belohnung einen Sack Hafer um, führte ihn in seine Box, mistete den Lastwagen aus, räumte die Futterballen weg, fuhr den Lastwagen rückwärts in die Scheune, entfernte die blauen Sterne und wechselte die Nummernschilder.

Als sie die Küche betrat, war die Stimmung dort sehr ausgelassen, Whisky, Wein und ein Fleischeintopf standen auf dem Tisch. Die frisch eingetroffenen Norweger erzählten Geschichten von ihren kühnen Einsätzen. Neben dem Tisch lag eine Maschinenpistole neueren Typs, die natürlich eingehend vorgeführt worden war. Alle rauchten englische Zigaretten und sprachen Englisch.

Die Männer verstummten, als sie eintrat, dann stieß einer der flüchtigen Helden einen Pfiff aus, ließ eine Bemerkung über rothaarige Frauen fallen und deutete einladend auf den Tisch.

Obwohl sie seit zwölf Stunden oder mehr nichts mehr gegessen hatte, legte sie auf diese Gesellschaft keinen Wert.

Sie nahm sich eine große Portion Eintopf und ein Glas sauren Rotwein, aß rasch, erhob sich, winkte ausweichend und ohne zu antworten, als die Männer protestierten und meinten, sie könne doch wohl nicht jetzt schon und vor allem nicht allein zu Bett gehen.

Ehe Johanne im Obergeschoss einschlief, nahm sie mit Unverständnis das Gejohle und Lachen der Männer wahr. Zwei von ihnen hatten gerade einen Kameraden auf der Flucht verloren. Der Krieg machte sie allesamt zu Unmenschen.

Sie schlief traumlos, vielleicht aus Erschöpfung.

Auf dem Stockholmer Hauptbahnhof herrschte reges Treiben. Viele Soldaten waren nach einem freien Wochenende auf dem Weg zu ihrem Stützpunkt. Das Wetter war akzeptabel, weshalb Johanne beschloss, zu Fuß nach Hause zu gehen. Nach mehreren Stunden im Dunst rauchender Mitreisender würde ihr die frische Luft guttun. Ein Spaziergang regte außerdem die Gehirnzellen an und gab ihr Gelegenheit, sich auf das zivile Leben einzustellen. Bahnreisen verursachten ihr, was natürlich auf ihre Kuriertätigkeit in Norwegen zurückzuführen war, weiterhin Unbehagen. Erst in zivilen Kleidern unter all den Leuten, die an diesem Sonntag die Vasagatan entlangflanierten, gelang es ihr, ihren Auftrag hinter sich zu lassen und sich zu entspannen.

Und sofort regte sich ihr schlechtes Gewissen. Während der Aktion hatte sie keinen Gedanken an Mutti verschwendet. Und morgen war ihr Begräbnis.

Das war unwirklich. Plötzlich begann sie zu weinen, beschleunigte ihre Schritte und starrte auf den Bürgersteig, während sie in ihrer Handtasche nach ihrer Sonnenbrille suchte.

Nach Hause und packen, dann mit dem Zug nach Saltsjöbaden, vorzugsweise mit einem späten, damit ihr lästige Unterhaltungen erspart blieben. Die Trauer lähmte sie und würde sich nicht wegreden lassen. Eine ganz neue Lebenserfahrung.

Über alles konnte man sprechen, diskutieren, streiten oder zanken, wie sie das alle Jahre über in der Familie getan hatten, aber bislang war niemand gestorben. Und dass Mutti sie für immer verlassen hatte, ließ sich einfach nicht in Worte fassen, sie hinterließ schlicht und ergreifend eine große schwarze Leere.

Als sie ihre Wohnung betrat, waren immerhin ihre Tränen versiegt. Keine interessante Post, nur ein Zettel von Rosa, auf dem stand: »Ruf mich an, sobald du zu Hause bist. Ich sitze den ganzen Sonntag neben dem Telefon.«

Also war etwas geschehen, wovon sie schriftlich nicht berichten konnte. Vielleicht auch nicht telefonisch? Sofort rief Johanne Rosa an, die tatsächlich neben dem Telefon ausgeharrt zu haben schien. Das Gespräch war sehr kurz.

»Hallo, ich bin es.«

»Kannst du so schnell wie möglich herkommen?«

Johanne schaute auf die Uhr. In fünf Stunden musste sie die Bahn nach Saltsjöbaden nehmen.

»Ich nehme die Straßenbahn und bin spätestens in 25 Minuten bei dir.«

Dann legten beide auf.

In der Straßenbahn bemühte Johanne sich, keine Vermutungen anzustellen. Es war unmöglich vorherzusehen, was Rosa ihr zu sagen hatte. Es konnte alles Mögliche geschehen sein, sicher war nur, dass es sich nicht für eine Unterhaltung am Telefon eignete.

An der Kreuzung Hantverkargatan-Pilgatan stieg sie aus der Eins und ging zügig zum Norr Mälarstrand hinunter. Wie sie selbst, wohnte Rosa in einem familieneigenen Mietshaus, wobei ihre Schwester die schönere Aussicht über den Riddarfjärden hatte.

Rosa erwartete sie vor der Haustür und musterte sie forschend, trat auf sie zu und umarmte sie.

»Du weißt also nicht Bescheid?«, flüsterte Rosa.

»Nein, worüber?«

»Karl ist tot. Er befand sich an Bord eines der Zerstörer im Hårsfjärden.«

Sie hielten sich in den Armen. Johanne atmete heftig.

»Komm, gehen wir rauf«, sagte Rosa. »Hier können wir nicht stehen bleiben.«

Im Fahrstuhl wurde Johanne von Schluchzern geschüttelt, die sich nicht unterdrücken ließen, sosehr sie es auch versuchte.

Wenig später saßen sie nebeneinander in Rosas Bett, so wie sie vor nicht allzu langer Zeit bei Johanne gesessen hatten. Das Nachmittagslicht fiel durch die Lamellenschlitze der Jalousie.

»Und es besteht kein Zweifel? War er nicht in Karlskrona?«, fragte Johanne vorsichtig.

»Nein, kein Zweifel. Sie haben seine Erkennungsmarke gefunden.«

»Und was wird jetzt aus Muttis Beerdigung?«

»Die findet wie geplant morgen statt. Und in einer Woche gibt es dann die nächste, die von Karl.«

»Wie hat Vater es aufgenommen?«

»Ich weiß es nicht. Das weiß vermutlich niemand so genau.«

»Seine gesamte Zukunftsplanung ... Karl, der brave Student an der Handelshochschule. Karl, der ehrgeizige Segler. Karl mit seinen Praktika im Büro in der Västra Trädgårdsgatan. Karl, der gehorsame Reserveoffizier der Flotte. Karl, der die Firma übernehmen sollte ...«

Johanne verstummte. Mehr war nicht zu sagen. Sie hielten sich wie früher an den Händen, um einander Trost zu spenden.

»Erinnerst du dich an die wahre Geschichte, die du mir letzten Sommer unter der Kiefer erzählt hast?«, fragte Johanne.

»Ja.«

»Jetzt bin ich an der Reihe.«

Dieses Mal handelte die Geschichte von der siebzehnjährigen Sissel Eiken, die trotz ihrer jungen Jahre bereits Flüchtlinge über die Grenze schaffte. Über ein Jahr lang war sie nicht gefasst worden, obwohl sie die Flüchtlinge gewissermaßen unter den Augen der Grenzpolizei in Sicherheit brachte. Das funktionierte so gut, dass die Heimatfront begann, mit Sissels Hilfe Waffen über die schwedische Grenze zu schmuggeln. Flüchtlinge in die eine Richtung, Waffen in die andere.

Aber eines schönen Tages war Schluss damit. Sissel war in der Morgendämmerung auf dem Kutschbock eingeschlafen, was keine Rolle spielte, weil das Pferd den Weg nach Hause kannte. Sie wurde von Gewehrsalven und Rauch geweckt. Jemand hatte ihre Familie bei der Gestapo angezeigt.

Die Gestapo erschoss ihren Vater und ihre beiden Brüder auf der Stelle, brannte den Hof nieder, beschlagnahmte den Besitz und verschleppte ihre Mutter und ihre beiden Schwestern, um sie in ein norwegisches oder deutsches Konzentrationslager zu sperren.

Unter größten Strapazen und mit viel Glück und Tapferkeit wurde Sissel nach Schweden geschleust.

Johanne machte eine Pause, deutete auf sich und imitierte die Bewegung eines Lenkrads.

Bemerkenswert an Sissel war, dass sie trotz ihrer tiefen Trauer kein gebrochener Mensch zu sein schien. Im Gegenteil. Inzwischen wurde sie von der Heimatfront ausgebildet, um danach die riskanteste aller Aufgaben auszuführen.

Johanne deutete Morsebewegungen mit einem Zeigefinger auf der Handfläche an.

Der Krieg verlangte den Menschen, jedem Einzelnen schier Unerträgliches ab, und offenbar entwickelten sie einen Überlebenswillen, selbst nach den schmerzlichsten Verlusten.

So weit zu dieser Geschichte, deren letztes Kapitel noch nicht geschrieben war.

Rosa schwieg und drückte Johanne dreimal die Hand, seit jeher ihre Versicherung schwesterlicher Solidarität.

Sie schwiegen, während die Sonne hinter den Wolken verschwand. Jenseits des Riddarfjärden, wo das Glitzern allmählich verlosch, zog über Södermalm ein Regenwetter heran.

»So geht das nicht!«, sagte Rosa energisch. »Wir müssen den Krieg gewinnen, aber erst steht uns eine schwarze Woche bevor. Hast du eigentlich Trauerkleider?«

Mit dieser konkreten Frage waren sie erst einmal von ihrer Trauer abgelenkt, da sie beide nie eine Beerdigung besucht hatten, noch nicht einmal im weiteren Bekanntenkreis.

Schwarze Kleider, vermutlich Hut mit Trauerflor. Aber trug man dazu schwarze Handschuhe, und mussten die Schuhe ebenfalls schwarz sein?

Tante Christa kannte sich natürlich aus, und ein unverfängliches Gesprächsthema vor, nach und während des Gespensterdiners, das sie bereits in wenigen Stunden in der Villa Bellevue erwartete, konnte nicht schaden.

*

Das Leben ging weiter, ebenso der Krieg und das Sterben. Es folgte ein weiterer kalter Winter, der den Zeitungen mit fast perverser Begeisterung Anlass zu Spekulationen über eventuelle neue Kälterekorde gab. Die Abteilfenster der Saltsjöbahn waren eisverkrustet.

Johanne saß auf ihrem Lieblingsplatz, dem Einzelsitz zwischen Einstieg und Übergang in den nächsten Waggon. Es zog eisig, aber anlässlich des Spaziergangs vom Bahnhof zur Villa war sie warm angezogen.

Es herrschte ein Fimbulwinter. Nach dem wärmsten Sommer seit hundert Jahren, den Mutti noch mit ihnen zusammen verbracht hatte. Ein brutaler Kontrast, ein Fingerzeig der Natur, dass alles unaufhaltsam weiterlief, wie sehr sich der Mensch auch dagegen sträubte oder sich etwas anderes wünschte.

Im Schneesturm waren die schmerzlichen Beerdigungen und die dazwischenliegende schwarze Woche wie ferne Erinnerungen an eine ganz andere Welt. Muttis Beerdigung war voller Wärme gewesen. Die Saltsjöbadener

Rot-Kreuz-Frauen hatten sich von ihrer Vorsitzenden verabschiedet und waren am Sarg vorbeidefiliert, der anschließend förmlich unter roten Rosen versank. Niemand außer Vater hatte seine Tränen zurückhalten können.

Karls Begräbnis war diszipliniert männlich. Niemand weinte. Mit Ausnahme seiner Verlobten Louise, der die Tränen in Strömen über die Wangen liefen. Wenig verwunderlich, stellte Tante Christa zynisch fest, schließlich ging ihr ja so eine gute Partie durch die Lappen. Die Renovierung des Schlosses in Sörmland und ihres Vaters Hoffnungen auf eine neue Schlosskirche waren mit Karls Tod zunichtegemacht.

Der Eindruck von Härte und Unversöhnlichkeit wurde durch den Auftritt des Militärs noch verstärkt. Über Karls Sarg lag eine schwedische Fahne. Soldaten in Paradeuniform und weißen Gamaschen schossen Salut, marschierten und schlugen die Hacken zusammen. Ein Konteradmiral hielt eine lächerlich patriotische Rede über das junge Leben, das in finsteren, unruhigen Zeiten für die Freiheit des Landes hingegeben worden sei und so weiter und so fort. Zwei Begräbnisdiners im Laufe einer Woche waren einfach zu viel. Das Familiengrab war geschmackvoll in rotem Granit gehalten, auf schwere Gusseisenketten, Anker und jeden anderen Prunk war verzichtet worden. Und es lag sehr schön an einem Hang mit Blick aufs Meer. Trotzdem war es ein grauenvoller Anblick.

Zwei Plätze des Familiengrabes waren nun also belegt, und es gab noch jede Menge Platz. Vor dem eigenen, zukünftigen Grab zu stehen, war nicht sehr erbaulich, besonders wenn man es nicht selbst ausgesucht hatte. Eine Bevormundung bis ins Letzte, sozusagen.

Mit solchen düsteren Gedanken setzte sie die Bahnfahrt fort. Hinter Igelboda ging sie den Plan, den Rosa und sie entworfen hatten, ein letztes Mal durch.

Zwei Tage vor Heiligabend würde Vater von der Brückenbaustelle nach Hause zurückkehren, alle anderen Gäste würden erst am Tag darauf eintreffen.

An jenem Abend in Rosas Bett hatten sie sich ausgemalt, wie sich Vater ganz allein dem dunklen Haus näherte, das einst und besonders an hohen Feiertagen so voller Leben gewesen war. Sie hatten sich vorgestellt, wie er durch den Kücheneingang eintrat und seine Galoschen auszog. In sein Zimmer hochging, um sich zum Abendessen umzuziehen. Würde er vorab bei den Dienstmädchen telefonisch ein Abendessen bestellen oder unerwartet in ihre Weihnachtsvorbereitungen hineinplatzen?

Sie sahen ihn alleine im kleinen Esszimmer von den bereits zubereiteten Weihnachtsgerichten kosten. Oder würde er im Erker, Muttis und seinem Lieblingsplatz, sitzen?

Diese Vorstellung von ihrem einsamen Vater trieb ihnen die Tränen in die Augen.

Am liebsten wären sie zusammen nach Saltsjöbaden gefahren, um ihren Vater zu überraschen, aber Rosa konnte sich im Moment unmöglich freinehmen. Sie deutete entscheidende Entwicklungen vor Moskau an, die den Geheimdienst zwangen, mit sämtlichem verfügbarem Personal unter Hochdruck zu arbeiten.

So musste Johanne die Operation »Rettet den Vater« also alleine durchführen. Sie hatte Onkel Oscar in den Plan eingeweiht, der ihr versprach, die passende Verpflegung zu »organisieren«.

Der eiskalte Wind erwischte sie wie eine Ohrfeige, als sie auf den Bahnsteig trat. Glücklicherweise hatte sie nur zehn Gehminuten vor sich oder, wenn der Schnee ordentlich geräumt war, weniger.

Anne war telefonisch benachrichtigt worden und bereits in der Küche zugange, als Johanne eintrat und den Schnee von den Überschuhen trat. Jorunn beschäftigte sich mit den Weihnachtsgerichten, und Signy verbrachte ihren freien Tag in Stockholm. Eine beginnende Romanze mit einem Norweger wurde angedeutet.

Um Himmels willen, dachte Johanne. Unter den jungen, gut aussehenden Norwegern, die sich momentan im Stockholmer Nachtleben tummelten, waren unzählige, an die man lieber nicht geriet, vor allem jene, die mit dem einen oder anderen militärischen Kleidungsstück signalisierten, dass sie richtige Kerle waren.

Nach dem Ausflug ins värmländische Lekvattnet hatte Johanne noch zwei weitere Spezialtransporte durchgeführt, einen im Süden Dalslands, den anderen in der Nähe von Charlottenberg. Beide Male hatten die Männer sie wie ein Dienstmädchen behandelt, einer hatte sie sogar betatscht. Ihre Klagen bei Peter Rennant hatten keine Verbesserungen gebracht, und die norwegischen Widerstandshelden waren keineswegs in ihrer Achtung gestiegen.

Aber jetzt galt es, die Ärmel hochzukrempeln und loszulegen. Vater würde in etwa einer Stunde eintreffen. Sie hatte den Fahrplan studiert und kannte die Ankunftszeiten der Züge aus dem Norden. Sie begann damit, im Erker statt im kleinen Esszimmer zu decken. Das war kühn, als wolle sie unbedacht Muttis Platz einnehmen. Aber im Erker saß es sich zu zweit schlicht und ergreifend behaglicher als im kleinen Esszimmer weit voneinander entfernt an den Schmalseiten des großen Tisches.

Der Lachs war fertig, der Kalbsbraten wurde soeben in den Ofen geschoben, der Gurkensalat stand bereit, und Anne rührte in der Sahnesoße. Die Wahl des Weines würde wie immer Vater überlassen bleiben.

Als er durch die Küchentür trat, weil der Haupteingang wegen des vielen Schnees und der Brennholzstapel unpassierbar war, wurden ihm gleich mehrere Überraschungen zuteil. Seine älteste Tochter empfing ihn, küsste ihn auf die Wange und sprach ihn mit »Pappsen« an! Außerdem duftete es ganz eindeutig nach Oscars Beutezügen, also nach einem irgendwo »organisierten« Kalbsbraten.

Ohne Weiteres und geradezu begeistert nahm er ihr Arrangement im Erker zur Kenntnis. Dann entschuldigte er sich und ging nach oben, um sich zu rasieren und zum Essen umzukleiden.

Ein guter Anfang, bislang war alles erfreulich verlaufen. Aber das Schwerste, das sie noch nicht einmal mit Rosa besprochen hatte, lag noch vor ihr.

Nervös wartete sie im Weihnachtssalon, dass er wieder nach unten kam. Jorunn hatte Feuer im Kamin gemacht. Er brauchte länger als sonst, und als Johanne sich am Tisch mit den Karaffen einen Whisky Sour mischte, zitterten ihre Hände.

»Im Weinkeller ist es zu kalt«, meinte Vater, als er eintrat, sich einen Sherry eingoss und in seinem Lieblingssessel Platz nahm. »Bei Weißwein spielt das keine Rolle, aber den Rotwein habe ich auf das Kaminsims gestellt, damit er die richtige Temperatur bekommt. Skål und willkommen!«

Er hatte den Trauerflor von seiner Reisekleidung an seinem Jackett befestigt und schien ganz der Alte zu sein. Nichts erinnerte mehr an den gebrochenen alten Mann, der ihnen die Todesnachricht aus dem Kurhotel überbracht hatte.

Plötzlich kam es ihr so unsinnig vor, was sie mit ihrem Vater besprechen wollte, am liebsten hätte sie einen Rückzieher gemacht. Aber ihm waren die Papiere bereits aufgefallen, die sie in der Hand hielt, ebenso wie ihre Nervosität.

»Worum geht's?«, fragte er und deutete auf die Papiere. »Hoffentlich um eine Bagatelle, die sich mithilfe von Geld aus der Welt schaffen lässt?«

»Ganz und gar nicht«, erwiderte Johanne. Jetzt gab es kein Zurück mehr. »Bevor wir uns anderen Dingen zuwenden, die besprochen werden müssen, möchte ich dir dies hier zeigen, Vater.«

Sie reichte ihm die Papiere über den Salontisch, und er setzte seine Lesebrille auf.

Er überflog den Text, dessen Bedeutung er nicht zu erfassen schien, die gedruckte Einladung zu einer Disputation mit anschließendem Diner. Johanne war bei dem Diner einer der Ehrengäste gewesen.

»Warum in aller Welt zeigst du mir das?«, wollte er wissen. »Du hast einen Doktortitel und bist wiederholte Male mit der Rolle der Opponentin betraut worden. Was ist daran so bemerkenswert, und was ist der Grund für deine düstere Miene?«

Er begriff es wirklich nicht.

»Schau dir das Datum an«, forderte sie ihn auf.

Die Disputation hatte am 17. September stattgefunden, dem Tag der Hårsfjärden-Sabotage und Karls Tod.

»Offen gestanden«, sagte er, »verstehe ich nicht, worauf

du hinauswillst. Am Tag des Hårsfjärden-Anschlags hast du als Opponentin an einer Disputation mit anschließendem Diner teilgenommen. Und?«

»Verstehst du nicht, Vater?«, beharrte sie.

»Nein, in der Tat nicht.«

Hatte sie sich vollkommen umsonst Sorgen gemacht? Rosa und ihr war klar, dass die Russen hinter dem Anschlag vom Hårsfjärden steckten. Aber dieses Wissen hatten sie zu Hause nicht enthüllen können, nicht nur der Geheimhaltung wegen, sondern auch, weil ihr Vater seinen Töchtern diese Sachkenntnisse nicht zugetraut hätte, ganz zu schweigen vom Militärorakel Onkel Oscar. Beide kannten nur einen Feind, und zwar England, das Land, das sie beide hassten.

»Das war dumm von mir«, meinte Johanne. »Offenbar sehr dumm. Aber ich hatte solche Angst, dass du denkst, ich hätte … Ich meine, nach Krylbo, dass ich etwas mit dem Anschlag am Hårsfjärden zu tun habe.«

Vater dachte lange nach und schüttelte einige Male den Kopf. Johanne wartete, unglücklich über ihre Übersprungshandlung, seine Erwiderung ab. Je länger er nachdachte, desto größer wurden ihre Qualen. Dabei war sie doch eigentlich gekommen, um seine Weihnacht zu retten.

»Das Dümmste, was man machen kann«, sagte er schließlich und lächelte zum ersten Mal seit Monaten, »ist, die eigene Unschuld zu beteuern, ehe man überhaupt gefragt wurde. Jetzt hör mir mal gut zu, mein mutiges kleines Mädchen: Weißt du noch, bei welcher Gelegenheit ich das schon mal gesagt habe?«

»Durchaus, das war einer der schönsten Augenblicke meines Lebens. Warum?«

»Um in einen schwedischen Flottenstützpunkt einzudringen, müsstest du dich als amerikanischer Filmstar verkleiden, aber die gibt es hier in Schweden nicht. Nein, glaube mir, dieser Gedanke hat mich nie auch nur gestreift. Brauchst du diese Papiere noch?«

Johanne schüttelte den Kopf, und Vater erhob sich, trat an den Kamin und legte die Blätter ordentlich auf das brennende Birkenholz. Sie flammten kurz auf, dann war nur noch Asche übrig.

»So!«, sagte er. »Dieses Gespräch hat nie stattgefunden.«

Johanne atmete hörbar erleichtert auf und entlockte damit ihrem Vater ein zweites Lächeln. Die Krise war überstanden. Blieb nur zu hoffen, dass der restliche Abend mehr nach Plan verlief.

Immerhin begann er vielversprechend. Als Anne die Schiebetüren zum Esszimmer öffnete und verkündete, das Essen könne jederzeit serviert werden, reichte Lauritz seiner Tochter den Arm und ging ohne Zögern mit ihr zum Erker. Offenbar erschien ihm das neue Arrangement nicht als Eindringen in seinen und Muttis privaten Bereich. Ganz im Gegenteil begann er unbeschwert von früher zu erzählen.

Sie hatten nie im Erker gegessen, dort aber, wenn sie allein zu Hause waren, immer nach dem Essen beisammengesessen, um Musik zu hören und ein Glas Wein zu trinken. Außerdem hatte dieser Ort für Mutti und ihn eine geheime Bedeutung. Wenn er nach ein oder zwei Wochen auf der Brückenbaustelle nach Hause kam, hielt er stets an der Ecke Strandpromenade und Källvägen inne und schaute zum Erker hoch. Eine brennende Kerze hieß, dass sie an diesem Abend alleine waren. Zwei Kerzen bedeuteten, dass sie Gäste hatten. Für ihn eine willkommene Gedächtnisstütze, da er in dieser Hinsicht recht vergesslich war.

Er hatte immer inniglich auf ein einsames Licht gehofft. Der Blick zum Erker war ihm so zur Gewohnheit geworden, dass er auch an diesem Abend innegehalten und automatisch zu dem schwarzen Fenster hochgeschaut hatte, in dem keine Kerze stand.

Er drückte die Knöchel fest an die Augen, um die unmännlichen Tränen zurückzuhalten, und atmete tief ein. Dann kommentierte er den Wein, den er zu dem gedünsteten Lachs ausgesucht hatte, und schenkte ihnen nach.

Sie sollten besser nicht mehr über Mutti sprechen. Beinahe hätte Johanne gesagt, dass es sicher noch einige Zeit bräuchte, sich an den Verlust zu gewöhnen, dass die Wunden noch lange nicht verheilt waren, aber sie sprach es nicht laut aus.

Beide hatten also das dringende Bedürfnis, über etwas Alltägliches zu sprechen, und da passten Johannes und Rosas Reformpläne perfekt.

Bereits beim Lachs kamen sie darauf zu sprechen, und noch ehe sie dem rosa Kalbsbraten mit Sahnesoße, seinem Leibgericht, zusprachen, hatten sie sich auf das gesamte vorgesehene Arrangement geeinigt, ohne dass er die geringsten Einwände erhoben hätte.

Die Löhne von Anne, Signy und Jorunn sollten verdoppelt werden. Anne würde zur Wirtschafterin ernannt werden, sämtliche Einkäufe planen, die Haushaltskasse verwalten, alle Tätigkeiten im Haus organisieren und den bürokratischen Aufwand mit den Bezugsscheinen erledigen.

Diese Vorschläge fand Vater ausgezeichnet.

Traditionsgemäß erhielten alle Angestellten ein Weihnachtsgeschenk, nicht nur die Dienstmädchen, sondern auch Karlsson, dem es kaum zur Last gelegt werden konnte, dass er mittlerweile ein Chauffeur ohne fahrbaren Untersatz war und dass seine Dienste als Weihnachtsmann nicht mehr gebraucht wurden. Vater sollte für Karlsson ein Geschenk aus dem Weinkeller holen, vorzugsweise hochprozentig, und Rosa würde morgen etwas für die Mädchen in Stockholm kaufen.

Auch diesen Vorschlag fand Vater ausgezeichnet, und er nutzte die Gelegenheit, um Gott dafür zu danken, dass er ihm zwei so kluge Töchter geschenkt hatte.

Der Reformplan war so geschwind besprochen, dass sie bereits vor dem Dessert, das sie ausfallen ließen, fertig waren.

Eine Weile saßen sie schweigend vor dem offenen Kamin und sannen über ein neues Gesprächsthema nach. Zum Kaffee bot er ihr einen Likör an, was sie als höhere Tochter normalerweise angenommen hätte, obgleich sie Likör verabscheute.

Als sie kühn um einen Whisky bat, hellte sich Lauritz' Miene auf.

Er hatte sich in vielerlei Hinsicht verändert und war deutlich milder geworden. Es fiel Johanne schwer, den Zusammenhang zwischen dieser Persönlichkeitsveränderung und Muttis Tod herzustellen, denn sie hätte eher das Gegenteil erwartet.

Und dann bat er sie sogar um einen Rat, was früher niemals geschehen wäre. Konnte er nach Osterøya reisen, um seine Mutter zu besuchen? Sie riet ab, da die Gestapo nach ihr fahndete. Ihrer Einschätzung nach hatte er als Vater einer polizeilich Gesuchten ganz sicher mit Schwierigkeiten zu rechnen.

In ihrem Eifer, ihn über seine Enttäuschung hinwegzutrösten, verplapperte sie sich allerdings. Sie meinte, sobald der Sieg errungen sei, korrigierte sich ein wenig zu spät, sobald der Krieg vorüber sei, sei eine solche Reise allerdings kein Problem mehr.

Natürlich war ihm ihr Versprecher aufgefallen, auch wenn er sich nichts anmerken ließ. Zwischen ihnen stand ein Hindernis, das er auch als zugänglicherer Mensch niemals ansprechen würde. Unter Sieg stellten sie sich ganz unterschiedliche Dinge vor. Sein Herz schlug immer noch für Deutschland.

Damit sich die Stille nach ihrem Versprecher nicht allzu sehr in die Länge zog, warf sie sich kopfüber in ein möglicherweise ebenso heikles Thema.

Sie erkundigte sich, ob mit einer klassischen norwegischen Trauerweihnacht zu rechnen sei, bei der das Weihnachtsmahl in schwarzer Kleidung schweigend verzehrt wurde.

Onkel Sverre hatte fürchterliche Geschichten darüber erzählt. Eine ordentliche christliche Weihnacht in einem Trauerhaus in Westnorwegen war grauenhaft, und sie mochte gar nicht daran denken, dass ihre Familie derartige Traditionen gepflegt hatte. Aber für Vater war es etwas anderes, er war in diese Kultur hineingeboren worden und in ihr aufgewachsen.

Sie befürchtete schon, zu forsch gewesen zu sein, weil Vater mehrere Minuten zur Reglosigkeit erstarrte.

»Hör mir mal zu, liebste Johanne«, sagte er schließlich

und sah sie lange an, ehe er fortfuhr. In seinem Blick lagen Herzlichkeit und auch ein kleines Lächeln.

»Glaubst du, dass das Muttis und Karls Wunsch wäre, wenn sie uns vom Himmel zusehen könnten?«

Eine Antwort war natürlich überflüssig.

»Ich bin dir unendlich dankbar, dass du mich im letzten Augenblick zur Vernunft bringst. Sonst hätte ich mich vermutlich der Tradition gemäß verhalten, als wäre Großmutter hier«, fuhr er fort.

»Wie gut«, erwiderte Johanne und unterdrückte ein Lächeln bei der Vorstellung der ernsten Großmutter in ihren schwarzen Kleidern am Weihnachtstisch.

»Du musst mir dabei helfen, das neue Evangelium zu verbreiten«, sagte er. »Morgen rufen wir alle an, und du kannst meinem eigensinnigen kleinen Bruder ausrichten, dass er sogar seine rote Fliege zum Smoking tragen darf.«

»Karmesinrot«, korrigierte sie ihn.

Und so feierten sie entspannt Weihnachten. Fröhlichkeit kam natürlich nicht auf, denn schwarzer Trauerflor umrahmte Muttis Porträt im großen Esszimmer. Alle gaben ihr Bestes, und niemand wagte es, laut zu lachen, bis das unendlich lange Mahl schon weit fortgeschritten war, der Brei zum Dessert serviert wurde und Sverre ein weiteres Mal die Mandel in seiner Schale fand, wie auch immer er das anstellte. Statistisch wirkte dieses zugegebenermaßen sehr kleine Ereignis immer unerklärlicher.

Rosa und Johanne hofften auf eine weitere Reform, nämlich den Verzicht auf die traditionelle Geschlechtertrennung nach dem Verteilen der Geschenke. Vater schien nicht abgeneigt zu sein, als Rosa ganz nebenbei diese Möglichkeit erwähnte. Da erhob Onkel Oscar jedoch Einspruch und deutete an, dass im Herrenzimmer besonders wichtige Fragen zu besprechen seien.

Kurz darauf saßen Rosa, Johanne und Tante Christa allein im Weihnachtssalon. Den warmen Kamin zu verlassen und sich in den ausgekühlten »Damensalon« zu begeben kam ihnen nicht in den Sinn, ganz egal, was die Tradition vorschrieb.

Sobald sich die Cousins und die Cousine in die Villa Aquarium begeben hatten, vermutlich um ihrer Lust auf Jazz und Hochprozentiges nachzugehen, waren sie automatisch in ihre deutsche Identität geschlüpft. Tante Christa hatte nie gelernt, verständlich Norwegisch zu sprechen und Schwedisch noch viel weniger.

Sie tranken demonstrativ Schnaps und sprachen nicht über Weihnachtsgeschenke. Obwohl sich die Idee der »Solidaritätsweihnacht« als undurchführbar erwiesen hatte, hatte sich die Familie darauf geeinigt, jegliche Extravaganz zu meiden.

Es blieben also drei deutsche Frauen vor dem offenen Kamin zurück. Die Verwandlung fand sozusagen im gleichen Moment statt, in dem die Männer und jungen Leute sie verließen. Nicht nur die Sprache war jetzt eine andere. Endlich durfte ein Thema erörtert werden, das bei Tisch tabu gewesen war, nämlich die Politik.

Wie hatte sich die deutsche Arbeiterklasse nur von diesem faschistischen Irren verführen lassen können? Sozialdemokraten und Kommunisten waren vor der Machtübernahme in der Mehrheit gewesen. Jetzt schien es in Deutschland keinen einzigen Linken mehr zu geben, ereiferte sich Tante Christa. Wie um alles in der Welt war es gelungen, die Arbeiterklasse so zu bestechen?

»Durch den Sieg«, antwortete Rosa. »In jedem Deutschen, und ich wage zu behaupten, auch in uns dreien, steckt der heimliche Wunsch nach Vergeltung. Das ist ja das Fürchterliche. Die primitiven menschlichen Schwächen gereichen Hitler zur Stärke. Bis alles zum Teufel geht und alles zu spät ist.«

»Leider scheinen ›die Unseren‹ im Augenblick erschreckenden Auftrieb zu haben«, seufzte Tante Christa, seufzte, trat an den Tisch mit den Karaffen und goss sich ein weiteres großes Glas Weinbrand ein.

Rosa wirkte nachdenklich.

»Ich muss dir drei Dinge sagen, Genossin Christa«, begann sie dann kühn, nachdem sie eine Weile ins Feuer gestarrt hatte. »›Die Unseren‹ haben nicht so viel Erfolg, wie die schwedische und vor allen Dingen die deutsche Presse glauben machen will. ›Wir‹ haben die Schlacht um Moskau verloren und dabei 250 000 Mann verloren. Das ist die verbotene Wahrheit, die ich eigentlich nicht erwähnen darf, aber so ist die Lage nun einmal. Zweitens hat Hitler den USA Anfang des Monats den Krieg erklärt. Auf längere Sicht ist das von entscheidender Bedeutung, denn im Krieg sind Finanzen und Ressourcen ausschlaggebender als alles Gerede von Tapferkeit, Rasse und allem anderen. Drittens besteht die berechtigte Hoffnung, dass Deutschland den Krieg verliert.«

Tante Christa sprang von ihrem Platz auf und verschwand durch die Schiebetüren ins Esszimmer. Entweder war sie auf dem Weg in die Küche oder nach Hause. Rosa und Johanne schauten ihr erstaunt hinterher und sahen einander dann fragend an. Was gab es da noch zu sagen?

Gleich darauf kehrte Tante Christa mit einer Flasche Moselwein und drei Gläsern zurück.

»Mit Schnaps anzustoßen ist zu vulgär«, meinte sie beim Einschenken.

»Skål, Genossin Christa«, sagte Rosa und hob ihr Glas.

»Wie lange ich diese Anrede schon nicht mehr gehört habe«, erwiderte Tante Christa. »Aber nur unter uns und um Gottes willen nicht, wenn die Männer uns hören. Skål!«

1942

III

AGENTIN IN BRIGHTON

Jean-Louis Latourette war mit seinem Tag mehr als zufrieden. Er meinte, nun auch die fünfte zu verfolgende Person, eine Frau in Heimatschutz-Uniform, identifiziert zu haben. Er gab Beaulieu das Ergebnis telefonisch durch und erhielt den Bescheid, er habe bis Mitte des folgenden Tages frei und werde dann mit dem Auto abgeholt.

Er hatte seinen Auftrag in weniger als einer Woche durchgeführt. Er bezweifelte, dass irgendjemand ihn besser bewältigt hätte. Und da Beschattung, zumindest laut Lehrplan, die letzte Teilprüfung darstellte, würde es nun bald ernst werden. Wären seine Finanzen besser gewesen, hätte er jetzt richtig gefeiert. Stattdessen würde er sich mit dem Üblichen begnügen.

Er pflegte seinen Arbeitstag in einem Pub mit dem grotesken Namen *Queen's Head*, was seine Gedanken zwangsläufig auf die Guillotine lenkte, zu beenden. An das englische Bier hatte er sich inzwischen, wenn auch widerwillig, gewöhnt.

Wie er so zum ersten Mal entspannt durch die Straßen flanierte, ohne sich ständig die Schnürsenkel zuzubinden oder Schaufenster zu studieren, fiel ihm auf, was für eine reizende kleine Stadt Brighton war. Endlich hatte er Muße, sich richtig umsehen. Der Himmel war blau und klar, kein Bombenflugzeug, so weit das Auge reichte. Offenbar hatten die Deutschen an der Ostfront alle Hände voll zu tun.

Schade eigentlich, dass man es nicht wagte, den Pier, der von der King's Road weit ins Meer hinausragte, zu öffnen. Wie schön wäre dort ein Spaziergang an diesem lauen Frühsommertag gewesen. Der Pier bot sich allen jungen Menschen als natürlicher Treffpunkt dar. Dort hätte er ganz sicher eine Eroberung machen können, englische Frauen ließen sich mühelos bezirzen, wobei ihm sein französischer Akzent fraglos zum Vorteil gereichte.

Als er den Pub betrat, saß die schöne Schwedin mit einer Zeitung und einem Glas Shandy an ihrem Stammplatz an der Tür und würdigte ihn wie immer keines Blickes. Dass das Queen's Head Frauen Zutritt gewährte, war ein Zeichen von Radikalität. Einer seiner Kameraden in Beaulieu war der Ansicht, dass diese Neuerung auf den Krieg zurückzuführen sei. Da man Frauen in Uniform den Zutritt nicht verwehren konnte, musste er auch Frauen in Zivil gestattet sein, die schließlich auch in der Landesverteidigung tätig waren.

Ganz unbehelligt blieb die Schwedin nicht, aber sie ließ jeden, der sich ihr näherte, eiskalt abblitzen. Er würde sich einen guten Plan und eine schlagfertige, nicht allzu freche erste Eingangsreplik ausdenken müssen, an die sich zwanglos eine Frage anschließen ließ. Vor allem galt es Worte zu finden, die sich nicht mit einem Nein abtun ließen.

Dass er etwa in ihrem Alter war, besser aussah als die meisten anderen Männer im Lokal und als Franzose per se als aufregender galt, sprach dafür, den Vorstoß zu wagen.

Dagegen sprach allerdings, dass alle, die es bislang versucht hatten, nachdrücklich von ihr abgewiesen worden waren. Fest stand jedenfalls, dass nichts passieren würde, wenn er es nicht wagte. Einen Korb würde er verkraften. Niederlagen gehörten nun mal zum Leben.

Als er sah, dass ihr Glas beinahe leer war, fasste er sich ein Herz. Gleich würde sie die Zeitung zusammenfalten, ein paar Münzen auf den Tisch legen und wie jeden Abend, ohne sich umzusehen, das Lokal verlassen.

»Wissen Sie was?«, sagte er, als er an ihren Tisch trat und sich verbeugte. »Ich bin mir sicher, dass wir beide uns viel zu sagen haben.«

Mit einem Blick, der sowohl Erstaunen als auch ein gewisses Amüsement ausdrückte, sah sie auf.

»Eine sehr kühne Gesprächseröffnung«, meinte sie. »Und warum in aller Welt glauben Sie, dass wir uns viel zu sagen haben?«

»Die Winde des Krieges haben uns beide hierhergeweht, weit weg von zu Hause. Sie sehnen sich nach Schweden, wenn ich die Fahne an Ihrem Revers richtig deute. Ich selbst bin, wie Sie vielleicht bereits geahnt haben, Franzose.«

»Geahnt?! Ihr Englisch klingt wie Jean Gabin im Kino«, erwiderte sie amüsiert.

Ein vielversprechender Anfang, blieb nur die Frage, wohin sie anschließend gehen konnten. Seine Erfahrung sagte ihm, dass er sie, sofern er nichts übereilte, recht mühelos ins Bett bekommen würde.

»Engländer klingen aber auch drollig, wenn sie Französisch sprechen«, plauderte er weiter. Er hatte beschlossen, erst an ihrem Tisch Platz zu nehmen, wenn sie ihn dazu aufforderte.

»Wie hat es Sie nach England verschlagen?«, fragte sie.

»Dunkirk«, antwortete er mit einem Achselzucken und der Höflichkeit halber mit englischer Aussprache.

Sie legte die Hand an den Mund, wie um einen Schrei zu unterdrücken. Dann schüttelte sie den Kopf und starrte auf die Tischplatte.

Verdammt, dachte er. Was ist an Dünkirchen so schlimm?

»Könnten Sie mir bitte einen starken Drink bestellen?«, bat sie, ohne aufzuschauen.

Es bestand also noch Hoffnung, dachte er, eilte zum Tresen, überlegte, was er sich leisten konnte, und bestellte zwei doppelte Whisky. Er hatte jetzt erst gesehen, dass sie einen Ehering trug. Dünkirchen. Mit etwas Glück war sie Witwe und hatte ihre Trauer im Laufe der beiden seither vergangenen Jahre überwunden. Einige seiner besten Eroberungen waren Witwen gewesen.

Er kehrte zu ihrem Tisch zurück, nahm nun doch unaufgefordert Platz und schob ihr ein Glas und die Wasserkaraffe zu. Jetzt galt es, geduldig zu warten, bis sie sich notfalls mithilfe eines weiteren Whiskys von ihren betrüblichen Gedanken befreite.

Sie leerte das Glas zur Hälfte, füllte Wasser nach und sah ihn mit tränenverschleiertem Blick an. Dann erkundigte sie sich, ob sie ihm erzählen dürfe, was sie so bedrücke, um danach diese Geschichte endlich hinter sich zu lassen.

Natürlich willigte er ein. Die Dinge schienen sich wunschgemäß zu entwickeln.

Sie kam aus der schwedischen Hafenstadt Göteborg oder genau genommen aus einem viel kleineren Ort auf einer weit vor der Stadt gelegenen Insel mit kreischenden Möwen, dem Meer und dem Geruch von Fisch. Immerhin hatte sie das Gymnasium besuchen dürfen und hatte in dieser Zeit bei einer Tante in der Stadt gewohnt. Nach dem Abitur war sie gemeinsam mit einer Freundin von der Nachbarinsel unter der Obhut ihres Onkels, einem pensionierten Lotsen, zum ersten Mal ins Ausland gereist. Sie hatten sich in einem billigen, recht zentral gelegenen Hotel in Paris einquartiert, einer Weltstadt, die für die beiden Mädchen von den westschwedischen Inseln ein großes Abenteuer darstellte. Erfreulicherweise ging ihr Onkel, der alte Lotse, immer überaus zeitig ins Bett.

Eines späten Abends, sie saß mit ihrer Freundin in einem Café in der Nähe der Place de la Bastille mitten in der tosenden Weltstadt, lernte sie ihren zukünftigen Mann kennen.

Sie hielt inne und entschuldigte sich für ihre Weitschweifigkeit.

Er versicherte ihr, ganz Ohr zu sein, wobei ihm auffiel, dass sie keinen weiteren Schluck von ihrem Whisky getrunken hatte.

Vermutlich wäre ihr Leben ganz anders verlaufen, wenn sie sich, als sie mit der Freundin und dem pensionierten Lotsen nach London weiterfuhr, um von dort den Dampfer nach Göteborg zu nehmen, nicht nochmals begegnet wären.

Dieses möglicherweise nicht ganz zufällige Wiedersehen hatte ihr Schicksal endgültig besiegelt.

Ian besaß ein juristisches Examen und musste ein paar Jahre in der Provinz arbeiten, ehe er auf ein größeres Einkommen hoffen konnte.

Sie heirateten in Bath. Ihre Hochzeitsreise fiel sehr kurz und sehr britisch aus, aber was spielte das schon für eine

Rolle? Ians Vater missfiel es, dass sein Sohn eine Ausländerin geheiratet hatte, die noch dazu arm wie eine Kirchenmaus war, kaufte ihnen aber trotzdem ein kleines Haus in Brighton.

Das Glück war von kurzer Dauer, weil der Krieg ausbrach. Ihr Mann wurde, weil er studiert hatte, als Leutnant eingezogen. Er kam nach Dünkirchen und kehrte nicht mehr nach Hause zurück.

Sie saß nun in England fest, arbeitete im Secondhandladen in der King's Road und wusste nicht, wie es weitergehen sollte. Als Ausländerin in Brighton fühlte sie sich einsam und sprach außerdem Englisch mit einem Akzent, den alle für einen deutschen Akzent hielten.

Erneut begann sie zu weinen. Tröstend legte er einen Arm um ihre Schulter und schaute dabei auf die Uhr. Vermutlich würde es jetzt nicht mehr lange dauern.

Sie leerte ihr Glas mit dem verdünnten Whisky, zog ihr Portemonnaie aus der Tasche, nahm eine Pfundnote heraus und bestand darauf, die nächste Runde zu spendieren.

Er protestierte natürlich, ließ sich dann aber von ihrem Argument überzeugen, dass in Kriegszeiten Gleichberechtigung herrsche. Immerhin habe sie eine Arbeit, auch wenn sie, genau wie er, die Heimat habe verlassen müssen. Als er am Tresen wartete, wusste er genau, wie und wo er die Nacht verbringen würde.

»Und wie steht es mit Ihnen?«, fragte sie, als er mit zwei doppelten Whiskys zurückkehrte und diskret das Wechselgeld auf den Tisch legte. »Müssten Sie nicht eigentlich in Frankreich sein, um Ihr Land zu befreien?«

»Doch. Ich reise in einer Woche ab«, antwortete er mit

geheimnisvoll gesenkter Stimme. »Ich werde in der Nähe von Alençon mit dem Fallschirm abspringen, und dann geht's los.«

»Wie aufregend!«, ereiferte sie sich. »Sie arbeiten also für den Widerstand?«

»Ja, mit Gottes und Englands Hilfe, muss ich allerdings einräumen. Stört es Sie, wenn ich rauche?«

Natürlich nicht. Sie wollte von ihm wissen, ob Fallschirmspringen schwierig sei, und er verneinte. Die englische Ausbildung sei hervorragend und an einem nahe gelegenen Ort namens Beaulieu durchgeführt worden. Ob sie wisse, wie das auszusprechen sei?

Nein, das wusste sie natürlich nicht.

»Bjulie«, antwortete er kopfschüttelnd. »Die Leute hier sagen Bjulie, entschuldigen Sie, aber sprechen Sie zufällig Französisch?«

»Nicht besonders gut, nur, was ich in der Schule gelernt habe. Und wie schreibt man das?«

Er ließ sich vom Nachbartisch einen Bleistift geben und schrieb Beaulieu auf einen Bierdeckel. Sie buchstabierte den Namen und sprach ihn dann korrekt aus und konnte mühelos nachvollziehen, wie seltsam die englische Aussprache in den Ohren eines Franzosen klingen musste. Dann fragte sie ihn mit gerunzelter Stirn, was ihn denn nach Brighton verschlagen habe.

Erst antwortete er ausweichend, das sei geheim, womit sie sich aber nicht abspeisen ließ. Dann erklärte er ihr, dass Brighton Feindesland war, also ein Übungsgebiet. In der vergangenen Woche hatte seine Aufgabe darin bestanden, feindliche Spione zu identifizieren, gewissermaßen die Gestapo, und eventuelle Verfolger abzuschütteln.

Sie war beeindruckt, und die Dinge nahmen den erwarteten Lauf. Sie gingen spazieren, aßen Fish and Chips und begaben sich dann in einen Park, in dem er sie ein erstes Mal küsste. Anfänglich war sie noch etwas distanziert, gab dann aber rasch nach. Nachdem er versprochen hatte, sich beim Betreten ihrer Haushälfte wie ein Gentleman zu benehmen, weil ihr Nachbar, ein unwirscher alter Oberst, bestimmte Auffassungen vertrat, was Moral, Soldaten und Witwen in Kriegszeiten betraf, durfte er sie begleiten.

In dem kleinen Wohnzimmer im Erdgeschoss Platz zu nehmen wurde gar nicht erst erwogen, ebenso wenig in der Küche. Erleichtert stellte er fest, dass das Stadium der symbolischen Teetrinkerei übersprungen wurde und sie sich geradewegs ins Schlafzimmer begaben.

Als sie sich leidenschaftlich und heftig nur noch einen Meter von ihrem Bett entfernt nochmals küssten, war er glücklich. Sie war eine tolle Frau, das spürte er mit jeder Faser seines Körpers. Bedächtig zogen sie sich aus, sie gab nicht einmal vor, sich zu genieren. Als sie nur noch in Leibchen und Unterhose vor ihm stand, entschuldigte sie sich und verschwand im Badezimmer.

Er nutzte die Gelegenheit, sich ganz auszuziehen und in dem sehr kleinen, sehr englischen Schlafzimmer umzusehen. Vom geschlossenen Fenster her zog es. Auf dem winzigen Nachttisch stand das Bild eines Mannes in englischer Leutnantsuniform. Er nahm es in die Hand und betrachtete es. Der Mann war zweifellos ihr in Dünkirchen gefallener Ehemann. Als er hörte, wie im Bad der Wasserhahn zugedreht wurde, kroch er rasch ins Bett, zog die Decke aber nur bis unter den Nabel hoch.

»Oh!«, sagte sie bewundernd, als sie im Leibchen, hingegen ohne Unterhose, zurückkehrte. »Mir ist ein wenig mulmig, schließlich habe ich keine Übung mehr, das ist so lange her …«

Das wird schon, wenn du nur ins Bett kommst, dachte er.

»Wollen wir vielleicht erst noch was trinken und uns unterhalten?«, fragte sie und breitete ratlos die Arme aus.

Was blieb ihm anderes übrig?

Sie hatte eine Flasche Cognac im Hause. Und was machte es schon, die Nacht war ja noch jung. Nachdem sie ihm einen wohlgefüllten Cognacschwenker gereicht hatte, gesellte sie sich zu ihm, und er legte eine Hand auf ihren Oberschenkel, ohne dass sie ihn daran hinderte. Sie stießen miteinander an.

»Sag mir eins«, meinte sie nachdenklich. »Wenn man mitten in der Nacht mit dem Fallschirm abspringt, ich habe ja keine Ahnung, aber ich vermute, dass man das mitten in der Nacht tut, hat man da nicht wahnsinnige Angst?«

Er versicherte ihr, dass dies nicht der Fall war.

»Aber wie findet man sich zurecht, ich meine, irgendjemand muss doch die Fallschirmspringer in Empfang nehmen und ihnen weiterhelfen?«

Er erklärte ihr, dass er sich in der Gegend auskannte und dass Julien Sorel, der Anführer des Widerstands in der Gegend, sein Onkel war. Alles würde wie geschmiert laufen.

»Was für ein Zufall, dass ich im kleinen Brighton so einen fantastischen Mann wie dich getroffen habe«, sagte sie, nahm ihm vorsichtig seinen halb vollen Cognacschwenker aus der Hand, stellte ihn neben ihr Glas auf den Nachttisch mit dem Bild ihres Mannes, beugte sich über ihn und küsste ihn so leidenschaftlich, dass ihm fast die Luft wegblieb.

An dieser Stelle endeten seine Erinnerungen. Ihr Schoß duftete herrlich, das blieb ihm im Gedächtnis. Und dass ihr Schamhaar dieselbe Farbe hatte wie ihr Haupthaar.

Am nächsten Morgen war sie bester Laune und versicherte ihm, der beste Liebhaber ihres Lebens zu sein. Wobei sie natürlich nicht allzu viel Erfahrung habe, wie sie rasch, kichernd und errötend hinzufügte.

Sie machte Frühstück und wollte schon den nächsten Abend oder die nächste Nacht oder beides planen. Da sie wenig Ausgaben hatte, konnte sie einiges von ihrem mageren Lohn sparen, und wollte ihn gerne zum Abendessen ins Restaurant einladen.

Das war der schwere Augenblick, in dem er ihr mitteilen musste, dass die Pflicht leider rief und er bereits gegen Mittag von einem heimlichen Transport abgeholt wurde. Aber sie konnten korrespondieren, der Krieg dauere ja nicht ewig, und er würde sie nie vergessen.

Natürlich war sie verzweifelt und fühlte sich betrogen. Er beteuerte, sich Hals über Kopf in sie verliebt und keinen Gedanken an das nahende Ende seines Urlaubs verschwendet zu haben. Aber irgendwann gab es den nächsten Urlaub, und bis dahin würde er sich jeden Tag nach ihr sehnen und so weiter.

Als er sich endlich losgeeist hatte, war er erleichtert wie immer. Mit einer neuen Frau ins Bett zu gehen war jedes Mal gleichermaßen aufregend wie beschwerlich. Das Beste war es, ganz frühmorgens die Kleider zusammenzuraffen und sich stillschweigend davonzustehlen.

Als er in der Militärlimousine Richtung Norden saß, versuchte er, sich an die Einzelheiten ihrer Liebesnacht zu erinnern. Es bestand kein Zweifel daran, dass er mit ihr geschlafen hatte, er hatte noch ihren Duft in der Nase. Vor der Abschlussbesprechung musste er natürlich duschen und sich rasieren.

Der Geschmack ihres Schoßes auf seinen Lippen, vertraut und immer wieder neu. Das war nur gerecht. Bald würde er sein Leben riskieren, und schlimmstenfalls war sie seine letzte Eroberung.

Er trug eine Uniform mit SOE-Abzeichen und den Rangabzeichen eines Sergeanten. Frisch geduscht und rasiert fand er sich zum Auswertungsgespräch bei Oberst Grumpy, wie der Chef von allen genannt wurde, und seinen zwei Assistenten ein.

An seiner Laune war nichts auszusetzen, immerhin war das der Tag seines Abschlussexamens, an dem sein neues Leben bei der SOE beginnen würde, vielleicht auch sein letzter Tag im Schloss Beaulieu, das die Engländer Bjulie aussprachen.

»Willkommen, Sergeant Latourette, bitte nehmen Sie Platz!«, begrüßte ihn der Oberst in dem ramponierten Schlosssalon auf eine ihm untypisch freundliche Art und deutete auf einen der beiden niedrigen Stühle vor seinem großen Schreibtisch.

»Danke, Sir!«, erwiderte Latourette und nahm Platz.

»Und Sie haben eine erfolgreiche Woche mit den Abschlussübungen in Brighton hinter sich, Sergeant?«

»Ja, Sir! Zumindest kommt es mir so vor.«

»Keine Komplikationen, keinerlei Indiskretionen?«

»Nein, Sir!«

Plötzlich veränderte sich die Miene der drei Männer hinter dem Schreibtisch, ihr Lächeln verschwand, und sie sahen ihn durchdringend an. Er selbst konnte nichts sagen, sondern musste abwarten, bis er wieder etwas gefragt wurde.

»Very well«, sagte der Oberst achselzuckend. »Stellen Sie das Magnetophon auf den Tisch und bitten Sie Leutnant Blue herein!«

Einer der Beisitzer, die auf Jean-Louis plötzlich wie ein Tribunal wirkten, begann, sich an einem großen Apparat zu schaffen zu machen, den er vom Fußboden auf den Tisch gehoben hatte. Die Tür wurde von einem Gefreiten geöffnet, und eine Frau in Leutnantsuniform trat ein.

Es dauerte ein Weilchen, bis er sie erkannte, aber das rote Haar schloss jeden Zweifel aus. Sie salutierte auf englische Art, und der Oberst deutete schweigend auf den freien Stuhl. Als sie sich setzte und die Beine übereinanderschlug, hörte er das wunderbare Geräusch von aneinanderreibenden Seidenstrümpfen.

»Tut mir furchtbar leid«, sagte sie leise zu ihm. »Aber im Krieg und in der Liebe, du weißt schon.«

Die drei Offiziere blickten steinern vor sich hin.

»Dann wollen wir mal. Schalten Sie das Magnetophon ein!«, befahl der Oberst.

Einer der Offiziere machte sich an einem Apparat zu schaffen, der einer großen Reisetasche ähnelte. Dann hörte Jean-Louis plötzlich seine eigene Stimme, lallend und fremd, aber doch eindeutig die seine. Er wurde einer Art Verhör unterzogen, oder man konnte es auch eine Zusammenfassung dessen nennen, was er ihr im Laufe des Abends erzählt hatte. Er nannte den Namen des Kontaktmannes am Einsatzort, berichtete, wo er selbst ausgebildet worden war, wo Beaulieu lag, wie die letzte Prüfung in Brighton ausgesehen hatte und … definitiv viel zu viel.

Taktvoll bereitete der Oberst seinen Qualen recht bald ein Ende. Er hob die Hand, und der Apparat wurde abgestellt. Jean-Louis schielte zu der Frau hinüber, die er als schwedische Witwe kennengelernt hatte und die jetzt ausdruckslos und ohne seinen Blick zu erwidern geradeaus starrte.

»Very well«, sagte der Oberst und breitete die Arme in einer beinahe freundlichen Geste aus. »Wie Sie sicherlich verstehen, Sergeant, ist dies das Ende einer vielversprechenden, leider sehr kurzen Karriere bei der Special Operations Executive. Aber Kopf hoch. Sie werden zu den französischen Fallschirmspringertruppen in Schottland zurückkehren. Dort ist das Wetter schlechter, aber das Essen ist dasselbe. Und es bleibt Ihnen erspart, den gleichen Fehler in Gesellschaft einer Gestapo-Frau zu begehen. Uns bleiben die daraus resultierenden Verluste erspart, dem französischen Widerstand ebenso. So kommen wir also alle glimpflich davon. Möchten Sie noch etwas ergänzen, Fragen stellen oder Wünsche vorbringen?«

»Nein«, antwortete Latourette und sank auf seinem Stuhl zusammen. »Was gäbe es dem noch hinzuzufügen? Außer der Frage vielleicht: Haben andere es geschafft, ich meine …«

»Ich verstehe, was Sie meinen, Sergeant«, erwiderte der Oberst und vertiefte sich in seine Papiere, um ein Lächeln zu verbergen. »Die Antwort auf diese Frage lautet: kaum einer. Leutnant Blues Todesstatistik liegt bei fünfundsiebzig Prozent. Sie mögen es zu Recht für heimtückisch halten, speziell das Betäubungsmittel im Cognac. Aber wir befinden uns im Krieg mit einem ungemein rücksichtslosen Gegner.«

»Todesstatistik, Sir?«

»Richtig! Das gestern war nur eine Übung, in der Realität hätte man Sie bereits gefoltert und hingerichtet. Ihr Auto steht bereit, Sie werden in Paddington erwartet, von London aus geht es dann gemäß Anweisung nach Norden weiter. Ich wünsche Ihnen noch viel Glück im Krieg, Sergeant. Aber sehen Sie um Gottes willen zu, dass man Sie nicht so leicht erwischt. Abtreten!«

Es blieb ihm nichts anderes übrig, als sich zu erheben, zu salutieren und beim Abtreten möglichst englisch zu marschieren.

»Das war das«, meinte der Oberst. »Haben Sie noch etwas hinzuzufügen, Leutnant Blue?«

»Nein, Sir! Außer, dass mir das Wort Todesstatistik nicht gefällt.«

Die drei Offiziere auf der anderen Tischseite sahen sie verdutzt an. Verdammt, ich bin in England, dachte sie, hier widerspricht man einem Vorgesetzten nicht.

»Sie überraschen mich immer wieder aufs Neue, Leutnant Blue!«, meinte der Oberst. »Darf ich Sie hiermit um acht Uhr zu einem privaten Souper in unseren abgeschiedeneren Räumlichkeiten im Hause einladen? Besser gesagt, das ist ein Befehl. Abtreten!«

Sie erhob sich, salutierte und dachte, wie sehr sie diesen Ort verabscheute, während sie auf die Tür zuging, die wie von unsichtbarer Hand geöffnet und leise hinter ihr geschlossen wurde.

Beaulieu war im Übrigen ein sagenhaft schöner Ort, ein einsames Märchenschloss in einem großen Wald, ein Dornröschenpalast an einem ruhig dahinfließenden kleinen

Fluss, in den die Trauerweiden ihre Zweige tauchten. Die meisten Orte, an die Johanne geschickt worden war, hatten ähnlich ausgesehen, außer der Fallschirmjägerstützpunkt in Cheshire im Nordwesten Englands. Dort hatte ein kalter, feuchter Winter wie in Westnorwegen geherrscht.

In Südengland war bereits Frühsommer, und alles stand in voller Blüte, die hellgrün schillernden Hügel und Lichtungen der Buchenwälder waren von weißen Blüten und Blausternen überzogen.

Obwohl sie in Beaulieu bislang am längsten stationiert war, hatte sie noch keine Zeit für einen entspannten Spaziergang gehabt. Sie war die ganze Zeit mit Studien und Übungen vollauf beschäftigt gewesen, aber heute nun, zwei Monate später als vereinbart, war endlich Schluss.

Sie folgte einem Spazierweg in den Buchenwald, überquerte eine kleine Brücke und hielt sich gehorsam an die roten Markierungen an den Baumstämmen, da sie zur roten Gruppe gehörte, die den Kontakt zur blauen Gruppe möglichst meiden sollte. Das große, im Laufe der Jahrhunderte in den unterschiedlichsten Stilen erweiterte Schloss war in der Mitte geteilt. Verschlossene Türen und Sperrholzwände trennten die Roten von den Blauen. Französische Widerstandskämpfer gehörten definitiv den Blauen an, Funkerinnen den Roten, mehr hatte Johanne nicht in Erfahrung bringen können.

Der rot markierte Weg führte in einem Bogen zum Fluss zurück. Sie erreichte eine Lichtung zwischen zwei großen Trauerweiden. Ein Teil des Grashangs war in den Fluss abgerutscht, sodass sie sich bequem hinsetzen und ein Fußbad nehmen konnte. Sie schaute sich um, kein Mensch war in Sichtweite. Vom fernen Schießplatz waren Gewehrsalven zu hören. Rasch zog sie Schuhe und Strümpfe aus und tauchte ihre Füße in das kühle, aber nicht eiskalte Wasser.

Ihr Blick fiel auf das klobige Schloss mit seinen runden Türmen aus dem 16. und dem neueren Hauptgebäude vermutlich aus dem 19. Jahrhundert. Im 13. Jahrhundert hatte hier das Kloster Beaulieu Abbey gelegen, das nach der Auflösung der Klöster im 16. Jahrhundert von Adeligen übernommen wurde und nun an die SOE ausgeliehen worden war.

Der Anblick war so surreal wie das Gezwitscher der Vögel und der Lärm der automatischen Waffen in der Ferne. Sonst war nichts zu hören. Wenn sie die Augen halb schloss, meinte sie, ein Gemälde von Turner vor sich zu haben.

So fern vom Krieg und dennoch mittendrin, auch das unwirklich. Sie war es unendlich leid.

Die Vereinbarung hatte aus Peter Rennants Mund bestechend überzeugend geklungen und war zugleich die einfachste Lösung für disziplinarische Probleme mit Männern, die sich für Helden hielten und sich über ihre Anweisungen hinwegsetzten, sie wie ein kleines Mädchen behandelten und betatschten.

Die fraglichen Helden, auch die, die von der SOE für die Norwegian Independence Company 1, die »Kompanie Linge«, rekrutiert wurden, erhielten in der Regel einen Unteroffiziersrang, waren also Feldwebel, Hauptfeldwebel oder Ähnliches.

Ein dreimonatiger Aufbaukurs in England hob sie in den Offiziersrang. Somit wäre sie sämtlichen Wichtigtuern, die sie an der Grenze abholen oder absetzen musste, übergeordnet. Damit wären sämtliche Disziplinprobleme ausgeräumt. Zumindest ging Peter Rennant davon aus.

Es hatte in ihren Ohren einleuchtend geklungen, außerdem wirkte ein dreimonatiger Urlaub in England abenteuerlich und interessant.

Wobei von Urlaub wahrhaftig keine Rede sein konnte bei der dreimonatigen, körperlich und theoretisch harten Ausbildung von frühmorgens bis spätabends. Nie hatte sie Gelegenheit gehabt, ihre Füße ins Wasser zu hängen und den Staren und Amseln zuzuhören.

Am besten hatte ihr die Ausbildung an den Waffen gefallen, die nicht nur verschiedene konventionelle Waffen wie die deutsche Armeepistole, die alle Engländer Luger nannten, sondern auch neue, experimentelle, lautlose Waffen umfasste. Besonders schätzte sie eine Art Pistole mit dem Namen Welrod, die nicht wie eine Waffe aussah, sondern einzig aus einem langen Rohr bestand, an das man seitlich ein Magazin befestigen konnte und das Gerät mit dieser Bewegung gleich entsicherte.

Verglichen damit war die Funkausbildung schwerer gewesen und hatte ihr die Tugenden einer Musterschülerin abverlangt. Ein MK III wog nur neun Pfund und fand in einer Aktentasche Platz. Zum Senden standen fünf Frequenzen zur Verfügung. Das Modell 3 MK II wog 32 Pfund, funktionierte aber auf zehn Frequenzen und besaß eine Reichweite von 800 Kilometern. Sie musste diese Geräte bedienen können, da sie hoffentlich recht bald wieder ihre normale Arbeit aufnehmen und diese dann über die Grenze transportieren würde.

Sie dachte an Sissel Eiken. Die Härchen an ihren Unterarmen stellten sich auf, und sie fröstelte. Sissel abzuholen war ihr letzter Auftrag gewesen, ehe sie in Bromma in die Dakota gestiegen war, sich in den mit einem Schafspelz gefütterten schwedischen Militärmantel gehüllt und die Sauerstoffausrüstung überprüft hatte.

Jetzt befand sich Sissel irgendwo in der nördlichen Wildnis, einer Einbuchtung der Grenze, die die Ortung des Senders erschwerte. Beim Abschied hatten sie sich lange umarmt und sogar ein paar Tränen vergossen. Peter hatte berichtet, dass Sissel bereits am nächsten Tag mit dem Senden begonnen hatte. Ein 3 MK II wäre dafür ideal gewesen, hätte ihr mehr Sicherheit geboten. Die SOE beschäftigte inzwischen über fünfzehn Funkerinnen in Norwegen, weitere wurden ausgebildet.

Johanne sehnte sich intensiv nach zu Hause. Der geplante Kurzaufenthalt in England währte schon viel zu lange. Sie wollte heim, sich an der aktiven Arbeit beteiligen, statt ihre Zeit auf das Erlernen von Fähigkeiten und Techniken zu verschwenden, die ihr doch nie etwas nützen würden. Um Flüchtlinge über die Grenze zu schaffen, brauchte sie das »silent killing« nicht zu beherrschen, egal, wie wichtig es den Ausbildern in Beaulieu erschien. Bei den Nahkampfübungen war es hauptsächlich darum gegangen, dass sich gewisse Techniken für Frauen nicht ziemten und man gerade dabei wäre, andere und passendere Methoden zu entwickeln. Vermutlich hätte es einen schlechten Eindruck hinterlassen, wenn sie den nächsten Mann, der sie betatschte, einfach totschlug.

Solange sie davon ausgegangen war, nach drei Monaten wieder nach Hause fahren zu können, hatte sie sich mit wahrer Begeisterung ihrer Ausbildung gewidmet, schließlich war sie nicht umsonst eine Musterschülerin. Aber dann hatten die Leiter die Operation »Honey Trap« ausgeheckt.

Zu Beginn, im Planungsstadium, war alles noch ein großer Spaß gewesen. Man wob eine »Legende« um ihre Person als junge Witwe von der schwedischen Westküste ohne höhere Ausbildung. Der Ort, an dem ihr Mann gefallen war, würde den jeweiligen französischen Zielobjekten angepasst werden. Es hatte sich rasch herauskristallisiert, dass Dunkerque sich am besten eignete, da die meisten Franzosen auf diesem Weg nach England gekommen waren.

Sie hieß Johanna Larsson, nicht Lauritzen, hatte Abitur gemacht, aber nicht studiert, stammte von einer Insel, deren Haupterwerbszweig die Fischerei war. Ihr Vater und fast die gesamte männliche Verwandtschaft waren also Fischer, Seeleute oder Lotsen, kurz gesagt, eine Legende, die sich kaum von ihrer eigenen Geschichte unterschied und die sie daher leicht überblicken konnte.

Die weiteren Vorbereitungen waren ebenfalls noch unterhaltsam gewesen, etwa die Einrichtung ihres Witwenhaushaltes in einer typischen englischen Doppelhaushälfte in Brighton. Mikrofone und ein Alarmknopf wurden installiert. Sie durfte sich die Männer anhand von Fotos aussuchen.

So weit war die Planung der Operation unproblematisch verlaufen. Es gab sogar Wetten über den Ausgang. Der Spionagespezialist des MI6, ein Rillby oder Philby oder so ähnlich, war der festen Überzeugung, dass höchstens jeder Vierte in die Falle tappen würde. Sie wettete kühn dagegen: jeder Zweite. Dabei ging es ihr weniger darum, die Wette zu gewinnen (es ging ohnehin nur um ein Pfund), als den besserwisserischen Experten vom Schlage Peter Rennants zu widerlegen.

Von acht Männern in acht Wochen waren sechs in die Falle gegangen. Diese Statistik war allerdings etwas verfälscht, da sie »Edmond Dantès« entkommen lassen und eine Liebesnacht mit ihm verbracht hatte.

Anfänglich war es ihr wie jede andere Übung vorgekommen, wenn auch mit dem Charakter des Wettkampfes. Die Methode war stets dieselbe. Es galt, am letzten Tag ihrer Ausbildung, wenn die Helden in spe entspannten und glaubten, alles hinter sich zu haben, zuzuschlagen. Dabei war unabdingbar, dass der Mann, der sie im Lauf der Woche mehrmals gesehen hatte, dass sie ihm beinahe vertraut vorkam, den ersten Schritt machte.

Einer der Männer war unnahbar gewesen und hatte nicht das geringste Interesse gezeigt. Am Ende sah sie sich gezwungen, auf dem Heimweg von seinem täglichen Spaziergang mit ihm auf der Strandpromenade zusammenzustoßen und ihre Handtasche fallen zu lassen. Natürlich hob er diese auf, entschuldigte sich höflich, zog den Hut und entfernte sich dann unberührt, fast so, als ahnte er die Falle.

Die Analytiker zerbrachen sich über sein unerwartetes Verhalten den Kopf und kamen zu dem Schluss, der Mann müsse ein Verbrecher, also ein Homosexueller sein. Nach eingehendem Verhör gestand er.

Die anderen Männer wiesen keine Schwächen dieser Art auf, sondern männlich-konventionelle und somit offensichtliche.

Auffällig war, wie sie feststellte, nachdem sie den dritten in Folge »getötet« hatte, dass die Männer die Befreiung Frankreichs für eine rein persönliche Angelegenheit hielten. In ihren Fantasien waren sie, noch ehe sie mit dem Fallschirm abgesprungen waren und mit der eigentlichen Arbeit begonnen hatten, bereits Helden. Einige von ihnen hatten gar unverblümt von ihren zukünftigen Orden und der Siegesparade auf den Champs-Élysées geschwärmt.

Der Nationalsozialismus war ihnen völlig egal, die Deutschen waren »les boches« und selbstverständlich die Feinde, die besiegt werden mussten, aber nicht etwa, weil sie das böseste aller politischen Systeme vertraten, das Europa je erlebt hatte, sondern weil den Siegern willige Frauen und die Ehrenlegion winkten.

Sissel Eiken war das totale Gegenteil dieser Männer, und die sechs von Johanne in Brighton »getöteten« Franzosen waren aus einer ganz anderen Welt als sie.

Noch ein bemerkenswerter Unterschied zwischen Männern und Frauen, über den sie bisher noch nie nachgedacht hatte. Wieder einmal war es der Krieg, der schonungslos alle menschlichen Schwächen enthüllte oder sogar noch verstärkte.

Die größte Schwäche der Franzosen war ihr scheinbar genetisch bedingtes Verlangen, einer unglücklichen schwedischen Witwe in Brighton, die offenbar seit zwei Jahren mit keinem Mann mehr intim gewesen war, imponieren zu wollen. Wenn sie ihre sorgsam einstudierte Geschichte von ihrem großen Verlust in Dünkirchen auftischte und dazu sogar eine Träne vergoss, sprachen sie ihr höflich ihr Mitgefühl aus, ohne die verlockenden Aussichten, die ihnen diese Information bot, auch nur ansatzweise verbergen zu können.

Danach ging alles nach Plan, die einleitende Frage folgte in logischer Konsequenz.

»Warum beteiligen Sie sich nicht am Widerstandskampf in der Heimat?«

Damit war das Prahl-Gen angestochen und sie verloren.

Alle, außer »Edmond Dantès«.

Er umging die Frage galant, indem er seufzte und murmelte, die freien Franzosen würden früher oder später nach Frankreich zurückkehren, und dann wäre er gerne einer von ihnen.

Außerdem bezeichnete er sich nicht als Soldat, sondern erzählte, dass er später einmal, allerdings nicht jetzt, denn auf absehbare Zeit herrsche ja Krieg, Schriftsteller werden wolle.

Dieses Thema wollte sie gern vertiefen, obwohl ihre erdichtete Vita nicht wirklich mit Unterhaltungen über Literatur vereinbar war. Versuchte er, heiklen Themen auszuweichen, indem er über Literatur sprach, hatte er objektiv gesehen die richtige Methode gewählt. Das Problem war nur, dass sie eine mäßig gebildete Frau aus Bohuslän darstellte, von der weder Interesse noch Kenntnisse zu diesem Thema zu erwarten waren.

Sie folgte ihm, als ob sie miteinander tanzten. Er führte, und sie ließ sich bewundernd mitreißen. Émile Zola war seiner Meinung nach der größte Schriftsteller schlechthin, da er durch die Literatur politisch Einfluss nahm und die Grenzen zwischen Journalismus, Kunst und Agitation auflöste. Die elenden Lebensbedingungen der Bergarbeiter waren für die Leser von größerem Interesse als die überwiegend einfältigen Formexperimente des Modernismus. Welche Bedeutung hatten die Qualen der eigenen Seele im Vergleich zu den Qualen der Bergleute? Was nützte der

Menschheit und was dem Ego des modernistischen, masturbierenden Schriftstellers?

Außerdem trank er Wein, den man ihm auf verschlungenen Wegen von zu Hause hatte zukommen lassen, und ließ sie chevaleresk daran teilhaben. Sie mochte ihn, und er machte keine Anstalten, ihr zu demonstrieren, wie durchtrainiert er war, das waren ohnehin alle, die ein halbes Jahr in Beaulieu oder an einem ähnlichen Ort zugebracht hatten. Er interessierte sich aufrichtig für ihre Ansichten über Literatur, auch als sie noch ahnungslos tat und er ihr voller Geduld viel zu viel erklärte. Seinen Äußerungen ließ sich unschwer entnehmen, dass er Kommunist war, das ging aus seinen Ansichten über Literatur hervor. Tante Christa und er hätten sicher viele gemeinsame Themen gefunden.

Wenn sie ihn wirklich »töten« wollte, musste sie ihn zu sich nach Hause und ins Bett locken und ihm das Betäubungsmittel einflößen, das sich mühelos in Hochprozentigem auflösen ließ, allerdings nicht in Wein.

Sie fasste einen Entschluss. Vielleicht hatte sie sich schon zu sehr in die Rolle der jungen, liebeshungrigen Witwe eingelebt, vielleicht lag es aber auch an dem ansteckenden Eifer, mit dem er über Literatur sprach.

»Mein lieber Graf von Monte Christo«, sagte sie und schenkte erst sich und dann ihm von dem Wein nach. »Wir sollten unsere Diskussion über Literatur wirklich vertiefen. Skål!«

Er wirkte vollkommen überrumpelt, als er mit ihr anstieß.

»Sie kennen … Sie wissen …?«, begann er.

»Ob ich Alexandre Dumas kenne? Durchaus. Aber wieso der Graf von Monte Christo und nicht d'Artagnan?«

»Die Engländer kennen Edmond Dantès nicht. Sie sind in der Tat die Erste, die auf diesen Namen reagiert, Madame.«

»Das kann doch nicht möglich sein!«

»Doch. Alle kennen den Grafen von Monte Christo, aber niemand weiß, wie er wirklich heißt.«

»Sie haben vielleicht recht, Engländer sind und bleiben Engländer. Aber jetzt sind Sie der heimtückischen Mylady in die Hände gefallen, ich muss Sie warnen, Monsieur. Sie schweben in Lebensgefahr!«

Er sah sie skeptisch an. Vielleicht war er sich nicht sicher, ob er einer Verrückten in die Hände gefallen war oder ob sie einfach nur scherzte.

»Hören Sie mir zu«, fuhr sie in normalerem Gesprächston fort. »Ich würde gerne einen kleinen Spaziergang auf der Strandpromenade unternehmen und mich bei Ihnen unterhaken, während Sie eine verliebte Miene aufsetzen, dann erkläre ich Ihnen alles.«

»Verliebt auszusehen bereitet mir keine größeren Schwierigkeiten«, erwiderte er zögernd, immer noch mit zweifelnder Miene.

»Beaulieu«, sagte sie, »der Name, den die Engländer Bjulie aussprechen. Na, kommen Sie schon!«

Da endlich schien ihm ein Licht aufzugehen.

Draußen konnte sie niemand belauschen. Gemächlich wie die anderen Paare flanierten sie in die Abenddämmerung. Die meisten Männer trugen Uniform, ein Bild des Krieges und des Friedens zugleich.

Nachdem sie ein Stück gegangen waren, enthüllte sie ihm ohne Umschweife alles. Die Beschattungsübungen in Brighton liefen darauf hinaus, den Prüfling zu verführen und ihm dabei Geheimnisse zu entlocken. Das war ihre

Aufgabe. Im Übrigen war sie keine ungebildete Schwedin, sondern hatte in Literaturgeschichte über einen radikalen schwedischen Schriftsteller des 19. Jahrhunderts promoviert. Da sie nicht mehr die Unwissende spielen musste, konnten sie also ihre Literaturdiskussion gleichberechtigter fortsetzen. Zola verfolgte mit seinem sozialen Engagement zweifellos ein rein politisches Ziel. Aber wie war es mit Honoré de Balzac? Seiner *Comédie humaine* fehlte wahrhaftig nicht das soziale Engagement, was unterschied ihn dann, wenn überhaupt, von Zola? Oder ließ er sich geradezu mit Victor Hugo vergleichen?

Er lachte mehr betrübt als überrascht und erklärte, dass es ihn fast ein wenig beschämte, von vorne zu beginnen, da er ihr ja noch vor Kurzem wichtigtuerisch eine Menge Dinge erklärt hatte.

»Und wo werden Sie abspringen, um sich mit den Leuten vom Widerstand zu vereinigen?«, unterbrach sie ihn.

Er hielt inne, wandte sich ihr zu und fasste sie an den Schultern.

»Hätten Sie mir derartige Informationen entlocken sollen?«, fragte er bestürzt.

»Ganz richtig. Anschließend hätte man Sie gefeuert. Hätten Sie den ganzen Abend und vor allen Dingen die ganze Nacht standhalten können?«

»Die ganze Nacht?«

»Ja. Sie haben mich noch nicht danach gefragt, aber meine Wohnung lässt sich bequem zu Fuß erreichen, und ein breites Doppelbett gibt es dort auch.«

»Meine Güte!«, sagte er, ergriff demonstrativ ihren Arm und setzte schweigend den Spaziergang fort. Schließlich nahm er seinen Mut zusammen.

»Madame, ich will ehrlich sein. Sie kennenzulernen ist die Erfüllung eines Traums. Sie sind nicht nur die schönste Frau, die ich in England getroffen habe, Sie gleichen einem Stück Literatur, Sie sind eine mystische Dame, mit oder ohne Hund, eine Unwirklichkeit in der Wirklichkeit. In Ihrem Bett hätte ich Ihnen jede Frage beantwortet!«

»Ich weiß auf meinem Nachhauseweg einen schönen kleinen Park, dort singen in der Abenddämmerung immer zwei Nachtigallen«, sagte sie. »Dort könnten wir uns doch über das Verhältnis der Literatur zu Liebe, Politik und Krieg unterhalten. Es besteht allerdings die Gefahr, dass das Thema unerschöpflich ist.«

Und so geschah es. Selbst als er zu frösteln begann, blieben sie im Park sitzen.

Als sie ebenfalls zu frieren begann, sagte sie ihm ohne Umschweife, dass sie gerne diese erste und letzte gemeinsame Nacht mit ihm verbringen wollte. Aber zwei Dinge mussten vorher gesagt werden: Er hatte die Prüfung bereits bestanden, dies geschehe also außer Dienst. Zweitens würde sie ihm im Schlafzimmer einen Cognac anbieten, den er unter dem Vorwand, Cognac und jegliche Schnäpse zu verabscheuen, ausschlagen müsse.

Sie war sich nicht sicher, ob ihm klar war, dass sie sich vom englischen Geheimdienst belauscht lieben würden.

*

Die Bibliothek des Beaulieu Palace, ehemals Beaulieu Abbey, überwältigte Besucher mit der rot-goldenen Grandezza ihres viktorianischen Interieurs. Johanne konnte beim Eintreten einen Ausruf des Erstaunens nicht unterdrücken. Bislang hatte sie in dem großen, verbauten Gebäude nur die militärische Einrichtung gesehen: aufgerollte Teppiche und abgedeckte Sofas und Sessel. Die kostbaren Esstische, die vermutlich auf dem Speicher standen, waren durch einfache Kasernentische ersetzt worden. Die Kronleuchter waren in staubige Tücher verhüllt.

»Willkommen, Leutnant, ich verstehe Ihre Reaktion«, begrüßte sie Oberst Grumpy. »Diesen Raum haben wir als einzigen im Originalzustand belassen. Eine Bedingung der Familie Montagu, gegen die nichts einzuwenden ist. Nehmen Sie bitte Platz, das Essen kommt später.«

Sie setzte sich auf ein riesiges, mit hellgrünem Samt bezogenes Sofa und sah sich beeindruckt um. In den Regalen standen mindestens 10 000 Bücher, die fantastische Entdeckungen verhießen.

»Ich werde mir einen Drink genehmigen. Darf ich Ihnen ein Glas Sherry anbieten, Leutnant?«, fragte der Oberst und trat an ein Serviertischchen mit einer Vielzahl Kristallkaraffen.

»Nein danke, Sir. Ich hätte auch gerne einen Drink.«

Er erstarrte und drehte sich erstaunt um.

»Mit Drink meinte ich Scotch«, erklärte er gönnerhaft.

»Danke, Sir! Scotch ist ausgezeichnet, bitte mit etwas Wasser dazu.«

Er lachte, schüttelte den Kopf, setzte seinen unterbrochenen Gang zu den Kristallkaraffen fort und kehrte wenig später mit den Gläsern zurück. Er wartete, bis sie ihren Whisky verdünnt hatte, hob dann schweigend sein Glas und nahm ihr gegenüber in einem Ohrensessel Platz.

»Die Auswertung der Operation Honey Trap hat uns einiges Kopfzerbrechen bereitet«, erklärte er und versank in nachdenkliches Schweigen, das vor allem dem Whisky zu gelten schien.

Er war kein großer Mann und verschwand fast in dem riesigen Sessel. Ohne Uniform sähe er mit seiner Halbbrille und seinem akkurat gezogenen Mittelscheitel aus wie ein pedantischer Büroangestellter, dachte sie. Aber der Schein trog, das verrieten seine Orden aus dem Großen Krieg. Im Unterschied zu den französischen Talenten, die sie in Brighton getroffen hatte, war er tatsächlich ein Kriegsheld.

»Die Frage lautet«, fuhr er nach langer Pause fort, »ob wir den Einsatz als Erfolg oder bemerkenswertes Fiasko verbuchen sollen. Aus Ihrer Perspektive gibt es da wohl kaum einen Zweifel. Sie haben offenbar mit dem Mann vom MI6 gewettet?«

»Ja, Sir. Dieser Philby, oder wie immer er heißt, meinte, dass mir höchstens ein Viertel in die Falle gehen würde. Was das betrifft, haben wir uns beide geirrt.«

»Und welche Berechnungen steckten hinter Ihrer optimistischeren Einschätzung?«

»Eigentlich keine, Sir. Ehrlich gesagt hatte ich keine Ahnung. Ich wollte ihm widersprechen, weil mir seine überhebliche Art auf die Nerven ging.«

»Ich verstehe. Der Mann ist ein Snob. Eigentlich wusste also niemand, wie die Sache ausgehen würde?«

»Nein, Sir.«

»Sehr interessant, wirklich hochinteressant. Und wie schätzen Sie nach Ihrem Einsatz das Ergebnis ein, Leutnant?«

»Ich fürchte, ich verstehe Ihre Frage nicht ganz, Sir.«

»Entschuldigen Sie … Ohne Umschweife und Beschönigungen, wie lautet Ihre Erklärung dafür, dass Sie sechs von acht vermutlich hervorragend ausgebildeten Agenten, die umgehend eingesetzt worden wären, erledigt haben? Könnten Sie einen älteren Gentleman freundlichst darüber aufklären?«

Sie musste nachdenken. Mit seiner Andeutung, dass ein »älterer Gentleman« vielleicht nicht so leicht zu betrügen gewesen wäre, war er vermutlich der Wahrheit auf der Spur.

Sie versuchte es mit einem neuen Ansatz.

Die sechs »gefallenen« Agenten wiesen einige Gemeinsamkeiten auf. Sie hatten sich aus der Deckung gewagt, weil sie die Übung für beendet hielten. Und immerhin hielten sie sich im friedlichen Brighton auf und nicht im besetzten Frankreich und wurden von den gleichen Fantasien geplagt wie die meisten jungen Männer während des Freigangs. Außerdem hielten sie sich für unsterblich und mehr oder weniger schon hochdekorierte Helden. Sie waren SOE-Agenten, hatten fast ihr Examen in der Tasche und waren darauf spezialisiert, andere Menschen zu betrügen, konnten daher selber nicht betrogen werden. Kurz gesagt, handelte es sich vermutlich um hormonbedingten, männlichen Größenwahn.

Oberst Grumpy, der eigentlich Grump hieß, nickte und hob die Hand, weil er Zeit zum Nachdenken benötigte. Ohne nachzufragen, ging er mit den beiden Whiskygläsern zu dem Tisch mit den Karaffen. Als er mit den gefüllten Gläsern zurückkehrte, hatte er sich seine Antwort zurechtgelegt.

»Diese äußeren Umstände, Frau Leutnant, die Sie mit psychologischer Präzision beschrieben haben, Kompliment, lassen sich möglicherweise um einen weiteren ergänzen. Ich verstehe, dass Sie ihn ungerne selber ansprechen. Aber zufällig sehen Sie aus wie eine gerissene Spionin aus dem Kino oder der schlichteren Unterhaltungsliteratur.«

»Aber, Sir! Hätte das nicht die gegenteilige Wirkung haben müssen? Hätte in diesem Fall bei den Männern nicht ein Warnlämpchen aufleuchten müssen?«

»Leider nein, fürchte ich, weil niemand so dumm ist zu glauben, dass Geheimagentinnen aussehen wie im Film. Da dies bei Ihnen der Fall ist, sagt die männliche Logik, dass Sie unmöglich eine richtige Spionin sein können. Ich muss zugeben, dass diese Schlussfolgerung nicht von mir stammt, sondern von diesem Taugenichts vom MI6. Wie auch immer, vergessen wir die sechs Versager und kommen zu den beiden Überlebenden. Einer von ihnen war ja offenbar ein warmer Bruder, was die natürliche, wenn auch naturwidrige Erklärung wäre.«

»Entschuldigen Sie, dass ich Sie unterbreche, Sir.«

»Natürlich, bitte schön.«

»Wurde der Mann, der sich als homosexuell erwies, entlassen?«

Die Miene von Oberst Grumpy hellte sich auf. Er betrachtete sie amüsiert, nippte an seinem Whisky und ließ sich mit seiner Antwort absichtlich Zeit.

»Es ist wohl das Beste, wenn ich Ihnen an dieser Stelle etwas sehr Grundlegendes erkläre, Leutnant Blue«, meinte er belustigt. »Dies ist die Special Operations Executive, also keine beliebige militärische Einheit. Wir laufen auch unter dem Spitznamen ›Abteilung für ungentlemanhafte Kriegsführung‹ oder ›Baker Street Irregulars‹. Diese Bezeichnung gefällt mir persönlich am besten. Aus jeder anderen Abteilung der Armed Forces Seiner Majestät wäre diese Schwuchtel nach ihrer Enttarnung sofort entlassen und möglicherweise sogar gerichtlich belangt worden, bei uns gelten aber andere Regeln. Er hat ein außerordentlich gutes Examen abgelegt, und seine besonderen Neigungen könnten der Sache Seiner Majestät durchaus noch einmal sehr dienlich sein. In unseren Reihen befinden sich sogar verurteilte Verbrecher. Und ohne irgendwelche Parallelen ziehen zu wollen, sind ein Viertel unserer Mitarbeiter Frauen. In diesem Metier ein Weltrekord, wie ich zu behaupten wage.«

Zwei Kalfaktoren servierten die Vorspeise, die wenig überraschend aus Suppe bestand. Der Oberst erhob sich, führte sie zur Tafel und bestellte trockenen Sherry. Als sie sich an dem kleinen, in der Bibliothek aufgestellten Esstisch gegenübersaßen, trat der eine Bursche einen Schritt zurück, knallte die Hacken zusammen und brüllte:

»Als Vorspeise Schildkrötensuppe, Sir!«

Darauf knallte auch der andere die Hacken zusammen, dann machten sie kehrt und marschierten zur Tür hinaus. Der Oberst beugte sich vertraulich zu ihr vor.

»Ganz offensichtlich gibt es Schildkrötensuppe. Lassen Sie es sich schmecken.«

Sie dachte an Dachs und Fuchs, Katzen, die unter dem Künstlernamen Kaninchen auftraten, und an alle möglichen anderen geheimnisvollen Gerichte in Rationierungszeiten. Dann ging ihr auf, dass Schildkröte etwas Exklusives war und sich in Dosen konservieren ließ. Die Suppe war würzig und lecker, das winzige eventuelle Stück Schildkrötenfleisch jedoch etwas fade. Sie aßen schweigend. Der Oberst schien seinen Gedanken nachzuhängen, und sie verspürte keinerlei Bedürfnis, die Unterhaltung wieder in Gang zu bringen.

»Erklären Sie mir«, sagte er nach einer Weile, »was Edmond Dantès von den anderen Männern unterschied? Er besaß ja zugegebenermaßen eine einzigartige Widerstandskraft.«

Bei dieser Bemerkung errötete der Oberst ein wenig. Vielleicht hatte er die Tonbandaufzeichnung der Liebesnacht gehört. Am nächsten Morgen hatte sie »Edmond Dantès« der Form halber einige vergiftete Fragen gestellt und ihn gleichzeitig mit einem Finger vor den Lippen zum Schweigen aufgefordert. Spätestens da wusste er, dass sie abgehört wurden.

»Im Gegensatz zu den anderen Männern besaß unser Kollege Dantès eine ganz besondere Eigenschaft«, begann sie, um Grumps Interesse zu wecken, was ihr auch gelang. »Er interessierte sich mehr für Literatur, als mit seiner eigenen männlichen Vortrefflichkeit, Stärke und Tapferkeit zu prahlen.«

Dem Oberst fiel fast der Löffel in die Suppe. Aber als wahrer Gentleman fasste er sich rasch wieder.

»Verstehe«, sagte er. »Solche Männer sind in unseren Kreisen noch seltener als Schwuchteln. Junge Männer mit einem Faible für Literatur pflegen im Spionagesektor und nicht bei uns zu landen. Das hilft uns bei der Rekrutierung nicht weiter. Wie hat Ihnen denn die Suppe geschmeckt?«

»Ausgezeichnet. Ich habe schon lange keine so gute Suppe mehr gegessen. Ich hätte eine Bitte, Sir.«

»Und zwar?«

»Es wäre mir recht, wenn Sie diesen Ausdruck in meinem Beisein nicht mehr verwenden würden. Der Homosexuelle, den Sie möglicherweise bereits in den Tod geschickt haben, ist bereit, sein Äußerstes für unsere Sache zu tun. Er hat denselben Respekt verdient wie alle anderen.«

Der Oberst sah aus, als hätte sie ihm quer über den Tisch eine Ohrfeige verpasst. Ihre Zurechtweisung überrumpelte und kränkte ihn.

Sie bereute ihren Vorstoß sogleich. Dass sie aber auch nie den Mund halten konnte! Man musste nicht immer die Wahrheit sagen, immerhin hatte sie selbst in Bezug auf »Edmond Dantès« geflunkert. Aber bei der gehässigen Bezeichnung Schwuchtel sah sie nun einmal ihren Onkel Sverre vor sich.

Der Oberst sah sie ausdruckslos an. Zum Glück erschienen in diesem Moment die Kellner erneut mit dem Hauptgericht auf einem Wägelchen.

Es dauerte eine Weile, die Suppenteller abzuräumen und die Lammkoteletts mit dem in Beaulieu angebauten Gemüse aufzutragen. Die Rasenflächen, die das Schloss umgaben, waren ganz unsentimental in riesige Gemüsebeete für Möhren, Zwiebeln und Rote Bete verwandelt worden. Sie wählten den Wein. Sie zog Bourgogne vor, er Claret, also einen Bordeaux. Das Essenszeremoniell zog die Stille in die Länge, er bot ihr Mintsoße an, sie lehnte ab, weil sie der englischen Sitte, Lamm mit Zahnpasta zu servieren, nichts abgewinnen konnte. Sie prosteten sich zu und aßen ein paar Bissen. Das Gemüse war wie immer zerkocht und das Fleisch zu lange gebraten und zäh. Verdammte Engländer!, dachte Johanne.

»Erlauben Sie mir ganz offen zu sprechen, Leutnant Blue«, sagte Grump schließlich, und ihm war eine gewisse, jedoch gut verborgene Anstrengung anzumerken. »Ich akzeptiere Ihren linguistischen Einwand und achte Sie für Ihren Einsatz. Es wäre mir überaus recht, wenn wir zu unserer angenehmen Gesprächsatmosphäre zurückfinden könnten.«

»Vielen Dank, Sir! Ich stimme zu.«

Lächelnd und kopfschüttelnd aß er weiter. Ihre Parodie eines untergebenen englischen Offiziers, der seinem Vorgesetzten beipflichtete, hatte ins Schwarze getroffen.

Auf ihren Wunsch hin sparten sie sich den »Pudding« und kehrten zur Sitzgruppe zurück, wo er ihr ein Glas Rotwein und sich selbst einen Cognac einschenkte. Das Thema »Honey Trap« schien beendet zu sein, und sie konnte sich jetzt hoffentlich bald verabschieden.

Aber nein. Er hatte noch etwas auf dem Herzen. Er erklärte ihr, dass die vollkommene Zweisprachigkeit das wesentlichste Kriterium bei der Rekrutierung neuer SOE-Mitarbeiter sei. Ihren Unterlagen habe er entnommen, dass sie sogar drei Sprachen fließend spreche und außerdem noch Englisch und Französisch beherrsche. Das seien fantastische Fertigkeiten, nicht zuletzt, weil eine ihrer Hauptsprachen das Deutsche sei.

Seine Worte weckten böse Vorahnungen. Johanne wollte heimkehren und am norwegischen Freiheitskampf teilnehmen, sonst nichts.

Die SOE arbeitete nicht nur mit dem französischen, sondern auch mit dem deutschen Widerstand eng zusammen. Es waren also sowohl die technischen Voraussetzungen als auch die nötigen Mittel vor Ort gegeben, um sie in Deutschland einzusetzen. Agenten mit ihren Qualifikationen gab es nur äußerst wenige.

Sie meinte, dass man sich in ihrem Fall den Fallschirm

sparen und sie mit der Bahn einreisen lassen könnte, da sie einen echten Pass besäße. Ihr Onkel hielt sich, soweit sie wusste, gerade anlässlich komplizierter Geschäftsverhandlungen in Berlin auf.

Ein wesentlicher Haken sei jedoch, dass die Gestapo sie zur Fahndung ausgeschrieben habe.

Er zog die Brauen hoch. Offenbar hatte er dieses Detail in ihrer Akte übersehen.

»Und warum fahndet die Gestapo nach Ihnen?«, fragte er.

»Zu Beginn meiner Widerstandsarbeit arbeitete ich als Kurierin. Damals waren wir noch nicht so zahlreich, also übernahm ich zu viele Fahrten.«

»Wie viele Fahrten?«

»Sechzehn.«

»Meine Güte! Haben Sie sechzehn Kurierreisen überlebt?«

»Ja, Sir.«

»Verstehe. Eigentlich dürfte mich das nicht überraschen. Wenn Sie selbst entscheiden könnten, Leutnant Blue, wie würden Sie unsere Arbeit am liebsten fortsetzen?«

Endlich die entscheidende Frage. Deutschland schien er glücklicherweise abgeschrieben zu haben. Sie erklärte ihm die Lage. Im neutralen Schweden hielten sich inzwischen mindestens 10 000 norwegische Flüchtlinge auf. Im kommenden Jahr würde sich diese Zahl aufgrund der verschärften Situation in Norwegen vermutlich verdoppeln. Es handelte sich nicht nur um eine humanitäre Frage, da die meisten Flüchtlinge junge Männer mit enormem Tatendrang waren. Sie mussten organisiert und ausgebildet werden, um auf den Endkampf in Norwegen vorbereitet zu sein. So sah zumindest der Plan aus. Dort konnte sie einen wichtigen Beitrag leisten in einer Sache, die ihr sehr am Herzen lag.

Der Oberst wirkte enttäuscht, murmelte etwas von Verschwendung, sprach dabei aber mehr mit sich selbst als mit ihr.

Schließlich verkündete er mit einem Kopfnicken ein gewisses Einverständnis.

»Well, Leutnant Blue, ich muss sagen, dass das hier ein äußerst angenehmer und interessanter Abend ist. Und ich wiederhole, dass Sie mit Ihren, wie soll ich sagen, vielfältigen Talenten, die dem normalen SOE-Mitarbeiter fehlen, eine einzigartige Bereicherung darstellen.«

»Danke, Sir!«, erwiderte sie mit ironisch erhobener Stimme.

Er reagierte gleichmütig auf diesen Scherz und hob sein Glas.

»Und nun zu meinen einfachen Abschiedsworten«, fuhr er fort. »Ich habe dem Bericht unseres Mannes in Stockholm entnommen, dass Sie unter anderem aus Gründen der Disziplin einen Offiziersrang benötigen, wenn Sie sich weiter um SOE-Mitarbeiter kümmern. Jeder beliebige Tresordieb oder Akademiker kann bei uns zum Hauptmann aufsteigen. Ich spreche von Leuten, deren operativer Wert höchstens ein Viertel des Ihren darstellt. Können Sie mir folgen?«

»Durchaus, Sir.«

»Ausgezeichnet. Darf ich Ihnen also jetzt ein kleines Abzeichen überreichen, das auch an ausländischen Uniformen getragen werden kann …«

Er kramte eine Weile in seiner Jackentasche herum und schien das Gesuchte erst nicht zu finden, dann zog er erleichtert ein rundes Abzeichen mit dem Wappen der SOE hervor.

»Das hier ist der Verdienstorden für eine besonders gut abgeschlossene Ausbildung«, fuhr er fort. »Normalerweise wird er in Bronze oder Silber verliehen. Ihrer ist aus Gold, die Gründe kennen Sie. Gestatten Sie?«

Sie erhob sich, trat vor, und er machte sich mit der Sicherheitsnadel über ihrer linken Brust zu schaffen, geriet in Verlegenheit und bat um Hilfe.

»Danke, Sir!«, brüllte sie parodistisch. Dieses Mal lachte er.

»Da wäre noch etwas«, fuhr er fort, suchte in seiner anderen Jackentasche, zog dieses Mal zwei Achselstücke hervor und reichte sie ihr ohne weiteres Zeremoniell.

»Wir haben Sie zum Hauptmann der Norwegian Independent Company 1 befördert. Ich gratuliere, Hauptmann!«

Er trat einen Schritt zurück und salutierte. Sie salutierte ebenfalls, allerdings etwas unbeholfen.

»Das war alles! Und damit, Hauptmann Blue«, endete er, »möchte ich mich bei Ihnen für eine sehr fruchtbare Zusammenarbeit bedanken. Sie haben morgen eine lange Reise vor sich. Abtreten!«

Sie salutierte ein letztes Mal, deutete ein Zusammenschlagen der Hacken an und verließ die Bibliothek. Was hätte sie auch sagen sollen?

Es dämmerte, als sie den riesigen Park betrat, dessen Rasenflächen in Gemüsebeete verwandelt worden waren. Der Wind kam von Süden, und sie konnte das Meer riechen. Die Nachtigallen sangen.

Sie nahm auf einer Bank Platz, um sich zu sammeln. Bis zuletzt hatte sie sich nicht vorstellen können, dass der lange, arbeitsame England-Aufenthalt fast mit einem Glücksgefühl enden würde.

Aber nur fast. Anfänglich war ihr die Operation Honigfalle wie ein interessantes Spiel vorgekommen. Als psychologisches Experiment hatte dieses Spiel ein unerwartet deutliches Resultat ergeben. So weit, so gut.

Trotzdem hatte sie eine entsetzliche Ungerechtigkeit begangen. Vermutlich hatte sie sechs prahlerischen, leichtgläubigen oder einfach nur beschränkten Männern, die mit dem falschen Körperteil dachten, das Leben gerettet. Zur Belohnung durften sie in England bleiben, um in der Endphase des Krieges an der großen Invasion teilzunehmen. Danach ging es wahrscheinlich eilends zur Siegesparade in Paris.

Aber »Edmond Dantès« hatte sie mit größter Wahrscheinlichkeit geradewegs in den Tod geschickt, weil er ein so viel besserer Mann war als die anderen. Ganz davon abgesehen hatte sie noch nie einen besseren Liebhaber gehabt.

Die Überlebenschance eines SOE-Agenten in Frankreich betrug im Augenblick weniger als fünfzig Prozent und entsprach somit der eines Funkers.

Vielleicht war er ja bereits mit seinem Fallschirm irgendwo gelandet? Das war bitter. Andererseits eignete er sich besser als die anderen für die schweren Aufgaben, so wie diese sich besser für die Siegesparade eigneten.

Und sie konnte jetzt endlich zu der Aufgabe zurückkehren, die ihr am dringlichsten erschien.

IV

OPERATION WOODLARK

»Zu guter Letzt blieb mir nichts anderes übrig, als zu behaupten, du seist in Norwegen, und seither wagte niemand mehr, weitere Fragen zu stellen«, erklärte Rosa achselzuckend.

»In Norwegen! Du hast gesagt, ich sei in Norwegen?«

»Ja, was hätte ich sonst sagen sollen? Ich konnte wohl kaum erzählen, dass du in England warst. Pappsen und Onkel Oscar hätten sich wahnsinnig aufgeregt. Da hätte ich genauso gut behaupten können, du seist auf dem Blocksberg.«

»Aber Norwegen! Von der Gestapo gesucht und in Norwegen? Wenn Vater jemals schlaflose Nächte hatte, dann jetzt!«

»Schon möglich, aber er hat sich nichts anmerken lassen. Wenn du wie angekündigt nur drei Monate weggeblieben wärst, hätte ich keine Geschichten erfinden müssen. Du warst krank, musstest eine wichtige Disputation vorbereiten, hattest Transporte für den Blauen Stern durchzuführen und vieles andere. Aber als du nicht einmal Zeit für Muttis Geburtstagsessen hattest, da musste Norwegen herhalten.«

»Ich konnte ja nicht ahnen, dass wir weiterhin Muttis Geburtstag feiern.«

»Ich auch nicht. Aber so ist es nun mal.«

Ihre Stimmen waren zusehends lauter geworden. So nahe waren sie einem Streit schon lange nicht mehr gewesen.

Für Juni war es ungewöhnlich windig und kalt. Sie saßen weit draußen auf Djurgården in der Nähe von Blockhusudden auf einer Bank. Kein Mensch konnte ihr Gespräch belauschen.

Johanne entschuldigte sich und erklärte, der Flug sitze ihr immer noch in den Knochen. Über der Hardangervidda hatte es ziemliche Turbulenzen gegeben. Mehrere Minuten lang waren sie von deutschen Jägern verfolgt worden, die das Feuer eröffneten, was der Dakota nichts hatte anhaben können. Die Passagiere hatten sich mit aufgesetzten Sauerstoffmasken in ihren dicken Schafspelzmänteln zusammengekauert.

»Rosa, lass uns noch einmal von vorne anfangen«, sagte Johanne.

»Einverstanden. Soll ich zusammenfassen, was in deiner Abwesenheit geschehen ist?«

»Ja, bitte. Ich habe keinerlei Informationen über die Ereignisse außerhalb Großbritanniens erhalten. Selbst wenn Schweden im Meer versunken wäre, hätte ich es nicht erfahren.«

Rosa begann einen knappen, teilweise bewusst parodistischen Vortrag in militärischem Stil.

Erst die Politik: Der Widerstand in Norwegen verlief nicht zufriedenstellend, da die Deutschen jeden Anschlag mit zunehmender Strenge ahndeten und begonnen hatten, zivile Geiseln zu erschießen. Dem zum Trotz nahm der zivile Ungehorsam, unter anderem in Folge dieser Repressalien, in den erstaunlichsten Kreisen zu. Der norwegische Erzbischof, die meisten anderen Bischöfe und die Pfarrer streikten. Doch, tatsächlich, wie auch immer Pfarrer dies umsetzten. Offenbar weigerten sie sich, Gottes Wort zu verkünden. Quisling, der inzwischen zum Ministerpräsidenten und Anführer einer Marionettenregierung ernannt worden war, hatte daraufhin wutentbrannt den Erzbischof festnehmen lassen.

Auch die norwegischen Lehrer streikten, weil sie sich keinen nazistischen Lehrplan aufzwingen lassen wollten. Die meisten von ihnen befanden sich inzwischen in Arbeitslagern in Nordnorwegen.

Quisling hatte Gewerkschaftsführer erschießen lassen, die ebenfalls mit Streik gedroht hatten. Ende April waren auf sein Geheiß oder das der Deutschen achtzehn junge Norweger erschossen worden, die nach England fliehen wollten.

Ein eher tragikomisches schwedisches Ereignis war die Schließung siebzehn schwedischer Tageszeitungen, keiner Kommunistenblätter, die tatsächlich immer noch erlaubt waren, auf Anweisung des Justizministers K.G. Westman, weil diese einen relativ gemäßigten und sachlichen Artikel über die Foltermethoden der Gestapo bei der Jagd auf Widerstandsleute veröffentlichen wollten. Laut seiner Exzellenz hatten neutrale Schweden keine Veranlassung, den Deutschen den Gebrauch der Folter zu unterstellen. Diese Schauermärchen entbehrten jeder Grundlage und mussten mit dem Hinweis auf die schwedische Neutralität unterbunden werden.

Und was war sonst noch geschehen? Dieser Winter war noch härter als der vorhergehende, der kälteste seit hundert

Jahren. In Schonen war die Temperatur auf minus 35 Grad gesunken. Südschweden! Die Kälte hatte die Stromversorgung beeinträchtigt und den Heimweg nach später Arbeit in einen Spaziergang durch eine schwarze Geisterstadt gemacht. In Saltsjöbaden standen kältehalber die Schneepflüge still, und alle begaben sich auf Skiern zum Bahnhof, die dort in extra angebrachten Ständern auf dem Bahnsteig deponiert werden konnten.

Und die Familie? Onkel Oscar war seit mehreren Monaten in Deutschland, um den Immobilienbesitz der Familie zu veräußern, was ihm in Berlin nur in Maßen und in Dresden überhaupt nicht gelang. Er scheute keine Mühe und ließ sogar die Abiturfeier von Carl Lauritz, dessen Noten, wie zu erwarten, nur mäßig waren, sausen. Das Ganze war recht aufschlussreich, denn dass Onkel Oscar verzweifelt versuchte, den Immobilienbesitz der Familie in Deutschland abzustoßen, konnte natürlich nur mit Pappsens Einwilligung geschehen. Das wiederum konnte nur bedeuten, dass die Alten ihren persönlichen Hoffnungen zum Trotz einzusehen begannen, dass Hitler den Krieg verlieren würde. Eine erstaunliche Entwicklung angesichts der eingeschränkten Informationen, die zu ihnen durchdrangen. Selbst in den Streitkräften war mittlerweile fast jeder Zweite dieser Auffassung. Die Geheimdienstleute gingen davon aus, dass Deutschland verlieren würde, Oberbefehlshaber Thörnells und seine Leute hingegen waren vom Gegenteil überzeugt.

Die Familie hatte also viel Geld verloren. Die Villa Aquarium musste abgerissen werden, weil das Haus verrottete, obwohl die Fachleute sicher einen passenderen Ausdruck dafür verwendeten. Eindringendes Wasser, strenger Frost und die Sprengkraft des Eises waren die Ursachen.

Onkel Sverre war bereits in eine große Wohnung am Norr Mälarstrand gezogen, und Onkel Oscar und Tante Christa würden in die Villa Bellevue umziehen, sobald Helene ihr Abitur gemacht hatte.

Damit konnte der Bericht zu den Akten gelegt werden. Nein, noch nicht ganz! In Bezug auf den Krieg gab es noch zwei wichtige Details. Anfang Juni war das Pendel im Pazifik umgeschlagen. Auf ungefähr halber Strecke nach Japan hatten die Amerikaner einen entscheidenden Sieg errungen. Und sobald die Amis Japan erledigt hatten, würden sie sich wohl Europa vornehmen. Nach dem missglückten Eroberungsversuch Moskaus befand sich Hitler nun auf dem Weg zu den Ölfeldern im Kaukasus. Ein aufgrund der riesigen Entfernungen aussichtsloses Projekt. So viel dazu.

Gab es denn gar nichts Interessantes aus England zu berichten?

Nein, nicht viel. Johanne seufzte. Jedenfalls nicht aus ihrer begrenzten Perspektive. Die größte Neuigkeit in England war, dass die Engländer im Kampf gegen Japan ein paar Schlachtschiffe verloren hatten und dass Singapur gefallen war. Besonders ernst zu nehmen waren wohl die von deutschen U-Booten im Atlantik verursachten Verluste. Man munkelte, dass Schiffe mit einer Gesamttonnage von drei Millionen versenkt worden waren. Diese Information war natürlich geheim.

Doch, pflichtete ihr Rosa bei, das sei augenblicklich der größte Kummer an der Westfront. Verzweifelt suchten die Engländer nach Methoden, um mit den U-Booten fertigzuwerden.

»Ich friere«, sagte Johanne. »Lass uns in die Stadt zurückgehen.«

»Ja, aber erst, wenn du mir auch etwas Lustiges aus England erzählt hast.«

»Ich bin dort dem besten Liebhaber meines Lebens begegnet, um nur ein Beispiel zu nennen.«

»Das klingt äußerst erfreulich. Komm!«

Raschen Schrittes kehrten sie in die Stadt zurück, zwei junge, korrekt gekleidete, untergehakte Frauen, vermutlich Sekretärinnen, die sich eine zu lange Mittagspause ohne Mahlzeit gönnten. Ab und zu hielten sie inne, lachten laut und gestikulierten.

An der Djurgårdsbrücke trennten sich ihre Wege. Rosa würde auf dem Narvavägen geradeaus weiterwandern, während Johanne mit der Straßenbahn zum Norrmalmstorg fahren wollte.

»Noch etwas«, sagte Rosa, als sie sich zum Abschied umarmten. »Versuch, dich diesen Sommer ein wenig um Pappsen in Sandhamn zu kümmern, damit er nicht allzu sehr vereinsamt.«

»Ganz deiner Meinung«, erwiderte Johanne. »Jetzt kommt ohnehin die helle Jahreszeit, und dann entfallen alle zu riskanten Einsätze an der Grenze. Meine Fähigkeiten eignen sich besser für die Dunkelheit.«

»Gewiss. Lass dich bloß nicht allzu sehr von den Seglergeschichten langweilen!«

Erleichtert gingen sie in unterschiedliche Richtungen davon.

*

Johanne hatte auf eine bequeme und problemlose Unterredung mit Peter Rennant gehofft, als sie sich beide am Abend in der konspirativen Wohnung in der Jungfrugatan einfanden. Willkommen, herzlichen Glückwunsch zur Beförderung, Hauptmann, im Augenblick ist kaum etwas zu tun, aber den einen oder anderen Transport könnten Sie vielleicht übernehmen?

Ungefähr so.

Aber es kam ganz anders. Sie hatte ihren normalerweise britisch reservierten Führungsoffizier noch nie so nervös und aufgewühlt erlebt. Er war unrasiert, roch nach Schweiß, und seine Haare standen in alle Richtungen ab.

»Wir haben ein Problem, ein verdammt ernstes Problem«, verkündete er, als er grußlos die Wohnung betrat. Er warf Hut und Trenchcoat auf einen Stuhl, marschierte ins Wohnzimmer und nahm dort Platz. Johanne folgte ihm erstaunt und setzte sich ihm gegenüber auf das Sofa.

»Woodlark ist aufgeflogen, von dort treffen in letzter Zeit nur noch gefälschte Mitteilungen ein«, erklärte er, als sei damit alles gesagt, und versuchte gleichzeitig, mit den Fingern Ordnung in seine Frisur zu bringen.

»Was ist Woodlark?«, fragte sie. »Der Name sagt mir nichts.«

»Ach so, entschuldigen Sie. So lautet der Deckname einer unserer festen Funkstationen im Bezirk D 25 unmittelbar an der Grenze.«

»D 25? Bezirk Hamar?«

»Genau. Wir fürchten, dass die Deutschen den gesamten Bezirk aufgerollt haben. Jedenfalls kontrollieren sie Woodlark und haben jetzt von dort Verstärkung angefordert. Dorthin entsandte Leute würden den Deutschen in die Hände fallen. Außerdem fordern sie einen der neuen Sender an, von dem sie aus unerfindlichen Gründen erfahren haben.«

»Wie kann es sein, dass wir das überhaupt bemerkt haben?«, erkundigte sich Johanne, die langsam die Geduld verlor. Sie verstand das Problem nicht.

»Dank der Funkerin«, erklärte er und breitete die Arme aus. »Woodlark ist ein Experiment, und das nicht nur, weil es sich um einen festen statt um einen mobilen Sender handelt. Die Nachrichten werden abwechselnd gesprochen und gemorst. Unvollständige Morsemitteilungen werden vokal ergänzt. Wer die komplette Botschaft verstehen will, muss beide Sendungen auffangen, was nur mithilfe eines Verräters möglich ist. Die Funkerin baut systematisch Fehler ein, die nicht misszuverstehen sind. Sie kennen sie übrigens, Deckname Lark, Sissel Eiken. Sie haben sie doch persönlich vom Krabbenexpress abgeholt?«

Er schloss die Augen und massierte sich die Schläfen, als wolle er so seinen Gedanken auf die Sprünge helfen.

Bloß nicht Sissel!, dachte sie. Jede andere, bloß nicht sie, das ist nicht fair!

»Ich wüsste es sehr zu schätzen, wenn Sie mir klar und deutlich das Problem erläutern könnten«, sagte sie und musste sich anstrengen, ruhig und beherrscht zu bleiben.

Peter Rennant riss sich zusammen und begann zu erklären.

Der Feind hatte den Sender Woodlark übernommen, wusste aber noch nicht, dass er enttarnt war. Das war ihr einziger Vorteil. Verstärkung zu schicken war unmöglich. Am liebsten würde er fünf Mann ankündigen und dann eine 25 Mann starke Elitetruppe entsenden, um den Sender komplett zu eliminieren. Aber die Mitternachtssonne und dreihundert Meter freie Sicht von der Gebirgshütte vereitelten diesen Plan. Ein Überraschungsangriff war also ausgeschlossen. Die Deutschen – oder vielleicht waren es ja auch Quislinge – durfte man nicht zu lange hinhalten. Wurde ihrem Wunsch nach Verstärkung und dem neuen Sender nicht schnell genug entsprochen, würden sie begreifen, dass das Spiel verloren war, und dazu übergehen, die Funkerin zu foltern, um technische Details in Erfahrung zu bringen. Bislang hatten sie die Funkerin verschont, weil ihre Stimme für die Wortnachrichten normal klingen musste.

Es war davon auszugehen, dass die Funkerin hochwichtige Informationen darüber besaß, wie der Sender dem Feind in die Hände gefallen war und wer sie verraten hatte. Ohne diese Informationen würden sie D 25 nicht wieder aufbauen können, da sonst alle eventuell Überlebenden unter Verdacht standen. Und ohne eine funktionierende Organisation in Trondheim und Hamar würde der Widerstand in Mittelnorwegen zusammenbrechen und der Kontakt von Nord nach Süd verloren gehen.

In der Berghütte an der Grenze hielten sich nicht viele Personen auf, dazu war nicht genug Platz. Wahrscheinlich hielt sich ein Stück entfernt eine größere Einheit versteckt. Das bedeutete, dass die Wachen in der Berghütte mit dem Sender recht schnell Verstärkung bekommen konnten.

Normalerweise würde der Verlust einer Funkerin einfach zu den Akten gelegt und den Angehörigen das Beileid ausgesprochen werden. Lark verfügte jedoch über entscheidende Kenntnisse, da sie sich wochenlang die Unterhaltungen der Wachen in der Hütte angehört hatte. Diejenigen, die sie gefangen hielten und zwangen, mit ihnen zusammenzuarbeiten, hatten keinen Grund anzunehmen, dass sie entkommen könnte. Und während der hellen

Jahreszeit war jeder Befreiungsversuch undenkbar. Das also war ihr verdammtes Problem.

»Sofern der Befreiungstrupp nicht aus einer einzelnen Frau besteht, die das neue 39 Pfund schwere Funkgerät anschleppt«, meinte Johanne, ohne eine Miene zu verziehen.

Peter Rennant betrachtete sie skeptisch, als suche er in ihrer Miene nach dem Anflug eines Lächelns, das auf einen zynischen Scherz hätte schließen lassen.

»Das ist mein voller Ernst« fuhr Johanne fort. »Ich habe eine Idee, wie sich das Problem lösen ließe. Aber ich brauche natürlich die Unterstützung von zwei oder drei starken Männern, die sich ohne größere Mühe mit schweren Rucksäcken im Gebirge bewegen.«

»Erzählen Sie!«, forderte Rennant sie auf und breitete auf dem Couchtisch eine große Landkarte aus.

Sie war noch nicht weit gekommen, als er sie unterbrach.

»Um Mitternacht treffen wir uns in der 32!«, befahl er abrupt. »Das müssen wir umgehend mit Ole Topsy besprechen. Fünf Minuten, wie immer?«

Sie war sprachlos. Dass es ihr gelungen war, ihren Vorgesetzten mit so wenigen Worten zu überzeugen, überraschte sie doch sehr.

Ein Treffen in der Skeppargatan 32 bedeutete, in das Allerheiligste der norwegischen Widerstandsbewegung in Stockholm vorzudringen. Das Haus war mithilfe von Strohmännern im Besitz des norwegischen Staates. Dort drängten sich FO II, der Geheimdienst, FO IV, Milorgs Verbindungszentrale, sowie XU, die Spion- und Sabotageorganisation, auf engstem Raum. Sämtliche Büros waren mit Waffen, Minen, Munition und Funkausrüstung vollgestopft, und in den Ecken schliefen Leute, die angereist waren, um sich mit Ausrüstung einzudecken.

Formal bekleidete Ole Topsy das Amt des Militärattachés der norwegischen Legation, aber er war, soweit Johanne wusste, der oberste Chef des gesamten Widerstands auf schwedischem Territorium.

Wenn Peter Rennant Ole Topsy zu einer außerordentlichen Mitternachtsbesprechung einberief, hatte er vermutlich nicht nur einen ausgezeichneten Draht zu ihm, sondern auch einen sehr guten Grund. In diesem Fall also die brandeilige Operation, von der er sich innerhalb weniger Minuten und ohne auch nur eine einzige Gegenfrage zu stellen hatte überzeugen lassen.

Sie selbst hatte nach ihrem Verständnis nur Selbstverständlichkeiten vorgetragen, etwa so wie in einer Theoriestunde in Beaulieu. Alles lief zu gut, um wahr zu sein.

*

Der Himmel war grau und der seit zwei Tagen unvermindert anhaltende Regen kalt und mit der einen oder anderen Schneeflocke vermischt. Ihr Körper schmerzte, hauptsächlich jedoch die Oberschenkel. Der zusätzliche Umweg um das Middagsfjäll hatte sie zwei ganze Tage und Nächte gekostet. Zu dieser Jahreszeit dämmerte es höchstens ein paar Stunden. Mit dem Wetter hatten sie also Glück. Nebel und Regen statt Sommersonne verkürzten die Sichtweite schlimmsten- oder bestenfalls auf unter hundert Meter.

Seit etwa vierundzwanzig Stunden beobachteten sie die Hütte mit dem Feldstecher. Zwei weitere Tage würden sie sich nicht vom Fleck bewegen, um sich über die Abläufe in der Gebirgshütte vollkommen sicher zu sein.

Die Männer gingen zum Pinkeln ins Freie. Sissel erschien zu bestimmten Zeiten, fast so, als folgte sie einem Stundenplan, und nie allein. Die Wache war immerhin so höflich, ihr den Rücken zuzukehren, wenn sie im Heidekraut kauerte. Für das größere Geschäft gab es ein kleines Trockenklosett etwa zwanzig Meter hinter der Hütte.

Es handelte sich um drei Männer. Einmal war eine Ablösung gekommen. Ein Mann war den Hügel hinaufmarschiert, ein anderer auf demselben Weg verschwunden. Der Neuzugang trug einen schwereren Rucksack, der Abschiednehmende einen leichteren. Also war Proviant gebracht und Abfall abtransportiert worden. Wasser wurde aus einem Bach geholt, der in weniger als zehn Metern Entfernung vom Berg herab Richtung Schweden floss.

Bislang gab es nur ein beunruhigendes Detail: eine Telefonleitung, die von der Hausecke ins Tal führte und an ein paar Birken und ganz offensichtlich gestohlenen Wanderwegpfosten aufgehängt war. Nach vierhundert Metern verschwand sie hinter einer Kuppe aus der Sicht.

Die Verstärkung hielt sich also in 400 Metern plus x bereit und wurde telefonisch und nicht über Funk verständigt. Ein Feldtelefon war jedoch kein normales Telefon. Es genügte nicht, einfach den Hörer abzuheben. Die Verbindung kam erst nach etwa 20 Sekunden zustande, wenn der Strom angekurbelt war.

Bevor diese zwanzig Sekunden um waren, entschied sich der Erfolg oder Misserfolg ihrer Mission.

Das Tarnnetz schützte nur mäßig vor dem Regen, selbst nachdem sie es mit Heidekraut und Birkenreisig abgedeckt hatten. Mit der Nässe kam die Kälte, auf ein Feuer musste natürlich verzichtet werden. Eine Winterausrüstung wäre von Vorteil gewesen, aber keiner hatte dieses schlechte Wetter vorhergesehen. Die Rucksäcke waren ohnehin schon schwer genug gewesen. Der eine oder andere Roman hätte auch nicht geschadet, denn die Langeweile war ihr schlimmster Feind, zumindest der Theorie nach, die man ihnen eingebläut hatte, eine Theorie, die sie stets für überflüssig gehalten hatte. Hier lag sie also im Heidekraut, nass und mit steifem Hals, weil sie auf dem Beobachtungsposten unentwegt durch das erhobene Fernglas starren musste. Auch die Steifheit des Körpers war während des Unterrichts thematisiert worden. Was ihr damals höchst unwirklich vorgekommen war, fühlte sich jetzt äußerst real an.

Ihr Lagerplatz war im rechten Winkel zu dem Weg ausgerichtet, auf dem sie in drei Tagen allein und schwerbeladen mit der neuen Ausrüstung erwartet wurde. Ihr Kommen war per Funk angekündigt worden. Einsame Telegrafistin, vierundzwanzig Stunden später die Verstärkung. Jede feindliche Patrouille, die sie abfangen wollte, musste hier vorbeikommen.

Aber damit war nicht zu rechnen. Alles wirkte ruhig, alles ging seinen gewohnten Gang, also hatten sie den Köder geschluckt. Sie erwarteten eine einsame Funkerin, die in drei Tagen eintreffen sollte. Vermutlich rieben sich die Deutschen oder die landesverräterischen Hirdleute die Hände in ihrer warmen Hütte, weil ihr Plan aufzugehen schien. Als Erstes würden sie dem Feind die allerneueste Funktechnik entwenden. Dann würden einige der »Waldkrieger« eliminiert, die nicht begriffen hatten, was Norwegen zum Wohle gereichte, die die germanische Sache verraten hatten, indem sie mit dem imperialistischen Erzfeind England kollaborierten, diesem verdammten England, das beinahe Norwegen besetzt hätte, was aber in letzter Minute dank brüderlich-germanischer Hilfe vereitelt worden war.

Ob sie so dachten? Dachten sie überhaupt? Vielleicht hatten sie sich auch nur der Seite angeschlossen, die sie für die stärkere hielten und von der sie glaubten, dass sie ihnen nach dem Endsieg ein privilegiertes Leben garantieren würde? Diese und andere Überlegungen dienten als Zeitvertreib, um das Gehirn wach zu halten, nicht abzustumpfen oder einzuschlafen, sich nicht zusammenzukauern und ins Träumen zu geraten, besonders dann nicht, wenn sie Wache hatte.

Was ging in einem norwegischen Landesverräter vor? Der Herr Ministerpräsident Vidkun Quisling hatte zumindest klare Perspektiven und Ideen. Norweger waren Germanen, die edelste Rasse in einer Hierarchie, gefolgt von den Italienern, was Mussolinis weitsichtiger politischer Haltung zuzuschreiben war, dann den Franzosen und den Slawen vor den Juden als Schlusslicht. Deutsche waren Germanen, natürlich mit Beimischungen, aber immerhin überwiegend, und würden das neue Großgermanien errichten, weil sie so zahlreich und allen anderen in wissenschaftlicher und militärischer Hinsicht überlegen waren.

Herr Quisling hielt sich also für den kommenden, von Cäsar persönlich ernannten Statthalter der germanischen Provinz Nordland.

Das war trotz allem ein eindeutiges Motiv.

Aber der Abschaum, der ihn umgab? Die Versager, die

Schulabbrecher, die Verhöhnten und Verspotteten, denen eine Zukunft als schlecht bezahlte Hilfsarbeiter bevorstand und die mit den SS-Helden auf den Plakaten höchstens die blonden Haare gemeinsam hatten? Waren sie sich nicht der Komik bewusst?

Natürlich nicht, das wäre zu viel verlangt. Die SS, deren Mitglieder laut Propaganda wie ihr leiblicher Bruder Harald auszusehen hatten, wurden von einem ehemaligen Hühnerzüchter angeführt, der wie ein entwichener Irrenhäusler aussah und osteuropäischer, möglicherweise jüdischer Abstammung war. Dennoch war er einer der höchsten Arier.

Harald.

Sie hatte sich die größte Mühe gegeben, Harald zu verdrängen, und ihn während des vergangenen Jahres weitgehend aus ihren Gedanken verbannt. Jetzt kehrte er überall und ständig mit jedem SS-Plakat in ihr Bewusstsein zurück. An Ausbildung und Intelligenz mangelte es ihm nicht. Im Gegenteil. Er hatte auch keinen Grund, eine soziale Revanche einzufordern, sein familiärer Hintergrund wies keine Gemeinsamkeiten mit dem des SA-Abschaums und der Quisling-Hirdleute auf. So gesehen hatte er eine größere Schuld auf seine Schultern geladen als die drei Männer in der Gebirgshütte, die hoffentlich bald sterben würden. Diese Schlussfolgerung war unausweichlich. Aber trotzdem war er ihr Bruder, der ihr beigebracht hatte, wie die Segel der Kinderregattaboote getrimmt wurden.

Vor etwas über einem Jahr hatte er sie im Esszimmer in Saltsjöbaden davor gewarnt, im Falle einer weiteren Kurierreise nach Norwegen an die Wand gestellt und erschossen zu werden. Und dass ihn, falls sie verriet, dass er sie gewarnt hatte, dasselbe Schicksal erwarte. Damals war er SS-Hauptsturmführer gewesen.

Rosa hatte einen Brief unter der Schreibtischunterlage ihres Vaters entdeckt, den sie jeglicher Moral und guter Erziehung zum Trotz gelesen und von dem sie ihr beim Abschied vor zehn Tagen erzählt hatte.

Besonders bemerkenswert war, dass Harald darin Mutti und Pappsen von anspruchsvollen Aufgaben berichtete, die nur von SS-Leuten bewältigt werden konnten. Der Brief war im Oktober des Vorjahres in Kiew abgeschickt worden.

Was sich Mutti und Vater unter diesen anspruchsvollen Aufgaben vorstellten, ließ sich nur schwer erahnen. Vater hatte sicherlich Heldentaten an der Front vermutet, da Harald mit dem Ritterkreuz ausgezeichnet und zum SS-Sturmbannführer befördert worden war.

Rosa hatte von einem Bericht der polnischen Widerstandskämpfer erzählt, der über die BBC Verbreitung fand. Darin hieß es, die Deutschen richteten in Weißrussland und in der Ukraine, aber hauptsächlich in Polen in unfassbarem Umfang Zivilisten hin.

Johanne hatte eine diesbezügliche Notiz in der Zeitung gelesen, ohne weiter darüber nachzudenken, da die meisten Meldungen ohnehin nur Propaganda waren. Aber wie Rosa gesagt hatte: Harald hatte von etwas Unerhörtem geschrieben, das nur von der SS geleistet werden konnte, weil nur sie die Kraft, die überlegene Disziplin, die Hingabe an die große Sache und garantiert arische Rasseneigenschaften besaß. Vielleicht stimmte es ja?

Sergeant Stordalen riss sie mit einem vorsichtigen Stupser aus ihren Gedanken. Er würde die nächsten vier Stunden mit dem Feldstecher Wache schieben, und Johanne durfte jetzt acht Stunden schlafen oder zumindest dösen. Sie robbte in ihrem Schlafsack vom Ausguck weg und kämpfte eine Weile mit ihrer tarnfarbenen Schlafmatte, um nicht in den Pfützen, die sich hier und da gebildet hatten, zu landen. Der Regen hatte nicht nachgelassen, was positiv und negativ zugleich war.

Sie versuchte einzuschlafen, was ihr aber nicht gelang. Sie lauschte dem Regen, schloss die Augen und stellte sich Strände, weiße Segel und Möwen vor. So ging es besser.

Peter Rennant fand sich frisch rasiert, tadellos gekleidet und mit wiederhergestelltem englischen Selbstvertrauen in der Skeppargatan ein. Der höchste Chef Ole Topsy, der Galauniform trug, weil er an einer Veranstaltung im Außenministerium teilgenommen hatte, war anfänglich etwas schroff und misstrauisch. Sie hatten ein Zimmer gefunden, in dem sie relativ ungestört waren, und breiteten die Landkarten auf einem Stapel Munitionskisten aus. Durch einen Gardinenspalt, dieses Bild prägte sich ihr ein, sah sie eine Frau in einem rosa Nachthemd im gegenüberliegenden Haus zwei Kerzen auf der Fensterbank ausblasen. Vereinzelte Kerzen bei festlichen Gelegenheiten, mehr wagte niemand gegen die Verdunkelungsvorschriften zu verstoßen. Wie Mutti und Vater.

Peter Rennant leitete die Berichterstattung ein und erläuterte den Plan, den sie ihm in der Wohnung in der Jungfrugatan vorgetragen hatte, dann überließ er ihr galant das Wort.

Sie sprach über eine Viertelstunde, ohne unterbrochen zu werden, was ihr beinahe gespenstisch vorkam.

»Danke, das genügt! Wir werden den Plan noch gemeinsam optimieren«, unterbrach Ole Topsy sie schließlich und strich seine von der vorgebeugten Haltung etwas zerknitterte Galauniform am Bauch glatt. »Wie können wir Sie unterstützen? Nennen Sie uns Ihre Forderungen, Hauptmann Lauritzen!«, schloss er und schaute auf die Uhr. Wahrscheinlich hatte er versprochen, zu einer vernünftigen Zeit zu Hause zu sein.

Anfänglich fiel es ihr schwer, sich zu konzentrieren, da alles so schnell gegangen war. Sie war am Morgen in Bromma gelandet, die Flugreise aus Aberdeen saß ihr noch in den Knochen, und jetzt sollte sie plötzlich im Beisein zweier Vorgesetzter, die sie wider alle Gewohnheiten und Erfahrung vollkommen ernst zu nehmen schienen, aufzählen, was sie für die kommende Operation benötigte.

Sie holte tief Luft und versuchte, ihrer Stimme einen dunkleren Klang zu geben.

Erstens: Die nötige Ausrüstung musste so schnell wie möglich eingeflogen werden, damit die Männer, die Woodlark besetzt hielten, die beruhigende Nachricht erhielten, dass das neue Funkgerät mitsamt Funkerin innerhalb einer Woche eintreffen würde, die Verstärkung jedoch erst bei günstigeren Wetterverhältnissen. Etwaige Verspätungen mussten mitgeteilt und die Feinde in Sicherheit gewiegt werden. Nichts durfte darauf hindeuten, dass sie aufgeflogen waren.

Danach kam der schwierigere Teil. Sie benötigte zwei, höchstens drei hervorragende Männer, nicht mehr, da diese Männer kostbar waren und die Gefahr der Niederlage überaus groß. Der Gegner musste überrascht werden. Sie wünschte eine eindeutige Kommandoordnung, die dem

Hauptmann ermöglichte, den Sergeanten und Gefreiten zu befehlen, die Schnauze zu halten und dem Befehl zu gehorchen.

Ole Topsy und Peter Rennant hatten keinerlei Einwände.

Als sie wach wurde, regnete es noch immer, derselbe unermüdliche Regen, derselbe Rhythmus. Sie fröstelte, kroch aus dem Schlafsack und stellte fest, dass Hals und Schulter nass waren, weil Wasser in ihren Schlafsack gelaufen war.

Sie war an der Reihe, auf der Spiritusflamme im hinteren Teil des undichten Regenschutzes das Essen zu kochen. Ein Kanister Wasser, ein Topf, vorsichtig erwärmte Bockwürste, Senf und durchnässtes Brot. Als Höhepunkt: Pulverkaffee mit kochendem Wasser, der wie richtiger Kaffee schmeckte. Er wurde extra für die amerikanischen Fallschirmjäger hergestellt.

Noch vierundzwanzig Stunden. Der Gefreite Hjeltenes hatte für den Feldstecher ein kleines Stativ geschnitzt, sodass sie mit unter dem Kinn gefalteten Händen auf dem Bauch liegen konnte und sich nicht den Hals verrenken musste. Laut Übergabebericht und Logbuch war nichts Ungewöhnliches vorgefallen. Drei Mitteilungen waren gesendet worden, einer der Männer war auf das Dach geklettert und hatte einen Ast entfernt, der auf die Sprechfunkantenne gefallen war, ansonsten war nichts passiert.

Jetzt wäre ein günstigerer Zeitpunkt, dachte sie, als sie vergeblich versuchte, eine bequeme Stellung zu finden. Nach der ersten Stunde war einfach nichts mehr bequem.

Warum noch vierundzwanzig Stunden warten, wenn es sich genauso gut jetzt erledigen ließ? Schließlich war sie

Commanding Officer, ganz gleichgültig, was Sergeant Stordalen und Gefreiter Hjeltenes davon halten mochten.

Die einzige Abweichung wäre, dass sie den vereinbarten Treffpunkt jenseits der Grenze um einen Tag zu früh erreichten.

Nein. Das würde alles durcheinanderbringen. Das Team auf der anderen Seite kümmerte sich um den schwedischen Grenzschutz. Falls die Zeit knapp wurde, mussten sie Sissel eventuell im Nachthemd und barfuß mitnehmen. Nein, nicht barfuß. Stiefel in ihrer vermuteten Größe hatten sie im Gepäck dabei.

Also noch einen Tag Geduld.

Das gewünschte Material einschließlich des präparierten Funkgeräts aus London herbeizuschaffen hatte nur eine Woche gedauert.

Die erste Begegnung mit ihren beiden Mitstreitern Stordalen und Hjeltenes, die anhand ihrer Qualifikationen sorgfältig ausgesucht worden waren, hatte sie ganz besonders amüsiert.

Sie hatten während Ole Topsys Vortrag zwischen Munitions- und Waffenkisten strammgestanden. Johanne hatte danebengesessen und vermutlich wie eine Sekretärin mit höchster Unbedenklichkeitsstufe gewirkt, weil sie überhaupt dabei war. Ole Topsy, der jetzt wieder eine normale Uniform trug, referierte kurz Ziele und taktische Vorgehensweise der Operation. Die beiden Mitkämpfer entsprachen allen Erwartungen, zumindest ihr Auftreten mit ausdruckslosen Mienen und vorgeschobenen Unterkiefern nach. Schließlich gehörten sie, auch ihrer eigenen Einschätzung nach, der Einheit mit den härtesten Soldaten Norwegens an.

»Tja, meine Herren«, sagte Ole Topsy, ohne sein Vergnügen an der Situation gänzlich verbergen zu können, »darf ich Ihnen jetzt den operativen Chef dieser für Norwegen so wichtigen Operation vorstellen, Hauptmann Blue, die derselben Einheit wie Sie, der Norwegian Independent Company 1, angehört.«

Johanne erhob sich und salutierte. Stordalen und Hjeltenes wirkten erwartungsgemäß erstaunt und zögerten tatsächlich einige Sekunden, ehe sie Haltung annahmen und ebenfalls salutierten.

Regen, Regen, Regen. Und Nebel. Unerträglich, aber durchaus wünschenswert. Bis an ihr Lebensende würde sie sich an diesen Tag erinnern, wenn jemand von Glück mit dem Wetter sprach.

Das Lebensende, das vielleicht in weniger als vierundzwanzig Stunden erreicht war.

Die Männer, die zum Pinkeln nach draußen kamen, worüber genauestens Buch geführt wurde, trugen Zivil und sahen deswegen wie Norweger aus. Es war aber durchaus möglich, dass sie der SS oder Gestapo angehörten.

Aber da Sissel Eiken kein Deutsch sprach, musste mindestens einer der drei, mit oder ohne norwegischer Wolljacke, Norweger sein. Taktisch am günstigsten wäre, wenn es zwei Deutsche waren, was ihr entscheidende Sekunden einbringen konnte.

Sissel verließ die Hütte, um mit Eskorte das Trockenklosett aufzusuchen. Sie wies keine Verletzungen auf und bewegte sich ganz normal. Das war wichtig.

In der Gebirgshütte rückte der Zeitpunkt der Ablösung näher. Ein Mann erschien auf dem Pfad vor dem unsichtbaren Basislager. Er war schwer beladen, wirkte aber nicht sonderlich angestrengt und schien daher nicht sehr weit gelaufen zu sein.

Zehn Minuten später begab sich der Abgelöste leichten Schrittes in die Gegenrichtung. Gut. Sie hielten sich an ihre Routinen und zeigten keinerlei Nervosität. Der Mann, der den Hang hinunter verschwand, ahnte nicht, dass er gerade dem Tod entronnen war, und pfiff sorglos vor sich hin.

Die restliche Zeit verlief unerträglich ereignislos, nur zwei pinkelnde Männer waren ins Buch einzutragen.

Als Johanne endlich abgelöst wurde, versuchte sie, ihren Körper von der Wichtigkeit des Schlafens zu überzeugen, was ihr anfangs nicht gelang. Während sie so dalag, ging sie das Vorhaben nochmals durch. Wenn sie geweckt wurde, musste sie den großen Rucksack, ihre Jacke und ihre Mütze in den Regen legen, damit sie durchnässt waren, wenn sie nach ihrer angeblich mehrstündigen Wanderung durchs Gebirge in der Hütte eintraf. Auch die Haare mussten nass sein, also würde sie die Mütze erst aufsetzen, wenn sie ihr Ziel fast erreicht hatte. Immer wieder aufs Neue ging sie mögliche Szenarien durch, ließ ihre Gedanken aber auch zu unwahrscheinlicheren Verläufen abschweifen, in denen sich die Männer dort unten sofort auf sie stürzten und sie zu Boden rangen.

Enden würde es jedenfalls damit, dass sie das neue Funkgerät vorführen musste, womit sie wieder beim Generalplan war und weiter nach diesem vorgehen konnte. So fuhr sie in ihren Überlegungen fort, bis sie schließlich doch einschlief, denn als sie der Gefreite Hjeltenes weckte, indem er sie vorsichtig am Fuß zog und flüsterte, jetzt sei es Zeit, befand sie sich mitten in einem Traum.

Sie zog sich an und legte die nötige Ausrüstung zurecht,

kontrollierte ein weiteres Mal, dass alles den Vorschriften entsprach. Dann stellte sie den großen Rucksack in den Regen und murmelte etwas über anhaltendes Glück mit dem Wetter. Die beiden Männer lächelten über ihren Galgenhumor.

Nach einer letzten Tasse Kaffee halfen ihr die beiden anderen, den schweren Rucksack aufzusetzen und aus dem Unterschlupf zu kriechen. Sie erhob sich mit steifen Knien und zog die Riemen des Rucksacks fester.

»Gut, dass ich den nicht durch das ganze Gebirge schleppen musste, da wäre ich hier auf allen vieren rumgerutscht«, scherzte sie.

»Good hunting, Frau Hauptmann!«, sagte Sergeant Stordalen. Die beiden Männer salutierten, sie salutierte ebenfalls, holte tief Luft und marschierte los.

*

Sissel Eiken durchlebte gerade eine ihrer ganz schwarzen Stunden. Ihre Stimmung schwankte extrem. Gelegentlich war sie optimistisch, gelegentlich verzweifelt, so wie jetzt, wo die Zeit einfach sinnlos verstrich.

Der Zentrale in Stockholm hatten ihre verschlüsselten Mitteilungen doch nicht entgehen können. Seit zwei Wochen hatte sie das Notsignal in jeder Sendung wiederholt. Dass sie antworteten, als hätten sie nichts begriffen, war vermutlich Teil des Spiels. Aber in jetzt ziemlich genau vierundzwanzig Stunden sollte laut Mitteilung die Funkerin mit der neuen Ausrüstung eintreffen. Sie würde sofort gefangen genommen werden und somit das neue Funkgerät verloren gehen. Danach gab es keinen Grund mehr, sie am Leben zu lassen. Man würde sie foltern und vergewaltigen. Sie hatte sie lachen und flüstern hören und ihre vielsagenden Blicke gesehen und gab sich keinen Illusionen darüber hin, was sie erwartete.

Aber wenn die Frau gar nicht alleine kam, sondern in Begleitung einer Kommandotruppe der Milorg?

Für diesen Fall warteten in einer Entfernung von weniger als einem halben Kilometer zwei Spezialeinheiten der SS mit geländegängigen Kettenfahrzeugen. Morgen begannen die Erkundungen mit dem Telefon in ständiger Bereitschaft. Der Verstärkungstrupp im Basislager befand sich in höchster Alarmbereitschaft.

Die Dinge konnten auf viele Arten schiefgehen.

Hätte sie irgendetwas besser machen können? Hätte sie per Funk durchgeben sollen, dass die Funkerin von zwei SS-Einheiten erwartet wurde? Diese Meldung hätte sie sicher so schnell abschicken können, dass die Schweine nicht eingreifen konnten.

Aber das hätte sie das Leben gekostet, bestenfalls unverzüglich.

Sterben musste sie schließlich so oder so, und auf diese Weise hätte sie zumindest verhindert, dass andere Norweger in eine tödliche Falle tappten. Den Tod fürchtete sie nicht, sondern die Folter, das ließ sich nicht verleugnen. Für den Fall war ihr eingeschärft worden, mindestens achtundvierzig Stunden zu schweigen. Aber diese Regel galt nur in Situationen, wenn die Kameraden Zeit zum Entkommen benötigten. Hier im Gebirge war sie allein.

Grinsend hatten die Schweine ihr erklärt, was mit nicht kooperationswilligen Frauen passierte, und dabei sichtlich ihre Angst genossen.

Vor der Erniedrigung fürchtete sie sich vermutlich am meisten. Sie wollte diese Schweine sterben sehen. Stattdessen würden sie sie auf dem Tisch festbinden und nacheinander vergewaltigen. Darüber hatten sie sich in ihrem haarsträubenden Tröndelag-Dialekt unterhalten, weil sie glaubten, dass sie nichts verstand. Danach wollten sie sie foltern, bis sie alles über Jacob preisgab. Sie gingen davon aus, dass sie eingeweiht war. Eigentlich gab es dafür keinen vernünftigen Grund, aber zufälligerweise stimmte es tatsächlich. Und wenn sie Jacob erwischten, war es um die Heimatfront im Bezirk D 25 geschehen.

Sie musste um jeden Preis schweigen. Auch wenn die Schweine behaupteten, dass bislang noch niemand ihren Foltermethoden widerstanden hätte, dass jeder früher oder später redete.

Aber das stimmte nicht. Es gab Geschichten, vor allem über Frauen, die sich nicht einmal von der Gestapo in der Victoria Terrasse hatten bezwingen lassen. Eine dieser Widerspenstigen hatte die Gestapo »Flintmädel« getauft und zu Tode gequält, ohne ihr ein wahres Wort entlocken zu können.

Aber wie würde sie selbst, Sissel Eiken, sich unter Folter verhalten? Ließ sich das im Voraus sagen? War Hass der beste Schutz? Konnte sie sich unter Schmerzen so sehr auf ihren Hass konzentrieren, dass sie die nötige Kraft fand, den Qualen zu widerstehen?

Und hassen tat sie diese Quislinge zutiefst, viel mehr als die SS-Leute unten im Basislager. Ab und zu kam einer von ihnen herauf, um eine Achtstundenschicht in der Hütte zu übernehmen. Verglichen mit den Quislingen, waren die Deutschen freundlich und korrekt. Außerdem hatten sie den Befehl erhalten, Norwegen zu besetzen, und dienten damit ihrem Vaterland.

Die Quislinge aber verrieten ihr Land. Einer von ihnen hatte ihre Familie auf dem Gewissen, und einer von ihnen hatte ihren niedergebrannten Hof übernommen. Quislinge würden sie lachend und spottend vergewaltigen. Wenn sie sie doch nur töten könnte! Sie hielten sie für vollkommen ungefährlich, nicht einmal nachts war sie gefesselt. Jeder von ihnen hatte eine deutsche Maschinenpistole, die dem englischen Modell ähnelte, dessen Gebrauch sie in der Ausbildung gelernt hatte. Ab und zu nahmen die Schweine ihre Waffen hervor und protzten damit am Esstisch herum. Sie nahmen sie auseinander, taten, als würden sie sie reinigen, setzten sie wieder zusammen, gaben vor zu feuern und malten sich Situationen aus, in denen sie scharf schießen durften. Auf ihre eigenen Landsleute!

Zu ihren Pinkelgängen ins Freie wurde sie von nur einem der Männer begleitet, die anderen beiden lasen oder spielten Karten. Wenn sie sich bei einer solchen Gelegenheit auf der Schwelle umdrehen und in den Raum zurückstürzen würde, sich eine Maschinenpistole schnappte, entsicherte und schoss, wie lange würde das dauern? Fünf oder sechs Sekunden. Wie schnell konnten die Kartenspieler reagieren? Zwei oder drei Sekunden. Nein, sie wäre nicht schnell genug.

Sie hatten mehrfach versucht, sie zu ihrer politischen Überzeugung zu bekehren, und was hätte sie anderes tun können, als Interesse und Zustimmung zu heucheln, dass die Norweger die wahrsten Germanen waren und deswegen eine Sonderstellung im neuen Europa verdient hatten.

Dumm nur, dass ein paar in die Irre geführte Idioten, darunter auch Sissel, diesen Sachverhalt nicht begreifen wollten.

Es wäre ihr ohnehin nie gelungen, die überzeugte Nationalsozialistin zu spielen.

Es schien keinen Ausweg zu geben. Am allerwenigsten jetzt in einer ihrer finsteren Stunden.

Sie schaute auf die Uhr. Punkt zwölf. Noch vierundzwanzig Stunden bis zur versprochenen Lieferung. Oder bis der Befreiungstrupp der Milorg geradewegs in die sorgfältig gestellte Falle lief.

Als die Tür plötzlich aufging, glaubte sie zuerst, es handele sich um eine unplanmäßige Ablösung aus dem Basislager oder eine Ordonnanz, die zu chiffrierende Telegramme brachte. Aber es war eine schwer bepackte Frau, die sich die Mütze vom Kopf riss, ihr langes rotes Haar ausschüttelte und aus der Stirn strich und dann ihren großen Rucksack vom Rücken wuchtete und auf den Esstisch stellte. Den verdutzten Kartenspielern blieb nichts anderes übrig, als beiseitezurücken.

»So ein scheußliches Wetter!«, rief die Rothaarige und atmete auf. »Immerhin bin ich auf die Sekunde pünktlich eingetroffen.«

Sissel Eiken erstarrte innerlich. Vor ihr stand Blue Star, nicht ahnend, in welcher Todesgefahr sie schwebte. Nein! Nein! Nein! Warum ausgerechnet sie?

»Aber, was … War nicht erst morgen ausgemacht?«, fragte eins der Schweine und schob die Spielkarten zusammen.

»Wieso morgen? Ich komme wie vereinbart und auf die Sekunde pünktlich«, erwiderte Blue Star streng, kippte den

Rucksack auf die Seite, öffnete rasch einen Reißverschluss und zog ein Stück Plane beiseite. Ein großer Sender kam zum Vorschein.

»Ist das der neue Sender?«, fragte der andere Kartenspieler. »Das ist ja ein ordentlicher Brummer!«

»Ja. Und wahnsinnig schwer«, fuhr Blue Star fort, sah sich dabei um und schien weder Sissel noch das Porträt Vidkun Quislings zwischen zwei handgemalten Sonnenrädern zu bemerken.

Ist sie blind? Begreift sie denn gar nichts?, dachte Sissel verzweifelt. Es war zu spät und zwecklos, sie zu warnen.

»Seht euch das an, Leute«, fuhr Blue Star im selben fröhlichen und ahnungslosen Ton fort. »Das hier ist die große Neuigkeit, die unsere Arbeit revolutionieren wird. Es gibt einen Abhör- und Ortungsschutz. Man montiert ihn folgendermaßen. Schauen Sie ganz genau hin …«

Sie hielt ein sich verdickendes Rohr in die Höhe, nahm dann einen Metallgegenstand in die andere Hand, den sie ebenfalls in die Höhe hielt und mit einem Klicken in dem Rohr einrasten ließ.

Neugierig beugten sich die drei Schweine über das große Funkgerät.

Im nächsten Augenblick ertönte ein lauter Knall, und an der Decke bildete sich ein großer roter Fleck.

Noch ehe Sissel Eiken sichs versah, vollführte Blue Star eine kurze Bewegung, und ein weiterer faustgroßer Fleck, den Sissel jetzt als Blut erkannte, färbte die Wand unter dem Porträt Quislings rot. Beide Männer stürzten gleichzeitig zu Boden, wobei die Beine des einen krampfartig zuckten.

Das dritte Schwein rannte zu seiner Maschinenpistole, die auf dem Bett lag.

»Stopp! Noch ein Schritt, und du bist tot!«, brüllte Blue Star, die plötzlich nichts mehr von der harmlosen Frau hatte, die in die Berghütte getreten war und ihr nasses Haar ausgeschüttelt hatte.

Das Schwein verharrte mit ausgestreckter Hand auf der Stelle.

»Also, Herr Hirdmann, wofür entscheidest du dich?«, fragte Blue Star. »Wenn du mir eine richtige Freude bereiten willst, greifst du nach deiner Maschinenpistole. Wenn nicht, stellst du dich jetzt mit hinter dem Kopf verschränkten Händen an die Wand.«

Der Angesprochene richtete sich langsam auf, legte die Hände hinter den Kopf und baute sich breitbeinig vor Blue Star auf.

»Gut! Kluger Junge«, sagte sie. »Bleib da stehen! Sissel, nimm die Taschenlampe, stell dich in die Tür und leuchte dreimal kurz, einmal lang!«

Sie reichte ihr mit einer Hand die Taschenlampe und richtete mit der anderen ihre seltsame Waffe auf den Bauch des Schweines.

Sissel erfüllte ihren Auftrag umgehend und ohne weitere Fragen. Sie begriff nicht recht, warum sie den Buchstaben V morsen sollte. Sie verstand überhaupt nichts, es war alles furchtbar schnell gegangen.

»Du willst offenbar weiterleben?«, meinte Johanne und hob ihre Welrod, bis die Mündung auf die Brust des Gefangenen zeigte.

Ihr Gegenüber nickte stumm.

»Wie heißt du?«

»Geir Haugen«, bekam er schließlich mit Mühe über die Lippen.

»Wanderst du gerne durchs Gebirge, Geir Haugen?«

Geir schüttelte den Kopf.

Sissel setzte sich auf ihr Bett. Langsam legte sich der erste Schrecken.

»Wie oft ruft ihr im Basislager an?«, fragte Johanne.

»Alle vier Stunden. Entschuldigung, dürfte ich einen Schluck Wasser haben?«, erwiderte Geir Haugen mit heiserer Stimme.

»Nein, darfst du nicht. Wann war der letzte Rapport?«

»Um acht.«

»Also hättet ihr jetzt um zwölf wieder anrufen müssen?«

Er nickte.

»Was geschieht, wenn ihr euch nicht pünktlich meldet?«

»Dann rufen sie einige Minuten später an, um uns zurechtzustutzen.«

Zwei schwer bewaffnete Soldaten in englischen Uniformen stürzten in die Hütte, der größere trat sofort auf den Gefangenen zu und fesselte ihm die Hände mit Handschellen auf dem Rücken. Der andere öffnete seinen Rucksack und reichte Sissel Kleider und Stiefel.

Johanne legte ihre Waffe auf den Esstisch, schloss die Augen und presste die Fingerspitzen an die Schläfen.

»Es gibt ein Problem«, sagte sie, ohne die Augen zu öffnen, »ein verdammtes Problem. In ein paar Minuten klingelt das Telefon, weil sie nicht wie üblich um Punkt zwölf Uhr Meldung gemacht haben. Ärgerlich, dass ich nicht ein paar Minuten später gekommen bin.«

»Vielleicht gibt es hier ja einen Freiwilligen?«, meinte Sergeant Stordalen, packte den Gefangenen im Genick und zerrte ihn an seinen toten Kameraden vorbei zum Telefon.

»Nein, warte«, befahl Johanne. »Wir müssen nachdenken. Er könnte Alarm schlagen, ohne dass wir es merken, weil wir die Losung nicht kennen.«

Das Telefon klingelte, und sie sahen sich grimmig an.

»Wenn wir nicht abheben …«, sagte der Gefangene.

»Schnauze!«, brüllte Johanne.

Das Telefon klingelte beharrlich weiter.

»Sissel, du gehst ran!«, befahl Johanne. »Sag, dass du allein in der Hütte bist und dass die Männer draußen sind.«

»Wie, was, draußen?«, fragte Sissel und sah ratlos von den beiden bewaffneten Männern auf Johanne.

»Sag, dass sie rausgegangen sind, um ein verletztes Renkalb einzufangen. Schnell! Mach schon!«

Verängstigt griff Sissel zum Hörer. »Hallo?«, sagte sie mit schwacher Stimme.

– – –

»Nein, hier ist Sissel Eiken, die Funkerin.«

– – –

»Nein, das geht nicht, jedenfalls nicht jetzt. Ich bin allein. Die Männer sind draußen und fangen ein verletztes Renkalb ein, sie sind aber ganz in der Nähe. Soll ich sie bitten zurückzurufen, sobald sie wieder hier sind?«

Offenbar wurde am anderen Ende laut geschimpft, da sie den Hörer ein Stück vom Kopf weghielt, bis es still wurde.

»Wer war das? Und was hat er gesagt?«, wollte Johanne wissen.

»Das war der Hauptmann der Hirdleute, er hat mit sofortigem Arrest gedroht.«

Johanne und ihre beiden Untergebenen sahen sich an, als wollten sie mittels Gedankenübertragung miteinander kommunizieren.

»Wir sollten sofort aufbrechen«, schlug Sergeant Stordalen vor, »bevor sie hier auftauchen und anschließend unsere Leichen in den Arrest schaffen.«

»Nein, wartet!«, befahl Johanne und hob die Hand. »Wir dürfen jetzt keinen Fehler begehen. Erst nachdenken, dann handeln. Also, Geir Haugen, wie weit ist es bis zum Basislager?«

»Ungefähr sechshundert Meter«, antwortete er klar und deutlich, als schöpfe er Hoffnung aus der gänzlich neuen Situation. Jedenfalls trug seine Stimme wieder.

»Was für Fahrzeuge gibt es dort unten?«, fuhr Johanne fort.

»Drei Kettenfahrzeuge.«

Mit geschlossenen Augen und erhobener, Stille gebietender Hand stand Johanne mitten in der Hütte.

»Folgendermaßen«, sagte sie schließlich. »Der Hauptmann wird wohl kaum zu Fuß und alleine durch den Morast hier heraufstiefeln, um drei Männer festzunehmen. Vermutlich hat er mindestens drei Leute zur Ablösung plus Militärpolizei dabei. Geir! Wie viele Leute haben in euren Kettenfahrzeugen Platz?«

»Acht Mann mit Kampfausrüstung.«

»Gut. Also ist sicher gleich eines dieser Fahrzeuge mit sechs oder sieben leicht bewaffneten Männern auf dem Weg zu uns. Sie werden vor dem Haus halten. Stordalen!«

»Ja, Hauptmann!«

»Sie wissen, was Sie zu tun haben?«

»Ja, Hauptmann!«

Sofort hob er seinen riesigen Rucksack von den Schultern, nahm eine Welrod heraus, setzte sie zusammen und gab Hjeltenes ein Zeichen, seinem Beispiel zu folgen. Sobald die Spezialwaffen einsatzbereit waren, streiften sie ihre normalen Maschinenpistolen ab und legten sie auf den Tisch. Dann schnappten sie sich den Gefangenen, schleiften ihn zu einem Bett, ketteten ihn mit Handschellen fest, knebelten ihn mit einem Lumpen und wickelten ihm dann ein Stück Verband um Kopf und Mund.

In der Ferne war jetzt Motorenlärm zu hören. Johanne und ihre Männer tauschten düstere Blicke und nickten, dann salutierten die beiden Männer und verließen die Hütte.

»Wir sollten vor dem Besuch zumindest ein wenig aufräumen«, meinte Johanne und bemühte sich um ein Lächeln.

Sissel gab sich einen Ruck und schüttelte die Lähmung ab, die sie anlässlich des Motorengeräuschs befallen hatte. Das Verhalten der Männer, die das Ganze für ein spannendes Spiel zu halten schienen, verstärkte ihr Gefühl der Unwirklichkeit. Aber der beißende Pulvergestank und das von der Decke und der Wand tropfende Blut holten sie in die Realität zurück.

Blue Star gab ihr ein Zeichen, mit anzupacken, um die beiden Leichen unter eines der Betten zu schleifen. Dann zogen sie einen Flickenteppich über die größten Blutlachen und beseitigten notdürftig das Blut neben dem Quisling-Porträt.

Das Motorengeräusch wurde zusehends lauter. Offenbar hatte das Kettenfahrzeug Mühe mit dem moorigen Terrain unterhalb der Hütte. Als der ohrenbetäubende Lärm darauf schließen ließ, dass sie sich in der Nähe befanden, bedeutete Johanne Sissel, auf dem Stuhl neben der Tür Platz zu nehmen, damit sie hinter dieser verborgen war, wenn sie geöffnet wurde.

»Entschuldige, Sissel, so hatten wir uns den Verlauf nicht vorgestellt«, sagte Johanne, als sie am Esstisch mit Blick auf die Tür Platz nahm. Vor ihr lagen eine deutsche Maschinenpistole und ihre eigene schallgedämpfte Waffe. »Wir reden weiter, wenn alles vorbei ist und wir wieder Menschen und Freundinnen sein können.«

Das laute Fahrzeug hielt, der Motor wurde abgestellt, und norwegische Stimmen waren zu hören. Eine klang wahnsinnig wütend.

»Keine Angst, Sissel. Ich verspreche dir, alles geht gut. Bald bist du in Schweden«, sagte Johanne, hob die Maschinenpistole und richtete sie auf die Tür.

Diese wurde mit großem Getöse aufgestoßen und prallte gegen Sissel. Ein Offizier stürmte, gefolgt von einem Soldat, brüllend in die Stube. Sissel schloss die Augen und bat Gott um Vergebung ihrer Sünden und Erlösung von dem Bösen.

»Jetzt, meine Herren, setzt es Arrest bei Wasser und Brot!«, brüllte der Mann und blieb wie angewurzelt stehen, als er geradewegs in die Mündung von Blue Stars Maschinenpistole blickte.

»Willkommen an der Heimatfront, Herr Hauptmann. Stillgestanden!«, befahl Johanne.

Der Hauptmann, falls er überhaupt einer war, denn die Hirdleute hatten merkwürdige Uniformen, hielt abrupt inne und starrte sie mit wilden Augen und offenem Mund an. Draußen waren ein leises Gepolter und dann das Feuer einer Maschinenpistole zu hören, dann herrschte wieder vollkommene Stille.

»Verdammt! Zwei Schritte vor, alle beide! Hände hinter den Kopf!«, brüllte Blue Star mit brechender Stimme.

Die beiden Männer zögerten einen Augenblick und gehorchten schließlich.

Das Telefon begann zu klingeln. Offenbar hatte man im Basislager die Schüsse gehört.

Der Gefreite Hjeltenes tauchte in der Tür hinter den beiden Hirdleuten auf und stieß sie mit dem Gesicht an die Wand.

»Was war das?«, fragte Johanne.

»Einer der Soldaten auf dem Rücksitz hat zur Waffe gegriffen, das Problem ist gelöst, Frau Hauptmann!«, antwortete Hjeltenes.

Das Telefon klingelte weiter. Sergeant Stordalen tauchte ebenfalls in der Tür auf.

»Sorry, Boss«, meinte er.

»Bringt das Telefon zum Schweigen und fesselt die beiden!«, befahl Johanne, und ihre beiden Helfer befolgten rasch ihren Befehl.

»Die Verstärkung ist in ein paar Minuten hier, sie haben die Schüsse gehört. Ihr könnt euch genauso gut gleich ergeben«, sagte der Hauptmann der Hirdleute.

»Knebelt die beiden und fesselt sie hinter dem Rücken in Würgelage aneinander!«, befahl Johanne. »Sissel, zieh dich rasch an!«

Sie stand auf, streckte die Hand nach dem großen Rucksack aus, in dem sie den Sender transportiert hatte, und schob Unterlagen und deutsche Waffen achtlos hinein.

»Verstaut alles in dem Kettenfahrzeug. Der Gefangene kommt in den Laderaum!«, sagte sie, als die beiden Männer mit den Hirdleuten fertig waren, die jetzt gefesselt in seltsamer Stellung auf dem Fußboden lagen. Die Füße waren zusammengebunden, die Beine nach hinten gedreht und mit einer Schlinge um den Hals verbunden. Die Hände waren mit Handschellen auf dem Rücken gefesselt. Stordalen und Hjeltenes führten den Gefangenen Geir Haugen aus der Hütte und verstauten ihn zusammen mit dem Gepäck und den beschlagnahmten Waffen im Laderaum. Sissel schnürte ihren zweiten Wanderstiefel zu.

Johanne überzeugte sich mit einem letzten Blick, dass sie alles Notwendige in ihren großen Rucksack gepackt hatte, und schüttelte dann den Kopf. Sie mussten sich beeilen, denn aus dem Tal drangen bereits neue Motorengeräusche herauf. Sie trat auf den großen Sender zu und gab Sissel ein Zeichen, das Haus zu verlassen. Dann kippte sie das Gerät auf die Seite, holte tief Luft, legte zwei Hebel auf der Unterseite um und richtete das plumpe Ding vorsichtig wieder auf. Dann verließ sie die Berghütte und schloss die Tür behutsam hinter sich.

Vor der Behausung stand eine Kreuzung zwischen einem Lastwagen und einem Kettenfahrzeug, vorne Räder, hinten Ketten, mit den schwarz-weißen Abzeichen des deutschen Heeres auf den Seiten.

Stordalen und Hjeltenes hatten alles verstaut und die Leichen versteckt. Geir Haugen lag im Laderaum, Sissel saß auf der Rückbank der Fahrerkabine, und Hjeltenes machte sich fluchend an verschiedenen Hebeln zu schaffen.

Unten im Nebel war jetzt deutlich der Lärm eines sich nähernden Motors zu hören.

»Verdammt … ein Königreich für einen Lastwagenfahrer«, meinte Stordalen verärgert.

»Wir haben einen, rück rüber«, befahl Johanne, kletterte auf den Fahrersitz und nahm die Hebel in Augenschein. Sie las die zahlreichen Anweisungsschildchen. Dann drehte sie den Zündschlüssel um, und der Motor sprang jaulend und zu hochtourig an. Vorsichtig nahm sie den Fuß etwas vom Gas, trat weiter die Kupplung durch und legte einen Gang ein. Mit einem gewaltigen Ruck fuhr das Gefährt an. Johanne fluchte, schaltete erneut, und langsam ging es vorwärts. Der Regen prasselte an die Windschutzscheibe, und sie musste nochmals die Beschriftungen durchsehen, bis sie den Schalter für den Scheibenwischer gefunden hatte.

Nach wenigen Hundert Metern würden sie im Nebel und Regen nicht mehr zu sehen sein, aber die Ketten würden in der aufgeweichten Erde deutliche Spuren hinterlassen.

Alle schwiegen. Johanne folgte in langsamem Tempo dem Weg, dessen Verlauf sie dank mehrtägiger Observation mit dem Feldstecher kannte. Ein tiefer Sumpf musste umfahren werden, um zu dem Bergpfad zu gelangen, der zur Grenze führte.

Als sie nach einigen Minuten festeren Boden unter den beiden Vorderrädern zu spüren meinte, zweigte sie schräg nach oben ab. Der Weg wurde immer steiler. Als sie den Pfad erreicht hatte, hielt sie hinter ein paar großen Felsblöcken, stellte den Motor ab, öffnete die Fahrertür und lauschte. Von unten drang der Lärm von zwei Fahrzeugen herauf, die nicht mehr weit von der Berghütte entfernt sein konnten. Der Abstand dorthin betrug Luftlinie kaum mehr als 400 Meter, gerade so weit, dass nichts zu sehen war. Aber Wetter und Sichtverhältnisse konnten sich im Gebirge innerhalb weniger Minuten ändern.

Zwei routinierten Fahrern würden sie nicht entkommen können, denn ihr Vorsprung war zu gering. Stille war die beste Verteidigung.

»Stordalen und Hjeltenes, vermint unsere Reifenspuren!«, befahl sie. Die beiden machten sich sogleich an die Arbeit und wuchteten den größten Rucksack, den nur Stordalen hatte tragen können, aus dem Laderaum.

Sissel meldete ein dringendes Bedürfnis an.

»Das passt doch mit einer Pinkelpause«, meinte Johanne.

Als Sissel neben ein paar Multebeerblüten in die Hocke ging, verstummten weiter unten die Motoren. Ihre Verfolger hatten die Hütte erreicht. Sie waren nun unbehaglich nah, aber selbst die beiden Männer, die fünfundzwanzig Meter entfernt mit Spaten die Minen vergruben, waren kaum zu sehen.

Plötzlich verfärbte sich der Himmel rot und gelb, als würde die gesamte Umgebung von einem riesigen Scheinwerfer angestrahlt. Zwei Sekunden später erreichten sie fast zeitgleich der Knall und die Druckwelle. Sissel wurde rückwärts ins Moos geworfen. Das Echo der gewaltigen Explosion hallte zwischen den Hängen hin und her.

»Sollen wir mit den Minen weitermachen?«, rief einer der Männer aus dem Nebel.

»Ja, aber lasst euch Zeit!«, rief Blue Star zurück, trat auf Sissel zu und half ihr auf die Beine.

»Es ist vorbei, Sissel, jetzt ist es wirklich vorbei«, flüsterte sie und brach in Tränen aus. »Bald bist du frei, nein, du bist jetzt schon frei, aber bald auch jenseits der Grenze … Als ich erfuhr, dass sie dich in ihrer Gewalt haben, ausgerechnet dich …« Sie schluchzte, schüttelte den Kopf und konnte nicht weitersprechen.

Verlegen zog Sissel die Hose hoch, schaute sich um und fragte, ob sie etwas tun könnte. Die Männer vergruben immer noch Minen.

Sie setzte sich neben Johanne, die von Schluchzern geschüttelt zu Boden gesunken war und sich den Arm vors Gesicht hielt. Sie versuchte, Johanne zu trösten, verunsichert von der ungewohnten Situation.

»Wie weit ist es zur schwedischen Grenze?«, fragte sie, um irgendwas zu sagen.

»Weniger als einen Kilometer, wir gehen zu Fuß weiter … Es wäre keine gute Idee, die Grenze mit einem gepanzerten Fahrzeug mit deutschen Kreuzen auf den Seiten zu überqueren«, sagte Johanne und versuchte zu lächeln. »Verdammt, ich muss mich zusammenreißen. Die Männer dürfen mich so nicht sehen.«

Als sich diese leise plaudernd näherten, erhoben sich die beiden Frauen. Johanne wischte sich rasch die Tränen aus dem Gesicht und tätschelte sich die Wangen, so als müsse sie einen Rausch vertreiben.

»Befehl ausgeführt, Frau Hauptmann«, teilte Stordalen auffallend munter mit und salutierte. »Eine weitere Verfolgung ist doch wohl eher unwahrscheinlich, nicht wahr, Frau Hauptmann?«

»Das denke ich auch«, antwortete Johanne, jetzt wieder mit ihrer normalen Stimme. »Wo die Hütte stand, ist jetzt vermutlich ein fünfzehn Meter breiter und drei Meter tiefer Krater.«

»Wie viel Sprengstoff haben wir verwendet?«, erkundigte sich Hjeltenes mit einem breiten, erleichterten Grinsen.

»Ungefähr zwölf Kilo *plastic explosives*«, antwortete Johanne.

Die beiden Männer stießen einen Pfiff aus und warfen sich einen vielsagenden Blick zu.

»Dann sind die beiden anderen Fahrzeuge auch hinüber?«, wollte Hjeltenes wissen, obwohl er die Antwort bereits kannte.

»Ja. Wenn sie vor dem Haus standen, sind die Schäden vermutlich irreparabel. Die Explosion überlebt keiner im Umkreis von dreißig Metern.«

»Das hat sich gelohnt«, meinte Stordalen. »Mann, was für ein Knall!«

»Ja«, erwiderte Johanne. »Hört her, jetzt packen wir die Rucksäcke mit dem Nötigsten. Dann wird das Fahrzeug vermint. Ihr wisst schon, sobald die Tür aufgeht …«

Sie salutierten und gingen in fröhlicher Unterhaltung auf das Fahrzeug zu, als Stordalen plötzlich etwas einfiel. Er drehte sich um und kam zurück.

»Was machen wir mit dem Gefangenen?«, fragte er. »Brauchen wir ihn, oder sollen wir …?«

»Stimmt, das hätte ich beinahe vergessen«, meinte Johanne und schüttelte den Kopf. »Da liegt ja ein Quisling im Kofferraum. Er muss mit und lebend und ansprechbar bei der Milorg abgeliefert werden. Nehmt ihm vor dem Abmarsch Knebel und Handschellen ab, sonst hält er uns auf.«

Stordalen salutierte erneut und trottete gemächlich davon.

»Frierst du, Sissel?«, fragte Johanne. »Keine Sorge, dir wird gleich warm, ein Kilometer hier in den Bergen ist weiter, als man denkt, aber niemand wird uns verfolgen. Bei diesem Wetter ginge das nicht einmal mit dem Flugzeug.«

»Hast du nie Angst?«, fragte Sissel.

»Doch«, antwortete Johanne zögernd. »Vorhin allerdings nicht. Als ich in die Hütte kam und dich da sitzen sah, war ich regelrecht glücklich. Ich glaubte, dass die Aktion glatter verlaufen würde. Jetzt habe ich Angst, allerdings eher insgeheim.«

Wenig später wanderten sie den immer steiler werdenden Hang hinauf und sangen fröhlich »It's a long way to Tipperary«, während ihr Gefangener mürrisch und schweigend zehn Meter vor ihnen her trottete. Sie hatten die Schneegrenze erreicht, und der gesegnete Regen vermischte sich mit großen nassen Schneeflocken. Es war ein seltsames Glücksgefühl, gemächlich und laut grölend dem Tod zu entrinnen, und alle schienen dieselbe Euphorie zu verspüren.

Sogar den Zeitplan hielten sie ein. Vermutlich befanden sie sich bereits in Schweden, wo sie in etwas geringerer Höhe das Empfangskommando erwartete. Es folgte eine nervtötend lange Autofahrt mit Holzgasaggregat nach Sala, aber was war das schon im Vergleich?

*

Kjesäter. Der Name klang eher norwegisch als schwedisch. Im Sala-Stützpunkt wurden sie mit dem unzweideutigen Befehl empfangen, sich dorthin zu begeben. Sergeant Stordalen und Gefreiter Hjeltenes würden in Erwartung eines Weitertransports nach Stockholm in der Skeppargatan 32 in Sala bleiben. Johanne, Sissel und der gefesselte Gefangene Geir Haugen sollten unverzüglich und an allen schwedischen Behörden vorbei nach Kjesäter weiterfahren. Die Hestapo durfte Haugen auf keinen Fall in die Finger bekommen, da sie ihn nach einem üppigen Abendessen und frisch eingekleidet in der ersten Klasse zurück zu Quisling und den Hirdleuten schicken würden.

Der Abschied von Stordalen und Hjeltenes im Stützpunkt Sala fiel fast sentimental aus. Als sie abends in Sala eintrafen, erwartete sie wie gewohnt ein Gulascheintopf, und der Rotwein war auch noch nicht zur Neige gegangen. Sie saßen frisch geduscht und in sauberen Kleidern um den Esstisch. Der englische Chef des Stützpunktes hatte seine Fähigkeiten, Eintopf aus dubiosem Wild herzustellen, deutlich perfektioniert und beteuerte, dass er dieses Mal hauptsächlich aus Elchkalb bestand.

Ehe sie zu viel Wein getrunken hatten, ließen sie den Gefangenen Haugen eine Weile mit gefesselten Füßen am Tisch Platz nehmen. Sie hatten ihm, mehr ihret- als seinetwegen, genehmigt zu duschen. Er sagte kaum etwas, aß aber mit Heißhunger. Vielleicht ahnte er ja, was ihn erwartete. Sissel hatte nicht mit Andeutungen gespart, um sich für seine Worte zu ihr als seine Gefangene zu rächen.

Als sie ihn nach dem Essen im Obergeschoss in einem Zimmer mit vernagelten Fenstern am Bett festgekettet hatten, hob sich die Stimmung, und der Wein wurde großzügig nachgeschenkt.

Stordalen und Hjeltenes ließen es sich nicht nehmen, mit ihren Heldentaten zu prahlen. Etwas anderes hatte Johanne nach dieser ereignisreichen Operation nicht erwartet.

Dennoch brachte sie die beiden rasch zum Schweigen und erläuterte dem Chef des Stützpunktes und seiner neuen Assistentin, einer jungen Südnorwegerin, die gerade eine Funkerausbildung absolvierte und nun auf Sommerurlaub war, die Lage mit knappen Worten.

Zwecks der Befreiung der hier anwesenden Funkerin Lark war eine Operation durchgeführt worden. Lark war unversehrt. Die Operation war schwierig, aber erfolgreich gewesen. Punkt.

Trotzdem hatten alle das Bedürfnis zu reden, jetzt, wo die Anspannung vorbei war und der Wein ihnen die Zunge löste.

Als sie sich am nächsten Morgen nach dem Frühstück, das aus Speck und himmlischen neuen Kartoffeln bestand, verabschiedeten, ergriff Stordalen als der Ranghöhere im Namen seiner Kollegen und der anderen Helden ihres Verbands das Wort.

Sie hatten sich auf dem Hof versammelt, die beiden Helden trugen Zivil und Sissel und Johanne ihre Blaue-Stern-Uniform. Geir Haugen saß bereits festgekettet neben Bertil im Laderaum des Lastwagens. Der Moment des Abschieds war gekommen. Einen Augenblick schien es so, als wollte Stordalen sie in seine Arme schließen, dann besann er sich aber.

»Hauptmann!«, sagte er mit sehr feierlicher Miene. »Es war mir und Kamerad Hjeltenes eine Ehre, unter Ihrem Kommando zu stehen. Ich bin mir sicher, dass der ganze Verband diese Auffassung mit uns teilt. Wir haben Norwegen und dem König mit Gottes Unterstützung gedient. Danke, Frau Hauptmann!«

»Ich weiß Ihre freundlichen Worte wirklich zu schätzen, Sergeant Stordalen«, antwortete Johanne mit ebenso ernster Miene. »Sie beide haben hervorragende Arbeit geleistet. Ich werde Sie für einen Orden vorschlagen. Abtreten!«

Sie salutierte stramm, was angesichts ihrer Uniform mit dem goldenen, ihren Untergebenen wohlbekannten SOE-Wappen durchaus passte.

Sissel und sie wurden immer wieder von Kicheranfällen

geschüttelt, wenn sie sich diese Szene während ihrer Fahrt nach Kjesäter in Erinnerung riefen.

Sie legten zwei Pausen ein, um Bertil und Geir Haugen zu tränken. Beim zweiten Mal bat Geir Haugen darum, pinkeln gehen zu dürfen.

»Nein«, sagte Johanne. »Mach's wie Bertil.«

Schloss Kjesäter lag zwei Kilometer außerhalb von Vingåker mitten im frühsommerlichen Sörmland. Der norwegische Staat hatte den abgelegenen Gutshof gekauft und war dabei, ihn in ein Zentrum für den norwegischen Flüchtlingstransport umzubauen. Rund um das Hauptgebäude wurde gezimmert, gesägt und abgeholzt, und es entstand eine Barackensiedlung aus mehr als dreißig Gebäuden verschiedener Größe. Hier und da hingen bereits Schilder mit Namen wie Akershus, Bergenshus, Fredriksten, Oscarsborg und Kongens Gate an den halb fertigen Baracken. Das große Versammlungshaus mit Kino hatte den Namen Haakonshalle erhalten. Auch eine Gefängnisbaracke mit Stacheldrahtzaun gab es. Norwegen war im Begriff, eine Art Staat im Staate auf schwedischem Territorium zu errichten, ohne dass die Schweden irgendwelche Einwände erhoben. Zumindest schauten sie weg. Sowohl legale Flüchtlinge, die von den schwedischen Behörden registriert worden waren und Fahrgeld erhalten hatten, als auch jene, die sich illegal einfanden, würden zuerst nach Kjesäter geschickt werden. Hier würde man sie verhören und ihnen dann bestimmte Aufgaben zuweisen. Die Zeiten, als alle Norweger in den Wald geschickt wurden, um für die Schweden Bäume zu fällen, waren endgültig vorbei.

Die Gefängnisbaracke war für die Quislinge reserviert,

die sich unter die Flüchtlinge mischten, aber spätestens beim Verhör meist enttarnt wurden. Ein ganz Schlauer hatte beispielsweise erzählt, wie sehr er sich für Fußball interessiere und an welchen Spielen er teilgenommen habe. Dabei übersah er, dass die norwegischen Sportler in Streik getreten waren, wer immer noch Fußball spielte, konnte also nur ein Quisling sein.

Johannes erster Anlaufpunkt, nachdem sie die lange, holprige Allee zum Hauptgebäude überwunden hatte, war daher, den Quisling Geir Haugen in der Gefängnisbaracke abzuliefern.

Das provisorische Stacheldrahttor wurde geöffnet, und Johanne fuhr rückwärts so nah wie möglich an den Barackeneingang heran. Einige Geheimdienstleute erschienen, lösten dem Gefangenen die Fesseln, warfen ihm eine Decke über den Kopf, bedankten sich und verschwanden im Gebäude.

»Glaubst du, die Gefangenen werden gefoltert?«, fragte Sissel.

»Ich weiß es nicht«, antwortete Johanne. »Vermutlich schon. Er weiß sicher viel darüber, was in Bezirk D 25 schiefgegangen ist.«

»Ich auch!«, wandte Sissel heftig ein.

»Natürlich, aber dich werden sie garantiert nicht foltern«, sagte Johanne.

Ehe sie sich zum Stab begaben, fragte Johanne noch nach einem Weideplatz für Bertil, aber keine der weitläufigen Wiesen um das Schloss herum war eingezäunt. Es blieb ihr also nichts anderes übrig, als Bertil auf einer Wiese die Vorderbeine zusammenzubinden, damit er nicht weglief. Er sah gekränkt aus.

Wenig später eskortierte man sie zum Stab im oberen Stock des Schlosses. Zu ihrem Erstaunen stießen sie dort auf Ole Topsy in Zivil. Er schloss sie beide mit Tränen in den Augen wie ein Zivilist in die Arme.

Der Stab setzte sich aus drei ihnen unbekannten Männern zusammen, einer davon ein Arzt. Anfangs redeten sie alle durcheinander, um ihnen ihre Dankbarkeit auszusprechen. Johanne verspürte plötzlich das dringende Bedürfnis, alleine zu sein, dem sie leider nicht nachgeben konnte.

Kurz darauf erfuhr sie, dass Sissel jetzt für den Stab in Kjesäter arbeiten würde und ihr Dienst an der Front ein Ende hatte.

Johanne war ungemein erleichtert. Obwohl Sissel jetzt eine beschwerliche Woche bevorstand, da jede noch so geringe Information über die Katastrophe im Bezirk D 25 aus ihr herausgeholt werden musste. Nicht unter Folter, aber sicher überaus ermüdend.

Geir Haugen hingegen erwartete eine ganz andere Art des Verhörs.

»Entschuldigen Sie, dass ich Sie unterbreche«, sagte Johanne, als die Unterhaltung zu Unwesentlichem überging, »aber auf mich wartet ein Haufen Arbeit in Stockholm.«

Das war eine Lüge, die sich allerdings nicht überprüfen ließ.

»Nun, Hauptmann Lauritzen«, sagte der Chefarzt. »Was können wir noch für Sie tun, ehe wir uns trennen?«

»Zwei Dinge«, erwiderte Johanne. »Ich würde mich gerne unter vier Augen von Sissel verabschieden und mich ebenfalls unter vier Augen mit dem Gefangenen Geir Haugen unterhalten, den wir hier abgeliefert haben.«

»Genehmigt!«, sagte er. »Heißt das so im militärischen Jargon?«

»Bestimmt«, erwiderte Johanne und stand auf. Die drei Männer erhoben sich ebenfalls. Sissel begleitete sie durch die hohen weißen, goldverzierten Türen.

Als sie alleine waren, umarmten sie sich fest und lange, ohne etwas zu sagen. Beiden fiel es schwer, die Tränen zurückzuhalten.

»Danke«, flüsterte Sissel. »Vielen, vielen Dank.«

»Du brauchst mir nicht zu danken, Sissel, wir sind im Krieg. Aber nichts in diesem Krieg hat mich bislang so glücklich gemacht, wie dich wieder in Freiheit umarmen zu können. Wenn alles vorüber ist, bauen wir dein Elternhaus wieder auf, das verspreche ich dir.«

Johanne musste sich regelrecht losreißen. Sie drehte sich rasch um und eilte die ausgetretenen Kalksteinstufen hinunter. Im zweiten Stock hielt sie inne, weinte, holte tief Luft, wischte sich die Tränen aus den Augen und begab sich dann energischen Schrittes Richtung Ausgang.

Eigentlich bin ich zu müde, dachte sie, als sie die Gefängnisbaracke betrat, in der zwei Handwerker gerade Stockbetten zusammenzimmerten, ohne sie weiter zu beachten.

Geir Haugen, die zwei Männer, die ihn verhörten, und ein bewaffneter Wachmann saßen in einem separaten Zimmer im hinteren Teil des Gebäudes. Ohne zu klopfen, trat Johanne ein.

»Ich bin Hauptmann Blue«, stellte sie sich salutierend den Männern vor, die erstaunt aufblickten. »Ich möchte gerne mit dem Gefangenen kurz unter vier Augen sprechen.«

Die Vernehmer sahen sie an, als hätte sie etwas sehr Dummes gesagt. Geir Haugen, der ihnen an dem frisch gezimmerten, wackligen Tisch gegenübersaß, verzog keine Miene.

»Der Gefangene untersteht einzig und allein dem Verantwortungsbereich der FO II«, teilte der ältere Vernehmer mit.

»Ich habe die Erlaubnis des Kjesäter-Stabs erhalten«, erwiderte sie.

»Der Kjesäter-Stab hat im Hinblick auf die FO II keinerlei Befugnisse«, meinte der Ältere, den sie ziemlich arrogant fand. »Was führt Sie zu dem Gefangenen, Fräulein?«

»Ich bin mit Hauptmann anzusprechen, nicht mit Fräulein«, korrigierte sie ihn. »Ich habe ihn in D 25 festgenommen.«

Sofort änderte sich das Auftreten der beiden Vernehmer.

Zwei Minuten später saß Johanne allein mit Geir Haugen in dem nach Holz duftenden, kahlen Zimmer. Die Haut unter seinem linken Auge war gerötet. Ein Volltreffer mit der Rechten, vermutete sie. Trotzdem wirkte er weder verängstigt noch eingeschüchtert, sondern eher trotzig.

»All right, Geir, diese Unterhaltung wird nicht lange dauern, dann trennen sich unsere Wege auf immer«, sagte Johanne.

»Ich kollaboriere nicht«, meinte er unvermittelt.

Sie musste lächeln. Nicht kollaborieren? Er war doch bereits ein Kollaborateur, wenn auch einer, der mit den Deutschen gemeinsame Sache machte.

»Du bist offiziell tot«, meinte sie. »Tot oder vermisst, da deine Leiche nicht bei der Hütte gefunden wird.«

»Drohungen sind zwecklos. Ich habe keine Angst vorm Sterben!«, sagte er trotzig.

»Ich habe auch gar nicht gesagt, dass du sterben wirst. Ich habe nur gesagt, dass du offiziell bereits tot bist.«

Das verunsicherte ihn oder weckte zumindest seine Neugier. Auf diese Chance hatte sie gewartet.

»Die Sache ist die, Geir«, fuhr sie fort. »Du hast doch sicherlich die Explosion gehört und gespürt, nicht wahr?«

Er nickte.

»Erinnerst du dich an das große Funkgerät, das ich dabeihatte? Darin waren über zehn Kilo erstklassiger Sprengstoff versteckt. Vor Verlassen der Hütte habe ich die Bombe scharf gemacht. Als eure Verstärkung die Hütte stürmte, wurde die Explosion durch die Vibration des Fußbodens ausgelöst. Das hat niemand überlebt.«

»Erwartest du, dass ich dir gratuliere?«, knurrte Geir.

»Nein. Ich wollte dir nur die Fakten darlegen. Du giltst also als tot oder vermisst, allerdings ehrenvoll im Kampf. Du existierst nicht mehr. Begreifst du, was das bedeutet?«

»Ja, dass ihr mich gewissermaßen ein weiteres Mal umbringen könnt.«

»Das wäre natürlich eine, wenn auch nicht sonderlich konstruktive Möglichkeit. Aber du wirst einsehen, dass es noch eine ganz andere Lösung gibt. Wenn du dabei hilfst herauszufinden, wie die Heimatfront in Hamar enttarnt wurde, können wir dir auch helfen.«

»Und zwar wie?«

Sein Interesse war geweckt.

»Da du tot oder verschollen bist, kannst du uns nichts verraten. Wenn die Deutschen den Krieg gewinnen, wird also kein Verdacht auf dich fallen. Aber falls unsere Seite siegt, was ich für sehr wahrscheinlich halte, kannst du als freier Mann mit deinen jubelnden Landsleuten nach Norwegen zurückkehren. Alle nötigen Papiere dafür erhältst du von uns. Du warst einer von uns, du hast die Hirdleute unterwandert, du warst ein Held des Widerstands und so weiter.«

»Und was habe ich für Garantien?«, fragte er mit noch größerem Interesse.

»Keine, außer dem Wort eines Hauptmanns. Aber was würden wir davon haben, nicht Wort zu halten? Du hilfst uns, und wir helfen dir, das ist logisch und einleuchtend. Du bist in der beneidenswerten Lage, auf der Gewinnerseite zu stehen, egal wie der Krieg ausgeht.«

Er dachte angestrengt nach. Der Köder war verlockend.

»Überleg es dir«, meinte Johanne, erhob sich, salutierte und verließ energischen Schrittes das Zimmer.

Ehe sie die Gefängnisbaracke verließ, unterhielt sie sich noch kurz mit den beiden Vernehmern der FO II. Wahrscheinlich hatten sie sich inzwischen beim Stab nach ihr erkundigt, da sie ihr jetzt mit Respekt begegneten. Sie erklärte, dass sie dem Gefangenen ein Angebot gemacht habe, das er vermutlich annehmen werde, wenn man ihn nicht unter Druck setze. Wenn sie ihn vierundzwanzig Stunden sich selbst überließen, sei mit Erfolg zu rechnen, denn Isolation und Grübeleien versprachen mehr Erfolg als Schläge.

Die beiden Männer hatten dagegen nichts einzuwenden.

Fliederduft schlug ihr entgegen, als sie ins Freie trat. Ihr kaltes Abenteuer im Gebirge schien eine Ewigkeit zurückzuliegen. Hier unten erstrahlte alles in frischem frühsommerlichen Grün, und die Vögel zwitscherten. Sie beschloss,

Geir Haugen und die Operation Woodlark zu den Akten zu legen, nicht zurückzublicken und sich nicht zu erinnern. Vor allem nicht an ihr eigenes Handeln.

Zumindest wollte sie es versuchen.

Bertil war mit seinen gefesselten Vorderläufen nicht weit gekommen und schien immer noch beleidigt, als er zum Lastwagen zurückgeführt wurde. Johanne bereute bereits, einen Auftrag in Stockholm vorgeschoben zu haben. Schlauer wäre es gewesen, erst einmal ordentlich auszuschlafen. Der Versuch, den Quisling Haugen zu überzeugen, hatte sie ihre letzten Kräfte gekostet.

Als sie Bertil in den Lastwagen verfrachtet und getränkt hatte, erwog sie kurz, doch noch zu bleiben und sich neben dem Pferd ins Heu zu legen. Nein, was würde das für einen Eindruck hinterlassen, wenn jemand sie dort fand.

Sie holte einige Male tief Luft, drehte den Zündschlüssel um und legte den Rückwärtsgang ein, als sich zu ihrem Erstaunen plötzlich die Beifahrertür öffnete und Peter Rennant ungeniert in die Fahrerkabine kletterte.

»Ich gratuliere zu dem fantastischen Einsatz!«, sagte er. »Ich habe einen nur vorläufigen, aber umso anschaulicheren Bericht von Sergeant Stordalen erhalten.«

»Das kann ich mir lebhaft vorstellen«, erwiderte Johanne ohne jegliche Begeisterung. »Warum sind Sie hier, Hauptmann Rennant?«

»Major«, korrigierte er sie. »Inzwischen Major. Darf ich einen Vorschlag machen, der die Etikette betrifft?«

»Ja?«

»Vielleicht könnten wir uns ja einer weniger förmlichen Anrede bedienen, also auf das Hauptmann und das Major verzichten. Hast du was dagegen?«

»Ganz und gar nicht. Also: Warum bist du hier?«

»Um dich zum Abendessen einzuladen. Das hast du dir redlich verdient!«

»Da steckt doch mehr dahinter.«

»Kann sein. Aber warum nicht das Angenehme mit dem Nützlichen verbinden? Ehrlich gesagt, gibt es eine recht wichtige Frage zu besprechen.«

»Na dann. Aber ich müsste erst einmal ein paar Stunden schlafen, mich umziehen und mich auch noch um Bertil kümmern. Gibt es hier Gästezimmer?«

»Durchaus, sogar eins, das für eventuellen königlichen Besuch aus Norwegen vorgesehen ist. Wer ist Bertil?«

»Das Pferd, das ich zur Tarnung mitführe, ein ganz hervorragender Mitarbeiter.«

»Ich verstehe. Und wie gesagt, es geht um eine recht wichtige Frage.«

Natürlich blieb ihr keine Wahl, obwohl sie einfach nur allein sein wollte. Eine »recht wichtige Frage« bedeutete schließlich im Jargon eines Mannes aus dem Land des Understatements, dass es um Leben und Tod ging. Außerdem war es schon verlockender, zu duschen, ein paar Stunden zu schlafen und die Kleider zu wechseln, statt am Lenkrad zu sitzen.

Als sie sich in dem altmodischen, luxuriösen Schlafzimmer in das Bett mit rauen Leinenlaken fallen ließ, schlief sie ein, noch ehe ihr Kopf das Kissen berührte.

Wäre Peter nicht so umsichtig gewesen, sie eine halbe Stunde vor dem Abendessen wecken zu lassen, hätte sie vermutlich bis zum nächsten Morgen durchgeschlafen.

Das in die Jahre gekommene Esszimmer mit abblätternder Farbe und verschlissenen Teppichen zeugte von der

Pracht vergangener Tage. Die kahlen Wände wiesen viele rechteckige, hellere Flecken auf, wo einmal Gemälde gehangen hatten. Sie stellte sich nationalromantische Werke vor, Reiter mit Federbüschen am Hut, deren Pferde sich aufbäumten, Porträts vornehmer Damen mit herrschsüchtigem Blick, brennende Segelschiffe, die in einem nächtlichen Sturm Schiffbruch erlitten, und riesige Wasserfälle als Ausdruck ungezähmter Natur. Aber davon hing hier jetzt nichts mehr.

Eine lange Tafel und vier kleinere Tische waren an einem Ende des Esszimmers gedeckt. Einige Gäste, die meisten in Zivil, waren bereits eingetroffen. Am entgegengesetzten Ende des riesigen, welligen Eichenparketts stand ein Fenstertisch für zwei. Dort erwartete sie Peter. Er erhob sich, als er Johanne eintreten sah. Die niedrig stehende Abendsonne warf ein schonungsloses Licht in den Raum.

Er rückte ihr einen schweren Eichenstuhl zurecht, erkundigte sich, ob sie gut geschlafen habe und ob sie Wasser oder Preiselbeersaft zu ihrer Blumenkohlsuppe wünsche. Auf ihre erstaunte Miene hin bemerkte er, es sei eine norwegische Sitte, sonntags keinen Alkohol zu trinken. Sie wählte Wasser und ließ sich aus einer Karaffe einschenken.

»Dieses Telegramm hat die SS in Trondheim vor zwei Tagen an das Hauptquartier in Oslo geschickt«, sagte er und schob ihr ein mit Schreibmaschine beschriebenes Blatt zu.

Sie überflog es rasch. Ein sachlicher Bericht in englischer Übersetzung über Verluste, der die Fakten auflistete und mit Vorschlägen für Gegenmaßnahmen endete.

Die Operation gegen das englisch-norwegische Terrornest Woodlark hatte einen kompletten Zug vernichtet, also

16 SS-Männer plus drei Offiziere und außerdem noch sechs Hirdleute. Die Materialverluste umfassten drei gepanzerte Kettenfahrzeuge sowie eine größere Menge Handfeuerwaffen. Die SS in Trondheim befürwortete Verschleierung statt Repressalien. Andernfalls müssten aufwendige Maßnahmen ergriffen werden, um den gegnerischen Angriff angemessen zu vergelten. Massenerschießungen in der erforderlichen Größenordnung hätten unerwünschte Folgen. Außerdem erhielte der unverdiente Erfolg der Terroristen dadurch allzu viel Aufmerksamkeit, was die allgemeine Moral nachhaltig beeinflussen konnte. Wenn der Eindruck erfolgreich durchgeführter Anschläge entstand, so entsprach das nicht den tatsächlichen Verhältnissen in diesem Bezirk.

Man wartete auf Anweisungen aus Oslo. Unterzeichnet hatte irgendein Hauptsturmführer.

Johannes Hand zitterte, als sie den Bericht auf das Tischtuch legte.

»Das war, wie du weißt, nicht geplant«, sagte sie leise. »Mit etwas Zynismus könnte man sagen, dass wir einfach ungewöhnlich viel Glück hatten. Ich hatte wahrlich nicht vor, mich mit einem ganzen SS-Zug anzulegen.«

»Ich weiß«, erwiderte Peter. »Stordalen hat mir einen vorläufigen Bericht geliefert, der übertrieben optimistisch wirkte. Man könnte sagen, die Wirklichkeit hat seine Hoffnungen nur unwesentlich übertroffen.«

Das Gespräch verstummte, als die Blumenkohlsuppe aufgetragen wurde. Johanne war der Appetit vergangen, trotzdem aß sie aus Höflichkeit ein paar Löffel.

»Jetzt also zur, wie ich vermute, wichtigsten Frage«, sagte Johanne. »Verzichten die Deutschen auf Massenerschießungen, um den Vorfall unter den Teppich zu kehren?«

Peter löffelte rasch die fade Suppe, als wolle er es hinter sich bringen, während Johanne regungslos abwartete. Dann tupfte er sich mit seiner weißen Serviette die Lippen ab und sah Johanne unangemessen spöttisch belustigt an.

»In der Tat!«, erwiderte er mit amüsierter Miene. »Die Operation Woodlark ist bislang ein von uns und den Deutschen gut gehütetes Geheimnis. Angesichts der Diskussionen über bewaffneten Widerstand und Vergeltung wirkt es seltsam, dass sie nicht kämpfen wollen, weil sie unangenehme Folgen für die Zivilbevölkerung befürchten.«

Johanne hatte keine Lust, dieses Thema zu vertiefen, obwohl es natürlich allgemein diskutiert wurde. Die norwegische Exilregierung in London sprach sich aus Rücksicht auf die Zivilbevölkerung gegen bewaffneten Widerstand und Anschläge aus, denn die Deutschen waren im Laufe der Jahre immer rücksichtsloser geworden. SOE, Milorg und vor allem Komorg, die Widerstandsorganisation der Kommunisten, vertraten den entgegengesetzten Standpunkt. Bewaffnete Aktionen und Vergeltungsmaßnahmen gegen die Zivilbevölkerung nützten dem Widerstand auf lange Sicht. Wie auch immer, Johanne hatte in diesem Augenblick nichts zu dieser Frage beizutragen. Einen ganzen SS-Zug auszulöschen war niemals ihre Absicht gewesen. Sie hatte damit gerechnet, dass höchstens vereinzelte Quislinge auf der Strecke blieben. Alles andere war reiner Zufall.

Die halb leeren Suppenteller wurden abgeräumt.

»Dann würde ich jetzt gerne auf mein eigentliches Anliegen zu sprechen kommen«, sagte Peter und schenkte Wasser nach. »Ich will die Operation Woodlark keinesfalls bagatellisieren, sie wird ganz sicher in die Annalen eingehen, aber es gibt eine viel wichtigere Frage.«

Offenbar stand ihr die Ratlosigkeit ins Gesicht geschrieben. Er lächelte. Wie sehr sie diese herablassende englische Art verabscheute!

»Was ist das Erstaunlichste an diesem Bericht, der also vor zwei Tagen abgeschickt wurde?«, fragte er mit derselben provozierenden Miene.

Eigentlich war ihr die Antwort auf diese Frage egal, aber er wartete. Also musste sie etwas entgegnen und vorher ernsthaft darüber nachdenken.

»Dass er auf Englisch vorliegt«, meinte sie schließlich. »Die SS in Trondheim wird ihn ja wohl kaum unverschlüsselt und auf Englisch verschickt haben. Ihr habt also ihren Code geknackt!«

»Pssst! Nicht so laut!«, zischte er und sah sich um.

Jetzt wurde das Hauptgericht, Kohlauflauf mit Preiselbeeren, aufgetragen. Sie aßen unter Schweigen, und es schien sinnlos, ihn auszufragen. Zweifellos würde er ihr früher oder später alles erzählen.

Er wollte offensichtlich keine Vermischung so wichtiger Angelegenheiten mit dem Kohlauflauf, also aßen sie erst einmal in Ruhe zu Ende. Einmal erhob er sich und zog eine Gardine zu, da ihr die Sonne direkt in die Augen schien.

Als sie ihr Besteck beiseitelegte, folgte er ihrem Beispiel, wischte sich mit der Serviette den Mund ab, trank einen Schluck Wasser und nahm den Gesprächsfaden wieder auf.

»Nun also zur Sache«, begann er. »Der schwedische militärische Nachrichtendienst hat vor einigen Tagen den bislang schwersten Rückschlag dieses Krieges erlitten. Vielleicht können wir beide in aller Bescheidenheit etwas ausrichten.«

»Gewiss, ich helfe gerne, wenn du mir endlich verrätst, worum es geht«, fuhr sie ihn ungeduldig an. Wieso nur hatte sie immer wieder den Eindruck, dass er Unterhaltungen oft am falschen Ende begann?

»Natürlich, natürlich«, beschwichtigte er sie. »Es geht darum, dass die Schweden schon seit Längerem deutsche Telegramme entschlüsseln können, was natürlich eine Goldgrube an Informationen darstellt, man denke nur an alle Telegramme von Oslo nach Berlin. Jetzt sind sie jedoch aufgeflogen, vermutlich aufgrund der Finnen. Die Deutschen haben ihre Codes geändert, und die Goldgrube wurde stillgelegt.«

»Das ist natürlich schlimm«, erwiderte Johanne. »Aber was können wir …?«

Eine norwegische Kellnerin unterbrach sie mit der Frage, ob sie Kaffee wünschten. Peter bestellte Kaffee für beide und dazu zwei doppelte Cognac, ein Scherz, der der Kellnerin kein Lächeln entlockte.

Während sie auf den Kaffee warteten, dachte Johanne angestrengt nach. Schwedens Abhörtätigkeit überraschte sie nicht. Die Telefonleitungen von Norwegen nach Deutschland verliefen entlang der schwedischen Westküste. Darum also war Rosa immer so gespenstisch umfassend informiert gewesen und unter anderem dem Mittsommerfest des Vorjahres in Sandhamn ferngeblieben, weil sie wusste, dass die Operation Barbarossa, Deutschlands unerwarteter Überfall auf die Sowjetunion, bevorstand.

»Also?«, meinte Johanne. »Was haben wir mit der Sache zu tun?«

»Der Regierung Seiner Majestät wäre sehr daran gelegen,

den Schaden zu beheben«, teilte er feierlich, allerdings mit leiser Stimme, mit.

Sie musste lachen.

»Ich bin mir nicht sicher, was die Regierung Seiner schwedischen Majestät von dem großzügigen Angebot der Regierung Seiner britischen Majestät hält«, erwiderte sie ironisch, »da Seine schwedische Majestät es vermutlich für eine Frechheit hält, deutsche Telegramme zu lesen.«

»Das ist zu befürchten«, antwortete Peter kühl. Ihre Ironie wusste er offenbar nicht zu schätzen.

»Komm schon, Peter«, sagte sie. »Rück endlich mit der Sprache raus. Was kümmert uns beide dieses Problem?«

»Sorry«, erwiderte er. »Ich versuche, mich etwas weniger umständlich auszudrücken. Gestehst du mir ein paar Minuten zu?«

Sie nickte. Natürlich.

Den ersten Teil des Problems erläuterte er mit einer gewissen Selbstironie. Die Regierung »Seiner Majestät« konnte mit der schwedischen Regierung keinen direkten Kontakt aufnehmen, da das Land nicht nur einen deutschfreundlichen König, sondern auch konservative, mit Deutschland sympathisierende Politiker hatte. Sich direkt ans Oberkommando zu wenden war ebenfalls unmöglich, da dort dieselben Probleme vorlagen.

Aber es gab eine Möglichkeit. Johanne hatte ja bereits früher einmal einen inoffiziellen Kontakt zwischen dem schwedischen militärischen Nachrichtendienst und der britischen Gesandtschaft hergestellt, und zwar nach dem Anschlag auf den Marinestützpunkt am Hårsfjärden, der auf das Konto der Russen ging. Die Gewissheit, dass die Schweden keinen Verdacht gegen die Engländer hegten, war äußerst wertvoll gewesen … Genau wie damals nach Krylbo, als sein Vorgänger als SOE-Chef des Landes verwiesen worden war.

Die Ironie und Überheblichkeit, mit der er von der »Regierung Seiner Majestät« sprach, brachte Johanne wie beabsichtigt zum Lachen.

»Verstehe«, ahmte sie seinen Tonfall nach. »All right. Der schwedische Geheimdienst hofft also auf einen Sieg der Alliierten. Folglich wäre die schwedische Neutralität kein Hinderungsgrund für ein wenig Hilfe mit den neuen Codes?«

Der Kaffee wurde gebracht, und er schenkte ein. Sie versuchte, die Großartigkeit und Genialität dieses Vorschlages zu verarbeiten.

»Darfst du so ein brisantes militärisches Geheimnis überhaupt mit einem Bluff-Hauptmann wie mir besprechen?«, fragte sie, als sich die Kellnerin wieder entfernt hatte.

»Natürlich nicht. Deswegen muss ich dich anschließend auch sofort erschießen«, versuchte er zu scherzen.

»Red keinen Unsinn, Peter! Jetzt mal im Ernst?«

»Ja, ganz ernst«, erwiderte er. »Wir betrachten Schweden als zukünftigen Verbündeten, sobald sich das Kriegsglück wendet, was vor allen Dingen im Osten recht bald geschehen wird. Dann können wir als inoffizielle Verbündete von den schwedischen Kenntnissen profitieren und umgekehrt. Wer weiß? In einem Jahr jagt die Hestapo vielleicht Deutsche und nicht mehr uns.«

»Das bezweifle ich. Dieses Jahr waren 110 Polizisten bei den Nazisten organisiert«, wandte Johanne ein. »Die meisten in Stockholm und fast die gesamte Sicherheitspolizei, also die Hestapo.«

»Dann laufen die Hestapo-Leute eben zuletzt über.«

»Zurück zu der noch nicht beantworteten Frage«, sagte Johanne. »Was hat das alles mit mir zu tun?«

»Du bist die einzige Person, die mit dem schwedischen militärischen Geheimdienst in direkter Verbindung steht. Könntest du den Kontakt, den du in der Hårsfjärden-Sache bemüht hast, nochmals aktivieren?«

Johanne nickte schweigend. Zufälligerweise handelte es sich bei dieser »Verbindung« um ihre kleine Schwester.

V

DIE SIRENEN

Zu Mittsommer wehte eine schwache nordwestliche Brise, daher war es ungewöhnlich kalt. Schwimmen war ausgeschlossen, vom morgendlichen Bad, einer Tradition aus Kindertagen, einmal ganz abgesehen. Wenn Vater sein erfrischendes Morgenbad nahm, wie er es nannte, mussten es ihm die Brüder wohl oder übel gleichtun. Und wenn die Brüder ihre Angst vor dem kalten Wasser bezwangen, mussten die Schwestern natürlich unbedingt ihrem Beispiel folgen.

Das war wie mit dem Filetieren von Barschen oder dem Rudern. Was die Söhne lernten, wollten die Töchter auch beherrschen.

Wahrscheinlich hatte ihnen ihre Mutter diesen ständigen Wettstreit mit den Jungs eingeimpft. Sie hatte sich ihr ganzes Leben erst für das Frauenwahlrecht, dann für die Gleichberechtigung eingesetzt. Und selbst ihr Vater, der in politischer Hinsicht nur wenig links von Harald stand, war von Anfang an für das Frauenwahlrecht, was recht ungewöhnlich für Männer mit seinem Hintergrund war.

Man musste sich nur die alten, vergilbten Fotos ansehen: Männer in Segleranzügen mit Bügelfalten, zweireihigen

Clubjacken, mit Vollbärten oder gezwirbelten Schnurrbärten, Schiffermützen mit emaillierten Wappen des eigenen Jachtclubs während der Kieler Woche 1907. War auch nur einer dieser Männer der Meinung gewesen, dass Frauen aller Schichten das Stimmrecht zustand?

Was unterschied also ihren Vater von den anderen Schnurrbartträgern?

Die Antwort lautete: Mutti. Er liebte sie und kämpfte jahrelang jeglicher Vernunft und aller sozialer Hürden zum Trotz um sie, weil er sie bewunderte. Aus gutem Grund.

Es war ihm von jeher unverständlich, wieso jeder Schnurrbartträger, mochte er ein noch so großer Idiot sein, automatisch alle politischen Rechte besaß, die seiner Ingeborg von Freital, selbst nach einem Medizinstudium, verwehrt blieben. So einfach war das.

Sie wurde abrupt aus ihren Tagträumen gerissen, als ein Fisch anbiss. Rasch reichte sie Rosa, die auf der Ruderbank saß, die andere Angel und begann, die Schnur einzuholen. Während sie sich abmühte, holte Rosa rasch die andere Schnur ein. Vater, der auf der vorderen Ruderbank saß, ließ seine Arme auf den Rudern ruhen.

Es war ein Hecht, nicht zu groß und nicht zu klein, vielleicht drei Kilo schwer. Sie zog ihn an den Bootsrand, packte das Vorfach und hob ihn ins Boot. Dann hielt sie ihn am Rücken fest, nicht zu nahe an den scharfen Kiemen, und ließ sich von Rosa den Holzhammer reichen. Hechte mussten getötet werden, da sie sich nicht zusammen mit den anderen Edelfischen in der Bünn unter der Achterducht aufbewahren ließen.

Sie zögerte kurz. Diese Verrichtung bereitete ihr am wenigsten Vergnügen. Der erste Schlag musste sitzen, sonst gab es ein fürchterliches Gezappel, und man konnte sich an Angelhaken und Hechtzähnen verletzen. Sie holte tief Luft und schlug mit aller Kraft zu. Der Fisch erstarrte, bäumte sich auf, wurde schlaff und war tot. Vater murmelte ein Lob.

Jetzt war sie mit dem Rudern an der Reihe und wechselte ihren Platz mit Rosa, die, sobald sich der Kahn wieder bewegte, die Angelschnüre auswarf.

Zu Beginn des Sommers bekam sie vom korrekten Halten der Ruder immer Muskelkater, aber da Vater auf der Ducht hinter ihr saß, war an Schummeln nicht zu denken.

War es tatsächlich unangenehmer, einen Hecht zu töten als einen Quisling?

Schonungslos drängten sich die unerwünschten Bilder auf, die sie zu verdrängen suchte, indem sie immer schneller ruderte. Schließlich forderte Vater sie lachend auf, es nicht zu übertreiben, sie hätten noch nicht einmal die halbe Strecke zurückgelegt. Außerdem näherten sie sich Trovill, wo die Wahrscheinlichkeit, Forellen zu fangen, am größten war.

Vater war in deutlich besserer Verfassung, als sie bei ihrem Beschluss, ihm möglichst viel Gesellschaft zu leisten, gedacht hatten. Um Mittsommer herum hatten sich beide Schwestern ohne Schwierigkeiten freinehmen können. An Rosas Arbeitsplatz herrschte resignierte Flaute. Über Hundert überwiegend weibliche Mitarbeiter waren entlassen worden, da ohne deutsche Codes ganze Abteilungen beschäftigungslos geworden waren. Für Johanne waren die hellen Nächte der größte Feind, wenn ohne den Schutz der Dunkelheit das Grenzgebiet, das aus kilometerweiten Schneisen im Wald bestand, offen dalag.

Schließlich konnte sie nicht immer auf so viel Regen und Nebel hoffen wie …

Nein, nicht schon wieder.

Wo war sie stehen geblieben? Richtig: Vater war in viel besserer Verfassung als erwartet. Es stellte sich die Frage, was sie sich eigentlich vorgestellt hatten. Einen gebrochenen Mann, der vornübergebeugt durchs Leben schritt und nur noch mit leiser Stimme sprach? Nichts dergleichen. Natürlich waren ihm Trauer und Melancholie anzumerken, aber das galt für sie alle. Letztes Jahr an Mittsommer war in Sandhamn noch alles beim Alten gewesen, obwohl sowohl Karl als auch Rosa kurzfristig abgesagt hatten. Weniger als ein Jahr war verstrichen, seit Mutti und Karl sie verlassen hatten.

Nein, gebrochen war er nicht. Er ruderte mit kräftigen und eleganten Bewegungen und scherzte sogar hin und wieder. Seine Energie bezog er vermutlich von der Brückenbaustelle am Ångermanälven. In weniger als anderthalb Jahren würde die Brücke fertig sein, sofern der kommende Winter etwas milder ausfiel. Ganz offensichtlich schien er sich dort im Norden gut zu erholen. Mutti hatte ihm vor ihrem Tod das Versprechen abgerungen, die Brücke, den bislang längsten Betonbrückenbogen der Welt, unter allen Umständen fertig zu bauen.

Sie hatten sich vorgenommen, um die Insel herumzurudern. Bislang verlief die Tour ohne Probleme, aber vielleicht wurde es ja hinter Trovill auf der Westseite der Insel schwieriger, denn dort war mit Gegenwind zu rechnen. Schlimmstenfalls konnten sie ja umkehren und zurückrudern, was Vater allerdings als Niederlage betrachtet hätte. Was man sich vorgenommen hatte, musste auch zu Ende gebracht werden. Und außerdem war intensives Rudern gesund und der Beweis, dass er kein gebrochener Mann war.

Als sie die Fischgründe vor Trovill gerade wieder verließen, biss bei Rosa ein Fisch an. Sie hielt Johanne die zweite Angel hin, die rasch ihre Ruder einzog und die Angel entgegennahm.

Eine große, dicke, funkelnde Forelle. Johanne hob den Fisch mit dem Kescher in die Bünn, und Vater kommentierte zufrieden, dass er sich bei dieser kühlen Witterung bestens im Erdkeller beizen ließ.

Als sie die Westseite der Insel erreichten, hatten sie wie erwartet Gegenwind. Vater war immer noch der Meinung, dass etwas Anstrengung der Gesundheit zuträglich sei. Die Schwestern ermüdeten rascher als er, obwohl sie sich abwechselten, aber zu guter Letzt vertäuten sie den schweren Kahn neben der Beduin.

Auf der Westseite hatte eine Forelle angebissen, jedoch bedeutend kleiner und daher nur gedünstet oder für Sülze geeignet. Die große Forelle musste vor dem Einsalzen jedoch filetiert werden. Vater bewältigte diese Arbeit in wenigen Minuten, wollte sich aber nicht vordrängeln. Rosa fluchte halblaut, als sie zum Haus ging, um eine Zange und ein ausreichend großes Filiermesser zu holen.

Als die Filets endlich mit Dill, Zucker, Salz und Pfefferkörnern präpariert im Erdkeller lagen, hätten Johanne und Rosa ihre schmerzenden Glieder am liebsten in einer Koje ausgestreckt, denn bis Onkel Oscar und Tante Christa mit dem Dampfer aus Stockholm eintrafen, würden noch mehrere Stunden vergehen. Die beiden waren in die Stadt gefahren, um Kalbs- und Hammelbraten zu »organisieren«.

Ohne Onkel Oscars Organisationstalent wäre die Fischdiät in diesem Sommer sehr rigide ausgefallen, da die offizielle Fleischration nunmehr nur noch 150 Gramm pro Woche betrug.

Da sie sich nun schon lange nicht mehr gesehen hatten, beschlossen sie, die wenigen Stunden für ein Gespräch in aller Ruhe statt für ein Nickerchen zu nutzen. Sie wuschen sich den Fischgeruch von den Händen, tauschten ihre Bootsstiefel gegen Sandalen aus und marschierten los, ohne bestimmtes Ziel, solange sie nur ungestört waren.

Als sie im Kiefernwald festen Boden unter den Füßen und ein windgeschütztes Plätzchen gefunden hatten, legte Rosa ihren »Bericht« ab ohne jegliche private Note ab.

Die schwedische Seite hatte den Vorschlag der Engländer hinsichtlich der deutschen Codes wenn nicht begeistert, so doch wohlwollend angenommen. Die deutschen Telegramme wieder lesen zu können hatte auch für den schwedischen Geheimdienst höchste Priorität. Der Weg dorthin war jedoch schwierig. Der Generalstab, insbesondere Oberbefehlshaber Thörnell, wollte von einer Zusammenarbeit mit den Alliierten nichts wissen. Oberst Björnstjerna, der Chef der Auslandsabteilung des Geheimdienstes, war bereits entlassen worden, weil er angeblich mit den Engländern fraternisiert hatte. Der Oberbefehlshaber hatte ihm mit noch ernsteren Konsequenzen gedroht, weil er offenbar dem Glauben verfallen war, die eigene Seite habe die Fähigkeit zum Dechiffrieren der Telegramme durch einen Verrat der Engländer verloren. Dabei wussten alle, dass die Finnen dieses Geheimnis ihren neuen Verbündeten, den Deutschen, verraten hatten. Aber wenn der Oberbefehlshaber glaubte, dass die Engländer in diese Sache verwickelt waren, war das eben die Wahrheit. Die Schulterstücke mit den meisten Sternen hatten immer recht.

Hinter dem Rücken des Generalstabs die Zusammenarbeit mit den Engländern einzuleiten war schwierig. Wer erwischt wurde, ganz gleichgültig, ob er der Hestapo oder dem militärischen Geheimdienst angehörte, hatte mit Entlassung oder Schlimmerem zu rechnen.

Die gesamte rein männliche Leitung der verschiedenen Geheimdienstzweige befürwortete den Kontakt zu den Engländern, allerdings ohne Wissen des Oberbefehlshabers. Weiterhin war man sich einig, die eigenen Stellen nicht zu gefährden. Wenn jemand entlassen werden musste, dann bitte weniger wertvolle Personen. In einem Anflug mutiger Intelligenz hatte man beschlossen, gänzlich auf schriftliche Dokumente zu verzichten. Alle Nachrichten wurden von entbehrlichen Personen mündlich überbracht. Und auf welche Person war die Wahl wohl gefallen?

Rosa ließ diese Frage demonstrativ in der Luft hängen.

»Mein Gefühl sagt mir, dass sich unsere Helden für eine Frau entschieden haben«, meinte Johanne.

»Allerdings. Und jetzt sitze ich hier ganz schön in der Klemme.«

»Verdammt, so habe ich mir das nicht vorgestellt«, meinte Johanne.

»Ach? Und was hast du dir vorgestellt?«

»Jedenfalls nicht das. Als mich die SOE bat, den Kontakt herzustellen, dachte ich, du würdest höchstens an einem einleitenden Treffen über eine Grundsatzentscheidung teilnehmen, während alles andere auf einer viel höheren Ebene abgewickelt wird. So in etwa.«

»Ich mache dir auch gar keine Vorwürfe, meine Gedanken waren ähnlich. Dabei haben wir aber außer Acht gelassen, dass die Entscheidungen von Männern getroffen werden.«

»Aber das würde ja bedeuten …«, wandte Johanne ein, nachdem sie eine Weile nachgedacht hatte, »dass die Kommunikation auf dem basiert, was du an Wissen in deinem Kopf gespeichert hast?«

»Allerdings.«

»Und was geschieht, wenn man dich erwischt?«

»Diesem listigen Plan nach nichts weiter, als dass ich gefeuert werde, weil ich mich mit dem Feind eingelassen habe. Im ungünstigsten Fall könnte mich die Hestapo in einer Wohnung auf frischer Tat ertappen und zwar mit …«

»Andrew Turnbull.«

»Unglaublich! Du weißt sogar, wie er heißt?«

»Ja, schließlich habe ich im Auftrag der Engländer den Kontakt hergestellt. Aber lass uns nachdenken. Die Hestapo erwischt dich mit Andrew auf frischer Tat. Er genießt diplomatische Immunität, wird aber ausgewiesen. Dich bringt man zum Verhör. Was sieht der intelligente Plan für diesen Fall vor?«

»Unter Tränen gestehe ich eine Affäre mit einem Engländer, nein, Schotten, da besteht ein gewisser Unterschied, wenn auch nicht unbedingt in den Augen der Hestapo.«

»Und was dann?«

»Meine Chefs gehen davon aus, dass die Hestapo weibliche Staatsangestellte nicht foltert. In diesem Punkt sind sie sogar ziemlich sicher. Ich halte also an meiner Geschichte von einem sündigen Lebenswandel fest und gebe sonst nichts zu.«

»Und dann entlassen sie dich wegen deiner Unbedachtsamkeit. Aber was, wenn die Hestapo einen Prozess anstrengt, schließlich handelt es sich um ein Dienstvergehen?«

»Meine Chefs beteuern, dass sie in diesem Fall alles tun werden, um dies zu verhindern. Was natürlich nicht stimmt. Weil sie damit zugeben würden, dass sie die Aktion sanktioniert haben, was Ärger mit dem Oberbefehlshaber zur Folge hätte.«

Sie erreichten den Fahrradweg zwischen Sandhamn und Trovill genau an jener Stelle, wo die Ortsverwaltung schließlich nach jahrelangen Verhandlungen eine Bank für ältere Leute aufgestellt hatte. Sie nahmen Platz, beklagten sich etwas über ihre schmerzenden Muskeln und Handgelenke und einigten sich auf eine nachlässige und somit bequeme Ruderhaltung, solange sie von Vater unbeobachtet waren.

»So ein Prozess«, meinte Johanne nach einer Weile nachdenklich, »wäre für gewisse Zeitungen ein gefundenes Fressen. Dein Ruf wäre vollständig ruiniert.«

»Stimmt. Aber dazu würde ich es gar nicht kommen lassen.«

»Indem du der Hestapo einen direkten Befehl erteilst etwa?«

»Ganz und gar nicht. Diese Spionagechefs sind in der Regel Berufssoldaten und haben keine Ahnung von Gesetzen. Im Falle eines Prozesses würde ich ganz einfach ankündigen, bestimmte Leute als Zeugen zu benennen, die unter Eid aussagen müssten. Diese würden schleunigst dafür sorgen, dass die Hestapo die Finger von der Sache lässt, und auf die Sicherheit des Reiches verweisen. Darf ich ein paar abschließende Worte sagen?«

»Und zwar?«

»Ich werde dir nie etwas von den Nachrichten erzählen, die ich übermitteln muss, und du darfst mich auch nicht danach fragen. Du verstehst sicher, warum?«

»Ich vermute mal, dass es nicht daran liegt, dass du mir misstraust. Lass mich also raten. Wir müssen beide beschwören können, dass ich von nichts wusste, stimmt's?«

»Richtig. Außerdem ist mein Arbeitsplatz eine einzige Gerüchteküche. Man sollte es nicht für möglich halten, aber diese Helden sind die reinsten Tratschtanten. Na, vielleicht nicht alle, aber beunruhigend viele. Und falls etwas durchsickert, werden sie es sich nicht gegenseitig in die Schuhe schieben, sondern sich schleunigst nach der nächsten Frau umsehen. Genug davon. Jetzt bist du an der Reihe. Bei unserem letzten Treffen haben wir kaum was erzählen können, weil alles so verdammt eilig war.«

Das war der Moment, vor dem sich Johanne gefürchtet hatte. Bislang hatten sie nie Geheimnisse voreinander gehabt oder einander belogen, nicht einmal in der Kindheit. Die militärischen Geheimnisse in Rosas Kopf zählten nicht, da sie nichts mit ihrem gegenseitigen Vertrauen zu tun hatten. Die Operation Woodlark war jedoch etwas ganz anderes. Sie berührte ihr Innerstes und Bereiche wie Zweifel, Angst, Moral und Politik, Dinge also, die sie sonst immer miteinander besprachen. Aber was nun, wo sie verzweifelt versuchte, die Erinnerung daran zu verdrängen.

Sie umschiffte das Thema, indem sie von Kjesäter und dem in Schweden entstehenden norwegischen Staat im Staate erzählte. Ihr Bericht zog sich so in die Länge, dass Rosa bald untrügliche Zeichen der Ungeduld merken ließ. Da verstummte sie und versuchte, ihre Gedanken zu sammeln, was Rosa natürlich registrierte. Aber sie verzog keine Miene und wartete schweigend ab.

»Der Einsatz in Värmland lief unter dem Decknamen Operation Woodlark. Ziel war es, eine gefangen genommene Funkerin zu befreien, die noch nicht einmal zwanzig ist und Sissel heißt«, sagte sie in einem einzigen Atemzug. »Ich habe zwei eigens für diesen Einsatz ausgewählte Männer befehligt, du weißt schon, belastbar, stark und vielleicht ein wenig beschränkt. Hätten wir ihre Ratschläge befolgt, wären wir jetzt tot, aber glücklicherweise bin ich als Hauptmann der englischen Armee in solchen Situationen mittlerweile unbestreitbar die Chefin. Nur unter dieser Bedingung lasse ich mich auf Feldeinsätze ein, weil ich mich weigere, von solchen Typen Befehle zu akzeptieren.«

Johanne schluchzte und strich sich wütend auf sich selbst mit dem Handrücken die Tränen aus den Augen.

»Erzähl«, sagte Rosa. »Ist es euch nicht gelungen, das Mädchen zu retten?«

»Doch. Sie ist in Sicherheit und wird nicht wieder über die Grenze geschickt.«

»Aber?«

»Ich habe bei diesem Einsatz mehr als zwanzig Menschen getötet. Und zwar persönlich, nicht nur von irgendeinem Schreibtisch aus den entsprechenden Befehl erteilt.«

»Es ist Krieg. So etwas geschieht jede Minute, gestern und auch morgen wieder. Also warum …?«

»Was die Vernunft sagt, weiß ich auch. Wenn wir in der Zeitung gelesen hätten, dass die norwegische Heimatfront einen ganzen Zug SS-Leute und Quislinge unschädlich gemacht hat, hätten wir uns gefreut und applaudiert.«

»Und? Was ist daran so schlimm?«

Johanne verschlug es die Sprache, die einfache Frage ihrer Schwester wirkte ernüchternd. Sie konnte die diffusen Gefühle der Beklemmung und Angst, die die Erinnerungen in ihr hervorriefen, nicht beschreiben. Es handelte sich nicht um eine Zeitungsmeldung. Sie hatte den einen Quisling persönlich dazu aufgefordert, in die Mündung ihrer Welrod zu schauen, und dann abgedrückt. Anschließend hatte sie durchgeladen und ohne Zögern, ohne Gefühle, den nächsten Schuss abgefeuert. Das war nicht sie gewesen. Das war jemand anderes, eine Person, die ihr Angst einflößte.

»Willst du meine Meinung hören?«, erkundigte sich Rosa, als das Schweigen so lange gedauert hatte, dass es förmlich auf der Haut zu spüren war.

»Ja, danke.«

»Erst einmal gratuliere ich zur Beförderung.«

»Danke.«

»Wahrscheinlich leidest du ein ganz klein wenig am first combat shock.«

»Was weißt du schon darüber, verdammt?«

»Mehr, als du denkst. Ich töte zwar nur mittels verschlüsselter Telegramme und schaue meinen Opfern nie in die Augen, aber beruflich begegne ich vielen Helden mit anderen Erfahrungen, überwiegend aus dem Winterkrieg. Ihre Erlebnisse im Kampf sind, wie soll ich das sagen, ohne dass es spöttisch klingt, das dominierende Gesprächsthema bei Zuckergussgebäck und Ersatzkaffee. Wir Frauen haben unfreiwillig, allerdings eingehend, an den Geheimnissen der männlichen Tapferkeit teil, beispielsweise dem first combat shock.«

Johanne war erleichtert. Der ironische Tonfall, mit dem Rosa die Helden und das Zuckergebäck im selben Atemzug erwähnte, aber vielleicht auch die Wärme, die in ihrer Stimme mitschwang, oder die Art, wie sie ihre große Schwester in den Arm nahm und diese mit ihrem Gekicher ansteckte, wie sie es schon als Kind getan hatte, waren wie Balsam für die Seele. Zu guter Letzt brachen sie beide in Gelächter aus, vielleicht nicht ganz ungetrübt, aber fast so wie früher.

Sie beschlossen, Onkel Oscar und Tante Christa vom Dampfer abzuholen, als ihnen einfiel, dass sie erst noch den Leiterwagen holen mussten, um die Waren zu transportieren, die Onkel Oscar für die beiden Festmahle »organisiert« hatte.

Das erste Essen fand im Langhaus am großen Wikingertisch statt, weil es auf der Veranda zu kalt war. Im großen Kamin brannte sogar ein Feuer. Es gab Hering, Käse, neue Kartoffeln und Schnaps, anschließend gekochten Steinbutt, von Carl Lauritz mit dem Netz gefischt, und dazu einen trockenen Wein aus dem Rheingau.

Helene war über das Wochenende zu einer Schulfreundin an der Westküste, vermutlich Marstrand, gereist. Hans Olaf war bei seiner inoffiziellen Verlobten Alice, was ihr Vater offenbar gestattete, obwohl vielerorts gemunkelt wurde, die jungen Leute bildeten sich ein, auf »Stockholmer Art« zusammenleben zu können, ohne sich verlobt zu haben. Carl Lauritz und sein wohlerzogener Schulkamerad und Mitsegler taten während der Mahlzeiten keiner Fliege etwas zuleide, und Vater scherzte über das Wetter und darüber, dass das Mittsommerfeuer im Kamin brannte.

Am Tag nach dem Mittsommerabend machten sie sich über den von Onkel Oscar organisierten Braten her. Das Wetter war besser geworden, sodass sie, wie es die Tradition vorschrieb, das Mahl auf der Sommerveranda genießen konnten.

Abends nach dem Essen versammelte man sich vor dem offenen Kamin, und Onkel Oscar gestattete sich, da beim Essen Gespräche über Krieg und Politik vermieden wurden, seinen Nichten zu erklären, was sie von der Zukunft zu erwarten hätten. Rosa und Johanne ließen sich, ohne eine Miene zu verziehen, belehren, obwohl sie manchmal gerne laut gelacht oder applaudiert hätten. Onkel Oscars Analysen waren teils aberwitzig, teils erstaunlich exakt. Im Großen und Ganzen hatte er recht, obwohl Vater die Feststellung, Deutschland könne den Krieg nicht mehr gewinnen, nur mit einem Kopfschütteln quittierte. Eigentlich erstaunlich, fanden Johanne und Rosa, denn aus den Zeitungen allein konnte Onkel Oscar diese aufschlussreichen Informationen nicht bezogen haben.

Aber da sie wohlerzogene Mädchen waren, erhoben sie keinerlei Einwände und bewunderten ihren in militärischen Fragen so bewanderten Onkel.

*

Sie stand mit einer auffälligen roten Handtasche an der Ecke Tegnérgatan und Drottninggatan und wartete auf einen Wagen, der sie zwischen 15 Uhr und 15.05 Uhr abholen sollte. Falls er nicht erschien, sollte sie einfach wieder gehen. Um 15.02 Uhr bremste ein schwarzer Volvo mit Militärkennzeichen an der Bordsteinkante, sie lief um den

Wagen herum und nahm auf dem Beifahrersitz Platz. Mit einem Ruck fuhr die Limousine an. Schlechter Fahrer, dachte sie.

Der Mann am Steuer stellte sich ihr als Harry vor, erkundigte sich jedoch nicht nach ihrem Namen, sondern begann direkt einen Monolog über sein offensichtliches Lieblingsthema: sich selbst. Nach wenigen Minuten wusste sie, dass er in seiner Jugend nach China und zurück geradelt war. Eigentlich hatte er nur Istanbul besuchen wollen, aber da er jung, abenteuerlustig und nach der Tour von Stockholm fit war, fuhr er einfach weiter. Dass ihn einige Freunde Revolver-Harry nannten, dürfe sie nicht missverstehen, er beschäftige sich mit Kriminaltechnik. Moderne Schusswaffen wiesen gezogene statt glatte Läufe auf, die Kugeln in Drehung versetzten, was einen stabileren Flug, aber auch Spuren am Projektil zur Folge hatte. Deswegen ließ sich mit einem Mikroskop später auch ermitteln, welche Kugel von welchem Waffentyp und sogar von welcher Waffe abgefeuert worden war. Seit drei Jahren leitete er die Staatliche Kriminaltechnische Anstalt. Nach etlichen Jahren in Frankreich liebte er die französische Küche. In Lyon, vielleicht der Stadt mit der besten Küche Frankreichs, hatte er seine Doktorarbeit geschrieben. Ganz anders war es in Altenburg gewesen, wo er sein Ingenieurexamen abgelegt hatte. Mit Ausnahme einiger deftiger Gerichte wie Kalbs- und Schweinehaxen mit Sauerkraut hatte Deutschland kulinarisch nicht viel zu bieten. Am Bier war jedoch nichts auszusetzen.

Johanne schwieg und staunte. Der Brillenträger war etwa zehn Jahre älter als sie und litt offensichtlich an Mythomanie. Er war recht hässlich, was ihn aber nicht zu bekümmern schien, trug grauenvolle Kleider und eine eigentümliche Frisur. Sein Gesicht war recht kantig. Er drückte sich eloquent und humoristisch aus, und ihn als komischen Kauz zu bezeichnen wäre fast schon eine Untertreibung. Peter hatte ihn als »guten Freund« bezeichnet, und sie hatte weder mit einem Schweden gerechnet noch mit einem Mann, der wie ein Wasserfall redete, was für Leute, die für einen Nachrichtendienst arbeiteten, eher untypisch war. Aber vielleicht arbeitete er ja gar nicht dort, und sie hatte nur wie selbstverständlich angenommen, dass »guter Freund« Spion von derselben Seite bedeutete, also die Kreise, in denen sie inzwischen verkehrte.

Nach einer Weile hörte sie Revolver-Harrys Redefluss nur noch mit halbem Ohr zu.

Er schaute sich weder um, noch behielt er den Verkehr im Rückspiegel im Auge wegen eventueller Verfolger. Entweder war er ein vollkommener Amateur oder sich ganz sicher, nicht verfolgt zu werden. Vielleicht hielten die Militärkennzeichen die Hestapo ab. Eine Weile glaubte sie, dass sie Richtung Saltsjöbaden fuhren, aber in Nacka bog er nach Gustavsberg ab.

Plötzlich spitzte Johanne die Ohren. Harry hatte etwas Interessantes gesagt, das mit seiner eigenen Biografie nicht das Geringste zu tun hatte.

Es ging um seine Zusammenarbeit mit Ärzten der Heimatfront. Einen von ihnen, den Chefarzt in Kjesäter, hatte sie sogar kennengelernt.

Diese Ärzte hatten große Pläne. Er selbst war von schwedischer Seite aus für die Organisation verantwortlich. Seine Arbeit an der Staatlichen Kriminaltechnischen Anstalt lieferte die passende, halb offizielle Tarnung. Von ganz oben war stillschweigendes Einverständnis signalisiert worden, aber es musste natürlich alles äußerst diskret abgewickelt werden.

Sie hörte Harry jetzt aufmerksam zu, ohne ganz zu verstehen, worum es ihm eigentlich ging, weil er ziemlich faselte, bis ihr plötzlich klar wurde, worauf er hinauswollte.

Es ging um die zunehmende Zahl norwegischer Flüchtlinge in Schweden. Für 15 000 junge Männer musste eine vernünftige Beschäftigung gefunden werden, vernünftiger als Holzhacken, trotz des riesigen Holzbedarfes, der Kohle und Koks ersetzen sollte. Kjesäter war die Zentrale, aber es entstanden bereits weitere einfachere Lager, die unter den Namen Impflager, Bereitschaftslager, Reservepolizeilager und Kurlager liefen. Offiziell wurden darin Polizisten ausgebildet. Nach der Befreiung Norwegens musste, was auf der Hand lag, ein großer Teil der norwegischen Polizisten entlassen und durch zuverlässige Leute ersetzt werden. Unter diesem Vorwand hatte die schwedische Regierung das Projekt genehmigt. In Wirklichkeit wurden jedoch Soldaten ausgebildet, was mit der schwedischen Neutralitätspolitik unvereinbar war. Über kurz oder lang würden hervorragend ausgebildete Norweger die Obhut ihrer schwedischen Brüder verlassen, um bewaffnet nach Hause zurückzukehren. Die Waffenlieferungen übernahm die SOE.

Je länger Revolver-Harry unbekümmert über Dinge sprach, die streng geheim sein dürften, desto mehr staunte Johanne. Was wusste der Mann über sie? Was hatte Peter ihm erzählt? Der Plan, norwegische Flüchtlinge militärisch zu schulen, war natürlich aufregend und machte

Hoffnung, da er eine Niederlage der Deutschen voraussetzte. Es ging nun nur noch darum, alles rechtzeitig genug zu organisieren. Wenn die deutschfreundliche Presse davon Wind bekam, würde vermutlich ein Aufschrei durch die Reihen gehen. *Aftonbladet* und andere deutschfreundliche Blätter nahmen es mit der sogenannten schwedischen Neutralität übergenau, sie schrieben nichts Unpassendes über Deutschland und unternahmen auch nichts, was deutschen Interessen schaden könnte. Am liebsten würden sie die Kommunisten und ihre Zeitungen verbieten und alle antideutschen Stimmen zum Schweigen bringen. Nun sollten also zwei vollständige Brigaden aufgebaut werden, die gegen Deutschland in den Krieg ziehen konnten. *Aftonbladet* und ähnliche Blätter würden sich an Entrüstung gegenseitig übertreffen, wenn dieses Projekt öffentlich bekannt wurde.

Sie schienen sich ihrem Ziel zu nähern. Revolver-Harry folgte einem schmalen kurvenreichen Sandweg, der zwischen Kiefernstämmen zum blau schimmernden Meer führte. Offenbar befanden sie sich direkt nördlich von Saltsjöbaden am Schifffahrtsweg nach Stockholm. Ein Straßenschild bestätigte ihre Vermutung: Norra Lagnö.

Harry hielt mit quietschenden Reifen vor einem großen gelben Holzhaus direkt am Meer, wobei er haarscharf an ein paar Gartenmöbeln und einer Hollywoodschaukel vorbeischrammte.

Peter erwartete sie auf der überdachten Freitreppe. Die beiden Männer umarmten sich herzlich und klopften einander auf die Schultern. Peter und Johanne begrüßten sich förmlicher. Umarmt hatten sie sich noch nie und würden es wohl auch in Zukunft nicht tun, sofern sie nicht zufällig nebeneinander den Sieg, Deutschlands bedingungslose Kapitulation oder etwas Ähnliches erleben sollten.

Peter führte seine Gäste durch das palastartige Holzhaus, an großen offenen Kaminen vorbei durch übermäßig möblierte Gesellschaftsräume auf eine nur fünfzig Meter vom Ufer entfernte Glasveranda. Die Aussicht war hinreißend. Ein Schiff mit aufgemalten großen blau-gelben Fahnen dampfte gemächlich Richtung Finnland. Die Veranda war mit Bambusgartenmöbeln mit großen geblümten Kissen möbliert. In einer Ecke stand eine überladene Hausbar auf Rädern.

Peter rieb sich mit entzückter Miene die Hände.

»Das ist fantastisch«, sagte er. »Ich hätte nicht zu hoffen gewagt, dass es gelingen würde, euch zusammenzubringen, zumindest nicht solange der Krieg andauert. Meine beste schwedische Mitarbeiterin und meinen besten schwedischen Freund. Was darf ich euch anbieten?«, fragte er und deutete auf die überladene Bar. »Wir haben sogar englisches Bier, Worthington Pale Ale.«

»Ich nehme das Übliche, aber on the rocks«, sagte Revolver-Harry mit ausgeprägt amerikanischem Akzent.

»Ich probiere gerne das Bier«, sagte Johanne.

Peter machte sich an dem Getränkewägelchen zu schaffen, dann reichte er ihr eine Flasche mit einem großen Glas und Revolver-Harry »das Übliche«, einen Whisky mit Eis und dazu Bier statt Wasser. Danach schenkte er sich einen Whisky ein.

»Well, jetzt sind wir also hier«, stellte er überflüssigerweise fest, ließ sich auf einen Bambussessel sinken und warf ein Bein über die Armlehne. »Ein fantastisches Haus, auf

Schwedisch heißt das wohl Großhändlervilla. Einer von Harrys Freunden hatte die Freundlichkeit, sie uns zur Verfügung zu stellen. Wie gefällt es dir, Johanne?«

»Sehr nett. Sogar deine Aussprache von Großhändlervilla ist fast perfekt. Wie gut ist dein Schwedisch eigentlich?«

»Sein Schwedisch ist verdammt gut«, mischte sich Revolver-Harry ein. »Aber natürlich nicht so gut wie unseres, und aus Feigheit spricht er immer Englisch.«

»Eigentlich müssten wir ihn zwingen, Deutsch oder Französisch zu sprechen«, meinte Johanne.

»Gute Idee!« Revolver-Harry lachte. »Aber der Bursche ist verdammt noch mal Engländer und beherrscht daher keine andere Sprache. Das mit dem Schwedischen ist vermutlich ein reines Versehen, weil er als Student mit einer Schwedin verheiratet war.«

»Well, dann halten wir uns also der Ordnung halber ans Englische«, meinte Peter. »Hat dir Harry unterwegs alles erzählt? Darum hatte ich ihn nämlich gebeten.«

»Harry hat ausführlich berichtet«, antwortete sie und dachte, dass sie diese Aufgabe nicht so galant bewältigt hätte.

»Ausgezeichnet. Und ich habe Harry alles Wesentliche über dich erzählt. Und da ihr euch jetzt kennengelernt habt, können wir direkt zur Sache kommen. Ich habe eine große und eine kleine Aufgabe, die ihr gemeinsam bewältigen sollt. Wenn wir das Netz der Impf- und Kurlager, oder wie diese Kasernen auch immer genannt werden mögen, etabliert haben, werdet ihr häufiger miteinander zu tun haben. Deine Transporte, Johanne, werden dann nicht immer nach Kjesäter gehen, sondern auch zu diskreteren

Anlagen, in denen bestimmte Leute durch die Bürokratie geschleust werden, beispielsweise Attentäter und Waffenschmuggler. Dabei wird Harry dein Hauptkontakt sein. All right?«

»All right. Ich vermute, das war die kleine Aufgabe?«

»Richtig! Die große Aufgabe besteht darin, dass dich Harry einem seiner Freunde vorstellt, der zufälligerweise stellvertretender Chef des C-Büros ist, also einer der wichtigsten Abteilungen des schwedischen militärischen Geheimdienstes. Ein Mann, mit dem ich mich, wie die Dinge momentan liegen, seinet- und auch meinetwegen nicht treffen kann. Kannst du mir so weit folgen?«

»Durchaus. Und warum soll ich mich mit einem schwedischen Spionagechef treffen?«

»Weil wir beschlossen haben, dich zumindest über den Sommer an den schwedischen Geheimdienst auszuleihen. Mehr nicht.«

Erst glaubte sie, sich verhört zu haben. Aber ein sprachliches Missverständnis konnte nicht vorliegen. Peters spöttischer Blick verriet, dass er es ernst meinte.

»Unglaublich«, erwiderte sie zögernd. »Das habt ihr, wer auch immer das sein mag, also beschlossen. Habe ich eigentlich auch noch ein Wörtchen mitzureden? Worum geht es überhaupt?«

»Mit ›wir‹ meine ich den Stab der SOE und der Milorg. Nach reiflicher Überlegung haben wir uns auf diesen Plan geeinigt, da weder die Milorg noch wir andere Mitarbeiter haben, die so perfekt Deutsch sprechen wie du. Aber um dir alles zu erklären, muss ich ein wenig ausholen.«

»Nur zu!«, erwiderte sie, trank ihren ersten Schluck Bier und dachte an Brighton und einen gewissen »Edmond

Dantès«, der all das verkörperte, was Peter vermutlich nie werden konnte.

Die Operation Lorelei beschäftigte sich mit der dringlichsten Aufgabe des schwedischen Geheimdienstes, erklärte Peter theatralisch. Sie wusste sofort, wovon er sprach. Es durfte keine Mühe gescheut werden, um die Entschlüsselung der deutschen Telegramme zu ermöglichen.

Und wenn die Alliierten den Schweden in dieser Angelegenheit beistanden, konnten sie auf diese Weise eine Schneise in deren deutschfreundliche Neutralität schlagen, oder wie man diese Haltung bezeichnen mochte. Eine Hand wusch die andere. Es ging also nicht nur um die Frage an sich, solche Geschäfte führten auch zur gegenseitigen Annäherung der Beteiligten. Der Mann, den sie bald kennenlernen sollte, der stellvertretende Chef des C-Büros, ein gewisser Helmuth Kernberg, konnte, um nur ein Beispiel zu nennen, die Transporte des Blauen Sterns mit den richtigen Papieren ausstatten und sie auf diese Weise legalisieren. Bertil konnte entlassen und die Transporte ohne Risiko durchgeführt werden. Kontrollen durch das Militär und die Polizei waren dann nicht mehr zu befürchten.

An dieser Stelle bat ihn Johanne, zur Sache zu kommen und bemerkte nebenbei, dass Bertil ihr fehlen werde, das einzige männliche Wesen, das ihre Anweisungen ohne Murren befolgte.

Peter versprach, sich kurz zu fassen, anschließend könne man sich dem Proviant, den die englische Legation zur Verfügung gestellt habe, zuwenden und in der Küche zu Abend essen.

Harry würde sie also mit seinem Freund, dem stellvertretenden Spionagechef Helmuth Kernberg, bekannt machen. Dieser würde einen Kontakt zu einer seiner Agentinnen in Stockholm vermitteln, die Johanne mit dem Zielobjekt, einer gewissen Erika Schultze vom Kulturzentrum der deutschen Legation in Stockholm, zusammenführen sollte. Erika Schultze verfügte über wesentliche Informationen, sprach aber kein Schwedisch. Und Kernbergs Agentinnen in Stockholm besaßen viele Vorzüge, aber leider keine Deutschkenntnisse.

»Primär geht es also um die Codes. Weitere Fragen vor dem Essen?«

»Allerdings!«, erwiderte sie. »Und gerne mit klaren Antworten. Ist das Kulturzentrum ein Deckmantel der Abwehr?«

»Nein. Eine klare Antwort.«

»Wissen wir, wo sich die Chiffriermaschinen der Abwehr befinden?«

»Ja. Bei der Abwehrgruppe Luft, Karlavägen 59, erster Stock über einem Damensalon und einem Malergeschäft.«

»Alle zu verschlüsselnden deutschen Mitteilungen werden also in den Karlavägen gebracht?«

»Ja. Und wenn wir die Kuriere abfangen, ändern die Deutschen einfach den Code, und unsere Erkenntnisse sind wertlos.«

»Entschuldige meine Offenheit, Peter. Aber manchmal bist du schwer von Begriff. Darum geht es mir nicht. Das Objekt, diese Erika Schultze, schreibt also ihre Telegramme unverschlüsselt und bringt sie zur Abwehrgruppe Luft in den Karlavägen 59, wo sie chiffriert und verschickt werden, richtig?«

»Korrekt.«

»Das bedeutet, dass Fräulein Schultze die Codes nicht kennt.«

»Das stimmt.«

»Fräulein Schultze kennt die Telegramme also nur in nicht verschlüsselter Form?«, meinte Johanne vorsichtig, während sie weiter nachdachte.

»Genau! Wie wir soeben feststellten.«

Sie dachte angestrengt nach, dann fiel ihr die Lösung ein.

»Die Schweden fangen die abgeschickten Telegramme in jedem Fall ab, egal, ob sie sie entschlüsseln können oder nicht?«

»Ja, jetzt wird es heiß.«

»Bekämen wir also ein paar Telegramme im Klartext in die Finger … die den Schweden in verschlüsselter Form vorliegen … dann bräuchten wir nur noch ein paar Mathegenies, und der Code wäre geknackt?«

Der Groschen hätte schneller fallen können, dachte sie selbstkritisch. Hauptsache, sie hatte sich seine gönnerhafte Erklärung erspart.

»Ganz richtig!«, räumte er ein. »Und jetzt sollten wir uns endlich dem guten, extra eingeflogenen Rinderbraten zuwenden.«

»Aber ich bereite ihn zu. Englische Stümper können wir beim Kochen nicht gebrauchen!«, krakeelte Revolver-Harry mit vor Entsetzen geweiteten Augen.

Johanne sah sich gezwungen, über Nacht zu bleiben, da die Männer so viel Bier und Whisky konsumierten, dass sie es dankend ablehnte, als ihr Revolver-Harry zu fortgeschrittener Stunde lallend und gentlemanlike anbot, sie nach Hause zu fahren.

Sie wies ihn auf eine der einfachsten Spionageregeln hin, unnötige Risiken in jedem Fall zu vermeiden.

Am meisten ärgerte sie, keine Zahnbürste mitgenommen zu haben.

*

Cecil, dachte sie. Dinner in einem der elegantesten Restaurants Stockholms, vielleicht sogar dem exklusivsten und viel intimer als beispielsweise das *Riche*. Was sollte sie anziehen?

Revolver-Harry wollte ihr seinen Freund, den Spionagechef, vorstellen. Was Harrys Talent für Eleganz betraf, gab sie sich keinen Illusionen hin. Aber den Spionagechef Helmuth Kernberg mit seinem merkwürdig deutschen Namen konnte sie nicht einschätzen. Uniform oder Smoking?

Sie konnte sich Revolver-Harry unmöglich im Smoking vorstellen und seinen Freund, den Spionagechef, eigentlich auch nicht. Also ging sie von einer Stufe unter dem Smokingniveau aus, ohne militärischen Schnitt, also nichts Graues, Breitschultriges, das war Alltagskleidung.

Ein gerade geschnittenes grünes Samtkleid mit Schulterpolstern, weißem Kragen, diskretem V-Ausschnitt, dazu eine Kette, vielleicht eine Brosche, das Haar hochgesteckt im Netz.

Rosa und sie hatten Muttis große Garderobe unter sich aufgeteilt. Die Kleider der letzten dreißig Jahre waren eine Goldgrube für alle Näherinnen, die über diese Vorkriegsqualität, wie es so schön hieß, jubelten. Johanne hatte fast die Figur ihrer Mutter, sie musste also kaum etwas ändern lassen, sofern die Schnitte nicht hoffnungslos unmodern waren, wie die kurzen Glitzerkleidchen aus den Zwanzigern. Rosa hatte es schwerer, sie war kleiner als ihre Schwester und musste daher alles zur Näherin bringen.

Revolver-Harry entsprach ganz ihren Erwartungen, als er sie mit seiner schwarzen Limousine mit Militärkennzeichen abholte. Er sah aus, als hätte er in seinen Kleidern geschlafen, obwohl er sich die Mühe gemacht hatte, einen dunklen Anzug mit gepunktetem Schlips und ein gestreiftes Hemd mit ausgefransten Manschetten anzuziehen. Ihre Aufmachung fiel ihm während der kurzen Fahrt zur Biblioteksgatan nicht weiter auf, jedenfalls kommentierte er sie nicht.

Im Gegensatz zu Helmuth Kernberg, der sie in einer Nische außer Hörweite der anderen Gäste an einem Tisch für drei erwartete. Offenbar besuchte er dieses Lokal häufiger, da das Personal ihn wie einen Stammgast behandelte.

Kernberg trug einen dunklen Zweireiher mit Schulterpolstern, der neu wirkte, und statt der Krawatte eine schwarze Fliege. Er lächelte charmant mit nicht mehr ganz weißen Zähnen, küsste ihr die Hand und meinte, sie trage das hübscheste Kleid, das er seit sehr Langem gesehen hätte.

Er war außerordentlich charmant und erkundigte sich, ob er rauchen dürfe, nachdem er ihr aus einem Silberetui mit Monogramm eine Zigarette angeboten hatte. Dann schlug er ihr irgendwelche lächerlichen Cocktails vor, die sie nur dem Namen nach kannte, und bestellte schließlich Champagner für alle. Revolver-Harry murrte über dieses Weibergesöff.

Der Spionagechef schien im *Cecil* Privilegien zu genießen, denn über Bezugsscheine wurde kein Wort verloren, und alles, was auf der Speisekarte stand, durfte bestellt werden. Johanne wählte als Vorspeise Krebs in Hummersoße und anschließend Schweinemedaillons, der Spionagechef nahm das Gleiche, und Revolver-Harry bestellte Hering, dazu Schnaps und anschließend Schweinekotelett, selbstverständlich paniert.

Den Wein wählte der Herr Spionagechef, ohne sich nach den Wünschen seiner Tischgenossen zu erkundigen. Johanne hätte sich ganz bestimmt für eine andere Sorte entschieden. Warum nur gingen die Herren der Schöpfung davon aus, dass Frauen in dieser Frage keine Meinung hatten?

Sie unterhielten sich über Belanglosigkeiten. Revolver-Harry gab ein paar Abenteuer zum Besten, unter anderem, wie er der amerikanischen Polizei die neuen technischen Möglichkeiten der Geschossanalyse erläutert hatte, die offenbar sein Spezialgebiet darstellte.

Herr Kernberg, der ihr umgehend das Du anbot und sich somit in Helmuth verwandelte, erzählte von Finnland und erkundigte sich nach ihren Erfahrungen während des Winterkrieges. Sie nutzte die Gelegenheit darzulegen, wie unpraktisch es gewesen war, mit großen roten Sternen auf den Lastwagen herumzufahren.

Natürlich schmeckte das Essen, das keine Bezugsscheine erforderte, als stünden das Militär oder zumindest Helmuth über diesen weltlichen Dingen, ausgezeichnet.

Johanne erkundigte sich nach seinem deutsch klingenden Namen, woraufhin er ihr auf Deutsch seine Abstammung aus dem Deutschbaltikum erläutern wollte. Er wechselte jedoch rasch wieder ins Schwedische, als ihm auffiel, dass sie ihm sprachlich haushoch überlegen war.

Nicht ein einziges Wort von Bedeutung fiel. Es war geradezu gespenstisch. Wozu also dieses Treffen? Wozu diese von dem ungebügelten Revolver-Harry inszenierte Begegnung? Weil sie ihm die Gelegenheit bot, unerlaubt viel Schnaps zu trinken? Da stimmte doch etwas nicht.

Als sie das Dessert und den Cognac zum Kaffee, den Helmuth vorgeschlagen hatte, was ebenfalls verdächtig wirkte, ablehnte, blickte Revolver-Harry demonstrativ auf die Uhr, gab vor, am nächsten Morgen einen komplizierten wissenschaftlichen Vortrag halten zu müssen, und verabschiedete sich.

»Das war aber wirklich an der Zeit, dass wir uns endlich kennengelernt haben«, meinte Helmuth hochzufrieden, als er sich mit seiner noch überraschend sauberen Leinenserviette über den Mund fuhr.

»Ja«, erwiderte sie. »Danke für das ausgezeichnete Essen, aber worum geht es eigentlich?«

»Das besprechen wir später unter vier Augen«, sagte er und blinzelte ihr regelrecht flirtend zu.

»Jetzt fahren wir zu mir nach Hause und unterhalten uns über die wichtigen Dinge. Ich wohne auf Lidingö und mein Wagen steht draußen.«

Sie wusste nicht recht, was sie von diesem Abend halten sollte. Was ihre Aufnahme in den schwedischen Geheimdienst anbelangte, schien der Restaurantbesuch bislang reine Zeitverschwendung gewesen zu sein. Sie hatten über Belanglosigkeiten geredet und über die Operation Lorelei kein Wort verloren. Musste sie jetzt wirklich zu diesem Charmebolzen nach Hause fahren?

Als er ihr in den Mantel half, sprach ihn der Garderobier als Major Kernberg an. Das gesamte Personal schien ihn zu kennen. Für einen Spionagechef hatte er einen erstaunlich auffälligen Lebenswandel.

Auf der Biblioteksgatan stand ein riesiges, ebenfalls auffälliges schwarzes amerikanisches Auto, das natürlich ihm gehörte. Als er ihr die Beifahrertür aufhielt, erwartete er ganz offensichtlich ihre Bewunderung.

»Bist du schon mal mit einem Amerikaner gefahren?«, fragte er begeistert wie ein kleiner Junge.

»Nein, noch nie«, antwortete sie und war sich recht sicher, dass er ihre Nachdrücklichkeit missverstehen würde. Trotzdem schien er ein wenig aus dem Konzept geraten, als er um den Wagen herum zur Fahrertür eilte.

»Der Wagen hat Lenkradschaltung«, erläuterte er, als sie auf die Sturegatan einbogen.

»Nicht übel«, sagte sie in einem eindeutigen Tonfall, den er dieses Mal wirklich nicht missverstehen konnte.

Ein seltsamer Mann. Er war mindestens zwanzig Jahre älter als sie, hatte leicht schütteres Haar, und seine Mundwinkel zeigten nach unten, sodass er, außer er lächelte, wie ein unzufriedener und gefräßiger Dorsch aussah.

»Also, Helmuth, jetzt sind wir endlich allein«, meinte Johanne ironisch. »Vielleicht sollten wir ja über die eigentliche Operation sprechen?«

»Nenn mich gerne Teddy, das tun alle meine Freunde«, sagte er. »Dafür, dass ich Helmuth getauft wurde, kann ich nichts. Das war eine andere Zeit und eine andere Welt. Ich werde nur ungern für einen Deutschen gehalten.«

»Aber du sprichst recht fließend Deutsch?«

»Ich habe meine militärische Ausbildung in Deutschland absolviert. Aber auch das war zu einer anderen Zeit. Dein Deutsch ist, wenn mich nicht alles täuscht, perfekt?«

»Meine Mutter war Deutsche, mein Vater Norweger.«

»Und Norwegisch sprichst du genauso gut?«

»Ja.«

»Fantastisch, dann kannst du dich also in Norwegen ebenso unauffällig bewegen wie …?«

»In Deutschland oder Schweden, allerdings. Aber könntest du mir jetzt bitte erklären, worum es bei diesem Auftrag geht? Das Objekt ist also die deutsche Sekretärin der deutschen Kulturabteilung?«

»Das primäre Objekt, ja. Sie ist der Weg zum Heiligen Gral. Unser Arbeitsgebiet hier in Stockholm ist sehr umfassend, und unsere Mitarbeiterinnen sind hauptsächlich nachts im Einsatz.«

Honey Trap, dachte sie. Aber damit käme man bei dieser Sekretärin wohl nicht sehr weit.

»Soll ich dir den Plan in groben Zügen erläutern?«, fragte er, als er auf die Lidingöbrücke einbog. Da diese rhetorische Frage keiner Antwort bedurfte, setzte er nach kurzem Zögern zu einem knappen Referat über das Thema an.

Jede Nacht frequentierten die Vertreterinnen der Firma die bei den Deutschen in Stockholm besonders beliebten Lokale Tattersall, Reisen, Zum Franziskaner und Bäckahästen. In russischen und deutschen Spionagekreisen hießen diese Frauen Schwalben, in Schweden Sirenen, jene Frauenwesen aus der klassischen Mythologie, die mit ihrem bezaubernden Gesang Seeleute ins Verderben lockten …

Irritiert unterbrach sie seine literaturgeschichtliche Vorlesung mit der Bemerkung, dieser Trick sei vermutlich auch den Deutschen bekannt. Willige Frauen, die sich im Bett nach Geheimnissen erkundigten, mussten doch selbst das Misstrauen der Arglosesten wecken?

Er lachte und schüttelte den Kopf. Nein, beharrte er. Der Wein brachte alle um den Verstand, sowohl schwedische als auch deutsche Männer. Die Tätigkeit der Sirenen hatte ihnen viele wertvolle Informationen eingebracht, unter anderem, weil sich die Objekte, meist niedere Beamte, der Bedeutung und Gefährlichkeit ihres Wissens nicht bewusst waren. Das war ein Fehler. Alles war wichtig, und sämtliche Informationen wurden von nüchternen Beamten zu den offiziellen Bürozeiten ausgewertet.

Sie waren von der Hauptstraße abgebogen und hielten auf der Garagenauffahrt eines mittelgroßen Einfamilienhauses. Das Erdgeschoss war schwach erleuchtet. Also hat er wirklich unser intimes Zusammensein geplant, dachte Johanne angewidert, während sie darauf wartete, dass er um den Wagen herumgehen und ihr die Tür öffnen würde, was er seltsamerweise unterließ.

Aus der Diele gelangten sie geradewegs in ein großes Wohnzimmer mit einer Mischung aus neuen und einigen älteren Möbeln aus dem 19. Jahrhundert, die auf altes Geld schließen ließen.

Vor dem offenen Kamin stand ein Tisch mit Gläsern und Flaschen.

Er erkundigte sich, ob er ihr einen Klosterlikör anbieten dürfe, und sie schüttelte wortlos den Kopf. Cointreau? Vielleicht ein grüner Chartreuse? Ein blauer Curaçao?

Sie lachte, da sie sich nicht beherrschen konnte, und bat um ein Glas Wein oder einen Whisky. Gerne mit einem Glas Wasser dazu. Enttäuscht trottete er in die Küche und klapperte mit Kühlschrank- und Schranktüren. Als er zurückkehrte, hatte er sein Jackett abgelegt und wirkte bedeutend kleiner.

Er stellte ihr ein Glas Rotwein hin und nahm neben ihr auf der Couch Platz. Dann prostete er ihr mit seinem eisklirrenden Whiskyglas zu.

»Skål!«, sagte er, hob sein Glas und schaute ihr erst ernst, dann mit seinem Charmeurlächeln tief in die Augen.

Wahrscheinlich legt mir der Idiot gleich eine Hand auf den Oberschenkel, dachte sie. Und das soll der Chef der Sirenenkompanie sein!

»Ich will nicht aufdringlich wirken«, sagte er und legte ihr seine Hand auf den Oberschenkel, »aber von allen Agentinnen im schwedischen Dienst bist du zweifellos die hübscheste. In dieser Beziehung kenne ich mich aus.«

Sie hatte das Gefühl, zu Eis zu erstarren. Mehrere, viel zu lange Sekunden vermochte sie sich nicht zu regen, dann gelang es ihr, die Lähmung abzuschütteln.

»Jetzt, mein lieber Teddy«, sagte sie und schob seine Hand beiseite, »stehen wir vor einer Entscheidung. Du rufst mir ein Taxi, und während wir auf das Taxi warten, gibst du mir die Anweisungen, die ich für meine Arbeit brauche.«

Er sah sie erschrocken, möglicherweise sogar einen Hauch beschämt an, dann setzte er wieder seine Dorschmiene auf.

»Ich dachte nur, dass wir uns noch ein bisschen besser kennenlernen …«

»Nein danke, jetzt nicht!«, unterbrach sie ihn. »Könntest du mir bitte ein Taxi rufen?«

»Ich fahre dich natürlich nach Hause, das wäre ja noch schöner«, sagte er, lächelte versuchsweise und erhob sich.

Er ging in ein anderes Zimmer und kehrte nach ein paar Minuten mit einem Stoß Akten zurück, den er neben die Likörflaschen auf den Couchtisch legte.

»Dies hier sind die nötigen Unterlagen«, erklärte er mit wiedergewonnener Selbstsicherheit. »Die Namen und Fotos der für uns interessantesten Deutschen in der Stadt, Leute, an die unsere Sirenen unter anderem aus sprachlichen Gründen nicht rankommen. Du und Ewa Kitchener, mit der du zusammenarbeiten wirst, habt ganz andere Voraussetzungen, nicht nur, weil du dich als Deutsche ausgeben kannst. Ewa wird dich in die operative Seite des Einsatzes einweihen. Die deutschen Akten musst du nach und nach auswendig lernen.«

»Das kann ich unmöglich in meiner Wohnung aufbewahren«, sagte Johanne und blätterte in den mit den Fotos verschiedener deutscher Objekte versehenen Papieren. »Falls bei Ewa Kitchener dieselben Unterlagen vorhanden sind, lerne ich sie dort auswendig. Da wir eng zusammenarbeiten werden, vermute ich, dass sie bereits über die nötigen Kenntnisse verfügt?«

»Durchaus. Aber warum kannst du die Akten nicht mit nach Hause nehmen? Schließlich geschieht es ja mit unserer Einwilligung?«

»Deine Einwilligung ist gut und schön. Sie nützt mir aber herzlich wenig, wenn die Hestapo diese Dokumente auf meinem Schreibtisch findet, die beweisen, dass ich unsere Freunde, die Deutschen, ausspioniere, und das ist verboten. Die Hestapo wäre empört und die Richter des Stockholmer Amtsgerichts ebenfalls.«

»Aber warum in aller Welt sollten sie …«

»Sie waren schon einmal bei mir. Aus gutem Grund verdächtigen sie mich, aktives Mitglied der militärischen Sektion der Heimatfront und damit Feindin der Hestapo und Schwedens zu sein. Also: keine Unterlagen bei mir zu Hause.«

»Meine Informationen über dich waren etwas unzureichend«, sagte er und erhob sich. »Über unseren inoffiziellen Kanal zu den Engländern erfuhr ich zwar, dass man uns eine Topkraft schicken würde, was auch Harry bestätigte, aber der übertreibt ja sowieso immer. Hast du Abitur?«

Johanne brach in Gelächter aus, verschüttete Rotwein, entschuldigte sich und stellte ihr Glas vorsichtig neben den Likörflaschen ab.

»Ja«, sagte sie, nachdem sie sich wieder gefasst hatte. »Ich habe Abitur und auch noch einen Doktor in Literaturgeschichte. Ich habe sogar gelernt, wie man unverschämte Männer tötet, wobei ich in dieser Hinsicht vielleicht nicht ganz so versiert bin. Wärest du nun bitte so freundlich, mich nach Hause zu bringen?«

»Natürlich«, sagte er und verschwand mit ihrem Rotweinglas in die Küche. Als er mit einem Lappen zurückkehrte, trug er wieder sein Jackett.

»Ich habe dich unterschätzt, ich bitte um Verzeihung, aber meine Informationen waren, wie gesagt, unzureichend«, entschuldigte er sich, während er den Rotwein aufwischte.

*

Das Zimmer hatte weiße, kahle Wände, die Fenster waren hoch und hatten keine Vorhänge, die graue Farbe der Fensternischen blätterte ab. Hinter einem Paravent war ein Gestell zu erkennen, das an Gestapo und Folter denken ließ.

Neben dem schlichten braunen Schreibtisch hing als einzige Wanddekoration der Körper der Frau im Querschnitt.

Mit zusammengepressten Knien saß sie auf einem unbequemen Stuhl vor dem Schreibtisch, als wollte sie sich unbewusst schützen.

Der Mann ihr gegenüber war kaum älter als sie und hatte sich den weißen Kittel offenbar nur über den Anzug gezogen, um den Schein zu wahren. Seine blau-weiß gestreifte Fliege hatte bessere, zumindest sauberere Zeiten erlebt, und er sprach etwas zu enthusiastisch, um sachlich professionell zu sein.

»Das hier«, sagte er und hielt einen runden Gegenstand aus Gummi in die Höhe, »ist nicht nur die neueste Waffe gegen den Feind, sondern auch eine uralte Technik. Angeblich hat man während der italienischen Renaissance ausgehöhlte Zitronenhälften verwendet.«

Sie antwortete nicht.

»Die moderne Version, die ich in der Hand halte, wurde in Deutschland im 19. Jahrhundert entwickelt«, erklärte er und führte die Elastizität des Gegenstands vor, indem er ihn einige Male zusammendrückte.

Auch dies erforderte keinen Kommentar.

»Ein lustiger Gedanke, ich meine, da diese Waffe ja überwiegend gegen die Deutschen eingesetzt werden soll«, versuchte er zu scherzen.

Sie verzog keine Miene, was ihn zu irritieren oder doch zumindest zu verunsichern schien. Er legte den Gegenstand auf die dazugehörige Schachtel zurück, griff zu einem Bleistift und begann, demonstrativ auf den Tisch zu klopfen.

Sie schwieg weiterhin.

»Hören Sie, Fräulein Lauritzen«, sagte er schließlich, erhob sich, ging mit den Händen in den Jackentaschen auf eines der hohen Fenster zu und kehrte ihr den Rücken zu. »Wir treffen uns hier auf Anweisung des C-Büros und Major Kernbergs. Ich selbst bekleide den Rang eines Leutnants, berücksichtigen Sie das bitte. Wir beide haben einen Auftrag, lassen Sie ihn uns jetzt bitte ausführen. Ich möchte Sie bitten, hinter den Paravent zu treten, sich Ihrer Beinkleider zu entledigen und Platz zu nehmen. Das ist ein Befehl. Ich bin Ihr Vorgesetzter!«

Wortlos erhob sie sich, trat hinter den Paravent, hob ihren Rock über die Taille und zog dann Schuhe, Strümpfe und Unterhose aus. Dann holte sie einige Male tief Luft und nahm mit gespreizten Beinen auf dem Untersuchungsstuhl Platz. Hätte sie auch noch die Strumpfhalter ausziehen sollen? Sie bereute alles bitter und fühlte sich hintergangen.

Der Mann, der sich als ihr Vorgesetzter bezeichnet hatte, trat mit raschen Schritten hinter den Paravent, zog ihr sofort einen Vorhang vor das Gesicht und streifte sich ein Paar leise quietschende Gummihandschuhe über.

»Fräulein Lauritzen«, sagte er hinter dem Vorhang, »wir führen jetzt eine kurze Untersuchung durch, dann möchte ich Sie bitten, darauf zu achten, wie das Diaphragma eingesetzt wird. Ich bitte Sie, sich zu entspannen.«

Sie versuchte, an etwas anderes zu denken, während er ihr Anweisungen erteilte, den Gegenstand einführte, wieder herauszog und von bestimmten »operativen Vorteilen« der Methode sprach, als versuchte er, den Offizier hervorzukehren. Frauen konnten schlecht Kondome mit sich führen, da das auf bestimmte Absichten schließen ließ. Mit der unerfreulichen Alternative, nämlich Schwangerschaftsabbrüchen, könne das Militär leider nicht dienen. Und der Feind erwies sich in dieser Hinsicht als vollkommen gleichgültig. Schwangerschaften schwedischer Frauen kümmerten diesen nicht.

Sie hatte Mühe, ihre Tränen zurückzuhalten.

Zum Abschied erlaubte er sich noch den plumpen Scherz, es sei ihm ein Vergnügen gewesen, eine sehr schöne Waffe zur Landesverteidigung zu entsichern.

Die beiden Sophiaschwestern, die Elite der Krankenpflegerinnen, die sie nach der Konsultation betreuten, machten aus ihrer Verachtung keinen Hehl, als Johanne diverse Formulare, unter anderem zur Schweigepflicht, ausfüllte. Vermutlich hatten sie bereits mehrere Besucherinnen im Dienste der Nation abgefertigt und auch schon einige Schwangerschaftsabbrüche durchgeführt, eine Dienstleistung, der zivilen Huren verwehrt blieb.

Der Wind war lau und der Sommer schön, als sie in den grünen Park des Sophiaheimes trat. Voller Wut malte sie sich aus, was sie diesem Widerling mit lächerlichem Clark-Gable-Schnurrbärtchen eigentlich hätte antworten wollen, beispielsweise als er auf seinen Dienstrang pochte und sie Fräulein nannte. Sie hätte darauf bestehen müssen, mit Frau Hauptmann angesprochen zu werden, ihm befehlen müssen strammzustehen und dann einfach gehen sollen. Seine Witzeleien hätte sie sich sofort verbitten müssen.

Sie setzte sich auf eine Bank, um ihre Gedanken zu ordnen und zu begreifen, in was sie da hineingeraten war. War es vielleicht angezeigt abzuspringen?

Im Park herrschte Stille, und der schwache Verkehr auf

dem Valhallavägen war nur als entferntes Fuhrwerkgeklapper und Rauschen wahrzunehmen. Ihr fiel auf, dass die Vögel nicht mehr zwitscherten. Wie immer war die Natur nach Mittsommer verstummt. Letzthin auf Sandhamn hatten sich die Buchfinken noch mächtig für König und Vaterland ins Zeug gelegt. Jetzt war nur noch das leise Zwitschern der Spatzen in den Buchsbaumhecken zu hören. Eine Sophiaschwester schob eine ältere Dame in einem Rollstuhl vorbei, und beide lächelten ihr in ihrer Unwissenheit freundlich zu.

Für König und Vaterland also.

Für König Haakon VII. hatte sie Deutsche getötet. Für König Gustaf V. wurden von ihr als einer Angehörigen der geheimen Hurenkompanie des schwedischen Militärs ganz andere Dienste erwartet.

Was war schlimmer? Zum selben Zweck zu töten oder sich zu prostituieren?

Aus philosophischer Perspektive wäre ihr die Antwort leichtgefallen: zu töten, sofern man damit nicht anderen Menschen wie Sissel Eiken oder dem Rest der stark dezimierten Hamar-Gruppe der Heimatfront das Leben rettete.

Aber wenn genau dieselben Werte in der anderen Waagschale lagen, würde sie dann nicht mit einem so abstoßenden Mann wie beispielsweise dem Major Helmuth »Teddy« Kernberg ins Bett gehen?

Es lief am Ende aufs Gleiche hinaus. Rein logisch gesehen war es keine Frage der Moral, schon gar nicht im Krieg. Es ging nur darum, den Ekel und die Erniedrigung auf der Bettkante zu überwinden mit einem Mann, der einem unzufriedenen Dorsch ähnelte.

Inzwischen hatte sie sich wieder beruhigt, sie atmete normal und konnte sogar ein klein wenig über die Sache lächeln. Vermutlich war sie besser dafür ausgebildet, Männer zu töten, als mit ihnen ins Bett zu gehen. Verglichen mit dem, was sie jetzt erwartete, war die Übung in Brighton ein Kinderspiel gewesen.

Energisch erhob sie sich und ging rasch Richtung Gärdet. Ihr blieb eine gute halbe Stunde, um den Spielregeln gemäß weder zu spät noch zu früh zu kommen.

Von ihrer Kontaktperson kannte sie nur die Adresse und den Namen, Ewa Kitchener, und dass sie eine in operativer Arbeit erfahrene Ausbilderin war. Genauer gesagt für die Sommerarbeit, weil im Herbst hoffentlich wieder ein gesünderes Leben in den Wäldern an der norwegisch-schwedischen Grenze angesagt war.

Das Haus im Stadtteil Gärdet hatte sieben Stockwerke mit je sechs kleinen Wohnungen, typisch schwedischer Funktionalismus sozialdemokratischer Ausführung. Die identischen Wohnungstüren wiesen Namensschilder mit einheitlichen Druckbuchstaben über den Briefschlitzen auf. Als sie an der Wohnung mit dem Namen Kitchener klingelte, ertönte der bekannte Big-Ben-Akkord. Sie lachte. Eine auffälligere Tonfolge hätte die Hestapo-Feindin kaum wählen können.

Die Tür wurde von einer um wenige Jahre älteren, blondierten Frau, die sich Johanne ganz anders vorgestellt hatte, geöffnet.

»Hallo«, sagte sie und hielt ihr die Hand hin. »Ich bin Ewa und schlage vor, dass wir uns duzen. Teddys lächerliche Losung können wir uns sparen, denn es besteht ja kein Zweifel daran, wer wir sind.«

»Johanne«, erwiderte sie und schüttelte ihrem Gegenüber die Hand, »dass wir uns duzen, ist mir sehr recht.«

Die Wohnung war hell, und die modernen Sitzmöbel waren, wie man es nahm, nicht sehr funktionell oder außergewöhnlich bequem. An den Wänden hing moderne Kunst, sogar einige Originale von Onkel Sverres Freunden aus Saltsjöbaden.

»Möchtest du eine Tasse Kaffee?«, fragte ihre Gastgeberin und deutete auf eine Malmsten-Sitzgruppe.

»Bitte keine Umstände«, erwiderte Johanne und nahm Platz.

»Es ist aber richtiger Bohnenkaffee, und fertig ist er auch schon.«

Ewa verschwand in die Küche, kehrte mit einem Tablett zurück und schenkte ein.

»Um direkt zur Sache zu kommen«, fuhr sie fort, als sie die Tassen wieder auf dem ovalen Couchtisch aus Teak abgestellt hatten. »Was weißt du über die bevorstehende Operation?«

»Du meinst die Operation Lorelei?«

»Genau.«

»Unser primäres Objekt heißt Erika Schultze und arbeitet bei der Kulturabteilung in der Kaptensgatan. Weitere Informationen liegen mir nicht vor.«

»Du hast dich mit unserem Freund Teddy oder, formeller, Major Kernberg, offenbar nicht eingehender unterhalten?«

»Nein, unser Gespräch fiel recht kurz aus.«

»Wollte er dir einen Likör anbieten?«

»Ja, in der Tat.«

»Und dann ist er zudringlich geworden?«

»Das auch.«

»Und deswegen ist deine Einweisung recht summarisch ausgefallen?«

»So ließe sich das elegant ausdrücken.«

Ihre Gastgeberin lachte.

»Beschleicht dich manchmal auch der Verdacht, dass Männer als Idioten geboren werden?«, fragte sie, als sich ihre Heiterkeit gelegt hatte.

»Hin und wieder könnte dieser Eindruck tatsächlich entstehen«, erwiderte Johanne verlegen. »Wieso fragst du?«

»Ganz einfach. Teddy ist der Zuhälter des schwedischen Militärs. Er akquiriert Zimmermädchen, Kellnerinnen und hin und wieder eine Sekretärin. In der Regel Mädchen aus der Provinz, die auf bessere Chancen in der Großstadt hoffen, du weißt schon. Er hofiert sie, macht ihnen Geschenke, fährt sie in seiner vulgären Limousine durch die Gegend und verführt sie mit Likör. Dann setzt er sie im Dienste der Nation ein, und zwar mit doppelter, aber immer noch miserabler Bezahlung, die teils das Militär, teils die geilen Männer zahlen. Ab und zu trifft er sie, ermuntert sie und bestätigt ihnen, wie wichtig ihr Einsatz für das Reich ist, was manchmal sogar stimmt. Sie nennen sich Sekretärinnenclub, und du wirst sie bald kennenlernen. Noch eine Tasse?«

»Ja, danke.«

Während Ewa ihr eine zweite Tasse echten Bohnenkaffee einschenkte, versuchte Johanne vergeblich, sich ein Treffen mit den anderen Clubmitgliedern vorzustellen. Etwa beim abendlichen Strammstehen vor der Befehlsausgabe und dem Abmarsch zu den Restaurants?

»Und diesem Club soll ich nun beitreten?«, fragte Johanne.

»Ja, aber mit einem wichtigen Unterschied. Du musst dich wie ein feines Mädchen benehmen und dich zusammenreißen, zumindest im Dienst. Erotische Abenteuer sind deine Privatangelegenheit, die du diskret abwickeln musst. Sie gehen niemanden etwas an.«

Das war ein ebenso konkreter wie erstaunlicher Bescheid. Sie sollte also Teil dieser eigenartigen Kompanie werden, aber an der eigentlichen Arbeit nicht teilnehmen?

»Jetzt komme ich nicht recht mit«, gab sie zu. »Der Eindruck, den mir Major Kernberg vermittelte … von dem Gynäkologen im Sophiaheim ganz zu schweigen …?«

»Ludvigsson? Der Mann, der darüber scherzt, dass er unsere Bombe entsichert?«

»Ja, die Beschreibung passt.«

»Der ist ein Idiot. Aber ein Pessar kann man immer gebrauchen, für unverheiratete, kinderlose Frauen ist es ja normalerweise illegal. Nutz es in deiner Freizeit.«

»Aber Major Kernberg …?«

»Auch ein Idiot. Zumindest, was Frauen betrifft. Allerdings genießt er den Ruf als größter Don Juan des Militärs. War er eigentlich erstaunt, dass du dich geweigert hast, seinen Likör zu trinken? Du hast dich doch geweigert?«

Johanne nickte lachend.

»Ja, er hat mir einige Alternativen angeboten, angefangen mit dem Klosterlikör. Aber wie meinst du das?«

»Dass dem guten Teddy jedes Gespür für Frauen abgeht. Er hat nicht begriffen, was mir nach höchstens dreißig Sekunden klar war.«

»Und zwar?«

»Dass du nicht aus der Provinz kommst und dein Glück nicht in der Großstadt suchst. Du hast es nicht nötig, putzen zu gehen oder als Sekretärin zu arbeiten. Deine Brosche ist nicht aus buntem Glas, sondern kostet das halbe Jahresgehalt eines Majors. Du trägst Seidenstrümpfe und sprichst, als wärst du entweder in Djursholm oder Saltsjöbaden aufgewachsen … Und woher kommst du?«

»Aus Saltsjöbaden.«

»Eben. Außerdem hast du einen Doktortitel und sprichst fließend Deutsch. Stimmt das?«

»Ja, auch das ist wahr.«

»Siehst du. Nur ein Idiot wie Teddy konnte in dir eine Anwärterin der Sirenenkompanie vermuten. Für mich bist du ein Geschenk des Himmels. Noch eine Tasse?«

»Nein danke. Um mich in das Stockholmer Nachtleben einzuweisen, musst du allerdings ganz pädagogisch mit Grundlegendem beginnen. In dieser Hinsicht bin ich blutige Anfängerin.«

Sie lachten beide über Johannes ironischen Tonfall und ihre Wortwahl. Nach Überwindung der anfänglichen, wohlerzogen kaschierten Scheu stellte sich zum ersten Mal ein Gefühl der Kameradschaft ein.

Johanne war Novizin, Ewa Kitchener hingegen, nach zweijähriger Arbeit in Stockholms nächtlicher Welt der Spione, das genaue Gegenteil. Letztere hatte, da sie pädagogisch mit dem Grundlegenden beginnen sollte, viel zu erzählen.

Als Erstes also, was sie mit dem Geschenk des Himmels gemeint hatte. Ewas bislang größtes Problem war gewesen, dass Frauen nicht allein ausgehen konnten, ohne für Prostituierte gehalten zu werden. Von nun an konnte sie zusammen mit Johanne jedes beliebige Restaurant aufsuchen. Frauen prostituierten sich einfach nicht zu zweit. Diese männliche Logik infrage zu stellen war sinnlos.

Das Problem hatte sich mit der Unterstützung der Freundinnen aus dem Sekretärinnenclub nicht beheben lassen. Die Erklärung dafür war Ewa unangenehm, da sie nur ungern Unvorteilhaftes über die anderen Clubmitglieder sagen wollte, die einen erheblichen Beitrag leisteten, indem sie eine Menge Informationen beschafften. Der Preis, den sie zahlten, war hoch. Vermutlich würde man ihnen auch nach dem Sieg nicht danken.

Da die Frauen jede Nacht auf der Suche nach betrunkenen Deutschen in den Stockholmer Kneipen unterwegs waren, galten sie als Prostituierte. Dass sie es wie auch die zivilen Prostituierten hauptsächlich auf Ausländer abgesehen hatten, war nicht weiter verwunderlich. Dort gab es Geld, harte Währung und manchmal auch Kosmetik und Seidenstrümpfe. Dasselbe galt für Amateurprostituierte, also für Frauen, die mit jedem halbwegs anständigen Mann, der sie zum Essen einlud, ins Bett gingen, dafür aber kein Geld annahmen, um eine selbstgesetzte Moralgrenze nicht zu überschreiten. Richtige Huren verachteten diese Konkurrenz und die Illusion moralischer Überlegenheit der Amateurprostituierten.

Das war ein Exkurs.

Zurück zu den Restaurantbesuchen. In Begleitung einer Person zu erscheinen, die, wie viele Freundinnen aus dem Sekretärinnenclub, wie eine Prostituierte aussah, half ihr nicht weiter. Bevor Johanne später am Nachmittag einige von ihnen, sozusagen vor der Abendschicht, kennenlernen würde, war es ratsam, die Seidenstrümpfe auszuziehen. Ein

Trick war, die Beine mit starkem Tee zu färben und einen schwarzen Strich auf die Rückseiten der Waden zu malen. In der gedämpften Beleuchtung eines Tanzlokals war der Betrug nicht zu erkennen. Lippenstift ließ sich imitieren, indem man die Lippen erst mit Rote-Bete-Saft und anschließend mit Vaseline einrieb.

Ab jetzt konnten sie also als zwei höhere Töchter in den besseren Restaurants sitzen und allen uninteressanten Strolchen noch dazu in perfektem Deutsch einen Korb geben, um sich auf die großen Zielobjekte zu konzentrieren, die sich sowohl aus sozialen als auch sprachlichen Gründen außerhalb der Reichweite des Sekretärinnenclubs befanden.

Damit waren sie bei der Operation Lorelei angelangt. Ihr bedeutendstes Objekt, die von Teddy offenbar noch vor dem Likör erwähnte Sekretärin Erika Schultze, war kürzlich aus Oslo nach Stockholm versetzt worden. Sie arbeitete beim Auswärtigen Amt, hatte somit dieselben Pflichten wie eine Militärangehörige, war weder Anfängerin noch Zivilangestellte und Hans Georg Wagner, Deckname »Papi«, dem Chef des »Büro Wagner« des deutschen Geheimdienstes in Stockholm, unterstellt.

Erika Schultze war ihr primäres und wichtigstes Zielobjekt. Jeden Tag brachte sie Wagners Telegramme mit dem Taxi zur Abwehrgruppe Luft im Karlavägen, von wo sie verschlüsselt verschickt wurden.

Jetzt würden sie endlich eine Verbindung zu ihr herstellen können.

Ewa und diese hochwichtige Erika Schultze hatten sich flüchtig beim Umzug des Büro Wagner in die Nybrogatan 27 kennengelernt. Die Kulturabteilung hatte mit bescheideneren Räumlichkeiten in der Kaptensgatan vorliebnehmen müssen.

Außerdem hatte Teddy etwas durcheinandergebracht. Nicht Erika Schultze arbeitete bei der Kulturabteilung, sondern sie selbst, Ewa. Sie bekleidete dort eine halbe Stelle als Sekretärin des Korrespondenten Horst Niedermayer. Dieser war natürlich nicht nur Korrespondent, und in seinem Büro übte sie tagtäglich ihre Spionagetätigkeit aus.

Während ihrer kurzen Bekanntschaft mit Erika Schultze hatte sie erfahren, dass sich die Deutsche brennend für Literatur interessierte, was ihr zu jenem Zeitpunkt unwichtig erschienen war.

Jetzt taten sich dadurch jedoch interessante Möglichkeiten auf. Ewa würde Erika Schultze rein zufällig auf der Straße begegnen, sich mit ihr unterhalten und beiläufig erwähnen, dass ihre beste Freundin in Literaturwissenschaften promoviert und außerdem eine deutsche Mutter habe. Ob sie sich nicht alle drei einmal treffen wollten …

Danach müsste improvisiert werden, aber die Aussichten waren vielversprechend.

Außerdem gab es recht viele Sekundärobjekte, alle einflussreichen Männer, die mit dem deutschen Geheimdienst und der deutschen Gesandtschaft in Stockholm zu tun hatten.

»Aber nun ist endlich Schluss mit lustig«, behauptete Ewa, erhob sich und ging ins Nebenzimmer. Mit zwei dicken Ordnern, die Dokumente und Porträtfotos enthielten, kehrte sie zurück. Jetzt galt es, sich über fünfzig Zielobjekte einzuprägen.

*

Wenn man bedachte, dass beide Schwestern Berufe ausübten, in denen jede kleine Abweichung vom Plan fatale Folgen haben konnte, waren sie erstaunlich nachlässig vorgegangen. Auf halber Strecke nach Sandhamn begaben sie sich ins Schiffsrestaurant, um dort traditionsgemäß ein Dampfer-Beefsteak zu essen. So war es zumindest geplant.

Natürlich gab es keine Steaks an Bord, weil das jegliche Bezugskartenlimits gesprengt hätte. Der ebenso traditionelle Ostseehering mit neuen Kartoffeln und zerlassener Butter stand noch auf der Speisekarte, unklar war jedoch, woraus die versprochene Butter bestand. Im Hinblick auf die vielen Fischgerichte, die sie in den kommenden Tagen erwarteten, wählten sie Lapin sauvage à la façon de Gotlande, kurz gesagt, ein ganz gewöhnliches Kaninchen in Senfsoße, das vermutlich weder wild war noch aus Gotland stammte.

Die zweite Abweichung vom Plan betraf den Wunsch nach ungestörter Unterhaltung. Seit mehreren Wochen hatte sich keine Gelegenheit geboten, und nun gab es einiges zu besprechen. Das erwies sich jedoch rasch als unmöglich, was teils am Wetter lag, da es auf Deck zu sehr windete, teils daran, dass im Sommer im Salon erster Klasse mehr Passagiere saßen als in der zweiten Klasse.

Dasselbe galt für das volle Restaurant, in dem die Tische so dicht standen, dass jedes dezente Gespräch unmöglich war. Rosa lenkte die Unterhaltung unverfänglich auf zwei bedeutungsvolle Ereignisse im Pazifik. Bei der Schlacht um Midway hatten die Amerikaner vier japanische Flugzeugträger versenkt und selber nur einen verloren. Somit näherte sich das Kriegsgeschehen jetzt auch Japan. Marinestrategisch bedeutete dies, dass Schlachtschiffe an Bedeutung verloren, weil Flugzeugträger und Flugzeuge die Entscheidungen auf See herbeiführten.

Dieses Thema war für das enge Dampferrestaurant offenbar zu gewagt, da sich wenig überraschend ein älterer Herr einmischte. Ein Neureicher, der sich westlich von Sandhamn ein neues Haus gebaut und außerdem versucht hatte, sein Grundstück einzuzäunen, um damit allen Spaziergängern den Uferweg abzuschneiden. Eine Unsitte, die sich unter Neuzuzüglern immer mehr ausbreitete. Mit hochrotem Gesicht erklärte er, die Amerikaner hätten diese Schlacht verloren, ganz gleichgültig, was gewisse Göteborger Blätter schrieben. Schlachtschiffe seien außerdem immer noch die ungekrönten Königinnen der Meere. Junge Damen sollten sich ihre süßen Köpfchen nicht über solche Dinge zerbrechen, das sei unpassend.

Was konnte man darauf antworten? So viel männliche Expertise duldete keinen Widerspruch. Eine Entschuldigung war ebenfalls ausgeschlossen.

Johanne begann also, über die Rezensionen von Erik Lindegrens Gedichtband »Der Mann ohne Weg« zu referieren. Es hieß, Lindegren habe eine neue poetische Sprache erfunden, was sie vollkommen lächerlich fand. Persönlich, durchaus, aber neu? Denn wie sollte eine »neue« Sprache im Schwedischen auch aussehen?

Der alte Herr spitzte weiter die Ohren, weil er hoffte, das junge Gemüse erneut in die Schranken weisen zu können, kannte sich aber mit moderner Dichtung offenbar nicht aus.

Halbherzig kam Rosa auf Carl Lauritz' Aussichten bei der bevorstehenden Juniorenregatta zu sprechen, an der er zum letzten Mal teilnehmen würde. Er hatte sowohl in

Saltsjöbaden als auch in Vaxholm gesiegt. Wenn ihm dies auch noch in Sandhamn gelang, würde er seine Juniorkarriere sozusagen mit einem Grand Slam abschließen.

Damit hatten sie dem neureichen Schnösel ebenso erfolgreich wie maliziös endgültig den Mund gestopft. Ein Inselneuling, der vom Segeln keine Ahnung hatte, durfte bei der feinen Sandhamner Sommergesellschaft nicht mitmischen und hatte gefälligst den Mund zu halten.

Nach dem Essen zogen sie sich in den einigermaßen leeren Zweite-Klasse-Salon zurück und begannen zu lesen.

Sie hatten gehofft, von niemandem abgeholt zu werden, um sich wenigstens auf dem Heimweg ungestört unterhalten zu können. Aber ärgerlicherweise erwarteten sie Carl Lauritz und sein ebenso wohlerzogener Mitsegler Sillen mit dem Leiterwagen am Anlegesteg und waren äußerst begierig, den älteren Cousinen von den unerfreulichen Windprognosen für die anstehende Regatta zu berichten.

Als sie sich zum Willkommensumtrunk im Langhaus einfanden, erfuhren sie zu ihrem Erstaunen, dass ihr Vater »geschäftlich« in Härnösand aufgehalten worden war und erst am nächsten Tag eintreffen würde. Härnösand lag weit von der Brückenbaustelle entfernt, und anderweitige Geschäfte tätigte die Familie dort, soweit sie wussten, auch nicht.

Dann erkundigten sie sich nach dem Gesundheitszustand Tante Christas, die in letzter Zeit an einigen recht exklusiven Krankheiten gelitten hatte, aber genesen zu sein schien. Eine gute Nachricht war, dass ihr Lieblingsonkel Sverre, den sie schon recht lange nicht mehr gesehen hatten, zur Regatta nach Sandhamn kommen würde.

Ob es vor dem Abendessen noch Zeit für einen längeren

Spaziergang gäbe? Nach vierstündiger Dampferfahrt konnten sie schlecht behaupten, dringend frische Luft zu benötigen. Sie konnten schwimmen gehen am eigenen Strand, aber dort saßen die anderen.

Rosa fiel schließlich eine brauchbare Notlüge ein, dass sie sich eine Überraschung für einen bevorstehenden Geburtstag ausdenken müssten.

Nachdem sie Shorts und Sandalen angezogen hatten, eilten sie wortlos zu ihrer Kiefer, als könnte erst dort, am heiligen Platz schwesterlicher Vertrautheit, die Unterhaltung ernsthaft beginnen.

»Wer fängt an? Und worüber dürfen wir nicht sprechen?«, fragte Rosa, als sie unter der Kiefer Platz genommen hatten.

»Kein Wort über die Operation Lorelei, da wir beide in irgendeiner Form daran beteiligt sind, aber im Übrigen ist alles gestattet. Möchtest du anfangen?«, erwiderte Johanne.

»Ja und nein. Außerdem wusste ich gar nicht, dass die Operation Lorelei Zivilisten und Außenstehenden bekannt ist«, scherzte Rosa. »Aber ich habe wirklich etwas zu erzählen, das mich einerseits beschämt, andererseits aber auch sehr schön ist. Aber fang du an!«

»All right! Wusstest du, dass der Nachrichtendienst des Militärs eine Kompanie Hetären unterhält, die weniger ehrbare Vertreter fremder Mächte betrunken machen sollen?«

»Du meinst die Hurenkompanie des C-Büros? Nett, dass du sie als Hetären bezeichnest, andere Wörter kämen einem eher in den Sinn.«

»Ich gehöre dieser sogenannten Hurenkompanie inzwischen sozusagen vertretungsweise an«, entgegnete Johanne.

Rosa, die gerade einen weiteren Witz über das Thema reißen wollte, verstummte abrupt.

»Willst du darüber reden?«, fragte sie nach einer Weile.

»Durchaus, denn es ist anders, als du denkst. Oder schlimmer, als du denkst, eine ganz üble Geschichte.«

»Wirst du selbst …?«

»Ja, zumindest haben sie mich mit einem militärischen Dienstpessar ausgerüstet, das ich glücklicherweise noch nicht verwenden musste. Dazu kommt es erst, wenn ein Objekt den Rang des Obersten bekleidet, denn ich bin eine feinere Hure als die anderen. Weder Bert noch Mutti hätten überzeugender schildern können, wie die Klassengesellschaft funktioniert. Wohin ist er eigentlich geflohen?«

»In die USA. Offenbar nach Hollywood. Aber willst du darüber sprechen?«

»Ja, aber nur mit dir. Das wird jedoch etwas Zeit in Anspruch nehmen.«

»Kein Problem.«

Der Wind hatte nachgelassen, und es wurde wärmer. Johanne musste erst einmal die Erlebnisse der vergangenen Woche sortieren, ehe sie sie in Worte fassen konnte.

In gewisser Weise hatte sie die erste Begegnung mit dem Sekretärinnenclub am meisten erschüttert. Allen Spionageregeln zum Trotz traf man sich wie eine jede beliebige Damengesellschaft mittwochs im Restaurant Norma, auch Gangster-Norma genannt, an der Ecke Kungsgatan und Sveavägen. Man trank Ersatzkaffee, klagte über das Schlagsahneverbot, verglich Erfahrungen sowie die sexuellen Eigenheiten des überwiegend deutschen Kundenkreises und analysierte den Kriegsverlauf, wobei diese Analysen teils recht drollig, teils überaus klug ausfielen. Das Sicherheitsrisiko dieser Treffen war schwindelerregend. Wenn es der Abwehr gelang, eine Agentin in diesen Kreis einzuschleusen, erschloss sich ihr eine Goldgrube. Weitaus schlimmer und wahrscheinlicher war jedoch, dass eine der schamlos ausgenutzten Frauen auf die Idee käme, sich für eine bessere Entlohnung freiwillig bei der Abwehr zu melden.

Donnerstag traf man sich privat in einer Wohnung in Gärdet, wo die Deutschen ihre Indiskretionen nicht belauschen konnten.

Das Bedürfnis nach Beisammensein und Selbstwertgefühl war rührend menschlich. Diese Frauen ruinierten unwissentlich ihr Leben, weil sie sich einreden ließen, dass sie nach dem Sieg Ehrenmedaillen und Wiedergutmachung erwarteten. Beides würde sich aus zwei einfachen Gründen niemals erfüllen. Erstens entstammten sie der Unterschicht, zweitens waren sie Frauen. Nach dem Sieg wären sie schlicht und ergreifend verbrauchte Huren, deren Dienste das Militär nicht mehr benötigte. Welche neue, anständige Arbeit konnten sie dann noch finden? Keine!

Das C-Büro leistete sich sogar einen Zuhälter, einen recht schmierigen Kerl, der allerdings der Mittelschicht angehörte und fleißig eine Unschuld vom Lande nach der anderen mit den zehn ältesten Tricks der Welt verführte, um sie dann mit salbungsvollem Patriotismus anzuheuern. Womit die Romanze ein abruptes Ende nahm.

Eine erschütternde Beobachtung, die Johanne bei ihrer ersten Begegnung mit den jungen Frauen gemacht hatte. Sie schienen alle in den gut aussehenden Offizier verliebt zu sein, der sie anfänglich so weltläufig in Restaurants ausführte, die sie bis dahin nur vom Hörensagen kannten, und ihnen Seidenstrümpfe schenkte, damit sie ihre Beine nicht mehr bemalen mussten.

Nach dem Sieg würden sie zu den Verdammten zählen. Die gesamte Operation unterlag siebzig Jahre lang der Geheimhaltung, mit Wiedergutmachung war also erst nach ihrem Tod zu rechnen. Dem Zuhälter des Geheimdienstes winkten Beförderung und Schwertorden, schließlich waren unter seiner Führung viele wesentliche Informationen zusammengetragen worden. Auf welche Weise, blieb geheim, was in der Natur nachrichtendienstlicher Tätigkeit lag.

Kurz gesagt, eine Geschichte, die einem Schriftsteller wie Vilhelm Moberg viel Erzählstoff geliefert hätte.

Johannes Aufgabe sah anders aus. Ihr militärisches Dienstpessar sollte nur in Gebrauch genommen werden, wenn es zum Äußersten kam. Die anderen Frauen besaßen im Übrigen keines. Das Problem einer unerwünschten Schwangerschaft wurde in ihrem Fall mittels Abtreibung gelöst, was zwar verboten war, aber im Interesse der Nation durchgeführt wurde. Mit dieser Formel ließen sich grundsätzlich alle gesetzlichen Hindernisse überwinden.

Johannes Aufgabe lief darauf hinaus, so lange wie möglich den Anstand zu wahren, um ihrem Ruf nicht zu schaden und die wichtigen Zielpersonen nicht abzuschrecken. Ihre Arbeitskameradin stammte ebenfalls aus besserem Hause. Zu zweit grasten sie die feineren Stockholmer Restaurants ab, um sich mit möglichst vielen hohen Tieren aus Deutschland bekannt zu machen. Ihre Partnerin sprach fast fehlerfreies Deutsch mit einem leichten schwedischen Akzent. Alle Ausgaben, die sie selbst begleichen mussten, wurden unverzüglich vom C-Büro in bar zurückerstattet.

Johanne fragte sich, ob der Zweck die Mittel heiligte. Selbstverständlich, lautete die zwiespältige Antwort. Es konnte kein Zweifel daran bestehen, dass die Prostitution als Spionagetätigkeit »positiv zu den Kriegsanstrengungen beitrug«, um sich der Sprache der Männer und Helden zu bedienen. Der Beitrag des Sekretärinnenclubs war wichtig, hin und wieder sogar hochwichtig. Den Frauen selbst brachte er nichts ein, sie zählten in diesem Spiel zu den Verliererinnen.

Hatte sie sich diese Frage auch ganz persönlich gestellt? Ja, natürlich. Es bestand eine konkrete Chance, auf die sie nicht eingehen konnte, weil sie die Operation Lorelei betraf, zu einem entscheidenden Ergebnis zu gelangen. Wenn sich diese Gelegenheit bot, würde sie zweifellos zum Dienstpessar greifen.

Es war ihr nicht leichtgefallen, sich zu diesem Entschluss durchzuringen.

Hatte sie bedacht, dass sie nach dem Krieg als Geliebte des höchsten Stockholmer Gestapochefs in dieselbe Hölle geraten würde wie die Angehörigen des C-Büro-Sonderkommandos? Das hatte sie. Aber einige Voraussetzungen wie beispielsweise das Offizierspatent der englischen SOE versetzten sie in eine andere Lage als die weniger qualifizierten Kolleginnen. Einiges an Schimpf und Schande würde sie vielleicht trotzdem hinnehmen müssen, und Vater würde es sicher sehr missbilligen. Aber im Krieg und in der Liebe …

Sie hatte über eine Stunde lang erzählt, und Rosa hatte ihre Hand dabei immer fester gedrückt.

»Meine Güte«, flüsterte Rosa nach langem Schweigen. »Dabei wollte ich doch etwas Schönes, aber auch Beschämendes bekennen. Aber nach dieser Brecht'schen Geschichte kommt mir alles Schöne hässlich und alles Wahre falsch vor. Ich will dazu nur eins sagen: Lass dich nicht unterkriegen! Tu, was du für richtig hältst, jedes Mittel, Hitler zu besiegen, sei es noch so klein oder groß, falsch oder edel, ist richtig!«

Sie umarmten sich lange. Der Wind hatte nachgelassen. Die Sonne ging unter, bald war Zeit zum Abendessen.

»All right, Rosa, jetzt bist du an der Reihe«, sagte Johanne. »Findest du nicht auch, dass jetzt deine schönere Geschichte vonnöten ist?«

»Doch. Aber ich schäme mich ein wenig.«

»Aber doch nicht mir gegenüber!«

»Die Sache ist so dilettantisch.«

»Aber schön?«

»Ja. Und außerdem ein Dienstvergehen.«

»Wer A sagt und so weiter. In fünf Minuten müssen wir zurückgehen. Wir können die anderen nicht mit dem Abendessen warten lassen. Fang an!«

»Das aus deinem Mund! Du hast eine Stunde gebraucht!«

»Das lässt sich nun nicht mehr ändern. Erzähl!«

»Du weißt schon, diese Geschichte, die ich der Hestapo auftischen sollte, falls sie Andrew Turnbull und mich auf frischer Tat ertappt hätte?«

»Ja. Dass du eine kleine dumme Gans seist und rettungslos verliebt. Und?«

»Genau das ist eingetroffen.«

Es dauerte ein paar Sekunden, bis Johanne begriff.

»Willst du damit sagen, dass du und Hauptmann Turnbull …? Warte! Ist es gegenseitig oder schon wieder unglückliche Liebe?«

»Nein, es ist gegenseitig. Ich habe noch nie so tiefe Zuneigung verspürt, und ihm ergeht es ebenso. Es gibt keinen Grund, ihm nicht zu glauben.«

»Aber meine geliebte, kleine Schwester …«

Johanne fehlten die Worte. Der gefühlsmäßige Abstand zwischen diesem Bekenntnis und ihrer eigenen Schreckensschilderung war nur schwer zu verarbeiten.

»Ist er verheiratet?«, fragte sie und bereute diese Frage sofort.

»Nein. Problematisch ist, dass ihn Pappsen und Onkel Oscar, obwohl er Schotte ist, als Engländer einstufen werden!«

Mit einem befreienden Lachen umarmten sie sich. Das war wie ein reinigender, belebender Sprung in das kristallklare, grün schimmernde Wasser.

VI

KLEINE FISCHE IN TRÜBEM WASSER

Der Erika-Schultze-Einsatz verlief anfänglich so reibungslos, dass es fast schon unheimlich war. Bereits beim zweiten Versuch stieß die mit einem Einkaufsnetz bewaffnete Ewa »zufällig« vor der Markthalle am Östermalmstorg auf Erika. Nachdem sie sich ein paar Minuten über das Wetter unterhalten hatten, erwähnte Ewa ihre Freundin, die eine literaturwissenschaftliche Doktorarbeit auf Deutsch verfasst hatte. Die Neugier der jungen Sekretärin war geweckt und somit Schritt eins der Operation erfolgreich durchgeführt.

Bereits drei Tage später trafen sie sich im Restaurant Brända Tomten, einem der vielen kleinen Lokale, das Damen bis zum frühen Abend auch ohne männliche Begleitung aufsuchen konnten, ohne Anstoß zu erregen. Ewa kannte das Lokal gut. Sie führte sie in das »Rote Zimmer«, um, wie sie sagte, für die passende literarische Stimmung zu sorgen. Das Zimmer hatte zwar rote Tapeten, aber sonst weder mit der Literatur noch mit Strindberg zu tun.

Es wurde nur über Bücher gesprochen, nach Ewas Geschmack fast zu viel. Sie hörte dem Redeschwall der jungen Frau nur noch mit halbem Ohr zu.

Anschließend schlenderten sie die Kungsgatan entlang zu Johannes Wohnung, wo sie Erika Schultze ein Exemplar ihrer Doktorarbeit mit Widmung überreichte.

Am Tag darauf, als Johanne Ewas letzten Bohnenkaffee trank, rekapitulierte sie enthusiastisch die erste Begegnung mit »Onkel«, wie der C-Büro-Deckname Erika Schultzes lautete. Ewa fand, dass sie sich etwas zu schnell ein Urteil bildete.

»Ich bin fest davon überzeugt, dass das Mädchen kein Nazi ist«, erklärte Johanne, als sie ihre Kaffeetasse abstellte.

»Wie kannst du dir da so sicher sein?«, fragte Ewa misstrauisch. »Niemand geht sogleich mit seinen politischen Überzeugungen hausieren. Und das hat seine guten Gründe, denk nur an uns.«

»Natürlich. Aber sage mir, welche Bücher du liest, und ich sage dir, wer du bist.«

»Ach was! Da kann man bluffen. Oder sich als Snob gerieren, was fast noch gewöhnlicher ist.«

»Stimmt, aber das mag zehn Minuten funktionieren und nicht zwei Stunden lang. Ihr Literaturinteresse ist echt, und sie hätte studiert, wenn das Geld nicht zu knapp gewesen wäre, weil ihr Vater im Polenfeldzug gefallen war.«

»Entschuldige meine Skepsis. In diesen Zeiten tragen viele Menschen eine Maske. Wie hättest du dich an ihrer Stelle unbekannten Schweden gegenüber verhalten? Du hättest garantiert nicht den rechten Arm gehoben!«

Johanne gab nicht klein bei, weil sie sicher war, recht zu haben.

»Kennst du Fallada?«, fragte sie.

»Ich hab den Namen schon mal gehört, mehr nicht.«

»Das ist ihr Lieblingsschriftsteller, was gewisse Schlüsse

zulässt. Er wird zwar noch gedruckt und hat Deutschland nicht wie alle anderen Autoren von Format den Rücken gekehrt, aber ich glaube, dass das eher an der einfältigen deutschen Zensurbehörde liegt, die nicht begreift, dass er gegen die Nazis ist.«

»Wie ist das möglich?«

»Er meidet das Thema Juden, was möglicherweise ein Zugeständnis darstellt, und beschränkt sich auf die Schilderung von Kleinbürgern, die fast Proletarier sind. Er erinnert an unsere schwedischen Arbeiterschriftsteller, wenngleich ihm das Heroische und Rebellische fehlt. Bei ihm gibt es keine Arbeiterhelden, die sich gegen Ungerechtigkeiten auflehnen. Er hat nicht dasselbe ungehobelte Bedürfnis, sich ins Rampenlicht zu drängen, wie unsere Leute. Wir haben uns vor allem über zwei seiner Romane unterhalten. ›Kleiner Mann, was nun?‹, der vor etwa zehn Jahren erschienen ist, und den neueren Roman ›Wolf unter Wölfen‹. In beiden Büchern nimmt er unzweideutig Stellung …«

»Schon gut, ich glaube es dir ja«, unterbrach Ewa sie schroff, bereute dies aber, sobald sie die Miene ihrer neuen Freundin sah. »Entschuldige«, sagte sie, »ich will nicht schroff sein, aber deutsche Literatur zählt definitiv nicht zu meinen großen Interessen. Ich glaube dir, du beherrschst schließlich das Thema perfekt. Also, kleine Frau, was nun?«

Das war die große Frage. Erika Schultze hatte angebissen, so viel war klar. Aber bis zu einer geglückten Rekrutierung war noch ein weiter Weg. Dass sie offenbar kein Nazi war, war von Vorteil. Da sie es nicht mit einer arischen, fanatischen Walküre zu tun hatten, wirkte die Operation immerhin nicht vollkommen aussichtslos. Aber nur weil Erika Schultze ein halbwegs anständiger Mensch zu sein schien, hieß das noch lange nicht, dass sie auch ihr Vaterland verraten würde. Gerade diese Anständigkeit konnte sich in gewisser Hinsicht als Nachteil erweisen. Erpressung zum Beispiel, überlegte Ewa laut, funktioniere bei korrupten Personen am besten. Aber um sich für eine der verschiedenen Möglichkeiten zu entscheiden, war es noch zu früh. Allzu große Eile könnte den Vogel verjagen. Jetzt galt es, Zurückhaltung zu üben.

Johanne konnte nur mit Mühe ihr Entsetzen darüber verbergen, dass Ewa so ganz nebenbei und wie selbstverständlich die Möglichkeit einer Erpressung erwähnte. Aber dieser Diskussion wollte sie sich jetzt nicht stellen. Dafür kannten sie sich noch nicht lange genug, und außerdem war sie Anfängerin, während Ewa sehr beschlagen wirkte. Wenn sie sich statt auf Erpressung auf bedächtiges und unaufdringliches Vorgehen konzentrierten, dann arbeitete die Zeit möglicherweise für sie. Vielleicht hatten sie ja einfach wieder Glück, wer wusste das schon?

Das Glück stellte sich zwei Tage später im Opernkeller ein. Ewa hatte die Reihenfolge festgelegt, in der sie die vier Luxusrestaurants Operakällaren, Grand, Riche und Cecil, die besten Jagdgründe für hohe Tiere aus Diplomatie und deren ausländische Gäste, aufsuchen würden. Sie besuchten diese Lokale weder zu oft noch an zwei Abenden hintereinander. Es galt, wiedererkannt zu werden, ohne allzu bekannt zu sein. Ewa hatte gewisse Methoden entwickelt, um dies zu bewerkstelligen, während sich Johanne bemühte, sich nicht wie ein Anhängsel zu fühlen oder gelangweilt zu wirken.

Für diesen Abend im Operakällaren waren sie vielleicht *slightly overdressed*. Ewa hatte sich aus Johannes riesigem geerbtem Kleiderfundus bedient, und vielleicht hatten sie dabei etwas übertrieben, da sie die Blicke aller übrigen Gäste auf sich zogen. Ewa trug ein rubinrotes und Johanne ein mitternachtsblaues Kleid, dazu etwas zu üppigen Schmuck.

Wie immer stocherten sie in den kleinen Gerichten, die zum Rheinwein serviert wurden, den Johanne auf der erstaunlich vielfältigen Weinkarte entdeckt hatte. Eine geraume Weile sannen sie darüber nach, wie diese Restaurants nach zweijähriger Blockade immer noch über so große Vorräte verfügen konnten, schließlich waren Kaffee und Südfrüchte nicht einmal mehr auf dem Schwarzmarkt erhältlich.

Vielleicht wurde in den Zügen mit den deutschen Soldaten ja auch deutscher Wein nach Schweden transportiert, mutmaßte Johanne. Der französische Wein wurde aus dem besetzten Frankreich nach Deutschland geliefert – von dort ging es mit den Soldatentransporten weiter. Vermutlich ein sehr lukratives Geschäft. Im Sommer wurde Eisenerz per Schiff entlang der schwedischen Ostseeküste nach Deutschland transportiert. Ob die Frachter auf dem Rückweg wirklich nur Kohle an Bord hatten? Vielleicht gelangte der Wein ja auch auf diesem Weg in die Stockholmer Restaurants?

Unter den Gästen fielen einige englische Diplomaten und Mitarbeiter des deutschen Fremdenverkehrsamtes auf, die für sie jedoch nicht weiter von Interesse waren, obwohl es sich bei den Deutschen mit Sicherheit um Spione handelte. Weil aber kaum noch schwedische Touristen nach

Deutschland fuhren, gab es für ein Fremdenverkehrsamt keine Verwendung mehr.

Plötzlich richtete sich alle Aufmerksamkeit auf den Eingang.

Eine kleine Prozession, angeführt von dem Smoking tragenden Herrn Doktor und Obersten Hans Georg Wagner, Deckname »Papi«, dem Leiter des deutschen Geheimdienstes in Stockholm, marschierte im wahrsten Sinne des Wortes durch die vergoldeten Restauranttüren herein. Direkt hinter dem Obersten ging ein Mann, den Johanne nicht kannte, ebenfalls im Smoking, gefolgt von Erika Schultze und einer Unbekannten. Die Gesellschaft wurde sogleich von Oberkellner und Kellnern umschwärmt und wie in einem Theaterstück zu einem Tisch mitten im Saal geführt.

»Und?«, fragte Ewa sichtlich aufgeräumt. »Erkennst du jemanden?«

»Unsere beiden wichtigsten Objekte natürlich«, antwortete Johanne. »Den Chef der Abwehr in Stockholm und unsere liebe Freundin Erika Schultze. Die beiden anderen habe ich noch nie gesehen.«

»Doch, hast du. Du findest sie in den Unterlagen wieder, die du noch nicht genügend studiert hast«, erwiderte Ewa mit leiser Stimme. »Lass uns auf diesen geglückten Abend anstoßen!«

»Wer sind die beiden anderen?«, fragte Johanne, als sie ihre Gläser abstellten.

»Oberst Alexander Cellarius, Chef der Abwehr in Finnland, und seine Sekretärin, Deckname ›Liebchen‹. Sie kommen gelegentlich nach Stockholm, um Papi zu treffen, ob dienstlich oder um sich kulinarisch ein wenig zu verwöhnen, wissen wir nicht. Jetzt lassen wir sie erst einmal in Ruhe speisen, dann sehen wir zu, dass sie uns an ihren Tisch bitten.«

»Und wie soll uns das gelingen?«

Ewas Plan war einfach und wies nur eine kleine Schwierigkeit auf. Erika war wie alle ausländischen Botschaftsangestellten dazu verpflichtet, von ihren neu gewonnenen schwedischen Freundinnen zu berichten. Das konnte sich später möglicherweise als hilfreich erweisen.

Johannes Aufgabe war einfach, musste aber auf Anhieb gelingen. Bald würde sie sich mit ihrer Handtasche erheben, um sich die Nase zu pudern, wie man zu sagen pflegte.

Sie erregte immer und überall Aufsehen. In ihrer heutigen Aufmachung würde sich das ganze Lokal nach ihr umdrehen, ein Umstand, den sie geflissentlich zu ignorieren hatte. So weit, so gut. Sie würde langsam am Tisch der Deutschen vorbeischreiten wie ein amerikanischer Filmstar, was keiner sonderlichen Mühe bedurfte. Sobald sie sich den Deutschen näherte, würde sie ihre Schritte verlangsamen, um einen Gesprächsfetzen aufzuschnappen und diesen möglichst freundlich oder witzig zu kommentieren. Falls die Deutschen einfach nur dasaßen und sie anstarrten, und diese Gefahr bestand durchaus, musste sie abwarten, ob Erika sie begrüßte. In diesem Fall konnte sie den Gruß erwidern, den Herrschaften einen angenehmen Abend wünschen und weitergehen. Die beiden Spionagechefs begaben sich nicht mit ihren Sekretärinnen in ein Luxusrestaurant, um sich über Geheimnisse auszutauschen, sie besuchten es, um sich zu amüsieren.

Was tun, wenn Erika Schultze vorgab, sie nicht zu kennen?

Dann blieb ihr nichts anderes übrig, als sie ebenfalls zu ignorieren.

Unter welchem Vorwand konnte sie die Tischgesellschaft, falls diese schwieg, auf Deutsch ansprechen?

Da musste sie sich einfach auf ihre Improvisationsfähigkeit verlassen. Die Männer trugen Smoking, also keinerlei Orden oder Abzeichen. Vielleicht entdeckte sie ja trotzdem irgendeinen Anstecker, den sie kommentieren konnte. Egal was. Sie mussten merken, dass sie Deutsche war, und dafür brauchte es nicht viele Worte. Nur das war wichtig.

Ewas Anweisungen wollten kein Ende nehmen, Johanne schwirrte schon der Kopf.

Als Ewa sie mit dem Ellbogen anstieß und meinte, es sei jetzt Zeit, erhob sie sich wie eine Schlafwandlerin und ging langsam auf den Tisch der Deutschen, die vergoldeten Flügeltüren und die Toiletten zu. Wie von Ewa vorhergesehen, verstummten die Gespräche, und alle drehten sich tuschelnd zu ihr um. Als sie noch zwei Meter von dem deutschen Tisch trennten, hatte sich dort Schweigen ausgebreitet. Kein Anstecker, kein kleines Fähnchen am Revers, keinerlei Vorwand, ein Gespräch anzuknüpfen. Sie musste stolpern! Sofern sich das bei ihrem langsamen Tempo einrichten ließ.

»Guten Abend, Frau Dr. Lauritzen!«

Erika hatte also, wie vorgesehen, über ihre neue Bekanntschaft Bericht erstattet.

»Wie nett, Sie wiederzusehen, Fräulein Schultze!«, antwortete sie und tat so überrascht wie nur irgend möglich. »Es ist immer erfreulich, auf Landsleute zu stoßen. Ich wünsche Ihnen einen angenehmen Abend, meine Herrschaften!«

Sie ging weiter und bereute bereits, nicht stehen geblieben und den Anwesenden vorgestellt worden zu sein.

Nein, das war vermutlich wenig ratsam. Übertriebene Diskretion ebenso, die womöglich darauf schließen ließ, dass sie über die Tätigkeit der Herren Bescheid wusste. Nichts war richtig, nichts falsch.

»Wie ist es gelaufen?«, fragte Ewa neugierig, nachdem Johanne wieder an ihrem Tisch Platz genommen hatte.

»Ich weiß nicht, vielleicht habe ich zu wenig daraus gemacht. Meine Rettung war jedenfalls, dass mich Erika begrüßt und mit Frau Dr. angesprochen hat. Ich wollte nicht weiter stören, habe einen schönen Abend gewünscht und bin weitergegangen. Hätte ich aufdringlicher sein sollen?«

»Hast du genug gesagt, um als Deutsche erkannt zu werden?«

»Ja, zwar nur ein paar Höflichkeitsfloskeln, aber das müsste reichen.«

»Und Erika hat es nichts ausgemacht, dich zu sehen?«

»Nein. Hätte sie mich nicht begrüßt, wäre ich einfach vorbeigegangen.«

»Ausgezeichnet. Jetzt haben wir sie an der Angel.«

Diese Schlussfolgerung war für Johanne nicht so offensichtlich. Sie war an einem Tisch vorbeigegangen und hatte einen schönen Abend gewünscht. Woher nahm Ewa ihre Gewissheit, dass die beiden Spionagechefs angebissen hatten?

Die Teller waren leer und ihre Gläser beinahe ausgetrunken. Aber als Johanne Anstalten machte, sich nachschenken zu lassen, legte Ewa eine Hand auf ihre Hand.

»Warte«, sagte sie mit unbeschreiblich zufriedener Miene, als wäre alles nur ein Spiel, das sie im Gegensatz zur Novizin Johanne voll und ganz im Griff hatte.

Zu Recht.

»Papi« hatte begonnen, die Kellner herumzuscheuchen. Zwei weitere Stühle wurden eiligst zum deutschen Tisch gebracht. Der Oberkellner erschien bei Ewa und Johanne und übermittelte Dr. Wagners Wunsch, die Damen zur weiteren Bewirtung an seinen Tisch bitten zu dürfen.

»Eins noch«, flüsterte Johanne, als sie sich mit einem erfreuten Lächeln erhoben und zu dem deutschen Tisch hinüberwinkten. »Wir sind rettungslos overdressed, also feiern wir einen Geburtstag, nicht wahr?«

»Einverstanden, jedenfalls haben sie tatsächlich angebissen.«

Als sie an den deutschen Tisch traten, erhoben sich die beiden Obersten und begrüßten sie mit Handkuss. Erika stellte die beiden vor: Sekretärin der Kulturabteilung Fräulein Ewa Kitchener und Fräulein Dr. Johanne Lauritzen aus Dresden und Saltsjöbaden.

*

Teddy behauptete später, bei der Lektüre von Ewas Bericht über jenen Abend schier vom Stuhl gefallen zu sein, so einzigartig sei dieser Volltreffer.

Er saß breitbeinig auf einem der zierlichen Carl-Malmsten-Stühle in Ewas Wohnzimmer. Auf dem Teaktisch vor ihm lag ein dünnes Bündel verräterisch neuer Hunderter, die aussahen, als kämen sie direkt aus der Druckerei. Daneben eine braune Papiertüte mit mindestens einem Pfund echter Kaffeebohnen, die für Johanne den eigentlichen Beweis darstellten, wie sehr ihr Einsatz geschätzt wurde.

»Jetzt stellt sich die Frage, wen wir uns als Ersten vorknöpfen«, meinte Teddy und schlug die Beine übereinander. »Wagner oder Utermark. Na?«

»Ich bin für Wagner«, antwortete Ewa, ohne eine Sekunde zu zögern. »Er ist der höchste Chef und wirkt unkomplizierter.«

»Lasst uns kurz nachdenken«, schlug Teddy vor. »Wagner feiert gerne und schlägt auch schon mal über die Stränge. Wein, Weib und Gesang ist seine Devise. Da seine Frau in Berlin geblieben ist, hat er sich schon einige Eskapaden gegönnt. Wir haben einen gewissen Verkehr in seiner Wohnung am Karlaplan beobachtet.«

»Wie gesagt, Wagner bietet sich als Objekt an«, stellte Ewa fest.

»Nicht unbedingt«, wandte Teddy ein. »Wagner ist jovial und vielleicht leicht zu bezirzen, aber sein Stellvertreter Hauptmann Albert Utermark erledigt die meiste Arbeit bei der Abwehr in Schweden. Er ist allerdings ein ziemlich unangenehmer Typ mit einigen recht eigenartigen sexuellen Vorlieben, dürfte also recht leicht ins Bett zu bekommen sein. Von Nachteil ist möglicherweise, dass seine Frau in Schweden ist und wir deswegen nicht in seine privaten vier Wände gelangen. Die Untergebenen interessieren uns nicht. Wir müssen uns zwischen Wagner und Utermark entscheiden.«

»Alles spricht für Wagner«, beharrte Ewa. »Wenn du ihn gesehen hättest, als er Johanne an seinen Tisch bat, wüsstest du, was ich meine. Er hat Johanne angehimmelt. Und er ist der höchste Chef. Liegt Johanne erst einmal in seinem Bett, dann kommen wir in seine Wohnung. Utermark ist außerdem ein eingefleischter Nazi, einer von denen, die schon vor '33 in die Partei eintraten.«

»Gegen Nazis haben wir keine operativen Einwände, im Gegenteil«, widersprach Teddy.

»So war das auch nicht gemeint, ich dachte eher an Johanne. Für sie wäre das von Nachteil.«

»Jetzt verstehe ich nicht recht, was du meinst«, murmelte Teddy offensichtlich irritiert, da er Widerspruch von Frauen nicht gewohnt war. Er runzelte die Stirn, um seinen Unmut zu zeigen. »Unsere liebe Frau Dr. Lauritzen geht ja wohl kaum aus ideologischen Gründen mit diesen Männern ins Bett.«

»Natürlich nicht«, erwiderte Ewa ungeduldig. »Ich meine nur, dass Johanne es rein technisch gesehen mit Wagner leichter hat, und schließlich ist sie es ja, die die Arbeit ausführen muss. Worum es rein praktisch geht, ist dir ja wohl klar?«

Teddy schüttelte argwöhnisch den Kopf. Er schien immer noch für Utermark zu plädieren.

»Versetz dich einfach mal in ihre Lage«, sagte Ewa in einem Tonfall, als spräche sie mit einem Kind. »Du sollst dich für eine Frau entscheiden, um deine berühmten Verführungskünste zu demonstrieren. Der einen ist Politik gleichgültig, weil sie sich hauptsächlich für Wein, Mann und Gesang interessiert. Die andere ist eine zwei Meter große Walküre, die ununterbrochen von ihrer Liebe zu Adolf spricht und dich bekehren will. Welcher würdest du lieber den Hof machen?«

»Ja, ja, verstehe«, gab er geknickt zu. »Also, Johanne, was meinst du?«

Verblüfft hatte Johanne mit angehört, wie über sie gesprochen wurde wie über eine Kuh auf einer Landwirtschaftsmesse, von welchem Stier sie gedeckt werden sollte.

»Darf ich bei diesen operativen Erwägungen tatsächlich mitreden?«, fragte sie.

»Natürlich, hab dich jetzt nicht so«, meinte Teddy und setzte sich erneut breitbeinig hin. »Deine Meinung interessiert mich aufrichtig.«

»Dann will ich erst einmal wissen, wieso dieser Utermark, dem ich noch gar nicht begegnet bin, überhaupt zur Diskussion steht.«

»Berechtigte Frage. Aber du wirst ihn treffen, sobald du zu Wagners Clique gehörst, und dann geht es nur noch darum, das richtige Objekt zu wählen.«

»Meinetwegen, trotzdem stimme ich Ewa zu. Sie hat recht, Wagner wirkte im Operakällaren ausgesprochen interessiert.«

»Hat er dich angefasst?«, wollte Teddy wissen.

»Durchaus, aber er … das kann man jemandem wie dir nicht erklären.«

»Versuch's! Ich habe ein gewisses Gespür für diese Dinge.«

»Ich weiß. Wenn du es unbedingt wissen willst, seine Berührungen waren zurückhaltend, fast wie unabsichtlich. Wie auch immer, der Abend endete mit seiner Versicherung, mich aus vielerlei Gründen wiedersehen zu wollen.«

»Du glaubst also, dass du Wagner mühelos verführen kannst?«

»Ja«, erwiderte sie verdrossen. »Wenn es im Interesse der Nation ist, kann ich Wagner ins Bett bekommen. Aber ich bin schließlich ein tugendhaftes Mädchen aus guter

Familie, jedenfalls habt ihr mich als solches angeheuert. Mich bekommt man nicht so leicht ins Bett, er muss sich also Zeit nehmen und anstrengen, sonst ist es nicht realistisch.«

»Wodurch wir kostbare Zeit verlieren. Ich meine, wenn du ohnehin so leicht …?«

Ewa seufzte demonstrativ und wehrte mit beiden Händen ab.

»Teddy, kleiner Teddy«, sagte sie fast flehend. »Du bist doch ein Mann und müsstest das nachvollziehen können. Schau dir Johanne an, dann schließ die Augen und stell dir einen zehn Jahre älteren, sehr korpulenten und kahlköpfigen Deutschen vor. Wie wahrscheinlich ist so eine Romanze? Oder: Wie wahrscheinlich ist Liebe auf den ersten Blick? Dir muss doch auch klar sein, dass wir Wagner etwas Zeit geben müssen, damit er sein Herz aus Gold und seinen faszinierenden Intellekt, mit dem er schließlich die bildhübsche junge Schwedin und Doktorin betört, unter Beweis stellen kann?«

Teddy nickte schweigend.

»Also halten wir Wagner hin«, meinte Ewa, »wodurch allerdings ein anderes Problem entsteht.«

Und zwar Erika Schultze, Deckname Onkel. Wer war taktisch wichtiger, Wagner oder sie? Die Geliebte Wagners würde früher oder später Zutritt zu seiner Wohnung am Karlaplan erhalten. Vielleicht brachte das längerfristig etwas, vielleicht aber auch nicht. In diesem Fall konnte Johanne jedoch nicht einfach den Liebhaber wechseln, sofern Wagner nicht versetzt oder nach Hause geschickt wurde oder einem Herzanfall oder Ähnlichem erlag. Wenn sie also auf Wagner setzte, war das Resultat ungewiss.

Erika Schultze hingegen war im Falle einer Bekehrung, wie Teddy es ausdrückte, der Heilige Gral. In ihrer Funktion als Wagners Sekretärin verfügte sie möglicherweise über wichtigere Informationen als dieser selbst, weil sämtliche Telegramme durch ihre Hände gingen. Eine Affäre zwischen ihrem Chef und Johanne dürfte ihr kaum verborgen bleiben. Wie würde sie darauf reagieren? Vielleicht mit Ablehnung oder schlimmstenfalls gar Eifersucht.

Trotz ausgiebiger Diskussion konnten sie sich auf keine Strategie festlegen. Die Dinge sollten erst einmal ihren Lauf nehmen, und Wagner würde schmoren, was ihrem Umgang mit Erika nicht schaden konnte.

Somit waren die heikelsten Fragen aufgeschoben, und die Zusammenkunft konnte beendet werden. Teddy erhob sich, dankte für eine äußerst ergiebige Diskussion mit ungemein kompetenten Mitarbeiterinnen und befand sich bereits an der Tür, als er plötzlich innehielt und mit den Fingern schnalzte, weil ihm noch etwas eingefallen war.

»Übrigens«, sagte er. »Ihr solltet vielleicht wissen, dass ich Wagner und Erika persönlich kenne. Wagner sogar recht gut.«

Sowohl Ewa als auch Johanne sahen ihn an, als hätte er im Gehen eine Handgranate über die Schulter geworfen.

»Interessiert euch, wie das kommt?«, fuhr er fort.

Beide nickten.

»Wie ein großer Teil unseres Geheimdienstpersonals wurde auch ich von unseren ehemaligen Verbündeten in Deutschland ausgebildet. Außerdem gibt es seit '36 eine selbstverständlich geheime Vereinbarung unserer beiden befreundeten Länder, einander nicht zu bespitzeln und besonders interessante Informationen auszutauschen. Wie ihr wisst, verstoßen wir hin und wieder gegen diese Abmachung. Als ich Wagner vor zwei Jahren zuletzt in Berlin traf, war Erika gerade seine Sekretärin geworden. Vermutlich glaubt sie, dass ich für Deutschland spioniere. Wagner weiß es besser. Ich halte es für angezeigt, euch dies mitzuteilen, aber ihr unterliegt natürlich der Schweigepflicht. Ich wünsche euch einen schönen Abend!«

Die Tür fiel hinter ihm ins Schloss, und Ewa und Johanne blieben wie versteinert zurück.

Zwei Stunden später saßen sie im Grand Hotel, dieses Mal jedoch in unauffälliger Kleidung, da sie nur eine Routineerkundung durchführten und außerdem etwas essen mussten. Ihren Schock hatten sie immer noch nicht ganz überwunden.

»Wenn seit '36 ein Abkommen existiert …?«, begann Ewa.

»Ist es mittlerweile offenbar hinfällig, da man uns auf Wagner und Erika angesetzt hat«, fuhr Johanne fort. »Auch der Geheimdienst glaubt nicht mehr an einen deutschen Sieg. Das könnte von Bedeutung sein.«

»Woher weißt du das?«

»Das kann ich dir nicht sagen, aber so ist es.«

»Ich bin deine Vorgesetzte.«

»Keineswegs. Ich bin Hauptmann. Major Teddy ist leider mein Vorgesetzter.«

»Und das, obwohl er in Deutschland ausgebildet wurde.«

»Ja.«

»Und außerdem ein guter Freund Wagners ist.«

»Ja, ihre letzte Begegnung in Berlin lässt zweifellos darauf schließen.«

»Vor zwei Jahren waren Norwegen und Dänemark bereits besetzt, und Frankreich war gerade erst besiegt worden.«

»Da waren Wagner und Teddy also noch befreundet, Schweden und Deutschland vermutlich auch. Damals glaubten alle noch felsenfest an einen deutschen Sieg.«

Sie schwiegen grübelnd.

»Wir wissen zu wenig«, stellte Ewa schließlich fest. »Wir sind zu kleine Fische, uns kann man zu leicht hinters Licht führen.«

»Stimmt. Was meinst du, mit wem wäre es abstoßender, ins Bett zu gehen? Wagner oder Teddy?«

»Wahrscheinlich Wagner. Er ist älter, hässlicher und außerdem Nazi.«

»Stimmt. Aber immerhin verfügt er über Humor, Intelligenz und ein wenig Bildung.«

Die Unterhaltung kam zum Erliegen, beide hingen niedergeschlagen eigenen Gedanken nach. Der anfängliche Spionagetriumph schien plötzlich gar nicht mehr so gewiss. Sie nippten an kleinen grünen Drinks mit Papierschirmchen, die ganz offensichtlich die weiblichen Gäste ansprechen sollten.

Ab und zu raunte Ewa Johanne Informationen über die Männer zu, die sich in der Bar aufhielten. Im Grand Hotel trafen sich die Spione, verhandelten auf neutralem Terrain oder vergnügten sich einfach nur.

»Der schwul wirkende Typ da drüben, der sich gerade erhebt«, flüsterte Ewa, nickte nach links und schaute Johanne gleichzeitig lächelnd an, »das ist August Finke, angeblich Handelsattaché der deutschen Legation und vermutlich Gestapo-Mann. Falls er an unseren Tisch kommt und mit mir reden will, musst du aufbrechen. Wir sehen uns später im Brända Tomten, okay?«

Genau wie Ewa vorhergesehen hatte, erhob sich Finke und kam auf sie zu. Er verbeugte sich und bat, Platz nehmen zu dürfen. Er tat so, als hätte er Johanne erst jetzt entdeckt, und erkundigte sich, ob sie Deutsch sprach, was sie natürlich bejahte.

»Darf ich mich vorstellen?«, sagte er. »SS-Obersturmbannführer August Finke, angenehm!«

»Dr. Johanne Lauritzen«, erwiderte Johanne ebenso förmlich.

Er nickte und nahm Platz, und Johanne schaute demonstrativ auf ihre Uhr.

»Leider muss ich aufbrechen. Ich muss noch einen Sommerkurs vorbereiten«, sagte Johanne.

»Hoffentlich vertreibe ich Sie nicht, Frau Dr. Lauritzen, das war keinesfalls meine Absicht«, sagte er und erhob sich mit einer Verbeugung.

»Seien Sie unbesorgt«, erwiderte sie. »Mein Bruder ist übrigens SS-Sturmbannführer. Guten Abend!«

Dass der Türsteher ihr mit missbilligender Miene die Türe aufhielt, als sie ohne Begleitung die Bar verließ, nahm sie nur am Rande zur Kenntnis, da sie in Gedanken bei Harald, dem SS-Sturmbannführer, weilte, den sie eigentlich aus ihrem Gedächtnis getilgt hatte. Rosa und Mutti war es sicher ebenso ergangen. Sie schämten sich für ihn. Nur ihr armer Vater klammerte sich an der verzweifelten Illusion fest, sein Ältester würde Heldentaten im Kampf der Kultur gegen die kommunistische Barbarei vollbringen. Ausgerechnet in der Ukraine, die, wie es in der Propaganda so schön hieß, im historisch notwendigen Kampf des Reiches um Lebensraum germanisiert werden sollte. Germanen rein, Slawen und andere Untermenschen raus. Wohin, konnte man sich fragen, wollten sie diese Vertriebenen schicken?

Vom Grand Hotel zum Brända Tomten war es nicht weit. Die sommerliche Milde verlockte die Frauen, mit nackten Beinen durch den Abend zu flanieren.

Ein Weilchen hielt sie vor dem Depeschenbüro am Stureplan inne und hoffte, zwischen den handgeschriebenen Agenturmeldungen wenigstens eine kleine gute Neuigkeit zu entdecken, aber alles war unverändert. Rommels Afrikakorps rückte weiter vor, die 6. Armee unter General Paulus hingegen kam bei Stalingrad nur zäh voran. Schulterzuckend überquerte sie den nur wenig befahrenen Stureplan. Vor dem Krieg hatten die vielen Autos den Fußgängern im Zentrum Stockholms das Leben erschwert.

Im Brända Tomten herrschte aufgrund der Sommerwärme nicht viel Betrieb. Nur im Roten Zimmer saß eine Gruppe krakeelender junger Leute. Johanne überlegte, ob sie ins Löwen- oder Biedermeierzimmer ausweichen sollte, und entschied sich für Letzteres, da Ewa dort zuerst nach ihr suchen würde. Sie bat darum, mit dem Essen bis zum Eintreffen ihrer Freundin warten zu dürfen, bestellte aber schon einmal ein Glas Weißwein bei dem ungewohnt entgegenkommenden Kellner.

Eine knappe halbe Stunde später erschien Ewa atemlos und mit vor Eifer geröteten Wangen. Da sie das Biedermeierzimmer für sich hatten, verzichtete Ewa auf jede Diskretion und erzählte munter drauflos.

Offiziell bekleidete August Finke die Position des stellvertretenden Handelsattachés bei der Deutschen Legation in der Hovslagargatan, aber Ewa war immer davon ausgegangen, dass er der Gestapo angehörte. Im Grand Hotel hatte er sich dann ohne Umschweife als Gestapo-Offizier vorgestellt.

Jetzt hatte er mit einem ebenso vielversprechenden wie verlockenden Angebot aufgewartet: Er erwartete hochrangige Gäste, in Polen stationierte SS-Offiziere, die eine schwere Zeit hinter sich hatten und aufgemuntert werden sollten.

Was in Polen so schlimm gewesen war, wusste Ewa auch nicht, obwohl sie versucht hatte, das herauszufinden. Der Krieg dort war schon lange beendet.

Es sollte ein fröhliches und sorgloses Fest werden, für das vier junge, verständnisvolle und lebhafte Frauen benötigt wurden, die gewissen Ansprüchen genügen mussten: Sie mussten echte Blondinen mit Gretchenfrisur, also hochgesteckten Zöpfen sein. Außerdem sollten sie eine Art Tiroler Tracht tragen, ein Dirndl, das vorne geschnürt wurde und einen tiefen eckigen Ausschnitt hatte, grüne Hüte durften ebenfalls nicht fehlen. Herrn Finke war natürlich klar, dass nicht zu erwarten war, dass Schwedinnen solche Kleidungsstücke im Schrank hatten, was aber kein Problem sei. Wenn Ewa die Freundlichkeit besäße, die Maße der Damen bei Herrn Gossler vom deutschen Fremdenverkehrsbüro anzugeben, würde alles Nötige innerhalb weniger Stunden angefertigt. Totale und fantasievolle Entspannung war das Ziel.

Und das Beste daran: Ewa hatte tausend Kronen Vorschuss erhalten. Tausend! Davon waren vierhundert für sie, also mehrere Monatsmieten, und je zweihundert für die blonden Freiwilligen des Sekretärinnenclubs. Ewa hatte bereits früher einmal für Herrn Finke an einem ähnlichen Arrangement teilgenommen. Damals war sie noch davon ausgegangen, dass er nur für die Gestapo arbeitete. Es handele sich mitnichten um reine Prostitution. Vier hochgestellte, erschöpfte SS-Leute, die einen Geheimeinsatz in Polen hinter sich hatten, der aus Zwangsumsiedlungen, Häusersprengungen, der Erschießung von Widerstandskämpfern und vielen anderen Mühen und Strapazen bestand. Natürlich würde es nach einer durchzechten Nacht mit diesen Männern einiges zu berichten geben. Und tausend Kronen waren wahrlich nicht zu verachten. Eventuell würde sie anschließend noch einmal dieselbe Summe erhalten.

Der Kellner stellte Ewa unaufgefordert ein Glas Weißwein hin und erkundigte sich, ob die Damen etwas zu essen wünschten. Sie bestellten je ein belegtes Brot, da sie wegen der Hitze nicht sonderlich hungrig waren und Johanne das dauernde Essen im Restaurant ohnehin verleidet war.

»Puh«, seufzte Ewa zufrieden nach dem ersten Schluck. »Finke fand diesen Scherz über deinen Bruder allerdings nicht sonderlich gelungen.«

»Er ist SS-Sturmbannführer, das entspricht einem Major. Das war kein Scherz, sondern die traurige Wahrheit. Er ist das schwarze Schaf der Familie.«

»Finke deutete an, dies überprüfen zu wollen.«

»Dann sage ihm bitte, dass mein lieber Bruder den Namen meiner Mutter führt, allerdings ohne das *von*. Also SS-Sturmbannführer Freital. Als wir zuletzt von ihm hörten, war er in Polen oder der Ukraine stationiert.«

»Du bist also halbadlig?«

Johanne lachte.

»Lustiger Ausdruck«, meinte sie. »Halbadlig, so wie halbjüdisch. Und wenn ich mal Kinder bekomme, sind sie vierteladlig, also Mischlinge. Halbadlig gibt es in diesem Sinne allerdings nicht. Der Adel wird nur vom Vater vererbt.«

»Unglaublich!«

»Was? Dass man den Titel nur vom Vater erbt?«

»Nein, ich meine … aber egal.«

»Apropos, bist du eigentlich mit dem General Lord Kitchener verwandt?«

»Nein, aber diese Frage ist mir natürlich schon Dutzende von Malen gestellt worden. Also habe in der Bibliothek nachgeforscht. Erst hat er heldenhaft irgendeinen Krieg im Sudan gewonnen, dann erfand er im Zweiten Burenkrieg eine neue Art der Kriegsführung. Weißt du, welche?«

»Keine Ahnung.«

»Das Konzentrationslager. Da er die Buren, also die Männer, nicht bezwingen konnte, ließ er ihre Frauen und Kinder in Lager sperren und hungern, bis die Männer kapitulierten. Eine schöne Erfindung!«

»Jetzt gebrauche ich dein Wort: unglaublich. Du bist also morgen und am Wochenende mit der Operation SS-Gretchen in Tirol beschäftigt?«

»*Jawohl*! Obwohl ich mich weigern werde zu jodeln. Finke entschuldigte sich übrigens dafür, dass Rothaarige nicht den Wünschen entsprächen.«

»Kein Problem! Am Wochenende will ich ohnehin meinen Vater besuchen. Er ist kürzlich Witwer geworden.«

»Oh. Beileidsbekundungen sind auf Schwedisch so schwierig. *Awfully sorry, das tut mir leid*. Aufrichtig.«

»Ich danke dir. Also bleibt uns nur, einander ein schönes Wochenende zu wünschen, dann sehen wir uns am Montag wieder bei der Arbeit. Skål!«

*

Nach der Anlegestelle Harö befanden sich nur noch Passagiere an Bord, die sich mehr oder weniger vom Sehen oder auch sonst kannten. Johanne war allein unterwegs und hatte morgens den ersten Dampfer bestiegen. Vater und Rosa würden erst am Abend nachkommen.

Johanne war der Stadt früh entflohen, um möglichst lange weg zu sein. Bei der Familie in Sandhamn war trotz allem alles noch wie früher.

Zum Schutz vor unerwünschten Unterhaltungen hielt sie einen Roman vor sich hin, den zweiten Teil von Uwe Johnsons Krilon-Trilogie. Seit einer geraumen Weile blätterte sie nur ab und zu pro forma eine Seite um, während sie ihren Gedanken nachhing.

Der alte Arbeiterschriftsteller gab sich auf einmal vornehm und schrieb nicht mehr an seinem autobiografischen Heldenepos, das mit »den Leiden eines Knaben, der Konfekt verkauft« begonnen hatte, wie Ivar Lo-Johansson abfällig bemerkt hatte. Die Arbeiterschriftstellerhelden lieferten sich einen erbitterten Wettkampf. Immerhin bemühte sich Ivar Lo-Johansson nicht darum, vornehm zu sein.

Bei der Krilon-Trilogie handelte es sich um hochtrabenden Unsinn, eine recht einfache, aber trotzdem konfuse Allegorie auf den Krieg der Großmächte oder den Weltkrieg, wie er inzwischen hieß. Das Thema erforderte, dass man sich auskannte und sich nicht mit dunklen, mit verzerrten Feindbildern vermischten Andeutungen zufriedengab.

Sie blätterte eine Seite um und spielte Interesse. Die Verstellung war ihr inzwischen in Fleisch und Blut übergegangen, gleichzeitig versuchte sie, der Wirklichkeit zu entfliehen, indem sie überlegte, wie sie eine Einführung in die Gegenwartsliteratur für Erstsemester gestalten würde. Vermutlich würde es dazu nie kommen, denn ihre akademische Karriere war bei Lichte besehen vorüber. Im Augenblick spielte dies keine Rolle, weil nur der Krieg zählte. Momentan herrschte Ausnahmezustand, was anschließend geschah, stand in den Sternen.

Als Ewa an besagtem Abend in ihrer ihr übrigens vom Militär zur Verfügung gestellten Wohnung in die Küche gegangen war, hatte Johanne die Gelegenheit genutzt, dem Charmeur, eitlen Geck etc. Major Helmuth Kernberg eine unumwundene Frage zu stellen.

»Wie wichtig ist die Operation Lorelei wirklich?«

Er antwortete ebenfalls ohne Umschweife.

»Stell dir vor«, erwiderte er, »die Deutschen würden auch noch Schweden besetzen. Offensichtliche Gründe wie beispielsweise das Eisenerz müssen gar nicht erst genannt werden. Stell dir einfach vor, sie bereiten einen Überraschungsangriff vor. Falls wir ihre Telegramme rechtzeitig entschlüsseln, können wir vielleicht Schlimmstes verhindern. Wenn nicht, besetzen die Deutschen garantiert unser Land. Die Operation Lorelei kann Zehntausende von Menschenleben retten und statt Besatzung Freiheit bedeuten.«

In diesem Augenblick kehrte Ewa ins Wohnzimmer zurück, aber das Wesentliche war bereits mit erschreckender Präzision und Glaubwürdigkeit ausgesprochen.

Johanne blätterte nochmals um.

Sie würde ohne Zögern mit einem alten Knacker ins Bett gehen, wenn sie damit Zehntausenden das Leben rettete.

Ihr Leben befand sich nun mal im Ausnahmezustand. Was danach kam, spielte keine Rolle, nur das Jetzt zählte.

Aber das Jetzt forderte auch, dass sie Johanne war, die Tochter aus gutem Hause, die sich in Sandhamn gebührend um ihren trauernden Vater kümmerte. Anschließend würde sie sich wieder in die Frau Hauptmann von der SOE verwandeln, die notfalls sogar Morde beging. Die Frauen wie Sissel Eiken rettete oder Erika Schultze, wenn erforderlich, mittels Erpressung zum Spionieren zwang. Dr. Jekyll und Mr. Hyde. War es wirklich möglich, beides gleichzeitig zu sein, Gut und Böse, Schwarz und Weiß?

Die Gedanken schwirrten in ihrem Kopf herum, sie kam zu keinem Ergebnis und blätterte erneut um. Einen Moment lang dachte sie erschrocken, dass sie das Buch verkehrt herum hielt.

Niemand holte sie mit dem Leiterwagen in Sandhamn ab. Umso besser. Außer ihrer Handtasche hatte sie ohnehin kein Gepäck dabei, weil es auf der Insel genug Sommerkleider gab. Wie immer vertauschte sie ihre Stadtschuhe gegen flache Seglerschuhe, denn Absätze waren dem Marsch nach Skärkarlshamn nicht gewachsen. Unterwegs fiel ihr auf, dass sie nicht in Erfahrung gebracht hatte, was es mit dem Namen Kitchener auf sich hatte.

Touristen bevölkerten den Skärkarlshamner Sandstrand, es kam ihr ganz seltsam vor, in Stadtkleidung an ihnen vorbeizuspazieren, ganz unten am Wasser, wo der nasse, harte Sand das Vorankommen erleichterte.

Als sie schließlich über eine kleine Anhöhe das Grundstück erreichte, hielt sie inne und wischte sich den Schweiß von der Stirn. Tante Christa saß an dem ufernahen Gartentisch unter einem großen Sonnenschirm und trug einen Strohhut mit breiter Krempe. Hoffentlich litt sie nicht plötzlich auch noch an einer exklusiven Sonnenallergie. Sonst war niemand zu sehen. Unten an der Brücke lagen die Beduin und der große Kahn, die Motorjacht fehlte. Offenbar waren die anderen fischen gefahren.

Sie trat durch den Kücheneingang ins Haus, begrüßte Anne und Signy und bat diese, Tante Christa mitzuteilen, ihre Nichte Johanne sei eingetroffen und wolle sich nur rasch frisch machen. Außerdem wies sie die Dienstmädchen an, sich zu erkundigen, ob Christa eine Erfrischung wünsche. Dann ging sie in das Badezimmer ihrer Eltern, wusch sich das Gesicht und betrat Muttis Kleiderkammer, in der Rosa und sie inzwischen ihre Sommerkleider aufbewahrten.

Eine Flasche Moselwein und zwei Römer standen vor Tante Christa auf dem Tisch. Sie schenkte ein, als sie ihre Nichte fröhlich winkend und barfuß durch den Sand auf sich zukommen sah.

»Wie munter du aussiehst, meine liebe Genossin Christa«, sagte Johanne, nachdem sie ihre Tante zur Begrüßung auf die Wangen geküsst hatte. »Du erinnerst dich doch, dass wir, wenn keine Männer in der Nähe sind, Genossinnen sind?«

»Durchaus! Skål und willkommen!«

Sie stießen an und begrüßten sich dann noch einmal nach Rotfront-Manier mit geballter Faust.

»Der Wein ist wirklich ausgezeichnet«, rief Tante Christa zufrieden. »Ich freue mich schon seit Stunden darauf, habe aber dein Kommen abgewartet. Dein Vater und Rosa treffen erst heute Abend mit dem Dampfer ein, aber das weißt du vermutlich bereits?«

»Natürlich. Aber ein paar zusätzliche Stunden hier draußen sind etwas Eile durchaus wert.«

Fröhlich hob sie ihren Fuß in die Luft und wackelte mit den Zehen. Tante Christa lachte.

»Ich habe mir sagen lassen, dass du bei der Heimatfront alle Hände voll zu tun hast«, sagte sie und trank genüsslich noch einen Schluck Wein.

»Allerdings. Ich war in letzter Zeit viel mit dem Lastwagen unterwegs«, erwiderte Johanne.

»Und wie geht das mit dem Treibstoff? Gibt es überhaupt noch Benzin?«, fragte Tante Christa, und Johanne hatte fast den Eindruck, sie werde ausgehorcht.

»Wie alle anderen sind auch wir mittlerweile auf Holzgas angewiesen«, antwortete Johanne und verspürte das Bedürfnis, rasch das Thema zu wechseln. »Eine Kollegin hat mir neulich eine lustige Frage gestellt. Sie wollte wissen, ob ich halbadlig sei. Ein kurioses Wort, nicht wahr?«

»Halbadlig? Rein sachlich stimmt das wohl. Und was hast du geantwortet?«

»Dass es diesen Begriff nicht gibt, dass man entweder adlig ist oder nicht und dass sich Adel nur über den Vater vererbt. Wäre ich halbadlig, dann wären eventuelle Kinder vierteladlig, nach der modernen deutschen Denkweise also Mischlinge, wie die Vierteljuden.«

Mit einem Knall stellte Tante Christa ihr Weinglas ab und sah sie mit verzerrtem Gesicht an.

»Das Judentum vererbt sich allerdings über die Mutter«, meinte sie grimmig. »So gesehen bin ich Jüdin, eine deutsche Jüdin, die sich vorläufig noch im Ausland in Sicherheit befindet.«

Johanne überlegte verdutzt, ob sich Tante Christa einen missglückten Scherz erlaubte oder in übertragenem Sinne sprach. Dass sie tatsächlich Jüdin sein könnte, wäre Johanne nie eingefallen.

»Ja, mein liebes Kind, so ist es«, fuhr Tante Christa, nachdem sie ihr Geheimnis preisgegeben hatte, etwas ruhiger fort. »Und das macht deine Cousine und Cousins zu Mischlingen. Sollte es Hitler einfallen, seinem Reich auch noch Schweden einzuverleiben, bekommt unsere Familie enorme Probleme. Vergiss also nicht, dieses Geheimnis für dich zu behalten.«

Demonstrativ hob sie ihr Weinglas, um diese Abmachung mit einem Prost zu besiegeln. Johanne überlegte eine Weile, bis sie die geeigneten Worte fand.

»Wissen deine Kinder Bescheid?«, fragte sie vorsichtig.

»Nein.«

»Und Onkel Oscar?«

»Er schon. Nach der Machtübernahme ’33 musste ich ihm schließlich gestehen, dass er sich als Hauptmann der Wehrmacht in Deutschland nicht so sicher fühlen könne, wie er immer geglaubt hatte. Er ging davon aus, dass sein Dienstrang und seine schönen Orden eine Art Schutzimpfung gegen den Nationalsozialismus darstellten. Das wäre vielleicht so gewesen, wenn er nicht eine Jüdin geheiratet und halbjüdische Kinder gehabt hätte. Deswegen sind wir weggezogen. Glücklicherweise noch rechtzeitig. Mit Geschäften hatte das wirklich nichts zu tun, außerdem hatte ich nicht die geringste Lust zu emigrieren. Vielleicht bin ich ja deswegen eine so lausige Immigrantin.«

Johanne fehlten die Worte. Schockierend war nicht so sehr der Umstand an sich als die langjährige Geheimhaltung. Das wollte so gar nicht zu Tante Christas Haltung in politischen und moralischen Fragen passen.

»Aber warum hast du so viele Jahre geschwiegen?«, erlaubte sie sich die direkte Frage.

»Weil ich Rassenbegriffe nicht akzeptiere, das ist einfach Hokuspokus. Die jüdische Religion gibt es natürlich. In dieser Hinsicht kann jemand Jude sein, aber religiös bin ich wahrhaftig nicht. Religion ist Opium fürs Volk. Als Rassenbegriff ist Judentum vollkommen irrelevant. Klassen hingegen gibt es. In jungen Jahren schämte ich mich meines privilegierten Hintergrunds und legte mir einen erfundenen Namen zu, auf den ich sogar bestand, als ich ins Gefängnis kam. Aufgrund dieser Halsstarrigkeit wäre ich beinahe als aufsässige Arbeiterin erschossen worden. Aber dann erschien deine Mutter im Gefängnis Moabit und holte ihre Freundin, die Freiherrin Christa von Moltke, ganz unsentimental da wieder raus. Diese Geschichte hast du vielleicht schon einmal gehört.«

»Durchaus, allerdings nicht in diesem Zusammenhang. Ich bin natürlich ganz deiner Meinung. Der Klassenbegriff ist relevant, der Rassenbegriff nicht, zumindest nicht für uns, nicht für denkende Menschen. Aber für Hitler ist der Rassenbegriff zentral, was immer wir davon halten mögen. Er ist ein politischer Faktor, eine Realität, zu der wir uns verhalten müssen.«

»Genau darin besteht ja die Ironie. Hitler hat mich sozusagen mit Gewalt zur Jüdin gemacht und dir zu jüdischer

Verwandtschaft verholfen, was inzwischen in den meisten Ländern Europas eine Belastung darstellt, wie auch hier, falls Hitler Schweden einnimmt.«

»Dieses Risiko ist gering, das wäre einfach zu irrational.«

»Hitler handelt nicht rational, er ist verrückt.«

»Durchaus, aber seine hundert Generäle werden nicht eine viertel Million Soldaten, die dringend an der Ostfront benötigt werden, nach Schweden schicken.«

»Das sagt Oscar auch.«

»So wird es sein. Auch Onkel Oscar kann mal recht haben.«

Johanne stellte erleichtert fest, dass Christa lachte.

»Wie wär es mit einem erfreulicheren Gesprächsthema?«, schlug sie vor, als hätte sie Johannes Gedanken gelesen.

»Ja, gerne, das schwebte mir auch gerade vor. Aber ich habe noch zwei Fragen.«

»Dann hätte ich gern noch eine neue Flasche Mosel. Er wird uns schon nicht zu Kopf steigen.«

Johanne machte sich mit der leeren Flasche auf den Weg in die Küche und sann über das Gehörte nach. Die Großmutter ihrer Cousins Carl Lauritz und Hans Olaf und ihrer Cousine Helene war also Jüdin gewesen, was diese nicht gewusst hatten. Aus ihrer Sicht war sie die Gräfin, eine feine Dame, die sich vorrangig durch ihre Strenge hinsichtlich der Kleidung und des Betragens ihrer Enkel ausgezeichnet hatte. Da ihre Großmutter Jüdin war, war auch ihre Mutter Jüdin. Mit einer jüdischen Mutter waren sie nach dem mosaischen Gesetz Juden, nach den Regeln der Nazis allerdings nur noch Vierteljuden, also Mischlinge. Eine äußerst verwirrende Erkenntnis, dieser an sich vollkommen gleichgültige Umstand, der als Familiengeheimnis gewahrt worden war.

Tante Christa rieb sich zufrieden die Hände, als Johanne mit dem Wein zurückkehrte und ihnen einschenkte. Vielleicht war das ja ein beunruhigendes Zeichen, aber lieber zu viel Wein als eine Menge eingebildeter Krankheiten.

»Und, Genossin Johanne? Wie lauten deine beiden letzten Fragen?«, wollte Christa wissen, nachdem sie angestoßen hatten.

»Tja, erstens, ob du die Absicht hast, deinen Kindern davon zu erzählen, Genossin Christa?«

»Nein. Jedenfalls nicht im Augenblick. Heranwachsende grübeln so schon genug über ihre Identität nach, meine ich mich zu erinnern. Wie viele Gedanken ich mir doch gemacht und wie sehr ich mich meines adligen Namens geschämt habe! Plötzlich zum Juden ernannt zu werden ist vermutlich noch schlimmer. Zumindest in diesen Zeiten. Ich hoffe, deine Wahrheitsliebe verleitet dich nicht zu einer Dummheit.«

»Keinesfalls. Das ist ganz allein deine Sache.«

»Und die zweite Frage?«

»Vielleicht hat es ja nichts zu bedeuten, aber du hast dieses Geheimnis so lange gehütet, warum sprichst du jetzt ausgerechnet mit mir darüber?«

»Das lag, glaube ich, ganz allein daran, dass du das Wort Mischling verwendet hast. Eine Art Auslöser. Aber wie gesagt, kein Wort, zu niemandem!«

»Doch, zu Rosa, ihr erzähle ich immer alles. Ich kann dir nicht versprechen, Rosa nichts zu sagen.«

»Rosa meinetwegen. Und worüber sprechen wir jetzt? Skål!«

»Vielleicht über Hans Fallada?«

»Bitte? Diesen Langeweiler? Warum?«

»Lustigerweise habe ich eine junge Deutsche kennengelernt, deren Lieblingsautor er ist. Man fragt sich, warum.«

»Allerdings. Diese ständig leidenden Kleinbürger, dieses ewige Elend des kleinen Mannes, das er nie abschütteln kann. Ich fordere ja nicht nur proletarische Kampfliteratur, die würde mich auf Dauer auch langweilen. Aber kleinbürgerliches Leiden ohne Ende und vor allen Dingen ohne Hoffnung ist genauso, nein, noch langweiliger.«

Immerhin sprachen sie jetzt von anderen Dingen. Von Fallada kamen sie auf die Zensur, auf Schriftstellerfreunde im Exil, die Verantwortung der Intellektuellen, die Ästhetik des Widerstands und andere Lieblingsthemen, die sie immer diskutierten, wenn die Männer abwesend waren.

Abgesehen von Tante Christas überraschendem Geheimnis verlief das heiße Augustwochenende in Sandhamn ruhig und undramatisch. Um ein Haar hätten jedoch Tante Christa und Onkel Oscar vor Publikum, noch dazu beim Abendessen, über ihre abwesenden Söhne gestritten. Carl Lauritz hielt sich in Stockholm auf und feierte. Da er sein Sternboot Glimt II verkauft hatte, weil er nicht mehr an den Juniorregatten teilnehmen konnte, verfügte er über unnötig viel Geld. Demnächst würde er seine achtzehnmonatige Grundausbildung bei der Marine antreten und wollte noch einmal so richtig auf den Putz hauen.

Tante Christa war der Meinung, dass er das Geld nicht so verschleudern sollte. Onkel Oscar erwiderte beschwichtigend, der Junge müsse sich die Hörner abstoßen, ehe er seinen Wehrdienst antrat. Christa wies darauf hin, wie lächerlich dieser Ausdruck doch sei. Warum sollten junge Männer so etwas nötig haben?

Als Onkel Oscar voller Ernst erwiderte, zwischen jungen Männern und jungen Frauen bestehe in dieser Hinsicht ein großer Unterschied, wurde er von Tante Christa, Rosa und Johanne ausgelacht. Die beiden älteren Herren blickten erstaunt drein, während Helene und ihre Freundin Marie-Louise tugendhaft auf das Tischtuch schauten und sich nicht anmerken ließen, wie sehr sie insgeheim mitlachten. Die beiden Mädchen verbrachten ihre Abende meist im Clubhaus der Königlichen Schwedischen Segelgesellschaft, in dem getanzt wurde, manchmal sogar zur Musik eines echten Negerorchesters. Seltsamerweise waren sowohl Vater als auch Onkel Oscar der festen Überzeugung, dass sich im Segelclub nichts Unmoralisches zutragen könne.

Als sich Johanne und Rosa ein Stündchen unter vier Augen genehmigten, gab es kaum etwas über die Arbeit zu berichten. Beide waren mit der Operation Lorelei befasst, die ja der Geheimhaltung unterlag.

Also unterhielten sie sich über private und umso wichtigere Dinge. Andrew Turnbull. Rosa schmiedete bereits Pläne für die Hochzeit nach Kriegsende. Die einzige offene Frage lautete, ob sie sich in Schweden oder Schottland niederlassen sollten. Andrew fiel es schwer zu akzeptieren, dass Rosa ihren erlernten Beruf ausüben wollte und sich das in Schottland nicht vorstellen konnte. Selbst wenn er nach dem Krieg noch einige Jahre als Militärattaché bei der britischen Legation in Stockholm blieb, so waren solche Dienstverhältnisse nie von Dauer. Anschließend erwartete ihn vielleicht eine Versetzung nach Neu-Delhi,

Nairobi oder Kingston. An solchen Orten gab es immer unendlich viel Personal, und Rosa würde ihren eigenen Interessen nachgehen können.

Johanne wollte ihrer Schwester keinesfalls die Freude verderben. Rosas große Verliebtheit schien sie zur Verdrängung der fast unüberwindbaren Probleme zu verleiten. Ihre unbeirrbare Liebe hatte etwas Sympathisches, wenn nicht gar Betörendes, denn normalerweise ließen sich Gefühle durchaus durch Geld, riesige Gutshäuser und altmodische Titel beeinflussen. Rosa war da ganz anders, aber war sie wirklich willens, Muttis enorme Mühen möglicherweise ebenfalls zu schultern? In ein neues Land zu ziehen, eine fremde Sprache zu erlernen – nun gut, mit dem Englischen dürfte sie wohl kaum Probleme haben – und eine weitere Ausbildung zu absolvieren? Mutti war fünf Jahre lang jede Woche mit der Bergenbahn nach Oslo gefahren, um Ärztin zu werden. Ob ihre Tochter diese einzigartige Leistung wiederholen würde?

All diese kleinlichen Einwände, die natürlich nicht kleinlich waren, aber einer bis über beide Ohren verliebten Schwester so erscheinen mussten, behielt Johanne klugerweise für sich. Schließlich war die Hauptsache, dass Rosa zum ersten Mal die große Liebe erlebte und sich sicher war, dass diese auch erwidert wurde. Alltägliche Probleme würden sich lösen lassen. Wenn nötig, konnte sie ein weiteres juristisches Examen auf Englisch ablegen.

Da der Wind für einen Ruderausflug zu kräftig und die Temperatur ein wenig zu hoch waren, unternahmen sie mit Vater einen langen Spaziergang um die Insel. Er erzählte viel und begeistert von der Brücke, deren Fertigstellung vermutlich kaum mehr als ein Jahr beanspruchen würde.

Er wirkte erstaunlich jung und energisch, sein Schritt war elastisch, seine Haltung aufrecht und nicht die eines erschöpften alten Mannes. Er erinnerte geradezu an den vitalen Mann, der er in ihrer Kindheit gewesen war. Seine Verwandlung war ebenso erfreulich wie unerklärlich. Beide waren sie davon ausgegangen, dass er Muttis Tod nicht verwinden würde.

*

Ewas albtraumhafte Erzählung war unfassbar. Nicht einmal die extremsten Horrorfilme warteten mit solch sadistischer Fantasie auf.

Blass und mit ungewaschenem Haar lag sie im Bett. Immerhin hatte sie kein Fieber mehr. Der Arzt des Sophiaheimes, der ihre Wunden vernäht hatte, erklärte, der Schockzustand lasse sich am besten mithilfe von Gesprächen überwinden. Um die schlimmen Erlebnisse zu verarbeiten, brauchten diese ein Ventil.

Damit wollte Johanne Ewa nun beistehen, als sie an ihrem Bett saß. Sie hatte gar nicht fragen brauchen, Ewas Bericht brach wie ein monotoner Wortstrom aus ihr heraus, fast so, als spräche sie im Schlaf.

Nichts hatte auf den grausamen Verlauf des Abends hingedeutet. Im Gegenteil. Als Ewa mit den blondesten Blondinen des Sekretärinnenclubs, Elin, Linnéa und Clary, in der riesigen Wohnung im Karlavägen eintraf, war die Stimmung ausgelassen. Die SS-Männer waren noch nicht eingetroffen.

Ein paar junge Männer in weißen Fantasieuniformen und Hotelpagenhütchen empfingen die Damen und führten sie in die Küchenregionen, wo sie sich in einer Dienstmädchenkammer umziehen konnten. Die perfekten Gretchenfrisuren mit hochgesteckten Zöpfen hatten sie sich kurz zuvor vom Friseur herrichten lassen. Unter Gelächter zogen sie ihre Dirndl an. Dass die Röcke sehr kurz waren und die Schlüpfer fehlten, hielten sie wie die grünen Jägerhütchen für einen Scherz.

Personal aus dem Grand Hotel erschien in der Küche, nahm das Essen aus randvollen Kisten und öffnete die Weinflaschen. Ein Mann vom Orchester holte die Damen und forderte sie auf, sich neben den Musikern, das linke Bein vor dem rechten, in einer Reihe an der Wand aufzustellen.

Noch immer wirkte alles wie ein Scherz oder eine Parodie. Um Punkt sieben erschienen die SS-Männer in Begleitung eines Legationsangestellten, der eine seltsame graue Uniform trug, die Ewa noch nie gesehen hatte, vermutlich eine Art Galauniform für Diplomaten.

Die schwarzen Uniformen der drei SS-Leute waren ihr umso bekannter. Für einen Moment hatte es den Anschein, als seien sie ebenfalls Teil des Maskenfests, weil sie in Schweden so selten zu sehen waren. Wie hatten sie sich nur so in der Stadt zeigen können?

Sobald die drei Schwarzgekleideten und der Diplomat den Raum betraten, sank die Temperatur merklich. Daran änderte auch nichts, dass das Orchester unverdrossen weiterspielte. Keiner der vier Neuankömmlinge lächelte. Die eisenbeschlagenen Stiefel knallten auf dem Eichenparkett, als sie am Orchester und den aufgereihten Blondinen vorbeigingen, ohne jemanden eines Blickes zu würdigen. Ein Kellner erwartete sie mit einer Flasche Champagner und ließ den Korken knallen. Mit starrer Miene stießen sie förmlich miteinander an.

Wie eine kalte Schlange kroch den Frauen die Angst den Rücken hinauf. Irgendetwas war faul, selbst die übertrieben muntere Tirolermusik wirkte plötzlich bedrohlich.

Nach dem Champagner nahmen die Männer an der Tafel Platz, einer von ihnen wies die Plätze an, jeder zweite Stuhl blieb frei. Anschließend schnipste er mit den Fingern, zeigte auf die ausstaffierten Damen und dann auf die freien Plätze. Zögernd traten sie vor, um Platz zu nehmen. Die Männer setzten, ohne sie zu beachten, ihre halblaute Unterhaltung fort. Sobald die Kellner erschienen, verstummte die Unterhaltung und wurde, als diese sich wieder zurückzogen, leise und meist unbegreiflich fortgesetzt. Wie selbstverständlich schienen die Männer davon auszugehen, dass die Frauen, trotz ihrer Verkleidung, kein Wort Deutsch verstanden.

Die Männer mit den versteinerten Mienen interessierten sich ebenso wenig für das Essen und die Getränke, obwohl alles aus dem erstklassigen Restaurant des Grand Hotels geliefert worden war. Nur einmal während der Mahlzeit gab es die Andeutung eines Lachens. Die Unterhaltung schien sich um Transportprobleme zu drehen, die sich Gerüchten nach nur noch verschlimmern würden. Einer der SS-Männer erzählte von Juden, die in einem überfüllten Zug keinen Platz mehr gefunden, sondern artig sechs Stunden auf dem Bahnsteig auf den nächsten gewartet hatten. Was daran so lustig sein sollte, war unbegreiflich, entlockte den Männern aber das einzige kleine Lachen der ganzen Mahlzeit. Aber auch dieses verstummte rasch, als die Kellner Wein nachschenkten.

Die Mahlzeit schleppte sich quälend langsam über vier Gänge dahin. Das Brathähnchen mit frischen Pfifferlingen schien den schwarz gekleideten Ehrengästen, die sich befehlsgemäß erholen sollten, nicht sonderlich zu munden. Verglichen mit den anderen Soldaten, die sich nach anstrengenden Erlebnissen an der Front in Stockholm verlustierten, hatten diese drei Männer etwas von lebenden Toten. Ausgelassen feiernde Norweger, die durch die Kneipen der Stadt zogen und so sehr mit ihren Einsätzen für die Heimatfront prahlten, dass man sie rauswerfen musste, um sie zum Schweigen zu bringen, waren da sehr viel nachvollziehbarer.

Nach beendeter Mahlzeit wurde den Männern ein spezieller Schnaps und den Frauen, die immer noch wie unsichtbar am Tisch saßen, Likör serviert. Der Mann in der merkwürdigen Diplomatenuniform erhob sich, entschuldigte sich mit einer Verbeugung und begab sich zu den Kellnern in die Küche, vermutlich um sie für ihre Dienste zu bezahlen, worauf sie nach einer Weile mit sämtlichen Körben und Kisten wortlos aufbrachen.

Als die Wohnungstür hinter den Kellnern und dem Koch ins Schloss fiel, saßen alle starr und schweigend da, und nur die Klarinette und das Fagott des deutschen Blasorchesters waren zu hören.

Da erhob sich der offenbar ranghöchste Offizier, und die anderen drei folgten seinem Beispiel. Mit einem kurzen Befehl wandte er sich an das Orchester, und die Musiker verschwanden im angrenzenden Herrenzimmer. Anschließend drehte er sich zum Sekretärinnenclub um und brüllte, alle Huren sollten sich umgehend zum Dienst einfinden. Dabei deutete er auf die Tür, durch die das Orchester das Esszimmer verlassen hatte.

Ehe sich die Tür hinter ihr schloss, drehte sich Ewa noch

einmal um und sah, wie sich die Männer jeweils zu zweit untergehakt nach einem bestimmten Ritual zuprosteten.

Im dunklen Herrenzimmer hing ein riesiges Ölgemälde des Gottes Thor, der mit seinem Blitze sprühenden Hammer Mjölnir zwei bärtige Riesen erschlug. Neben einem schwach erleuchteten Billardtisch standen vier Hocker aufgereiht. An der hinteren Wand des Raumes hing ein schwarzer Wappenschild mit den SS-Runen, zwei silbernen Blitzen, umrahmt von deutschen Fahnen. Der Kapellmeister trat auf sie zu, nachdem sie auf den Hockern Platz genommen hatten, und forderte sie verlegen auf, sich ihrer Röcke zu entledigen. Während Ewa die Anweisung übersetzte, eilte er zur Kapelle zurück, gab mit seiner Klarinette einen Ton vor, und die Musik setzte ein.

Soweit sich Ewa erinnern konnte, hatte sie in diesem Augenblick eine gewisse Zuversicht verspürt. Sie waren beim sexuellen Teil angekommen, und das lärmende Orchester im Hintergrund verlieh der Situation eher etwas Groteskes als Furchteinflößendes.

Das war jedoch, bevor sie begriff, dass die Musik ihre Schreie übertönen sollte, und ehe sie die vier auf dem grünen Billardtisch penibel aufgereihten Reitpeitschen entdeckte. Noch rechnete sie mit vier angetrunkenen hereintaumelnden Männern, die sich ihrer Uniformjacken entledigt hatten, vielleicht mit Flaschen in den Händen, erwartungsvoll grinsend wie ganz gewöhnliche Hurenböcke.

Als die Männer eintraten, offensichtlich in der Reihenfolge ihres Ranges, da der Diplomat als Letzter erschien, trugen die Herren nach wie vor die komplette Uniform und dieselbe Maske kalter Gleichgültigkeit wie während des Essens. Sie nahmen auf vier bequemen Ledersesseln mit einem Tischchen in der Mitte Platz, und der Diplomat schenkte nervös und servil Schnaps ein. Eine Weile wurde schweigend getrunken, die Herren betrachteten die vier Frauen auf den Hockern, tauschten Bemerkungen aus, schüttelten die Köpfe und lächelten beinahe. Da Ewa und ihre Kolleginnen zu weit weg saßen, konnten sie das Gesprochene nicht verstehen.

Plötzlich schnipste der Ranghöchste wieder mit den Fingern und gab dann dem jungen Kapellmeister ein Zeichen, auf das dieser bereits gewartet zu haben schien. Er eilte zu den Sesseln. Der Chef flüsterte ihm etwas ins Ohr, worauf er sich mit ein paar großen Schritten zu den vier weiblichen Gefangenen verfügte.

Denn sie waren nichts anderes, wie Ewa in diesem Moment erkannte. Sie waren Gefangene und keine Hostessen, Gesellschaftsdamen, Gelegenheitsprostituierte oder normale freie Huren.

»Aufstehen, damit man die Schamhaare sieht!«, befahl der junge Mann so selbstbewusst wie möglich, und seine Stimme überschlug sich dabei.

Ewa übersetzte den Befehl und ermahnte ihre Begleiterinnen, nicht so verängstigt auszusehen, sondern zu lächeln. Sie stellten sich hin und versuchten, verführerisch oder zumindest unbeschwert auszusehen, aber auch ihr Lächeln gefror immer mehr.

Die Männer auf den Sesseln schienen etwas zu diskutieren. Ewa vermutete, dass es um die Farbe der Schamhaare ging.

Der Chef rief den Kapellmeister erneut zu sich, erteilte einen weiteren Befehl und entließ den jungen Mann dann mit einer Handbewegung.

Im nächsten Augenblick trat der Kapellmeister mit einem Kollegen auf Elin zu, die zweifellos Blondeste unter ihnen. Sie zogen sie vom Hocker hoch, führten sie zum Billardtisch und fesselten sie mit Stricken daran, die weiter hinten im Raum im Halbdunkel gelegen hatten. Elin lag mit dem Hinterteil auf der Kante bäuchlings auf dem Billardtisch.

Die vier Männer beachteten sie nicht weiter, sondern waren weiter in eine ernste Diskussion vertieft. Die beiden Musiker kehrten an ihre Plätze zurück, und bald wurde wieder lärmend gespielt. Die Tuba dröhnte so laut, dass der Kronleuchter vibrierte.

Der SS-Chef, der immer noch in einer Diskussion mit den anderen begriffen war, erhob sich und trat auf die gefesselte Elin zu, überlegte es sich dann anders, drehte sich zu den anderen um und sagte etwas. Seine Gefährten grinsten.

Dann wandte er sich wieder der schweigenden Elin zu, hielt kurz inne und strich ihr beinahe zärtlich über das Hinterteil. Dann nahm er zwei Reitpeitschen in die Hände und trommelte damit abwechselnd auf Elin herum und gab an die Kapelle gewandt den Takt an. Plötzlich schlug er so fest zu, dass Elins Hintern rote Streifen bekam. Ihre Schreie wurden von der lauten Musik übertönt. Dann griff er zu einer hinter der Bande verborgenen Dose, schmierte den Griff der Peitsche ein und schob ihn ihr erst vorsichtig, dann immer fester in den Hintern. Nun trat er einen Schritt zurück, fuhr mit der anderen Peitsche über das herausstehende Ende und rief seinen Kameraden zu, das hier sei wirklich kein »Schlappschwanz«. Zum ersten Mal lachten die Männer.

Dann öffnete er seine Hose, baute sich hinter Elin auf, packte die Peitsche, drückte diese nach links und nach rechts, während er gleichzeitig Elin vergewaltigte. Recht rasch und fast unmerklich schien er sich befriedigt zu haben und kehrte mit zufriedener Miene zu den anderen zurück, die ihn mit diskretem Applaus empfingen.

Sie wechselten sich ab.

Ewa war als Zweite an der Reihe. Mit Tränen in den Augen kehrte sie anschließend zu ihrem Hocker zurück.

Was sie während der Séance empfunden hatte, wusste sie nicht mehr so genau, vermutlich Erniedrigung. Außerdem fühlte sie sich betrogen. Keine noch so gute Bezahlung war in diesem Falle angemessen, und der Informationsgehalt der Gespräche war gleich null.

Die Männer wurden immer gewalttätiger. Als sie mit Elin wieder von vorne begannen, ging es ihnen darum, ihre Opfer zu verletzen, bis diese vor Schmerzen schrien. Sie peitschten Elin, während die Basstuba immer lauter spielte.

Als Ewa erneut an die Reihe kam und Elin in Tränen aufgelöst auf ihrem Hocker saß, war sie nicht sicher, ob sie diesen Abend überleben würden. Die Männer hatten sie gewarnt, Dummheiten zu begehen, da die Wachposten vor der Tür jeden Fluchtversuch vereiteln und schwer bestrafen würden.

Vier nackte Frauen gegen neun Männer, da war jeder Widerstand zwecklos. Die fünf Musiker würden aus Angst vor den schwarz gekleideten SS-Offizieren jedem Befehl blindlings gehorchen.

Als der Rädelsführer erneut auf Ewa zutrat, um das Ritual mit der Reitpeitsche zu wiederholen, tat er dies erstaunlicherweise etwas sanfter als in der Runde zuvor. Vielleicht lag es am Anblick ihrer Verletzungen. Unbegreiflich, was in diesen Menschen vorging.

Als er die Peitsche wieder angebracht hatte und sie dazu zwingen wollte, »mit dem Schwanz zu wedeln«, wie er sich seinen Kollegen gegenüber ausdrückte, erhob sich Elin mit einem Schrei und rannte panisch durch die Wohnung.

Die Musik verstummte, und die angetrunkenen Männer lachten höhnisch, bis sie die Wohnungstür ins Schloss fallen hörten. Elin hatte unbekleidet die Flucht ergriffen.

»Haltet die Flüchtige auf!«, befahl der Chef. »In fünf Minuten muss sie zurück sein, und zwar gefesselt. Sie soll sich auf eine strenge Bestrafung gefasst machen!«

Eilig schwärmten die jungen Musiker in ihren Pagenhütchen aus. Die Männer in den Ledersesseln nutzten die Unterbrechung für eine kurze Pause und schenkten nach. Niemand kümmerte sich um Ewa, die gefesselt und mit einer Reitgerte im After auf dem Billardtisch lag.

Plötzlich veränderte sich die Situation rasant, als die Musiker atemlos zurückkamen und berichteten, Elin sei zu den Nachbarn geflohen. Auf den Versuch hin, sie zurückzuholen, sei ihnen mit der Polizei gedroht worden.

Der Diplomat lamentierte lauthals über die deutsch-schwedischen Beziehungen und dass eine Konfrontation mit der Polizei um jeden Preis vermieden werden müsse.

Gelassen legte der Chef seine Zigarre beiseite und gab den Befehl, umgehend die Legationslimousine vorzufahren, eine rasche rückwärtige Frontverkürzung sei angezeigt.

Auch dieser Scherz erntete Gelächter.

»Wie kommen wir aus dem Haus?«, fragte der Chef mit eiskalter Ruhe. »Wir müssen einen kühlen Kopf bewahren und dürfen nichts überstürzen. In der Sache hat unser kleiner Diplomatenfreund recht. Versteht eine der Damen Deutsch?«

Diese letzte Frage richtete er an die drei noch verbliebenen Opfer.

»Ja, ich«, fauchte Ewa, die immer noch gefesselt dalag. »Befreien Sie mich. Wir wollen auch weg, ehe die Polizei kommt!«

Diesem Ansinnen, ihrem ersten und letzten Befehl in dieser Runde, wurde sofort entsprochen.

Während die SS-Leute, der Diplomat und die Musiker durch den Kücheneingang verschwanden, kleideten sich die jungen Frauen panisch an. Als sie die Flucht antraten, wurde bereits an die Tür am anderen Ende der Wohnung gehämmert.

Und damit war die Sache beendet. Humpelnd und taumelnd verschwanden sie in unterschiedliche Richtungen, nachdem sie am anderen Ende des Häuserblocks auf die Straße getreten waren. Im letzten Moment fiel Ewa ein, sich eine Zehn-Öre-Münze von Clary zu leihen, um Teddy anzurufen, obwohl das gegen sämtliche Vorschriften verstieß.

Mehr gab es nicht zu berichten, zumindest nicht darüber.

Mit Erstaunen nahm Johanne zur Kenntnis, wie sachlich und konzentriert Ewa von der Demütigung, dem Schrecken und den unbeschreiblichen körperlichen Schmerzen erzählen konnte.

»Meine arme Kleine, was haben sie nur mit dir gemacht«, sagte sie tröstend und schämte sich sogleich über diese Plattitüde. »Hat man sie gefasst?«, fuhr sie fort, um etwas gesammelter zu wirken.

»Nein, natürlich nicht.«

»Wieso? Die Polizei kam schließlich, und eine Zeugin, nämlich Elin, gab es auch?«

»Sie wurde in eine Decke gewickelt von einem Krankenwagen abgeholt. Teddy hat mir erklärt, warum wir keine Anzeige erstatten können. Es gibt zwei Gründe.«

»Und die wären?«

»Zum einen außenpolitische, Schwedens gute Beziehungen zu Deutschland, du weißt schon. Zum anderen uns. Wenn der Sekretärinnenclub unter Eid aussagen müsste und die Deutschen einen Verteidiger hätten, der uns ins Kreuzverhör nimmt …«

»Schon gut. Dass Teddys Sirenen geheim bleiben, ist wichtiger als das Wohlergehen der Sirenen. Und wie geht es dir? Kannst du gehen?«

»Ja, ich habe zwar wahnsinnige Schmerzen und kann vermutlich eine Woche lang nicht sitzen, aber solange ich mich nicht bewege, kann ich auch auf dem Rücken liegen.«

Johanne dachte eine Weile nach.

»Wir müssten es diesen Schweinen trotzdem heimzahlen«, sagte sie.

»Mit dieser Meinung stehen wir in Schweden ziemlich alleine da. Und wie sollen wir das anstellen?«

Johanne musste nachdenken. Auf die schwedische Justiz war offenbar kein Verlass. Vielleicht auf die deutsche?

»Welchen Rang haben diese SS-Offiziere bekleidet?«, erkundigte sie sich. »Sie haben den Ruf Deutschlands in einem befreundeten Land gefährdet. Das darf vermutlich nicht einmal die SS. Insbesondere nicht die SS, vermutlich. Übrigens: War Teddy hier?«

»Ja. Er hat mir Pralinen geschenkt und den Arzt besorgt, der meine Wunden vernähte. Außerdem hat er mir gute Besserung gewünscht und mich gebeten, kein Wort über die Sache zu verlieren. Hattest du etwas anderes erwartet?«

»Nein, natürlich nicht. Aber trotzdem haben wir es mit drei SS-Offizieren zu tun, die in einem befreundeten Land eine Straftat begangen haben. Was hatten sie für einen Rang?«

»Damit kenne ich mich nicht aus.«

»Wie sahen die Rangabzeichen aus?«

»Eine Art Silbergeflecht auf den Schulterstücken.«

»Natürlich, aber ich meine hier!«

Johanne deutete mit beiden Daumen auf ihren Kragen und erklärte: »Die sogenannten Kragenspiegel. Kleine viereckige Abzeichen oder Ähnliches. Wie sahen die beispielsweise beim Chef aus?«

»Der hatte kleine weiße Hühnerfedern.«

»Hühnerfedern? Da denkt man doch direkt an den Obergockel. Aber waren die Spitzen möglicherweise flächig? Kann es sich um Eichenlaub gehandelt haben?«

»Ja, das könnte stimmen, längliches Eichenlaub.«

»Gut. Ein Standartenführer, also ein Oberst. Und die anderen beiden hatten diese silbernen Punkte auf der linken Seite. Drei oder vier?«

Nach einigem Hin und Her gelangte Johanne zu dem Schluss, dass es sich um einen Oberst, einen Oberstleutnant und einen Major gehandelt haben musste. Sie brachte ebenfalls in Erfahrung, dass der Oberst ein Ritterkreuzträger war.

»Und was nützen uns diese Informationen?«, erkundigte sich Ewa und wimmerte leise, als sie sich zurechtlegte. »Mein Rücken blutet noch immer von den zwei Peitschenhieben«, erklärte sie.

»Ich habe eine Idee«, sagte Johanne, »aber ich bin nicht ganz sicher, ob sie etwas bringt. Könntest du dir vorstellen, diese Geschichte, vielleicht etwas weniger detailliert, einer jungen deutschen Dame zu erzählen?«

»Aha, jetzt verstehe ich«, sagte Ewa, und ihre Miene hellte sich auf.

Dass Ewa sie sofort durchschaut hatte, ärgerte Johanne beinahe.

Sie hatte Spionagechef Wagner nach dem langen Festabend im Operakällaren, der sicher ein Vermögen gekostet hatte, erklärt, dass er sie nicht einfach anrufen könne, und ihm anvertraut, dass die schwedische Geheimpolizei sie als unzuverlässig einstufte, was ja auch stimmte, da die Hestapo sie für eine norwegisch-britische Agentin hielt. Wagner hatte diese Mitteilung natürlich anders gedeutet, da sie für ihn schließlich Deutsche war.

Etwas scheu, aber ohne zu zögern, hatte sie ihm erklärt, dass sie ihn gerne wiedersehen würde, weil sie ihre Unterhaltung äußerst anregend gefunden habe. Aber wie gesagt dürfe er sie nicht anrufen, da man ihr Telefon möglicherweise abhörte. Seine Sekretärin solle bei Bedarf einfach einen Zettel bei ihr einwerfen, dann wisse sie Bescheid. Diesen Köder, der mehr als ein halbes Versprechen darstellte, hatte er natürlich sofort geschluckt.

Daher überraschte es sie nicht, dass nach dem Wochenende in Sandhamn eine Nachricht von Erika Schultze in ihrem Briefkasten lag. Sie wolle sie heute um eins am üblichen Ort treffen. Unterschrieben hatte sie einfach nur mit E.

Der Plan war einfach. Wenn sie Erika Schultze »am üblichen Ort«, also im Brända Tomten, traf, würde sie ihr erzählen, ihre liebe Freundin sei offenbar von Deutschen überfallen worden, und sie sei jetzt auf dem Weg zu ihr. Vielleicht wolle Erika sie ja begleiten, da sie so einen schönen gemeinsamen Abend verbracht hätten?

»Du findest also, dass ich die Geschichte noch einmal erzählen soll, obwohl es mir sehr schwerfällt«, stellte Ewa fest. »Darf ich mich zwischen den Vorstellungen erst einmal ein wenig ausruhen? Aber ich verstehe, worauf du hinauswillst. Für eine Novizin bist du ziemlich gewieft. Okay, so machen wir's! Wenn du mir jetzt einen Kaffee kochst, können wir uns anschließend einen Plan zurechtlegen.«

Als Ewa Erika Schultze und Johanne, die so tat, als höre sie zum ersten Mal davon, die Geschichte nochmals erzählte, drückte sie sich wesentlich gemäßigter aus. Trotzdem war am Entsetzen der deutschen Freundin nicht zu zweifeln. Mit Tränen in den Augen und aschfahlem Gesicht saß Erika Schultze auf einem Küchenstuhl neben Ewas Bett und hielt sich die Hand vor den Mund, um einen Aufschrei zu ersticken.

Um die Vorstellung für ihre Zwecke glaubwürdiger zu gestalten, warf Johanne ab und zu Fragen ein, beispielsweise nach den Rangabzeichen und Orden der SS-Männer, aber dieses Mal wollte sie es noch genauer wissen. Wie bei einem Verhör erkundigte sie sich eingehend nach der Zahl der Goldknöpfe im Silbergeflecht der Schulterstücke, ehe sie feststellte, dass es sich um einen SS-Standartenführer, einen SS-Obersturmbannführer und einen SS-Sturmbannführer gehandelt haben müsse.

Johanne hakte ebenfalls nach, als Ewa nur vage wiedergeben konnte, worüber sich die SS-Männer beim Essen unterhalten hatten. Wie geplant spielte Ewa mit und erklärte, dass sie zwischen dem Diplomaten und dem rangniedrigsten Offizier gesessen habe, die am wenigsten gesprochen hätten. Einer der vielen seltsamen Ausdrücke, die sie aufgeschnappt habe, sei das Wort »judenfrei« gewesen, aber nicht der Kontext.

Vielleicht trug sie ja etwas zu dick auf, schließlich sprach sie ausgezeichnet Deutsch, und größere sprachliche Fantasie war ihr durchaus zuzutrauen. Aber die fassungslose Erika Schultze schien keinen Verdacht zu schöpfen.

In welchem Zusammenhang von »judenfrei« die Rede gewesen sei, beharrte Johanne.

Ewa erklärte nochmals, aufgrund ihrer Platzierung am falschen Tafelende und wegen des lärmenden Blasorchesters nur Fragmente der Unterhaltung aufgeschnappt zu haben. Es sei vom Unterschied zwischen Estland-Lettland-Litauen einerseits und Polen andererseits gesprochen worden, die Balten seien entgegenkommender und die Schwierigkeiten in Polen schon allein der Einwohnermenge wegen größer, etwas in dieser Art.

Mit diesem Bescheid gab sich Johanne zufrieden. Anschließend erzählte Ewa ihre Geschichte ohne Unterbrechung zu Ende. Der zunehmenden Gewalt wegen hatte sie bis zu dem gesegneten Augenblick, als ihrer Freundin die Flucht gelang, um ihr Leben gefürchtet. Danach waren alle in größter Panik aufgebrochen.

Das war der Zeitpunkt, um Erika Schultze in die Falle zu locken.

»Ewa, du Ärmste, wie in aller Welt konntest du nur in so etwas hineingeraten? Du bist doch sonst so vorsichtig?«, wollte Johanne aufgebracht wissen.

»Ich weiß!« Ewa stöhnte beim Versuch, ihre Stellung zu ändern. »Ich hatte keinerlei Grund zu glauben ... Ich kenne einen ... kennen ist vielleicht zu viel gesagt ... Er ist Diplomat und war einige Male bei der Kulturabteilung. Offenbar ist er mit meinem Chef Horst Niedermayer befreundet. Ich bin schon zu anderen Festen eingeladen worden ... Da war ich auch mit meinen schwedischen Freundinnen ... So etwas ist noch nie passiert.«

Erika Schultze schluckte den Köder sofort.

»Wie heißt dieser Diplomat?«, fragte sie.

»Wenn ich mich nicht täusche, ist er stellvertretender Handelsattaché. Er heißt August Finke.«

»Stellvertretender Handelsattaché!«, sagte Erika Schultze verächtlich. »Das ist der Gestapochef in Schweden. Wirklich eine schöne Geschichte! Notzucht unter Gestaporegie!«

»Gestapo!«, erwiderte Ewa fassungslos. »Und seine nette Assistentin ...«

»Ursula Kistenmacher! Das ist nicht seine Assistentin, sondern seine Stellvertreterin. Ungewöhnlich, dass eine Frau so einen Rang bekleidet. Die Assistentin heißt Hannah Webel. Davon muss ich meinem Chef berichten, ich hoffe, ihr habt Verständnis.«

»Wäre das so klug?«, erkundigte sich Johanne. »Stellen Sie sich nur vor, was die Leute alles unternehmen werden, um diesen Skandal zu vertuschen. Und die schwarz gekleideten Sadisten haben das Land bestimmt schon längst verlassen.«

»Wahrscheinlich. Mir schwebt auch kein öffentlicher Skandal mit diplomatischen Verwicklungen vor. Diese Unmenschen haben ein Verbrechen begangen, sich Freiheiten herausgenommen und sich wie Schweine benommen. Das ist eine interne deutsche Angelegenheit, und sie werden nicht davonkommen!«

»Tun Sie, was Sie für richtig halten, Fräulein Schultze«, sagte Johanne. »Aber wie können wir dir helfen, Ewa?«

Damit war das Thema beendet. Erika Schultze und Johanne gingen in den Milchladen, um einzukaufen, Bezugsscheine hatten beide im Überfluss. Dann kochten sie eine Hühnerbrühe für Ewa, rösteten Kaffeebohnen in einer Bratpfanne, halfen Ewa dabei, auf die Toilette zu gehen, und erwärmten schließlich Wasser zum Haarewaschen, weil das Warmwasser abgestellt war.

Als Erika erklärte, sie müsse wieder zur Arbeit, schlug Johanne vor, sie zu begleiten, da es kein großer Umweg sei. Sie versprachen Ewa, am nächsten Tag wiederzukommen.

Schweigend folgten sie dem Värtavägen Richtung Karlaplan. Erika Schultze wirkte bedrückt, vielleicht hatte sie ja etwas auf dem Herzen und wusste nicht so recht, wie sie beginnen sollte. Johanne musste sich anstrengen, um ihre Spannung zu verbergen. Dieser Moment konnte entscheidend sein.

»Angesichts der Ereignisse«, begann Erika Schultze schließlich, »wirkt es vielleicht taktlos. Aber Befehl ist Befehl. Dr. Wagner hat mich gebeten, Sie morgen Abend zu einer kleinen Veranstaltung bei sich zu Hause einzuladen. Jetzt ist es gesagt.«

Johanne lachte, vor allem über sich selbst, das war schließlich zu erwarten gewesen, aber sie hatte auf etwas Besseres gehofft.

»Ich verstehe Ihr Dilemma, Fräulein Schultze. Aber ich gehe mal davon aus, dass der kultivierte Dr. Wagner keine Reitpeitschen im Schrank hat. Richten Sie ihm bitte aus, dass ich gerne komme. Wir haben uns beim letzten Mal ausgesprochen nett unterhalten.«

»Mit Vergnügen«, erwiderte Erika Schultze erleichtert. »Dann habe ich meinem Chef zumindest etwas Erfreuliches zu berichten und nicht nur diese fürchterliche Geschichte.«

»Müssen Sie das wirklich?«

»Unbedingt. Alles andere wäre ein schweres Dienstvergehen.«

»Aber steht die SS nicht gewissermaßen über den Gesetzen?«

»Sie kennen sich mit den Dienstgraden der SS für eine Frau erstaunlich gut aus.«

Johanne erinnerte sich, wie viele Stunden sie als Musterschülerin in England darauf verwendet hatte, sich diese scheinbar sinnlosen Kenntnisse anzueignen.

»Mein Bruder ist SS-Sturmbannführer«, erwiderte sie.

Erika Schultze zuckte zusammen und sah beinahe verängstigt aus. Vielleicht war es voreilig gewesen, Harald zu erwähnen. Aber obwohl Erika Schultze so jung und unschuldig wirkte, arbeitete sie seit etlichen Jahren für die Abwehr. Johannes Detailkenntnisse seltsamer Dienstränge und militärischer Orden hatten ihr Misstrauen geweckt, was durchaus beabsichtigt gewesen war.

Sie erreichten den Karlaplan und bogen auf den Karlavägen ein. Bis zum Büro der Abwehr waren es noch gute zehn Minuten. Dort würde Erika Schultze sofort Bericht erstatten.

»Ich kann nicht behaupten, dass mich die berufliche Wahl meines Bruders mit Stolz erfüllt«, meinte Johanne, als sie sich der Nybrogatan näherten und die Zeit knapp wurde. »Solche Schweine, die Ewa und ihre Freundinnen vergewaltigt und misshandelt haben, sind vielleicht gar nicht so selten, wie man es sich wünschen würde. Ich frage mich trotzdem, was ein Bericht ausrichten kann. Aber das ist natürlich Ihre dienstliche Angelegenheit.«

»Es geht gar nicht so sehr um die Vergewaltigungen!«, sagte Erika Schultze aufgebracht und schien es sofort zu bereuen. Johanne entgegnete nichts, weil es Verdacht weckte, wenn sie nachhakte.

Nachdem sie schweigend ein gutes Stück weitergegangen waren, erläuterte Erika Schultze, was sie gemeint hatte.

»Es dürfte ja kaum ein Geheimnis sein, dass das Büro Wagner alles, was über Deutschland in schwedischen Zeitungen steht, sammelt und systematisch katalogisiert. Vor knapp zwei Monaten hat die polnische Exilregierung in London einen Bericht vorgelegt, in dem sie Deutschland des Massenmordes, vor allem an Juden in Polen, bezichtigt. Darin ist von einer unfassbar großen Anzahl Menschen die Rede. Die BBC hat natürlich über diese Sache berichtet und illegale Zeitungen wie die norwegische Londonnytt ebenfalls. Auch einige schwedische Blätter haben darüber geschrieben. Haben Sie diese Nachricht nicht gesehen?«

Johanne schüttelte den Kopf und gab ihre Unkenntnis zu. In den Zeitungen, die sie las, hatte davon nichts gestanden.

Oder sie hatte die Geschichte einfach überblättert, da Informationen der BBC über deutsche Gräuel wenig glaubwürdig waren. Sie ähnelten den deutschen Vorwürfen über englische Kriegsverbrechen oder den russischen über die der Deutschen.

Erika Schultze räumte ein, dass derartige Bezichtigungen tatsächlich wie reine Gräuelpropaganda wirkten. Daher hatte auch sie dieser Geschichte keine größere Bedeutung beigemessen, sondern einfach nur eine Liste der Zeitungen, die über die Sache berichtet hatten, zusammengestellt und dann nicht weiter darüber nachgedacht.

Jetzt geriet diese Geschichte natürlich in ein ganz neues, erschreckendes Licht. Die Bruchstücke, an die sich Fräulein Kitchener aus der Unterhaltung der SS-Offiziere erinnerte, deckten sich in fataler Weise mit den Bezichtigungen der polnischen Exilregierung. Selbstverständlich konnte es sich auch um ein Missverständnis handeln, aber das Wort »judenfrei« konnte Fräulein Kitchener unmöglich frei erfunden haben. Nun wollte sie zur Frage zurückkehren, welchen Schutz die Vergewaltiger als Mitglieder der SS genossen. Disziplinarmaßnahmen konnte nur die SS ergreifen, keine andere Behörde hatte die Befugnis, gegen diese Männer vorzugehen. So war es einfach. Sollte die höchste SS-Führung nach einem Bericht der Abwehr Maßnahmen ergreifen, dann sicherlich nicht wegen Misshandlung und Vergewaltigung von zwar germanischen, aber doch ausländischen Frauen, sondern weil sich die Herren in Bezug auf eines der größten Geheimnisse Deutschlands verplappert hatten.

Sie waren am Östermalmstorg angelangt und drehten noch eine zusätzliche Runde um die Obststände, an denen reger Betrieb herrschte, da die ersten Äpfel aus Schonen eingetroffen waren.

Dann reichten sie sich zum Abschied die Hand. Erika Schultze äußerte die Hoffnung, Ewa Kitchener werde bald genesen, und wünschte Johanne einen schönen Abend bei Dr. Wagner.

*

Am dritten Tag ging es Ewa bedeutend besser. Sie fühlte sich, wie sie es ausdrückte, zur Auferstehung bereit, auch wenn ihr das Gehen noch Schmerzen bereitete und sitzen unmöglich war.

Langsam spazierten Johanne und Ewa, die sich auf ihren Arm stützte, zum Valhallavägen. Dort nahmen sie die Straßenbahn Linie 4 zur Dalagatan im Stadtteil Vasastan. Von dort waren es nur wenige Schritte zum Sabbatsberger Krankenhaus, in dem Elin lag. Ewa hatte lange mit der Polizei in Östermalm verhandeln müssen, bis sie erfahren hatte, wohin man ihre misshandelte »Nichte« gebracht hatte, da der Hauptwachtmeister, der das Gespräch entgegennahm, glaubte, sie sei Journalistin, wie er voller Verachtung sagte. Empört drohte Ewa damit, an »höchstem Ort« vorstellig zu werden, falls man sie daran hindere, ihre verletzte Nichte zu besuchen. Worum es sich bei diesem höchsten Ort handelte, ließ sie im Unklaren, es funktionierte aber als Drohung.

Im Blumengeschäft im Eingangsbereich des Krankenhauses kauften sie einen Strauß Ringelblumen. Dann suchten sie den Pförtner auf. Von ihm erfuhren sie, dass keine Patientin namens Elin Karlsson in diesem Krankenhaus lag. Auch in der Notaufnahme, die Elin registriert haben musste, war nichts zu erfahren. Enttäuscht standen sie mit den Ringelblumen in der Hand da, aber Ewa wollte nicht so schnell aufgeben. Erneut drohte sie mit dem »höchsten Ort« und verlangte, den diensthabenden Oberarzt zu sprechen. Viel Beharrlichkeit war vonnöten, bis ihnen ein sichtlich verärgerter Oberarzt mit flatterndem Kittel auf dem Korridor entgegeneilte.

»Ich habe wirklich keine Zeit!«, sagte er zur Begrüßung, besann sich aber angesichts Johannes strahlenden Lächelns rasch eines anderen.

»Womit kann ich den Damen dienen?«, korrigierte er sich.

Sie trugen ihm fast die Wahrheit vor: dass ihre Freundin Elin Karlsson am Samstagabend etwa um Viertel nach elf ins Sabbatsberger Krankenhaus eingeliefert worden sei und sie sich natürlich Sorgen machten und sie besuchen wollten. Nun behauptete aber der Pförtner am Haupteingang, nichts von der Freundin zu wissen. Vielleicht handele es sich ja um ein Missverständnis, Karlsson sei schließlich ein sehr häufiger Name.

»Einen Moment, ich überprüfe das sofort«, sagte der Oberarzt und verschwand durch eine Tür mit dem Schild Zentrale Aufnahme.

Nach fünf ewigen Minuten kehrte er sehr aufgebracht zurück.

»Laut Journal«, sagte er zögernd, »wurde Samstag nach 21 Uhr niemand mehr eingeliefert.«

»Das ist für einen Samstagabend aber äußerst ungewöhnlich, nicht wahr?«, wandte Ewa ein.

»Korrekt«, bestätigte der Oberarzt. »Aber die fragliche Seite fehlt in unserem Verzeichnis.«

Sie fragten nicht weiter nach, da sie ahnten, wer Elin hatte verschwinden lassen. Sie dankten dem Arzt für seine Mühe und gingen.

»Wir müssen uns gedulden, bis wir Teddy treffen«, meinte Ewa, als sie erneut auf der Straße standen.

Als sie sich wieder in Ewas Wohnung befanden, stellten sie die Blumen in eine Vase und rösteten und mahlten Kaffeebohnen. Mit dem frisch aufgebrühten Kaffee gingen sie ins Wohnzimmer. Johanne nahm wie gewöhnlich auf einem Carl-Malmsten-Stuhl Platz, und Ewa kniete verkehrt herum auf einem Sessel und stützte sich mit den Armen auf der Rückenlehne ab.

»Jetzt bin ich wirklich gespannt«, sagte Ewa, »was du von dem Abendessen bei Wagner erzählst!«

»Hat das nicht Zeit, bis Teddy kommt? Sonst musst du dir das Ganze zweimal anhören. Außerdem gibt es eine Überraschung, die dich freuen wird. Aber wenn ich sie dir jetzt erzähle, bist du beim zweiten Mal nicht mehr überrascht, und Teddy ist nicht so harmlos wie Fräulein Schultze. Das haben wir übrigens gut hingekriegt. Ich finde, du solltest dich am Theater bewerben.«

»Nichts da, lenk nicht vom Thema ab. Erzähl schon!«

Auf diese Weise zankten sie noch ein Weilchen scherzhaft weiter, bis Johanne wenig überraschend nachgab. Sie warnte Ewa jedoch, dass es von der einen Überraschung einmal abgesehen nicht sonderlich aufregend sei.

Das erste Problem war natürlich die Garderobe. Der Umstand, dass Wagner und sein Kollege im Operakällaren Smoking getragen hatten, gab ja schon mal einen kleinen Hinweis. Also entschied sie sich für ein hellblaues Rohseidenkleid mit tief ausgeschnittenem Dekolleté, das allerdings mit dünner Spitze abgedeckt war, was einen gleichermaßen freizügigen und sittsamen Eindruck erweckte. Dazu wählte sie, farblich passend, schlichten Aquamarinschmuck und lange Handschuhe, die zu ihrem offenen roten Haar passten.

Wagner bewohnte die Wohnung am Karlaplan alleine, ein Adjutant und Servierpersonal waren jedoch anwesend. Es war nicht ganz klar, ob der Adjutant ebenfalls dort wohnte oder wie die anderen nur bei Bedarf erschien, hoffentlich Letzteres. Ganz sicher Letzteres, wenn Wagner einen romantischen Abend plante.

Die anderen Gäste waren der ihr von Teddy ebenfalls als Liebhaber vorgeschlagene Hauptmann Albert Utermark, klein und fett, aber sehr militärisch und nazistisch in seinem Auftreten, und seine blonde, ihn überragende Frau, die an Magda Goebbels erinnerte, nicht nur wegen ihres Auftretens, sondern auch wegen ihres politischen Geredes.

Es ging ruhig, steif und konventionell zu. Zur Begrüßung wurde Champagner in einem der Salons serviert, offenbar hatten die Deutschen inzwischen recht viel davon.

Danach folgte ein recht durchschnittliches Essen mit drei Gängen: Suppe, Schweineschnitzel und Dessert, jedoch hervorragende Weine, besonders der Spätburgunder zum Hauptgericht, einer der Lieblingsweine ihres Vaters. Zum Nachtisch, Rhabarberkuchen, wurde ein ausgezeichneter Eiswein gereicht.

So viel zu den Äußerlichkeiten, erklärte Johanne lachend. Sie habe damit Ewa nur auf die Folter spannen wollen.

Jetzt zu den ernsteren Dingen. Die Unterhaltung bei Tisch entwickelte sich zum Balanceakt für den Gastgeber

Wagner. »Frau Goebbels« lagen die Themen Rasse und Ideologie am Herzen. Ihr schwebte eine Zukunft vor, in der die durch jahrhundertelange Masseneinwanderung geschwächte germanische Erbmasse mithilfe schwedischen Blutes neue Stärke erlangte. Das Christentum hatte die germanische Kultur ausgemerzt. Erstaunlich, aber wahr waren die Hexenprozesse im Mittelalter Teil dieser Verschwörung. Auf den Scheiterhaufen wurden Frauen verbrannt, die noch die urgermanische Heilkunst beherrschten.

Und so weiter. »Frau Goebbels« war enervierend, stellte aber kein wirkliches Problem dar. Solange man ihr mit interessierter Miene zuhörte, ließen sich prekäre Diskussionen vermeiden.

Hauptmann Utermark war in dieser Hinsicht etwas schwieriger. Wenn ihn seine zunehmend redselige Gattin überhaupt zu Wort kommen ließ, wollte er sich über Deutschlands Erfolge im Krieg auslassen, über Rommels Afrikakorps, über die Wolfsrudel genannten U-Boote, die England die Luft abschnürten, über das Unternehmen Paukenschlag, den erfolgreichen Angriff auf die USA und natürlich über die bevorstehende Einnahme Stalingrads, also die endgültige Einnahme, da der Sieg am Geburtstag des Führers bereits gefeiert worden war.

Problematisch war nur, dass Utermark zwischendurch immer wieder Ansätze machte, Johanne über ihre politischen Überzeugungen auszuhorchen. Als sie vorsichtig und vage erwiderte, dass sie als Deutsche ihrem Vaterland natürlich jeden Erfolg wünsche, hakte er immer wieder nach und ließ sich auch von wiederholten Versuchen seines Chefs, das Thema zu wechseln, nicht ablenken. Schließlich fragte er rundheraus, ob ihre Familie den Kampf Deutschlands gegen die Barbarei unterstütze.

Sich selber als Nazi auszugeben wäre wenig glaubhaft gewesen, Sympathien für Deutschland zu heucheln fiel ihr schon schwer genug. Daher antwortete sie, ihre Familie könne sich in ihrer Einschätzung der Weltlage nicht ganz einigen, so sei ihr Bruder SS-Sturmbannführer, ein Onkel hingegen ausgesprochen anglophil. Aber eine Familie müsse schließlich zusammenhalten, nicht wahr?

Schon wieder hatte sie sich hinter ihrem Bruder Harald versteckt.

An dieser Stelle glückte es dem Gastgeber, ein neutrales Gesprächsthema aufzugreifen: Sprachen. Er erzählte, Utermark spreche fließend Polnisch, was vielleicht nicht so merkwürdig sei, weil er aus Danzig stamme. Er selbst spreche recht gut Französisch, habe allerdings größere Mühe mit dem Englischen. Sie wollten sich also Johannes Fähigkeiten zunutze machen. Sie spielte mit und berichtete ahnungslos, dass sie drei Sprachen akzentfrei beherrsche, neben dem Deutschen Norwegisch und Schwedisch. Außerdem spreche sie recht akzeptabel Englisch und Französisch. Der Trick war, möglichst wenig zu lügen.

Kurz gesagt, das Essen war recht langweilig. Aber gegen Ende ereignete sich dann doch noch etwas Interessantes. Utermark und seine Frau brachen nach dem Essen erstaunlich früh auf. Er schob Arbeit vor, wozu seine überarische Ehefrau missbilligend das Gesicht verzog, weil sie vermutlich denselben Verdacht hegte wie Johanne.

Und richtig.

Als Johanne ebenfalls aufbrechen wollte, bat Wagner sie, noch kurz zu bleiben, weil es etwas zu besprechen gebe.

Ein Legationswagen würde sie dann nach Hause bringen. Johanne beschloss, auf keinen Fall schon am ersten Abend mit ihm zu schlafen, da sie nicht einmal ihr Dienstpessar eingesteckt hatte.

Als sie allein waren, servierte ihr der Adjutant, der also noch zugegen war, ein weiteres Glas Wein, und Wagner goss sich ein Glas Brandy ein und verdünnte mit Selterswasser.

»Es ist schon merkwürdig«, seufzte er schwermütig, nachdem der Adjutant die Türen des Salons hinter sich geschlossen hatte, »wie nah Gut und Böse beieinanderliegen. Ich hatte mich sehr auf das Treffen mit Ihnen gefreut, weil ich Sie wirklich ganz bezaubernd finde. Wie Sie wahrscheinlich ahnen, bin ich über die fürchterlichen Erlebnisse Ihrer Freundin im Bilde. Wenn es mir möglich wäre, würde ich im Namen Deutschlands tausendmal um Entschuldigung bitten. Es ist eine Schande.«

Traurig betrachtete er sein Glas und schwenkte den Brandy. Verzweifelt sann Johanne über eine geeignete Antwort nach.

»Das können Sie nicht, genauso wenig könnte ich mich im Namen meines Bruders für das entschuldigen, was diese Männer, die ihrer Uniformen nicht würdig sind, verbrochen haben. Dreckskerle sind Dreckskerle, auch in Kreisen, in denen man sie nicht vermutet.«

Wie steif und geschraubt, dachte sie. Ich muss natürlicher sprechen, schließlich soll ich ja meinen Charme spielen lassen.

Wagner schien gegen ihre Ausdrucksweise nichts einzuwenden zu haben. Er nickte bedächtig, als stimme er ihr zu.

»Was geschehen ist, war eine Schande für Deutschland …«, wiederholte er.

»Es war eine Schande für die SS«, fiel sie ihm blitzschnell ins Wort.

»Durchaus. Aber trotzdem auch für Deutschland. Noch fürchterlicher wäre es, wenn diese Geschichte publik würde. Wenn mir irgendeine Lösung einfiele, dann …«

In diesem Moment ertönte die Big-Ben-Klingel. Teddy war eingetroffen.

»Perfektes Timing«, sagte Johanne lachend, als sie zur Tür ging, um zu öffnen. »Ich war gerade bei der Überraschung angelangt.«

»Ich muss schon sagen, dass ihr entweder einzigartiges Glück habt oder Meisterspioninnen seid, die …«, sagte Teddy beim Eintreten.

»Wo steckt Elin?«, fiel ihm Ewa wütend ins Wort.

Teddy verlor den Faden, seufzte und ließ sich schwer auf einen Stuhl fallen.

»Elin, ja. Die kleine Elin. Das lässt sich schnell erklären. Elin hat es am schlimmsten erwischt, wenn ich recht informiert bin. Sie befindet sich in einer Privatklinik außerhalb von Stockholm. Nächste Woche zieht sie nach Ulricehamn, wo wir ihr eine neue Arbeit besorgt haben. Eine zivile Tätigkeit, die mit dem Dienst nichts zu tun hat, wenn ich so sagen darf. Traurige Geschichte. Sie ist vom weiteren Dienst befreit, ich werde versuchen, ihr eine Art Kriegsrente zu besorgen.«

»Können wir sie besuchen?«, fragte Ewa, erhob sich aus ihrer seltsamen Stellung und drehte ihren Sessel in Teddys Richtung.

»Natürlich. Solange ihr diskret seid«, versicherte er. »Können wir dieses Thema damit bis auf Weiteres beenden?«

Er setzte wieder seine düstere Dorschmiene auf und ließ die Mundwinkel hängen. Ewa und Johanne nickten schweigend.

»Tja«, meinte er etwas munterer und versuchte zu lächeln. »Dann nehmen wir uns jetzt den kurzen Bericht vor, weil wir anschließend noch einiges zu diskutieren haben. Also, Johanne, wie war das Abendessen bei Wagner?«

Johanne holte tief Luft und erzählte die Geschichte nochmals, allerdings mit einer etwas anderen Gewichtung. Sie konzentrierte sich auf den politischen Inhalt der Unterhaltung und erwähnte Kleidung und die arischen Fantasien der »Frau Goebbels« nur am Rande. Recht schnell war sie wieder an dem Punkt angelangt, an dem sie unterbrochen worden war.

»Und mit diesen Worten erhob sich Oberst Dr. Wagner«, sagte sie mit einem Blick auf Ewa, »und ging schweren Schrittes ins Nebenzimmer. Dort hörte ich, wie er einen Tresor öffnete, und spitzte natürlich die Ohren. Er kehrte mit einem braunen Umschlag zurück und erklärte, der Inhalt sei ein kleines Trostpflaster für Frau Kitchener und ihre Freundinnen.«

Sie streckte die Hand nach ihrer Tasche auf dem Teaktischchen aus, nahm einen Umschlag heraus und warf ihn Ewa zu, wobei er zu Boden fiel.

»800 Reichsmark«, erklärte Johanne.

»Meine Güte! Wie viel ist das? Das Jahresgehalt eines Majors?«, wollte Ewa wissen und nahm die großen Geldscheine aus dem Kuvert.

»Mehr«, behauptete Teddy. »Bedeutend mehr, fürchte ich.«

»Ich schlage vor, dass Ewa das Geld nach Gutdünken verteilt«, meinte Johanne. »Ich will gerne in eurem Beisein Rechenschaft darüber ablegen. Wagner bat mich nämlich, den Betrag zu quittieren.«

»Das ist ja wunderbar!«, rief Teddy, nachdem er einige Sekunden nachgedacht hatte. »Du hast eine große Geldsumme von der Abwehr entgegengenommen und quittiert. Dass du ein edles Motiv hattest, steht schließlich nicht auf der Quittung.«

»Richtig«, bestätigte Johanne. »Aber das Geld bekommen die, die es wirklich verdient haben.«

Teddy lachte und schüttelte den Kopf.

»Gratuliere, Captain Blue«, sagte er. »Du vertrittst jetzt nicht mehr nur die SOE, die Heimatfront und das C-Büro, du bist außerdem soeben von der Abwehr angeworben worden!«

»Dieser Gedanke streifte mich auch, als ich die Quittung unterschrieben habe«, pflichtete ihm Johanne bei.

»Menschenskind, es macht fast den Eindruck«, stellte Teddy zufrieden fest. »Dieses ganze Gerede über deinen kulturellen Hintergrund und deine Sprachkenntnisse. Natürlich hatten sie nur eines im Sinn. Damit wären wir also halbwegs drin … Wer hätte das gedacht! Du bearbeitest ihn also weiterhin … Apropos, ist er wieder zudringlich geworden?«

»Ja, aber auf äußerst diskrete Weise. Oberst Wagner ist erstaunlich taktvoll. Die Rahmenbedingungen waren schließlich nicht die günstigsten. Er hat mich zum Abschied auf die Wange geküsst und erklärt, mich hoffentlich bald unter erfreulicheren Umständen wiederzusehen.«

»Sehr gut!«, sagte Teddy. »Dann wenden wir uns also dem großen Thema dieses Tages zu. Ich habe einen Bericht mit dem provokativen Titel ›Strategie zum Anwerben Erika Schultzes‹ von euch erhalten. Ihr habt das Wort.«

Nun war Ewa an der Reihe, da sie nach intensiven Diskussionen mit Johanne die meisten Schlussfolgerungen formuliert und Argumente aufgelistet hatte.

Erika Schultze war jung, nicht ganz unerfahren, möglicherweise etwas naiv, aber keinesfalls Nationalsozialistin. Sie hatte weder Mann noch Kinder, die ihre Bande nach Deutschland gestärkt hätten.

Die Gerüchte über die Judenvernichtung, um einen der schlimmsten Propagandaausdrücke zu verwenden, hatten sie zutiefst erschüttert.

Sie hatte Johanne gegenüber nicht nur Finke als Gestapochef in Stockholm benannt, sondern auch enthüllt, dass Ursula Kistenmacher seine Stellvertreterin war und Hannah Webel die Sekretärin beider.

Außerdem hatte sie preisgegeben, dass sie selbst und ihr Chef der Abwehr angehörten und dass sie für diese einen geheimen Bericht über die Taten der SS-Irren im Karlavägen schreiben würde. Sie hatte darauf hingewiesen, dass diese Männer möglicherweise eins der bestgehüteten Geheimnisse Deutschlands verraten hätten, was nun auch auf sie selbst zutraf.

Und das Beste war: Sie hatte Johanne ihrem Chef, dem Obersten Wagner, vorgestellt.

Angesichts der Tatsache, dass Johanne, ihre neue Bekannte, der Erika arglos und offenherzig alles erzählte und die sie außerdem mit ihrem Chef verkuppelt hatte, englische Spionin in Diensten der SOE vom Range eines Hauptmanns war, hatte sich Erika Schultze mehrerer Straftaten schuldig gemacht, die in Deutschland zweifellos mit dem Tode geahndet wurden.

Das war der Ausgangspunkt. Sobald sich eine günstige Gelegenheit ergab, würde eine in Tränen aufgelöste Ewa Erika Schultze über diesen schrecklichen Umstand informieren, dabei ihre eigene Einfalt verfluchen, aber auch die Verantwortung von sich weisen. Die heimtückische Spionin Johanne Lauritzen sei überaus geschickt. Einer ihrer Tricks sei übrigens zu behaupten, ihr Bruder Harald Lauritzen sei SS-Sturmbannführer. Einen Sturmbannführer dieses Namens gebe es jedoch nicht.

Damit befand sich Erika Schultze in einer fatalen Situation. Sie konnte ihrem Chef schlecht eröffnen, dass seine Geliebte englische Spionin war, schließlich hatte sie die beiden zusammengeführt.

Wenn sie ihren Chef aber nicht warnte, machte sie alles nur noch schlimmer. Daher war es im Übrigen von nun an günstig, wenn Johanne schnellstmöglich mit Wagner ins Bett ging.

Die Rechtslage war eindeutig. Erika Schultze war, falls man sie nach einer Enthüllung nach Deutschland zurückbeorderte, vollkommen schutzlos, und als Deutsche konnte sie in Schweden kein politisches Asyl beantragen.

Sofern sie der elegante Major Helmuth Kernberg, den sie als einen wahren Freund Deutschlands kennengelernt hatte, nicht rettete, sie mit anderen Worten für das C-Büro rekrutierte.

Dem eleganten Major fiel also anfänglich nur eine Aufgabe zu. Er sollte Fräulein Schultze bitten, Schweden einen klitzekleinen, mehr oder weniger symbolischen Dienst zu erweisen, sozusagen als Zeichen ihres guten Willens, nämlich einem Taxifahrer auf dem Weg zur Abwehr die Depeschen des Tages kurz zum Kopieren auszuleihen. Da sei weiter nichts dabei. Nur die Depeschen eines Tages.

Dafür würde sie die Garantie erhalten, in Schweden bleiben zu dürfen, falls man sie nach Deutschland und damit zur Guillotine zurückbeordern wollte. Aus unerfindlichem Grund wurden Spione in Deutschland mit dieser Methode hingerichtet.

So sah der Plan aus. Damit hatten sie Erika Schultze auf dem silbernen Tablett und konnten die Operation Lorelei abschließen. Für den Rest des Krieges verfügte das C-Büro somit über eine Agentin im Büro Wagner.

Teddy hatte aufmerksam zugehört und immer wieder genickt.

»Vielleicht müssen wir noch ein wenig an den Details feilen, im Großen und Ganzen klingt aber alles plausibel. Und was wird dann aus Johanne und Wagner?«

Ewa schüttelte den Kopf, als wäre das nicht die von ihr erwartete Reaktion.

»Du hast mir nicht ordentlich zugehört, streng dich mal ein wenig an, lieber Teddy«, sagte sie mit schmerzverzerrtem Gesicht, als sie ihre Stellung wechselte. »Johanne ist die Geliebte Wagners. So weit alles klar? Erika muss ihrem Chef verschweigen, dass sie ihm eine englische Spionin in den Pelz gesetzt hat, denn das würde für sie die Guillotine bedeuten. Wenn sie gute Miene zum bösen Spiel macht, dann bleibt ihr vielleicht die Guillotine erspart, weil du ein wahrer Gentleman bist und sie rettest. Gleichzeitig haben wir Johanne bei Wagner eingeschleust. Mit etwas Glück können wir Mikrofone installieren und vielleicht sogar seinen Tresor öffnen. Was willst du mehr?«

Teddy hob beide Hände, als würde er sich ergeben.

»Wann willst du Erika Schultze die schlechte Nachricht über Johanne überbringen?«, fragte er.

»Wenn sie sicher weiß oder zu wissen glaubt, dass Wagner und Johanne eine Affäre haben.«

»Danach kannst du aber nicht mehr mit Johanne in den Luxusrestaurants zusammenarbeiten.«

»Nein, du Dummerchen, natürlich nicht. Das ist aber auch nicht nötig, denn dann haben wir unser Ziel erreicht. Ich kehre zu meiner normalen Arbeit zurück. Johanne tut Dienst bei Wagner, und zwar primär, damit Erika Schultze Angst bekommt. Noch etwas. Dir ist vielleicht aufgefallen, dass ich nicht normal sitzen kann. Die Fäden werden in einer Woche gezogen, und auf neue lege ich keinen Wert.«

*

Das Ende der Sommersaison wurde von der Familie stets an einem der letzten Augusttage festlich begangen, ebenso selbstverständlich wie Weihnachten, absagen war undenkbar. Danach begann die Schule wieder.

Carl Lauritz hatte Ende August keinen Urlaub erwirken können, daher wurde der Umzug in die Stadt auf Anfang September verschoben. Anders ließ sich das Problem nicht lösen.

Niemand sprach den eigentlichen Grund aus, obwohl alle Bescheid wussten. Es fehlte ein Mann, da ein weiterer seetauglicher Bruder abwesend war, um die Beduin schwer beladen nach Saltsjöbaden zu segeln. Die Motorjacht legte die Strecke allerdings problemloser zurück. Das gehamsterte Benzin ging allmählich zur Neige, daher war nur eine einzige Fahrt möglich.

An dem fraglichen Tag war das Wetter ganz anders, als Johanne und Rosa es aus ihrer Kindheit in Erinnerung hatten.

Es herrschte lausiges Wetter, das Meer war aufgewühlt, und der Regen schlug ihnen in Böen ins Gesicht, denkbar schlechte Bedingungen also. Alle mussten an Bord der Beduin mit anpacken. Das Boot war so groß, dass bei starkem Wind vier Mann zum Segeln erforderlich waren. Vater übernahm natürlich das Ruder, Onkel Oscar und die Cousins stellten die Besatzung.

Die Motorjacht Emir wurde damit zum »Damenboot«, was die Cousins ungemein amüsierte. Johanne und Rosa navigierten mühelos auf dem kürzesten Weg durch den Strömma Kanal nach Saltsjöbaden. Vater hatte in Bezug auf die maritime Erziehung seiner Kinder nie einen Unterschied zwischen Söhnen und Töchtern gemacht, was etlichen Freunden und Nachbarn in Sandhamn allzu neumodisch erschien, dabei ruderten und segelten auf Osterøya alle Frauen und Kinder bereits seit der Wikingerzeit.

Die Männer mussten einen viel weiteren Weg außerhalb der Schären über das offene Meer nehmen und waren deswegen schon morgens nach einem soliden Frühstück aufgebrochen. Muttis Aufgabe, die Häuser winterfest zu machen, übernahmen nun die anderen Frauen. Muttis erstmalige Abwesenheit war deutlich zu spüren. Sie hatte gewusst, in welcher Reihenfolge die Aufgaben am sinnvollsten erledigt werden mussten. Wasser und Strom wurden abgestellt und die Veranda mit großen, schweren Läden verschlossen. Die Fensterläden wurden auch von innen verriegelt. Dann brachten sie das Gepäck in einer bestimmten Abfolge an den Steg, wobei alleine für Tante Christas Sommerbibliothek mehrere Fuhren mit dem Leiterwagen erforderlich waren. Dasselbe galt für die Weinvorräte, da es auf Sandhamn keinen frostsicheren Weinkeller gab. Nach dem Ablegen der schwer beladenen Beduin war noch vieles zu bedenken. Alles schien doppelt so viel Zeit wie unter Muttis Leitung in Anspruch zu nehmen. Dadurch fühlten sie sich sehr an sie erinnert, und eine fast verheilte Wunde wurde wieder aufgerissen.

Endlich waren Tante Christa, Signy, Jorunn, Johanne und Rosa auf dem Steg versammelt. Bei kabbeliger See kletterten sie an Bord, mal befand sich die Reling auf Steghöhe, dann wieder einen Meter in der Luft. Plötzlich fiel jemandem auf, dass der norwegische Wimpel immer noch an der Fahnenstange hing. Also rannte Jorunn nochmals zurück, während Rosa und Signy das schaukelnde Boot an der Vorleine festhielten. Dann kehrte sie mit dem aufgerollten Wimpel in der Hand zurück, da die Schuppen bereits abgeschlossen waren.

Als alle an Bord waren, legte Johanne den Rückwärtsgang ein und gab Vollgas, um nicht auf der stegnahen Untiefe aufzulaufen, die Vater eigentlich wegsprengen lassen wollte. Dann waren sie endlich unterwegs, während der Regen weiter zunahm.

Johanne und Rosa saßen in der Steuerkabine und freuten sich schon auf ein paar vertrauliche Stunden, weil die anderen im Salon saßen. Aus ihrer Unterhaltung unter vier Augen wurde jedoch nichts, da Tante Christa wenig später zu ihnen heraufwankte und darüber klagte, unten im Salon seekrank zu werden. Im Cockpit konnte sie sich ebenfalls nicht aufhalten, da es wegen des Regens mit einer Plane abgedeckt war. Unter der Plane würde ihre Übelkeit nur noch zunehmen, behauptete sie, was möglicherweise stimmte. Also machten sie es sich zu dritt in der Steuerkabine bequem.

Auf den breiten Wasserwegen zwischen den weit voneinander entfernten Inseln war der Seegang am schlimmsten. Immer wieder wurde der Bug der Emir von einer Woge hochgehoben, um kurz darauf ins nächste Wellental zu stürzen. Tante Christa sorgte sich um Signy und Jorunn unten im Salon, vielleicht war ihnen ja ebenfalls übel. Vielleicht wagten sie sich nicht ins Cockpit, weil sie ihnen nicht zur Last fallen wollten?

Rosa musste sich also nach ihrem Befinden erkundigen und kehrte wenig später mit der beruhigenden Nachricht zurück, Signy und Jorunn hätten es sich mit Kissen und Decken bequem gemacht und schliefen. Tante Christa konnte dies kaum glauben, woraufhin ihr Rosa achselzuckend erklärte, Vater würde immer nur Dienstmädchen aus Westnorwegen anheuern. Signy und Jorunn hätten sicher schon schlimmeres Wetter auf See erlebt. Eine Kindheit in Sachsen an den Ufern der Elbe sei da natürlich ganz anders.

Je näher sie Saltsjöbaden kamen, desto ruhiger wurde die See. Trotzdem musste sich Tante Christa noch einige Male über die Reling übergeben.

Am Steg wurden sie bereits von Karlsson, dem Fahrer, und Hans Olaf erwartet, die ihnen beim Ausladen halfen. Hans Olaf behauptete, der Törn sei ungewöhnlich schnell und wunderbar verlaufen.

Auch das Festessen zum Ausklang der Saison war nicht mehr wie früher. Sonst war die Vorfreude immer sehr groß gewesen, und die Kinder hatten sich über den bevorstehenden Schulanfang unterhalten. Jetzt ging nur noch Helene zur Schule, und ihr Unterricht hatte bereits vor zwei Wochen begonnen. Darüber waren nicht viele Worte zu verlieren.

Anne, die bereits früher aus Sandhamn zurückgekehrt war, hatte versucht, ohne die von Onkel Oscar organisierten Zutaten ein Festmahl herzustellen. Es gab Lauch- und Kartoffelsuppe, französisches Kaninchen und einen köstlichen Apfelstrudel. Vater knauserte nicht mit dem Wein.

Trotzdem wollte sich die richtige Stimmung nicht einfinden. Ohne Mutti war das traditionelle Familienfest eine traurige Angelegenheit, was niemand aussprach, aber alle dachten.

Auch beim ersten Kaminfeuer im Salon herrschte gedämpfte Stimmung. Regen peitschte gegen die Fenster, der Sturm nahm zu, man hätte es sich richtig gemütlich machen können, aber die Unterhaltung lief schleppend. Tante Christa erzählte, dass sie vor der Abfahrt beinahe den Wimpel vergessen hätten. Worauf Lauritz meinte, in Schweden würden eigentlich keine ausländischen Fahnen toleriert, aber die norwegische sei da nicht nur am 17. Mai eine Ausnahme.

Cousine Helene verabschiedete sich als Erste mit der Begründung, sie müsse Hausaufgaben machen. Carl Lauritz verriet sich durch verstohlene Blicke auf die Uhr. Sein Plan war es, den letzten Zug in die Stadt zu erwischen und vor dem Frühstück wieder zurück zu sein. Hans Olaf hingegen machte keinen Hehl daraus, dass er den letzten Zug nicht verpassen wollte. In seiner Wohnung in der Altstadt erwartete ihn seine inoffizielle Verlobte. Johanne und Rosa beabsichtigten, da Samstag war, über Nacht zu bleiben.

Onkel Oscar ließ sich kurz und relativ lustlos darüber aus, dass Rommels Afrikakorps wegen unzureichender Treibstofflieferungen bald in ziemliche Schwierigkeiten geraten würde.

Johanne richtete einen fragenden Blick auf Rosa, und diese nickte. Offenbar hatte Onkel Oscar wieder einmal recht.

Als Tante Christa übertrieben gähnte, erklärte Johanne, die See mache doch immer besonders müde. Vater und Onkel Oscar erwogen daraufhin, sich für einen Absacker ins Herrenzimmer zu begeben.

Rosas Zimmer hatte sich in eine »Gesundheitszentrale« mit aufgereihten Höhensonnen verwandelt, eine fixe Idee Tante Christas. Johannes Zimmer war inzwischen ein Gästezimmer mit zwei Betten. Dorthin zogen sich die beiden Frauen mit einer Flasche Wein, die Rosa noch rasch aus dem Weinkeller geholt hatte, zurück.

Sie nahmen in zwei Sesseln an einem türkischen Kaffeetischchen Platz. Johanne schenkte ein.

»Endlich allein«, scherzte Rosa.

»Ja, endlich«, erwiderte Johanne. »In den letzten Wochen wäre es nicht günstig gewesen, wenn man uns zusammen gesehen hätte.«

»Ganz deiner Meinung. Aber mit der Einstellung oder dem Abschluss der Operation Lorelei wird das jetzt ja wieder einfacher, jedenfalls für mich.«

»Abgeblasen oder abgeschlossen, wie ist es damit eigentlich?«, fragte Johanne.

»Entweder war die Operation ein Erfolg oder auch nicht. Sie scheint jedenfalls definitiv zu Ende zu sein.«

»Und wie steht es mit Andrew und dir?«

»Eigentlich besser. Seit wir uns nicht mehr dienstlich als Vermittler zwischen Engländern und Schweden treffen, sondern wieder unseren ursprünglichen Beschäftigungen nachgehen, haben wir etwas mehr Freizeit, wenn du verstehst, was ich meine.«

»Aber ihr seid doch vorsichtig?«

»Inwiefern?«

Johanne lächelte und schüttelte den Kopf.

»Nicht, was du glaubst, da mische ich mich nicht ein. Ich meine, ihr seid vorsichtig, wenn ihr euch trefft?«

»Wir sehen uns meist bei mir. Andrew wechselt auf dem Weg zu mir einige Male die Straßenbahn, und wenn er mich am nächsten Morgen verlässt, ebenfalls. Und du?«

»Ich habe einen Auftrag, der sich nicht so leicht beschreiben lässt. Aber er ist wichtig, das weiß ich. Im Augenblick will ich nicht mehr darüber sagen, als dass es mit dem Dienstpessar und einem älteren Mann zu tun hat.«

*

Dieses Mal holte Revolver-Harry sie eine Minute nach der verabredeten Zeit in der Saltmätargatan ab. Er war strahlender Laune und begann, von den neuen »Kurheimen« zu erzählen. Die geheimen Ausbildungsstätten für norwegische Freiwillige entstanden momentan vielerorts in der Umgebung von Stockholm und anderen größeren Ortschaften. Revolver-Harry schätzte, dass bereits jetzt an die 10 000 Mann ausgebildet werden konnten. Erfreulich war, dass dies alles mit Billigung der schwedischen Regierung geschah. Vorausgesetzt natürlich, dass nichts durchsickerte. In diesem Fall würde die Regierung vorgeben, schockiert zu sein und von nichts zu wissen. Schließlich war man neutral. Aber inzwischen, einstweilen noch insgeheim, neutral auf der Seite Norwegens und der Alliierten.

Die Logistik würde also zunehmend an Bedeutung gewinnen. Transporte zwischen den verschiedenen Anlagen, Transporte enttarnter Widerstandskämpfer, norwegischer und britischer Ausbilder. Kurz gesagt, Transporte von Leuten, die sich offiziell gar nicht in Schweden aufhielten. Außerdem wöchentliche Waffentransporte von Bromma zu den verschiedenen Einrichtungen. Da Johanne wieder zu ihrer Tätigkeit zurückgekehrt war, würden gewisse größere Probleme recht rasch gelöst werden können.

Anfänglich fühlte sich Johanne an ihre erste Begegnung erinnert, als er von seiner Fahrradtour nach China erzählt hatte. Damals war er ihr mit seinem Gerede wie ein Verrückter oder Aufschneider vorgekommen. Da war sie sich inzwischen nicht mehr so sicher. Aber sie konnte nicht ganz einordnen, warum er redete, als sei sie bereits von allen anderen Aufgaben entbunden, um sich ausschließlich seinem Projekt zu widmen. Es ärgerte sie ungemein, dass er über ihren kommenden Auftrag mehr zu wissen schien als sie. Denn obwohl Ewa Kitchener und Johanne nun nicht mehr im Sekretärinnenclub tätig waren, musste sie im Zuge der Operation Lorelei nach wie vor in Wagners Bett Dienst tun.

Sie schienen wieder zur selben Adresse wie beim letzten Mal unterwegs zu sein. Inzwischen fuhr auch Revolver-

Harry mit einem angehängten Holzgasaggregat durch die Gegend wie alle anderen auch, selbst die Hestapo.

Genau wie beim ersten Mal erwartete Peter Rennant sie in der Eingangshalle der prächtigen Großhändlervilla auf Norra Lagnö, und auch dieses Mal bog Revolver-Harry mit einem so nachlässigen Schwenk auf den Hof ein, dass das Holzgasaggregat beinahe umkippte.

Ein ausgesprochen gut gelaunter Peter führte sie durch das Haus auf die Glasveranda. Der Regen schlug gegen die riesigen Fenster, zu sehen war bei dem grauen Wetter nichts, und obwohl es erst fünf Uhr nachmittags war, dämmerte es bereits. Johanne hätte einen der offenen Kamine vorgezogen, aber vielleicht gab es ja einen Hintergedanken mit der Platzwahl. Der prasselnde Regen würde jedes versteckte Mikrofon übertönen.

»Heute habe ich gute Neuigkeiten für euch«, sagte Peter triumphierend, als er ihnen dieselben Getränke servierte wie beim vorigen Mal. »Wir werden in Nordafrika siegen. Das wäre dann somit unsere erste siegreiche Schlacht in diesem entsetzlichen Krieg. Von den Japsen haben wir Prügel bezogen, von den Deutschen auch, aber jetzt kommt endlich die Wende!«

»Ihr habt also weder die Luftschlacht um England gewonnen noch die Evakuierung von Dünkirchen erfolgreich durchgeführt?«, wandte Revolver-Harry ein.

»Doch, durchaus, die Flieger haben ganze Arbeit geleistet und ein Unentschieden erzielt. Dunquerque hingegen«, sagte er mit bemüht französischer Aussprache, »war etwas anderes. Damals hoffte Hitler noch, sich mit uns gegen die Sowjetunion zu verbünden. Und um mit Churchill zu sprechen: ›Mit Evakuierungen lässt sich kein Krieg gewinnen.‹ Jetzt wendet sich endlich das Blatt. Aber darum geht es jetzt gar nicht.«

»Worum geht es dann?«, fragte Johanne.

»Erst einmal um dich. Ich gratuliere, die Operation Lorelei war ein Erfolg, und das haben wir offenbar größtenteils dir zu verdanken. Ich weiß zwar nicht ganz, wie und darf es auch gar nicht wissen, aber so scheint es nun einmal zu sein. Als Gegenleistung für deinen Einsatz beim C-Büro hat uns der Generalstab ein wertvolles Papier ausgehändigt. Hat Harry dir nichts davon erzählt?«

»Nein, wir haben uns nur über Kureinrichtungen unterhalten. Und was ist das für ein Papier?«

»Ein Passierschein für dich und deinen Lastwagen, aus dem hervorgeht, dass du für den Generalstab arbeitest und dass dein Auftrag strengster Geheimhaltung unterliegt. Solltest du auf misstrauische oder übereifrige Militärpolizisten oder Geheimpolizisten in Zivil stoßen, musst du ihnen bloß eine Telefonnummer nennen. Nach dem Kontrollanruf werden sie dir salutieren. Dir ist doch klar, was das für uns und vor allen Dingen für Harry bedeutet?«

»Dass wir alle schwierigen Transporte problemlos durchführen können«, sagte Revolver-Harry. »Es ist fantastisch, wie gut alles funktioniert, wenn eine Hand nicht weiß, was die andere tut. Die Politiker erlauben uns, mit unseren Rekruten nach Belieben zu üben, solange wir ihnen keine richtigen Waffen aushändigen. Und jetzt gestattet der Generalstab uns auch noch, beliebig viele Waffen zu transportieren. Und Ausbilder, Kuriere und Attentäter …«

»Und was ist mit den normalen Flüchtlingen, die über die Grenze kommen?«, fragte Johanne trotzig.

»Ja, die auch«, meinte Revolver-Harry nachdenklich.

»Nach dem Krieg musst du mir von der Operation Lorelei erzählen. Für uns ist sie fast ein Sesam-öffne-dich.«

Revolver-Harry zog ein paar Landkarten aus der Innentasche seiner Jacke, legte sie auf den Tisch und zeigte den anderen, wo die Ausbildungslager geplant waren. Eine unsinnige Diskussion folgte, bei der sich Johannes Beitrag darauf beschränkte, die Fahrtdauer zwischen den verschiedenen Orten zu berechnen. Nach einigem Hin und Her kehrte Peter zu seiner optimistischen Einschätzung der Kriegslage zurück und erzählte ein paar Anekdoten über die Schweden, die sich immer wieder an die englische Legation wandten, um ihre Dienste anzubieten. So hätten sie beispielsweise vorgeschlagen, ein Flugzeug auf den Adlerhorst bei Berchtesgaden abstürzen zu lassen, um Hitler zu töten, obwohl der Gerüchten zufolge ohnehin an Krebs erkrankt war. Ein anderes Angebot war eine Erfindung, die den Krieg entscheiden würde. Dabei handelte es sich um eine Maschine, mit der sich der Wille Gottes kontrollieren ließ.

Die Laune der beiden Männer hellte sich zusehends auf, während Johannes Gedanken abschweiften. Peter berichtete, dass es endlich gelungen sei, sich gegen die deutschen U-Boote im Atlantik zur Wehr zu setzen. Dem Geheimdienstklatsch zufolge konnte man diese mittlerweile auch im Dunkeln orten und hatte außerdem ihren Funkcode geknackt. Also auch hier ein Durchbruch, der vielleicht sogar bedeutungsvoller war als der Erfolg der Operation Lorelei. Aber möglicherweise waren das ja alles nur Gerüchte. Außerdem habe er ein Stück Aberdeen-Angus-Beef aus London mitgebracht, das in der Küche auf sie warte.

Bei diesem Bescheid erhob sich Revolver-Harry, salutierte und marschierte in die Küche.

Peter und Johanne schwiegen eine Weile und hörten dem singenden Revolver-Harry dabei zu, wie er mit Töpfen und Pfannen hantierte. Johanne war dem chauvinistischen Gerede der Männer zum Trotz hochzufrieden. Endlich würde sie wieder Transporte durchführen und mit dem, was ihr am meisten Spaß bereitete, einen wichtigen Beitrag leisten. Alles hätte so schön sein können, wäre da nicht der spezielle Dienst bei Dr. Wagner. Vermutlich würde sie ihn noch eine Weile umgarnen müssen, bis sie Erika Schultze endgültig als schwedische Spionin gewonnen hatte. Der Adjutant schien nicht bei Wagner zu wohnen, zumindest nicht, wenn Johanne dort eingeladen war.

»Da wäre noch eine beunruhigende Kleinigkeit, die mich in der Tat ziemlich stört«, sagte Peter und drückte eine seiner unzähligen englischen Zigaretten aus. In der Glasveranda stand bereits dichter Nebel.

»Und was könnte das sein, jetzt, wo der Krieg endlich zu unserer Zufriedenheit verläuft?«, fragte Johanne. Sie ahnte, dass es sich bei der Kleinigkeit, die Peter ziemlich störte, um eine seiner typisch englischen Untertreibungen handelte.

Er zündete sich eine weitere Zigarette an und dachte nach, während er eine Rauchwolke an die hohe Decke blies. Dann begann er seinen Bericht.

Während seines Londoner Aufenthaltes hatte er an verschiedenen Besprechungen der Heimatfront, der norwegischen Exilregierung, der SOE und anderer englischer Geheimdienste teilgenommen. Dabei war es vorrangig um Routinefragen und den ewigen Streit gegangen, ob man den bewaffneten Widerstand und die Anschläge intensivieren oder einstellen sollte und ob die deutschen Vergeltungsaktionen den Widerstandswillen erhöhten oder nur dazu führten, dass zu viele norwegische Zivilisten erschossen oder zu Tode gefoltert wurden.

Im Bericht eines norwegischen Diplomaten und eventuell auch Spiones aus Bern war ihm ein Detail aufgefallen. Die Schweiz war wie Lissabon und Stockholm ein Tummelplatz für Spione. Ebendieser Finn Karen hatte höchst glaubwürdig dargelegt, dass sich Deutschland anschicke, die Drohung Hitlers, alle Juden auszurotten, zu erfüllen. Die Judentransporte durch ganz Europa wurden immer zahlreicher, die Juden verschwanden nach Osten. Diese Angaben deckten sich mit einem Bericht der polnischen Exilregierung aus dem Frühsommer, dass bereits 700 000 Juden ermordet worden seien. Eine unfassbare Zahl, die der Einwohnerzahl Birminghams entsprach. Vielleicht hatte ja deswegen bislang den Bericht niemand ernst genommen. Aber jetzt lag also ein weiterer Hinweis vor.

Die Frage lautete also, wie sich die Norweger dazu verhalten sollten. War es angezeigt, die norwegischen Juden zu warnen und ihnen zu raten, nach Schweden zu fliehen, ehe auch sie deportiert wurden? Das Quisling-Regime in Oslo hatte den alten Grundgesetzartikel wieder eingeführt, der es Juden verbot, sich in Norwegen anzusiedeln.

Der norwegische Exil-Außenminister Tryggve Lie hatte sich einer solchen Warnung ausdrücklich widersetzt, da sie nur unnötige Panik hervorrief. Also wurde entschieden, nichts zu unternehmen, was Peter ein wenig beunruhigte. Er drückte seine Zigarette aus und stand auf.

»Warte!«, sagte Johanne. »Auch ich habe derartige Hinweise erhalten, obwohl ich nicht rauskriege, von wem. Also, was unternehmen wir?«

Peter zuckte mit den Achseln.

»Wenn die norwegische Regierung nun mal nicht interessiert ist ...?«, erwiderte er ausweichend.

»Schließlich verfügen wir über die Möglichkeiten, diese Leute über die Grenze zu bringen!«

»Durchaus, aber die Fluchtwege der Milorg und der Sivorg sind bereits überlastet.«

»Dann schaffen wir eine neue Route! Ich weiß allerdings nicht, wie viele Juden in Norwegen leben, vermutlich sind es Tausende.«

»Wie sollen wir das anstellen? Wie viele Norweger leben inzwischen in Schweden? Vermutlich mindestens 20 000.«

»Du kannst uns folgendermaßen helfen«, sagte Johanne. »Wir brauchen Informationen über die Juden und über Leute, die uns unterstützen können, über ihre eigenen Organisationen, solche Dinge. Wenn nicht, fahre ich selbst nach Norwegen, um diese Informationen einzuholen.«

»Um Gottes willen, Johanne! Du bist für uns zu wertvoll. Mach keine Dummheiten! Bislang lief doch alles so gut.«

»Stimmt. Aber wenn du mir nicht hilfst, dann fahre ich. Du kannst dich bei den Geheimdiensten erkundigen, diese Möglichkeit ist mir verwehrt.«

Revolver-Harry rief aus der Küche, dass die Vorspeise angerichtet sei, und ahmte dabei eine Trompete nach, die das aus Indianerfilmen bekannte Angriffssignal der amerikanischen Kavallerie spielte.

VII

VON DER GESTAPO ZUR HESTAPO – AUS DEM REGEN IN DIE TRAUFE

Im Abteilfenster vor dem schwarzen, regnerischen Hintergrund erkannte sie ihr eigenes Spiegelbild kaum wieder. Es hatte was von einem mit einer Büroklammer befestigten Passfoto in einer Aktenmappe. Die äußeren Kennzeichen stimmten, aber das war auch alles.

Es war, als hätte sie alle Erinnerungen von sich geschoben und lebe nur noch in ihrer neuen unbekannten Gestalt, ohne nach hinten oder vorne zu blicken. In vierundzwanzig Stunden konnte sie tot sein. Dieses Risiko bestand, war es aber wert. Aus diesem Grund saß sie jetzt alleine in einem Zugabteil nach Oslo. Ihrem ehemaligen Ich wäre dies nicht möglich gewesen.

Verdrängte Erinnerungen. Das Modethema der Psychoanalytiker in jenem Sommer '32, den sie zusammen mit Karin in Berlin verbrachte. Damals hatte sie dem Gerede keinen Glauben schenken wollen. Zu viele haarsträubende Behauptungen darüber, wie sehr die Persönlichkeit von sexuellem Missbrauch in der Kindheit geformt werde, hielten sie davon ab. Von den Hemmungen ganz zu schweigen, einem intellektuellen Betrug, den vor allem junge Literaten begingen, um noch jüngere Literaturstudentinnen ins Bett zu kriegen. Die Bereitschaft dieser Literaten, den inneren Frieden einiger Studentinnen zu retten, kannte keine Grenzen. Edel und aufopfernd trugen sie ihre schwere männliche Last.

Wie sie sich jetzt beim Anblick ihres verregneten Spiegelbildes erinnerte, hatte sie alle psychologisch-wissenschaftlichen Argumente, mit einem älteren Mann zu schlafen, für lächerlich und überflüssig gehalten. Wissenschaft war dafür nicht nötig. Von ihrer Seite war es einfach ein aufregender, energischer Schritt in die diffuse Welt der Erwachsenen hinter Vaters und sogar Muttis Rücken gewesen. Ungefähr wie auch das Rauchen die Zugehörigkeit zur Welt der Literatur schaffte.

Es konnte so unkompliziert und schamlos lustbetont sein. Sofern der halbwegs nüchterne Literat ab einem gewissen Stadium klug genug war, den Mund zu halten.

Der Verlust der Unschuld war von übertriebenen Legenden umrankt. Ihr war das erste Mal leichtgefallen. Plötzlich war er einfach ohne jeden Schmerz, ohne jedes Unbehagen in sie hineingeglitten, und vielleicht hatte diese Überraschung mehr als das liebhaberische Talent des Literaten zu ihrer Euphorie und ihrem Genuss beigetragen.

Falls sie diese Erinnerungen je »verdrängt« hatte, waren sie jetzt in voller Stärke wieder da. Als nämlich Dr. Wagner zum ersten Mal in sie eingedrungen war. Sie hatte nicht die Augen geschlossen oder die Zähne zusammengebissen und an England gedacht, wie von einigen Männern scherzhaft während der SOE-Ausbildung empfohlen.

Musste sie sich deswegen schämen oder vor sich selbst

ekeln und ihre edlen Absichten und ihre nationale Gesinnung infrage stellen?

Musste eine Spionin, die mit dem Feind schlief, über das Simultantalent verfügen, Genuss vorzutäuschen, während sie sich ekelte und gleichzeitig über die Kombination seines Tresors nachdachte?

Dafür gab es zwei Testfragen. Als sie mit Edmond Dantès in Brighton geschlafen hatte, hatte sie das nicht dienstthalber getan, sondern mit größtem Vergnügen. Kein Literat war ein besserer Liebhaber gewesen, weder in technischer Hinsicht, noch was Rücksichtnahme und Fürsorge betraf. Damit entsprach er voll und ganz dem Ruf der Franzosen.

Aber Edmond Dantès war ein Freund gewesen, Dr. Wagner in höchstem Maße ein Feind. Andererseits legitimierte gerade das den Betrug.

Sie wandte sich der zweiten Testfrage zu. Wenn der Charmeur Helmuth Kernberg seine Eroberungen mit Likör zu verführen versuchte, betrachtete er wahrscheinlich die Verführung als sein Recht und den Betrug als moralische und noch dazu äußerst angenehme Pflicht. Würde jemand auf den Gedanken kommen, sein Verhalten infrage zu stellen? Natürlich nicht. Wo lag also der Unterschied?

Das hätte, in der anderen Welt, vor dem Krieg, eine durchaus amüsante und vermutlich sehr lebhafte Diskussionsgrundlage über feministische Theorie mit Mutti und Tante Christa an einem lauen Sommerabend sein können.

Der Moralbegriff war in ihren Augen im Übrigen allzu sehr mit Sexualität verquickt. Falls sie nach dem Krieg zu ihrem alten Ich zurückfand, wäre eine solche Diskussion mit Tante Christa und Mutti durchaus vorstellbar. Aber mit Vater? Wahrscheinlich würde er vor Scham und Wut im Boden versinken.

Einige deutsche Kontrolleure ohne einschüchternde Uniformen betraten das Abteil, da sie sich nun der Grenze näherten. Johannes Überlegungen brachten sie nicht weiter, also genoss sie die Unterbrechung. Die Deutschen kamen zu dem Schluss, dass ihre Papiere in Ordnung waren, etwas anderes wäre auch undenkbar gewesen.

Vor dem Krieg, eine andere Welt, ein anderes Ich. Hätte sie sich selbst damals in diesem Eisenbahnabteil vorstellen können? Wahrscheinlich nicht. Oder eine vielleicht noch schwierigere Frage: Würde sie nach dem Krieg zu ihrem ehemaligen Ich zurückkehren können?

Darüber nachzugrübeln war sinnlos. Das hing ganz davon ab, ob sie überlebte und wer siegte.

Da war es schon besser, über etwas Einfacheres nachzudenken, beispielsweise über die Einfalt der Männer.

Sie hatte sich viel zu schnell von Wagner verführen lassen. Aber Teddy hatte ihr damit in den Ohren gelegen, wie wichtig es sei, Erika Schultze in die Falle zu locken. Ihre Einwände, die Intrige sei zu durchsichtig, hatte er mit der Bemerkung beiseite gewischt, sie kenne sich mit Männern nicht aus. Zu ihrem großen Verdruss hatte er recht behalten, zumindest sah es im Augenblick ganz danach aus.

Teddy schien im Rahmen seiner Tätigkeit als Zuhälter unbewusst ein Gespür für die Verrücktheit der Männer entwickelt zu haben. Darauf hatte sie eingewandt, seine Situation lasse sich mit der ihren nicht vergleichen. Er verführe im Dienst junge, arme Frauen vom Lande ohne Ausbildung und vor allen Dingen ohne Selbstbewusstsein. Indem sie mit Teddy ins Bett gingen, erhofften sie sich

Vorteile wie wenigstens ein Abendessen, falls sie seine Verführungskünste überhaupt durchschauten.

Die Beziehung zwischen Dr. Wagner und ihr selbst sähe jedoch ganz anders aus, wenn auch der Altersunterschied in manchen Fällen etwa derselbe sei. Sie verfügte über eine gute Ausbildung. Außerdem entstammte sie Kreisen, die einen älteren Mann nur dann akzeptierten, wenn er unermesslich reich war und in ihrem Fall nicht einmal dann. Sie bedurfte keines Schutzes, da es ihr nicht an Selbstbewusstsein fehlte. Und sie musste keinesfalls befürchten, dass die Kavaliere ausblieben. Dieses Argument erwähnte sie nur ungern, aber in Anbetracht von Wagners Äußerem lag es auf der Hand.

So gesehen müsse es einem Fünfzigjährigen doch wohl verdächtig vorkommen, wenn sie mit ihm ins Bett ginge und obendrein auch noch verliebt wirkte?

Teddy hatte darüber nur gelacht und behauptet, jeder normale Mann halte sich für unwiderstehlich und glaube, nur der Zufall sei schuld daran, dass er noch nicht mit Marlene Dietrich geschlafen hatte.

Haarsträubend. Sie versuchte, sich Teddy mit Marlene Dietrich im Bett vorzustellen, was ihr aber nicht gelang.

Als der Zug in den Ostbahnhof einfuhr, wartete dort die Gestapo. Vermutlich war das immer so. Dass man um ihre Papiere bat, war wenig überraschend. Dass man sie stirnrunzelnd bat mitzukommen, ebenso. Sie hatte gehofft, dass ihr dieser Umweg erspart bliebe und sie direkt in ihr Hotel konnte, aber jetzt kam es also so wie im schlimmsten Szenario vorhergesehen.

Die Autofahrt auf der Karl Johan Gate zur Victoria Terrasse, dem Gestapo-Hauptquartier, dauerte fünf Minuten.

Sie betraten das große weiße Gebäude durch einen Hintereingang, und sie wurde direkt in einen Verhörraum im dritten Stock geführt. Dort bat man sie, Platz zu nehmen und zu warten. Die Männer waren höflich, aber ihre Mienen ausdruckslos. Der Offizier war nur SS-Unterscharführer. Ihr Gepäck war vermutlich beschlagnahmt.

So saß sie also auf einem Stuhl neben der Tür alleine in dem fast unmöblierten Raum. In der Mitte stand ein riesiger, leerer brauner Schreibtisch. Davor stand ein weiterer einfacher Stuhl, vermutlich für die zu Vernehmenden. An einer Wand waren diverse Lampen aufgereiht, aber nur der Kronleuchter aus einem Hirschgeweih an der Decke brannte. Ungefähr so war ihr die Situation während der Ausbildung beschrieben worden. Und jetzt ließ man sie also schmoren.

Die Anweisungen aus der Ausbildung waren einfach. Der Folter war unbedingt ausreichend lange zu widerstehen. Aber das galt nicht für sie. Da sie keiner norwegischen Widerstandsgruppe angehörte, konnte sie nur Leute verraten, an die die Gestapo nicht herankam. Außerdem konnte sie verraten, dass Erika Schultze angeworben worden war, aber danach würde vermutlich niemand fragen.

Vermutlich?

Aus einem Verhörraum in der Nähe waren unzweideutig die Geräusche einer Misshandlung zu hören. Die Schreie einer Frau, vielleicht echt, vielleicht vom Tonband.

Unter dem Verhörstuhl entdeckte sie jetzt halb eingetrocknete, geronnene Blutflecken. Die Schreie der Frau, ob echt oder nicht, wurden schriller und lauter.

Dr. Wagner oder Hansi, wie er von ihr genannt werden wollte, wenn sie allein waren, war vielleicht gar nicht so beschränkt? Mit ein bisschen Intelligenz, die ihm durchaus zuzutrauen war, hatte er ihr Verführungstheater durchschaut. Und die Frage, wer dümmer war, der stellvertretende Chef des C-Büros Major Helmuth Kernberg alias Teddy oder Wagner alias Hansi, ließ sich mühelos beantworten.

Ihr Selbstvertrauen verflüchtigte sich zusammen mit dem kalten Schweiß, der ihr aus den Poren trat. Die Zeit verging, und die Schreie verstummten, vielleicht war das ja gewollt, oder das Opfer hatte das Bewusstsein verloren. Vielleicht war es auch tot.

Hier konnte also alles, was so vielversprechend begonnen hatte, in einem blutigen Sonnenuntergang enden!

Die Folter begann von Neuem, ob es eine andere Frau war oder dasselbe Opfer, war ungewiss. Die Geräusche kamen aus einem Zimmer, das zehn oder fünfzehn Meter entfernt sein musste. Ob Bluff oder nicht, in jedem Fall handelte es sich um psychologische Kriegsführung. Auf diese Weise jagten sie den Leuten, die darauf warteten, an die Reihe zu kommen, Angst ein.

Hatten sie die gesamte Aktion zu nachlässig und tollkühn geplant? Für Reue war es jedenfalls jetzt zu spät. Sie musste die Nerven bewahren, das Beste aus der Situation machen, durfte sich nicht täuschen lassen und keinesfalls verängstigt wirken. Sie musste die Überzeugung zur Schau tragen, dass sämtliche Missverständnisse bald ausgeräumt sein würden. Sie würde alle Fragen zügig beantworten und dabei ein wenig verärgert wirken, vielleicht auch ungeduldig, aber nicht aggressiv, das konnte ihr als Angst ausgelegt werden, und Angst kam einem Schuldeingeständnis gleich.

Aber schuldig war sie nicht, sie war vollkommen legal

nach Norwegen eingereist, um ihre Großmutter zu besuchen und eine berühmte Psychoanalytikerin und Psychiaterin, die sie aus Berlin kannte, aufzusuchen. Diese Dinge ließen sich überprüfen.

Die beiden Männer, die schließlich das Zimmer betraten, entsprachen voll und ganz ihren Erwartungen. Ein SS-Obersturmführer in schwarzer Uniform und ein SS-Rottenführer im Tarnanzug. Der Offizier nickte ihr kurz zu, ignorierte ihre ausgestreckte Hand und nahm am Schreibtisch Platz.

»Setzen!«, kommandierte er und deutete auf den Stuhl vor dem Schreibtisch.

Der Gefreite übernahm ihren freien Stuhl, während Johanne dem Offizier gegenüber Platz nahm.

Der Gestapomann schaltete eine Lampe ein, öffnete eine Mappe und tat so, als würde er darin lesen, aber natürlich hatte er ihre Akte bereits studiert. Die Stille zielte darauf ab, die Spannung weiter zu erhöhen.

Johanne schlug die Beine übereinander, lehnte sich abwartend zurück und betrachtete das Gesicht des Offiziers. Ein junger Leutnant, Ende zwanzig, unverheiratet, Eisernes Kreuz zweiter Klasse, dazu einige Abzeichen, die sie nicht kannte. Also kein reiner Schreibtischhengst. Er war an der Front gewesen, vielleicht sogar verwundet worden, obwohl sie ihm nichts angemerkt hatte.

»Nun, Fräulein Lauritzen. Wir haben, wie Sie sicherlich verstehen werden, ein paar Fragen an Sie.«

Seine Stimme war ruhig, aber sein Blick hinter der Nickelbrille hart.

»Natürlich, Herr Obersturmführer«, antwortete sie und schaute auf die Uhr. »Ich hoffe, es dauert nicht zu lange.«

Weder ihre Kenntnis seines Ranges noch ihr Blick auf die Uhr schienen ihn zu beeindrucken.

»Sie sind«, begann er, blätterte in der Mappe und strich sie dann glatt, »von 1940 bis Frühjahr 1941 auffallend oft nach Norwegen gereist. Genau sechzehnmal. Warum?«

»Meine norwegische Großmutter ist alt und wohnt allein auf einer Insel bei Bergen, die übrige Familie lebt in Schweden. Ich bin diejenige der Familie, die für Besuche am meisten Zeit hat.«

»Sechzehnmal in einem Jahr?«

»Ja, das stimmt vermutlich.«

»Auffallend oft, nicht wahr?«

»Meine Großmutter fühlte sich einsam und war unruhig.«

»Aber dann haben Sie die Besuche plötzlich eingestellt? Warum das?«

»Meiner Großmutter ging es wieder besser. Und ehrlich gesagt hatte ich keine Lust, mich wegen allzu häufiger Reisen einem Verhör wie diesem auszusetzen.«

»Weil Sie diese aus ganz anderen Gründen unternahmen und die Besuche bei Ihrer Großmutter nur als Vorwand dienten?«

»Nein. Weil ich nicht in Verdacht geraten wollte. Außerdem geschah etwas Merkwürdiges. Am Hauptbahnhof Bergen sprach mich eines Tages ein Mann mit einer Art Losung an und schien sich für meine Reisetasche zu interessieren.«

»Und was schlossen Sie daraus?«

»Dass man mich mit einer Kurierin verwechselt hatte oder dass mich die Gestapo fälschlicherweise verdächtigte. Jedenfalls war mir äußerst unbehaglich zumute.«

Er schwieg und musterte sie eingehend, bis sie die Augen niederschlug. Sie musste ihn dieses Machtspiel gewinnen lassen, also wartete sie gerade lange genug ab, breitete dann die Hände aus und fragte:

»Waren meine Bedenken begründet?«

Er tat so, als blättere er in den Papieren, konnte sich aber ein Lächeln nicht ganz verkneifen.

»Durchaus«, gab er dann zu. »Welche Funktion erfüllen Sie im schwedischen Bereitschaftsdienst?«

»Ich arbeite für die wohltätige Organisation Blauer Stern.«

»In welcher Funktion?«

»Hauptsächlich Transporte mit dem Lastwagen, Pferde und Kühe. Besuche beim Tierarzt, Hilfe in der Landwirtschaft. Die meisten Männer in arbeitsfähigem Alter sind ja inzwischen eingezogen worden.«

»Sie sagen, dass Sie Pferde und Kühe transportieren?«

»Ja, überwiegend. Entschuldigen Sie, aber dauert es noch lange? Ich würde gerne in mein Hotel, bevor die Rezeption schließt.«

»Ich befürchte, dass Sie die Nacht hier verbringen müssen, Fräulein Lauritzen«, antwortete er fast bedauernd.

»Das kommt sehr unerwartet. Warum?«, erwiderte Johanne verärgert und blickte nochmals auf ihre Uhr.

»Ich denke, Sie verstehen, warum.«

»Keineswegs.«

»Aber sicher doch. Wir haben natürlich Ihr Gepäck untersucht.«

»Das wundert mich nicht. Aber Sie werden darin kaum etwas Unerlaubtes gefunden haben?«

»Natürlich nicht«, räumte er ein. »Aber wir sind auf ein

Dokument gestoßen. Sie wissen sehr gut, welches. Wegen der späten Stunde ist es unmöglich, die Echtheit zu überprüfen. Das muss also bis morgen warten. Tut mir leid. Falls es echt sein sollte. Wenn nicht, wird unsere nächste Unterhaltung nicht mehr so angenehm ausfallen wie diese, die ich hiermit beenden darf.«

Er erhob sich, nahm stramme Haltung an und deutete eine leichte Verbeugung an.

»Dürfte ich wohl um die Toilettenartikel aus meinem Gepäck bitten?«, fragte sie leicht verärgert.

»Natürlich!«, erwiderte er mit einer erneuten Verbeugung. »Ich werde veranlassen, dass Ihr Gepäck mit Ausnahme des erwähnten Dokumentes auf Ihr Zimmer gebracht wird.«

Zwei seiner Untergebenen führten sie ein Stockwerk tiefer in ein kleines Zimmer, in dem ein Bett, ein Schreibtisch und ein Stuhl standen. Es gab ein Waschbecken ohne Spiegel und unter dem Bett einen Nachttopf. Nach fünf Minuten klopfte es, und die Tür wurde aufgeschlossen. Sie erhielt ihre Reisetasche, dann wurde wieder abgeschlossen.

Sie legte sich auf das schmale, sauber bezogene Bett, faltete die Hände unter dem Kopf und starrte an die rissige Decke. Eins zu null für mich, darum darf ich die erste Nacht immerhin in der ersten Klasse verbringen, dachte sie.

Nüchtern betrachtet war ihre Situation einfach einzuschätzen. Es würde entweder gut oder böse enden. Dazwischen gab es nichts. Entweder würde man sie ins Hotel bringen und zum Abschied salutieren. Oder die Sache nahm ein langwieriges, schmerzhaftes Ende. Es hatte keinen Sinn, sich über Chancen oder Risiken Gedanken zu machen. Laut Plan war diese Entwicklung einkalkuliert worden. Und nach dem gleichen Kalkül würde sie am nächsten Tag entlassen werden. Alles hing einzig und allein davon ab, ob Dr. Wagner tatsächlich so dumm war, wie sie annahmen, also ein ganz normaler Mann in den besten Jahren, zumindest seiner eigenen frisch gewonnenen Einschätzung nach.

Seine Vorstellungen von der Liebe zwischen einem Mann mittleren Alters und einer jungen Frau waren im Übrigen erstaunlich konkret und in gewisser Hinsicht erstaunlich aufrichtig. Insbesondere, wenn sie am Morgen danach nackt nebeneinanderlagen. Ihr erstes offenes Gespräch an einem Sonntagmorgen, als die bleiche Herbstsonne durch einen Spalt der schweren grünen Vorhänge seines Schlafzimmers fiel, dauerte fast zwei Stunden.

Er brachte natürlich die männliche Standardausrede mit der verständnislosen Gattin vor, was in dieser Lage geradezu unausweichlich war.

Seine Ehe sei nur noch ein vertraglich geregeltes Gewohnheitsrecht. Familienleben gebe es keines mehr, da die Kinder ausgeflogen seien. Tochter Hilde sei mit einem Offizier der Abwehr verheiratet und Sohn Ernst Fähnrich bei den Panzergrenadieren. Er habe sich daher bereits im Herbst des Lebens voller Pflicht und Arbeit gewähnt.

Bis er sie getroffen hatte. Das war wie ein zweiter Frühling. Nach ihrer ersten Begegnung war er mit pochendem Herzen und geröteten Wangen den ganzen Weg zum Karlaplan zu Fuß gegangen. Seine keimende Hoffnung war ihm wie ein eitler Traum erschienen. Wie konnte er einer Frau, die wie die neuen UFA-Stars aussah, näherkommen?

Und jetzt lagen sie hier also nackt zusammen im Bett,

und weder Zeit noch Pflichten schienen wichtig zu sein, ein ebenso schwindelerregendes wie unwirkliches Gefühl.

Auch Johanne schien, wenn auch aus anderen Gründen, die Situation vollkommen unwirklich. Ihre Aufgabe bestand nun darin, mit einer ebenso glaubwürdigen Geschichte aufzuwarten.

Sie begann mit dem Selbstverständlichen: Seit ihrer Zeit auf dem Gymnasium hatte sie von jungen Männern genug. Mit ihnen zu schlafen war enttäuschend, meist ging es zu schnell, außerdem waren sie oft angetrunken und ungewaschen.

Letzteres hatte sie rasch hinzugefügt, da er es mit der körperlichen Hygiene sehr genau nahm.

Junge Männer seien in ihrer notorischen Rastlosigkeit permanent unzuverlässig und, sobald sich die Gelegenheit bot, untreu. Sie sammelten Frauen wie Jagdtrophäen und gaben mit ihren Eroberungen an. Natürlich trug der Krieg seinen Teil dazu bei. Junge Männer hielten sich für Helden, in den Kneipen prahlten und logen sie, dass sich die Balken bogen. In Norwegerkreisen waren ihr einige Männer dieser Art begegnet, die auf bestimmte Weise rauchten, gewollt ungepflegt sprachen und den Krieg für einen Jahrmarkt hielten, der nur stattfand, damit sie ihren Spaß hatten. Gedankenlos und ohne jegliche Moral stürzten sie sich in den Krieg. Auf die jungen Männer, die sie kannte, war wirklich kein Verlass.

Sie spielte ihm das Lehrbuchexempel eines Mädchens mit Vaterkomplex inklusive Hemmungen und allem Drum und Dran vor. Nach sieben Jahren am Institut für Literaturwissenschaften an der Stockholmer Hochschule gehörte dies zum Standardwissen.

Während sie ihre Rolle spielte, ging ihr durch den Kopf, dass möglicherweise etwas dran war. Vielleicht liebte sie ja ihren Vater mehr, als sie je einen jungen Mann lieben konnte.

Intuitiv hob Wagner daraufhin zu einer Erklärung an, warum es ihm besonders gefiel, wenn er sie von hinten nahm oder sie ihn ritt, die für einen älteren Mann und auch für einen Deutschen erstaunlich konkret war. Wenn sie auf ihm ritt, spürte er ganz besonders intensiv ihr Begehren und dass sie sich ihm nicht aus Pflichtgefühl oder Berechnung hingab.

Und er musste ihr ganz offen und ohne ihr zu nahe treten zu wollen gestehen, dass er sich, wenn er sie von hinten sah, mit den Händen ihr schönes Hinterteil umfasste, seinen Blick über ihr Rückgrat zu ihrem wunderbaren roten Haar auf dem Kissen schweifen ließ, während sie sich mit den Händen ins Laken krallte und dem Höhepunkt näherte … wie ein König fühlte. Ihre Pose der Unterwerfung erregte ihn ebenso sehr wie ihre Dominanz, wenn sie ihn ritt, wenn sie stöhnte und dann jauchzte. Dann fühlte er sich in jenen unerreichbaren Traum zurückversetzt.

Johanne fehlten die passenden Worte, weil zwei widerstreitende Gedanken in ihrem Kopf miteinander rangen. Nur zögernd hatte sie ihm den Coitus a tergo gestattet, weil sie nur mit Mühe die Erinnerung an Ewa Kitchener und die anderen Frauen aus dem Sekretärinnenclub beiseiteschieben konnte. Aber diese Stellung hatte entscheidende Vorteile. Sie konnte sich dann gänzlich der Fantasie hingeben, welchem jungen Mann sie ihren Schoß darbot, vielleicht einem Edmond Dantès, aber keinesfalls einem deutschen Oberst Anfang fünfzig. Als sie es gelernt hatte, die Schreckensbilder von Ewa und den Reitpeitschen zu kontrollieren, statt zu unterdrücken, konnte sie es geradezu genießen. Dieser möglicherweise beschämende Umstand war nun einmal Bestandteil ihrer Arbeit und absurderweise ihr Beitrag zum Krieg.

Meist gefielen ihr die Unterhaltungen in seinem Bett. Er war dort ganz anders, als man es von einem deutschen Obersten in einem Krieg, der inzwischen der Zweite genannt wurde, erwartet hätte. Übrigens sprach er mit ihr angenehm wenig über den Krieg.

Aber er fragte sie weiterhin aus, als wolle er sie anwerben und müsse auch noch in seinem großen Doppelbett ab und zu seiner Arbeit nachgehen. Verstohlen und fast beiläufig erkundigte er sich nach ihrer Meinung zum Krieg. So bedauerte er einmal den zähen Verlauf in Nordafrika und bei Stalingrad und wollte von ihr wissen, welche Entwicklung sie sich wünschte. Sie versteckte sich dann hinter den Ansichten ihres Vaters und verwandelte sich wieder ganz in das Mädchen mit dem Vaterkomplex. Sie erklärte, im Falle eines bolschewistischen Sieges weder für sich selbst noch für die europäische Kultur eine Zukunft zu sehen. Ihre Arbeit vor dem Krieg und hoffentlich auch danach erfordere die Existenz einer freien Literatur. Der Bolschewismus lasse diese nicht zu, heuchelte sie (als ob das in Deutschland möglich gewesen wäre). Persönlich beträfen sie die deutschen Rassengesetze zwar nicht, aber sie könnte sie ehrlich gesagt nicht gutheißen. In dieser Hinsicht konnte sie einfach nicht lügen.

Nur ein einziges Mal kam er auf Hitler zu sprechen.

Bei dieser Gelegenheit ging sie ein Risiko ein, da sie Bewunderung für diesen Mann nicht einmal heucheln konnte. Sie wagte sogar, ihren Vater zu zitieren, Deutschland sei so viel größer als Hitler, genau wie Rom so viel größer als Caligula gewesen sei.

Vielleicht war das zu frech gewesen, wenn nicht gar leichtsinnig. Wagner schien ihre Bemerkung jedoch als Ausdruck äußerster Aufrichtigkeit zu deuten, womit ihr Schauspiel gelungen war.

Er wechselte das Thema und begann, über Norwegen zu sprechen. Bevor er nach Stockholm versetzt worden war, hatte er in Oslo Dienst getan. Stockholm sei ihm lieber, da er und seine Mitarbeiter hier nicht ständig befürchten müssten, von Terroristen ermordet zu werden. Außerdem bestehe ein gutes und stabiles Verhältnis zur schwedischen Polizei. Die Engländer hätten da zu Recht schon mehr Ärger, weil sie auf schwedischem Territorium Anschläge verübten wie damals in Krylbo.

Johanne ahnte eine Falle und lenkte das Gespräch rasch auf ihre Großmutter in Bergen, die sie nun nicht mehr besuchen dürfe. Sie sei zu oft dort gewesen und dann von ihrem geliebten Bruder, dem SS-Sturmbannführer Harald, diskret gewarnt worden, die Gestapo habe Verdacht geschöpft.

Wie mit Teddy vereinbart, hatte sie nun also Wagner diese Information in einem unverfänglichen Zusammenhang übermittelt.

Und es hatte funktioniert. Oder auch nicht. Die Zeit würde es erweisen.

Jedenfalls beteuerte er eifrig, er werde dieses Problem für sie lösen. Er könne ihr eine Bescheinigung ausstellen lassen, die sie als eine wertvolle Stütze der Abwehr ausweise, und außerdem ihren Besuch telegrafisch ankündigen. Diese Bescheinigung sei allerdings nur den deutschen Behörden vorzulegen, da man sie andernorts missverstehen könne.

Da war zum ersten Mal klar, dass er auch im Bett seiner Arbeit nachging. Wie selbstverständlich und beiläufig hatte er ihr die Tätigkeit als Agentin für die Abwehr angeboten, was de facto einer Anwerbung gleichkam.

Wie dumm sollte sie sich jetzt stellen? Sie konnte sich nicht einfach in seine Arme werfen, ihn mit Küssen überhäufen und ihm versprechen, ihrer Großmutter die herzlichsten Grüße von der Abwehr zu überbringen.

Stattdessen setzte sie eine gleichermaßen freudige wie auch nachdenkliche und skeptische Miene auf, wobei sie sich bewusst war, dass sie nicht so gut schauspielern konnte wie Ewa.

Vorsichtig erkundigte sie sich, ob ihr die schwedische Polizei, besonders die Hestapo, nicht fürchterliche Schwierigkeiten machen würde, wenn sie ein solches Papier mit sich führte, aber er lachte nur. Das sei kein Problem, denn, wie bereits erwähnt, unterhalte der deutsche Nachrichtendienst die allerbesten Beziehungen zur schwedischen Polizei. Von deutscher Seite aus befasse man sich nur mit legaler, sogenannter offener nachrichtendienstlicher Tätigkeit, man las demnach nur, was die schwedischen Zeitungen über Deutschland berichteten und Ähnliches. Also, alles kein Problem.

Damit war die Sache geregelt. Teddy und Peter waren sich rasch über die Gestaltung des Einsatzes einig. Teddy genehmigte den Schutz des C-Büros, sofern Johanne später ein Mikrofon in Wagners Esszimmer installierte.

Während der Besprechung hatte alles so einfach und selbstverständlich geklungen.

Und jetzt lag sie auf einer schmalen Pritsche in der Victoria Terrasse und starrte an die Decke, während ihr der immer gleiche Gedanke durch den Kopf ging.

War Wagner auf den Bluff reingefallen? Oder hatte er sie eiskalt überlistet und eine Methode gefunden, sie an die Gestapo in einem von den Deutschen kontrollierten Territorium auszuliefern?

War sie eine Spionin im Dienst der Abwehr oder eine enttarnte norwegische Spionin?

Einiges sprach für diese Vermutung, einiges dagegen. An Wagners letzter Abendeinladung hatte sie mehr oder weniger offen als seine Gesellschaftsdame teilgenommen. Gespielt versehentlich hatte sie ihn mit Hansi angesprochen und ihm im Beisein Erika Schultzes den Arm um die Schultern gelegt und gesagt, sie müssten Erika auf ewig dankbar sein, dass sie sie zusammengebracht habe.

In dem Moment war Angst in Erika Schultzes Augen aufgeblitzt. Sie würde nichts sagen. Sie saß in der Schlinge.

Das war das eine.

Noch an diesem Abend würde Erika ein verschlüsseltes Telegramm von der Gestapo/Oslo an die Abwehr/Stockholm erhalten, das sich nach der Echtheit eines Dokumentes erkundigte, das Johanne Lauritzen die Mitarbeit bei der Abwehr bescheinigte.

Was ging ihr wohl beim Anblick dieses Telegramms durch den Kopf? Dass sie das Spiel fortsetzen musste, weil ihr sonst die Guillotine drohte? Dass der entscheidende Augenblick nahte? Dass sie jetzt gestehen musste? Jetzt bot sich der Gestapo die Möglichkeit, das Problem zu beseitigen. Oder würde sie das Telegramm verschwinden lassen?

Nein, keinesfalls. Deutsche Telegramme verschwanden

nicht einfach. Dann schickte die Gestapo/Oslo einfach ein neues.

Wer würde überleben, Erika, Johanne oder beide?

Möglicherweise lag sie in einer Todeszelle und wartete auf ihre Hinrichtung. Was hatte sie bislang ausgerichtet? Ehrlich gesagt nicht viel. Doch, die Rettung Sissel Eikens und die Operation Woodlark waren richtig und wichtig gewesen.

So war der Krieg. Viele Männer schauten kaum über den Rand eines Schützengrabens und starben am ersten Tag.

Während der Ausbildung hatte sie gelernt, dass Selbstmord der Folter vorzuziehen war.

Sie stand auf und trat ans Fenster. Es ließ sich öffnen. Sie konnte also ihren Tod herbeiführen.

Das wäre aber nicht nur ein Dienstvergehen, sondern auch feige gewesen, weil sie erst morgen erfahren würde, ob sie gewonnen oder verloren hatte.

Sie putzte sich die Zähne mit einer dubiosen Ersatzzahncreme der Marke Stomatol, wusch sich und rollte ihr Haar mit Lockenwicklern auf.

Als sie das Licht gelöscht hatte und im Dunkeln dalag, dachte sie, dass Vater an ihrer Stelle zu Gott gebetet hätte. Aber Gott hatte bei der Gestapo nichts zu melden. Und falls es ihn wider Erwarten tatsächlich gab, war die Vergebung eine seiner Paradenummern und umfasste auch die Zweifler. Denn Nazi war er doch wohl kaum?

Am nächsten Morgen wurde sie gegen zehn Uhr abgeholt. Sie hatte sich angekleidet, die Tasche gepackt und sich, so gut es ging, frisiert.

Das Fußvolk führte sie in ein neues Verhörzimmer, das

bei näherem Hinsehen gar keines war. Dieses Mal stellte sich der Obersturmführer als Hartner vor. Er bat sie, Platz zu nehmen, und bot ihr eine Tasse Ersatzkaffee an.

Sie lehnte dankend ab, nahm Platz und schlug die Beine übereinander.

»Also, Frau Dr. Lauritzen«, sagte der junge Offizier, nachdem er an seinem Schreibtisch Platz genommen hatte. »Die deutschen Truppen diskutieren intern ständig darüber, wer sich mit welchen Fragen befassen darf. Ob es der Gestapo beispielsweise gestattet ist, sich in die Angelegenheiten der Abwehr einzumischen. Wir sind der Meinung, wie Sie vielleicht ahnen, ein Recht auf sämtliche Informationen zu haben. Aber diese Diskussion würde jetzt zu weit führen. Wir haben von der Abwehr in Stockholm einen äußerst klaren Bescheid erhalten. Welcher Natur Ihr Auftrag in Norwegen auch sein mag, es ist unsere Aufgabe, Sie zu unterstützen. Dürfen wir Sie jetzt in Ihr Hotel bringen? Ich bedauere die Verzögerung. Aber Krieg ist Krieg. So viel zum Dienstlichen. Nun gestatten Sie mir bitte eine möglicherweise etwas vorlaute Frage. Dürfte ich Sie, Frau Dr. Lauritzen, sozusagen als bescheidene Entschädigung zum Abendessen ins Grand Hotel einladen?«

*

Sie hatte nie geglaubt, neun Leben zu besitzen, aber seit diesem Tag waren es nachweislich mindestens zwei. Ihr neues Leben hätte kaum trivialer beginnen können. Im Hotel Continental wollte man ihr das reservierte Zimmer nicht geben, da sie nicht zum vereinbarten Zeitpunkt eingetroffen war. Deutsche Behörden hatten den größten

Teil des Hotels requiriert, und die wenigen verbliebenen Zimmer waren sehr begehrt. Also hatte man ihr Zimmer kurzerhand anderweitig vergeben. Sie stritt eine Weile mit dem Portier und erbot sich dann, auch für die vergangene Nacht zu zahlen. Ihre Verspätung gehe auf das Konto der Gestapo, und Telefon gebe es leider nicht in den Zellen.

Das wirkte, und man bot ihr sogar noch ein spätes Frühstück an, da die Bewirtung bei der von ihr erwähnten Dienststelle vermutlich nicht sonderlich hohen Ansprüchen genüge.

Eine Stunde später spazierte sie zufällig an der in der Nähe ihres Hotels gelegenen Victoria Terrasse vorbei. Jetzt trug sie allerdings als freie, sportlich gekleidete Norwegerin Skihosen, Wanderstiefel mit Wollsocken, eine von ihrer Großmutter gestrickte Jacke und eine rote Pudelmütze.

Ihr Ziel war es, möglichst wenig aufzufallen und keinesfalls als Ausländerin erkannt zu werden. Kaum war sie auf die Straße getreten, merkte sie, dass genau das Gegenteil der Fall war. Alle starrten sie an.

Vor dem Haupteingang der Victoria Terrasse, wenige Schritte vom Hotel entfernt, wurde sie barsch und mit gezogenen Waffen von einem Wachtrupp angehalten.

Ihr Versuch, sich unauffällig unter die Leute zu mischen, war also gründlich misslungen. Notgedrungen musste sie sich rasch wieder in eine Deutsche verwandeln.

»Herr Unterscharführer, was soll das?«, fauchte sie den Sergeanten an, der die Männer anführte. »Richten Sie Ihre Waffen gefälligst in eine andere Richtung, vorzugsweise auf die Feinde Deutschlands!«

Die Verblüffung der Männer war frappierend. Blitzschnell gehorchten die Soldaten und noch ehe der Offizier den Befehl erteilen konnte.

»Entschuldigen Sie, gnädige Frau, aber hier liegt ein Missverständnis vor«, meinte der Sergeant nervös. »Wir bitten vielmals um Entschuldigung.«

»Ein Missverständnis, wie wahr«, erwiderte Johanne besänftigt. »Aber worum geht es eigentlich?«

»Die rote Mütze, gnädige Frau«, versuchte der Sergeant zu erklären. »Dieses Kleidungsstück ist seit einiger Zeit verboten, wir glaubten also … also ausgerechnet vor diesem Gebäude …«

»Rote Mützen sind wirklich verboten?«

»Ja, gnädige Frau. Befehl ist Befehl.«

Johanne brach in Gelächter aus. Prompt blieben die Leute stehen und starrten sie wieder an. Also nahm sie die Mütze ab und schüttelte ihr Haar aus.

»Gut so, Herr Unterscharführer?«, fragte sie reserviert.

»Ja, gnädige Frau!«, bestätigte der Sergeant, schlug die Hacken zusammen und salutierte. »Wir wünschen Ihnen einen schönen Tag ohne weitere Missverständnisse!«

Rasch setzte sie ihren Weg Richtung Drammensveien fort. Nach einer Weile verlangsamte sie ihre Schritte und stellte fest, dass sie niemand mehr anstarrte.

Sie kannte sich nicht sonderlich gut in Oslo aus, aber die Wegbeschreibung, die sie erhalten hatte, war unkompliziert. Sie folgte der Bygdøy Allé und gelangte in den Stadtteil Frogner. Gepflegte Gründerzeithäuser mit kleinen Gärten hinter schmiedeeisernen Zäunen lenkten die Gedanken auf den Stockholmer Nobelstadtteil Östermalm. Vor den Schaufenstern einiger Läden lagen Sandsäcke, weil Oslo hin und wieder von den Engländern bombardiert wurde. Beim Frühstück hatte der Kellner erzählt, die Victoria Terrasse sei kürzlich wieder Ziel eines Angriffs gewesen, aber leider nicht getroffen worden.

Ein Trupp uniformierte Deutsche marschierte auf der Allee vorbei. In Oslo war der Krieg natürlich gegenwärtiger als in Stockholm.

Wenig später hatte sie ihr Ziel erreicht, Frederik Stangs Gate 31 B, eine friedliche, bürgerliche Gegend. Trotzdem gab es in dem eleganten Haus keinen Fahrstuhl. Die Haustafel im Entree bestätigte ihr, dass Hole im dritten Stockwerk wohnte.

Kaum hatte sie geklingelt, öffnete Nic Hole auch schon die Tür.

»Willkommen, Johanne! Komm herein! Lange ist's her«, sagte sie zur Begrüßung.

Die Wohnung war im Kontrast zur Architektur des Hauses elegant und modern eingerichtet. Johanne hatte nichts anderes erwartet. Im Wohnzimmer standen eine Teekanne und ein Teller Gebäck, an den Wänden hingen moderne Grafiken von Munch und neueren Künstlern. Johanne zog ihre Wolljacke aus und nahm auf dem ihr von ihrer Gastgeberin angewiesenen Sessel Platz.

Nic Hole hatte sich in den zehn Jahren, die seit ihrer letzten Begegnung in Berlin vergangen waren, viel mehr verändert als Johanne. Sie trug eine Kurzhaarfrisur wie ein Mann und wenig überraschend ein Jackett. Eine maskuline Hornbrille vervollständigte das Bild.

»Du hast also deine Meinung geändert und endlich Vernunft angenommen?«, meinte die Psychoanalytikerin.

»Bitte? Ach so, nein, keineswegs, aber davon sprechen

wir noch. Zuerst muss ich dich etwas ganz anderes fragen«, erwiderte Johanne und zog ihre rote Mütze aus der Tasche. »Was hat es mit der Mütze auf sich?«

»Warst du mit dieser Mütze in der Stadt unterwegs?«

»Ja. Der Wachtrupp vor der Victoria Terrasse hat geradezu bedrohlich darauf reagiert.«

»Ausgerechnet vor der Victoria Terrasse!«, rief die Psychoanalytikerin und lachte amüsiert. Sie brauchte eine Weile, ehe sie sich so weit beruhigt hatte, dass sie Johanne erklären konnte, was es mit der Mütze auf sich hatte.

Rote Mützen waren in Oslo zeitweise so verbreitet, dass die Deutschen diese nicht zu Unrecht als nationalistische Demonstration deuteten und zu guter Letzt verboten. Mit einer roten Mütze am Gestapo-Hauptquartier vorbeizugehen kam ja schon fast einer terroristischen Provokation gleich.

Johanne war ebenfalls sehr belustigt, weil ihre sorgfältige Verkleidung so eine gegenteilige Wirkung erzielt hatte.

»Zurück zur Tagesordnung«, meinte Nic Hole. »Kommst du häufiger nach Oslo, sodass wir mehrere Sitzungen einplanen können?«

»Ich habe nicht vor, an irgendwelchen Sitzungen teilzunehmen«, antwortete Johanne verlegen. »Meine Ansichten über die Psychoanalyse haben sich nicht verändert, und obwohl mein Sexleben momentan etwas seltsam anmutet, ist dies nicht der Grund meines Kommens.«

»Ach, merkwürdig. Aber in deinem Brief stand doch …?«

»Der war für die deutsche Zensur bestimmt, ich benötigte einen Grund, dich aufzusuchen. Könnte es sein, dass …?«

Johanne deutete auf ihr Ohr und auf die Deckenlampe, ob sie eventuell abgehört würden.

»Nein. Aus irgendeinem Grund scheinen die Deutschen die Schweigepflicht und Vertraulichkeit zwischen Arzt und Patient zu respektieren.«

»Ausgezeichnet. Als Ärztin darfst du doch auch noch nach Einbruch der Dunkelheit Auto fahren?«

»Ja, natürlich. Aber wenn du mich nicht als Ärztin aufgesucht hast, worum geht es dann?«

Johanne holte tief Luft. Soweit die SOE und die norwegischen Partner es beurteilen konnten, lehnte Nic Hole den Nationalsozialismus ab. Sollte sich diese begründete Annahme als falsch erweisen, bedeutete das für Johanne die direkte Rückfahrkarte zur Victoria Terrasse und eine ganz neue Art der Gestapo-Gastfreundschaft. Und die Hoffnung auf ein drittes Leben.

Zur Stärkung trank sie noch einen Schluck Tee, dann stürzte sie sich gewissermaßen todesmutig in den Abgrund.

»Ich arbeite für die Heimatfront«, sagte sie. »Und die SOE. Wir planen eine gemeinsame Aktion, die den durchsichtigen Tarnnahmen Exodus trägt, und deswegen bin ich hier. Weil du mit Sigrid Helliesen-Lund und mit Tove Filseth befreundet bist. Kann ich mit deiner Hilfe rechnen?«

Entgeistert starrte Nic Hole sie an und vermochte nur mit Mühe, eine Art professionelle Fassung zu wahren. Johannes Pulsfrequenz erhöhte sich.

»Endlich«, antwortete sie mit leiser Stimme. »Endlich habt ihr es begriffen. Endlich, endlich, endlich. Es ist bereits fünf vor zwölf. Ja, du kannst auf mich zählen, auf Sigrid und Tove auch, notfalls bis in den Tod. Erzähl mir jetzt alles, damit wir so rasch wie möglich anfangen können!«

Ein warmes Gefühl der Erleichterung durchströmte Johanne. Natürlich hätte eine professionelle deutsche Agentin genauso reagiert: »Erzähl alles«, aber nicht mit diesem Gesichtsausdruck und so viel Gefühl. Johannes Instinkt sagte ihr, dass sie sich an die Richtige gewandt hatte. Also begann sie zu erzählen, und ihre Angst war wie weggeblasen.

Das Ziel der Operation Exodus war sehr einfach. Alle norwegischen Juden, etwa 2000 Personen, sollten so schnell wie möglich nach Schweden evakuiert werden. Es gab ernst zu nehmende Hinweise, dass bald auch in Dänemark und Norwegen die Massentransporte von Juden in den Osten beginnen würden. Es bestand keinerlei Grund zu der Annahme, dass Skandinavien vom Schicksal der weiter südlich gelegenen Länder verschont bleiben würde.

In Dänemark waren die Bedingungen günstiger als in Norwegen. Von Dänemark aus ließ sich die schwedische Küste, zumindest in der dunklen Jahreszeit, zur Not mit einem Ruderboot erreichen.

In Norwegen gestaltete sich das Unterfangen etwas schwieriger. Vom Weg über das Meer nach Bohuslän einmal abgesehen, mussten Gebirge über- und Wälder durchquert werden. Mittlerweile waren sie jedoch in dieser Hinsicht recht routiniert, es waren bereits 20 000 norwegische Flüchtlinge in Schweden angekommen.

Das machte die Sache leider nicht leichter. Die Milorg und die Sivorg betreuten einen steten Strom mehr oder weniger hochwichtiger Flüchtlinge. Saboteure und Attentäter, die sozusagen über die Grenze pendelten, hatten grundsätzlich höchste Priorität. Juden hingegen hatten überhaupt keine Priorität.

Als erste Maßnahme musste daher eine neue Fluchtroute durch Norwegen geschaffen werden. Diese Aufgabe war Johanne übertragen worden und wurde soeben mit Unterstützung der Heimatfront D 25 Hamar, die ihr noch einen Gefallen schuldete, gelöst. Eine Hand wusch die andere.

Die Route führte von Oslo über Kongsvinger zu einem kleinen Ort bei Hamar und von dort in den Norden Värmlands. Demnächst würde sie mit der D 25-Führung die Einzelheiten besprechen.

So weit, so gut. Oslo stellte jedoch weiterhin ein Problem dar. Dort fehlten bislang die Kontakte.

Es war mühsam gewesen, an vernünftige, zuverlässige Informationen zu gelangen, da die Heimatfront keine direkten Kontakte zu den jüdischen Gemeinden in Oslo und Trondheim unterhielt. Außerdem bestand die weitverbreitete Meinung, dass den norwegischen Juden keine Gefahr drohe. Nicht einmal die norwegischen Juden selbst schienen etwas zu befürchten und die Exilregierung in London noch viel weniger. Johannes Nachforschungen hatten sie zur Nansen-Hilfe und zu Sigrid Helliesen-Lund und Tove Filseth geführt. Der Nansen-Hilfe war es 1938 und 1940 geglückt, jüdische Kinder aus der Tschechoslowakei und aus Österreich zu retten. Unmittelbar nach der Besetzung Norwegens am 9. April 1940 hatten die beiden Frauen dafür gesorgt, dass die Verzeichnisse über die jüdischen Flüchtlinge, die man sozusagen vom Regen in die Traufe gerettet hatte, verbrannt wurden. Diese Tat sagte einiges über ihre Einstellung aus. Wenn die Frauen die Gelegenheit erhielten, ihre Rettungsarbeit fortzusetzen, würden sie sicherlich zusagen.

Problematisch war nur, dass sie unter Garantie überwacht wurden, was die Kontaktaufnahme erschwerte. Da war Johanne eingefallen, dass beide mit der berühmten Psychiaterin und Psychoanalytikerin Nic Hole befreundet waren. Aus diesem Grund hatte sie einen langen, heuchlerischen Brief über ihr großes Bedürfnis nach einer Psychoanalyse verfasst.

Jetzt war also dieser Kontakt hergestellt. Ihre Aufgabe in Oslo bestand darin, die Transporte nach Hamar zu organisieren. Ab dort würde sich D 25 um alles Weitere kümmern. An der schwedischen Grenze würde sie persönlich die Operation Exodus leiten.

Nic Hole hatte ihr so aufmerksam zugehört, dass ein Augenlid zitterte.

»Warum tust du das?«, wollte sie wissen.

Die Frage überrumpelte Johanne.

»Bist du Jüdin?«, fragte Nic jetzt mit therapeutischer Stimme.

»Nein, dann würde ich mich vermutlich noch viel stärker engagieren.«

»Also warum? Aus deinem Bericht ging zwischen den Zeilen hervor, dass du die treibende Kraft hinter dem Ganzen bist.«

Johanne musste nachdenken.

»Ja«, entgegnete sie. »Ich bin die treibende Kraft, weil ich über einige Informationen, oder eher die Fragmente von Informationen, verfüge, die mich das Schlimmste befürchten lassen.«

»Und zwar was?«

»Dass die Juden nicht in den Osten gebracht werden, um dort in Reservaten zu leben, wie viele annehmen, sondern um ermordet zu werden. Es liegen keine eindeutigen Beweise vor, aber allein der Verdacht …«

Die Psychiaterin musterte sie mit durchdringendem, alles enthüllendem Blick, der wahrscheinlich berufsbedingt war.

»Erlaube mir eine weitere Frage«, meinte sie nachdenklich. »Ihr habt bereits zehnmal so viele Norweger nach Schweden gerettet, wie Juden in Norwegen leben. Warum jetzt dieser besondere Einsatz? Liegen dir noch andere Informationen vor, die du nicht erwähnen kannst?«

»Nein. Ich habe dir alles erzählt.«

Johanne hatte sich über ihre Motive bislang keine Gedanken gemacht. Hing es etwa mit den Cousins und der Cousine zusammen? Wenn Deutschland Schweden besetzte, würden sie in dieselbe Lage geraten wie die norwegischen und dänischen Juden.

Vielleicht. Aber spielte das überhaupt eine Rolle?

»Ich denke, es besteht ein gewisser Unterschied«, sagte sie schließlich. »Viele Norweger, vielleicht die meisten, mussten nach Schweden fliehen, weil sie im Widerstand waren. Nach Ansicht der Deutschen haben sie sich einer Straftat schuldig oder zumindest verdächtig gemacht. Aber die Juden wollen sie einfach nur ermorden, weil sie existieren, schuldig oder nicht, spielt keine Rolle. Ist es nicht so?«

»Du berufst dich also auf deinen ideologischen Edelmut?«

Johanne schob den strengen Ton dieser Frage darauf, dass alle Psychoanalytiker mehr oder minder verrückt waren.

»Nein«, sagte sie. »Ideologie trifft durchaus zu, aber

ohne Edelmut. Wenn ihre Ideologie die Deutschen dazu veranlasst, die Juden zu ermorden, dann müsste unsere Ideologie uns dazu drängen, sie davon abzuhalten? Ein Widerstandskampf also, bei dem keine Bahnhöfe gesprengt und keine Polizisten ermordet werden.«

*

Es folgte eine intensive Woche mit vielen Bahnfahrten, vielen Kontrollen und, wenn sie es richtig sah, ungewöhnlich barschen und aufgeregten Grenzpolizisten, die Reisende wegen Bagatellen aus den Abteilen schleiften. Ohne die höchst unerwartete Hilfe der Gestapo wäre sie vermutlich in Schwierigkeiten geraten, insbesondere auf der Fahrt nach Hamar, für die sie ja keinen plausiblen Vorwand besaß.

Aber nun waren diese Dinge fürs Erste erledigt. Als der Zug nach Stockholm aus dem Ostbahnhof rollte, atmete sie unwillkürlich erleichtert auf. Ebenso ihr Mitreisender, ein älterer, gut gekleideter Herr. Sie warf ihm einen raschen Blick zu und war sich sicher, dass er sich auf der Flucht befand. Wahrscheinlich nahm er von ihr dasselbe an.

Alles war verdächtig glatt gelaufen. Insbesondere die Hilfsbereitschaft des Obersturmführers Uwe Hartner wirkte angesichts der Konsequenzen fast lächerlich. Zum Glück hatte sie seine Einladung ins Grand Hotel angenommen, obwohl eigentlich nichts dafür sprach. Aber es hatte sich über alle Maßen ausgezahlt. Gleich zu Beginn hatte er ihr ein unschätzbar wertvolles Geschenk gemacht, und sie hatte sich sehr beherrschen müssen, um nicht vor Begeisterung zu schreien und zu lachen.

Der junge Leutnant teilte ihr mit, der Chef der Abwehr in Stockholm habe sie als höchst angesehene Mitarbeiterin bezeichnet. Damit nun keine weiteren Missverständnisse die Arbeit der Abwehr störten, hatte ihr die Gestapo einen Laissez-Passer ausgestellt, einen Passierschein, der eigentlich nur den eigenen Mitarbeitern vorbehalten war. Dieser würde Schwierigkeiten im Zusammenhang mit Reisekontrollen sogleich ausräumen.

Er sollte recht behalten. Auf dem Weg nach Hamar wurden Johanne und ihre Mitreisenden drei aggressiven sowohl deutschen als auch norwegischen Kontrollen unterzogen, als wüsste die eine Hand nicht, was die andere tat. Kaum zeigte sie ihren Passierschein vor, wurde sie in Ruhe gelassen. Das grenzte schon fast an Magie.

Jetzt war alles überstanden, zumindest für dieses Mal, obwohl sie sich erst entspannen würde, wenn sie die Grenze passiert hatten. Der ältere Mann ihr gegenüber wirkte sichtlich nervös.

Sie schaute in den grauen Regen und ließ ihre Gedanken schweifen.

Dank des geheimnisvollen Chefs war die Organisation D 25 wieder aufgebaut worden. Von »Jacob« war in der Skeppargatan in Stockholm viel und immer nur in allerhöchsten Tönen gesprochen worden. Ein Treffen mit diesem »Jacob« in höchsteigener Person war keine Selbstverständlichkeit, die SOE hatte wirklich darauf bestehen müssen.

Treffpunkt war ein schlichtes Lokal in Hamar. Johanne erschien mit dem vorgesehenen Erkennungszeichen pünktlich zum vereinbarten Zeitpunkt. Gelassen nahm sie Platz und sah sich erst um, als der Tee und die Fischfrikadellen vor ihr auf dem Tisch standen. Ihr Blick suchte das verqualmte Lokal nach einem Mann mit einer roten, für ein konspiratives Treffen vielleicht etwas zu auffälligen Weste ab.

Sofern diese Weste nicht von einer Frau getragen wurde. Zuerst glaubte sie an einen Zufall, aber eine andere rote Weste war nicht zu sehen. Sie nahm eine Zigarette aus einem Etui, wahrscheinlich ein wenig unbeholfen, da sie Nichtraucherin war, und beim dritten Versuch gelang es ihr, sie anzuzünden.

Die Frau in der roten Weste lächelte, erhob sich und kam an ihren Tisch.

»Das Leben wartet an den seltsamsten Orten mit Überraschungen auf«, sagte sie.

»Stimmt, aber eigentlich sollte ich mich in Torsby aufhalten«, erwiderte Johanne. So lautete die Losung.

Dann lachten beide und zogen damit gewisse Aufmerksamkeit auf sich, aber das ließ sich nicht ändern.

Nachdem sie anschließend eventuelle Verfolger abgeschüttelt hatten und sich in der SOE-Wohnung befanden, lachten sie noch mehr darüber. Johanne hatte nur gewusst, dass sie den legendären D 25-Chef »Jacob« treffen würde, und einen großen Blonden im Südwester erwartet. Und Jacob, die eigentlich Liv Kløvstad hieß und bedeutend jünger war als Johanne, hatte nur erfahren, dass sie den Topagenten »Hauptmann Blue von der SOE« kennenlernen sollte, und sich ebenfalls einen großen Mann, allerdings mit Schnurrbart, vorgestellt. Es fuchste sie ein wenig, dass sie beide ihrer Vorurteile wegen in dieselbe Falle getappt waren. Nach dieser Feststellung gingen sie zur Planung der Operation über, die sie als die beiden höchsten Chefs recht zügig abwickelten. Für den Decknamen Jacob gab es natürlich eine überaus einfache Erklärung. Hätte der Chef der neuen D 25 Eva geheißen, hätte keiner der testosteronstrotzenden Waldpartisanen sie ernst genommen.

Lärmend ging die Abteiltür auf und riss Johanne aus ihren angenehmen Hamar-Erinnerungen. Zwei deutsche Grenzpolizisten und ihr Vorgesetzter in Zivil traten ein und verlangten brüllend die Papiere. Johanne öffnete ihre Handtasche und reichte dem Chef ihr Gestapo-Papier. In Sekundenschnelle veränderte sich sein Gesichtsausdruck, und er befahl dem Grenzpolizisten, der bereits ihre Tasche aus dem Gepäcknetz gehoben hatte, diese wieder zurückzustellen. Erstaunt kam dieser diesem Ansinnen nach.

Mit umso größerem Eifer durchwühlten die Deutschen die Reisetasche des alten Mannes, während der Mann in Zivil seinen norwegischen Pass misstrauisch ins Licht hielt, als ahne er eine Fälschung. Schon allein die versteinerte Miene des Reisenden legte diese Vermutung nahe.

Da mischte sie sich impulsiv und gedankenlos ins Geschehen ein.

»Entschuldigen Sie, mein Herr!«, sagte sie und reichte dem Chef ihren Abwehr-Passierschein. »Ich bürge für diesen Mann. Er ist ein wichtiger Informant.«

Verblüfft hielten die zwei Grenzpolizisten inne, während ihr Chef grimmig Johannes Dokument musterte.

»Ihr bleibt hier!«, befahl er den beiden Polizisten. »Würden Sie mir bitte auf den Gang folgen, gnädige Frau?«

Ungehalten schloss er die Tür hinter sich.

»Was soll das?«, fragte er und hielt ihr das Papier von der Abwehr unter die Nase. »Über solche Dinge müssen wir im Voraus informiert werden, damit uns solche Szenen erspart bleiben!«

»Ich bedauere das Versäumnis. Aber die Sache ergab sich recht kurzfristig«, antwortete sie und streckte demonstrativ die Hand nach ihrem Papier aus.

Der Mann händigte ihr das Dokument aus, schüttelte den Kopf und riss die Abteiltür auf.

»Abbrechen!«, kommandierte er.

Die beiden Grenzer trotteten auf den Gang und salutierten zögernd. Johanne kehrte ins Abteil zurück und zog die Tür hinter sich zu. Der alte Mann war in sich zusammengesunken und starrte mit glasigem Blick vor sich hin. Beide schwiegen.

Eine halbe Stunde später hielt der Zug erneut. Die Kontrolleure trugen schwedische Uniformen, musterten Pässe und Fahrkarten, nicht jedoch das Gepäck, salutierten und verschwanden. Einige Minuten später fuhr der Zug mit einem Ruck an. Der alte Mann zog ein Taschentuch aus der Tasche und wischte sich den Schweiß von der Stirn.

»Entschuldigen Sie«, sagte er nach ein paar Minuten auf Deutsch. »Sind wir jetzt in Schweden?«

»Ja«, antwortete Johanne auf Norwegisch. »Sie sind jetzt in Sicherheit.«

Erstaunt sah er sie an.

»Ich war mir ganz sicher, dass Sie Deutsche sind«, sagte er.

»Die Herren von der Grenzpolizei glücklicherweise auch«, antwortete sie und lächelte den alten Mann aufmunternd an.

»Sie haben mir das Leben gerettet«, sagte er. »Wie kann ich Ihnen das je …?«

»Halt!«, unterbrach sie ihn und hob die Hand. »Ihr Pass hat Misstrauen erregt, und ich habe aus einer Eingebung heraus gehandelt. Wir hatten Glück, das ist alles. Ich sage Ihnen nicht, wer ich bin, und ich will auch nicht wissen, wer Sie sind. Wo wollen Sie hin, wenn Sie nach Stockholm kommen?«

»Ich werde in der Skeppargatan erwartet.«

»Möglicherweise in der Nummer 32?«

»Ja, woher wissen Sie das?«

»Willkommen bei der Heimatfront. In der Skeppargatan sind Sie in guten Händen. Aber jetzt müssen Sie mich entschuldigen, ich bin sehr erschöpft und muss ein wenig schlafen.«

Was nicht stimmte, aber sie hatte keine Lust, sich seine Geschichte anzuhören, und wollte ihm noch viel weniger ihre anvertrauen.

Also streckte sie sich, nachdem sie ihre Schuhe ausgezogen hatte, demonstrativ auf den benachbarten Sitzen aus und drehte sich zur Wand. Sie war mit ihrer Impulshandlung ein viel zu großes Wagnis eingegangen. Das durfte sich nicht wiederholen.

Am späten Abend, wenn sie wieder in Stockholm war, musste sie sich zum Dienst in Wagners Bett einfinden.

*

Sie erzählte eine lange, schöne Geschichte. Ihre Großmutter auf der Osterøya war dem unbekannten deutschen Wohltäter ungemein dankbar, weil ihre Enkelin sie nun wieder besuchen durfte. Natürlich stimmte kein einziges Wort.

Aber »Hansi« unterschied sich in Bezug auf sein Wunschdenken in keiner Weise von anderen Männern. Dabei hätte diese menschliche Schwäche auf der Liste der zu vermeidenden Eigenschaften gerade bei einem Geheimdienstoffizier ganz oben stehen müssen.

Sicherheitshalber hatte sie eher widerwillig beschlossen, ihm einen Beweis für die Dankbarkeit der alten Dame vorzulegen. Obwohl es ihr schwerfiel, ihm einen der wunderbaren handgestrickten Pullover zu opfern, die sie für die Familie mitgebracht hatte. Ihre Großmutter hatte ein neues, fast modernistisches Design entworfen. Rücken und Vorderseite waren kobaltblau, sodass alle Kenner sahen, dass es sich um einen echten Frøynes handelte, wenn auch mit einem ganz neuen Muster. Statt Reihen weißer Maschen oder Sterne war das Muster jetzt abstrakt und erinnerte an das Nordlicht. Dem Feind ein solches Kunstwerk zu opfern schmerzte sehr. Nicht auszudenken, was ihre Großmutter davon gehalten hätte.

Sie war eine ganze Woche in Norwegen gewesen und konnte über bestimmte Tage keine Rechenschaft ablegen. Dieser Umstand musste verschleiert werden, wobei es eher unglaubwürdig war, dass sie die ganze Zeit im herbstlichen Unwetter auf einer Insel bei Bergen verbracht hatte. Wagner hätte ihr sicher nicht abgenommen, dass sie alle Abende mit einer alten Dame in einem norwegischen Holzhaus verbracht hatte. Das schöne Geschenk, das er sehr zu schätzen wusste, lenkte ihn jedoch ab. Er hatte genug Zeit in Norwegen verbracht, um zu wissen, dass man einen echten, handgestrickten Frøynes nicht im Touristenladen kaufen konnte. Er zog ihn sofort an und bestand dann später in der Nacht darauf, dass sie diese außerordentliche

»Lusenkofte«, wie er den Pullover nannte, trug, als er von hinten in sie eindrang. Sie korrigierte ihn nicht. Es zeigte sich aber, dass sich westnorwegische Schafwolle nicht sonderlich gut mit seinen heftigen Aktivitäten zu Beginn der Liebesnacht vereinbaren ließ.

Am Morgen lagen sie in seinem Bett, die Decke war zu Boden geglitten. Während dieser von ihm als »Augenblick nackter Aufrichtigkeit« bezeichneten Stunde führte sie ihr nächstes Ablenkungsmanöver durch.

Mit beschämter Miene gestand sie, noch etwas anderes in Oslo erledigt zu haben. Da es ihr peinlich sei, sagte sie, habe sie ihm eigentlich nicht davon erzählen wollen, aber jetzt herrsche ja die »nackte Aufrichtigkeit«.

In Oslo wohnte die berühmte Psychoanalytikerin Nic Hole, die sie im Sommer '32 in Berlin flüchtig kennengelernt hatte. Nic Hole war Spezialistin für etwas, was man die Verbindung von Erotik und Intellekt nennen konnte. Nein, jetzt wurde es ihr doch zu peinlich, sie konnte einfach nicht fortfahren ...

Natürlich begann er, sie energisch zu überreden, und natürlich gab sie umgehend nach, erst verschämt, dann immer konkreter.

Bereits bei ihrem ersten erotischen Kontakt, in den sie sich etwas zu schnell hineinbegeben hatte, war sie von seiner kraftstrotzenden Größe überwältigt gewesen. Der erstmalige Anblick seiner vollen Pracht hatte ihr fast ein wenig Angst eingeflößt, weil sie befürchtete, dass es wehtun müsse, wenn sie ihn empfing. Gleichzeitig hatte es sie unsäglich erregt, ihn in die Hände zu nehmen und zu streicheln, bevor sie sich auf ihn setzte. Das Gefühl, als er ganz tief in sie eingedrungen war und sie sich begegneten, war so überwältigend gewesen, dass sie beinahe die Besinnung verloren hätte.

Danach war es mit jedem Mal noch schöner geworden, und sie fühlte sich von ihm fast in eine Nymphomanin verwandelt.

Es hieß ja immer, ältere Männer seien unbefriedigende Liebhaber, um die man besser einen Bogen machte. Die Frage lautete also, ob es sich um eine ihr unbegreifliche psychische Eigenheit ihrerseits handelte oder um ein bekanntes Phänomen. In diesem Fall erschien eine eingehende Analyse bei Nic Hole die richtige Medizin.

Nach einigen Stunden auf dem Sofa der Psychoanalytikerin, in denen sie ihre Schäferstündchen beschrieb, wie ihre anfängliche Befangenheit sich in Lust verwandelte und sie nachts von seinem kraftvollen Glied träumte, wie sehr sie sich danach sehnte, es in der Hand zu halten, auf ihm zu reiten und sich ins Bett zu knien und ihm freudig erregt ihren Schoß darzubieten, da hatte sie beinahe von sich aus erkannt, dass es sich keinesfalls um ein Problem handelte. Im Gegenteil, sie hatte in der erotischen Lotterie das große Los gezogen. Sie hatte einen Mann gefunden, dessen körperliche Vorzüge wie für sie geschaffen waren. Und so hatte dann auch die Schlussfolgerung der Psychiaterin gelautet.

Während ihrer Lobeshymne hatte er eine Erektion bekommen, schielte auf die Uhr, zögerte einige Sekunden und drehte sie dann resolut, fast brutal, im Bett herum, packte ihre Taille und drang mit solcher Kraft in sie ein, dass er sofort die Gummibarriere des Pessars erreichte.

Sie spielte mit, gaukelte ihm mehrere aufeinanderfolgende Orgasmen vor und brach gleichzeitig vor Erniedrigung in Tränen aus. Tränen, die den Betrug äußerst glaubwürdig gestalteten.

Danach blieb sie schweigend auf dem Rücken liegen, darauf bedacht, sich die Tränen nicht aus dem Gesicht zu wischen. Als Wagner wieder zu Atem gekommen war, blickte er nochmals auf die Uhr und hatte es plötzlich sehr eilig.

Er könne zu einer wichtigen Besprechung keinesfalls zu spät kommen und müsse sich vorher unbedingt noch blessurenfrei rasieren, erklärte er und hastete ins Badezimmer.

Jetzt erst trocknete Johanne ihre Tränen und dachte, dass der Plan tatsächlich klappen konnte. Sie wartete noch einen Moment und folgte ihm dann nackt ins Badezimmer. Er hatte Warmwasser, nicht nur, weil Diplomaten gewisse Privilegien genossen, sondern weil die Briefzensur im selben Gebäude in einer Achtzimmerwohnung untergebracht war. Die Frauen, die dort arbeiteten, öffneten die Briefe mithilfe von Wasserdampf und lasen, bis ihnen die Augen bluteten. Ihre Finger durften nicht zu kalt werden, und deswegen war offenbar für extra Wärme gesorgt.

Wie selbstverständlich trat sie an die Badewanne und ließ Wasser einlaufen. Nervös sah er sie im Spiegel an, während er sich die Oberlippe rasierte.

»Du hast doch nichts dagegen, dass ich ein Bad nehme?«, rief sie, um das Brausen des Wassers zu übertönen, und stieg in die Wanne. Er antwortete etwas Unverständliches.

Als er die Rasur beendet hatte, trat er auf sie zu, küsste sie, machte ihr ein erotisches Kompliment und behauptete, nur noch an sie denken zu können. Und dann sprach er die erhofften Worte aus. Der Schlüssel liege auf dem Tisch in der Diele. Sie könne sich ruhig Zeit lassen, beim Gehen beide Schlösser abschließen und den Schlüssel danach in den Briefkasten werfen. Sein Zweitschlüssel liege im Büro. Alles kein Problem. Dann war er weg.

Es war lange her, seit sie in Stockholm ein Bad genommen hatte. Das warme Wasser wirkte wie eine beruhigende Umarmung. Erst als die Wanne fast vollgelaufen war, drehte sie das Wasser ab. Sie hörte die Wohnungstür ins Schloss fallen, rekelte sich und ließ es sich wohl sein. Es hatte funktioniert.

Plötzlich stand sie so heftig auf, dass Wasser über den Rand schwappte. Sie streckte die Hand nach der Dusche aus, schraubte das Mundstück ab und stellte einen warmen, recht harten Strahl ein und duschte sich unten herum ab. Blitzsauber, dachte sie wütend und hob den Wannenstöpsel an, um ebenso viel Wasser ablaufen zu lassen, wie sie in sich hineinspülte.

Dann beruhigte sie sich wieder, schraubte das Mundstück an, streckte sich wieder in der behaglichen Wärme aus und dachte nach.

Es war nötig gewesen, von ihrem Besuch bei Nic Hole zu erzählen. Ihr langer, gespreizter Brief, in dem sie um einen Termin für eine Analyse gebeten hatte, war zweifellos von der deutschen Briefzensur in Oslo gelesen worden. Es war nicht sicher, nicht einmal wahrscheinlich, dass die Gestapo in Oslo der Abwehr in Stockholm von einer solchen Bagatelle berichtete. Aber sie wollte kein Risiko eingehen. Wenn sie es Wagner verschwiegen hätte, wäre das höchst verdächtig gewesen. Auch wenn er keinen Bericht über ihren Besuch bei Nic Hole erhalten hatte, musste er ihr Geständnis als Vertrauensbeweis auslegen. Mehr hatte sie anfänglich gar nicht erreichen wollen.

Die zündende Idee war ihr erst gekommen, als sie bemerkt hatte, dass er trotz baldiger Besprechung immer angespitzter wirkte. Jetzt hatte sie die Wohnung für sich.

Die Abhöranlage war bereits installiert, die Kabel von der Briefzensur verlegt. Nur noch die letzten Meter fehlten.

Der Tresor versteckte sich hinter der Rubenskopie einer sehr nackten, sehr fettleibigen und sehr hellhäutigen Frau über dem Bett.

Sie begab sich ins Schlafzimmer und holte ihre Kleider.

Sie zog sich an, ging wieder ins Bad, bürstete lange ihr Haar, trug Lippenstift auf und kehrte ins Schlafzimmer zurück. Sie machte das Bett und klappte den Rubens, der den Tresor verbarg, beiseite. Er hatte kein Kombinationsschloss, sondern wurde mit einem Doppelbartschlüssel aufgeschlossen. Aus einer plötzlichen Eingebung heraus eilte sie zum Tisch in der Diele, auf dem sein Schlüsselbund lag. Erst traute sie ihren Augen nicht. Das war so unglaublich, dass es fast wie eine Falle wirkte.

Sie kehrte ins Schlafzimmer zurück, holte ihre Schuhe und ging dann in die Küche, um sich einen Tee zu kochen.

Sie musste nachdenken. War das eine Falle? Sollte sie den Tresorschlüssel benutzen? Wollte man sie enttarnen?

Dieser Versuchung musste sie also widerstehen. Den Inhalt des Tresors abzufotografieren und das Mikrofon zu installieren war ohnehin nicht ihre Aufgabe. Je weniger sie damit zu tun hatte, desto besser. Falls er tatsächlich überprüfen konnte, was sie allein in seiner Wohnung getrieben hatte, war es ratsam, einen loyalen Eindruck zu hinterlassen.

Es würden noch andere Montage kommen. Vielleicht sollte sie es sich ja zur Gewohnheit machen, immer etwas länger zu bleiben, da sie das Haus ohnehin nicht zusammen verlassen konnten. Leider würde das von ihr verlangen, auch weiterhin seine fantastische Virilität zu bewundern. In der anderen Waagschale lagen der Inhalt seines Tresors und die Möglichkeit, seine Unterhaltungen mit prominenten deutschen oder noch besser schwedischen Gästen zu belauschen. Das war noch bedeutend größere Opfer wert. Zumindest, wenn es einem gelang, wie ein Mann zu denken. Beispielsweise wie Teddy, der in übertragenem Sinne eine Erektion bekommen würde, wenn sie ihm von dem Ergebnis des Wagner-Einsatzes berichtete.

Sie ging in die Diele, nahm eine Streichholzschachtel mit Knetmasse aus der Tasche und fertigte Abdrücke an. Die beiden Wohnungsschlüssel auf der einen und der viel größere Tresorschlüssel auf der anderen Seite. Dann reinigte sie die Schlüssel sorgfältig mit einem Taschentuch, besann sich dann aber eines Besseren, trug die Schlüssel in die Küche, stellte einen Topf mit Wasser auf den Herd, kochte sie und polierte sie erneut. Nicht einmal mit einem Mikroskop würden sich jetzt noch Spuren von Knetmasse finden lassen.

Auf dem Karlaplan bemerkte sie zwei Männer auf einer Bank am Brunnen, einer senkte blitzschnell einen auf sie gerichteten Feldstecher. Wahrscheinlich die Hestapo. Merkwürdig. Seit wann jagten sie deutsche Agenten?

Lästig war es allerdings. In zwei Stunden musste sie bei Peter in einer Wohnung im fernen Södermalm Bericht erstatten. Dort konnte sie schlecht mit der Hestapo auf den Fersen auftauchen.

Zwei Stunden waren jedoch genügend Zeit. Ohne sich umzudrehen, überquerte sie rasch den Karlaplan, ging an den beiden Männern vorbei, die sich in konzentrierte Zeitungsleser verwandelt hatten, folgte dem Värtavägen am Schrottplatz vorbei zum Valhallavägen und sprang dort auf eine Straßenbahn der Linie 4 auf. Sie drehte sich um und sah gerade noch einen fluchenden Hestapomann, der seinen Hut auf die Erde warf und wütend darauf herumsprang. Diskretion war nie ihre starke Seite gewesen.

Immer noch waren es knapp zwei Stunden bis zum Treffen mit Peter. Jetzt durfte sie sich keine Nachlässigkeiten erlauben. Bereits nach wenigen Haltestellen verließ sie die Straßenbahn und begab sich zu einer Konditorei am Karlavägen. Dort trank sie Ersatzkaffee und aß zwei herrlich duftende Brötchen mit margarineähnlichem Aufstrich und einem dubiosen Käse. Dann nahm sie ihre Irrfahrt mit der Straßenbahn wieder auf. Kein einziges Mal hatte sie das Gefühl, verfolgt zu werden, sprang aber trotzdem immer wieder ab.

Es mochte kindisch sein, aber als sie Peter endlich in der Wohnung in Södermalm gegenüberstand und die Herbstsonne die Laubkronen vor den Fenstern in goldenes Licht tauchte, musste sie einfach triumphieren. Sie zeigte ihm die Schlüsselabdrücke und berichtete, wo sie herstammten.

»Unglaublich!«, sagte Peter. »Entweder hattest du irrsinniges Glück, oder du bist ein Spionagegenie. All right, Frau Hauptmann Lauritzen, könntest du mir jetzt bitte diese Schlüsselabdrücke unverzüglich aushändigen?«

»Nein, Major Rennant, kommt nicht infrage«, ließ sie sich auf sein Spiel ein.

»Das ist ein Befehl, Hauptmann Lauritzen!«

»Die Antwort lautet immer noch nein, Major Rennant. Ich bin zwar englische Offizierin, darüber hinaus aber auch noch norwegische, schwedische und deutsche Agentin, nun ja, in dieser Situation vielleicht nicht so sehr deutsche. Spaß beiseite. Ist es nicht das Beste, die Schlüssel den Schweden zu überlassen, die die Abhöraktion bereits vorbereitet haben?«

»Die Schweden sind neutral und stehen aufseiten Deutschlands. Gegen diese Burschen führen wir Krieg.«

»Du meinst den Krieg, dessen Glück sich gerade wendet?«

»Richtig!«

»Was zur Folge haben wird, dass sich die Schweden auf unsere Seite schlagen?«

»Richtig. Well, vermutlich hast du recht. Wenn wir dem schwedischen Geheimdienst einen außerordentlichen Dienst erweisen, und darum handelt es sich hierbei wohl, so ist das langfristig vermutlich das Klügste. Die Operation Exodus benötigt die Hilfe Teddys und seiner Leute. Also überlasse ihnen dieses große Geschenk! Dann stehen sie noch mehr in unserer Schuld. So viel dazu. Du hast im Übrigen einen fürchterlichen Zeitpunkt für deine Norwegenreise gewählt. Gab es keine Komplikationen?«

Sie verstand nicht recht, worauf er hinauswollte. In der Bahn nach Hamar und zurück hatte es ein paar aggressive Kontrollen gegeben, aber eigentlich nichts Außergewöhnliches. Ob etwas Besonderes vorgefallen sei?

Allerdings. Die SOE und die Heimatfront hatten eine schwarze Woche mit mehreren Niederlagen hinter sich.

Mit knappen Worten berichtete er davon, während er durch die Wohnung tigerte. Soweit er wusste, herrschte inzwischen in ganz Norwegen der Ausnahmezustand, und überall wurden wirkliche und eingebildete Feinde Deutschlands gejagt.

Das Übel hatte mit dem dilettantischen Einsatz einiger frisch ausgebildeter norwegischer Widerstandskämpfer seinen Anfang genommen. Kaum waren sie an Land gegangen, richteten sie bereits größten Schaden an. In dem kleinen Küstenörtchen Majvatn hatten sie ein Widerstandsnest mit Funkzentrale eingerichtet und sich auf ihre Einsätze vorbereitet. Möglicherweise waren sie verraten worden, jedenfalls schöpfte die norwegische Staatspolizei Verdacht und schickte eine Patrouille und ein paar SS-Leute in die fragliche Gegend. In dieser Lage gab es nur zwei Möglichkeiten. Entweder verstecken und dann die Flucht ergreifen. Oder die Patrouille vernichten, alle Spuren im Meer verschwinden lassen und anschließend selbst verschwinden.

Die Dilettanten hatten weder das eine noch das andere unternommen, sondern sich für eine dritte Lösung mit garantiert katastrophalem Ausgang entschieden. Sie hatten drei deutsche Soldaten getötet und die anderen entkommen lassen.

Die Einzelheiten der Geschehnisse im Dorf Majvatn in Nord-Trøndelag waren nicht bekannt, es handelte sich jedoch um fürchterliche gegen Zivilisten gerichtete Vergeltungsmaßnahmen. Schlimmstenfalls würden die Deutschen das Dorf dem Erdboden gleichmachen.

Über ähnliche Ereignisse im Distrikt Trondheim war man jedoch besser informiert. Reichskommissar Terboven war persönlich aus Oslo angereist, um weitere Racheaktionen für Majvatn zu organisieren. Gemeinsam mit einem

Hirdführer aus der Gegend hatte er zehn bekannte Trondheimer ausgewählt, den Chefredakteur der Arbejder-Avisen, den Direktor des Trøndelag-Theaters und den einen oder anderen jüdischen Geschäftsmann, die alle am nächsten Morgen erschossen worden waren.

Zu diesem Zeitpunkt wurden auch dreißig Häftlinge des Konzentrationslagers Falstad bei Trondheim hingerichtet. Siebzig jüdische Männer und Jungen wurden in den folgenden Tagen festgenommen und nach Falstad geschickt, ihre Frauen in der Stadt interniert und alle jüdischen Geschäfte und Wohnungen in Trondheim beschlagnahmt. In Trondheim war also ein Pogrom in vollem Gang.

Dass sich die deutsche Rache vornehmlich gegen Juden richtete, war seltsam. Natürlich hatten die Juden nichts mit der dilettantischen SOE-Aktion in Majvatn zu tun. Vermutlich hatten die Deutschen nur einen Vorwand benötigt, um ihre Jagd auf die norwegischen Juden zu intensivieren. Für die Operation Exodus war es also allerhöchste Zeit!

Das Erschütterndste am Trondheim-Pogrom war möglicherweise, dass es außerhalb der Stadt nicht weiter für Aufsehen sorgte. Nicht einmal in den verbotenen Zeitungen der Heimatfront wurde es erwähnt.

Als wäre das nicht niederschmetternd genug, hielt die norwegische Exilregierung außerdem an ihrem Beschluss fest, die anderen norwegischen Juden nicht über die drohende Gefahr zu informieren, obwohl ihr ein vollständiger Bericht vorlag. Ob befürchtet wurde, eine solche Warnung könnte Panik auslösen, oder ob andere Gründe vorlagen, war unklar.

Mit zunehmendem Entsetzen hatte Johanne dem lakonischen Bericht gelauscht. Besonders beängstigend fand sie, dass diese schrecklichen Dinge geschehen konnten, ohne dass auch nur eine Zeile in einer skandinavischen Zeitung stand.

»Woher weißt du das alles?«, fragte sie.

»Von einem SOE-Stützpunkt in Trondheim gelangen über Funk ausführliche Berichte nach London, die dann nach Schweden weitergeleitet werden. Ich habe um sämtliche Informationen gebeten, die für die Operation Exodus von Belang sein könnten. Die SOE hat diese Operation übrigens sanktioniert.«

»Sanktioniert? Wie meinst du das? Hätte uns die Führung Steine in den Weg legen können?«

Johanne war eher verblüfft als wütend, und Peter zuckte entschuldigend mit den Achseln.

»Mittel und Prioritäten«, meinte er. »Es geht immer darum, was wohin verteilt wird. Aber glücklicherweise nimmt die Baker Street die Sache ernster als die norwegische Regierung. Der neue Stützpunkt in der Nähe von Torsby ist übrigens fertiggestellt. Kannst du morgen hinfahren und das Kommando übernehmen?«

»Soll ich den Lastwagen in Sala abholen?«

»Genau! Und dann die entscheidende Frage: Hast du einen Kontakt zur D 25-Führung herstellen können?«

»Ja, das hat geklappt. Es gibt jetzt zwei neue Fluchtrouten und außerdem eine Funkverbindung. Ich habe den Kontakt zwischen D 25 und den Frauen in Oslo hergestellt. Ab morgen könnten die Flüchtlinge eintreffen.«

»Excellent! Fantastisch, dass D 25 wiederauferstanden ist. Die Organisation war ja schon fast ausgelöscht. Dieser Jacob muss ein Teufelskerl sein. Hast du ihn in Hamar getroffen?«

»Ja, ich habe Jacob persönlich getroffen und bin ganz deiner Meinung. Augenscheinlich eine äußerst zuverlässige und fähige Person.«

»Gut! Ich bleibe hier in Stockholm, und du übernimmst den Stützpunkt Torsby. Dann bleibt mir nur, dir Petri Heil zu wünschen!«

Seine seltsame Wortwahl kommentierte sie nur mit einem Kopfschütteln und reichte ihm die Hand zum Abschied.

Während sie die obligatorischen fünf Minuten abwartete, ließ sie sich auf einen Sessel sinken und atmete auf. Ihre intensive Besprechung war im Stehen durchgeführt worden.

Ironischerweise war ihre nächste Sorge nun Wagner. Sie konnte sich nicht einfach in Luft auflösen, sondern musste ihm mitteilen, sie sei zur Zivilverteidigung eingezogen worden. Wagner musste warmgehalten werden, es wäre dumm gewesen, die gesamte Operation durch ihr rätselhaftes Verschwinden aufs Spiel zu setzen.

Sie begab sich zur nächsten Telefonzelle, um Teddy in seinem Büro in Östermalm anzurufen. Es machte ihr Spaß, einmal einfach irgendwo anzurufen und Klartext zu sprechen.

»Hallo, ich bin's«, sagte sie. »Wir müssen uns in einer Stunde bei dir zu Hause treffen.«

»Ich habe jetzt keine Zeit«, murrte er unwillig.

»Doch, das hast du. Ich schwöre dir, dass du nichts Wichtigeres vorhast«, entgegnete sie und knallte den Hörer auf die Gabel.

Als sie eine Stunde später nach mehrmaligem Umsteigen mit der Straßenbahn auf Lidingö in der Nähe seines

Hauses eintraf, war es zwei Uhr nachmittags. Um drei Uhr war sie mit Rosa verabredet. Er musste sie hinfahren, das würde schon gehen. Sein hässliches amerikanisches Auto stand in der Garageneinfahrt, und er öffnete wenige Sekunden, nachdem sie geklingelt hatte.

»Hallo. Willkommen«, sagte er. »Ich hoffe, es ist wirklich dringend, weil ich eine wichtige Besprechung verlassen musste. Lass uns in die Küche gehen. Ich habe Kaffee gekocht.«

»Echten?«, fragte sie misstrauisch.

»Natürlich. Sonst hätte ich dieses Wort im Beisein einer Dame nicht verwendet«, antwortete er und überließ ihr mit einer galanten Geste den Vortritt.

Nachdem sie am Küchentisch Platz genommen hatte und als er den Kaffee einschenkte, sagte Johanne: »Hier habe ich ein Geschenk der SOE und der Heimatfront für unsere verehrten Kollegen vom schwedischen C-Büro.«

Sie schob ihm die Streichholzschachtel mit den Schlüsselabdrücken rüber. Er sah, als er die Schachtel öffnete und einen Pfiff ausstieß, aus wie ein Kind, das ein ersehntes Weihnachtsgeschenk erhält.

»Ist das wirklich, was ich denke?«, fragte er.

»Vermutlich sogar noch besser«, erwiderte sie und trank einen Schluck Kaffee. »Der Kaffee ist gut, du Schwarzmarktganove.«

»Das ist Militärkaffee, also vollkommen legal«, wandte er ernsthaft ein, als hätte er ihren scherzhaften Ton nicht gehört. »Warum noch besser?«

»Auf der Rückseite befindet sich auch noch ein Abdruck von Oberst Wagners Tresorschlüssel. Der Tresor ist in seinem Schlafzimmer hinter dem Gemälde einer Nackten in die Wand eingelassen. Dieses Geschenk ist jedoch nicht gratis. Wir knüpfen bestimmte Bedingungen daran.«

»Das kann ich mir denken«, murmelte er, verschränkte die Arme und lehnte sich zurück. »Lass hören.«

»Die SOE und die Heimatfront planen eine Operation in der värmländischen Grenzregion. Wir wollen möglichst viele Juden nach Schweden holen, weil wir glauben, dass sie in großer Gefahr schweben. Wir wollen nicht, dass uns jemand dazwischenfunkt. Das ist das Erste.«

»Bewilligt! Besteht wirklich ein Anlass, sich um die norwegischen Juden Sorgen zu machen? Nein, das kann warten. Und die andere Bedingung?«

»Dass ihr nicht sofort bei Wagner einbrecht. Sollte etwas schiefgehen, fällt der Verdacht auf mich, und dann können wir den Tresor und die Abhöraktion vermutlich vergessen.«

»Hm. Und wann wäre deiner Meinung nach der früheste Zeitpunkt?«

»Ich hoffe, in einer Woche. Ich will ihn Sonntagabend besuchen und ihm erklären, dass ich zur Zivilverteidigung nach Värmland muss und kaum Urlaub habe. Zum Zeitpunkt des Einbruchs muss ich weit weg sein.«

»Ich verstehe. Wir haben keinerlei Veranlassung, etwas zu überstürzen und dadurch Schaden anzurichten. Wenn unser Einsatz gelingt, ist das Gold wert. Weitere Vorbehalte?«

»Nein, das war's. Ich brauche allerdings noch ein Dokument, das mir in nächster Zeit Polizei und Militär vom Hals hält.«

»Das hast du doch bereits. Aber darf ich fragen …?«

Er verlor den Faden und rührte eine Weile nachdenklich in seiner Tasse. Johanne wartete ab.

»Du musst verstehen, dass auch ich Vorgesetzte habe«, fuhr er nach einer Weile fort, als hätte er das Thema gewechselt.

»Natürlich, und … ?«

Er zögerte erneut.

»Denk jetzt nicht, dass ich dir misstraue. Aber du hast bereits erfolgreich eine sehr wichtige Operation durchgeführt. Noch dazu sehr schnell. Und jetzt das hier. Das könnte in den Augen gewisser Leute fast zu glatt wirken, ich muss also fragen … nimm es mir nicht übel. Wie zum Teufel hast du das nur hingekriegt?«

Er deutete auf die Streichholzschachtel auf dem Tisch. Allmählich dämmerte ihr, was mit »fast zu glatt« gemeint war. Der Verdacht, sie könnte im Auftrag der Deutschen gezielt Desinformation streuen. Sie beschloss, die Zähne zusammenzubeißen und ihre Wut runterzuschlucken.

»Ich habe darum gebeten, ein Bad nehmen zu dürfen«, antwortete sie gezwungen ruhig. »Wie hätte ein Gentleman wie Wagner einem armen, schmutzigen Mädchen aus Stockholm diesen Wunsch abschlagen können? Er gehört zu den wenigen Leuten, die Warmwasser in ihrer Wohnung haben.«

Sie verstummte, als sei die Erklärung damit abgeschlossen.

»Johanne, bitte, spann mich nicht auf die Folter«, sagte Teddy atemlos. »Was ist nach dem Bad passiert?«

»Ganz einfach. Es war Montagmorgen, er hatte es eilig, ins Büro zu kommen. Ein Deutscher verspätet sich nicht. Ich lag in der Badewanne. Er ließ die Schlüssel liegen, und ich warf sie in seinen Briefkasten, als ich ging.«

Teddy sah sie verblüfft an, während er diese Informationen verarbeitete.

»Unglaublich! Unglaublich!«, meinte er und nickte. »Darf ich fragen … Was hast du nach dem Krieg vor? Ich meine, wo willst du arbeiten?«

»Wer weiß. Es fällt mir schwer, an ›nach dem Krieg‹ zu denken. Nach dem Krieg kann ich hoffentlich meine akademische Karriere fortsetzen«, log sie. »Kannst du mich jetzt bitte in den Hagapark zu den Kupferzelten fahren?«

Er erholte sich rasch von seiner Überraschung.

»Natürlich.« Er nickte fröhlich. »Nach allem, was du geleistet hast, würde ich dich vermutlich bis nach London fahren. Was hast du im Hagapark vor?«

»Mit meiner Schwester weit weg von allen Männern einen Spaziergang unternehmen.«

Es war einer der schönsten Tage dieses Herbstes, als sie durch die Stadt hetzte, ohne ihn wahrzunehmen. Auch jetzt am Spätnachmittag, als Teddy den Wagen anhielt und sie Rosa auf einer Bank vor den Kupferzelten zuwinkte, war es noch einer der schönsten Tage dieses Herbstes. Im Licht der tiefstehenden Sonne erglühte das Laub der Kastanien und Ahorne in goldenen, gelben und blutroten Schattierungen. Kein Lüftchen regte sich, und es war angenehm warm.

Die Schwestern umarmten sich, hakten sich unter und promenierten, wie sie kichernd feststellten, wie die feinen Damen früherer Zeiten. Wieder einmal stellte sich die Frage, wer mit dem Erzählen beginnen sollte und worüber überhaupt geredet werden durfte. Rosa war wieder an ihrem ursprünglichen Arbeitsplatz, wo laut Gesetz und Vorschrift alles der Geheimhaltung unterlag. Johannes Arbeit unterlag nicht mehr der schwedischen Gesetzgebung, aber über manche Dinge würde sie trotzdem nicht sprechen können. Da Rosas guter Laune zu entnehmen war, dass mit der Liebe zu Andrew alles in Ordnung war, machte Johanne den Anfang, die Großmutter Maren Kristine besucht hatte und mit einem zusätzlichen Koffer, der unter anderem den Klippfisch für Weihnachten enthielt, aus Norwegen zurückgekehrt war.

Großmutter ging es wie immer, sie sprach weiterhin so, als würde sie aus der Edda rezitieren, war vollkommen klar im Kopf, hegte einen Groll auf Gott, weil er die deutsche Besatzung zugelassen hatte, war aber zugleich überzeugt davon, dass der Herr für die Deutschen ein fürchterliches Strafgericht bereithielt. Natürlich erkundigte sie sich nach allen Enkeln mit Ausnahme Haralds. Offenbar wusste sie, dass Harald bei der SS war, obgleich es ihr niemand erzählt hatte, sonst hätte sie ihn nicht aus ihrem sonst so intakten Gedächtnis gestrichen. Es war schön gewesen, endlich mal wieder nach Osterøya zu kommen und das breite Westnorwegisch der Cousinen und deren Kinder auf dem Nachbarhof zu sprechen. Offenbar hatte sich ihr Norwegisch so stark verändert, dass die Kinder zuerst glaubten, sie komme aus Oslo. Aber bereits am zweiten Tag erinnerte sich Johanne wieder an viele Dialektausdrücke und veränderte ihre Intonation. Und dennoch hatte sie das seltsame Gefühl, nie wieder so werden zu können wie die anderen.

Der norwegischen Verwandtschaft ging es gut, vermutlich besser als den meisten anderen Norwegern, da sich die Höfe mit Fisch, Fleisch und Wolle selbst versorgen konnten. Sie wäre gerne länger geblieben, aber der Besuch auf der Osterøya war nur Teil der Tarnung für ihren eigentlichen Auftrag, eine neue Flüchtlingsroute zu schaffen.

Vielleicht war sie paranoid oder auch nur übertrieben ängstlich, aber sie wähnte alle norwegischen Juden in Todesgefahr. Aber wäre sie allein mit dieser Befürchtung gewesen, wäre diese Aktion nicht möglich gewesen. Glücklicherweise hatte ihr englischer Führungsoffizier die gleiche böse Ahnung. Darum hatte er ihr seine Unterstützung zugesagt, sämtliche Juden nach Schweden zu schmuggeln. Aus ganz Europa wurden die Juden derzeit per Eisenbahn nach Osten transportiert, wo die Deutschen auf slawischem Territorium offenbar eine Art Reservat für die Juden einrichteten. Es kursierten aber auch andere fürchterliche Gerüchte, die von bruchstückhaften Informationen bestätigt wurden. Man sprach von Massenmord. Offenbar wurden die Juden an unbekannten Zielorten erschossen.

Inzwischen gab es immerhin Ansätze einer Fluchthilfe. Bereits morgen würde sie in die värmländischen Grenzregionen reisen, um die praktische Arbeit in Angriff zu nehmen.

Damit war das Wichtigste erzählt. Auf der Reise hatte es etwas Ärger gegeben, aber darauf konnte sie bei anderer Gelegenheit zurückkommen, denn jetzt sei es doch wohl an der Zeit, von Andrew zu sprechen?

Mittlerweile dämmerte es, und sie hatten das Ufer an der Rückseite des großen königlichen Parks erreicht. Vor ihnen lagen kleine, lauschige Holzhäuschen, die als Kulisse für Grimms Märchen gepasst hätten. In den Fenstern brannte Licht, und eine Ente schnatterte aufgeregt auf dem silberglänzenden Wasser. Die Idylle war perfekt.

Sie folgten den inzwischen menschenleeren Kieswegen zurück, während Rosa von Andrews Heiratsantrag erzählte. Den Verlobungsring trug sie an einer Kette um den Hals, denn hätten sie ihr Verhältnis publik gemacht, wären sie beide entlassen worden.

Sie hatten immer noch nicht entschieden, wo sie sich nach dem Krieg niederlassen wollten. Als Kompromiss würde er noch einige Jahre in Schweden bleiben, was danach kam, stand in den Sternen. Der Krieg würde ihnen jedenfalls nicht dazwischenfunken. Und auch nichts anderes, nicht einmal die englische Bürokratie mit ihren Verordnungen. Seit Kurzem verhütete sie nicht mehr, früher oder später wollten sie ohnehin Kinder bekommen.

Johanne konnte nur mit Mühe und dank der Dämmerung verbergen, wie sehr sie das schockierte. Gefühlsmäßig konnte sie den Beschluss, alle Verhütungsmittel über Bord zu werfen, nachvollziehen. Aber der Krieg würde in neun Monaten keinesfalls zu Ende sein. Jedes Mal, wenn sie sich liebten, spielten sie mit neun Monaten.

Wie schön das klang, dachte Johanne. Jedes Mal, wenn sie sich liebten. Wie anders war es doch für sie mit Oberst Wagner!

»Ihr müsst sehr optimistisch sein«, sagte sie vorsichtig, als sie in Richtung der Kupferzelte ein schwaches Licht entdeckten.

»Wieso?«, fragte Rosa misstrauisch.

»Weil ihr damit zu rechnen scheint, dass bald Frieden ist. Und wenn die Deutschen in Stalingrad siegen?«

»Undenkbar!«

Beide schwiegen. Die Verflechtung der gigantischen und, wie alle Experten behaupteten, ausschlaggebenden

Schlacht um Stalingrad mit der Verhütung ihrer kleinen Schwester wirkte absurd.

»Ich stehe dir in jedem Fall bei, egal wie es mit Andrew weitergeht«, versicherte Johanne, als sie die Lichter vom Roslagstull und den Stadtrand erblickten. »Ich freue mich schon darauf, ihn nach dem Krieg kennenzulernen. Jetzt wäre ja wohl kaum der geeignete Zeitpunkt.«

So war es. Momentan zählte nur der Krieg.

Schweigen breitete sich zwischen ihnen aus. Rosa konnte nicht von ihrer Arbeit erzählen, aber selbst wenn sie gegen ihre Schweigepflicht verstoßen hätte, wäre es nicht sonderlich interessant gewesen. Ihre Codes und Textanalysen hatten nichts mit der norwegischen und deutschen Grenzpolizei zu tun.

Johanne hatte nur wenig von ihren Erlebnissen in Norwegen berichtet. Nicht, weil diese der Geheimhaltung unterlagen, sondern weil es ihr wichtiger erschienen war, über Rosas und Andrews Liebe zu sprechen als über eine Vernehmung in der Victoria Terrasse.

Am Roslagstull fanden sie ein einfaches Lokal, in dem trotz der späten Stunde noch das Tagesgericht serviert wurde. Labskaus aus Kartoffelbrei, Braten und Bouillon. Johanne hatte noch nicht viel gegessen und aß mit gutem Appetit, während Rosa erstaunt zusah und in ihrer Portion stocherte.

Später vor Johannes Haustür nahmen sie traurig oder eher melancholisch voneinander Abschied. Am nächsten Morgen würde Johanne nach Värmland reisen, und es war höchst ungewiss, wann sie sich wiedersehen würden.

Sie umarmten sich wortlos, bis Rosa sich aus der Umarmung löste und Richtung Kungsgatan ging, ohne sich noch einmal umzuschauen.

Johanne eilte die Treppe hinauf, betrat ihr stickiges Arbeitszimmer, machte Licht, öffnete das Fenster und griff zu einer Briefkarte. Dann setzte sie sich an den Schreibtisch und dachte eine Weile nach.

Wie ein frisch verliebtes Paar hatten sich Wagner und sie am Morgen voneinander getrennt. Normalerweise hätte das gefordert, dass sie sich am selben Abend wieder bei ihm einfand.

Aber jetzt lag kein Normalfall vor. Es herrschte Krieg. Er konnte jederzeit einen Marschbefehl erhalten oder sie vom Blauen Stern einberufen werden. Er wusste, dass sie dort Dienst tat und entsprechende Befehle befolgen musste.

Es war also nicht schwer. Sie würde dem »lieben Hansi« mitteilen, dass sie zu Hause einen Stellungsbefehl vorgefunden habe und bereits am nächsten Morgen nach Värmland aufbrechen müsse. Sie habe jedoch die Absicht, bereits am nächsten Wochenende Urlaub zu beantragen, damit sie die Nacht von Sonntag auf Montag zusammen verbringen könnten.

Das war vermutlich kein Problem. Sie rechnete mit wenigen Tagen, bis alles funktionierte, was natürlich auch von den Fähigkeiten ihrer Mitstreiter abhing. Falls keine unerwarteten Schwierigkeiten auftauchten, würde sie sich für eine »Liebesnacht« in Stockholm freinehmen können.

Rasch schrieb sie die Briefkarte, schloss mit »Tausend Küsse«, verzog bei dieser Formulierung das Gesicht, schob die Karte in einen Umschlag und begann zu packen.

Am späteren Abend verließ sie das Haus und ging, soweit sie das beurteilen konnte, ohne Verfolger zum Karlaplan. Die Hestapo würde sich ohnehin nicht abschütteln lassen, falls sie sein Haus bewachte. Wenn man ihr Kärtchen beschlagnahmte, ging daraus nur hervor, dass sie ein Flittchen war, sonst nichts, und das stellte in Schweden kein Verbrechen dar.

Ihr Manöver war nicht ganz risikolos, aber noch riskanter wäre gewesen, einfach sang- und klanglos zu verschwinden. Das Gelingen des C-Büro-Einsatzes gegen Wagner hing davon ab, dass er keinen Verdacht schöpfte. Also half sie ihren Kollegen. Dafür halfen die ihr mit den Flüchtlingen.

Montagabend in Stockholm. Wer sich amüsieren wollte, sammelte Kräfte für den Mittwochabend, den »Samstag der Dienstmädchen«, und für das Wochenende. Die Straßen waren also fast menschenleer, aber die Schaufenster nicht mehr so dunkel wie noch vor einigen Jahren. Der Krieg hatte sich nach Osten verschoben. Trotzdem war die Kungsgatan bis auf ein paar lärmende Leute vor einem Tanzrestaurant, das an diesem Montagabend geöffnet hatte, fast ausgestorben.

Auf dem Karlaplan nahm sie auf einer Bank am Brunnen Platz und blickte zu seinen Fenstern hinauf. Nur in wenigen Zimmern brannte Licht. Er hatte also keine Gäste.

Sie bemerkte auch keine »Zeitungsleser«, was in der Dunkelheit ohnehin recht merkwürdig gewesen wäre. Alle anderen Bänke waren leer.

Die Luft war rein. Sie tat ohnehin nichts Verbotenes, weil sie im Auftrag der Schweden bei den Deutschen spionierte, und das war erlaubt. Ob Teddy sie, wenn es hart auf hart kam, im Stich lassen und behaupten würde, die junge Norwegerin nicht zu kennen? Undenkbar. Nicht etwa, weil er ein Mensch mit moralischem Gewissen war, sondern weil er ihr Passierscheine ausgestellt hatte. Und weil er ihr wegen der Operation Lorelei und Ewa Kitchener noch einen Gefallen schuldete.

Sie holte tief Luft, erhob sich und ging rasch und energisch auf seine Haustür zu. Die gesamte Wohnung der Briefzensur war erleuchtet. Ob er wusste, wer seine Nachbarn waren? Aber warum sollte er sich darum kümmern? Leise ging sie die Treppe hinauf, schob den Umschlag in seinen Briefkasten und verschwand ebenso leise.

Sie betrat hundemüde ihre ausgekühlte Wohnung, weil sie vergessen hatte, das Fenster zu schließen. Es war ein langer Tag gewesen. Immerhin waren ihre Sachen bereits gepackt. Sie schloss das Fenster, löschte das Licht, zog die Schuhe aus, warf sich aufs Bett und schlief sofort ein. Peter, Liv Kløvstad, Teddy mit dem Dorschgesicht und Rosa tanzten eine Weile hinter ihren Augenlidern herum, dann wurde alles schwarz.

Sie erwachte davon, dass an die Tür gehämmert wurde und Männerstimmen »Polizei« brüllten. Orientierungslos erhob sie sich im Dunkeln und öffnete. Glücklicherweise war sie noch immer vollständig angekleidet. Vier bullige Kerle in Trenchcoats und breitkrempigen Hüten drängten sich in die Wohnung, riefen noch einmal »Polizei«, machten überall Licht und begannen sich umzusehen. Der Polizist, der die Razzia zu leiten schien, nahm auf ihrem Schreibtischstuhl Platz und schob ihr einen Hocker zu, damit sie ihm gegenüber Platz nehmen konnte.

»Kriminalkommissar Håleman«, stellte er sich vor. »Die Staatsanwaltschaft hat uns ermächtigt, eine Haussuchung und ein erstes Verhör durchzuführen.«

Sie war schlagartig hellwach, aber es erschien ihr alles

so unwirklich wie in einem Traum. Sie musste sich sehr anstrengen, um ihre Gedanken anzukurbeln.

»Welcher Verdacht liegt gegen mich vor, und wonach suchen Sie?«, fragte sie so beherrscht wie möglich. War dies das Ende? Man würde sie der illegalen Fluchthilfe bezichtigen, und dann konnte sie nicht zum Stützpunkt Torsby reisen und den Befehl bei der Operation übernehmen.

»Sie stehen unter dem Verdacht, unerlaubte nachrichtendienstliche Tätigkeiten ausgeübt zu haben«, erklärte der Kriminalkommissar mit einem fast schon übertriebenen Södermalm-Dialekt. »Wir führen jetzt eine kurze vorläufige Vernehmung durch, danach möchten wir Sie bitten, uns zu begleiten, Fräulein Lauritzen. Den Rest besprechen wir morgen und so lange wir dafür brauchen.«

»Wonach suchen Sie denn? Vielleicht kann ich Ihnen behilflich sein?«, fragte sie.

Die drei anderen Männer betrachteten skeptisch ihre überquellenden Bücherregale. Sie verstand sehr wohl, warum. Die Polizisten würden jedes einzelne Buch durchblättern müssen. Während ihrer Ausbildung in England hatten sie über solche Situationen Witze gerissen, Bücherregale waren der Albtraum für jeden Ermittler. Natürlich erhielt sie keine Antwort auf ihre Frage.

»Wir führen hier, wie gesagt, ein kurzes, vorläufiges Verhör durch«, wiederholte der Kriminalkommissar, nahm seinen Hut ab und legte ihn auf den Schreibtisch. Die anderen Schwachköpfe behielten ihre Hüte auf und bauten sich bedrohlich um den Schreibtisch herum auf.

Ein erstes Verhör, um den Schock auszunutzen und so viele spontane Antworten wie möglich zu erhalten, dachte sie. Nur als Vorübung. Irgendwas erfuhr man immer, wenn man den Überraschungseffekt ausnützte.

»Ich möchte doch zumindest erfahren, was gegen mich vorliegt?«, erkundigte sie sich, während sie zusehends wacher wurde. Sie konnte förmlich das Adrenalin in ihren Adern spüren.

»Der Vorwurf lautet auf geheimdienstliche Tätigkeit«, erklärte der Kommissar, dessen Schweißband auf seiner Stirn einen roten Streifen hinterlassen hatte.

»Und gegen wen soll sich diese geheimdienstliche Tätigkeit gerichtet haben?«, fragte sie.

»Gegen eine fremde Macht oder Schweden«, antwortete er mit erhobener Stimme.

»Gegen Schweden? Das wäre dann ja Spionage?«, meinte sie.

»Genau. So lautet der alternative Tatvorwurf. Wie stellen Sie sich dazu, Fräulein Lauritzen?«

Seiner Miene nach schien er zu erwarten, dass sie spätestens jetzt zusammenbrach und unter Tränen gestand.

»Ich bin natürlich unschuldig«, erwiderte sie. »Aber warten Sie! Für wen soll ich in Schweden denn spioniert haben?«

»Sie arbeiten für Oberst Hans Wagner, den deutschen Spionagechef in Schweden!«, brüllte der Kriminalkommissar und sah sie durchdringend an.

»Nein«, erwiderte sie und fasste gleichzeitig Hoffnung.

»Doch. Das können wir beweisen.«

»Und zwar wie?«

»Sie waren doch kürzlich in Oslo?«

»Ja, und auch noch andernorts in Norwegen.«

»Sie wurden dort von der Gestapo festgenommen.«

»Ja, das stimmt.«

»Aber recht umgehend wieder freigelassen?«

»Ja, glücklicherweise.«

»Und zwar, weil Sie unter dem besonderen Schutz von Oberst Wagner stehen. Auf seinen Befehl hin wurden Sie freigelassen. Das können wir beweisen!«

Die Erleichterung durchströmte sie wärmend. Die Operation Lorelei war geglückt! Die schwedischen Behörden konnten wieder deutsche Telegramme entschlüsseln. Vor Glück kamen ihr die Tränen, eine Reaktion, die der nach Schweiß riechende Kommissar sicherlich falsch deutete.

»Und?«, sagte er triumphierend, weil er den Eindruck hatte, dass sie gleich gestehen würde. »Was haben Sie dazu zu sagen?«

»Zwei Dinge«, erwiderte sie lächelnd. »Erstens: Es freut mich, dass die Hestapo endlich anfängt, sich für deutsche Spione zu interessieren. Ich war der Meinung, dass Sie alle auf der Seite Deutschlands stehen. Und zweitens«, fuhr sie mit fester Stimme fort, »möchte ich Sie bitten, Herr Kommissar, einen gewissen Major Helmuth Kernberg anzurufen. Stellen Sie ihm die Frage, ob Sie Johanne Lauritzen festnehmen und bei ihr eine Haussuchung durchführen dürfen, weil sie Oberst Wagner kennt.«

»Dazu ist es wohl ein wenig spät«, wandte der Kommissar ein, den ihre spürbare Erleichterung verunsicherte.

»Stimmt. Er ärgert sich möglicherweise darüber, geweckt zu werden, aber das ist nichts im Vergleich zu dem, was passiert, wenn Sie ihn *nicht* anrufen. Sie stehen im Begriff, eine sehr wichtige Operation des schwedischen Nachrichtendienstes zu zerschlagen.«

Sie schrieb die Telefonnummer auf eine ihrer Korrespondenzkarten und schob sie ihm zu.

»Anschließend möchte ich Sie alle bitten, sich so diskret wie möglich zu entfernen«, fuhr sie fort und schaute verärgert auf die Uhr. »Sie erregen nämlich Aufmerksamkeit, und die können wir nicht gebrauchen.«

Die vier Beamten sahen sich ratlos an. Nach kurzem Zögern zuckte der Kommissar mit den Achseln und streckte die Hand nach dem Telefon auf Johannes Schreibtisch aus.

VIII

CARL FREDRIKSENS TRANSPORT A/S

In Värmland herrschte schon seit Wochen raues Oktoberwetter. Tagsüber und abends viel nasser Schnee, nachts der Geruch feuchter Wolle. Kaum hundert jüdische Flüchtlinge waren über die Grenze gekommen. Die Norweger schienen die Gefahr immer noch nicht erkannt zu haben und sich der Illusion hinzugeben, dass die Deutschen die Juden ausgerechnet in Dänemark und Norwegen nicht behelligen würden. Der Paragraf des Grundgesetzes von 1814, den Quisling wieder eingeführt hatte, spielte möglicherweise ebenfalls eine Rolle: »Die evangelisch-lutherische Religion bleibt die öffentliche Religion des Staates … Jesuiten und Mönchsorden werden nicht geduldet. Juden bleibt weiterhin der Zugang zum Reich verwehrt.«

Einige Flüchtlinge, mit denen sie sich unterhalten hatte, meinten, das entscheidende Wort sei »weiterhin«. Juden durften nicht nach Norwegen einreisen. Hatten sie das Land erst einmal verlassen, war keine Rückkehr möglich.

Diese Logik war sonderbar, schließlich schwebten sie unter dem momentanen Naziregime in Lebensgefahr, vor allem, wenn Deutschland auch noch den Krieg gewann.

Wenn Deutschland aber verlor, würde Quisling mitsamt seinen Gesetzen verschwinden, und alle norwegischen Flüchtlinge konnten zurückkehren. Darüber musste mit denen, die den Beschluss bereits gefasst und die Grenze überquert hatten, nicht mehr diskutiert werden.

Das geringe Interesse an ihrer Flüchtlingsroute Oslo-Hamar-Torsby war enttäuschend. Aber es hatte auch sein Gutes, denn so blieb ihnen Zeit für Übungen und die Verbesserung der Funkverbindung mit D 25 und »Jacob«. Zu große Flüchtlingsströme ohne festgelegte Abläufe hätten Schwierigkeiten bereiten können.

Außerdem hatten sich die Finanzen auf unerwartete Weise sehr erfreulich verbessert. Der Heimatfront war es gelungen, in Oslo die Druckplatten zur Herstellung von Geldscheinen auszuleihen. Die Druckerei der schwedischen Reichsbank hatte Banknotenpapier bereitgestellt, und so hatten sie eine beträchtliche Geldsumme produziert. Anschließend hatten sie die Druckplatten in die norwegische Reichsbank zurückgebracht. Sie kannte keine Einzelheiten, aber es handelte sich um einen der erfolgreichsten Coups der Heimatfront.

Die Versuchung, eine größere Summe zur Nansen-Hilfe nach Oslo zu schmuggeln, war unwiderstehlich. Fahrzeuge, Fahrer, Decken, Planen, Kraftstoff, Bestechungen, der Bedarf war groß, und das Geld, das bündelweise in der Skeppargatan requiriert werden konnte, würde von entscheidender Bedeutung sein. Die Höhe des Betrags hing von der Wichtigkeit ab, und Johanne hatte den Eindruck, dass Juden weit hinter Attentätern und Auftragsmördern rangierten.

Geldschmuggel war kein Kavaliersdelikt. Die Bündel ließen sich außerdem nur schwer in einer Reisetasche verstecken. Ein doppelter Boden oder ein zusätzliches Futter hielt einer raschen Routinekontrolle stand, aber keiner gründlicheren Durchsuchung. Johanne wollte das Geld aber auch nicht mit einem normalen Kurier an Nic Hole oder die Frauen der Nansen-Hilfe schicken, weil das Risiko stieg, durch je mehr Hände es lief.

Schließlich hatte sie eine Idee, wie sie es selbst überbringen konnte. Zweimal rief sie zu diesem Zweck in Oslo an. Erst bei Nic Hole, um eine weitere Psychoanalysesitzung zu vereinbaren. Sie unterhielten sich wie in einem Theaterstück, dessen Publikum Gestapoleute und Agenten des Sicherheitsdienstes waren, während Nic Hole vorgab, in ihrem Terminkalender zu blättern.

Dann rief Johanne bei SS-Obersturmführer Uwe Hartner in der Victoria Terrasse an und berichtete halb flirtend, halb förmlich, demnächst wieder in Oslo zu sein. Schließlich habe sie ihm ja bei dem netten Souper im Grand auf Ehre und Gewissen versprochen, sich wieder zu melden, und Versprechen müsse man halten.

Freudig überrascht versicherte er, sehr auf ihre Rückkehr gehofft zu haben.

Der Plan war solide, trotzdem bestand das Risiko, dass ein einziger übereifriger Grenzpolizist alles verdarb. Sie konnte sich nur auf die Passierscheine der Abwehr und des optimistischen Herrn Hartner von der Gestapo verlassen.

Sie gingen wieder ins Grand, und sie dankte ihrem Glücksstern, dass man sie gemeinhin für eine Deutsche und nicht für ein Flittchen hielt. Als er sie danach auf ein Glas Wein und ein Brahms-Konzert zu sich nach Hause einlud, zögerte sie erst, lehnte dann aber mit der Begründung ab, am nächsten Morgen früh aufstehen zu müssen. Nicht ohne die Andeutung, den Ausklang bei ihrer nächsten Begegnung nachholen zu wollen. Wortreich erklärte er, sich sehr darauf zu freuen.

Die Operation war problemlos verlaufen. Jetzt konnten die Frauen in Oslo unter dem Namen »Carl Fredriksens Transport« eigene Transporte organisieren. Unterstützt wurden sie dabei von einem Gärtner und seinem Fahrer, einem ehemaligen Polizisten, der wegen nationaler Unzuverlässigkeit seine Arbeit verloren hatte. Genau das Gegenteil war natürlich der Fall: Er war gefeuert worden, weil er kein Quisling war.

Unter diesen Gesichtspunkten war die Lage recht gut. Sogar für ironische Überlegungen war Raum: Ob die 20 000 Kronen in neuen Hundertkronenscheinen falsch waren oder nicht. Sie waren mit gestohlenen Druckplatten hergestellt worden und daher falsch. Die norwegische Exilregierung hatte das Verfahren jedoch sanktioniert, und daher waren sie echt.

Eigentlich also hätte sie guter Dinge sein können, aber das war sie nicht.

Sie fuhr für eine Nacht Dienst mit oder ohne den prächtigen Pullover ihrer Großmutter in Wagners Bett nach Stockholm. Teddy hatte darauf bestanden, die Beziehung so lange fortzuführen, bis sich ein natürlicher Grund ergab, sie zu beenden. Der Zugriff auf Wagners Tresor und die abgehörten Gespräche – übrigens in erstklassiger Tonqualität – waren von unschätzbarem Wert. Nichts durfte die reibungslose Fortsetzung gefährden.

Er hatte gut reden. Schließlich war jeder Dienst in seinem Bett eine Art steuerfreier Bonus.

Gehorsam hatte sie sich also nach Stockholm begeben und dort eine Mitteilung vorgefunden, dass er von Sonntag auf Montag Besuch aus Berlin erwarte und sie ihr Zusammensein auf die Nacht darauf verschieben müssten.

Dieser Bescheid erfüllte sie mit unerklärlichem Zorn. Und schlechte Laune ertrug sie lieber allein, damit wollte sie Rosa nicht zur Last fallen. Aber in einer kalten Wohnung zu sitzen und Radio zu hören war auch nicht sehr verlockend. Im Gebirge hatte sie schon genug gefroren.

Plötzlich hatte sie das Bedürfnis, sich vom Krieg freizunehmen und etwas ganz und gar anderes, Ziviles wie in ihrem alten Leben zu unternehmen. Sie würde das Restaurant Konstnärsbaren aufsuchen und sich in der dortigen Bar mit den Wandgemälden aus den Dreißigerjahren, die bereits antiquiert wirkten, ein Plätzchen suchen.

Sie kleidete sich schlicht, kein Schmuck, nichts Teures. In der Künstlerbar verkehrten Schriftsteller, Dichter, selbst ernannte Genies und die sie bewundernden Studentinnen.

Als sie die verqualmte Bar betrat, erkannte sie nur einen der Anwesenden, und zwar nicht irgendwen. Er saß allein an einem Tisch mit einem Glas Bier und einem schwarzen Block und blickte genial-schwermütig drein. Bei seinem Anblick, der die Erinnerungen an andere Zeiten und ein anderes Leben wachrief, wurde ihr ganz sentimental zumute.

»Hallo, Bengt, sitzt du aus Prinzip alleine an einem Tisch?«, fragte sie, zog einen Stuhl heran und nahm, ohne eine Antwort abzuwarten, Platz.

Der Blick, mit dem er sie bedachte, war nicht ganz nüchtern, aber auch nicht schriftstellerbetrunken. Er lächelte, was sonst nicht seine Art war.

»Johanne! Meine Mansardenmuse, erinnerst du dich noch?«

»Allerdings. Die romantische Mansarde in Östermalm, Spätsommer '32. Du warst dem Klischee gemäß das junge Genie und hast zu viel getrunken. Ich war die verzückte, gehemmte Studentin. So verliebt war ich nie mehr, aber damals war ich auch noch ziemlich unzurechnungsfähig.«

»Ich auch. Aber aus anderen Gründen. Rein sachlich, wie wir damals so schön sagten, war ich vermutlich genauso verliebt. Unser Rekord waren 36 Stunden im Bett. Wie viele Minuten noch dazukamen, habe ich vergessen.«

»Aber es war hoffnungslos.«

»Natürlich war es hoffnungslos. Du warst zu jung und ich zu dumm und außerdem damals der am meisten geschmähte und verhöhnte Dichter Schwedens. Aber es war auch eine verdammt schöne Zeit.«

»Und jetzt übst du dich wieder im Alleinsein?«

»Ich glaube an den einsamen Menschen.«

»Und zitierst dich auch noch selbst. Wie prätentiös.«

»Wie kommst du darauf?«

»Hör zu: ›Ich glaube an den einsamen Menschen, ihn, der einsam dahinzieht, der nicht hündisch seiner Witterung nachläuft, der nicht wölfisch die Menschenwitterung flieht: Zugleich Mensch und Anti-Mensch.‹ Deine Worte.«

»Du hast ein verdammt gutes Gedächtnis, Johanne, kein Wunder, dass du promoviert hast.«

»Das hat damit nichts zu tun, das war Zufall. Ich habe das Gedicht zufällig gelesen, bevor ich das Haus verließ.

Mein Buchhändler hatte gerade dein neuestes Buch reinbekommen.«

»Nicht zu fassen. Und wie hat es dir gefallen?«

»Hätte ich es vor zehn Jahren in unserer Mansardenzeit gelesen, hätte es mir sicher besser gefallen. Jetzt beherrscht jedoch der verdammte Krieg alles, vielleicht ist dies das entscheidende Jahr für die ganze Welt. Da kann man sich nicht auf diese Art in erhabene Einsamkeit flüchten.«

»Was du nicht sagst. Und was unternimmst du gegen den Krieg?«

»Ich bringe norwegische Flüchtlinge mit dem Lastwagen in Sicherheit.«

Sofort wurde er ernst.

»Unglaublich!«, sagte er mit Nachdruck. »In jener glücklichen Mansardenzeit habe ich den Boden geküsst, auf dem du gegangen bist, weil du so verdammt schön warst. Jetzt, wo ich älter und weiser bin, möchte ich den Boden küssen, weil du Lastwagen fährst. Vermutlich könnte man das als Entwicklung bezeichnen.«

»Durchaus«, erwiderte sie. »Aber du siehst mager und abgezehrt aus. Wir gehen ins Restaurant und essen zu Abend. Ich lade dich ein.«

»Kommt nicht infrage.«

»Doch. Versuch nicht, dich unter die armen Schlucker zu mischen, die lieber hungern, als sich von einer Frau eine Mahlzeit spendieren zu lassen. Als du noch reich warst, hast du mich in einem Bugatti durch die Gegend gefahren. Jetzt bin ich an der Reihe, dich zu Kaninchenragout oder Knurrhahn oder was immer dieses Lokal zu bieten hat einzuladen. Im Übrigen habe ich recht viele Bezugsscheine.«

Bereits bei der Vorspeise gerieten sie in Streit.

Es war unmöglich, kein Wort über Karin zu verlieren. Er hasste sie noch immer, weil sie ihm seine erste Frau Gudrun ausgespannt hatte, fünf Monate nach der Hochzeit.

Johanne würde durchaus sagen, dass sie Karin liebte, wenn das Wort in diesem Zusammenhang nicht missverständlich geklungen hätte. Erotische Gefühle hatte sie für Karin nie gehegt, ihre Liebe war rein platonisch gewesen, da es ihr nur um Literatur ging. Wenn Karin die Kraft gehabt hätte weiterzuleben, hätte sie weiter ideengeprägte Romane geschrieben und damit ihr Projekt, das sie mit dem missverstandenen Roman »Astarte« begonnen hatte, fortgesetzt.

In literarischer Hinsicht lagen Welten zwischen Karin und Bengt. Bengt war »der erste Surrealist« gewesen, was immer er auch inzwischen von dieser Charakteristik halten mochte, Karin hingegen eine sachliche, politische Schriftstellerin. Aber war nicht dieses Spektrum, genau diese Bandbreite, das Wunderbare an Literatur? Waren Eklektiker nicht reichere Menschen als Spezialisten und Esoteriker? Sie selbst habe zumindest keine »Hemmungen«, was seine oder Karins Dichtung betraf.

Mit diesen Argumenten versuchte sie, den alten Streit beizulegen. Nicht etwa aus Feigheit. Sie wollte einfach nur vollkommen aufrichtig sein, wie sie es alle in der »sachlichen« Zeit gewesen waren.

Aber diese Methode hatte keinen Erfolg. Unversöhnlich machte er alles nieder, was Karin je geschrieben hatte, und verhöhnte nebenbei die Schwedische Akademie, die gerade den schlechten Geschmack besessen hatte, den konventionellen und mittelmäßigen Gustaf Hellström in ihren Kreis aufzunehmen statt jemand Jüngeres und Begabteres, andeutungsweise ihn selbst. Dann kam er wieder auf Karin zu sprechen und gab sein abschließendes Urteil ab: »Klitorale Mädchenpsychose«.

Daraufhin konnte sie die aufsteigende Wut nicht mehr bezwingen. Nicht so sehr, weil er Karins Dichtung in Bausch und Bogen abtat, sondern weil er es auf so infame Weise tat. Was hielte er wohl davon, wenn sie seine Werke als »impotenzbedingte Selbstbehauptungsneurose« bezeichnete?

Der Hieb saß! Sie hatte ihn an seinem empfindlichsten Punkt getroffen, und noch schlimmer: Sie war sich dessen durchaus bewusst.

Ihr Beefsteak mit Zwiebeln, das bedeutend exklusiver wirkte als früher, weil es nur mit Bezugsscheinen erhältlich war, wurde serviert. Ein Weilchen lieferte die Mahlzeit ihrem Schweigen einen Vorwand.

Aber recht bald musste ein neutrales Thema gefunden werden. Sie lieferte einen Verriss der Krilon-Bücher Eyvind Johnsons, der sich rettungslos zwischen zwei Stühlen positioniert hatte. Er wolle gleichzeitig literarisch und politisch sein, was, da er von Politik nichts verstehe, prätentiöses Geschwätz zur Folge habe. Diese Schmähung schien Bengt vorübergehend aufzumuntern. Schriftstellern gefiel nichts besser als Kollegenschelte. Er meinte, Eyvind verfolge den Plan, in die Akademie gewählt zu werden, was sicher auch Bengts sehnlichster Wunsch war.

Bald verstummte er wieder, starrte auf seinen Teller und wischte diesen mit einem Stück Brot sauber.

Als sie seinen jungenhaften Kopf mit dem ordentlichen

Mittelscheitel, die fleckige Fliege und die fransigen Ärmel seines Jacketts betrachtete, stieg ein Gefühl der Zärtlichkeit in ihr auf. Intensiver hätte sich ihr das andere Leben aus der Zeit vor dem Krieg kaum in Erinnerung rufen können. Bengt konnte sich mit keinem der Männer messen, mit denen sie inzwischen mehr oder weniger freiwillig Umgang pflegte. Er war das absolute Gegenteil dieser Krieger.

Aber in dem anderen, alten Leben hätte sich keiner der Männer, die sie jetzt umgaben, mit ihm messen können. In dem anderen Leben waren sie sein genauer Gegensatz.

Sie schlug vor, noch Kaffee und Kognak zu trinken, und er konnte nicht widerstehen, obwohl ihm anzumerken war, wie schwer es ihm fiel, sich von einer Frau einladen zu lassen. Obwohl seit dem Kreuger-Konkurs, der ihn über Nacht vom Privatier in einen hungerleidenden Poeten verwandelt hatte, über zehn Jahre vergangen waren, hatte er sich immer noch nicht an die Armut gewöhnt. Sie stand ihm nicht. Als innovativer Poet würde er sie auch nie abschütteln können, wenn er nicht doch noch in die Akademie an die Fleischtöpfe gewählt wurde.

Er rührte schweigend in seiner Kaffeetasse, als wolle er gerne etwas sagen. Johanne wartete rücksichtsvoll ab. Es wäre unsensibel gewesen, ein neutrales Gespräch anzufangen, um von ihren verletzenden Worten abzulenken.

Schließlich schaute er verlegen, traurig und mit Hundeblick zu ihr hoch.

»Ich brauche deine therapeutische Hilfe«, sagte er.

Vor Überraschung konnte sie ein Kichern nicht unterdrücken.

»Ausgerechnet von mir! Du weißt doch, was ich von

diesen Dingen halte. Ich dachte, du wärest es schon seit Ewigkeiten leid, auf einer Couch zu liegen und Unsinn zu reden.«

»Nicht seelisch«, sagte er und schien dies noch eingehender erläutern zu wollen, schwieg aber.

Wenn nicht seelisch, überlegte Johanne, wie dann? Körperlich? Sie war keine Psychologin und noch weniger Ärztin.

»Das musst du mir schon näher erklären«, sagte sie. »Sachlich, wenn möglich.«

Er grinste über diese ironische Bemerkung aus der Zeit, als alle Unterhaltungen über Poesie bis hin zur Sexualität und den Hemmungen der Studentinnen »sachlich« zu sein hatten, was eigentlich nichts anderes als rücksichtslose Aufrichtigkeit bedeutete.

Er benötigte über eine Minute, um Anlauf zu nehmen.

Dann hob er zu einer Art Bekenntnis an. Es habe eine Zeit der unkomplizierten, körperlichen Liebe in seinem Leben gegeben, die Mansardenzeit in Östermalm. Seither eigne er sich eigentlich nicht mehr zum Liebhaber, um es einmal »sachlich« und gleichzeitig unbeschwert auszudrücken. Die einzige Hilfe bestehe darin, sich unabhängig von der jeweiligen Partnerin an Johanne zu erinnern. Aber der Effekt dieser Methode werde immer schwächer, wie das Bild eines großen Baumes, einer Eiche, die immer mehr im Nebel verschwindet, bis sie nur noch als Einbildung existiert.

Er legte eine Pause ein, um ihr Zeit zum Nachdenken zu geben. Plötzlich tat er ihr unsäglich leid. Sie fühlte sich wie eine Mutter, die ihren kleinen weinenden Jungen, der sich das Knie aufgeschürft hat, trösten muss.

»Was ich damit sagen will«, fuhr er fort, »worum ich dich also bitten möchte, ist, dass du mich therapeutisch dabei unterstützt, diesen verkümmerten Teil meines Gefühlslebens zu kräftigen, besser gesagt, aufzufrischen.«

Es fiel ihr schwer, ernst zu bleiben, nicht wegen seines Hilferufs, sondern wegen der Situation.

»Hunderte von Männern sitzen an diesem Abend in Stockholm mit einer Frau in einem Restaurant, genau wie du und ich«, sagte sie. »Siehst du das vor dir?«

»Ja«, erwiderte er. »Ich sehe es vor mir, und zwar mit gemischten Gefühlen, weil die Hälfte dieser Männer lügen. Ich hingegen lüge nicht.«

»Nein, das wollte ich damit nicht sagen. Ich wollte nur sagen, dass keiner dieser vielen Männer auf die Idee kommen würde, deine Überredungstaktik anzuwenden. Wirklich sehr innovativ.«

»Und?«

»Aber sicher, lass uns der alten Freundschaft halber zu mir nach Hause gehen und ein wenig Therapie betreiben. Nein, das dauert zu lange, wir nehmen lieber ein Taxi!«

Dieser Vorschlag schien ihn eher zu verängstigen, als zu erfreuen.

»Zu Fuß wäre mir lieber«, sagte er. »Zu schnell darf es auch nicht gehen.«

Sie dachte nach.

»Einverstanden, wir spazieren gemächlich zu mir nach Hause. Unterwegs sollten wir die Zeit nutzen, möglichst viele Erinnerungen aus der Mansarde zum Leben zu erwecken. Du erzählst, woran du dich erinnerst, und ich erzähle, was mir dazu noch einfällt. Das ist sicher sehr therapeutisch.«

Sie rief den Kellner, zahlte und gab ein großzügiges Trinkgeld.

*

Die letzten Oktobertage verliefen am Torsby-Stützpunkt ausgesprochen ruhig. Aus Hamar traf nur ein Rinnsal jüdischer Flüchtlinge ein, was allmählich recht niederschmetternd war. Sie konnten sich nicht länger einreden, dass es sinnvoll sei, die Methoden weiter zu verbessern, oder dass sie Zeit benötigten, um auch noch die letzten Forstwege zur Grenze vom Schnee zu befreien. Johanne befehligte sieben Männer, und die andauernde Untätigkeit erhöhte die allgemeine Gereiztheit, nicht zuletzt die des Sergeanten Stordalen und des Gefreiten Hjeltenes. Sie hatte sie von der SOE zu sich beordert, was die beiden anfänglich ehrte. Aber als ihnen klar wurde, dass sie nur verängstigte Flüchtlinge in Schweden zu betreuen hatten, murrten sie, sie seien für diesen zivilen Auftrag militärisch überqualifiziert. Johanne hatte nämlich den unmissverständlichen Befehl erteilt, jegliche Konfrontation mit deutscher oder norwegischer Grenzpolizei jenseits der Grenze zu vermeiden.

Von einem Tag auf den anderen veränderte sich die Situation schlagartig. Jede Nacht mussten drei Lastwagen der Carl Fredriksens Transport A/S abgefertigt werden, und sie hatten alle Hände voll zu tun, die Flüchtlinge von der Grenze zum Büro des Polizeichefs in Torsby zu schaffen. Den Frauen und vor allen Dingen den alten Leuten und Kindern machte die Kälte zu schaffen. Die meisten rannten das letzte Stück bis zur Grenze, mobilisierten ihre letzten Kräfte, je näher sie der Freiheit kamen, obwohl es klüger gewesen wäre, in der eisigen Kälte die Ruhe zu bewahren. Verschwitzt überquerten sie also die Grenze und drohten zu erfrieren, wenn sie nicht binnen einer Stunde abgeholt wurden. Da war das Verbot, ein Lagerfeuer zu entzünden, natürlich brutal, aber die Nachteile überwogen. Ein Feuer konnte von der deutschen Luftüberwachung schon aus mehreren Kilometern Entfernung entdeckt werden.

Sie hatte versucht, das Problem mit den zuständigen Verbindungsleuten bei der Übergabe zu besprechen. Diese erklärten jedoch, es sei unmöglich, die Flüchtlinge in Grenznähe zur Besonnenheit zu überreden.

Den ersten Schub panischen Massenzustroms überstanden sie mithilfe von Decken. Außerdem gestalteten sie den Fahrplan für die beiden Lastwagen so, dass kein Flüchtling länger als eine Stunde warten musste.

Überdies bestellte sie bei »Jacob« über Funk eine Ordonnanz, die die nächste Flüchtlingsgruppe begleiten und betreuen sollte.

Die Ordonnanz von D 25 stellte sich als Mai vor und begleitete Johanne nach ihrer Schicht zum Stützpunkt. Sie brachte höchst beunruhigende Nachrichten mit.

In der Vorwoche, am Abend des 25. Oktober, hatte »Trine«, hinter der Sigrid Helliesen-Lund von der Nansen-Hilfe stand, soweit Johanne wusste, einen anonymen Anruf von der Osloer Polizei erhalten. Die kurze Mitteilung lautete, die »Sammlung der großen Pakete« werde nun beginnen. Die Organisation in Oslo hatte sofort die Telefon- und Warnkette in Gang gesetzt.

So hatte es also begonnen. Am nächsten Tag nahm die Staatspolizei mit der Unterstützung der Hirdleute 258 jüdische Männer in Oslo und 90 im übrigen Land fest. In

Berg bei Tønsberg war ein »rein norwegisches« Konzentrationslager eigens für Juden eingerichtet worden. Darauf hatte Quisling bestanden, weil alle anderen Konzentrationslager in Norwegen der SS unterstanden. Die norwegischen Nazis in Berg waren von den SS-Totenkopfverbänden ausgebildet worden und legten es besonders darauf an, die Häftlinge zu quälen. Der Zweck dieser Internierung war nicht recht ersichtlich. Offenbar war sie nur vorübergehend, da man auf einen Transport nach Deutschland wartete.

Jetzt glaubte niemand mehr, dass die norwegischen Juden nicht in Gefahr waren. Wer außer Landes gebracht wurde, kehrte nicht mehr zurück. Der Rekord waren 200 Flüchtlinge an einem Tag, danach wurde es ruhiger. Gleichzeitig sank die Temperatur, der Schnee blieb liegen und wies unzählige Spuren auf. Daher mussten Treffpunkte ständig gewechselt werden, was für Verwirrung sorgte. Außerdem begann die deutsche Grenzpolizei, mit Kettenfahrzeugen zu patrouillieren.

Das Arsenal des Torsby-Stützpunkts verfügte über panzerbrechende Waffen. Mit größtem Zögern erteilte Johanne Stordalen und Hjeltenes den Befehl, sich mit Maschinenpistolen und Panzerfäusten zu bewaffnen. Zu dritt würden sie die Flüchtlinge zukünftig bereits in Norwegen in Empfang nehmen, um sie daran zu hindern, sich auf dem letzten Stück Weges in die Freiheit zu sehr zu verausgaben. Sie schärfte ihren Begleitern ein, im Falle einer Begegnung mit deutschen Verfolgern nur dann die Konfrontation zu suchen, wenn dadurch Flüchtlinge gerettet werden konnten.

Sie rechnete nicht wirklich damit, den entsprechenden

Befehl je erteilen zu müssen. Bis Mitte November verlief der neue Ablauf denn auch ohne Zwischenfälle. Die Temperaturen waren weiter gesunken. Aber dann geschah, was nicht hätte geschehen dürfen.

Sie hatten in einem Tannenwäldchen mit Blick auf eine weite, 600 Meter entfernte norwegische Senke Stellung bezogen. Die Grenze verlief auf dem Hang hinter ihnen durch offenes Terrain. Unpraktischerweise schien der Mond, was gegen den Grenzübertritt sprach. Größere Flüchtlingsgruppen in Hamar zu verstecken kam aber auch nicht infrage, weil die Deutschen immer häufiger Razzien durchführten. Überall wurde nach Juden gesucht.

Sie sahen die ersten Flüchtlinge, schwarzen Punkten gleich, aus einem kleinen, gegenüberliegenden Birkenhain auf sich zukommen. Alles verlief ruhig. Die Flüchtlinge erreichten die offene Senke und bewegten sich gemächlich weiter. Vielleicht kamen sie aber auch einfach nicht schneller in dem knietiefen Schnee voran. Johanne ließ ihre Taschenlampe aufblitzen, und der Kontaktmann erwiderte ihr Signal. Alles schien problemlos zu verlaufen.

Da hörten sie den Motor eines sich nahenden deutschen Kettenfahrzeugs. Ohnmächtig sahen sie das Schnee aufwirbelnde Fahrzeug an den Flüchtlingen vorbei geradewegs auf sie zuhalten. Stordalen und Hjeltenes machten ihre Panzerfaust schussbereit.

»Wartet meinen Befehl ab!«, kommandierte Johanne und hob klopfenden Herzens ihren Feldstecher. Auf dem deutschen Gefährt erblickte sie einen Maschinengewehrschützen. Nach wie vor hielten die Deutschen geradewegs auf sie zu.

»Sie können uns zwischen den Tannen unmöglich entdeckt haben«, murmelte Stordalen. »Woher wissen sie, dass wir hier sind?«

»Sie haben unser Lichtsignal bemerkt«, meinte Hjeltenes.

»Nein«, wandte Johanne ein. »Dafür waren sie zu weit weg.«

»Sie könnten einen Späher haben«, beharrte Hjeltenes.

Das Kettenfahrzeug hatte die Flüchtlinge hinter sich gelassen und setzte seinen Kurs fort. Die Flüchtlinge standen jetzt vollkommen schutzlos in der Senke. Einige setzten sich in den Schnee.

»Kein Feuer ohne meinen Befehl!«, kommandierte Johanne. »Wir haben nur eine Chance, und sie haben ein Maschinengewehr auf uns gerichtet.«

Stordalen und Hjeltenes brachten die Panzerfaust in Position, wobei der kniende Stordalen das Abschussrohr mit seiner Schulter von unten stützte.

Der Feind war auf sechzig Meter herangekommen, und Johanne wollte gerade den Feuerbefehl erteilen, da vollführte das Kettenfahrzeug eine Kehrtwendung und stoppte. Der Maschinengewehrschütze zielte jetzt auf die Flüchtlinge.

»Sergeant, Feuer!«, befahl Johanne.

Ein Feuerstrich durchschnitt die Luft und traf das Heck des Kettenfahrzeugs, das in sich zusammensank, als im Inneren die Munition explodierte.

»Meine Güte!«, rief Johanne. »Die haben es gar nicht auf uns abgesehen, sondern wollten sich nur in Position bringen, um die Flüchtlinge niederzumähen. Los jetzt!«

Während sie zu dritt durch den hohen Schnee auf das brennende und qualmende Fahrzeug zupflügten, gab

Johanne der Flüchtlingsgruppe ein Zeichen mit ihrer Taschenlampe. Erst zögerlich, dann immer eifriger, setzten sie sich erneut in Bewegung.

Bei dem qualmenden Fahrzeug angelangt, sah Johanne durch eine aufgesprengte Tür die verkohlten Leichen im Innern. Der vom Dach geschleuderte Schütze lag jammernd im Schnee.

Stordalen warf Johanne einen fragenden Blick zu und deutete auf den verletzten Deutschen. Sie schüttelte den Kopf.

»Er wollte gerade jüdische Flüchtlinge erschießen, Zivilisten«, sagte Stordalen grimmig.

»All right«, erwiderte Johanne. »Erschieß ihn.«

Stordalen ging ein paar Meter weiter, nahm seine Maschinenpistole von der Schulter, feuerte zweimal zwei Schüsse ab, hängte seine Waffe wieder um und kehrte zurück.

Die Flüchtlingskolonne befand sich nun in etwa hundert Metern Entfernung in Hörweite.

»Hierher! Schweden!«, rief Johanne und ließ ihre Taschenlampe erneut aufblitzen.

Was jetzt zu tun war, verstand sich von selbst, alle weiteren Befehle waren überflüssig. Sie ging auf die atemlosen, verängstigten Menschen zu, die zum Teil Kinder auf den Armen trugen. Stordalen und Hjeltenes postierten sich erneut mit ihrer Bazooka im Tannenwäldchen, um den Rückzug zu decken. Johanne begrüßte den Verbindungsmann und schlug ihm vor, sie sicherheitshalber über die Grenze zu begleiten, dann hob sie eins der Kinder auf den Arm und machte sich langsam, für die meisten sicher unerträglich langsam, auf den Weg Richtung Schweden.

Vier Stunden später trafen sie mit 27 Männern, Frauen und Kindern beim Polizeichef in Torsby ein.

Damit sie nicht allzu sehr frieren mussten, hatten sie die Flüchtlinge zwischen Strohballen in einem einzigen Lastwagen transportiert. Johanne saß am Steuer, jetzt wieder in der Uniform des Blauen Sterns. Die Grenze nach Norwegen überschritten sie immer in den englischen Armeeuniformen der SOE.

In Torsby standen Baracken mit jeweils zwei Öfen bereit, seit die Flucht der Juden ernsthaft in Gang gekommen war. Der Polizeichef regelte den bürokratischen Empfang, stellte vorläufige Visa aus und gab den Flüchtlingen Fahrkarten nach Vingåker, wo sie von den Leuten aus Kjesäter in Empfang genommen wurden.

Nicht nur die Baracken in Torsby waren neu, auch die Einstellung der Polizisten und Ärzte hatte sich erfreulich gewandelt.

In den frühen Morgenstunden konnte sie den Lastwagen endlich vor ihrem Stützpunkt abstellen. Mit müden Schritten ging sie hinein und weckte den Funker. Es eilte, sie musste das C-Büro informieren, sicherheitshalber in Klartext: Eine britische Kommandotruppe der SOE hat ein gepanzertes Fahrzeug zerstört, Zeitpunkt und Ort.

In gewisser Weise entsprach dies der Wahrheit. Es durfte auf keinen Fall der Eindruck entstehen, schwedische Soldaten hätten jenseits der Grenze eine militärische Aktion durchgeführt. Der Unterschied war zwar nur haarfein, aber in der Uniform des Blauen Sterns war sie Schwedin, in der der SOE Engländerin.

Eigentlich hätte sie einschlafen müssen, sobald ihr Kopf das Kissen berührte. Aber wie ein Gespenst aus den Balkenwänden des alten Hauses beschlich sie die fatale Gewissheit, dass sie sich eines Kriegsverbrechens schuldig gemacht hatte, indem sie den Befehl erteilt hatte, den verletzten Maschinengewehrschützen zu erschießen.

Das Ergebnis eines Augenblicks, ein impulsiver Akt in einer kritischen Situation. Stordalen hatte klar artikuliert, dass er den Deutschen erschießen wollte. Aber es war ihre Entscheidung gewesen. Formal hatte Stordalen ihrem Befehl gehorcht, er war Sergeant, sie Hauptmann.

Natürlich würde niemand sie anzeigen, am allerwenigsten Stordalen und Hjeltenes. Die jüdischen Flüchtlinge waren zu weit entfernt gewesen, um das Geschehene zu erfassen, obwohl sie die vier Schüsse gehört hatten. Niemand würde sie festnehmen und verurteilen. So gesehen war alles in Ordnung. Aber sie würde von nun an damit leben müssen, sich nicht besser verhalten zu haben als die Deutschen. Trotz ihrer großen Erschöpfung lag sie noch lange wach.

In Torsby war inzwischen der Winter angebrochen, als sie im Dezember erfuhren, dass ein Frachter mit über 500 Juden, 302 Männern, 188 Frauen und 42 Kindern, in Oslo in See gestochen war. Über das Ziel der MS Donau lagen keine sicheren Informationen vor, aber man vermutete, dass es der Hafen Stettin war. Was nach der Ankunft in Stettin geschehen war, wusste niemand.

Die zutiefst deprimierende Erkenntnis lautete, dass die Operation Exodus mit den Deutschen nicht Schritt halten konnte.

Aber es gab auch eine Reihe erfreulicher Neuigkeiten. Die Organisation in Oslo funktionierte. Eine Ärztin mit

Nachtfahrgenehmigung hatte im Alleingang ein Kinderheim evakuiert, wenige Stunden, bevor deutsche Soldaten und Hirdleute erschienen, um die Kinder nach Berg zu bringen, wo sie verschifft werden sollten.

In der Folge marschierten eine Zeit lang sehr viele Kinder in Begleitung weniger Erwachsener über das Gebirge. Stordalen, Hjeltenes und Johanne nahmen die Flüchtlinge mit Schlitten auf norwegischem Territorium in Empfang. Mittlerweile hatten sie eine Sendung Skier erhalten, was ihre Arbeit ungemein erleichterte.

Ein weiteres Problem war, dass die Flüchtlinge und die Bergführer forderten, den Kindern unter zehn Jahren Beruhigungsmittel zu verabreichen, damit sie sich hinter den Kartoffelladungen der Transport-Lastwagen garantiert still verhielten. Das bedeutete wiederum, dass die Kinder in beinahe bewusstlosem Zustand den letzten eisigen Marsch durch Schnee und Dunkelheit antraten.

So hatte der Arzt in Torsby bei einer Achtjährigen nur noch den Tod feststellen können.

Die verzweifelte Mutter hatte das Gepäck mit ihrem gesamten Hab und Gut im Gebirge zurückgelassen, um ihre Tochter zu retten. Johanne hatte ihr das Kind abgenommen, es auf einen Schlitten gebettet und keine Anstrengungen gescheut, um es so schnell wie möglich zum Arzt nach Torsby zu bringen.

Aber alle Anstrengungen waren vergeblich gewesen. Die Mutter weigerte sich, das Urteil des Arztes zu akzeptieren. Sie haderte mit Gott, betete verzweifelt zu ihm und wollte das Kind nicht loslassen. Sie trug ihre Tochter zu einer Pritsche in der Baracke und legte sich neben sie. Niemand brachte es übers Herz, die beiden zu trennen, und die Bewohner der Baracke verbrachten vermutlich eine fürchterliche Nacht.

Als der Morgen anbrach, lebte das Mädchen. Ein Wunder Gottes. Oder eine Überdosis Schlafmittel, wie auch immer.

Während der kältesten Tage im Dezember ließ dann der Strom der jüdischen und übrigen Flüchtlinge nach.

Johanne fühlte sich körperlich und geistig erschöpft, als sie sich für die beiden Wochen vor Weihnachten Urlaub genehmigte, um sich den Obersten Wagner warmzuhalten, wie Teddy die Sache ausdrückte. Außerdem wollte sie mit ihrem Freund aus einer Zeit, in der alles noch Literatur war, eine sehr Erfolg versprechende Sexualtherapie vorantreiben.

In den Wäldern an der Grenze hatte sie nur verschlüsselte, die Flüchtlinge und Treffpunkte betreffende Funkmeldungen erhalten. Bereits bei ihrer letzten Reise nach Stockholm hatte sie erfahren, dass die Zensur sämtliche Informationen über die Judenverfolgung in Norwegen freigegeben hatte. Das Thema war in aller Munde, es gab Aufrufe, Petitionen, Befragungen im Reichstag und wütende Artikel in den Zeitungen. Der schwedische Volkszorn war erwacht.

Diese Entwicklung war ebenso überraschend wie erfreulich und erklärte auch einige Vorkommnisse in Värmland. So hatte das Militär beispielsweise begonnen, die Forstwege zu räumen. Ihnen waren Kettenfahrzeuge zur Verfügung gestellt worden, außerdem wurde auf Patrouillen in ihrer Nähe verzichtet. Warum die Solidarität der schwedischen Öffentlichkeit ausgerechnet jetzt erwachte, war schwer zu sagen. Wegen des Sieges der Engländer in Nordafrika? Oder der aussichtslosen Lage der Deutschen in Stalingrad? Oder lag es wirklich nur an der gelockerten Zensur?

Die ihrerseits natürlich auf die Erfolge der Alliierten in Nordafrika und die hoffnungslose Lage der Deutschen in Stalingrad zurückzuführen war.

*

Ihr war nicht ganz wohl dabei, den Stützpunkt Torsby über die Weihnachtsfeiertage zu schließen und alle Mitarbeiter nach Hause zu schicken. In gewisser Weise war es absurd. Schließlich waren sie in der dunklen Jahreszeit mehr als sonst und rund um die Uhr damit beschäftigt, Menschenleben zu retten, und hatten die Deutschen zahlenmäßig überholt.

Wie konnten sie sich also über Weihnachten freinehmen, als handele es sich um einen ganz gewöhnlichen Job? Johanne verteidigte sich damit, dass den Deutschen und Norwegern jenseits der Grenze die Weihnachtspause auch heilig war. Wer wollte schon verlangen, dass die Verbindungsleute über Weihnachten Mann oder Frau sowie Kinder im Stich ließen? Welcher noch so rücksichtslose deutsche Offizier schickte schon seine Grenzpolizisten ausgerechnet an Weihnachten in die dunklen Wälder zum Patrouillieren? Die Pause folgte einer protestantischen Logik, allerdings keiner jüdischen. Soweit sie wusste, wurde Chanukka, ein allerdings weniger wichtiger Feiertag, ungefähr gleichzeitig begangen.

Johanne dachte an eine Geschichte aus dem Großen

Krieg 1914–1918, die Onkel Oscar einmal erzählt hatte. Deutsche und englische Soldaten lagen zu Weihnachten in Hörweite voneinander in den Schützengräben. Jemand begann, Weihnachtslieder zu singen, und bald stimmten alle ein. Laut Onkel Oscar endete der Tag mit einem Fußballspiel Deutschland gegen England.

Während der Feiertage blieb ihr der Dienst in Wagners Bett erspart, weil dieser nach Hause gefahren war, um mit seiner Familie zu feiern. Um Bengt kümmerte sie sich einen Abend und eine Nacht lang. Er erzählte wirr von seiner Mansardenmuse, die ihm nun noch so viel mehr bedeute, weil sie ihn in einen neuen Mann verwandelt habe. Sie gelangte zu dem Schluss, dass die Therapie vermutlich abgeschlossen war. Seinem Gerede, dass sie für immer zusammengehörten, schenkte sie keine Beachtung.

Das Weihnachtsessen in der Villa Bellevue fiel unerwartet gelungen aus. Alle waren erschienen, Hans Olaf sogar mit seiner »inoffiziellen« Verlobten Alice. Der Stockfisch, den Johanne von ihrem letzten Besuch auf Osterøya mitgebracht hatte, begeisterte alle, aber vermutlich eher aus sentimentalen als aus kulinarischen Gründen. Um Vater nicht zu verärgern, sprach niemand vom Krieg. Die große Neuigkeit war, dass Onkel Oscar und Tante Christa das Aquarium endlich abreißen lassen und in die Villa Bellevue einziehen würden.

Johanne bereiteten diese Tage mehr geistige als körperliche Erholung, und bereits am zweiten Weihnachtsfeiertag reiste sie nach Torsby zurück.

Vor Neujahr kamen weitere Flüchtlinge über die Grenze, aber der große Strom war verebbt. Jetzt bestand ihre Aufgabe darin, diejenigen ausfindig zu machen, die untergetaucht waren, und sie in kleinen Gruppen zur Grenze zu eskortieren. Die Operation Exodus näherte sich ihrem Ende.

Silvester genehmigte sie sich, weil es sich nicht vermeiden ließ, einen weiteren Urlaub. Eigentlich hätte sie gerne Silvester mit der Truppe in der Blockhütte gefeiert. Aber sie musste mit ihrem Vater reden, das ließ sich nicht länger aufschieben.

Am Abend vor Silvester bat sie ihn um ein Gespräch unter vier Augen, was sich mühelos einrichten ließ. Sie aßen im Erker zu Abend, wobei er auf seinem Stuhl saß und sie auf Muttis.

Ohne weitere Umschweife erzählte sie ihm von ihrer Tätigkeit während der letzten Monate, verzichtete dabei allerdings auf die brutalen Details. Sie berichtete über die Operation Exodus, das Seilziehen der Deutschen und der Heimatfront um die jüdischen Flüchtlinge. Vater war erschüttert. Es sei ihm ein Rätsel, dass sich Norweger, nämlich diese »Hirdmänner«, dafür hergaben, Konzentrationslager im eigenen Land zu errichten, seufzte er. Und ebenso unbegreiflich sei es, warum die Deutschen die Juden unbedingt nach Deutschland verfrachten wollten. Die Versorgungslage sei in Deutschland ohnehin schon schwierig genug. Warum noch weitere hungrige Mäuler importieren? Was mache das für einen Sinn?

Um sie zu ermorden, erwiderte Johanne, als sei es eine Selbstverständlichkeit.

Das mochte er nicht glauben. Wenn das tatsächlich die grausame Absicht sei, warum dann der umständliche und teure Transport? Die Deutschen schreckten doch auch sonst nicht vor Morden in Norwegen zurück. Festgenommene Widerstandskämpfer und Geiseln erschossen sie ja auch vor Ort.

Nach diesen Überlegungen bat Johanne, das Thema zu wechseln. Vater wusste natürlich auch, dass sie nicht wegen dieser wenn auch dramatischen Ereignisse um ein privates Gespräch gebeten hatte.

Im Salon brannte bereits ein behagliches Feuer, der Kaffee war serviert, und er hatte den Wink verstanden.

»Und?«, fragte er, als sie vor dem Kamin Platz nahmen. »Du wolltest mit mir über etwas Bestimmtes sprechen?«

»Ja, Vater, das stimmt.«

»Aber es geht nicht um den Krieg, die Heimatfront oder die norwegischen Juden?«

»Nein.«

»Worum dann?«

Sie zögerte.

»Ich bin schwanger«, sagte sie ohne Umschweife.

Kurz schien er verblüfft, dann brach er in schallendes Gelächter aus. Johanne war sprachlos. Sie hatte sich alle möglichen Reaktionen auf ihr Geständnis ausgemalt, nur diese nicht.

»Du musst entschuldigen«, erwiderte er munter, »aber normalerweise überbringt eine Tochter diese frohe Botschaft ihrem Vater nicht so zögernd.«

»Das kommt darauf an«, erwiderte sie ernst.

Sofort wurde ihr Vater auch wieder ernst und holte tief Luft.

»Willst du das Kind nicht behalten?«, fragte er.

»Das ist es nicht.«

»Du willst es also zur Welt bringen?«

»Ja.«

»Willst du heiraten?«

»Nein.«

»Und wer ist der Vater? Hoffentlich nicht ›unbekannt‹?«

»Das kann ich dir leider nicht sagen. Aber unbekannt ist er nicht, eher im Gegenteil.«

»Und du bist dir darüber mit diesem bekannt unbekannten Vater einig?«

»Ja.«

Er verstummte und dachte nach. Seine Reaktion war vollkommen unbegreiflich.

»Komm!«, sagte er. »Gib mir einen Kuss wie früher, dann kann ich dich umarmen und dir auch einen Kuss geben, mein mutiges kleines Mädchen.«

Nach einer Sekunde des Zögerns stürzte sie sich in seine Arme und küsste ihn. Ihr standen Tränen in den Augen.

Vielleicht überforderten ihn die Gefühle ein wenig, weil er sich abrupt erhob, um aus dem Weinkeller eine weitere Flasche Moselwein zu holen. Die erstaunte Johanne blieb allein zurück.

»Und?«, sagte er, als er zurückkehrte und einschenkte. »Erzähl mir alles! Also alles, was du deinem Vater erzählen kannst.«

Er lächelte und stieß mit ihr an, wie um ihr zu versichern, dass er wirklich auf ihrer Seite stand. Johanne musste sich einen Moment lang sammeln, um das unwirkliche Gefühl abzuschütteln.

Dann holte sie weit aus und sprach von den Dingen, die sich leicht in Worte kleiden ließen. Anfänglich war die Liebesgeschichte nicht sonderlich ernst gewesen. Der berühmte Autor hatte die junge Studentin verführt. Äußerst banal mit nur einem denkbaren Ausgang.

Nun waren sie sich viele Jahre später zufällig wieder begegnet und hatten ein Gespräch über Norwegen und den Widerstand angeknüpft. Was dann geschah, war wieder banal, weil es bereits so oft geschehen war, aber was kümmerte das schon zwei Liebende? Wie früher vergaßen sie Zeit und Raum und konnten bis in die frühen Morgenstunden über Literatur diskutieren, und auch die körperliche Anziehung war ihnen geblieben. Aber sie waren im Laufe der Jahre vermutlich etwas erwachsener geworden und konnten sich auf eine intellektuellere Art und Weise lieben.

Nachdem sie ihn davon überzeugt hatte, dass sie sich keinen anderen Vater für ihre Kinder vorstellen konnte, hatten sie beschlossen, eine, wie sie es nannten, provisorische Familie zu gründen. Er konnte sich nicht scheiden lassen, weil das seine Aussichten auf einen Platz in der Akademie geschmälert hätte. Außerdem wäre es einem Verrat gleichgekommen, seine kränkliche Ehefrau zu verlassen.

Also eine provisorische Familie. So sah ihr Projekt für die nächste Zukunft aus, weitere uneheliche Kinder waren durchaus vorstellbar, ehe die provisorische Familie in den Stand der Ehe und Ehrbarkeit erhoben wurde.

So war die Lage in kurzen Zügen.

Er hatte seiner Tochter aufmerksam und gelassen zugehört, als hätte sie weder von Sünde und Unzucht noch einem Skandal gesprochen.

»Ich muss schon sagen«, meinte er und trank ihr mit seinem Römer zu, »dass das eine sehr erstaunliche Geschichte ist. Ich freue mich, dass unsere Familie bald Zuwachs erhält.«

»Ich habe einen wunderbaren Vater«, sagte sie. »Wirklich wunderbar. Ich habe dich ganz falsch eingeschätzt, Vater!«

»Wieso? Was hast du denn erwartet?«

»Jetzt ist es mir fast peinlich, davon zu sprechen.«

»Tu es trotzdem, das hier ist unser geheimer und vollkommen aufrichtiger Augenblick.«

»Ich hatte eine Gardinenpredigt erwartet, schlimmstenfalls sogar, verstoßen zu werden.«

Daraufhin brachen sie beide in ein befreiendes Lachen aus.

»Das Leben lehrt uns so einiges, darum werden wir mit zunehmendem Alter nicht zwingend reaktionärer«, sagte er und trank ihr erneut zu.

Dann ging er zu praktischen Erwägungen über. Als Erstes erkundigte er sich, wann das Kind zur Welt kommen würde und ob sie vorhabe, in ihrer kleinen Wohnung am Sveavägen zu bleiben. Sie bejahte Letzteres und erklärte, Mittsommer sei der errechnete Geburtstermin.

Dies fand Vater ganz hervorragend, dann könne sie die erste Zeit in Sandhamn verbringen. Im Herbst könne sie dann eine größere Wohnung in einem der Neubauten am Norr Mälarstrand beziehen, wo Rosa und Onkel Sverre bereits wohnten. Diese Wohnungen verfügten über eine Dienstbotenkammer, und so könnte sie entweder Jorunn oder Signy mitnehmen, da er, ein alter Mann nicht mehr drei Dienstmädchen benötigte.

Dann erhob er sich, trat auf sie zu und umarmte sie. Schweigend blieben sie lange so stehen, als sei alles gesagt.

Wie immer fand die Neujahrsfeier in der Villa Bellevue statt. Sie stießen mit Champagner an und lauschten Anders de Wahl, als er im Radio Tennysons »Die Neujahrsglocke« vorlas. Den ganzen Abend verlor niemand ein Wort über den Krieg, nicht einmal Onkel Oscar.

*

Nach Neujahr blieb sie noch zwei Tage in Stockholm, um vor ihrer Rückkehr nach Torsby noch einige Dinge zu erledigen.

Sie verabredete sich mit Bengt im KB, um ihm die freudige Botschaft zu überbringen. Wie erwartet war er entsetzt und begann, unzusammenhängend über Geld, die Stellung der Kunst und über einen Schwangerschaftsabbruch zu sprechen.

Sie erklärte ihm, dass weder ein illegaler noch legaler Schwangerschaftsabbruch infrage käme. Daraufhin ergriff er die Flucht. Buchstäblich. Er rannte zur Garderobe, schnappte sich seinen Mantel und verschwand in der eisigen Januarnacht. Sie blieb auf der Zeche sitzen.

Sie war erleichtert. Es wäre viel schlimmer gewesen, wenn er von Liebe, seiner bevorstehenden Scheidung und Mansarden gesprochen hätte.

Sie blieb noch eine Weile sitzen, genoss die Wärme und bestellte einen Cognac zum Kaffee. Ihr graute ein wenig vor dem eisigen Heimweg ohne ihre Feldmontur. Dann gab sie sich einen Ruck, beglich die Zeche und musste an der Garderobe noch 50 Öre extra für den geflüchteten Herrn zahlen, der ausdrücklich auf sie verwiesen hatte.

Als sie die Wohnung betrat, wirkte diese anfänglich noch

recht warm, was sich nach längerem Verweilen als Illusion erwies. Das Thermometer vor dem Küchenfenster stand auf minus 28 Grad. Sie ging in die Kleiderkammer und holte sich einen norwegischen Wollpullover.

Sei es aus Nostalgie oder Sentimentalität, jedenfalls ging sie zum Bücherregal und nahm die damals mit solcher Begeisterung gegründete Zeitschrift heraus, die nur wenige Nummern überlebt hatte und in der Bengt in der Tat debütiert hatte. Sie hatte nur zu den Sympathisanten gehört, nie zu den festen Mitarbeitern. Aber ein paar Notizen und einen Artikel über Alfred Döblin hatte sie immerhin verfasst. Sie musste eine Weile blättern, bis sie den Artikel fand.

Es handelte sich um einen der unbedeutenderen Beiträge dieser Ausgabe, und vermutlich hatte sie das Thema damals gewählt, weil Döblin ein Freund der Familie gewesen war. Er hatte Tante Christa betreut, nachdem sie von einigen SA-Schlägern misshandelt worden war, und ihr bei der Gelegenheit aus dem »Berlin Alexanderplatz«-Manuskript vorgelesen.

Ihr kleiner Artikel trug die »sachliche« Überschrift »Alfred Döblin«. Sämtliche Fakten hatte sie aus »Der literarischen Welt« gestohlen, in der sich Döblin schneidig und komisch über Kunst und Politik ausließ. Er wetterte gegen die bürgerliche Ansicht, Kunst sei heilig und stehe somit über den Gesetzen und der Politik, was zur Folge hatte, dass politische Kunst von repressiver Toleranz erstickt wurde. Ein Döblin-Zitat hatte sie unterstrichen:

»›Die Kunst ist heilig‹ bedeutet aber praktisch nichts weiter als: der Künstler ist ein Idiot, man lasse ihn ruhig reden. Nur in den liberalistischen Staaten, die sich dem Handel, der Bank und der Industrie, dem Kapital und dem Militär verschrieben haben,

konnte der Hohn aufkommen ›die Kunst ist frei‹, nämlich sie ist gänzlich harmlos, die Herren und Damen Künstler können ja schreiben und malen, was sie wollen, wir lassen es in Leder binden, lesen es uns durch oder hängen es an die Wand, darunter rauchen wir Zigarren, die Bilder sind eventuell auch im Kunsthandel brauchbar.«

Sie las im Stehen und konnte sich ein Lächeln nicht verkneifen. Karin hätte Döblin zugestimmt, während Bengt nicht einmal den Versuch unternehmen würde, ihn zu verstehen.

Sie trug den Zeitschriftenstapel zu ihrem Lesesessel und verbrachte dann den größten Teil der Nacht mit einer nostalgischen Reise in eine Zeit, die nicht mehr existierte.

Die weniger dringlichen Angelegenheiten des folgenden Tages besprach sie während eines Treffens mit Peter nach der üblichen Straßenbahnprozedur. Die Begegnung fand in einer Wohnung in Kungsholmen statt, in der sie, wie sie sich vage erinnerte, bereits einmal gewesen war.

Peter kündigte die Schließung des Torsby-Stützpunktes an. Die Führung fand, dass das dort stationierte wertvolle Personal andernorts von größerem Nutzen sei, schließlich versiege der Strom jüdischer Flüchtlinge immer mehr.

Das sei wahr, gab sie zu, aber immer noch träfen bis zu sieben Flüchtlinge täglich dort ein. Sie merkte an, dass Sergeant Stordalen und der Gefreite Hjeltenes in Torsby Größeres vollbrachten, als wenn sie zu den trivialeren Aufgaben wie Sabotageaktionen oder dem Liquidieren missliebiger Personen zurückkehrten.

Peter teilte ihre Meinung natürlich nicht, versteckte sich aber hinter den Beschlüssen einer diffusen »Führung«, die sich vor allem für die Verteilung der zur Verfügung stehenden Mittel interessiere.

Ihr nächster Schachzug erwies sich als klüger, als sie anfangs ahnte. Sie schlug vor, Stordalen und Hjeltenes, die ein gepanzertes Fahrzeug der Deutschen unter äußerst schwierigen Bedingungen vernichtet und damit 27 jüdischen Flüchtlingen das Leben gerettet hatten, einen geeigneten Orden zu verleihen.

Das lasse sich sicher einrichten, räumte Peter ein. Sie müsse einen Bericht schreiben, um den Vorschlag zu begründen, er werde sich dann um die bürokratischen Details kümmern. Ein derart gerühmter Stützpunkt könne natürlich nicht unverzüglich geschlossen werden. Schlau eingefädelt.

Im Übrigen verspürte er ein schlechtes Gewissen, weil er, ihr unmittelbarer Vorgesetzter, sie nicht ebenfalls für einen Orden vorgeschlagen hatte. Er versprach jedoch, dies nachzuholen.

Ja, ja, ganz wie er wünsche, solange ihr der Stützpunkt noch eine Weile erhalten bleibe, erwiderte sie knapp und schaute demonstrativ auf die Uhr.

Die Klärung der nächsten Frage war viel schwieriger. Sie war mit Rosa in ihrer Wohnung am Norr Mälarstrand zum Abendessen verabredet. Rosa hatte zusätzliche Bezugsscheine erhalten und Wein beschafft. Wie ihr das gelungen war, unterlag der Geheimhaltung. Vermutlich stammte der Wein aus dem Weinkeller der Villa Bellevue, dessen Vorräte langsam zur Neige gingen, obwohl Vater versicherte, sie würden gut und gerne noch zwei weitere Kriegsjahre überstehen, länger als aller Wahrscheinlichkeit nach nötig.

Während des Abendessens und auch noch eine gute

Weile danach sprachen sie nur über Andrew, die große Liebe, wieder über Andrew und darüber, wo Andrew und Rosa nach dem Krieg wohnen würden.

In dieser Angelegenheit waren Fortschritte erzielt worden. Erst einmal würden sie in Rosas moderner Dreizimmerwohnung mit traumhafter Aussicht auf den Riddarfjärden bleiben. Sie waren jung und brauchten, zumindest solange nur ein Kind da war, nicht mehr Platz. Keiner von Andrews Kollegen bei der englischen Legation hatte die Absicht, nach dem Krieg in Stockholm zu bleiben, und er würde sicher zum stellvertretenden Militärattaché aufrücken. Das Gehalt war vermutlich nicht überwältigend, aber Rosa hatte ja noch das großväterliche Erbe, das von Mutti an die Kinder übergegangen war, und von diesem Geld – sie wusste allerdings nicht, wie groß die Summe war – würden sie einige Jahre gut leben können.

Rosa plauderte munter weiter, während Johanne feststellte, dass das alles ganz schön reaktionär klang. Es hatte sogar den Anschein, als wolle Rosa ihre vor dem Krieg so erfolgreich begonnene Arbeit beim Außenministerium aufgeben.

Vorsichtig erkundigte sich Johanne, ob das so ratsam sei. Wäre es nicht klüger, sich eine größere Wohnung zu leisten und ein Kindermädchen oder eine Haushälterin oder vielleicht sogar beides? Das Gehalt vom Außenministerium würde die Kosten locker decken. Besonders, wenn sie Karriere machte. Ihre Tätigkeit beim Nachrichtendienst während des Krieges gereiche ihr da sicherlich zum Vorteil.

Als Antwort hielt Rosa ihr einen Vortrag darüber, dass kleine Kinder ihre Mutter bräuchten. Offenbar war auch Andrew dieser Meinung. Deprimierend. Aber Johanne wollte nicht widersprechen.

Das Glück der Kleinfamilie lag drückend wie eine norwegische Daunendecke auf ihrer Unterhaltung, bis sie nach dem Spülen mit dem Wein vor dem offenen Kamin saßen.

Rosa erkundigte sich beiläufig, wie es denn um das Leben und die Liebe ihrer großen Schwester bestellt sei.

»Ach, es geht so«, meinte Johanne. »Aber immerhin bin ich schwanger.«

Rosa lachte wie über einen dummen Witz, wurde aber rasch wieder ernst, als Johanne nachdrücklich nickte.

»Schwanger?«, fragte sie ungläubig.

»Ja, wie gesagt.«

»Und von wem?«

»Von einem Dichter, den du nicht kennst, mit dem aber, um deinen Ausdruck zu verwenden, kein Preis zu gewinnen ist. Er hat bereits das Weite gesucht, und das ist vermutlich auch besser so.«

»Aber man sieht es noch gar nicht. Wirst du abtreiben?«

»Nein, ich will das Kind behalten.«

»Ohne Vater?«

»Ja.«

Rosa war ganz offensichtlich schockiert, was nur sehr selten geschah.

»Aber du hattest doch ein Pessar?«, wandte sie ein, nachdem sie sich halbwegs wieder gefangen hatte.

»Durchaus, aber das ist ein Dienstpessar für den Gebrauch im Umgang mit dem deutschen Gegner. Lach jetzt nicht, aber es kam mir unmoralisch vor, es bei einem alten Freund zu verwenden, das hätte ihn ja gewissermaßen in einen Feind verwandelt.«

»So ein Quatsch. Eine schöne Geschichte! Du willst also alleinerziehende Mutter werden?«

»Ja. Ich habe es mir reiflich überlegt. Einen Mann fürs Leben werde ich wohl nie finden, aber schwanger werden kann ich. An der Begabung des Autors, der sich rargemacht hat, ist nichts auszusetzen, außerdem glaube ich ohnehin mehr an Erziehung als an Veranlagung.«

»Dir ist doch hoffentlich klar, worauf du dich da einlässt? Alleinstehende Mutter, Vater unbekannt. Und wieso solltest du keinen Mann fürs Leben finden? Kaum ein Mann würde dich ablehnen!«

»Da magst du recht haben, aber das macht die Sache nicht besser. Alle Männer, mit denen ich in letzter Zeit zu tun hatte, sind in irgendeiner Form Idioten. Vielleicht ist das ja eine ungerechte Feststellung, weil der Krieg die Männer zerstört. Ich weiß es nicht. Aber es entspricht den Tatsachen, das garantiere ich dir.«

»Man wird hinter deinem Rücken tuscheln und dich schneiden.«

»Möglich, aber nicht sehr wahrscheinlich. Du darfst mich nicht mit dem Dienstmädchen verwechseln, das vom jungen Herrn geschwängert und dann ohne Lohn vor die Tür gesetzt wird. Ich habe einen Beruf und ein Einkommen. Da sieht die Welt dann gleich ganz anders aus. Viele Männer sind in diesem Krieg tragisch ums Leben gekommen und haben Frauen mit Kindern allein zurückgelassen! Bei Bedarf kann ich mir einen Ring über den Finger streifen und etwas von einem norwegischen Widerstandskämpfer erzählen, der gefallen ist, ehe wir heiraten konnten.«

»Du hast dir das wirklich genau überlegt.«

»Ja, sehr genau. Und im Unterschied zu dir werde ich mir eine Haushälterin zulegen und weiterhin meinen Beruf ausüben.«

»An der Universität?«

»Das weiß ich noch nicht. Meine akademischen Errungenschaften sind ja nicht so beeindruckend. Lustigerweise habe ich zwei andere Angebote erhalten, die aber für mich nicht infrage kommen.«

»Und was sind das für Angebote?«

»Entweder als Major für den englischen oder als Hauptmann für den schwedischen Geheimdienst zu arbeiten. Letzteres wurde mir äußerst widerwillig unterbreitet wegen der Ernennung einer Frau zum Hauptmann!«

Endlich gab es einen Grund zu lachen, und die Anspannung fiel von ihnen ab. Sie tranken Wein und starrten ins Kaminfeuer. Die Tannenholzscheite knisterten, und die Funken flogen. Rosa stellte ein Schutzgitter vor den Kamin.

»Wie sehr wir uns inzwischen doch unterscheiden, dabei waren wir uns mal so ähnlich«, meinte Rosa nachdenklich, nachdem sie wieder Platz genommen hatte. Ein Weilchen starrten sie in die Flammen und überlegten, worüber sie als Nächstes sprechen sollten. Plötzlich fiel Rosa etwas ein.

»Meine Güte!«, rief sie. »Das Schlimmste hast du ja noch vor dir. Wie willst du das Pappsen bloß beibringen?«

»Ist bereits erledigt.«

»Tatsächlich?«

»Genau wie du war ich auf das Schlimmste gefasst, wurde aber freudig überrascht. Er umarmte mich gerührt, wünschte mir viel Glück und kam dann rasch auf praktische Dinge zu sprechen. Im Herbst bekomme ich eine größere Wohnung hier ganz in der Nähe und darf außerdem entweder Signy oder Jorunn übernehmen.«

»Weiß er, dass du nicht heiraten wirst?«

»Ja. Allerdings habe ich die Sache beschönigt, erheblich sogar. Jedenfalls freut er sich auf den Zuwachs.«

»Erstaunlich. Wenn er dich rausgeworfen, verstoßen und enterbt hätte, wäre ich weniger fassungslos gewesen.«

»Ich auch.«

Rosa schwieg voller Verwunderung, und auch Johanne wusste im Augenblick nichts mehr zu sagen. Wortlos schienen sie über die Frage nachzugrübeln, wie sich ihr Vater von einem Mann des 19. Jahrhunderts in einen modernen Mann hatte verwandeln können. Ein großes Rätsel, für das es eine Erklärung geben musste.

Rosa scherzte, dass ihm vermutlich eine heimliche Geliebte in Norrland ein Kind geschenkt habe und er deswegen auf einmal so großzügig sei. Sie lachten beide herzlich über diesen abwegigen Gedanken. Die Verwandlung ihres Vaters würde bis auf Weiteres ein Rätsel bleiben.

Als sie die Weinflasche geleert hatten, legte Johanne ihre Pantoffeln in einen Stoffbeutel und zog sich ihre dicken Kleider für den Heimweg an. Sie trug robuste Militärstiefel, zwei Wolljacken übereinander und eine Militärmütze aus Schafspelz. Das Thermometer zeigte minus 27 Grad.

»Wünschst du dir ein Mädchen oder einen Jungen?«, erkundigte sich Rosa, als sie sich zum Abschied umarmten.

»Ein Mädchen natürlich. Ich sehe keine Veranlassung, weitere Männer zur Welt zu bringen.«

»Hast du dir schon einen Namen überlegt?«

»Sie soll Ingeborg heißen. Dieser Name wird mich immer daran erinnern, eine ebenso gute Mutter zu sein, wie Mutti es für uns war.«

Schweigend lagen sie sich lange in den Armen.

1943

Februar

IX

DER SIEGER DREHT WOCHENSCHAUFILME

Johannes runder werdender Bauch bedeutete das Ende des Stützpunktes Torsby. Als sie zu Rosas Dreißigstem kurz nach Stockholm reiste und bei der Gelegenheit auch Peter traf, fiel natürlich auch diesem auf, dass sie in anderen Umständen war. Schließlich war sie bereits im fünften Monat schwanger. Peter erklärte, seinen Vorgesetzten darüber sofort Bericht erstatten zu müssen.

Nur zwei Tage verstrichen, da erfolgte auch schon der Befehl der Führung in der Baker Street. Der Torsby-Stützpunkt müsse umgehend geschlossen werden. Die Mannschaft werde demnächst über ihre neuen Einsatzorte informiert.

Die Erklärung für diesen raschen und resoluten Beschluss klang ebenso simpel wie verblüffend. Ein CO, ein Commanding Officer, dürfe unter keinen Umständen schwanger sein. Ein entsprechender Passus ließ sich im SOE-Reglement allerdings nicht nachweisen, da niemand mit dieser Situation gerechnet hatte. Aber das verstehe sich ja von selbst, dieser Meinung war zumindest Peter. Bis auf Weiteres wurde sie also Harry Södermans Projekt zugeteilt, das für die Errichtung geheimer Lager für die »polizeiliche Ausbildung« junger Norweger zuständig war.

Dagegen hatte sie nichts einzuwenden. Die norwegischen Juden schien es, zynisch ausgedrückt, ohnehin nicht mehr zu geben. Ein letzter Frachter mit etwa hundert Internierten an Bord war vor etwa einer Woche ausgelaufen. Dass es den Deutschen nicht gelungen war, mehr Juden einzufangen, ließ eindeutige Schlüsse zu. Die Deutschen hatten etwa siebenhundert Juden deportiert, etwa tausend Juden war die Flucht nach Schweden gelungen. Von diesen hatte die Carl Fredriksens Transport A/S allein mehr als vierhundert gerettet. Und nun war es also offenbar vorbei. Ein halber Misserfolg, aber immerhin hatten sie es versucht. Viele Leute, insbesondere Lastwagenfahrer und Grenzlotsen, hatten großartige Arbeit geleistet.

Selbst wenn Peter ihre Schwangerschaft noch nicht bemerkt hätte, wären vermutlich nicht mehr so viele Flüchtlinge über die Grenze gekommen. Ein schwacher Trost.

Aber diese Schwangerschaft hatte auch durchaus ihr Gutes. »Freudestrahlend« hatte sie Dr. Wagner eröffnet, er werde bald Vater. Da sie bei der Gelegenheit nackt war, bestand an ihrer Behauptung kein Zweifel.

Er geriet in Panik und beendete auf der Stelle ihre Affäre, was er mit einigen beschönigenden Umschreibungen zu kaschieren versuchte. Beispielsweise erklärte er, sie dürften nicht mehr zusammen gesehen werden, um unnötigen Klatsch zu vermeiden. Solange der Krieg andauere, sei auch an Heirat nicht zu denken. Nach dem Sieg könnten sie sich wiedersehen und von vorne beginnen. Er versicherte ihr, dass er jeden Tag an sie denken würde und jetzt noch mehr Veranlassung habe, einen raschen Sieg herbeizuwünschen. Er werde jede Nacht von ihr träumen und so weiter und so fort.

Während sie sich sein Gerede anhörte, weinte sie vor Erleichterung, was er natürlich falsch deutete. Wie bei Männern üblich, die eine unachtsame Frau schnellstmöglich loswerden wollen, tischte er ihr immer banalere Ausreden auf.

Dabei fühlte sie sich von einer schweren Last befreit. Nicht einmal Teddy hatte an ihrer Art, die Affäre zu beenden, etwas auszusetzen, da er sich mühelos in Wagners Situation hineinversetzen konnte. Da Wagner die Affäre selbst beendet hatte, würde ihm niemals der Verdacht kommen, dass er eine Schlange an seiner Brust genährt hatte. Das Mikrofon in seinem Esszimmer funktionierte immer noch einwandfrei, und weitere waren inzwischen in dem häufig benutzten Salon hinzugekommen. Die Operation Wagner war also kurz gesagt ein einzigartiger Erfolg, und Johanne hatte ihren Einsatz auf eine geradezu geniale Art beendet.

Im Übrigen schien Johannes Schwangerschaft Teddy nicht weiter zu kümmern, er schien sie für eine clevere Kriegslist zu halten und erkundigte sich auch nicht nach dem Vater. Da es sich dabei ja nicht um Wagner handelte, blieb ihm das Problem eines Schwangerschaftsabbruchs erspart.

Ganz unerwartet lud Rosa Johanne mitten am Tag ins Kino ein. Eingedenk der Tatsache, dass ihr letzter Besuch vor über einem Jahr kein sonderlicher Erfolg gewesen war, erstaunte sie dies etwas. Den bombastisch romantischen Film »Vom Winde verweht« traf dabei sicher keine Schuld.

Wer sich eine Ablenkung vom Alltag des Krieges wünschte, war damit sicher gut bedient. Aber Rosa und Johanne hatte es damals geradezu angewidert, einen Farbfilm aus Amerika anzuschauen, während die Welt um sie herum in Flammen stand.

Jetzt aber ging es um einen Wochenschaufilm, der in mehreren Kinos lief und den fast alle Stockholmer bereits gesehen hatten. Johanne war er bislang entgangen, weil sie während der letzten Wochen in Dalarna »Polizisten« und Waffen zwischen den neu eingerichteten Lagern hin- und hergeschafft hatte. In einem der Lagerkinos hatte sie jedoch Chaplins »Der große Diktator« gesehen, in dem sich dieser über Hitler maßlos lustig machte und der deswegen von der schwedischen Zensur verboten worden war. In den geheimen norwegischen Militärlagern galten allerdings andere Regeln.

Es war sonnig und mild, als sie untergehakt zum Kurzfilmkino *Svarta Katten* im Klara-Viertel gingen. Unterwegs erklärte ihr Rosa, dass die Filme nonstop liefen. Das war neu und bedeutete, dass das Publikum nach Belieben kommen und gehen konnte, da die Filme immer wieder von Neuem begannen.

Im Salon überlegte Johanne kurz, ob sich ihre kleine Schwester über sie lustig machen wollte, denn auf der Leinwand war ein farbiger Zeichentrickfilm mit fröhlichen Mäusen zu sehen. Nach einer Weile wurde ihr klar, dass es sich bei der Supermaus um eine Superman-Parodie handelte. Die Maus vollbrachte Heldentaten, allerdings in kleinerem Format. Dann kamen Dick und Doof, die im Unterschied zu Chaplin die Zensur offenbar anstandslos durchlaufen hatten.

Schließlich ertönte die fanfarenhafte Erkennungsmelodie der SF-Wochenschauen, die das Publikum wie ein elektrischer Stoß durchfuhr.

Es begann mit einem russischen Film über den Sieg in Stalingrad, unfassbare Bilder, wie sie nie zuvor gezeigt worden waren. Sie wirkten trotz des salbungsvollen schwedischen Begleitkommentars wie ein Faustschlag ins Gesicht.

Hungrige, schmutzige und apathische deutsche Soldaten mit gesenkten Köpfen und glasigem Blick wurden Sequenz um Sequenz zur Schau gestellt. Riesige Berge gefrorener deutscher Leichen, eine endlose Gefangenenkolonne, die, von wenigen Russen mit Gewehren mit aufgepflanztem Bajonett bewacht, in die Schneewüste zog. Die Stimme nannte unbegreifliche Zahlen, 300 000 gefallene Deutsche, 200 000 gefallene Rumänen, 130 000 gefallene Ungarn, 90 000 Deutsche in Gefangenschaft, der nicht endende Zug, der durch die Schneelandschaft getrieben wurde. Deutsche Generäle hielten ihre Hände in die Luft und wurden von russischen Soldaten verhöhnt, und ein apathischer Mann, der sich seinen Schal wie ein Kopftuch umgebunden und Stroh um die Füße gewickelt hatte, stolperte, ohne etwas zu sehen, am Kameramann vorbei.

Die im Krieg bislang gezeigten und von Svensk Film aus Deutschland bezogenen Wochenschaufilme hatten ein ständig siegreiches, unüberwindbares Deutschland gezeigt. Und jetzt dies! Eine vernichtete deutsche Armee, apathische deutsche Soldaten mit leerem Blick und glückliche russische Sieger.

Die Botschaft, dass auch Deutsche besiegt werden konnten und von nun an auch wurden, war von der Filmcrew der Roten Armee sicherlich beabsichtigt.

Die zweite, eher unbeabsichtigte Botschaft des Films war jedoch nicht minder erschütternd. Auch Deutsche waren Menschen, die froren und litten.

Als die Wochenschau zu Ende war und ein Zeichentrickfilm mit Goofy in der Hauptrolle begann, erhob sich die Hälfte der Zuschauer und verließ das Kino, weil sie nur gekommen waren, um sich die Niederlage in Stalingrad mit eigenen Augen anzusehen.

Die Schwestern schlenderten nebeneinanderher und starrten auf den Schneematsch des Bürgersteigs. Beide waren gleichermaßen erschüttert, obwohl Rosa den Film bereits einmal gesehen hatte.

»Das ist also der Anfang vom Ende«, meinte Johanne, ohne aufzuschauen.

»Zweifellos«, bestätigte Rosa. »Unsere Analytiker sind sich ausnahmsweise einmal einig, wie die Sache ausgehen wird. Die Deutschen haben ja auch in Leningrad eine Niederlage erlitten und mussten die Belagerung aufgeben.«

»Also Stalingrad und Leningrad gleichzeitig.«

»Und Nordafrika. Die Amerikaner haben Truppen an Land gesetzt, die Engländer waren bereits dort, und jetzt haben sich ihnen auch noch die Franzosen angeschlossen. Hitler wird weder im Mittleren Osten noch im Kaukasus zum Öl vordringen. Und damit kommt seine Kriegsmaschinerie zum Stillstand.«

»Ich weiß nicht, ob ich mich dafür schämen soll«, meinte Johanne nachdenklich, »aber die Deutschen in der Wochenschau haben mir leidgetan.«

»Schäm dich nicht, aber verlier auch kein Wort darüber. Ich weiß, was du meinst. Mein deutsches Ich vergießt Tränen, mein norwegisches Ich jubelt. Wir sind auch nur

Menschen. Und wie willst du selbst den Krieg jetzt fortsetzen?«

»Lastwagen fahren, um die verschiedenen Stützpunkte der zukünftigen norwegischen Befreiungsarmee bis zum Sieg zu versorgen.«

»Aber irgendwann wirst du deine Tochter zur Welt bringen?«

»Ich weiß. Um Mittsommer rum. Glaubst du, dass Berlin bis dahin gefallen ist?«

»Nein, so schnell geht das nicht. Und vor allen Dingen wird die Festung Norwegen nicht so schnell eingenommen. Der Krieg ist zwar entschieden, aber noch nicht zu Ende.«

»Den Beweis dafür haben wir gesehen. Die Siegerin schreibt nicht mehr nur die Geschichte, sie dreht auch Wochenschaufilme.«

»Sie?«

»Ja. Nike, die Göttin des Sieges. Ich glaube, Ingeborg wird mit zweitem Namen Nike heißen.«

1945

EPILOG

Am 7. Mai verkündete Harry Söderman, also Revolver-Harry, auf den Straßen Oslos mithilfe eines Polizei-Megafons: »Der Krieg ist zu Ende! Norwegen ist wieder ein freies Land!«

Damit nicht genug, holte er sich anschließend bei der deutschen Kommandantur die Genehmigung, zum Konzentrationslager Grini zu fahren und die Gefangenen zu befreien. Die Kommandantur in Oslo stellte ihm dafür sogar einen Meldefahrer mit Beiwagen zur Verfügung. Gleichzeitig ergossen sich Tausende überqualifizierte und gut bewaffnete norwegische »Polizisten« des Ausbildungsprojektes in Södermanland Lastwagen um Lastwagen in die Stadt. Sie trugen englische Uniformen und schwedische Stahlhelme. Die Spezialtruppe war im Laufe der Zeit auf 15 000 Mann angewachsen.

Obwohl die norwegische Geschichtsschreibung diese Details vermutlich nicht hervorheben würde, wie Nic Hole den drei anwesenden Frauen abschließend erklärte.

Weit vom allgemeinen Trubel entfernt saßen sie in ihrer Wohnung in der Fredrik Stangs Gate beisammen und hörten die Amsel vor dem offenen Fenster ein klares, melancholisches Freiheitslied singen.

Johanne erstaunte diese Geschichte nicht im Geringsten. Das war typisch Harry, und inzwischen kannte sie ihn ziemlich gut. Wer sich per Fahrrad nach China begab, der konnte auch in Norwegen die Befreiung ausrufen und mit einem Meldefahrer in Grini Gefangene befreien. Sie hätte die Geschichte selbst dann geglaubt, wenn Nic nicht als Augenzeugin in Oslo dabei gewesen wäre.

Endlich hatte sie die anderen an der Operation Exodus beteiligten Frauen kennengelernt. Sigrid Helliesen-Lund und Tove Filseth waren gegen Ende des Krieges mit knapper Not nach Schweden entkommen. Jetzt waren sie wie Johanne zurückgekehrt, um die Befreiung zu feiern.

Gerührt, wenn nicht gar andächtig hatten sie Johanne in ihrer Uniform, die sie eindeutig als Majorin der Norwegian Independence Company 1 auswies, einer englischen Uniform mit einer norwegischen Fahne am linken Ärmel, durch die Tür treten sehen.

Nic Hole fasste sich als Erste.

»Ich habe noch nie eine Majorin umarmt«, sagte sie. »Normalerweise würde mir das auch nicht in den Sinn kommen, aber bei dir mache ich eine Ausnahme, meine liebste Blue Star!«

Sie umarmten sich nacheinander mit beinahe religiöser Feierlichkeit. Dann unterhielten sie sich gedämpft, weil sich keine der Anwesenden dem Siegesrausch so hemmungslos hingeben konnte wie die Leute auf der Straße. Die Fotos, die im April in Buchenwald aufgenommen worden waren, hatten mit fürchterlicher Deutlichkeit gezeigt, dass selbst ihre schlimmsten Befürchtungen bezüglich des Wortes

Deportation von der unfassbaren Wahrheit noch weit übertroffen worden waren. Die gut siebenhundert Juden der Donau waren direkt in das Vernichtungslager Auschwitz geschickt worden, von dessen Existenz sie damals nicht einmal wussten. Nur 34 dieser 700 Menschen hatten überlebt.

Der Sieg wurde von großer Trauer getrübt.

Auch Rolf A. Syvertsen war tot. Ohne ihn und die von ihm und seinem Fahrer geschaffene Carl Fredriksen Transport A/S wären noch weitaus mehr Norweger in Auschwitz verschwunden.

Jetzt erfuhr Johanne, wie die Operation Exodus zustande gekommen war. Nach den ersten nächtlichen Massenverhaftungen, am Morgen des 27. Oktober 1942, fand ein Gärtner in einem seiner Gewächshäuser vier jüdische Jungen, die um seine Hilfe baten.

In einem solchen Augenblick entscheidet sich nicht nur, ob man bereit ist, für das menschlich Richtige das eigene Leben zu riskieren, sondern auch, wie man als Mensch sein zukünftiges Leben gestalten möchte.

Rolf A. Syvertsen gehörte keiner Partei an und war keinesfalls ein Linker. Aber er war gläubiger Christ.

Als die Operation Exodus im Juni 1943 praktisch abgeschlossen war, wurde er von der Gestapo auf dem Stortorvet festgenommen. Er hielt der Folter lange genug stand, um seinen Mitstreitern, darunter auch seinem Fahrer, dem »politisch unzuverlässigen« Alf Pettersen, die Flucht nach Schweden zu ermöglichen. Rolf wurde im Jahr darauf in einem Wäldchen erschossen.

Hätte man mehr ausrichten können? Wenn man gewusst hätte, was die Deportierten erwartete?

Diese Fragen hingen unbeantwortet in der Luft. Sie

mussten sich anderen Gesprächsthemen zuwenden, um nicht zu ersticken.

»Dass du englische Majorin bist, sehe ich«, sagte Nic Hole. »Aber was bedeuten diese Bänder an der linken Brusttasche?«

»Männertrophäen«, erwiderte Johanne widerwillig. »Das hier«, sie deutete auf ein regenbogenfarbenes Band, »bedeutet, dass man am Krieg teilgenommen hat. Das rot-weiß-blaue Band bedeutet, dass man an der Front gekämpft hat, und das lila-silberne läuft unter der Bezeichnung MC.«

»Ein Military Cross!«, rief Nic Hole beeindruckt. »Das ist ja eine ungeheure Auszeichnung!«

»Ja, das sagen die Männer auch alle«, erwiderte Johanne. »Ich kenne mich damit nicht so gut aus. Die deutschen Orden und Rangabzeichen sind mir absurderweise geläufig, unsere eigenen hingegen nicht. Mein CO behauptet, er habe mich für ein Victoria Cross vorgeschlagen. Nach Buchenwald wurde unser Einsatz plötzlich höher bewertet. Ich erhielt dann den Bescheid, dass mir mit Rücksicht auf die anderen Männer ein Military Cross verliehen werde. Aber das ist ja ohnehin der hübschere Orden.«

»Ein Military Cross«, seufzte Nic Hole. »Was hast du eigentlich neben unserer Zusammenarbeit sonst noch alles angestellt?«

»Nichts, was wichtiger gewesen wäre.«

»Ist es etwa geheim?«

»Jetzt spielt die Geheimhaltung keine Rolle mehr, wir haben gewonnen. Es ist kaum der Rede wert, ich habe einmal recht viele SS-Männer getötet.«

Sie wechselten das Thema und unterhielten sich darüber, wie es sei, als Norwegerin in Schweden zu leben. Alle außer Nic besaßen darin einschlägige Erfahrungen.

Johanne meinte, dass es im Augenblick ganz wunderbar sei. Am Siegestag, dem 7. Mai, hatte sie sich in der norwegischen Legation aufgehalten, und alle waren natürlich euphorisch gewesen. Seltsamerweise hatten die Schweden auf der Kungsgatan wie wild gefeiert, als hätten sie ebenfalls den Krieg gewonnen. Aus den Bürofenstern hatten sie Papierkörbe auf die Straße gekippt, und es hatte Schnipsel und Abfall geregnet. Autos hatten gehupt, und überall waren ebenso viele norwegische wie schwedische Fahnen geschwenkt worden. Rührend, aber seltsam. Vielleicht feierten die Schweden ja, dass sie ihre Neutralität los waren oder dass die Rationierung ein Ende hatte?

Leider musste Johanne aufbrechen, Befehl war Befehl, und sie stand im Augenblick unter striktem englischem Kommando. Sie verabschiedeten sich unter Tränen und umarmten sich nochmals reihum.

Dann machte sie sich auf den Weg zu Peter, seinen Vorgesetzten und der gesamten Führung der SOE Scandinavia, um einer weiteren Parade mit Teilnahmepflicht beizuwohnen. Nicht auszudenken, was sie am 17. Mai erwartete. Der heutige Anlass galt Kronprinz Olav, der an Bord eines englischen Zerstörers in Oslo eintreffen würde.

Die Straßen waren voller Menschen, viele von ihnen hielten Fahnen in der Hand. Vor dem Eingang der Victoria Terrasse, wo sie dem Tod einst von der Schippe gesprungen war, lagen bergeweise Papiere. Die Türen standen weit offen oder hingen schief in den Angeln. Das Gestapo-Hauptquartier im Zentrum von Oslo war gestürmt worden.

Eine Weile hielt sie inne und erinnerte sich an eine ganz andere Welt. In der man sie entsetzt angestarrt hatte, weil sie eine rote Mütze aufgehabt hatte. Jetzt starrten sie alle an, weil sie eine nagelneue Uniform mit dem Abzeichen der Norwegian Independent Company 1 trug. Ihr Anblick erweckte vor allem Erstaunen, und die Verbrüderungen, die im Übrigen an der Tagesordnung waren, blieben ihr erspart. Vermutlich flößte eine mit Orden behängte Frau im Rang eines Majors den Leuten mehr Furcht als Begeisterung ein.

Plötzlich wurde unsanft an ihrem Arm gezerrt.

»Hauptmann Blue, welch eine Freude!«, rief Liv Kløvstad und wollte sie umarmen, hielt dann aber abrupt inne.

»Entschuldige«, sagte sie. »Ich meinte natürlich, Major Blue!«

Johanne antwortete nicht, sondern zog Liv an sich und umarmte sie herzlich.

»Jacob«, flüsterte sie. »Es freut mich unsäglich, dass du überlebt hast.«

»Sie haben meinen Fahrer erwischt, aber trotz Folter hat er mich nicht verraten«, flüsterte Jacob. »Nur deswegen konnte ich entkommen.«

Schweigend sahen sie sich lange in die Augen. Es gab nicht genug Worte für alles, was sie sich zu sagen hatten.

Auch Jacob trug eine englische Uniform, allerdings mit den Schulterstücken eines Gefreiten.

Langsam gingen sie Richtung Rathausplatz, während Liv erklärte, was es mit diesem Rang auf sich hatte. Im Laufe der vergangenen Woche waren Horden norwegischer Jungs über die Grenze gekommen und hatten in den Wäldern ihr Unwesen getrieben. Nur mit Mühe hatte Jacob die Ordnung wiederherstellen können. Dann war ein hohes Tier von der Milorg erschienen und hatte Schulterstücke verteilt. Die größten Schreihälse hatten drei Streifen bekommen. Als man mit Enttäuschung zur Kenntnis genommen hatte, dass es sich bei »Jacob« um eine Frau handelte, hatte sie sich mit zwei Streifen begnügen müssen. Bei den folgenden Siegesparaden, an denen vor allem die aus Schweden eingetroffenen jungen Männer teilnahmen, hatte sie als Frau natürlich nicht mitmarschieren dürfen. Sie war angewiesen worden, sich zu den Zivilisten zu gesellen und eine Fahne zu schwenken. Vor Kurzem noch hatte sie 1 200 Mann befehligt, jetzt war sie plötzlich wieder Zivilistin. Trotzdem war sie überglücklich.

»Ich bin auch gerade auf dem Weg zu einer Siegesparade«, sagte Johanne. »Die gesamte SOE empfängt den Kronprinzen. Und du kommst mit!«

»Aber das geht doch nicht?«

»Das ist ein Befehl, Gefreite Kløvstad! Follow me! Carry on!«

Die beiden Frauen kicherten. Beinahe hätte sich Johanne bei der jungen, legendären Freiheitsheldin, die niemand kannte, eingehängt, unterließ es dann aber, weil sie sich diese Freiheit dann doch nicht erlauben wollte.

»Mein richtiger Name ist Johanne Lauritzen«, sagte sie. »Ich will, dass du mich zukünftig Johanne nennst. Und ich werde nur noch Liv sagen.«

Am Rathaus herrschte ein ziemliches Durcheinander, als die verschiedenen militärischen Gruppen ihre Positionen einnahmen. Trotzdem fiel es ihnen nicht schwer, die Norwegian Independent Company 1 zu finden, da diese in erster Reihe an dem Kai Stellung bezogen hatte, wo der Kronprinz an Land gehen würde.

Die Männer standen bereits in Reih und Glied, allerdings noch nicht stramm, und machten große Augen, als die beiden Frauen an ihnen vorbei auf die Offiziere zugingen, die noch in einer zwanglosen Gruppe rauchend vor den über vierhundert Männern warteten.

Johanne entdeckte recht bald Peter, der neben einem norwegischen Kompaniechef stand, den sie bislang nur dem Namen nach kannte. Sie trat vor und salutierte.

»Major Blue, wie befohlen, Sir!«, sagte sie.

»Gut! Excellent. Ich freue mich, dass Sie kommen konnten, Major«, erwiderte Peter und nahm dem Kompaniechef gegenüber Haltung an. »Herr Oberst! Darf ich Ihnen Frau Major Lauritzen vorstellen? Sie ist unter dem Tarnnamen Blue Star bekannt, Sir!«

Der Oberst wirkte ausgesprochen überrascht, aber auch bezaubert.

»Welch außerordentliches Vergnügen!«, sagte er auf Norwegisch. »Ich habe viele fantastische Berichte über Sie gelesen, Major Lauritzen, und ich muss gestehen, dass ich Sie mir ganz anders vorgestellt habe. Herzlich willkommen!«

»Danke, Herr Oberst!«, erwiderte sie mit zu lauter Stimme. »Gestatten Sie mir, Ihnen meine Adjutantin, Gefreite Kløvstad, vorzustellen!«

Zögernd salutierten die beiden Männer und tauschten dann fragende Blicke aus.

Johanne spannte sie noch etwas auf die Folter, ehe sie erklärte:

»Gentlemen! Liv Kløvstad ist unter dem Tarnnamen

Jacob bekannt. Sie hat D 25 gerettet und wiederaufgebaut. Wir beide haben äußerst erfolgreich zusammengearbeitet, was ganz und gar ihr Verdienst war. Dass sie nur zur Gefreiten befördert wurde, muss auf einem bürokratischen Irrtum beruhen.«

Die beiden Männer betrachteten sie verblüfft.

»Aber Major Lauritzen, Sie haben doch erzählt, dass Sie Jacob getroffen haben und dass er ein sehr patenter Mann ist«, meinte Peter.

»Nein, Sir! Ich habe gesagt, dass Jacob eine einzigartig patente Person ist, Sir!«

»Also, hm, ja, fantastisch, dass wir nun auch Deckname Jacob kennenlernen durften«, meinte der norwegische Oberst. »Ihren Rang werden wir demnächst korrigieren, aber vielleicht können wir ja jetzt schon eine Achselschnur besorgen, um hervorzuheben, dass Offizierin Jacob einen Sonderstatus als Major Blues Adjutantin genießt?«

Nachdem Kronprinz Olav schließlich von Bord gegangen war, musste er erst die langen Soldatenreihen abschreiten, ehe er vom Rednerpult aus, exakt fünf Tage nach Harry Söderman, die Befreiung Norwegens verkündete.

Johanne stand als eine der ranghöchsten Offiziere mit der Gefreiten an ihrer Seite ganz vorne beim Rednerpult.

Während des Festaktes schweiften ihre Gedanken ab. Die auf sie einstürmenden Gefühle der Freude und der Trauer wühlten sie so sehr auf, dass es ihr nur mit Mühe gelang, Haltung zu bewahren.

Sie kannte den Mann am Rednerpult, schließlich hatte sie vor langer Zeit und peinlich berührt, weil sie fand, sie sei zu alt dafür, in Sandhamn auf seinem Schoß gesessen. Damals hatte Kronprinz Olav ihren Vater anlässlich einer Regatta zusammen mit der schwedischen Kronprinzessin Märtha besucht. Der norwegische Stil ihres Sandhamner Langhauses war hauptsächlich auf dieses Ereignis zurückzuführen. Und jetzt stand sie also in einer englischen Uniform mit norwegischer Fahne auf dem Ärmel vor Vaters altem Seglerfreund stramm!

Der Nationalsozialismus war vernichtet, Hitler tot, Norwegen wieder frei.

Das war ein großes Glück.

Aber ihr Vater war an einem gebrochenen Herzen gestorben. So lautete zwar nicht die korrekte medizinische Diagnose, aber trotzdem traf es zu. Nach den schrecklichen Bildern aus Buchenwald hatte er trotz Lungenentzündung das Fenster weit aufgerissen und sich nackt in einer Art Habachtstellung aufs Bett gelegt. Dann war er gestorben. Sein Traum vom geliebten Deutschland, das wie das alte Rom nach dem Tod des Tyrannen noch Hunderte von Jahren weiterbestehen würde, war durch Buchenwald zerstört worden.

Haralds Heimkehr am gleichen Tage war ein zynisches Zusammentreffen. Nicht zuletzt, weil er sich als skandinavischer KZ-Häftling verkleidet einen Platz in Bernadottes weißen Bussen erschlichen hatte. Im Unterschied zu seinen Mitreisenden war er jedoch wohlgenährt, denn SS-Sturmbannführer hatten im Krieg nicht gehungert.

Die Testamentseröffnung ging rasch vonstatten, weil Harald nach Argentinien weitermusste, worauf Tante Christa mit Nachdruck bestand. In der neuen Welt durfte es keinen SS-Offizier in der Familie geben.

Die Trauer um ihren Vater war grenzenlos. So war es nach Muttis Tod auch gewesen. Die Beerdigung würde erst in der nächsten Woche stattfinden, der Frieden war dazwischengekommen.

Grenzenlos war auch ihre Freude über ihren Sohn Eilert, ein neugieriges, rothaariges und für seine zwei Jahre ungewöhnlich aufgewecktes und gesprächiges Kind. Sie liebte ihn über alles und hatte ihn nach ihrem Vater benannt, der wie viele seiner Vorfahren diesen Zweitnamen getragen hatte.

Als endlich die norwegische Nationalhymne gespielt wurde, brach sie wie alle anderen in Tränen aus.

Aber damit war es nicht ausgestanden. Viele weitere Paraden sollten noch folgen.

Beim nächsten Mal standen sie vor dem Schloss, das Kronprinz Olav, der in offener Limousine vorfuhr, symbolisch in Besitz nehmen sollte.

»Wer sitzt neben ihm?«, erkundigte sich Liv, die auch jetzt wieder neben Johanne stehen durfte.

»Norwegens größter Freiheitsheld Max Manus.«

»Kennst du ihn?«

»Nein, aber in den Stockholmer Kneipen war er berüchtigt. Er trank bis zur Besinnungslosigkeit und war ein fürchterlicher Aufschneider.«

»Hat er nicht Polizeichef Marthinsen erschossen?«

»Ja, und die Deutschen haben aus Rache fast dreißig Menschen ermordet. Kein Norweger hat so viele seiner Landsleute auf dem Gewissen wie Max Manus. Zum Glück hat er nicht Ministerpräsident Quisling oder noch schlimmer Reichskommissar Terboven vor die Flinte bekommen.«

»Aber Terboven ist doch tot, und Quisling wird auch nicht mehr lange leben«, wandte Liv ein.

»Stimmt.«

Johanne und Liv standen etwas abseits hinter den ranghöchsten Offizieren und konnten sich daher diese kurze geflüsterte Unterhaltung erlauben, bis sich dann doch ein Oberleutnant verärgert zu ihnen umdrehte.

Der Wagen mit Kronprinz Olav und Max Manus glitt langsam an der Norwegian Independent Company 1 vorbei, und alle erhielten den Befehl strammzustehen.

19,99€